티어링의 침공

* 이 도서의 국립중앙도서관 출판예정도서목록(CIP)은 서지정보유통지원시스템 홈페이지(http://seoji.nl.go.kr)와
국가자료공동목록시스템(http://www.nl.go.kr/kolisnet)에서 이용하실 수 있습니다.
(CIP제어번호: CIP2018030543)

THE INVASION OF THE TEARLING

THE INVASION OF THE TEARLING

티어링의 침공

에리카 조핸슨 장편소설

김지원 옮김

은행나무

모든 아이에게는 바티 같은 사람이 있어야 한다.

이 책은 나의 아버지 커트 조핸슨을 위한 것이다.

페어위치해

노스티어

페어위치산맥

암크노르

오두막

볼튼

카츠마르 호수

시테마르셰

레딕 숲

모트
저지대

르위스턴강

아크펄

르위스턴

앨먼트 평원 북부

모트메인

티어링

엘라이어산

크리드강

아가이브 고개

파이크로

디메인

뉴도버

헤이븐

모트로

월링햄산

클레이턴
산맥

카델강

뉴런던

앨먼트 평원 남부

크로싱스엔드

건조 지대

페탈루마

카다르

신의 바다

80km

Map Copyright © MMXVI Springer Cartographics LLC

| 차례 |

일러두기

1. 원문에서 이탤릭체가 강조의 의미이거나 독백일 경우 이탤릭체로 표기했습니다.
2. 본문의 주는 모두 옮긴이의 것으로, 괄호 안에 글씨 크기를 줄여 표기했습니다.

1부

1장
홀

2차 모트 침공은 대량 학살로 점철될 가능성이 다분했다. 한편은 신세계에 존재하는 최고의 무기로 무장하고 어떤 것을 마주해도 머뭇거리지 않는 사령관의 지휘를 받는 훨씬 우세한 모트군이었고, 반대편은 규모 4분의 1에 좋은 강철에 부딪히면 부러지는 싸구려 단조 철로 된 무기를 든 티어군이었다. 예상되는 결말은 재앙이나 다름없을 정도였다. 티어링이 파멸에서 탈출할 수 있는 가능성은 없어 보였다.

—《군사국가로서의 티어링》, 순교자 캘로

모트 국경에는 새벽이 빨리 찾아왔다. 조금 전까지는 지평선 위로 연한 파란색 선만 보이다가 갑자기 모트메인 동부에서 위쪽으로 밝은 빛줄기가 뻗어 나와 하늘을 물들였다. 환한 빛이 카츠마르 호수에 비쳐서 표면이 불타는 것처럼 보이다가 호숫가에서 가벼운 바람이 불어와 매끄럽던 표면에 파도가 일면서 그 잔상이 부서졌다.

모트 국경의 이 지역은 골치 아픈 곳이었다. 아무도 국경이 정확히 어디에서 나누어지는지 몰랐다. 모트인들은 호수가 모트 영토라고 주장했으나 티어인들은 유명한 티어 탐험가 마틴 카츠마르가 처음 이 호수를 발견했으니까 자신들의 영토라고 했다. 카츠마르는 약 3세기 전에 세상을 떠났으나 티어링은 호수에 대한 불안정한 소유권을 절대로 포기하지 않았다. 호수 자체는 먹기엔 별로인 포식 어류가 가득해서 별 가치가 없었지만 남북 수 킬로미터 내에서 유일하게 국경의 확실한 지리적 표지가 되어주기 때문에 위치상 중요했다. 두 나라 모두 호수를 확실하게 점유하고 싶어서 언제나 안달이었다. 오래전에 협약을 맺자는 이야기가 잠깐 나왔었지만, 어떤 결과도 내지 못했다. 호수의 동쪽과 남쪽 가장자리는 미사(微沙)와 습지가 뒤섞인 염지(鹽地)였다. 이 염지는 동쪽으로 수 킬로미터 이어지다가 모트 소나무 숲과 만났다. 하지만 카츠마르 호수 서쪽 가장자리는 염지가 수십 미터 정도 이어지다가 갑자기 소나무가 가득 자란 가파른 국경 언덕이 나타났다. 나무로 빽빽하게 뒤덮인 언덕은 반대편에서 티어링 쪽으로 내리막이 되다가 넓고 평평해지며 앨먼트 평원 북부로 이어졌다.

국경 언덕의 동쪽 가파른 오르막은 사람이 살 수 없는 숲이지만 언덕 꼭대기와 서쪽 경사면에는 드문드문 티어인들의 작은 마을이 있었다. 이런 마을들은 앨먼트 평원에서 채집도 했지만 대체로는 양과 염소 같은 가축을 키워 양털과 우유, 양고기를 주로 서로 간에 거래하며 살았다. 종종 채집물을 모아 경비를 잔뜩 붙여서 물건들을, 특히 양털을 훨씬 비싸게 쳐주는 뉴런던으로 보냈다. 그렇게 하면 물건 대신 돈으로 대금을 받을 수 있다는 것도 장점이었다. 마을은 언덕 전체에 퍼져 있었다. 우든드, 아이딜와일드, 데빈스슬로프, 그리편……. 주민들에게는 목제 무기밖에 없고 가축을 버리고 떠나려 하지 않아서 이들 마을은 쉬운 먹잇감이었다.

홀 대령은 땅뙈기를 어떻게 그렇게 사랑할 수 있는지 의문이었고 자신을 그런 운명에서 구해준 위대한 신께 감사드렸다. 홀은 아이딜와일드 마을

양 농장주의 아들로 자랐다. 강렬한 가축 분뇨 냄새가 섞인 젖은 양털 냄새라고 묘사할 수 있는 마을의 냄새가 머릿속에 하도 깊이 박혀 있어서, 실제로는 가장 가까운 마을이 국경 언덕 서쪽으로 수 킬로미터나 떨어져 있어 보이지 않는데도 지금도 그 냄새가 느껴지는 것 같았다.

그가 아이딜와일드를 떠난 건 운 때문이었다. 행운이라고는 할 수 없고 한 손으로는 좋은 것을 주면서 다른 손으로는 등 뒤에서 칼을 찌르는 그런 운이었다. 아이딜와일드는 너무 북쪽에 있어서 1차 모트 침공 때 심한 피해는 별로 입지 않았다. 어느 날 밤에 침입자들이 와서 지키는 사람이 없는 방목장에서 양 몇 마리를 훔쳐 간 게 다였다. 모트 조약이 맺어졌을 때 아이딜와일드와 이웃 마을 사람들은 축제를 열었다. 홀과 쌍둥이 형제 사이먼은 술이 떡이 되어 데빈스슬로프의 돼지우리에서 정신을 차렸다. 아버지는 마을이 가벼운 피해만으로 넘어갔다고 하셨고 홀도 그렇게 생각했지만, 8개월 후 두 번째 공개 추첨에서 사이먼의 이름이 나왔다.

홀과 사이먼은 국경 지대 기준에서는 이미 성인인 열다섯 살이었지만 부모님은 다음 3주 동안 그 사실은 잊어버리셨다. 어머니는 사이먼이 가장 좋아하는 음식을 만드셨고 아버지는 아들 둘 다 일을 쉬게 해주셨다. 그달 말쯤 그들은 다른 많은 가족들과 마찬가지로 아버지는 마차 앞에서 울면서, 어머니는 음울하게 침묵하시는 채 뉴런던으로 향했다. 홀과 사이먼은 가는 내내 억지로 즐거운 척하려고 노력했다.

부모님은 홀이 선적을 보지 않기를 바라셨고, 중앙대로에 있는 술집에 그를 놔두고 3파운드를 주면서 당신들이 돌아올 때까지 있으라고 하셨다. 하지만 홀은 어린애가 아니었기 때문에 술집을 나와 왕궁 잔디밭으로 부모님을 따라갔다. 선적이 출발하기 직전에 아버지는 쓰러지셨고 어머니는 아버지를 깨우느라 정신이 없으셔서 결국에 선적이 떠나는 것을 본 것은 홀뿐이었다. 사이먼이 도시 안쪽으로, 그들의 삶에서 영원히 사라지는 것을 본 것은 홀뿐이었다.

가족은 그날 밤을 뉴던덤 거트에 있는 더러운 여관에서 지냈다. 끔찍한 냄새 때문에 홀은 결국 여관 밖으로 나가서는 홈칠 만한 말을 찾아 거트를 돌아다녔다. 모트로(路)로 선적 우리를 따라가서 사이먼을 구출하거나 그러다가 잡혀 죽겠다는 마음이었다. 어느 술집 바깥에 매여 있는 말을 발견하고 복잡한 매듭을 풀려던 중에 손 하나가 어깨를 잡았다.

"뭘 하고 있는 거냐, 시골뜨기 쥐새끼야?"

남자는 홀의 아버지보다도 키가 크고 덩치가 좋았고, 갑옷과 무기를 두르고 있었다. 홀은 몇 분 안에 죽겠구나 싶었고 마음 한구석에서는 그게 기뻤다.

"말이 필요해서요."

남자가 예리한 눈으로 그를 보았다.

"선적에 누가 실렸나?"

"그쪽이 알 바 아니에요."

"당연히 내 알 바지. 내 말이니까."

홀은 칼을 꺼냈다. 양털 깎는 칼이었지만 상대는 모르기를 바랐다.

"댁이랑 말다툼할 시간이 없어요. 댁의 말이 필요해요."

"그거 치워, 꼬마. 그리고 바보짓 그만해. 선적은 케이든 여덟 명이 지키고 있어. 네 녀석이 어떤 쥐똥 같은 마을에서 왔든 간에 케이든 정도는 들어봤겠지. 케이든은 네 그 새끼손가락만 한 칼은 이로도 부러뜨릴 수 있을 거다."

남자는 말의 굴레를 잡으려고 했지만 홀이 칼을 더 높이 들어 올려 그 손을 막았다.

"도둑질을 해서 미안하지만 이럴 수밖에 없어요. 난 가야 돼요."

남자는 한참 동안 평가하듯이 그를 바라보았다.

"너 배짱은 있구나, 꼬마. 그건 인정해주지. 뭐 하는 녀석이냐? 농부야?"

"양치기요."

남자는 다시금 그를 빤히 보다가 말했다.

"좋아, 꼬마. 이렇게 하자. 내 말을 네게 *빌려주마*. 녀석의 이름은 딱 어울리게도 페이버(호의)야. 녀석을 타고 모트로로 가서 선적을 한번 보고 와라. 네가 영리하다면 절대로 성공할 방법이 없다는 걸 깨달을 거고, 그러면 선택지는 두 개야. 아무것도 이루지 못하고 쓸모없이 죽거나, 되돌아와 웰스의 군 주둔지로 가서 네 녀석 미래에 대해 얘기를 나눠볼 수 있겠지."

"무슨 미래요?"

"병사로서의 미래 말이다, 꼬마. 남은 평생을 양 똥 냄새나 풍기며 살고 싶은 게 아니라면."

홀은 확신 없는 눈으로 남자를 쳐다보며 그의 말이 속임수는 아닐까 고민했다.

"내가 그냥 댁의 말을 타고 도망가버리면요?"

"넌 그러지 않을 거야. 넌 의무감이라는 게 있거든. 안 그러면 애초에 이런 멍청한 짓거리를 시도하지도 않았겠지. 게다가 널 쫓아가고 싶으면 난 군 전체의 말을 쓸 수 있으니까."

남자가 말 매는 말뚝 옆에 선 홀을 남겨둔 채 몸을 돌려 도로 술집으로 향했다.

"당신 누구예요?"

홀이 남자의 등에 대고 물었다.

"우익 편대의 버몬드 소령이다. 빨리 가라, 꼬마. 그리고 내 말이 조금이라도 다쳤다가는 양에 찌든 네 그 비루한 엉덩짝에다가 되갚아줄 줄 알아."

밤새 쉬지 않고 달려서 홀은 선적을 따라잡았고, 버몬드가 옳다는 것을 알았다. 그곳은 요새였다. 우리마다 병사들이 둘러싸고 있고, 그들 사이사이에 빨간 망토의 케이든이 서 있었다. 홀에게는 검이 없었고, 검이 있다고 딱히 뭐가 달라질 거라고 생각할 정도로 바보도 아니었다. 사이먼을 찾을 수 있을 만큼 가까이 가지도 못했다. 우리에 다가가려고 하자 케이든 한 명이 화살을 쏘아 그에게서 30센티미터도 떨어지지 않은 곳을 맞혔던 것이다. 딱 그 소령이 말한 대로였다.

그래도 그는 선적에 돌진해서 모든 걸 끝내버릴까 생각에 잠겼다. 뉴런던까지 오는 여행길에 이미 감지했던 끔찍한 미래, 부모님이 그를 보며 떠난 사이먼만을 생각하시는 미래밖에 남지 않았기 때문이다. 홀의 얼굴은 부모님에게 위안이 되는 게 아니라 끔찍한 되새김만 될 뿐이리라. 그는 돌격할 태세로 고삐를 꽉 쥐었고, 그때 절대로 설명할 수 없는 어떤 일이 일어났다. 여섯 번째 우리를 꽉 채우고 있는 포로들 사이에서 갑자기 사이먼을 발견한 것이었다. 우리가 너무 멀어서 뭔가 볼 수 있는 거리가 아니었지만, 그래도 그는 보았다. 동생의 얼굴을, 홀 자신의 얼굴을. 그가 죽음을 향해 달려가면 사이먼에 관한 것은 아무것도, 그의 존재를 기록할 만한 것은 아무것도 남지 않을 것이다. 그리고 홀은 이것이 사이먼에 관한 것이 아니라 자신의 죄책감, 자신의 슬픔에 관한 것임을 깨달았다. 종종 그런 것처럼 이기심과 자기 파괴적인 마음이 나란히 그를 뒤덮은 것이었다.

홀은 말을 돌려 뉴런던으로 돌아와서 티어군에 입대했다. 버몬드 소령이 그의 보증인이었고, 버몬드가 인정한 적은 한 번도 없지만 홀은 소령이 누군가에게 일러두었음이 분명하다고 생각했다. 보병대 사병으로 있던 시절에도 한 번도 선적 임무에 뽑힌 적이 없기 때문이었다. 그는 매달 봉급 일부를 집에 보냈고, 드물게 가끔 아이딜와일드에 갈 때면 부모님은 그가 무뚝뚝해진 모습에 놀라셨으나 군인이 된 아들을 자랑스러워하셨다. 그는 빠르게 진급했고 서른한 살이라는 젊은 나이에 장군의 선임 참모가 되었다. 별로 보람 있는 자리는 아니었다. 섭정 치하 군인의 삶은 싸움을 말리고 잡범을 잡는 게 전부였기 때문이었다. 거기에는 어떤 영예도 없었다. 하지만 이건…….

"대령님."

홀은 고개를 들고 부관인 블레이저 중령을 보았다. 블레이저의 얼굴은 검댕으로 시커멨다.

"무슨 일이지?"

"카프리 소령의 신호입니다. 명령에 따를 준비가 되었다고 합니다."

"몇 분만 기다려."

두 사람은 국경 언덕 동쪽 경사면 안쪽의 망대(望臺)에 앉아 있었다. 홀의 부대는 이미 몇 주째 여기서 모트 저지대를 가로질러 움직이는 거대한 군대를 보며 찬찬히 작업해왔다. 엄청난 규모 때문에 모트군의 전진은 느렸지만, 어쨌든 그들은 오고 있었고, 이제는 카츠마르 호수 남쪽 가장자리를 따라 지평선까지 절반 정도를 가득 채우고 시커먼 도시처럼 진을 치고 있었다.

홀은 모트 야영지의 기다란 서쪽 가장자리를 따라서 보초가 겨우 네 명만 서 있는 것을 작은 망원경으로 볼 수 있었다. 그들은 검은 미사질 염지에서 티가 나지 않는 옷을 입고 있었지만 홀은 호수 유역을 잘 알았고 밝아지는 빛 속에서 눈에 띄는 것을 쉽게 찾을 수 있었다. 두 명은 심지어 순찰도 하지 않고 그저 자기 자리에서 졸고 있었다. 모트군은 당연하게도 편안히 쉬고 있었다. 메이스의 보고에 따르면 모트군은 2만 명이 넘었고 검과 갑옷은 강철을 덧댄 질 좋은 철제였다. 게다가 어떻게 봐도 티어군은 약했다. 어느 정도는 버몬드 탓이었다. 홀은 이 노년의 남자를 아버지처럼 사랑했지만, 버몬드는 평화에 너무 익숙해졌다. 그는 전투를 준비하는 군인이 아니라 밭을 관리하는 농부처럼 티어링을 순회했다. 티어군은 전쟁할 준비가 되지 않았지만 어쨌든 이제 전쟁이 눈앞에 닥쳤다.

홀의 관심은 지난 한 주 동안 종종 그랬던 것처럼 모트 진영 한가운데 단단히 둘러싼 자리에 위치한 대포로 다시 향했다. 두 눈으로 직접 보기 전까지 홀은 여왕에게 일종의 천리안이 있다는 건 믿었어도 여왕의 말을 믿지는 않았었다. 하지만 동쪽에서 빛이 밝아오는 지금, 철제 괴물 위로 빛이 반짝이며 그 매끄러운 원통 형태를 강조하는 모습을 보자 뱃속에서 친숙한 분노가 꿈틀거리는 게 느껴졌다. 홀은 이 땅의 여느 남자들만큼 검에 익숙했지만, 검은 한계가 있는 무기였다. 모트군은 홀이 평생 동안 알아온 전쟁의 잣대를 구부리려 하고 있었다.

"좋아. 그럼 우리도 그래야지."

홀은 망원경을 집어넣으며 자신도 모르게 소리 내서 말했다.

그는 망대의 사다리를 내려갔고 블레이저도 그를 곧장 따라왔다. 두 사람 다 땅에서 3미터 정도 높이의 사다리 마지막 단에서 뛰어내린 뒤 언덕을 올라가기 시작했다. 지난 열두 시간 동안 홀은 보병과 궁수 700명 이상을 동쪽 경사면에 조용히 배치했다. 하지만 몇 주 동안 힘겨운 육체노동을 해온 병사들은 어둠 속에서 가만히 앉아 기다리는 것을 특히 어려워했다. 언덕 비탈에서 움직임이 많아지면 모트군도 정신을 차리고 경계할 터라 홀은 밤새 이 구역 저 구역을 다니며 병사들이 날뛰지 못하도록 단속했다.

언덕은 점점 가팔라지고 소나무 이파리 위에서 발이 미끄러져서 홀과 블레이저는 바위 사이에서 잡을 데를 찾아야 했다. 위험한 지역이라서 두 사람 다 두꺼운 가죽 장갑을 끼고 신중하게 언덕을 올라갔다. 바위 사이에는 굴(窟)과 조그만 동굴들이 가득했고 방울뱀이 그런 동굴을 둥지로 잘 사용했다. 국경 방울뱀들은 천 년 동안 가혹한 환경에서 살아남으려고 노력한 터라 강인한 놈들이었다. 두꺼운 피부 가죽은 불길에도 거의 해를 입지 않았고 송곳니는 신중하게 조절된 양의 독을 내뿜었다. 이 경사에서 손으로 한 번만 잘못 잡았다간 끝장이었다. 홀과 사이먼이 열 살이었을 때,

사이먼이 우리형 덫으로 방울뱀을 한 마리 잡아 애완동물로 삼으려고 한 적이 있었으나 그 노력은 일주일도 가지 못했다. 사이먼이 아무리 잘 먹여도 뱀은 전혀 길들여지지 않고 움직임만 보이면 공격했다. 결국에 홀과 사이먼은 우리를 열어 뱀을 놔두고 동쪽 경사로 걸음아 나 살려라 도망쳤다. 아무도 국경 방울뱀이 얼마나 오래 사는지 알지 못했다. 사이먼의 뱀은 지금도 여기 어디 바위 뒤에서 친구들과 함께 기어 다니고 있을지도 몰랐다.

사이먼.

홀은 눈을 감았다가 다시 떴다. 똑똑한 그는 모트로 아래쪽까지 생각이 향하지 않도록 훈련했지만 지난 몇 주 동안 눈앞에 펼쳐진 넓은 모트메인 서부를 보며 평소보다 자주 쌍둥이 형제를 떠올리곤 했다. 사이먼이 어디에 있을지, 지금은 누가 그를 소유하고 있을지, 어떻게 이용되었을지 말이다. 아마도 노동에 차출되었을 것이다. 사이먼은 언덕 서쪽에서 가장 뛰어난 양털깎이에 속했다. 그런 그를 중노동 말고 다른 일에 쓰는 것은 낭비일 것이다. 홀은 스스로에게 몇 번이나 이렇게 되뇌곤 했지만, 확률은 달라지지 않았다. 그의 머리는 계속해서 작은 확률, 사이먼이 다른 이유로 팔려 갔을 가능성에 집착했다.

"망할."

블레이저의 낮은 욕설에 홀은 정신을 차리고 부관이 물리진 않았는지 확인하려고 어깨 너머를 힐끔 돌아보았다. 하지만 블레이저는 약간 미끄러졌다가 균형을 되찾은 거였다. 홀은 달갑지 않은 생각을 떨치려 머리를 흔들고 다시 언덕을 올라갔다. 선적은 시간이 흘러도 아물지 않는 종류의 상처였다.

홀은 언덕 꼭대기에 도착해서 공터로 나왔다. 병사들이 기대에 찬 눈으로 기다리고 있었다. 지난 한 달 동안 병사들은 군 건설 작업에 흔한 불평을 한 마디도 하지 않고 빠르게 작업해서 굉장히 일찍 완성했고, 덕택에 홀은 모트군이 저지대에 도착하기도 전에 몇 번이나 전체 작전을 시험해볼 수 있었다. 매 조련사 재스퍼 역시 대기하고 있었다. 언덕마루에 있는 긴 횃대에는 두건 씌운 매 열두 마리가 묶여 있었다. 매에는 상당한 돈이 들었지만 여왕은 신중하게 계획을 듣고 나서 눈도 깜짝하지 않고 비용을 승인했다.

홀은 투석기 쪽으로 다가가서 팔 부분에 한 손을 올리고 매끄러운 나무를 쓰다듬으며 격한 자부심을 느꼈다. 홀은 기계와 도구를 사랑했다. 그는 일을 더 빠르게, 더 훌륭하게 할 방법을 계속해서 찾곤 했다. 군에 들어온 초기에 그는 현재 티어 궁수들이 선호하는 더 강하면서도 유연한 장궁을 발명했다. 민간 건설 작업에 차출되었을 때에는 펌프식 관개 시스템을 시험하고 완성해서 지금은 이 시설이 카델강에서 넓고 바싹 마른 앨먼트 남부 지역까지 물을 날랐다. 하지만 바로 이거야말로 그의 최고의 업적이었다. 티어산 참나무로 만든 두툼한 팔에 가벼운 소나무 바구니가 달린 18미터 높이의 투석기 다섯 대. 각 투석기는 최소한 90킬로그램 무게를 맞바람 속에서 약 400미터 거리까지 던질 수 있었다. 팔은 밧줄로 기단부에 단단히 고정했고 각 팔의 옆에는 병사 한 명이 도끼를 들고 서 있었다.

첫 번째 바구니에는 커다란 캔버스 천 꾸러미 열다섯 개가 들어 있었고 하나하나 얇은 하늘색 천으로 싸놓았다. 홀은 원래 오래된 공성 병기처럼 바위를 던져서 모트군 진영의 상당 부분을 납작하게 만들어버릴 계획이었다. 하지만 블레이저의 아이디어인 이 꾸러미가 훨씬 나았다. 몇 주 동안 고생할 만한 가치가 있었다. 제일 위쪽 꾸러미가 바람을 맞아 캔버스 옆면이 살짝 흔들렸다. 홀은 물러나서 고요한 아침 공기 속으로 주먹을 들어 올렸다. 도끼수가 무기를 잡고 어깨 위로 들어 올렸다.

블레이저가 콧노래를 시작했다. 그는 항상 긴장된 상황이면 콧노래를 했다. 짜증 나는 습관이었다. 반쯤 흘려듣던 홀은 곡조를 알아들었다. 음정이 형편없었지만 어쨌든 '티어링의 여왕'이라는 건 알 수 있었다. 병사들을 전부 사로잡은 노래였다. 홀은 지난 몇 주 동안 나무에 사포질을 하거나 칼날을 갈며 병사들이 흥얼거리는 것을 여러 번 들었다.

제가 바치는 선물입니다, 켈시 여왕님. 그는 그렇게 생각하고 바닥으로 손을 내렸다.

도끼가 휙 소리를 내며 공기를 갈랐고 아침의 고요가 순식간에 부서졌다. 투석기 팔이 자유를 찾으면서 삐걱거리는 요란한 소리가 언덕 비탈을 울렸다. 투석기 팔이 하나씩 하늘을 향해 빠른 속도로 올라갔고, 홀은 결코 사라지지 않는 순수한 즐거움, 어린 시절 첫 번째 토끼잡이 덫을 시험하던 때 느꼈던 즐거움이 심장을 가득 채우는 것을 느꼈다.

내 설계야! 작동해!

투석기 팔이 한계에 도달해서 멈췄고 언덕 비탈 위로 쿵 소리가 울렸다. 그 소리에 모트군도 깨어났겠지만, 이미 늦었다.

홀은 망원경을 눈에 대고 하늘색 꾸러미가 모트 진영으로 날아가는 것을 보았다. 꾸러미는 정점에 도달했다가 아래로 떨어지기 시작했다. 꾸러미 총 일흔다섯 개가 바람을 타고 하늘색 낙하산을 펼쳤고, 캔버스 꾸러미는 바람 속에 무해한 모습으로 흔들렸다.

이제 모트군도 움직이기 시작했다. 홀은 그들의 움직임을 주시했다. 무기를 들고 천막에서 나오는 병사들, 공격에 대비하기 위해서 진영으로 돌아온 보초들.

"재스퍼! 2분 남았어!"

그가 외쳤다.

재스퍼는 고개를 끄덕이고 매의 두건을 벗기고 한 마리 한 마리에게 고기 조각을 주었다. 믿을 만한 용병을 알아보는 묘한 재능이 있는 카프리 소령이 3주 전에 모트 국경 마을에서 재스퍼를 찾아냈다. 홀은 언덕 비탈에서 쉬운 먹이를 찾아 급강하하곤 하는 모트의 매를 어릴 때 싫어했던 것처럼 지금도 전혀 좋아하지 않았지만, 그래도 매에 관한 재스퍼의 솜씨는 존경할 만했다. 매들은 주인이 막대기를 던지기를 기다리는 개처럼 고개를 위로 들고 조련사를 주의 깊게 쳐다보았다.

모트 진영에서 경고의 고함 소리가 울렸다. 바람의 저항이 약해지며 이제 점차 빠르게 떨어지는 낙하산을 발견한 것이다. 홀은 망원경으로 그 모습을 보면서 첫 번째 꾸러미가 천막 뒤로 사라지자 낮게 숫자를 세기 시작했다. 12초 후에 첫 번째 비명이 저지대에 퍼졌다.

낙하산이 야영지로 더 많이 떨어졌다. 하나가 군수품 마차 위로 떨어졌고, 홀은 자신도 모르게 홀린 듯이 밧줄이 풀리는 모습을 보았다. 꾸러미가 잠깐 부르르 떨렸고 곧 성난 방울뱀 다섯 마리가 풀려났음을 깨닫고 튀어나왔다. 얼룩덜룩한 피부가 창과 화살 위에서 구부러지고 미끄러지다가 마차에서 떨어져 시야에서 사라졌다.

언덕 비탈에 비명이 울렸고 1분도 지나지 않아 진영은 완전히 혼란에 빠졌다. 병사들이 달려가다 서로 부딪치고, 반쯤 벗은 남자들이 검으로 자기 발치를 마구 찔렀다. 몇 명은 마차나 천막 위처럼 높은 곳으로 올라가려고 했고 심지어는 서로의 등에 올라탔다. 하지만 대부분은 뱀에서 벗어나기 위해서 야영지 가장자리로 도망쳤다. 장교들이 소리를 지르며 명령을 내렸으나 아무 소용 없었다. 충격과 공포에 사로잡힌 모트군은 이제 진영에서 사방으로 빠져나가기 시작했다. 서쪽의 국경 언덕으로 달려가거나 저지대를 가로질러 동쪽과 남쪽으로 도망쳤다. 몇 명은 심지어 아무 생각 없이 북쪽으로 가서 카츠마르 호수 얕은 쪽에 뛰어들었다. 아무에게도 갑옷도, 무기도 없었다. 많은 병사들이 홀딱 벗은 채였다. 몇 명은 아직까지 뺨에 면도 크림이 묻어 있었다.

"재스퍼! 지금이다!"

홀이 외쳤다.

재스퍼는 엄지부터 어깨까지 팔을 덮은 두꺼운 가죽 장갑 위로 한 마리씩 매를 올린 다음 공중으로 날려 보냈다. 홀의 병사들은 점점 높이 올라가는 새들을 불안하게 쳐다보았으나 매들은 훈련이 잘되어 있었다. 매들은 티어 병사들을 무시하고서 모트 진영을 향해 언덕 비탈을 날아 내려갔다. 녀석들은 야영지 남쪽과 동쪽 경계에서 밀려 나오는 병사들 무리를 향해서 발톱을 펼치고 곧장 급강하했고, 홀은 첫 번째 매가 바지 단추를 반밖에 채우지 않은 남자의 목을 움켜잡는 것을 보았다. 매는 남자의 경정맥을 찢었고 아침 햇살 속에서 피가 안개처럼 흩뿌려졌다.

야영지 서쪽에서는 모트 병사들이 언덕 비탈 아랫부분의 나무들을 향해서 무작정 계속해서 달려 나갔다. 하지만 티어 궁수 50명이 나무 위 여기저기에 대기하고 있었고, 이제 모트 병사들은 화살투성이가 되어 저지대의 진흙 속으로 우르르 쓰러졌다. 호수 쪽에서는 새로운 비명이 터졌다. 피신처를 찾던 병사들은 실수를 깨닫고 이제 고통 속에 비명을 지르며 가장자리로 물러났다. 홀은 추억이 떠올라 미소를 지었다. 호수에 뛰어드는 것은 아이딜와일드 아이들의 통과의례였고 홀은 여전히 다리에 그것을 증명할 흉터가 있었다.

이제 모트군 대다수가 야영지를 뛰쳐나갔다. 홀은 아무도 지키지 않고 있는 열 대의 대포를 아쉬운 눈으로 쳐다보았다. 하지만 지금은 그것을 가져올 방법이 전혀 없었다. 눈길 닿는 곳마다 천막 사이로 방울뱀들이 둥지를 틀 적당한 곳을 찾아 기어 다녔다. 제노 장군이 어디 있을지 궁금했다. 병사들과 함께 도망쳤을까, 아니면 언덕 아래쪽에 쌓여 있는 수백 구의 시체 중 하나가 되었을까? 홀은 제노에게 꽤나 존경심을 품고 있었지만, 그가 버몬드와 똑같은 여러 가지 한계를 지녔다는 것도 잘 알았다. 제노는 전쟁이 조용하고 합리적인 것이기를 바랐다. 그는 엄청난 허세나 치명적인 무능함을 허용하지 않았다. 하지만 홀은 어떤 군대든 그런 변칙적인 일들로 가득하다는 것을 알고 있었다.

"재스퍼! 새들이 훌륭하게 제 몫을 다했어. 이제 불러들여."

그가 외쳤다.

재스퍼는 커다랗고 날카롭게 휘파람을 분 다음 팔뚝을 감싼 가죽 장갑의 고정 끈을 조이고서 기다렸다. 몇 초 안에 매들이 다시 날아올라 언덕 위쪽에서 맴돌기 시작했다. 재스퍼는 띄엄띄엄, 매번 음조가 다르게 휘파람을 불었고, 새는 한 마리씩 그의 팔에 내려앉아 토끼 고기 여러 조각을 상으로 받고는 두건을 쓰고 횃대로 돌아갔다.

"궁수들을 물려. 그리고 에밋을 찾아. 그에게 장군과 여왕님께 전령을 보내라고 해."

홀이 블레이저에게 말했다.

"내용은요?"

"내가 시간을 벌었다고 전해. 모트군이 재정비할 때까지 최소한 2주는 걸릴 거야."

블레이저가 떠나고 홀은 다시 카츠마르 호수로 시선을 돌렸다. 떠오르는 태양에 호수 표면은 눈부시게 새빨간 불길로 뒤덮인 것 같았다. 어린 시절 그에게 갈망을 불러일으키던 이 광경이 지금은 끔찍한 경고처럼 보였다. 모트군이 흩어지기는 했지만 그리 오래는 아닐 것이다. 그리고 홀의 병사들이 언덕 비탈에서 밀려나면 모트군은 곧장 신중하게 조직된 버몬드의 수비선을 찢어놓을 수 있을 것이다. 언덕만 넘으면 앨먼트 평원이 펼쳐져 있었다. 작전을 벌일 만한 곳이 거의 없는 평지가 수천 제곱킬로미터 펼쳐져 있고 농장과 마을들은 무방비하게 고립되어 있었다. 모트군은 수적으로 네 배였고 무기의 질은 두 배는 좋았다. 그들이 앨먼트 평원에 도달하면 결과는 단 하나, 대학살뿐이었다.

이웬은 아빠가 퇴직하신 이래 수년 동안 성의 간수였고, 그동안 내내 정말로 위험하다고 여겨지는 죄수를 본 적이 없었다. 대부분은 섭정에게 반대했던 사람들이었고, 이런 사람들은 대체로 감방에 비틀비틀 들어가서 쓰러지는 것밖에는 할 수 없을 정도로 굶주리고 심하게 구타당한 상태로 지하 감옥에 끌려왔다. 대다수는 이웬이 감시하는 동안 죽었고, 아빠는 그의 탓이 아니라고 말씀하셨다. 이웬은 감방에 들어가 침대 위에서 그들의 몸이 차갑게 식어 있는 걸 보는 게 정말 싫었지만 섭정은 어떻게 되든 신경쓰지 않는 것 같았다. 어느 날 밤 섭정은 심지어 자기 여자를 감옥 계단 아래로 질질 끌고 내려왔다. 너무 아름다워서 아빠의 동화 이야기에서 나온 것 같은 빨간 머리 여자였지만 목에는 밧줄이 매여 있었다. 섭정은 직접 여자를 감방으로 끌고 가며 내내 욕했고, 이웬에게 사납게 말했다.

"음식도 물도 주지 마! 내가 말하기 전에는 꺼내주지도 말고!"

이웬은 여자 죄수가 있는 게 싫었다. 여자는 말도 하지 않고 심지어 울지도 않고 감방 벽만 냉랭하게 쳐다볼 뿐이었다. 섭정의 명령을 무시하고 이웬은 여자에게 음식과 물을 주고 신중하게 시계를 응시했다. 목의 밧줄 때문에 아픈 게 분명했고, 결국에 더는 참을 수가 없어서 안으로 들어가 매듭을 느슨하게 풀었다. 자신이 치료사여서 여자 목의 빨갛게 벗겨진 피부를 치료해줄 수 있다면 좋으련만, 아빠는 베인 상처 같은 것을 치료하는 아주 기본적인 구급법만 가르쳐주셨다. 아빠는 언제나 이웬이 느린 것을 참아주셨고, 그래서 문제가 생기는 경우조차 감내하셨다. 하지만 그날 밤에 여자가 죽지 않도록 보살피는 데에는 영리한 머리가 필요하지 않았고, 이웬이 실패했다면 아빠가 실망하셨을 것이다. 다음 날 섭정이 여자를 데리러 오자 이웬은 굉장히 안도했다. 섭정은 미안하다고 했지만 여자는 그를 한번 쳐다보지도 않고 지하 감옥을 나갔다.

새 여왕이 왕위에 오른 이래로 이웬은 별로 할 일이 없었다. 여왕은 섭정의 죄수들을 모두 풀어주었다. 이웬은 혼란스러웠지만 아빠는 섭정이 자신이 좋아하지 않는 말을 했다는 이유로 사람들을 감옥에 넣곤 했지만 여왕은 나쁜 일을 한 사람만 감옥에 넣는다고 설명해주셨다. 아빠는 이것이 합리적인 일이라고 하셨고, 잠깐 생각해본 다음 이웬도 아빠가 옳다는 결론을 내렸다.

27일 전에(이웬은 책에 기록해두었다), 여왕의 근위병 세 명이 꽁꽁 묶인 죄수 한 명을 앞세워 지하 감옥에 불쑥 들어왔다. 지쳐 보이지만 이웬이 보기엔 다행스럽게도 다친 데가 없는 회색 머리 남자였다. 근위병 셋은 이웬의 허락을 구하지도 않고 문이 열려 있는 3번 감방에 죄수를 집어넣었으나 이웬은 상관하지 않았다. 그는 한 번도 여왕의 근위병들과 친하게 지낸 적이 없었지만 아빠에게서 그들에 관해 전부 들었다. 그들이 여왕을 위험으로부터 지킨다는 거였다. 이웬에게 이것은 세상에서 가장 근사하고 중요한 임무처럼 들렸다. 그는 간수장이 된 것에 감사했으나 만약 좀 더 영리하게 태어났더라면 회색 망토를 두른 이 키 크고 강인한 남자들 중 한 사람이 되고 싶었을 것이다.

"잘 살펴줘. 여왕 폐하의 명이다."

머리가 새빨간 대장이 말했다.

근위병의 머리에 눈이 저절로 갔지만 이웬은 빤히 보지 않으려고 노력했다. 그도 사람들이 자신을 빤히 보는 걸 좋아하지 않았기 때문이다. 그는 감방 문을 잠그면서 죄수가 이미 침대에 누워 눈을 감고 있음을 알아챘다.

"이름이랑 죄목이 뭔가요? 기록부에 써야 하는데요."

"제이블. 죄목은 반역이다."

빨간 머리 대장은 잠깐 동안 창살 사이를 들여다보다가 고개를 흔들었다. 이웬은 남자들이 계단통으로 올라가는 것을 보았다. 그들의 목소리가 복도를 따라 뒤쪽으로 흘러왔다.

"그놈 목을 잘라버렸어야 했는데."

"머저리랑 같이 있어도 안전할 것 같아?"

"그건 여왕 폐하와 메이스의 문제야."

"그 녀석도 자기 임무는 알 거야. 아무도 도망친 적이 없잖아."

"어쨌든 폐하께서도 영원히 머저리를 간수로 두실 수는 없을 텐데."

이웬은 그 단어에 움찔했다. 그가 이렇게 커지기 전에 악동들이 그를 그렇게 부르곤 했었다. 그는 그 단어를 그냥 흘려듣는 법을 익혔지만, 여왕의 근위병들에게 그런 말을 들으니 더 아팠다. 그리고 이제 그에게는 새롭고 더 끔찍한 걱정거리가 생겼다. 교체될지도 모른다는 사실이었다. 아빠는 퇴직하시면서 이웬이 계속 남을 수 있도록 섭정에게 직접 가서 말하셨다. 하지만 아빠가 여왕 폐하와 얘기를 나눈 적은 없을 것 같았다.

새로운 죄수 제이블은 이웬이 맡아본 중에서 가장 쉬운 죄수였다. 그는 거의 말을 하지 않고 식사를 다 먹었거나 물이 떨어졌거나 오물통을 비워야 할 때에만 이웬에게 몇 마디를 했다. 한참 동안이나 이웬은 제이블이 있다는 것도 잊고 이 자리에서 쫓겨날지도 모른다는 생각밖에 할 수가 없었다. 만약 그렇게 되면 뭘 해야 되지? 아빠에게 여왕의 근위병들이 그를 뭐라고 불렀는지조차 말할 수가 없었다. 아빠가 모르시기를 바랐다.

제이블이 지하 감옥에 들어오고 닷새 후에 또다시 여왕의 근위병 세 명이 계단을 내려왔다. 그중 한 명은 감옥을 거의 나가지 않는 이웬조차 알 만큼 유명한 인물인 메이스의 라자러스였다. 이웬은 아빠에게 메이스에 대해서 수많은 이야기를 들었다. 아빠는 메이스에게 요정의 피가 흘러서 어떤 감방도 그를 잡아둘 수 없다고 하셨다. ("간수의 악몽이지, 이위!" 아빠는 차를 마시며 낄낄 웃으셨다.) 여왕의 다른 근위병들이 인상적이었다면, 메이스는 그 열 배는 인상적이었다. 이웬은 용기가 나는 한도 내에서 그를 빤히 보았다. 근위대장이 지하 감옥에 오다니! 한시바삐 아빠에게 얘기하고 싶었다.

다른 두 근위병은 곡물 포대처럼 사이에 한 죄수를 붙잡고 있었고, 이웬이 1번 감방을 열자 침대로 남자를 던져 넣었다. 메이스는 이웬에게는 굉장히 길게 느껴지는 시간 동안 죄수를 쳐다보고 서 있다가 마침내 몸을 펴고 목 안쪽을 가다듬은 다음 침을 뱉었다. 죄수의 뺨에 노랗고 질척한 액체가 정통으로 떨어졌다.

이웬은 잔인한 행동이라고 생각했다. 남자의 죄목이 뭐든 고통을 겪을 만큼 겪은 것 같았다. 그는 비참하게 웅크리고 있었고, 굶주리고 목도 말라 보였다. 다리와 상체에 난 상처 자국에 진흙이 말라붙어 있고 손목도 생살이 벗겨져 짙은 빨간색 상처가 나 있었다. 머리카락은 몇 줌이나 뽑혀나가 딱지가 앉은 피부가 드러났다. 이웬은 어쩌다 그렇게 된 건지 상상도 할 수가 없었다.

메이스가 이웬을 돌아보고 손가락을 퉁겼다.

"간수!"

이웬은 앞으로 나와 최대한 몸을 똑바로 펴고 서려고 노력했다. 아빠는 이웬이 크고 강했기 때문에 더 영리한 형제들 대신 그를 후임으로 고르셨다. 하지만 그렇게 해도 메이스의 코까지밖에는 닿지 않았다. 이웬은 자신의 머리가 둔하다는 걸 메이스가 알까 궁금했다.

"이놈을 잘 감시해. 방문객은 안 돼. 운동시키려 감방 밖으로 내보내는 것도 안 돼. 전부 다 안 돼."

"네, 알겠습니다."

이웬은 눈을 휘둥그렇게 뜨고 대답하고서 근위병들이 감옥을 나가는 것을 보았다. 이번에는 아무도 그를 놀리지 않았다. 그들이 떠나고 난 다음에야 이웬은 기록부에 적을 남자의 이름과 죄목을 묻는 걸 잊었음을 깨달았다. 멍청하긴! 메이스는 분명히 이런 것을 알아챘을 것이다.

다음 날, 아빠가 들르셨다. 이웬은 시간이 흐르거나 마법을 부리지 않는 한 새 죄수의 상처를 어떻게 할 수 없다는 걸 알면서도 최대한 보살펴주려고 노력했다. 그러나 아빠는 침상에 있는 남자를 한 번 보시고서 메이스처럼 침을 뱉으셨다.

"저 망할 놈은 치료해줄 생각도 하지 마라, 이위."

"저 사람이 누군데요?"

"목수야."

아빠의 대머리가 흐릿한 횃불 아래서도 반짝였고, 이웬은 아빠의 이마 피부가 리넨처럼 얇아진 것을 불안하게 쳐다보았다. 이웬은 마음속 깊은 곳에서 아빠도 언젠가 돌아가실 것임을 알고 있었다.

"뭘 만드는 사람이지."

"뭘 만들었는데요, 아빠?"

"우리."

아빠가 잠시 후에 대답하고 덧붙이셨다.

"아주 주의해야 한다, 이위."

이웬은 어리둥절해서 주위를 보았다. 지하 감옥에는 우리가 가득했다. 하지만 아빠는 그 이야기를 하고 싶지 않으신 것 같았고 이웬은 이해할 수 없는 다른 의문들과 함께 마음속에 그 사실을 간직해두었다. 가끔씩, 대체로 구태여 노력하지 않을 때 그 의문을 하나씩 풀 수 있었고, 그러면 엄청나고 굉장한 기분이 들었다. 새가 하늘을 쏜살같이 가로지를 때 그런 기분이 들지 않을까 싶었다. 하지만 감방의 남자를 아무리 열심히 쳐다보아도 해답은 떠오르지 않았다.

그 후 이웬은 지하 감옥에 누가 들어오든 마음의 준비가 되어 있다고 생각했지만, 아니었다. 이틀 전에 검은 티어 군복을 입은 남자 둘이 여자 하나를 잡아끌고 감옥에 들어왔다. 하지만 이번에는 섭정의 빨간 머리처럼 근사한 여자가 아니었다. 이 여자는 팔을 잡고 끌어당기는 두 남자에게 침을 뱉고 발길질을 하고 욕을 해댔다. 이웬은 그런 여자를 한 번도 본 적이 없었다. 여자는 피부에서 모든 색깔이 빠져나간 것처럼 머리부터 발끝까지 새하얬다. 머리카락 역시 햇빛 아래 너무 오래 놔둔 지푸라기처럼 색이 바랜 상태였다. 심지어는 옷 색깔도 하얬다. 한때는 하늘색이었을 수도 있다는 생각이 들었지만 말이다. 여자는 유령 같았다. 병사들은 여자를 2번 감방 문 안으로 집어넣으려고 애썼으나 여자는 창살을 잡고 버텼다.

"필요 이상으로 힘들게 만들지 말라고."

키 큰 병사가 숨을 헐떡이며 말했다.

"나가 뒈져, 축 늘어진 새우 같은 새끼야!"

병사는 끈질기게 힘을 주어 여자의 손을 창살에서 떼어내려고 했고, 다른 병사는 여자를 감방 안으로 계속 잡아당겼다. 이웬은 끼어야 할지 말아야 할지 몰라서 뒤에 서 있었다. 여자의 눈이 그에게 닿았고, 그는 몸속이 차갑게 얼어붙는 것을 느꼈다. 여자의 홍채 테두리는 분홍색이었지만 가운데 깊은 곳은 얼음처럼 반짝이는 옅은 파란색이었다. 이웬은 그 안에서 동물적이고 끔찍한 무언가를 보았다. 여자가 입을 벌렸고 이웬은 여자가 말을 하기도 전에 무슨 말이 나올지 알았다.

"난 너에 대해서 모든 걸 알아, 꼬마. 넌 반편이지."

"우릴 좀 도와봐, 이런 제기랄!"

한 병사가 사납게 말했다.

이웬은 앞으로 재빨리 나갔다. 그는 이 유령 여자의 어느 부분도 건드리고 싶지 않아서 여자의 옷을 잡고 뒤로 당기기 시작했다. 병사 둘이 함께 여자의 손가락을 떼어낸 덕택에 마침내 여자를 창살에서 떼어내 감방 안으로 던져 넣을 수 있었고, 여자는 침상에 부딪쳐 바닥으로 넘어졌다. 이웬이 간신히 문을 닫은 순간, 여자가 창살로 몸을 날리고서 다시 세 사람에게 욕설을 퍼부었다.

"젠장, 엄청나구먼!"

한 병사가 중얼거렸다. 그는 조그만 버섯처럼 사마귀가 난 눈썹 위를 훔쳤다.

"하지만 가둬놓으면 별로 문제가 되지는 않을 거야. 저 여자는 쥐새끼처럼 완전 장님이거든."

"올빼미가 사냥하러 오는지만 주의하라고."

다른 병사가 말했고 둘이 낄낄 웃었다.

"이름이랑 죄목이 뭐죠?"

"브레나. 죄목은……."

사마귀 난 병사가 동료를 쳐다보았다.

"뭐라고 해야 되지? 아마 반역일 거야."

이웬은 기록부에 죄목을 적었다. 병사들은 이제 일을 마쳐서 신이 나서는 지하 감옥을 나갔다. 그들은 유령 여자가 장님이라고 했지만 이웬은 금세 그렇지 않다는 것을 알아챘다. 그가 움직일 때면 여자가 고개를 돌렸고 파란색과 분홍색이 섞인 눈이 감옥에서 그를 따라다녔다. 그가 고개를 들면 여자의 시선은 그에게 고정되어 있고 입가에는 끔찍한 미소가 번져 있었다. 대체로 이웬은 감방 안에 들어가서 죄수들에게 음식을 주곤 했다. 덩치가 워낙 커서 비무장한 남자에겐 육체적으로 밀릴 일이 없기 때문이었다. 하지만 이제는 감방 앞에 조그만 문이 있어서 여자의 음식 쟁반을 거기로 넣어줄 수 있다는 사실에 감사했다. 그는 여자와의 사이에 안전한 창살이 있기를 바랐다. 2번 감방은 위험한 죄수에게는 최적의 감방이었다. 이웬의 조그만 생활공간에서 바로 보이는 데다, 그는 깊이 잠들지 않기 때문이다. 하지만 이제 잠자리에 들 시간이 되면 그 끔찍한 시선이 느껴져서 잘 수가 없었고, 결국에는 문 때문에 시야가 가리는 구석으로 침대를 옮겼다.

그래도 어둠 속에서조차 잠도 자지 않고 악의로 가득한 여자의 존재가 느껴졌고, 덕택에 지난 며칠 동안 잠자리가 편치 않고 중간중간 자꾸 깼다.

오늘 밤, 저녁 식사를 마치고 빈 감방에 쥐나 곰팡이가 있는지 확인하고서(둘 다 없었다. 그는 이틀에 한 번씩 감방들을 말끔하게 청소했다) 이웬은 그림을 들고 자리에 앉았다. 그는 계속해서 자신이 본 것들을 그려보려고 노력했지만 언제나 실패했다. 적당한 종이와 좋은 물감과 붓만 있으면 간단한 일일 것 같았고, 아빠가 지난 생일에 선물로 주시기까지 했으나, 영상은 언제나 그의 머리와 종이 사이 어디선가 사라졌다. 왜 늘 이런 식인지 알 수가 없었지만, 늘 그랬다. 그가 3번 감방의 죄수 제이블을 그려보려고 할 때 계단 위쪽의 문이 벌컥 열렸다.

잠깐 동안 이웬은 탈옥인가 하고 두려움을 느꼈다. 아빠는 간수로서 최악의 수치인 탈옥에 대해서 종종 경고하셨다. 계단 위쪽 문 바깥에 병사 두 명이 보초를 서고 있지만 지하 감옥 안에는 이웬 혼자뿐이었다. 누군가가 강제로 안으로 들어오려고 하면 어떻게 해야 하는지 그는 몰랐다. 그래서 책상 위의 칼을 움켜잡았다.

하지만 문 열리는 소리에 이어 수많은 목소리와 발소리가 들렸다. 전혀 예상도 못 했던 소리에 이웬은 책상에 앉아서 누가 오는지 보일 때까지 기다렸다. 잠시 후 어떤 여자가 지하 감옥으로 들어왔다. 짧게 자른 갈색 머리에 은색 왕관을 쓴 키 큰 여자였다. 목에 두른 반짝이는 섬세한 은제 사슬 끝에 커다란 파란색 보석 두 개가 매달려 있었고, 여자의 주위로는 여왕의 근위병 다섯 명이 있었다. 이웬은 이 모든 사실을 잠깐 생각해본 다음 벌떡 일어섰다. 여왕 폐하다!

여왕은 우선 3번 감방 창살 앞으로 가서 사이를 들여다보았다.

"어떻게 지냈지, 제이블?"

침대의 남자는 그녀를 향해 텅 빈 눈을 들어 올렸다.

"잘 있었습니다, 폐하."

"더 할 말은 없고?"

"없습니다."

여왕은 허리에 양손을 올리고 짧은 숨을 내쉬었다. 아빠가 실망하셨을 때 내는 것과 똑같은 소리였다. 그다음에 여왕은 1번 감방으로 가서 거기 누워 있는 다친 남자를 바라보았다.

"비참한 꼬락서니로군요."

메이스가 웃었다.

"꽤나 혹독한 처우를 겪었거든요, 레이디. 제가 고안하는 것보다도 어쩌면 더 혹독했을 겁니다. 데빈스슬로프에서 그놈이 목수 일을 해주는 대신 음식을 달라고 했는데 마을 사람들이 놈을 붙잡아 뉴런던으로 오는 내내 마차에 묶어놨습니다. 놈이 쓰러진 다음에는 여기까지 질질 끌고 왔고요."

"마을 사람들에게 돈은 줬나요?"

"총 200을 줬습니다, 폐하. 운 좋은 일이었죠. 저희에게는 국경 마을들의 충성이 필요하고, 그 돈이면 데빈스슬로프가 1년은 먹고살 수 있을 테니까요. 거기서는 현금을 볼 일이 별로 없습니다."

여왕은 고개를 끄덕였다. 그녀는 섭정의 빨간 머리 여자처럼 언제나 섬세하고 아름다운, 아빠의 이야기 속 여왕처럼 보이지 않았다. 이 여왕은…… 강인해 보였다. 어쩌면 남자처럼 짧은 머리 때문일 수도 있고, 혹은 발을 벌리고 한 손을 초조하게 엉덩이께에 대고 툭툭 치며 서 있는 모습 때문일 수도 있었다. 이웬의 머릿속에 아빠가 자주 하시는 말이 떠올랐다. 이 여자는 함부로 건드리면 안 될 사람처럼 보였다.

"너! 배내커!"

여왕이 침대의 남자를 향해 손가락으로 딱 소리를 냈다.

죄수가 신음하며 머리에 손을 올렸다. 팔의 상처에 딱지가 앉아 낫는 중이었지만 남자는 여전히 굉장히 연약해 보였고, 아빠의 말을 들었음에도 이웬은 약간 동정심을 느꼈다.

"포기하십시오, 레이디. 한동안은 저놈에게서 아무것도 못 알아내실 겁니다. 그런 여행을 하고 나면 사람의 정신은 망가집니다. 대체로는 그러려고 하는 거죠."

여왕은 지하 감옥을 둘러보았고, 짙은 초록색 눈이 이웬에게로 향하자 그는 정신이 번쩍 들었다.

"그대가 내 간수인가?"

"예, 폐하. 이웬입니다."

"이 감방을 열게."

이웬은 앞으로 나와 벨트에서 열쇠를 찾으며 아빠가 열쇠에 전부 다 꼬리표를 붙여놔서 커다란 2가 쓰인 열쇠를 쉽게 찾을 수 있다는 사실에 속으로 감사했다. 여왕을 기다리게 만들고 싶지 않았다. 한 달에 한 번씩 그는 아빠가 가르치신 대로 자물쇠에 기름칠을 했고, 열쇠가 끽끽거리거나 헛돌지 않고 매끄럽게 돌아가서 기뻤다. 그가 물러서자 여왕이 근위병들과 함께 감방 안으로 들어갔다. 그녀는 못생기고 들쭉날쭉한 이가 난 커다란 남자 쪽으로 몸을 돌렸다.

"일으켜 세워요."

커다란 근위병이 침대에서 죄수를 끌어내 목을 잡고 바닥에 발이 닿지 않을 정도로 들어 올렸다.

여왕이 죄수의 얼굴을 후려쳤다.

"네가 리엄 배내커인가?"

"그렇습니다."

죄수가 낮고 탁한 목소리로 웅얼거렸다. 코피가 흘러내리기 시작했고, 그 모습에 이웬은 움찔했다. 왜 이 사람들은 이렇게 잔인한 걸까?

"아렌 소른은 어디 있지?"

"모릅니다."

여왕은 이웬이 따라 했다가 아빠에게 볼기를 맞은 적이 있는 욕을 했고, 메이스가 끼어들었다.

"우리를 만드는 걸 누가 도왔지?"

"아무도 안 도왔습니다."

메이스가 여왕을 돌아보았다. 이웬은 두 사람이 한참 동안이나 눈길을 교환하는 것을 홀린 듯이 쳐다보았다. 그들은 서로 말하고 있었다······ 입도 열지 않고서!

"아니, 지금 와서 그런 걸 시작하진 않을 거예요."

여왕이 마침내 말했다.

"레이디—"

"결코라고 말한 건 아니에요, 라자러스. 하지만 이렇게 보상이 적은 일을 위해서 하진 않을 거예요."

여왕은 감방에서 나오며 근위병들에게 따라오라고 신호했다. 커다란 근위병은 죄수를 도로 침대 위에 던졌고 남자는 아코디언처럼 식식거리며 숨을 쉬었다. 이웬은 평가하는 듯한 메이스의 눈길을 느끼며 즉시 감방 문을 잠갔다.

"그리고 너."

여왕은 2번 감방에 있는 여자 쪽으로 시선을 돌리고서 말했다.

"네가 진짜 귀중한 포획물이지, 안 그래?"

유령 여자가 킬킬 웃었다. 금속으로 유리를 긁는 소리 같았다. 이웬은 손으로 귀를 틀어막고 싶었다. 여자는 여왕을 향해 썩은 아랫니를 드러내고 히죽 웃었다.

"주인님께서 돌아오시면 우리를 갈라놓은 대가로 너한테 벌을 줄 거야."

"왜 그가 네 주인이지? 그가 너에게 뭘 해줬지?"

여왕이 물었다.

"그분은 날 구해주셨어."

"넌 바보야. 그는 자기 목을 구하려고 널 버렸어. 넌 그 노예 상인한테 그저 물건일 뿐이야."

여자가 창살로 몸을 날리고서 우리 안에서 푸드덕거리는 새의 날개처럼 팔을 허우적거렸다. 심지어는 메이스조차 한 걸음 물러섰으나 여왕은 창살에서 겨우 몇 센티미터 떨어진 곳까지 다가갔다. 너무 가까워서 이웬이 경고의 말을 외치고 싶을 정도였다.

"나를 봐, 브레나."

유령 여자는 고개를 들고서 시선을 돌리고 싶지만 그럴 수가 없는 것처럼 얼굴을 찡그렸다.

"네 말이 맞아. 네 주인은 오겠지. 그리고 그가 오면 내가 잡을 거야."

여왕이 말했다.

"내 마법이 그분을 보호해드릴 거야."

"나한테도 나만의 마법이 있지. 느껴지지 않아?"

브레나의 얼굴이 갑작스러운 고통으로 찌푸려졌다.

"내 성벽에 네 주인의 시체를 매달 거야. 그 모습이 보여?"

"그럴 순 없어! 그럴 순 없어!"

유령 여자가 울부짖었다.

"독수리들에게 좋은 장난감이 되겠지. 넌 그를 보호할 수 없어. 넌 그저 미끼일 뿐이야."

여왕이 매끄럽게 말했다.

유령 여자는 맹금의 울음소리처럼 높고 귀를 찌르는 분노의 고함을 질렀다. 이웬은 귀를 막았고 여왕의 근위병들도 여러 명 귀를 막았다.

"조용."

여왕이 명령했고 여자의 고함 소리는 시작만큼이나 갑작스럽게 뚝 그쳤다. 그녀가 분홍색 눈을 둥그렇게 뜨고 겁에 질려 침상에서 몸을 웅크린 채 여왕을 쳐다보았다.

여왕이 다시 이웬을 돌아보았다.

"이 세 죄수들을 전부 인도적으로 대해줘."

이웬이 입술을 깨물었다.

"그 단어는 잘 모르겠습니다, 폐하."

"인도적으로. 음식과 물과 옷을 충분히 주고, 괴롭히지 말고, 잘 수 있게 해주고."

여왕이 성급한 어조로 말했다.

"어, 폐하, 사람을 잘 수 있게 하는 건 어려운 일입니다."

여왕은 미간을 찌푸리고 그를 골똘히 쳐다보았고 이웬은 자신이 뭔가 잘못된 말을 했음을 깨달았다. 아빠가 간수이고 이웬이 그저 조수이던 시절이 훨씬 쉬웠다. 아빠는 이웬이 잘 이해하지 못할 때면 언제나 끼어드셨다. 누가 화내기 전에 사과하는 편이 항상 더 나았기 때문에 그가 막 사과하려는데 여왕의 이마에서 갑자기 주름이 사라졌다.

"그대는 여기서 혼자 지내지, 이웬?"

"네, 폐하. 아빠가 은퇴하신 이후로요. 관절염이 너무 심해지셨거든요."

"그대의 지하 감옥은 굉장히 깨끗한 것 같아."

"감사합니다, 폐하. 이틀에 한 번씩 청소하고 있어요."

그걸 알아챈 사람은 아빠 외에 여왕이 처음이었기에 그는 미소를 지으며 대답했다.

"아버님이 보고 싶어?"

이웬은 여왕이 자신을 놀리려고 하는 걸까 생각하며 눈을 끔벅였다. 섭정은 놀리는 걸 좋아했고 그의 근위병들은 더 심했다. 이웬은 그들의 얼굴에서 잘 감추어져 있지만 절대로 완전히 없어지지는 않는, 교활하고 심술궂은 기색을 드러내는 신호를 찾는 법을 익혔다. 그러나 여왕의 얼굴은 엄격하지만 심술궂지는 않았기에 이웬은 솔직하게 대답했다.

"네. 제가 이해할 수 없는 것들이 많은데 아빠가 늘 설명해주셨거든요."

"하지만 그대는 그대의 일을 좋아하지."

이웬은 바닥을 내려다보며 다른 근위병을, 그를 머저리라고 불렀던 사람을 떠올렸다.

"네."

여왕은 2번 감방 앞에 서라고 그에게 손짓을 했다.

"이 여자는 위험해 보이지 않을 수도 있지만, 실은 위험해. 그리고 굉장히 중요하지. 매일 이 여자를 감시하면서 이 여자에게 속지 않을 수 있겠어?"

이웬은 유령 여자를 바라보았다. 지하 감옥에는 그 여자보다 더 크고 거친 죄수들도 많이 들어왔었다. 그중 여럿이 아픈 척하거나 이웬에게 돈을 주겠다고 하거나 검을 잠시만 빌려달라는 등 이웬을 속이려고 했었다. 유령 여자는 증오가 번뜩이는 눈으로 여왕을 쳐다보았고 이웬은 여왕이 옳다는 것을 깨달았다. 이 여자는 강인하고 영리하고 예리한 죄수가 될 것이다.

하지만 나도 영리할 수 있어.

"그대가 그럴 수 있을 거라고 믿어."

여왕은 그렇게 말했고 이웬은 펄쩍 뛰었다. 자신은 아무 말도 하지 않았기 때문이다. 그는 돌아섰다가 놀라서 입이 떡 벌어질 만한 것을 목격했다. 여왕의 목에 걸린 파란 보석들이 횃불만큼 환한 빛을 내며 반짝이고 있었다.

"일주일에 한 번씩 위로 올라와서 세 죄수들에 관해서 내게 보고해줘. 필요하면 기록해도 좋아."

여왕이 계속해서 말했다.

이웬은 여왕이 그가 읽고 쓸 수 있을 거라고 가정하고 말하는 것에 기뻐서 고개를 끄덕였다. 사람들 대부분은 그가 글을 모를 거라고 생각했지만 아빠는 그가 기록부를 관리할 수 있도록 글을 가르치셨다.

"고통이 뭔지 알아, 이웬?"

"네, 폐하."

"이 세 죄수들 뒤에 다른 남자가 있어. 키가 크고 못 먹은 사람처럼 비쩍 마른 새파란 눈을 가진 남자야. 이 남자는 고통의 중개인이고, 난 그를 산 채로 잡고 싶어. 혹시라도 그를 보면 즉시 라자러스에게 연락해. 내 말 알겠지?"

이웬은 다시 고개를 끄덕였다. 머릿속에는 이미 그녀가 말한 모습이 가득 찼다. 이제 그 남자를 생생하게 볼 수 있었다. 커다랗고 허수아비 같은 몸에 거대한 파란색 등불 같은 눈. 그 남자를 당장에 그려보고 싶었다.

여왕이 손을 내밀었다. 잠시 후에 이웬은 여왕이 그와 악수하고 싶어 한다는 것을 깨달았다. 근위병들이 긴장했고 몇 명은 검에 손을 올려서 이웬은 아주 신중하게 손을 내밀어 여왕의 손을 잡고 악수했다. 여왕은 아무 반지도 끼지 않았고 이웬은 그 이유가 궁금했다. 그리고 자신이 여왕을 만났고 여왕은 상상했던 모습과 전혀 달랐다고 하면 아빠가 뭐라고 하실까 궁금했다. 그는 감방 옆에 서서 한쪽 눈은 죄수들에게 고정하면서도 여왕이 다섯 명의 근위병에게 둘러싸여 파도에 실린 것처럼 일렁거리며 복도를 지나 계단을 올라가서 지하 감옥을 나가는 것을 줄곧 훔쳐보았다.

켈시 글린에게는 욱하는 성미가 있었다.

그녀도 이 사실이 자랑스럽지는 않았다. 켈시는 화낼 때의 자신이 싫었다. 심장이 쿵쿵거리고 분노가 눈앞을 두껍게 가리는데도 억제되지 않은 분노에서 자기 파괴까지 이어지는 길이 여전히 명확하게 보이기 때문이었다. 분노는 판단력을 흐리게 하고, 형편없는 결정을 내리게 만들었다. 분노는 여왕이 아니라 어린애의 응석이었다. 칼린은 여러 번 이 사실을 그녀에게 주지시켰고 켈시도 귀를 기울였다. 하지만 분노가 켈시를 뒤덮을 때면 칼린의 말조차 효과가 없었다. 그것은 모든 장애물을 휩쓰는 밀물이었다. 그리고 자신의 분노가 파괴적이기는 하지만 가슴 깊은 곳, 태어나면서부터 주입된 그 모든 통제력의 아래 자리한 진짜 자신에게 가장 가까워질 수 있는 순수한 감정이라는 것도 잘 알았다. 그녀는 화가 난 채로 태어났고, 종종 모든 가식을 지우고 진정한 자신을 드러내 분노를 터뜨리면 어떤 기분일까 궁금했다.

지금 켈시는 분노를 억누르려 굉장히 노력하고 있었지만 탁자 맞은편에 앉은 남자의 한마디 한마디가 댐 너머로 점점 더 시커먼 파도를 솟구치게 만드는 중이었다. 메이스와 펜은 옆자리에 있었고 알리스와 타일러 신부는 탁자에서 좀 더 아래편 자리에 앉아 있었다. 하지만 켈시의 눈에는 맞은편 끝에 앉아 있는 버몬드 장군밖에 보이지 않았다. 그의 앞 탁자에는 우스꽝스러운 파란색 깃털이 달린 철제 투구가 놓여 있었다. 버몬드는 방금 전선에서 온 까닭에 갑옷을 완전히 차려입고 있었다.

"전 군대를 너무 얄팍하게 펼쳐놓고 싶지 않습니다, 폐하. 그건, 이 계획은 자원을 형편없이 사용하는 겁니다."

"그대에게는 모든 것이 전투여야 하나요, 장군?"

그는 고개를 흔들며 끈질기게 자신의 주장을 개진했다.

"왕국을 지키거나 사람들을 지키거나 둘 중 하나입니다, 폐하. 둘 다 하실 만한 인력이 없습니다."

"사람들이 땅보다 더 중요해요."

"존경스러운 말씀입니다만 형편없는 군사 전략입니다, 폐하."

"지난번 침공 때 이 사람들이 어떤 고통을 겪었는지 알잖아요."

"폐하보다 더 잘 알지요. 폐하께선 그때 태어나지도 않으셨으니까요. 카델 강물이 시뻘겠습니다. 대량 학살이었죠."

"그리고 대규모 강간이었고요."

"강간은 전쟁의 무기입니다. 여자들은 극복했고요."

"이런 맙소사."

메이스가 낮게 내뱉고 켈시의 팔을 붙잡았다. 그녀는 약간 죄책감을 느꼈다. 메이스가 그녀의 마음을 알아챘기 때문이었다. 버몬드 장군이 나이가 많고 다리를 전다 해도 그녀는 여전히 그를 의자에서 끌어내서 힘껏 몇 번 걷어차줄까 생각하던 중이었다. 그녀는 깊게 숨을 들이켜고 신중하게 말했다.

"여자들과 함께 남자들도 강간당했어요, 장군."

버몬드는 짜증스럽게 인상을 찌푸렸다.

"그건 뜬소문입니다, 폐하."

켈시의 눈이 타일러 신부의 눈과 마주쳤고 그가 고개를 살짝 흔드는 게 보였다. 심지어 20년이 지났는데도, 아무도 지난번 침공의 이런 면에 관해서는 이야기하고 싶어 하지 않았다. 하지만 아배스는 침공을 실제로 기록했던 유일한 관찰자인 지역 교구 사제들에게 그와 같은 보고를 수두룩하게 받았다. 강간은 전쟁의 무기고 모트군은 성별을 구분하지 않았다.

켈시는 갑자기 홀 대령이 이 회의에 참석할 수 있었으면 좋았을 거라고 생각했다. 그는 항상 그녀의 말에 동의하지는 않았지만 최소한 오래전에 머리가 굳어버린 장군과 달리 상황의 모든 면을 기꺼이 살펴보려고 했다. 그러나 모트군이 며칠 전에 국경에 다다랐기 때문에 홀을 불러낼 여유가 없었다.

"주제에서 벗어나고 있습니다, 폐하."

알리스가 지적했다.

"맞아요. 우린 이 사람들을 지켜야 돼요."

켈시가 다시 버몬드를 보고 말했다.

"그러면 난민 수용소를 짓고 집을 잃은 자들을 전부 거기 수용하십시오, 폐하. 하지만 제 병사들을 더 중요한 일에서 끌어내지는 마십시오. 폐하의 보호를 원하는 자들은 자기 힘으로 도시까지 올 수 있을 겁니다."

"혼자 오기에는 위험한 여행길이고, 특히 어린애들까지 있으면 더할 거예요. 첫 번째 난민 무리가 이제 막 언덕에서 내려왔고 벌써 오는 길에 희롱과 폭력 사건이 일어났다는 보고를 받았어요. 그게 우리가 제공할 수 있는 유일한 선택지라면 모트군이 더 가까이 다가와도 많은 사람들이 그냥 마을에 머물려고 할 거예요."

"그러면 그건 그들의 선택이죠, 폐하."

켈시의 마음속에 있는 댐이 기반부터 약해지며 흔들거렸다.

"정말로 올바른 행동이 뭔지 모르는 건가요, 아니면 그게 더 쉽기 때문에 모르는 척하는 건가요, 장군?"

버몬드의 뺨이 붉어졌다.

"여기서 올바른 행동은 여러 가지가 있습니다."

"난 그렇게 생각하지 않아요. 여기엔 농사 말고는 아무 일도 해본 적이 없는 남녀와 아이들이 있어요. 무기라는 게 있다면 나무로 된 것뿐이죠. 침공은 대학살극이 될 거예요."

"정확한 말씀입니다. 그들을 보호하는 최고의 방법은 모트군이 이 나라를 아예 침공하지 않게 만드는 겁니다."

"정말로 티어군이 국경을 지킬 수 있을 거라고 믿나요?"

"물론입니다, 폐하. 그렇지 않다고 생각하는 건 반역입니다."

켈시는 뺨 안쪽으로 이를 꽉 악물었다. 저 말 속에 들어 있는 인지 부조화를 도저히 믿을 수가 없었다. 국경에서 오는 홀의 보고서는 시계처럼 규칙적이고 재앙처럼 음울했지만, 켈시는 이 전쟁의 진짜 상태를 홀에게서 들을 필요가 없었다. 티어군은 앞으로 닥칠 일을 절대로 막아내지 못할 것이다. 지난주부터 켈시의 환영이 더 강해지기 시작했다. 앨먼트 평원 서부를 검은 천막과 병사들이 바다처럼 뒤덮고 있었다. 칼린 글린이 키운 소녀는 절대로 환영을 믿지 않았겠지만 켈시의 세계는 칼린의 도서관보다 훨씬 더 넓어졌다. 모트군은 올 거고, 티어군은 그들을 막지 못할 것이다. 바랄 수 있는 건 오로지 모트군의 속도를 늦추는 것뿐이었다.

알리스가 다시 말했다.

"티어군 보병들은 훈련이 미비합니다, 폐하. 부적절하게 보관한 탓에 부딪치면 부서지는 주석 무기들에 대한 보고도 받았고요. 게다가 사기 문제도 심각합니다."

버몬드가 격분해서 그를 돌아보았다.

"내 군대에 첩자를 심어놨나?"

"첩자 같은 건 필요하지 않습니다. 이런 문제들은 모두가 알고 있는 거니까요."

알리스가 냉랭하게 대답했다.

버몬드는 분노를 별로 우아하지 못하게 삼켰다.

"그러면 제한된 시간을 훈련과 보급에 써야 할 더 많은 이유가 생긴 셈이군요, 폐하."

"아뇨, 장군."

켈시는 종종 그러듯이 갑작스럽게 결정을 내렸다. 왜냐하면 그것만이 밤에 푹 잘 수 있게 해줄 유일한 일인 것 같았기 때문이었다.

"우린 자원을 가장 좋은 곳에 쓸 거예요. 피난에 말이죠."

"거부합니다, 폐하."

"그래요?"

켈시의 분노가 솟구쳐서 파도처럼 부서졌다. 그것은 근사한 기분이었지만 언제나처럼 망할 놈의 이성이 끼어들었다. 버몬드를 잃을 수는 없었다. 그녀의 군대에서 나이 든 병사들의 너무 많은 수가 그의 지도력에 잘못된 신뢰를 품고 있었다. 그녀는 억지로 상냥한 미소를 지었다.

"그러면 그대를 지휘관에서 해임해야겠군요."

"그러실 수는 없습니다!"

"물론 할 수 있어요. 지휘할 준비가 된 대령이 있잖아요. 대령은 훌륭한 능력을 갖추고 있고 그대보다 확실히 더 현실주의자고요."

"제 군대는 홀을 따르지 않을 겁니다. 아직은요."

"하지만 나는 따르겠죠."

"말도 안 됩니다."

하지만 버몬드의 눈은 그녀의 눈길을 피했다. 그도 소문을 들은 것이다. 켈시와 근위대가 아가이브 고개에서 돌아온 지 채 한 달이 지나지 않았지만 켈시가 아렌 소른의 반역자들에게 엄청난 홍수를 내려보내 쓸어버렸다는 얘기가 이제 모든 사람들에게 퍼져 있었다. 그것은 뉴런던의 술집과 시장에서 사람들이 이야기꾼에게 계속해서 요청하는 인기 있는 이야기였고, 안전에도 놀라운 효과를 미쳤다. 아무도 이제 더 이상 성에 숨어 들어오려 하지 않는다고 메이스는 거의 유감스러운 어조로 켈시에게 말했다. 아가이브에서의 사건은 정치적 상황을 엄청나게 바꾸어놓았고 버몬드도 그것을 잘 알았다. 켈시는 피 냄새를 맡고서 몸을 앞으로 기울였다.

"정말로 그대의 군대가 *나를* 거역할 거라고 믿나요, 버몬드? 그대를 위해서?"

"물론이지요. 제 부하들은 충성스럽습니다."

"그 충성심을 시험했는데 기대에 못 미친다면 안타깝겠군요. 그냥 피난을 돕는 편이 더 쉽지 않겠어요?"

버몬드는 사납게 노려보았으나 켈시는 그 시선이 약해지는 것을 보고 마음이 놓였다. 회의를 시작하고 처음으로 분노가 약간 누그러지는 것을 느꼈다.

"숙소도 숙소입니다만 모트군이 오면 어떻게 하실 겁니까, 폐하? 이 도시는 이미 붐빕니다. 사람을 50만 명이나 더 수용할 만한 공간이 없습니다."

켈시는 자신에게 대답이 있기를 바랐지만 이 문제에는 쉬운 해결책이 없었다. 뉴런던은 이미 인구가 넘쳤고 수도와 위생 같은 문제들이 발발하고 있었다. 역사적으로 도시의 인구 과잉 지역에서 전염병이 일어나면 거의 통제가 불가능했다. 인구가 두 배로 늘면 이런 문제는 기하급수적으로 늘어날 것이다. 켈시는 가족들에게 성을 개방할 계획이었지만 그 엄청난 규모에도 난민의 4분의 1밖에는 수용할 수가 없었다. 나머지는 어디에 수용해야 할까?

"뉴런던은 그대의 걱정거리가 아니에요, 장군. 라자러스와 알리스가 포위전 준비를 담당하고 있어요. 그대는 왕국의 나머지 부분을 걱정하세요."

"걱정하고 있습니다. 폐하. 폐하께서는 판도라의 상자를 여신 겁니다."

켈시는 표정을 바꾸지 않았지만 버몬드의 얼굴에 떠오른 만족스러운 표정은 그가 핵심을 찔렀음을 잘 안다는 걸 보여주었다. 켈시는 혼돈의 문을 열었고 달리 대안이 없었다고 스스로에게 말하고는 있지만 밤이면 분명히 다른 대안이 있었다는, 선적을 멈추면서도 이후의 피바람을 피할 수 있는 길이 있었다는 확신 때문에 잠이 오지 않았다. 자신이 조금만 더 똑똑했다면 분명히 그 대안을 찾을 수 있었을 거라는 생각이 켈시를 괴롭혔다. 그녀가 천천히 숨을 들이켰다.

"아무리 비난해도 지나간 일은 지나간 거예요, 장군. 그대의 임무는 나를 도와 피해를 최소화하는 거죠."

"신의 바다를 둑으로 막으려는 것처럼 말입니까, 폐하?"

"바로 그렇게요, 장군."

그녀가 그를 보고 씩 웃었다. 그 사나운 웃음에 버몬드가 의자에서 움찔 물러났다.

"첫 번째 난민 무리가 내일 앨먼트에 도착할 거예요. 그들에게 호위병을 좀 붙이고 나머지도 이동시키기 시작하세요. 마을들을 싹 비워요."

"그래서 폐하께서 생각하시는 것처럼 제 군대가 약하면 어떻게 될까요, 폐하? 폐하의 어머님 시절에 그랬던 것처럼 모트군은 뉴런던까지 곧장 진격할 겁니다. 대부분의 병사들이 봉급을 받지만 그건 아주 적습니다. 그들은 약탈로 부를 얻고, 이곳엔 약탈할 것들이 많습니다. 제가 그들이 국경을 넘어오는 걸 막지 못하면 정말로 폐하께서 도시 약탈을 막으실 수 있을 거라고 생각하십니까?"

켈시의 눈이 뭔가 잘못됐다. 두꺼운 구름이 가장자리는 흐리게, 가운데는 두껍게 시야를 가리는 것 같았다. 사파이어가 한 걸까? 아니, 보석은 몇 주 동안 조용했고 지금은 어둡고 얌전하게 가슴 위에 매달려 있었다. 켈시는 머리를 맑게 하려고 빠르게 눈을 깜박였다. 버몬드 앞에서 지금 약한 모습을 보일 수는 없었다.

"난 도움을 구하고 있어요. 카다르와 협상의 문을 열어놨어요."

그녀가 그에게 말했다.

"그래서 무슨 소용이 있겠습니까?"

"카다르 왕이 우리에게 군사를 좀 빌려줄 수도 있죠."

"헛된 희망입니다, 레이디. 카다르인들은 언제나 그랬듯이 고립주의자들입니다."

"알아요. 하지만 난 모든 선택지를 탐색하고 있어요."

"레이디? 괜찮으십니까?"

펜이 조용히 물었다.

"괜찮아요."

켈시가 중얼거렸지만 이제 시야 전체에서 반점이 춤추기 시작했다. 곧 정신을 잃을 게 분명한데 버몬드 앞에서 그럴 수는 없었다. 그녀는 균형을 잡느라 탁자를 붙잡고 일어섰다.

"레이디?"

"난 괜찮아요."

그녀는 다시 말하고는 머리를 맑게 하려고 고개를 흔들었다.

"폐하께 무슨 문제가 있는 건가?"

버몬드가 물었지만 그의 목소리는 벌써 희미했다. 세상이 갑자기 비 냄새로 가득 찼다. 켈시는 탁자를 꽉 잡았지만 광을 낸 미끄러운 나무가 손가락 아래서 빠져나가는 게 느껴졌다.

"폐하를 잡아! 쓰러지실 거야!"

메이스가 소리쳤다.

펜의 팔이 허리를 감싸는 게 느껴졌으나 그의 손길이 달갑지 않아서 그녀는 그를 밀쳐냈다. 시야가 완전히 흐려지고 낯선 환경이 보였다. 조그만 칸과 회색빛의 위협적인 하늘. 당황해서 그녀는 눈을 질끈 감았다가 다시 뜨며 알현실과 근위병들, 자신이 아는 것을 찾으려고 했다. 하지만 그런 것은 전혀 보이지 않았다. 메이스, 펜, 버몬드…… 모두가 사라졌다.

2장

릴리

"그저 교차 지점이죠."

미코버 씨가 안경을 만지작거리며 말했다.

"그저 교차 지점이에요. 거리는 굉장히 멀죠."

—《데이비드 코퍼필드》, 찰스 디킨스(선크로싱 시대 영국인)

먹구름이 비를 확실하게 예고하는 짙은 회색의 세계에서 그녀는 눈을 떴다. 앞 유리창 바깥으로 멀리 짙은 회색 그림자들이 가득한 황량한 하늘이 보였다.

맨해튼.

차가 다리를 건너다가 울퉁불퉁한 곳을 지났고 릴리는 짜증이 난 채 창밖을 보았다. 그레그가 생활비를 담당하고 있었고, 매달 다리를 이용하기 위해 상당량의 돈을 공과금으로 내고 있다고 짐 헨더슨에게 말하는 것을 엿들은 적이 있다. 돈을 받았으면 도로 포장을 보수해야 했다. 하지만 절대로 맡은 임무를 제대로 수행하지 않았고, 최근에 릴리는 튀어나왔거나 팬

곳들이 수리되기까지 시간이 점점 더 오래 걸린다는 것을 알아챘다. 그래도 도시로 나올 때 공공 다리를 사용할 수는 없었다. 공공 도로를 지나는 렉서스는 훔쳐 가달라고 애원하는 것처럼 보일 것이다. 이 다리와 연계 도로들은 보안 요원들이 정기적으로 순찰을 돌았고 조녀선이 비상 단추를 누르면 당장에 경찰들이 나타날 것이다. 안전을 위해서라면 움푹 팬 곳쯤은 사소한 대가였다.

다리가 끝나고 높은 벽이 낮은 담으로 바뀌자 릴리는 기대하며 창밖을 보았다. 점점 더 도시에 올 일이 줄고 매번 올 때마다 상황이 더 악화되는 느낌이었지만 그래도 그녀는 도시에 오는 게 좋았다. 뉴가나안에 있는 집은 친구들 집처럼 하얀 기둥이 있는 아름답고 넓은 식민지 시대풍이었다. 하지만 모든 것이 똑같으면 소도시 전체가 지루해질 수도 있었다. 릴리는 벽 바깥으로의 이 드문 여행을 위해 디너파티를 열 때보다도 더 신중하게 옷을 차려입었다. 위험하든 아니든 이 나들이는 언제나 대단한 일 같았다.

길 옆쪽 담장 가장자리를 넘겨다보자 내리는 비를 피하기 위해서 쓰레기 봉투를 매달아놓은 슬럼가가 보였다. 임시 지붕 아래와 벽 밑에 덩어리 같은 사람들이 꼼짝 않고 웅크리고 있었다. 결혼한 직후에 그레그가 처음 릴리를 뉴욕에 데려왔을 때 건물 대부분은 이미 비었고 창문에는 임대 간판이 다닥다닥 붙어 있었다. 지금은 불법 거주자들이 간판까지 떼어 갔고 수많은 건물들이 버려져서 보안 요원들도 시내에는 거의 신경을 쓰지 않았다. 검은 창문들 때문에 이 건물들은 텅 빈 것처럼 보였지만, 실은 그렇지 않았다. 릴리는 그 안에 있는 것들을 상상도 하고 싶지 않았다. 마약, 범죄, 매춘…… 심지어는 아무것도 모르고 자다가 장기 밀매를 위해 살해되는 사람들도 종종 있다는 기사를 온라인으로 읽었다. 벽 바깥에는 법이라고는 없었다. 어떤 것도 안전하지 않았다.

그레그는 장벽 바깥의 사람들이 게으르다고 말했지만, 릴리는 한 번도 그런 식으로 생각해본 적이 없었다. 그들은 그저 불운했다. 부모가 릴리나 그레그의 부모처럼 부유하지 못했던 거다. 그레그는 프린스턴에 다니던 때에는 그렇게 융통성이 없진 않았다. 가끔 주말이면 노숙자들을 위해 봉사도 했었다. 그렇게 두 사람이 만나게 됐다. 둘 다 트렌턴에 있던, 뉴저지에 마지막 남은 노숙자 쉼터에서 봉사했었다. 하지만 요즘은 점점 더 그레그가 자기 이력서에 써넣기 위해서 그랬던 게 아닌가 하는 생각이 들었다. 그는 다음 해 여름에 정부 인턴십에 들어갔다. 릴리는 영어를 공부하러 스워스모어로 갔다. 그녀가 좋아하는 유일한 것이 영어였기 때문이다. 그 무렵에는 모든 책들이 프리웰 정부가 반미국적이라고 여기는 섹스의 자유, 신성모독, 기타 다른 것들과 함께 폐기된 상태였다. 하지만 릴리는 여전히 책을 즐길 수 있었고 그 살균된 표면 깊은 곳에서 근사한 이야기를 찾을 수 있었다. 그녀는 학교에 있는 게 좋았고 미래에 관한 생각을 하면 두렵고 불안해졌다. 야심에 찬 그레그는 여름이면 워싱턴에서 일하고, 부모님의 친구들과 인맥을 만들기 위해 주말마다 수도 없이 뉴욕으로 가곤 했다. 릴리는 그게 좋았다. 그레그가 자신의 삶이 어디로 갈지 방향키를 잡고 있는 것처럼 보여서 좋았다. 그가 국방부 하청업자들과의 연락 담당 보조라는 좋은 일자리를 얻고, 졸업한 후 릴리에게 청혼했을 때에는 마치 신이 내려준 선물처럼 느껴졌다. 그녀는 일할 필요가 없었다. 할 일은 오로지 집을 관리하고 자신과 비슷한 다른 사람들과 친하게 지내는 것뿐이었다. 물론 아이가 생기면 아이들을 보살펴야 하고. 그 어떤 것도 진짜 노동처럼 느껴지지 않았다. 릴리에게는 쇼핑하고 독서하고 생각할 시간이 넘칠 것이었다. 차가 또다른 튀어나온 곳에 부딪쳐서 몸이 덜컥 흔들렸고, 릴리는 입가에 미소 비슷한 것이 떠오르는 것을 느꼈다. 그래, 그녀가 대박을 터뜨린 것이긴 했다.

갑자기 비가 차 위로 퍼붓기 시작하면서 유리창을 뒤덮어 시야를 가렸다. 하늘은 하루 종일 어두웠고 장벽 바깥의 많은 사람들이 이에 대비해서 옷 위에 일종의 합성 봉투를 뒤집어쓰고 있었다. 릴리는 그들이 비가 올 때마다 새로운 봉투를 찾는 걸까 아니면 같은 봉투를 쓰고 또 쓰는 걸까 궁금했다.

"저 앞에서 돌아가죠, 엠 부인."

조너선이 어깨 너머로 말했다.

"왜요?"

"폭발 때문입니다."

그가 앞 창문을 가리켰다. 릴리는 1.5킬로미터 정도 앞에서 비 사이로 이글거리는 불길을 볼 수 있었다. 이런 일에 대해서도 읽었다. 가끔 범죄자들이 사람들의 길을 가로막아 어쩔 수 없이 공공 도로를 사용하게 만들려고 사설 고속도로에 올라와 폭탄을 설치한다는 거였다. 벽 바깥을 여행할 때 마주하는 수많은 위험 중 하나지만, 조너선이 신경 쓰지 않는다면 릴리도 신경 쓰지 않았다. 그레그는 3년 전 결혼하기 전주에 릴리를 위해서 조너선을 고용했다. 조너선은 좋은 경호원이자 아주 훌륭한 운전기사였다. 석유 전쟁 때 참전했던 그는 보급 차량들의 호송을 담당했고, 동부 해안가의 도로 전부를 자기 손바닥처럼 아는 것 같았다. 그는 차를 고가도로로 몰았다. 이제는 건물들 위로 비가 하도 많이 와서 모서리의 검은 선밖에는 보이지 않았다. 그녀는 아래 있는 사람들을 생각하며 어두운 곳에서 총총 움직이는 쥐라고 상상했다. 릴리의 고등학교 친구인 엠베스는 졸업하고 유모 일을 하러 뉴욕으로 갔지만 몇 년 전에 릴리는 맨해튼 남부 구석에서 누더기를 입고 더러운 피부에 몇 년은 감지 않은 것 같은 머리를 한 엠베스를 보았다고 맹세라도 할 수 있었다. 차 창문으로 힐끗 보았을 뿐이었지만 말이다.

무너진 록펠러센터 잔해를 지나갈 때 예전에 분수가 있던 자리에다 누군가가 파란색 글자를 써놓은 것이 보였다. 낙서가 하도 커서 위에 있는 도로에서도 보일 정도였다.

더 나은 세상

그것은 분리주의자 집단 '푸른 수평선'의 구호였지만 그게 무슨 뜻인지는 아무도 모르는 것 같았다. 푸른 수평선의 활동 대부분은 뭔가를 터뜨리거나 여러 정부 시스템을 해킹해서 문제를 일으키는 것뿐이었다. 작년에 분리주의자들이 국회에 분리 독립을 청원했을 때 릴리는 찬성했지만 그레그는 안 된다고 말했다. 너무 많은 돈이 걸려 있고 수없이 많은 고객과 채무자들을 잃을 수 있다는 거였다. 폭력 범죄가 줄어드는 것만 생각했던 릴리는 그게 괜찮은 거래라고 생각했지만, 그냥 놔뒀다. 당시 그레그는 직장에서 꽤 스트레스를 받아서 계속 신경이 곤두서 있었고 술도 많이 마셨다. 청원이 기각될 때까지 그는 제대로 긴장을 풀지 못했었다.

조너선은 매끄럽게 좌회전을 해서 플리머스센터 지하로 들어가 보안용 차단대 앞에 멈췄다. 손에 총을 든 두 남자가 차로 다가왔고 조너선이 통행증을 보여주었다.

"5층의 데이비스 의사 선생 앞으로 예약한 메이휴 부인입니다."

경비는 차 뒤쪽을 힐끗 보았다.

"뒤 창문을 내려주시죠."

조너선이 릴리 쪽 창문을 내렸고 그녀는 앞으로 몸을 기울여 왼쪽 어깨를 내밀었다. 경비는 싸구려 휴대용 스캐너를 들고 있었다. 태그가 확인되었다는 귀뚜라미 울음소리 같은 삐 소리가 날 때까지 그는 몇 번이나 어깨 위로 기기를 움직였다.

"감사합니다, 메이휴 부인."

경비가 그렇게 말하고 온기라고는 없는 미소를 지어 보였다. 이번에는 조너선을 스캔했고, 차가 매끄럽게 차고로 들어가는 동안 릴리는 가죽 의자에 도로 기댔다.

엘리베이터 옆의 전신 스캐너는 릴리가 지나가자 요란하게 삐삐삐 소리를 냈다. 시계 푸는 걸 깜박 잊었던 것이다. 다이아몬드 전면에 거의 순은으로 된 크고 무거운 시계로, 그것을 차고 클럽에 가면 친구들은 항상 부러운 눈으로 쳐다보았다. 릴리에게 시계는 시계일 뿐이었지만, 그레그가 사준 많은 것들이 그렇듯이 다들 그녀가 그런 걸 지녀야 한다고 기대했기 때문에 지닐 뿐이었다. 문을 통과하자마자 그녀는 핸드백에 시계를 넣었다.

엘리베이터가 어깨에 있는 태그를 읽고 삑 소리를 냈다. 그레그가 확인한다면 태그가 그녀의 위치를 알려주겠지만, 그게 뭐 어떻겠는가? 다른 사람들 눈에 데이비스 의사는 완벽하게 훌륭한 사람이고 많은 부유층 여자들이 불임 문제로 그에게 상담을 받았다. 그래도 릴리는 죄책감에 뺨이 달아오르는 것을 느꼈다. 그녀는 거짓말을 하면 언제나 들켰고, 절대로 비밀을 지키지 못했다. 하지만 가장 큰 비밀인 이것은 더 오래 비밀로 지킬수록 점점 더 겁이 났다. 만약에 그레그가 알게 되면…….

하지만 그녀는 생각이 거기까지 흘러가지 못하게 막았다. 계속 생각하다가는 돌아서서 건물에서 도망칠 테고, 그렇게 할 수는 없으니까. 그녀는 깊게 숨을 몇 번 들이켜며 맥박이 느려지고 신경이 가라앉기를 기다렸다. 엘리베이터 문이 열리자 왼쪽으로 돌아서 짙은 초록색 카펫이 깔린 긴 복도를 걸어갔다. 피부과 전문의, 치과 교정 전문의, 성형외과 전문의 등 다양한 전문의 간판이 붙은 수많은 문들이 있었다. 데이비스 선생의 방은 오른쪽 마지막, 딱 의사 사무실에 어울리는 두꺼운 호두나무 문이었다. 청동 명패에는 "의학박사 앤서니 데이비스, 임신 전문의"라고 쓰여 있었다. 릴리는 패드에 엄지손가락을 대고 문 옆쪽에 고정된 바늘구멍 카메라를 쳐다보며 조그만 빨간 불이 초록색으로 바뀌고 자물쇠가 열릴 때까지 기다렸다.

대기실은 여자들로 가득했다. 거의 모두가 릴리처럼 백인에 좋은 옷을 입고 고급 핸드백을 들고 있었다. 하지만 머리와 옷으로 봐선 거리에서 온 게 분명한 사람들도 몇 명 있었다. 릴리는 그들이 어떻게 보안을 통과했을까 궁금했다. 그중 한 명인 임신 5~6개월 정도로 보이는 히스패닉계 여자는 문 바로 옆 의자에 앉아서 의자 팔걸이를 잡고 창백하고 겁에 질린 얼굴로 숨을 헐떡이고 있었다. 눈길을 내리자 여자의 청바지가 피로 젖어 있는 게 보였다.

안쪽 사무실에서 간호사 두 명이 휠체어를 갖고 황급히 나와서 여자를 태웠다. 여자는 뭔가가 나오지 못하게 하려는 것처럼 양손으로 부푼 배를 꽉 안았다. 여자의 눈가에서 눈물이 흘러내렸고 곧 간호사들이 그녀를 진료실 문 안쪽으로 데리고 갔다.

"무슨 일로 오셨죠?"

릴리는 무심한 미소를 띤 젊은 갈색 머리의 접수원에게로 몸을 돌렸다.

"릴리 메이휴예요. 예약했는데요."

"성함을 불러드릴 테니까 기다리세요."

방금 빈 의자 말고는 빈자리가 없었다. 밝은 초록색 쿠션은 피로 젖어 있었다. 릴리는 차마 거기 앉을 수가 없어서 벽에 기대 주변 사람들을 힐끔힐끔 훔쳐보았다. 엄마와 딸인 것 같은 여자와 10대 소녀가 의자 두 개에 나란히 앉아 있었다. 소녀는 초조해 보였고 엄마는 그렇지 않아서 릴리는 그들의 관계를 쉽게 읽을 수 있었다. 어머니가 그녀를 여기 처음 데려왔던 때에 그녀도 똑같이 느꼈기 때문이었다. 이것은 통과의례였지만 또한 비밀로 지켜야 하는 것이었다. 여기서 일어나는 일은 범죄였기 때문이다. 릴리는 이 예약이 싫고 이 진료실도 이곳의 필요성도 전부 싫었지만 동시에 이곳이 있다는 사실에, 그레그를, 이 세상의 모든 그레그 같은 사람들을 두려워하지 않는 사람이 있다는 사실에 진심으로 감사했다.

하지만 지금 그레그를 생각한 건 실수였다. 그가 마치 어깨 너머에서 쳐다보고 있는 것 같은 기분이 들었고 그 생각에 이마에 진땀이 뱄다. 매년 여기 올 때마다 점점 더 들킬 가능성이 높아졌다. 보안 요원이나 그레그가 꼭 알아낼 것만 같았다. 그레그는 새로운 BMW를 원하는 것과 같은 방식으로, 릴리가 다이아몬드 시계를 차기를 원하는 것과 같은 방식으로 아이를 원했다. 그레그는 세상에 자랑하기 위해서 아이를 원했다. 친구들은 전부 다 벌써 아이가 최소한 둘은 있고 어떤 사람들은 심지어 서넛씩 있었다. 그 아내들은 클럽이나 파티에서 릴리를 불쌍한 눈으로 쳐다보았다. 이런 시선은 전혀 상처가 되지 않았으나 릴리는 상처받은 척했다. 몇 번쯤은 심지어 눈물을 흘리기도 했다. 그레그를 위해서 약간 성질을 부리기도 했다. 아내로서 실패했다는 사실을 그녀가 슬퍼한다는 확실한 증거였다. 예전에는 릴리도 아이를 원했지만 그것은 이제 아주 오래전의 일, 다른 사람에게 일어났던 일처럼 느껴졌다. 릴리가 수년 동안 데이비스 선생을 방문했다는 것을 모른 채, 눈앞에서 사실을 감출 수 있도록 그가 일을 쉽게 만들어주는 거라는 것도 모른 채 임신 클리닉에 가보라고 먼저 제안한 것은 그레그였다.

영원 같은 시간이 흐른 후 애나 선생이 유리문 밖으로 몸을 내밀고 릴리의 이름을 불렀다. 그녀는 릴리를 진료실 안으로 들이고서 커튼을 친 다음 피할 수 없는 종이 가운을 놔두고 나갔다. 애나 선생은 데이비스 선생의 아내로 50대 중반의 여자였다. 그녀는 릴리가 만난 몇 안 되는 여의사였다. 릴리는 프리웰 법을 이해하기에는 너무 어렸다. 프리웰 대통령의 임기는 릴리가 여덟 살 때 시작되어 열여섯 살 때 끝났다. 하지만 그의 법률은 유산을 남겼고, 의대는 이제 여자를 거의 받지 않았다. 낯선 남자에게 다리 사이를 보여주는 것이 바깥에 벌거벗고 나가는 것만큼 금기로 여겨지는 터라 릴리는 애나 선생이 있다는 사실이 정말로 고마웠다. 하지만 애나 선생은 옛날 학교 사감처럼 신경질적인 얼굴이었고 언제나 릴리가 여기 있다는 사실에, 뭔가 더 중요한 일에서 끌어냈다는 사실에 화난 것 같은 표정이었다. 그녀는 릴리에게 관례적인 질문을 하고 클립보드에 기록을 했고, 릴리는 가능한 한 맨살을 감추기 위해서 종이 가운의 띠를 더 꽉 졸라맸다.

"약이 더 필요한가요?"

"네."

"1년 치?"

"네."

"지불은 어떻게 할 거죠?"

릴리는 핸드백에서 2천 달러의 현금을 꺼냈다. 그레그가 지난 주말에 쇼핑하라고 준 돈이었고, 그녀는 핸드백 안감에 구멍을 내 돈을 숨겨놓고서 신발을 샀다고 거짓말했다. 핸드백 구멍은 작년에 그레그가 그녀의 물건을 예고 없이 검사했을 때 여러 차례 유용하게 쓰였다. 그녀는 그가 뭘 찾는 건지 알 수가 없었다. 아무것도 찾지 못하자 그는 도둑질한 사람을 잡지 못한 가게 점원처럼 기묘하게 속았다는 듯한 얼굴을 하고 릴리를 보았다. 그런 검사는 불안한 일이었지만 릴리를 더욱 걱정스럽게 만든 건 그 표정이었다.

애나 선생은 현금을 받아 주머니에 넣고 검진이라는 불쾌한 작업에 들어갔다. 릴리는 이를 악물고 천장의 싸구려 회벽 타일을 쳐다보며 아기방을 생각했다. 릴리와 그레그에게 아이는 없지만 그녀는 결혼 직후에, 상황이 달랐던 때에 아기방을 꾸몄었다. 아기방은 그들의 집에서 전적으로 릴리에게 속했고 그녀가 정말로 혼자 있을 수 있는 유일한 곳이었다. 그레그는 사람들이 주위에 있고 자신에게 반응해주어야만 하는 유형이었다. 집 안 어디도 안전하지 않았다. 그는 관심받고 싶어서 노크하지 않고 언제 어느 방이든 벌컥벌컥 들어왔다. 하지만 절대로 아기방에는 들어오지 않았다.

애나 선생이 여러 가지 도구와 면봉을 내려놓고서 말했다.

"접수원이 검사 결과를 알려주고 약도 줄 거예요. 가서 이름을 말해요."

"고맙습니다."

애나 선생은 문으로 가다가 문을 열기 직전에 멈추고서 돌아보았다. 사감 선생 같은 얼굴은 평소처럼 못마땅하게 찌푸린 표정이었다.

"저기 말이죠, 그냥 놔둔다고 해서 상황이 나아지지는 않을 거예요."

"뭐가요?"

"그 사람요."

애나 선생의 눈이 릴리의 손가락에 있는 반지로 향했다.

"그쪽 남편요."

릴리는 손가락 사이에 있는 종이 가운 밑단을 더 꽉 쥐었다.

"무슨 말씀인지 모르겠어요."

"알 텐데요. 난 여기서 한 달에 500명이 넘는 여자들을 봐요. 멍은 거짓말하지 않죠."

"전 그런 게 아니고—"

애나 선생은 릴리의 말을 자르고 계속해서 말했다.

"게다가 당신은 분명히 부유층이에요. 집 근처에서 피임약을 구하지 못할 이유가 없어요. 요즘 암시장에서의 가격을 생각하면 판매자가 집까지 기꺼이 이 약을 갖다줄걸요. 물론 남편이 알까 봐 겁나는 게 아니라면 말이죠."

릴리는 이런 이야기를 듣고 싶지 않아서 고개만 흔들었다. 공개적으로 터놓지만 않으면 가끔은 모든 게 다 괜찮다는 생각이 들 때도 있었다.

"남편은 당신을 소유한 게 아니에요."

릴리는 갑자기 화가 나서 고개를 들었다. 애나 선생은 자기가 무슨 이야기를 하는 건지 전혀 몰랐다. 결혼이라는 건 전부 다 소유의 문제였다. 릴리는 자신을 보살펴주고 청구서 대금을 지불하고 자신에게 뭘 하라고 지시할 사람에게 자신을 팔았다. 사고 난 뒤에는 당연히 후회가 뒤따르는 법이고, 릴리의 어머니라면 충동구매라는 게 그런 거라고 말씀하실 것이다. 부모님은 그레그와 결혼하는 것을 좋아하지 않으셨지만, 릴리는 그게 최선이라고 대단히 확신했었다. 부모님을 떠올리자 갑자기 펜실베이니아에 있는 부모님 집의 옛날 방이 걷잡을 수 없이 그리워졌다. 침대와 참나무 책상이 떠올랐다. 가구들은 릴리가 지금 가진 것과는 비교가 안 될 만큼 평이했지만, 방은 그녀 자신의 것이었다. 부모님조차 노크하지 않고 들어오시는 일이 없었다.

릴리의 눈에 눈물이 고였다. 그녀는 황급히 손으로 눈물을 닦았다. 화장이 번졌다.

"선생님은 아무것도 모르세요."

애나 선생이 음울하게 웃었다.

"이런 관계는 절대로 변하지 않아요, 메이휴 부인. 내 말 믿어요. 나도 아니까."

"그 사람은 그냥 몇 번만 그랬어요."

릴리는 대답하는 게 실수라는 걸 알면서도 웅얼거렸다. 애나 선생의 냉담하고 비인간적인 태도가 전에는 싫었던가? 지금은 차라리 그게 나을 것 같았다.

"올해 직장에서 심한 압박을 받아서 그래요."

"남편이 권력자인가요?"

"네."

릴리가 자동적으로 대답했다. 그레그에 관해서 머릿속에 가장 먼저 떠오르는 건 언제나 그거였다. 그는 권력자였다. 그는 국방부에서 군대와 무기 하청업자 사이의 민간 연락책으로 일했다. 그의 부서는 동부 해안의 군사 기지 전체에 들어가는 물품 공급을 감독했다. 그레그 본인은 키 185센티미터에 대학에서 미식축구를 했고, 대통령도 만났다. 릴리가 도망칠 만한 곳은 없었다.

"그렇다고 해도 당신이 갈 만한 곳은 있어요. 당신이 숨을 만한 곳요."

릴리는 고개를 흔들었지만 애나 선생에게 설명할 길이 없었다. 여자들은 뉴가나안에서조차 가끔 도망을 쳤다. 작년 어느 날 밤에 캐스 올컷이 아이 셋을 메르세데스에 태우고 떠났다. 보안 요원들이 매사추세츠에 버려진 차를 찾아냈지만 릴리가 아는 한 캐스는 지금까지 찾지 못했다. 언제나 릴리를 약간 불안하게 만들곤 하던 커다랗고 조용한 남자 존 올컷은 아내를 찾기 위해 사설 조사소를 고용했지만 소용없었다. 그들은 심지어 캐스의 태그도 추적하지 못했다. 캐스는 불가능한 일을 해냈다. 아이들을 데리고 완전히 빠져나간 것이다.

하지만 릴리는 딸린 아이가 없다 해도 절대로 사라질 수 없을 것이다. 어디서 살까? 어떻게 음식을 구하고? 모든 재산은 그레그 명의로 되어 있었다. 큰 은행들은 더 이상 유부녀에게 개인 구좌를 열어주지 않았다. 설령 릴리가 새 신분을 만들어줄 만한 사람을 안다고 해도, 물론 실제로는 모르지만, 그녀에게는 기술이랄 게 없었다. 그녀는 영어 전공으로 대학을 졸업했다. 아무도, 심지어 청소부로도 그녀를 고용해주지 않을 것이다. 릴리는 눈을 감고 도로 아래 무리 지어 살면서 음식 부스러기를 놓고 싸우는, 쓰레기봉투를 뒤집어쓴 맨해튼의 노숙자들을 떠올렸다. 설령 거기까지 간다 해도 그녀는 그런 세상에서 하루도 버티지 못할 것이다.

"뭐, 잘 생각해봐요. 너무 늦은 때란 없으니까."

애나 선생은 다시 엄숙한 얼굴로 말했다.

그녀는 주머니에서 카드를 꺼내 릴리에게 묻는 듯한 시선을 던지고서 의자에 내려놓았던 릴리의 핸드백에 그것을 넣었다. 그러고는 나가서 등 뒤로 문을 닫았다.

릴리는 종이를 덮어놓은 검진대에서 내려와 종이 가운이 찢어지지 않게 조심해서 벗었다. '낭비하지 않으면 살 필요도 없다'는 부모님의 교육 방침이 아직도 가끔 그녀를 사로잡았다. 재활용할 수 없는 종이 가운같이 말도 안 되는 물건에까지 말이다. 몸을 내려다보자 화요일에 그레그가 잡았던 팔 윗부분에 보라색 손가락 모양 멍이 든 게 보였다. 한 달 전 그 끔찍한 밤에 생겼던 상처와 멍은 마침내 나았지만, 이 새로운 자국은 한동안 민소매 옷을 입을 수 없다는 뜻이었다. 그레그는 그녀가 민소매 입는 걸 좋아했다.

그녀는 몸의 다른 부분을 보지 않으려고 노력하며 나머지 옷을 걸쳤다. 그레그는 정말로 스트레스를 많이 받았다. 그건 최소한 거짓말이 아니었고, 나중에 미안하게 여겼다. 하지만 "몇 번"은 늘어나고 있었다. 지금까지는 여섯 번이었고 릴리는 한 번 한 번을 상세하게 기억했다. 애나 선생에게 거짓말할 수는 있어도 머릿속에서까지 진실을 윤색할 필요는 없었다. 그레그는 점점 나빠지고 있었다.

엘리베이터에서 나오자 보안 요원 여러 명이 스캐너 앞의 잘 차려입은 남자 주위를 둘러싸고 있는 게 보였다. 남자는 릴리의 눈에는 점잖아 보였다. 회색이 약간 섞인 머리에 아주 세련된 남색 양복 차림이었다. 하지만 경비들은 그를 책상 뒤로 데려가서 검은색으로 "보안"이라고 쓰인 하얀색 문 안으로 밀어 넣었다. 그들이 문을 닫자 모든 소리가 끊겼다.

남은 두 경비의 감시하는 시선을 받으며 릴리는 대기하고 있는 렉서스로 향했다. 끔찍한 기억이 되살아났다. 매디의 땋은 금발 머리가 문밖으로 사라지던 모습이었다. 가끔 매디를 생각하지 않고 한 달을 온전히 보내는 때도 있었지만, 그러다가 뭔가를 보곤 했다. 차로 감시를 받으며 가는 여자, 어느 집 문을 두드리는 보안 요원, 심지어는 I-80 도로 옆에 있는 커다란 구치소의 희미한 모습 같은 것들을. 매디는 떠났지만 아주 사소한 것에도 매디가 생각났다. 릴리는 화가 나서 차 문을 벌컥 열며 그 모습을 머릿속에서 지웠다. 이 작은 모험만 해도 힘들었다. 매디까지 감당하고 싶지 않았다.

"집으로 갈까요, 엠 부인?"

조녀선이 물었다.

"네, 부탁해요."

릴리는 그 말이 불러일으키는, 언제나 똑같이 기묘하고 뒤죽박죽인 감정을 느꼈다. 반은 안도감이고 반은 혐오감으로 이루어진 그런 감정이었다.

"집으로요."

조녀선이 내려준 후 릴리는 곧장 아기방으로 향했다. 그레그는 아직 집에 오지 않았고 집 안은 벽 안의 회로가 돌아가는 소리 말고는 조용하고 텅 비어 있었다. 조녀선은 릴리가 집에 있을 때조차도 언제나 함께 있어야 하지만, 엔진 소리가 밖으로 향하는 걸로 보아 다시 떠난 것 같았다. 그는 종종 업무 시간에, 가끔은 기묘한 시간에 자기 일을 보러 가곤 했다. 하지만 릴리는 이런 일을 그레그에게 절대로 말하지 않았다. 여기 뉴가나안에서는 혼자 있다고 불안하게 느껴지지 않았다. 이 소도시를 둘러싼 6미터 높이의 벽 위에 전기 울타리까지 달려 있었다. 여기서는 범죄가 전혀 없었다……. 아니, 폭력 범죄는 없다고 릴리는 속으로 정정했다. 도시는 법을 준수하는 도둑들로 가득했다.

1층에 있는 아기방은 넓고 통풍이 잘되는 방이었다. 릴리는 이 방이 부엌 옆이라서 골랐지만, 사실 더 큰 이유는 뒤뜰이 보이는 벽돌로 된 작은 파티오로 나갈 수 있기 때문이었다. 릴리는 아기를 밖으로 데려가 느릅나무 그늘 아래에서 우유를 먹일 수 있다는 생각이 좋았다. 최소한 3년 전에는 그랬지만 그건 거의 100년 전처럼 느껴졌고 지금은 그레그의 아기를 무슨 수를 써서라도 피하고 싶었다.

아기가 없기 때문에 방은 자동으로 릴리의 것이 되었다. 그레그는 어차피 아기방에 들어오는 유형의 남자가 아니었다. 릴리가 혐오하는 그레그의 아버지는 그를 남성적인 것과 그렇지 않은 것을 명확히 구분해 키웠고, 방 안 가득한 봉제 인형들은 남자답지 못한 거였다. 릴리가 아이를 갖지 못했다는 사실 때문에 그는 더더욱 아기방을 멀리했고, 사방에 가득한 인형들에도 방은 빅토리아 시대 여성용 응접실 같은 분위기였다. 남자는 절대로 들어오지 못하는 조용하고 차분한 분위기의 공간이었다. 가끔 릴리의 친구들이 오면 여기서 커피를 마셨지만, 언제나 여자들뿐이고 남자는 절대로 부르지 않았다.

물론 집 안의 감시 시스템 때문에 그레그는 직장에 있을 때에도 아기방에 있는 그녀를 볼 수 있었다. 하지만 릴리는 뜨개질을 하거나 낮잠을 자거나 심지어는 안타까운 듯이 요람을 보는 모습과 텅 빈 방 같은 얌전한 이미지를 며칠 치쯤 녹화해뒀다가 그걸 반복해서 돌리는 방법으로 일찌감치 수를 써두었다. 그레그는 딱히 컴퓨터에 밝지 않았다. 부모님 집에서는 유모와 가정교사, 경호원들이 그를 대신해서 모든 일을 해주었고 지금은 직장에 그의 삶 전체를 관리하는 비서가 있었다. 하지만 릴리는 컴퓨터를 약간 알았다. 최소한 감시 시스템을 바꿔놓을 만큼은 알았다. 매디는 해커 비슷한 일을 했다. 그 애가 사라지기 전, 아니 *잡혀가기* 전이라고 릴리는 머릿속으로 정정했다. 이것은 머릿속에서 절대로 잊어서는 안 되는 사실이었다. 어쨌든 그 전 2년 동안 매디는 방문을 닫고 방에 틀어박혀 컴퓨터 앞에서 오랜 시간을 보냈다. 하지만 가끔, 릴리와 매디가 친하게 지냈던 기간에 매디는 그녀에게 흥미로운 것들을 보여주었고, 감시 화면을 끼워 넣는 것도 그중 하나였다. 보안 요원들이 보안 시스템을 감독하기로 하면 릴리에게는 새로운 방법이 필요해지겠지만, 다행히 군의 민간 연락책이라는 그레그의 직업상 그와 릴리는 훌륭한 시민이므로 그들의 집 영상은 원칙적으로 비공개였다. 릴리는 그레그가 모니터로조차 아기방을 보는 걸 좋아하지 않는다고 추측했고, 이렇게 오랫동안 감출 수 있는 걸로 봐서는 거의 확실했다. 그가 이 방에 있는 그녀를 확인한다면 아마도 앞에서 본 것과 연결할 수 없을 정도로 잠깐씩만 보는 게 분명했다. 지금까지는 성공적이었다. 아기방에서의 시간은 오로지 그녀만의 것이었다. 그레그가 점점 더 그녀의 얼마 안 남은 사생활을 침범해오던 작년에도 이 방만큼은 안전했다.

릴리는 등 뒤로 문을 닫고 구석 타일 아래 비밀 장소에 약을 집어넣었다. 설령 그레그가 여기 들어온다고 해도 벽에 완벽하게 맞아 보이는 이 헐거운 타일을 찾아내지는 못할 것이다. 수년 동안 릴리는 현금, 진통제, 오래된 종이책들 같은 수많은 금지품을 여기에 숨겼다. 하지만 어떤 것도 타일 아래 세 개의 상자에 깔끔하고 신중하게 넣어놓은 이 약만큼 중요하지는 않았다. 그녀는 약을 바라보며 수백 번째로 왜 자신은 다른 친구들과 이렇게 다른 걸까, 왜 엄마가 되고 싶지 않은 걸까 고민했다. 아이가 없다는 건 실패했다는 거였다. 그녀는 이 말을 친구들에게서, 사제에게서, 정부의 온라인 게시판에서(가난한 사람 대 부자의 비율이 네 배가 넘으면서 지난 10년 동안 이 말의 어조는 점점 더 다급해졌다) 수도 없이 들었다. 이제는 어느 정도 이상의 수입을 버는 사람들의 경우에 아이가 여럿 있으면 세금을 감면해주기까지 했다. 외부인들의 눈에 릴리는 가장 중요한 임무에 실패한 거지만, 그녀는 친구들이 느낄 만한 부끄러움을 느끼는 척만 할 뿐이었다. 속으로는 약이 있다는 사실에 하늘에 감사했다. 그녀는 아이를 가질 준비가 되지 않았고, 특히 그레그의 아이는 아니었다. 그가 점점 더 나빠지는 이런 상황에서는 아니었다. 지난주의 그 밤은…… 릴리는 그 이래로 그 일을 생각하지 않으려고 노력했지만 지금은 머릿속의 거품이 터지고 갑자기 처음으로 심각하게 새로운 인생을 고려해보게 되었다.

그녀는 탈출을 생각하고 있었다.

릴리도 세상이 숨을 만한 어두운 곳으로 가득하다는 걸 잘 알았다. 그녀는 아이들을 차에 태우고 그냥 사라져버린 캐스 올컷을 다시금 떠올렸다. 캐스에게는 계획이 있었을까? 분리주의자들에게 가담했을까? 아니면 어딘가 다른 곳에서 새로운 이름과 얼굴을 가진 평범한 시민으로 탈바꿈했을까? 그런 일을 해주는 위조범들과 의사들이 어디 있다고들 했다.

하지만 나한테는 돈이 없잖아.

이게 진정한 장애물이었다. 돈이 선택지를 만들어주고, 사라질 수 있는 능력을 부여했다. 어머니에게 도와달라고 할 수도 있지만, 어머니한테도 실제로 돈은 없었다. 아버지가 돌아가시자 회사에서는 아버지가 고용계약을 위반했다고 주장했고, 그래서 연금이 나오지 않았다. 어머니는 집에 대한 재산세만 간신히 내셨다. 하지만 설령 어머니가 부자라 해도 그레그와 릴리의 문제에 대해 듣고 싶지는 않으실 것이다. 어머니 생각에 릴리는 자기 무덤을 판 거였다. 뉴가나안에 친구들은 많지만 진정한 친구는 없었다. 믿을 만한 사람도, 이런 일에 관해 도와줄 사람도 아무도 없었다. 갑자기 애나 선생이 끔찍하게 미워졌다. 현재 상태를 뒤흔들려고 한 그 의사가 정말이지 미웠다. 손에 닿지 않을 만큼 멀리 있는 더 나은 세상을 엿보고 싶은 마음은 추호도 없었다. 이것, 바로 여기가 최상의 결과였다. 매년 약을 구하고 이 집에 아이가 생기지 않게 하는 이게 한계였다.

"릴!"

그녀는 죄책감에 움찔했다. 그레그가 집에 왔다. 벽에 있는 현관 패널이 밝게 반짝거리고 있었는데 알아채지 못했던 것이다.

"릴! 어디 있어?"

그녀는 타일을 제자리에 넣고 일어서서 급하게 엉덩이 위로 치마를 매만졌다. 나가는 길에 벽에 있는 패널을 두드렸고, 그녀가 계단을 내려가는 동안 저녁을 준비하는, 조용하고 어쩐지 마음을 편안하게 해주는 집의 윙 소리가 울렸다.

그레그는 곧장 바로 갔다. 이건 릴리가 최근에 깨달은 또 다른 사실이었다. 예전에는 직장에 좋은 일이 있을 때만 술을 마셨는데 지금은 매일 밤 마시는 것 같았고 마시는 양도 점점 늘었다. 매일 릴리에게 안 좋은 밤이 되는 건 아니지만, 그 상관관계를, 그레그가 지금은 매일 밤 술부터 찾으러 가고 뭔가에서 도망치려는 것처럼 술을 마신다는 사실을 눈치채지 않을 수가 없었다.

"병원은 어땠어?"

"좋았어요. 데이비스 선생님이 좀 더 좋아 보인대요."

"뭐가 더 좋아 보인다는 거야?"

그가 한 손에 술잔을 들고 다가와서 허리에 팔을 감았다.

"내 몸이 데미프린이라는 거에 잘 반응할 거라고 생각하세요. 그게 난소를 자극한대요."

"난자가 나오게?"

"네."

연습을 열심히 한 덕에 릴리의 입에서 거짓말이 유창하게 흘러나왔다. 그녀는 생식기관에 무슨 문제가 있느냐고 그레그가 진짜로 물을 날이 올 거라고 예상하고 2년 전에 조사를 해두었다. 하지만 그의 질문은 나날이 날카로워졌고 릴리는 그 역시 조사를 하고 있는 게 아닌가 하는 불안감을 느끼기 시작했다.

"오늘 좋은 얘기를 들었어."

그레그의 말에 그녀는 약간 긴장을 풀었다. 오늘 밤에는 진짜 심문은 없을 것이다.

"그래요?"

"테드가 그러는데, 뭐, 암시 정도지만, 내년에 주임 연락책 자리가 난대. 샘 엘리스가 퇴직하거든. 테드 말이 내가 다음 순위에 있대."

"그거 잘됐네요."

그레그는 고개를 끄덕였지만 그의 손은 이미 두 잔째 스카치를 따르고 있었다. 릴리는 그가 뭔가에 심각하게 신경을 쓰고 있다는 걸 깨달았다.

"뭐가 문제예요?"

"테드가 내가 다음 순위라고는 했지만, 내가 퇴근하는데 한마디 덧붙이더라고. 농담이라고 한 것 같기는 한데―"

"뭔데요?"

릴리가 물었으나 이것은 그저 하루의 마지막에 남편의 마음을 달래주는 관례일 뿐이었다. 그녀는 이미 알고 있었다.

그레그의 뺨이 벽돌 같은 붉은색으로 물들었다.

"내 사소한 문제가 아니었으면 작년에 이미 주임이 됐을 거라고 그러는 거야."

"농담한 걸 거예요."

"처음 두어 번은 그럴 수도 있지. 하지만 지금은 아니야."

릴리는 그의 손을 잡고 실제로 느끼는 것 이상의 동정심을 보이려고 노력했다. 그레그는 실제로 엄청난 압박을 받고 있었으나 그것은 릴리가 도저히 알 수 없는 종류의 압박이었다. 그녀는 한 번도 야심이 넘친 적이 없었다. 그녀는 머리 위에 지붕이 있고 적당한 생활만 유지할 수 있다면 그레그가 주임인지 뭔지가 되든 말든 상관하지 않았다. 클럽의 다른 아내들은 자신들이 아직까지 고등학교에 다니고 있고 선발 쿼터백과 데이트하면 반의 다른 여자애들보다 우월해진다고 생각하는 것처럼 남편의 승진에 엄청난 자부심을 보였다. 하지만 릴리는 아니었다. 그레그는 좋은 자리에 있고 상사들은 그를 좋아했다. 해고될 위험에 처한 것도 아니었다. 그가 펜타곤 역사상 최연소 주임 연락책이 되는 것에 누가 신경 따윌 쓴다고?

그레그가 신경 쓰지, 그녀는 스스로에게 말했다. 하지만 그 사실은 한때 그랬던 것 같은 무게감을 더는 주지 못했다. 그레그가 그녀에 관해서 뭔가 걱정하는 기색을 보였다면 그를 응원하는 게 훨씬 쉬웠을 것이다. 결혼 초에는 상황이 더 나았었다. 그 시절에 그레그는 그녀를 개별 존재로 대해주었다. 하지만 분위기는 점차 바뀌었고 이제 릴리의 모든 행동은 그녀가 그레그라는 로켓의 보조 엔진밖에 안 되는 것처럼 이해타산에 따라 평가됐다. 사무실에서의 이 사소한 일화는 언제나 똑같았고, 그레그는 위로를 바라면서도 한편으로는 그녀를 들볶을 거리를 찾았다. 암시하는 내용은 뻔했다. 릴리의 수축된 자궁이 자기 경력을 가로막는다는 거였다. 그레그의 고환이 문제일 가능성은 단 한 번도 나온 적이 없었다. 릴리는 목 안쪽으로 분노가 솟구치는 것을 느꼈지만 그 순간 그레그가 몸을 앞으로 기울이고 바에 팔꿈치를 대고서 손에 머리를 묻었다. 우는 건 아니었다. 그레그는 절대로 그러지 않았다. 그의 끔찍한 아버지는 릴리가 나타나기 오래전에 이미 아들에게 그 사실을 확고하게 주입했다. 하지만 이게 우는 것에 가장 가까웠다.

"그레그."

그녀는 입술을 깨물고 용기를 내려고 노력했다. 결혼 첫해에 두 번쯤 이 이야기를 꺼냈고 그레그는 그때마다 그녀의 말을 잘랐다. 하지만 지금이 그가 실제로 들을 가능성이 가장 높은 때인 것 같았다. 릴리가 손을 내밀어 그의 손을 잡았다.

"그레그, 저기, 어쩌면 괜찮을 수도 있어요."

그가 고개를 들고 그녀를 처음 보는 사람처럼 쳐다보았다.

"뭐가?"

"많은 사람들이 아이를 못 가져요. 이게 세상의 끝은 아닐 수도 있잖아요."

"무슨 얘기를 하는 거야? 당신은 늘 아이를 원했잖아."

아니, 그런 적 없어! 그녀는 그 말을 간신히 삼켰지만, 그 말은 머릿속 깊

은 곳에서 계속해서 비명처럼 울렸다. *당신이 그럴 거라고 추측한 거지! 우린 그런 얘기를 한 번도 안 했어! 물어보지도 않았잖아!*

릴리는 분노를 통제하기 위해서 침을 삼켰다. 이 사람은 남편이고, 한때 그들은 솔직하게 이야기를 나눌 수 있었다. 가끔은 몇 시간씩이나 이야기하기도 했다. 그녀가 손을 내밀어 그레그의 머리카락을 쓰다듬고 깊게 숨을 들이켠 다음 말을 이었다.

"그레그, 우리가 아이를 가질 수 없다고 해도 난 괜찮아요."

그가 믿을 수 없다는 투로 낄낄 웃으며 그녀에게 팔을 둘렀다.

"그냥 그렇게 말하는 거잖아."

"아니에요. 그레그, 우린 괜찮을 거예요."

그녀가 몸을 빼고 그의 눈을 쳐다보며 말했다.

그는 뒤로 물러나서 상처 가득한 눈으로 그녀를 마주 보았다.

"내가 불임이라고 생각하는 거군, 그렇지?"

"아뇨, 그런 게 아니라 —"

그가 그녀의 어깨를 잡았다. 쇄골 바로 위의 부드러운 피부에 손가락이 깊게 박혔다. 릴리는 벌써 멍이 생기기 시작하는 것을 느낄 수 있었다.

"난 불임이 아니야."

"알아요."

그녀는 시선을 돌리고서 웅얼거렸다. 이미 자신의 마음이 움츠러들고 기질은 아무 방벽이나 찾아 아래로 숨어버리는 게 느껴졌다. 그레그를 더 안 좋게 만들기만 하는데 계속 얘기해서 뭘 하겠어?

그가 그녀를 흔들었고 릴리는 이가 딱딱 부딪치는 것을 느꼈다.

"뭐라고?"

"당신이 불임이 아니라는 거 알아요. 당신 말이 맞아요. 그건 중요해요."

그는 가느다란 눈으로 한참 동안 그녀를 바라보다가 미소를 지었다. 얼굴에 장난기가 되살아났다.

"당연하지, 릴. 그리고 우리가 어떻게 해야 할지 내가 생각해봤어."

"뭘요?"

그는 미소를 지으며 고개를 흔들었다. 자신이 나쁜 짓을 한다는 걸 아는 소년 같은 웃음이 슬쩍 스쳤다.

"우선은 성공할 수 있을지 내가 좀 봐야 돼."

릴리는 그가 무슨 생각을 하고 있는지 전혀 몰랐지만, 그 웃음이 마음에 들지 않았다. 그것은 그레그의 대학 사교 클럽이 신입생을 폭행했다는 혐의로 조사받던 때를 떠올리게 했다. 프린스턴이 엄청난 노력을 했지만 그 소식은 근처 학교에 전부 다 퍼졌다. 릴리가 그레그에게 그 사건에 대해 물었을 때 그는 자신은 전혀 상관없는 일이라고 주장했지만 그때도 그의 눈은 딱 지금처럼 반짝였다. 아직 어렸던 릴리는 그 의미를 읽을 만큼 영리하지 못했었다.

"데이비스 선생님이 가능성이 꽤 높다고 그러셨어요—"

"데이비스 선생은 너무 오래 걸리고 있잖아."

릴리는 그가 다시 그녀에게 팔을 감는 동안 거의 얼어붙은 듯이 가만히 있었다.

"아기가 생기면 얼마나 근사할지 생각해봐, 릴. 당신은 훌륭한 엄마가 될 거야."

릴리는 고개를 끄덕였지만 목에는 테니스공이 들어가 있는 느낌이었다. 임신하는 것을, 그레그의 아기를 배 속에 갖는 것을 생각하자 피부 아래로 혐오감이 스멀스멀 흘러 몸이 부르르 떨렸고 그레그는 그녀를 더 꼭 안았다.

"릴? 날 사랑한다고 해줘."

"사랑해요."

릴리가 대답하자 그는 그녀의 목에 키스했다. 그의 손이 가슴 위로 올라왔다. 릴리는 움츠리지 않고 가만히 있으려고 억지로 애써야 했다. 그녀의 귀에는 이렇게 자동적으로 들리는 말이 어떻게 그레그를 이렇게 기쁘게 만드는지 이해할 수가 없었다. 어쩌면 그에게 필요한 건 그저 겉모양뿐인지도 모른다. 내면의 질은 그에게는 너무 복잡한 다른 문제일 수도 있었다.

한때는 이 남자를 좋아했잖아, 릴리는 생각했다. 그리고 실제로 그랬다. 둘 다 어리고 대학에 다니고 릴리가 뭣도 모르던 시절, 그레그가 그녀에게 근사한 물건을 사주고 릴리는 그걸 사랑이라고 착각하던 시절에는 그랬다. 그레그는 그녀를 사랑한다고 말했지만 그 단어에 관한 그레그의 정의는 뭔가 어둡고 강압적인 것으로 바뀌었다. 릴리의 친구 세라는 사랑이란 각 결혼마다 다른 거라고 했지만 그날 세라의 한쪽 눈은 검게 멍들어 있었고 그녀도 릴리만큼이나 스스로의 진부한 말을 믿지 않았다.

이이는 몰라. 여전히 약에 대해서 몰라. 그녀의 머리가 속삭였다.

하지만 그것은 더 이상 위안이 되지 않았다. 릴리는 영원히 약에 대해서 감출 수 없다는 걸 알았지만 오랫동안 약은 거의 마술 같은 보호막을, 그녀가 아기방에서 찾는 불가사의한 감각을 제공해주는 것 같았다. 끔찍한 밤에도 그녀의 일부는 확실하게 안전하다는 걸, 그레그가 자신이 원하는 대로 모든 걸 다 하진 못한다는 걸 알기 때문에 견디기가 좀 더 쉬웠다. 하지만 그녀는 그 웃음을 너무 잘 알았다. 그레그는 대체로 아버지의 열렬한 동조 속에서 삶의 거의 모든 것들을 원하는 대로 했고, 이제 또다시 뭔가 나쁜 일을 꾸미고 있었다. 그가 뭘 계획하고 있든 현 상황이 계속되지는 않을 것 같았다. 그레그는 이제 그녀의 드레스 아래를 더듬기 시작했고 릴리는 움직이지 않으려고, 그를 밀어내지 않으려고 노력했다. 싫다고 말할까 생각도 해봤지만, 몇 달째 그 생각을 하고는 있지만, 싫다는 말은 그녀가 아직 준비되지 않은 대화의 물꼬를 틀 것이다……. 그가 왜냐고 물으면 뭐라고 할까? 그녀는 눈을 감고 아기방을, 아무도 침범하지 않고 침해하지 않는 그 조용한 공간을 떠올렸다―

켈시는 눈을 깜박이고서 다행히 익숙한 서재에 서 있음을 깨달았다. 그녀는 책장 앞에 서 있었고 펜이 30센티미터도 떨어지지 않은 옆에 있었다. 잠깐 동안 세상이 흔들렸지만 곧 모든 책들이, 칼린의 책들이 보였고 현실이 주위로 공고하게 굳어졌다. 여왕동이 머릿속에 쿵 하고 자리를 잡았다.

"레이디? 괜찮으십니까?"

그녀는 손바닥 아래쪽으로 눈을 문질렀다. 구석의 벽난로에서 쉭 소리가 나서 깜짝 놀랐지만, 이른 아침 시간에 사위어가는 불길일 뿐이었다.

"꿈을 꿨어요. 내가 다른 사람이었어요."

켈시가 중얼거렸다.

하지만 꿈이라는 건 잘못된 말이었다. 켈시는 여전히 그 남자의 손이 어깨를 파고들고 멍이 생길 자리를 만드는 걸 느낄 수 있었다. 여자의 머릿속을 지나가던 생각 하나하나를 전부 기억할 수 있었다.

"우리가 어떻게 여기에 온 거죠?"

그녀가 펜에게 물었다.

"세 시간 내내 건물 여기저기를 돌아다니셨습니다. 레이디."

세 시간이나! 몸이 흔들려서 켈시는 책장 가장자리를 꽉 붙잡았다.

"왜 날 깨우지 않았어요?"

"눈을 뜨고 계셨습니다, 레이디. 하지만 저희를 보거나 저희 말을 들으시는 것 같지는 않더군요. 안달리가 폐하를 건드리지 말라고, 몽유병자를 건드리는 건 불운을 가져온다고 했습니다. 하지만 폐하께서 다치지 않으시도록 제가 옆에 있었습니다."

켈시는 자신은 몽유병 증세가 없다고 반박하려다가 입을 다물었다. 기억

속에서 뭔가가 걸렸다. 뭔가 해결의 빛을 밝힐 만한 게 있었다. 앨먼트의 그 여자! 켈시는 그 여자의 이름은 결국 알아내지 못했지만, 6주 전에 소른이 그 여자의 두 아이들을 데려갈 때 그 여자의 눈을 통해서 상황을 보았다. 그것도 꿈은 아니었다. 꿈이라기에는 너무 분명하고 명확했다. 하지만 켈시가 방금 겪은 것은 그보다도 더 분명했다. 그녀는 이 여자를 알았고 그녀의 머릿속에 있는 지역들을 자신의 머릿속에 있는 것처럼 알았다. 여자의 이름은 릴리 메이휴였고 선크로싱 시대 미국에 살았고 쓰레기 같은 놈과 결혼했다. 릴리는 켈시의 상상력이 만들어낸 존재가 아니었다. 지금도 켈시는 자신이 한 번도 본 적 없는 광경들, 크로싱 이전 잃어버린 세기의 자동차, 마천루, 총, 컴퓨터, 고속도로 같은 경이적인 것들을 그려볼 수 있었다. 그리고 이제는 글로 쓰인 기록이 없어서 칼린 같은 선크로싱 시대 역사가들이 여전히 알아내지 못했던 정치적 발전 순서도 알 수 있었다. 칼린은 크로싱을 촉발한 가장 큰 요인 중 하나가 사회경제적 격차였다고 여겼지만, 릴리 덕택에 켈시는 이제 훨씬 더 추악한 문제였음을 알았다. 미국은 진정한 금권정치에 들어서 있었다. 부자와 빈자 사이의 격차는 20세기 말부터 실제로 벌어지고 있었고, 릴리가 태어난 2058년(켈시의 머리는 그 연도를 어려움 없이 떠올렸다) 무렵에는 미국의 절반 이상이 실직 상태였다. 기업들은 줄어든 식량을 암시장에 팔기 위해 비축하기 시작했다. 대부분의 인구는 노숙자이거나 갚을 수 없을 정도의 빚을 지고 있었고, 절망과 무관심이 합쳐져서 아서 프리웰이라는 사람이 대통령에 당선되었다⋯⋯. 그리고 켈시는 그 이름을 전에 들어본 적이 있었다. 칼린은 히로시마나 홀로코스트와 똑같은 어조로 프리웰 대통령과 그의 비상대권법에 대해 여러 번 말했었다.

"레이디, 괜찮으신 겁니까?"

"난 괜찮아요, 펜. 생각을 좀 하는 중이에요."

갑자기 기억이 불쑥 되살아났다. 5~6년 전쯤 그녀는 서재에 앉아 있었고 칼린의 목소리가 벽에 부딪쳐 격하게 울렸다.

"비상대권법! 창의적인 작명이 중요하다는 교훈을 주지! 솔직한 정권이었다면 그냥 계엄령이라 하고 실행했을 거야. 이것도 기억하렴, 켈시. 네가 계엄령을 선포하는 날은 네가 정부라는 체계를 잃는 날이야. 그냥 왕관을 벗어놓고 야반도주를 하는 편이 나을 거다."

칼린의 말에 따르면 비상대권법은 국내 테러리즘이라는 점점 커지고 대단히 실제적인 위협을 상대하기 위해서 만들어졌다. 경제적 분열이 커지며 분리주의 운동이 미국 전반에 확산되었다. 더 나은 세상…… 켈시는 9미터가 넘는 크기로 쓰인 파란색 글자를 환영에서 보았었다. 하지만 그게 무슨 뜻일까? 그녀는 정말이지 알고 싶었다. 보고 싶었다. 그녀는 앨먼트에서의 그 끔찍한 환영에서 깨어났을 때 그랬던 것처럼 두 개의 목걸이가 환하게 빛을 내고 있을 거라고 생각하고 내려다보았지만 목걸이는 어두웠다. 보석들이 마지막으로 환하게 빛을 냈던 건 아가이브 고개에서 홍수를 불러왔던 그날 밤이었다. 처음으로 켈시는 보석이 다 소모되었을 수도 있을까 생각했다. 아가이브에서 보석은 엄청나고 놀라운 기적을 일으켰으나 그 일로 모든 것이 빠져나간 것 같았다. 어쩌면 이제는 그냥 평범한 보석이 되었는지도 모른다. 그 생각은 안도감을 가져왔다가 곧장 두려움으로 변했다. 모트군이 국경에 밀어닥치고 있고 어떤 무기라도, 두 보석처럼 일관성 없고 예측 불가능한 것이라 해도 도움이 될 것이다. 다 소모돼버려서는 안 된다.

"침실로 가시죠, 레이디."

펜이 말했다.

켈시는 여전히 머릿속으로 그 기묘한 환영을 떠올리며 천천히 고개를 끄덕였다. 습관적으로 한 손으론 책들을 쓰다듬으며 그 단단함에서 위안을 느꼈다. 몽유병이든 아니든 여기가 그녀가 돌아온 곳이라는 사실이 별로 놀랍지 않았다. 생각할 문제가 있을 때면 그녀는 언제나 서재로 왔다. 책에 둘러싸여 있으면 생각하기가 더 쉽기 때문이었다. 알파벳 순서로 꽂힌 깨끗한 책장은 머릿속으로 다른 생각을 하면서 처다보기에 딱 좋았다. 칼린 역시 위로와 은신을 위해 서재를 이용했고 켈시는 자신이 여기서 똑같은 위안을 찾는 것을 칼린이 기뻐할 거라고 생각했다. 눈물이 따끔따끔 눈을 찔렀으나 그녀는 책장에서 돌아선 뒤 펜을 데리고 서재에서 나왔다.

시계를 보니 새벽 3시가 한참 넘었는데도 안달리가 방에서 켈시를 기다리고 있었다. 막내딸 글리가 품에서 자고 있었다.

"안달리, 늦었어. 잠자리에 들었어야지."

"어차피 깨어 있었습니다, 레이디. 글리가 또 몽유병 증세를 보여서요."

"아."

켈시는 신발을 벗으며 말을 이었다.

"영리한 몽유병자라고 들었어. 지난주에 그 애가 근위병 숙소를 돌아다녔다고 메이스가 그러던데."

"메이스는 많은 말을 하는군요, 레이디."

켈시는 눈썹을 치켜세웠다. 비판적인 말투였지만 그 말을 어떻게 해석해야 할지 알 수가 없었다.

"음, 오늘 밤에는 도와줄 필요 없어. 자러 가봐."

안달리는 고개를 끄덕이고 어린 딸을 안아 들고 나갔다. 그녀가 나가고 나자 펜이 절을 하고 말했다.

"안녕히 주무십시오, 레이디."

"나한테 절할 필요는 없어요, 펜."

펜의 눈에서 즐거운 빛이 반짝였으나 그는 아무 말도 하지 않고 다시 절한 다음 곁방으로 가서 커튼을 쳤다.

켈시는 드레스를 벗어 옷 바구니에 던져 넣었다. 안달리가 쉽게 가줘서 다행이었다. 가끔 안달리는 켈시가 옷을 벗는 걸 돕는 게 의무라고 생각하는 것 같았다. 하지만 켈시는 다른 사람 앞에서 옷을 벗는 데 절대로 익숙해질 것 같지가 않았다. 안달리는 켈시의 화장대 옆 벽에 전신 거울을 걸어놨지만 그녀가 켈시의 육체적인 수줍음을 말없이 고치려고 하는 거라면 잘못된 전략이었다. 이런 간단한 도구조차 엄청난 도전거리였다. 켈시는 거울을 보고 싶었지만 한편으로는 보고 싶지 않았고, 언제나 결국에는 보고서 자기 자신을 싫어하게 되었다. 거울 속 모습은 별로 달갑지 않았다. 특히 아름다운 여자들에게 항상 둘러싸여 있는 것 같은 여왕동으로 옮겨 온 이후로는 더했다. 그러나 더 강하게 치미는 감정은 인생의 절반을 거울 앞에서 꾸미는 데 소모한 걸로 알려진 어머니 엘리사 여왕에 대한 혐오였다. 그래서 켈시는 타협했다. 거울 앞을 지날 때면 머리 모양은 괜찮은지, 낮 동안 얼굴에 잉크 자국이 묻지는 않았는지 확인할 수 있을 만큼만 슬쩍 자기 모습을 보기로 했다. 힐끗 보는 것 이상은 허영이었다.

하지만 지금, 거울 속에서 자기 모습을 보고서 켈시는 얼어붙었다.

몸무게가 줄었다.

처음 왕궁에 왔을 때보다도 지금 활동량이 더 적으니 이건 불가능한 일이었다. 매일 할 일은 너무 많고 대부분이 왕좌나 서재의 책상에 앉아서 해야 하는 일이었다. 몇 주나 운동을 못 했고, 먹는 양을 줄이겠다는 계획은 아침에는 할 수 있을 것 같았지만 밤이 될 무렵이면 여지없이 실패했다. 하지만 지금 눈앞에 보이는 걸 부정할 수는 없었다. 두껍던 다리가 가늘어졌고 골반뼈도 더 뚜렷하게 보였다. 복부 바로 위에 보이는 접힌 부분 때문에 언제나 부끄러움의 원천이던 배도 약간 들어가서 둥그스름하게만 보였다. 켈시는 거울에 좀 더 가까이 가서 팔을 바라보았다. 팔 역시 좀 더 가늘어진 것 같았다. 이두박근에서 두툼한 살집이 사라졌고 이제는 팔뚝으로 말끔하게 가늘어졌다. 하지만 언제 다 이렇게 된 거지? 분명히 일주일도 되지 않았을 것이다. 홀과 마지막으로 만나기 전에 거울을 보았을 때는 이런 변화가 전혀 없었으니까. 얼굴을 보고서 켈시는 엄청난 충격을 받았다. 얼굴도 뭔가 달라 보였다……. 하지만 잠시 후 그것은 그저 벽난로 불빛의 장난임을 깨달았다.

내 어디가 잘못된 거지?

메이스에게 의사를 데려오라고 해야 하나? 그녀는 그 생각을 곧장 지웠다. 메이스는 피를 흘려 죽기 직전이 아니면 의사가 필요하지 않다고 생각했고, 코린이 잘 쓰는 모트 의사는 대단히 비쌌다. 몸무게가 좀 줄었다고 그런 사람을 데려오라고 해야 할까? 다친 것도 아니고 피를 흘리는 것도 아닌데. 기분도 괜찮았다. 좀 기다리며 지켜보고 달리 무슨 일이 일어나면 그때 메이스나 펜에게 말해도 될 것이다. 어쨌든 최근에 엄청난 스트레스를 받았으니까.

뒤에서 불길이 딱 소리를 냈고 켈시는 휙 돌아섰다. 잠깐 동안 누군가가 벽난로 앞에 서서 자신을 지켜보고 있다고 확신했지만, 아무것도 없고 그저 그림자뿐이었다. 벽난로의 온기에도 방 안이 갑자기 추워진 것 같았다. 마지막으로 거울을 불안하게 쳐다본 후 켈시는 잠옷을 입고 침대에 올라갔다. 촛불을 불어 끄고 따뜻한 이불 속에 발을 밀어 넣은 다음 차가운 코 위까지 이불을 당겨 덮었다. 긴장을 풀려고 했지만 감은 눈 뒤로 청하지도 않았는데 몇 주째 그녀를 괴롭히는 영상이 떠올랐다. 엄청난 파괴의 현장을 남기고 국경 언덕을 넘어 앨먼트로 쏟아져 들어오는 해로운 검은 물결 같은 모트군의 모습이었다. 모트는 아직까지 티어 땅에 들어오지는 않았지만 곧 들어올 것이다. 메이스와 알리스는 포위전에 대비해 물건을 비축하고 도시 주위로 보강을 하고 있었지만, 버몬드와 달리 켈시는 자신을 속이지 않았다. 모트군이 정말로 도시까지 와서 벽을 무너뜨리는 데 총력을 다하면 마지막에 아무리 보강을 한다 해도 그들을 막을 수 없을 것이다. 생각이 다시 벽으로 둘러싸인 마을에 살던 릴리 메이휴에게로 향했다. 릴리의 삶에서 뭔가 교훈이, 도움이 될 만한 것이 있을 것도 같은데…… 아무것도 떠오르지 않았다.

켈시는 등을 대고 누워서 어둠 속을 바라보았다. 어머니도 똑같이 승산 없는 시나리오를 마주하고는 티어링을 팔아먹는 걸로 끝을 냈다. 켈시는 그래서 어머니가 싫었지만, 자신이 어떻게 다르게 할 수 있을까? 그녀는 사파이어가 답을 주기를 바라며 보석을 쥐었지만, 보석은 재앙이 임박했다는 확신만을 줄 뿐 조용했다. 켈시는 어머니를 너무 냉혹하게 판단했고, 똑같은 상황을 해결해야 하는 이것이 그녀가 받은 벌이었다.

나한테는 해결책이 없어, 켈시는 몸을 둥글게 웅크리며 생각했다. *그리고 아무것도 떠올리지 못하면 나도 엄마보다 나을 바가 없는 거야.*

광부 일은 고됐다. 그들은 목욕을 하고서 성에 들어온 것 같았으나 그래도 피부에 흙먼지가 남아 있어서 보기에 거무튀튀했다. 그들은 독립 광부들이었고 이 자체는 꽤 드물었다. 티어링에서 모트와 경쟁할 수 있는 유일한 방법이 조합이었기 때문에 대부분의 광부들은 어떤 협회나 조합에 속해 있었다. 광부 한 명은 키가 크고 금발인 여자였지만 다른 사람들처럼 흙먼지가 묻어 있고 허리케인을 뚫고 나온 것 같은 낡은 초록색 모자를 쓰고 있었다. 광부들이 여자도 받아들이는 줄 몰랐던 켈시는 흥미롭게 그녀를 바라보았지만 여자는 적대적인 눈길로 마주 보았다.

"폐하, 저희는 막 페어위치에서 나왔습니다. 거의 한 달째 구릉에서 채굴을 하고 있습니다."

십장인 베넷이 말했다.

켈시는 이런 두꺼운 모직 드레스를 입고 있지 않았다면 좋았을 거라고 생각하며 고개를 끄덕였다. 여름이 와서 날이 따뜻하고 나른했으나 누군가가 불을 피워놓았다. 그녀는 요즘 알현을 받는 게 싫었다. 이것은 모트군과 난민 같은 더 급한 문제로부터 그녀의 관심을 떼어내기 위한 일처럼 느껴졌기 때문이다. 최초의 국경 마을 사람들 무리가 이미 앨먼트를 지나기 시작했지만 그들은 앞으로 올 사람들의 일부에 불과했다. 최소한 50만 명의 사람들이 더 올 것이다……. 뉴런던의 어디에 이들을 수용하지?

"저희는 원래 열다섯 명이었습니다. 폐하."

베넷이 말을 이었다. 켈시는 하품을 참고 그에게 관심을 집중하려고 노력했다.

"나머지는 어디 있소?"

"떠났습니다. 레이디. 한밤중에요. 저희는 처음부터 꽤 가까이 야영지를 만들어뒀습니다만…… 그래도 사람이 가끔은 소변을 봐야 하니까요. 그들은 밤에 야영지를 떠나서 가끔은 그대로 돌아오지 않았습니다."

"왜 나에게 이 말을 하는 것이오?"

베넷이 대답하려고 했지만 분위기로 봐서 2인자임이 분명한 여자 광부가 그의 팔을 잡고 다급하게 귀에 뭐라고 속삭였다. 대화는 긴 말다툼으로 금세 변했고, 중간중간 신음과 날카로운 어조가 오갔다. 켈시는 그냥 보는 걸로 만족했다. 타일러 신부가 다른 사람들보다 광부들과 가까이 서 있었고 그에게는 무슨 내용인지 들리는 것 같았다. 그녀는 사제가 종종 알현에 참석하는 것을 허락하기 시작했고 그는 이미 귀중한 식견을 여러 번 제공했다. 그는 알현을 즐겼고 역사가 눈앞에서 펼쳐지는 걸 보는 것 같다고 말했다. 또한 입을 다무는 법을 알았기 때문에 타일러 신부가 제대로 정보를 제공하지 못한다고 생각하는 새 교황의 분노를 사고 있는 모양이었다. 켈시는 왜 타일러 신부가 입을 다물고 있는지 이해할 수 없었지만 여기 참석하게 해주는 것은 공정한 보상 같았다.

"폐하, 저희가 페어위치에서 뭔가를 발견했습니다."

베넷은 마침내 동료의 노려보는 눈길을 받으면서 입을 열었다.

"그리고?"

베넷은 여자를 찔렀고, 여자는 성난 눈길을 그에게 던지고서 망토 주머니에서 조그만 검은 주머니를 꺼냈다. 켈시의 근위병이 자동적으로 긴장해서 펜의 앞에서 몸을 웅크렸다. 베넷이 그것을 횃불 앞으로 내밀자 파란색이 반짝였다.

"그게 뭐지?"

"제가 잘못 추측한 게 아니라면 사파이어입니다, 폐하. 저희가 꽤 큰 광맥을 발견했습니다."

이제야 켈시는 말다툼을 이해했다.

"그대들이 발견한 건 그대들의 것이라고 보장하겠소. 우리가 그대들에게 정당한 가격으로 사고 싶지만, 몰수하는 일은 없을 거라고 내 약속하지."

그 말은 원하는 효과를 낳았다. 모든 광부들이 곧장 긴장을 푸는 것 같았다. 심지어는 베넷의 2인자도 진정하고 미간의 주름이 사라진 상태로 초록 모자를 벗었다.

"우리가 그대의 것을 좀 봐도 되겠소?"

베넷은 광부들을 돌아보았고 그들은 마지못해 고개를 끄덕였다. 그는 몇 미터 앞으로 나와서 보석을 키브에게 건넸고 그는 그것을 받아서 켈시에게 가져왔다.

그녀는 자신의 사파이어 하나를 들어 올려 나란히 놓고 살폈다. 베넷의 보석은 거칠고 광맥에서 바로 캔 거라 연마도 하지 않았지만 거의 켈시의 손바닥만큼 커다랗고 질도 의심할 여지가 없었다. 그녀는 새로운 사파이어가 자신의 보석에 반응해서 어떤 식으로든 깨어날 거라는 말도 안 되는 희망으로 잠깐 기다렸다. 하지만 아무 일도 일어나지 않았다.

"라자러스?"

"저한테는 다 똑같은 돌로 보입니다. 하지만 그게 뭐 어떻겠습니까?"

"이걸 대량으로 발견했다고 했소, 베넷?"

"네, 폐하. 광맥을 찾기 위해 구릉 안 깊은 곳까지 파야 했지만 페어위치 쪽에서는 더 얕을 거라고 추측하고 있습니다. 저희는 더 나아갈 수가 없습니다. 그…… 토버 일 이래로요."

"토버에게 무슨 일이 있었는데?"

"사라졌습니다, 폐하."

"떠났다고?"

"어디로요? 우리한테 물자가 다 있는데."

뒤쪽의 나이 든 광부가 깔보는 어조로 말했다.

"그러면 그대들은 무슨 일이 생겼다고 생각하시오?"

"저도 정확히는 모르겠습니다. 하지만 밤에 가끔 밖에서 무슨 소리가 들립니다. 큰 동물 소리 같은 게요."

"저희 중 몇 명만 들었습니다, 레이디."

베넷은 나이 든 광부를 노려보고서 말을 잘랐다.

"숲이랑 페어위치 고지대 쪽에서요. 큰 놈인 것 같지만 보통의 동물보다 훨씬 은밀하게 움직입니다. 놈이 토버를 잡아갔다고 저희는 확신합니다."

"왜지?"

"저희가 그 친구 옷을 찾았습니다, 레이디. 그리고 며칠 후에는 협곡 바닥에서 부츠를 찾았고요. 갈가리 찢어진 데다가 피가 묻어 있었습니다."

알리스는 믿을 수 없다는 듯 낮게 코웃음을 쳤다.

"저희가 밤에 야영지를 더 좁히고 짝을 지어 움직여야 한다는 걸 깨닫기 전에 세 명이 더 사라졌습니다, 레이디. 그들의 흔적은 아예 찾지도 못했습니다."

켈시는 사파이어를 손에서 돌려보았다. 알리스는 모를 테지만 이런 이야기를 최근에 처음 들은 게 아니었다. 이제 선적이 없으니 모든 마을에 배치된 인구조사부 사람들은 자신들이 아직 멀쩡하다는 걸 증명하려고 안달이 나 있었고 온갖 종류의 정보들이 왕국 구석구석에서 메이스에게 들어오고 있었다. 심지어는 페어위치 아래쪽에 있는 작은 마을에서도 말이다. 거기서는 구릉에서 아이들이 사라졌고 언덕에서 어른 남녀들도 몇 명 사라졌다는 보고가 세 건 있었다. 아무도 무엇 하나 보지 못했다. 어떤 포식자든 간에 밤에 나왔다가 먹이를 채서는 그저 사라지는 것 같았다.

"키브, 이걸 돌려줘요."

켈시는 그에게 보석을 건네고 왕좌에 기대 생각에 잠겼다.

"라자러스, 페어위치에서 계속 사람들이 사라지고 있죠?"

"여러 명입니다, 레이디. 위험한 곳입니다. 특히 아이들한테요. 아이들 수십 명이 사라져서 티어인 가족들이 그 산지에 정착하는 걸 아예 그만뒀습니다. 모트인들도 자기들 땅의 페어위치 쪽을 피하고요."

"폐하?"

타일러 신부가 주저하며 한 손을 위로 들어 올렸고 켈시는 웃음을 참았다.

"네?"

"옛날 교황 성하께서는 페어위치가 저주받았다고 믿으셨습니다."

메이스는 눈을 굴렸지만 타일러 신부는 말을 이었다.

"저는 저주라는 걸 믿지 않습니다만, 그래도 말씀은 드리려고 합니다. 제1세기 말에 아배스에서는 크로싱 이후에 떨어져 나가서 산지에 정착한 사람들을 찾기 위해 페어위치에 선교사들을 보냈습니다. 그 선교사들은 한 명도 돌아오지 않았습니다. 이건 그냥 소문이 아닙니다. 아배스의 기록에 보고서가 남아 있습니다."

"아무도 시체조차 발견하지 못했나요?"

켈시가 물었다.

"제가 아는 한은 없습니다. 피든 옷이든 뭔가가 남았다는 이야기는 저도 처음 듣습니다."

이 말에 켈시는 더욱 불안해졌다. 사람들이 사라진다면 뼈는 어디로 간 거지? 그녀가 광부들을 돌아보았다.

"베넷, 페어위치로 돌아갈 계획이오?"

"아직 결정하지 못했습니다, 폐하. 사파이어는 질이 좋습니다만, 위험이……."

알리스가 켈시의 어깨를 두드리고 몸을 기울여 귀에 속삭였다.

"카다르인들은 사파이어를 대단히 귀하게 칩니다, 폐하. 이 물건은 좋은 투자가 될 겁니다."

켈시는 고개를 끄덕이고 광부들을 돌아보았다.

"그대들이 결정할 일이오. 하지만 거기로 돌아간다면 그대들의 물건을 내가……."

그녀가 알리스를 돌아보았다.

"킬로그램당 50파운드."

"킬로그램당 60파운드에 사겠소. 그리고 거기에 뭐가 있는지에 관한 정보를 알아 오면 추가로 돈을 내지."

"얼마나 더요?"

"그건 정보의 질에 달리지 않았겠소?"

"잠깐만 기다려주십시오, 폐하."

베넷은 동료들을 데리고 방의 반대편 구석으로 갔고, 거기서 그들은 가까이 모였다. 바깥쪽에 있는 나이 든 광부는 바닥에 침을 뱉으려는 것 같았지만 웰머가 어깨를 잡고 안 된다는 뜻으로 고개를 흔들자 포기했다.

"킬로그램당 60파운드라고요? 그렇게 해서는 돈을 못 법니다."

알리스가 나직하게 신음했다.

"난 그대를 알아요, 알리스. 그대는 가격을 무자비하게 후려치죠."

"적당한 가격은 시장이 받아들일 수 있는 가격입니다, 꼬마 여왕님. 가난한 왕국의 통치자라면 그걸 기억해야지요."

"그대는 그대의 일이나 하고 세금이 제때 들어오게만 해요, 영감."

"영감이라니! 더 나은 세금징수관을 찾으실 수 있을 거 같으십니까? 이 달에만 1만 파운드입니다."

"폐하!"

베넷이 단상 아래쪽으로 와서 섰다.

"공정한 거래입니다. 저희는 다음 금요일에 출발하겠습니다."

"좋소. 알리스, 그들에게 각각 5파운드의 보너스를 선금으로 줘요."

켈시가 말했다.

"각각 5파운드라뇨, 꼬마 여왕님!"

"선의를 보이는 거예요, 알리스."

"정말로 감사드립니다, 폐하."

베넷이 말했다. 나머지 광부들은 동의의 소리를 내며 굶주린 표정으로 알리스의 주위에 몰려섰다. 알리스는 조그만 책과 동전 주머니를 꺼내며 내내 툴툴거렸지만 켈시는 잘 쓴 돈이라고 생각했다. 티어링에는 소수의 광부밖에는 먹고살 수 없을 정도로 금속이 거의 나오지 않았다. 광부들이 티어에서 사라지면 왕국은 금속을 모트메인에서 대량으로 수입할 수밖에 없을 것이다……. 그 말은 금속을 아예 구하지 못할 거라는 뜻이었다.

켈시의 왼쪽에서 커다란 하품 소리가 났다. 펜이었다. 그는 굉장히 피곤해 보였다. 눈은 어둡고 움푹 들어가 보였고, 몸무게도 준 것 같았다.

"펜, 어디 아픈가요?"

"아닙니다, 레이디."

잠깐 동안 켈시는 만성피로로 모르핀중독을 감추고 있었던 면을 떠올렸다. 그녀는 눈을 깜박였고 잠시 칼을 쥔 그녀의 손 위로 뚝뚝 떨어지는 짙은 자홍색 피가 보이는 것 같았으나 고개를 흔들어 그 영상을 지웠다. 펜은 절대로 그렇게 멍청하지 않을 것이다.

"잠은 충분히 자고 있어요?"

"물론입니다."

펜은 미소를 지었다. 대화와는 아무 관계도 없는 사적인 미소였고 그 순간 켈시는 그간 의심만 하던 것에 확신을 가졌다. 펜에게 여자가 있는 것이다. 한 달에 주말 두 번은 메이스가 곁방에서 펜의 자리를 대신했다. 여왕의 근위대는 대체로 휴가가 없지만 근접 근위병은 특별 대우였다. 쉬는 시간이 전혀 없기 때문이다. 메이스는 같이 있기 좋은 사람이었지만 켈시는 항상 펜의 빈자리를 느꼈다. 최근에 그가 여가 시간에 뭘 할까 궁금해졌고, 이제는 알 것 같았다.

여자라, 켈시는 공허하게 생각했다. 메이스는 분명히 알 테니 물어볼 수도 있겠지만 그녀는 그 충동을 싹부터 잘라버렸다. 아무리 궁금하다 해도 그건 자신이 상관할 일이 아니었다. 그녀가 밤에 생각하는 사람이 펜도 아닌데 왜 이렇게 기분이 우울한 건지 알 수가 없었다. 하지만 그는 항상 거기에 있었고 그녀도 그에게 의지하는 데 익숙해졌다. 그가 다른 사람과 시간을 보낸다는 생각이 마음에 들지 않았다.

그녀는 한참 동안 예리하게 펜을 응시했고 그가 결국 의자에서 몸을 펴고 경계하는 얼굴로 그녀를 보았다.

"왜 그러십니까?"

"아니에요. 가능하면 좀 더 자요."

켈시는 부끄러워져서 웅얼거렸다.

"네, 레이디."

광부들은 돈을 받고서 절을 하고 베넷을 따라 나갔다. 돈 때문에 기운이 났는지 그들은 문을 향해 가면서 아이들처럼 수다를 떨었다. 켈시는 의자에 기댔다가 옆에 있는 탁자에 김 나는 찻잔이 놓여 있는 것을 깨달았다.

"그대는 정말 놀라운 사람이야, 안달리."

"별로 그렇지 않습니다, 레이디. 저는 아직껏 폐하께서 차를 원치 않으시는 때를 본 적이 없습니다."

"대장, 국경에서 온 홀 대령의 최신 보고서입니다."

키브가 봉투를 손에 들고 왕좌 앞으로 나왔다.

메이스는 봉투를 받아서 켈시에게 내밀었으나 그녀는 막 차를 집어 든 참이었다.

"받을 손이 없군요. 그냥 읽어줘요, 라자러스."

메이스는 굳은 자세로 고개를 끄덕이고서 봉투를 열었다. 켈시는 그의 뺨에 조그만 홍조가 떠오르는 것을 알아채고 부탁한다고 말했어야 했나 생각했다. 메이스는 아주 오랫동안 전갈을 쳐다보았다.

"뭐죠?"

"폐하!"

타일러 신부가 전혀 예상치 못하게 갑자기 앞으로 나오는 바람에 켈시의 근위병 여럿이 그를 가로막으려고 뛰어나왔고, 그는 뒤로 물러나며 허공으로 손을 들어 올렸다.

"죄송합니다. 잊어버렸습니다. 교황 성하께서 전갈을 보내셨습니다."

"나중에 들으면 안 되나요?"

"안 됩니다. 레이디. 교황 성하께서 폐하와 저녁 식사를 함께하고 싶어 하십니다."

"아. 뭔가 불평거리가 있는 모양이군요."

켈시가 눈을 가늘게 뜨고 말했다.

"저는 모르겠습니다. 레이디."

타일러 신부가 대답했으나 그의 눈은 그녀의 눈을 똑바로 보지 못했다.

"저는 그저 전달자일 뿐입니다. 하지만 제가 떠나기 전에 메이스와 지금 조율을 해두는 게 어떨까 싶었습니다."

켈시는 새 교황을 만나고 싶은 마음이 별로 없었다. 그의 사제들이 이미 믿음 부족과 사회주의적 조세정책, 일찌감치 결혼해서 후계자를 만들지 못한 것 등 그녀의 단점에 대해서 설교를 해대고 있기 때문이었다.

"내가 교황과 식사를 하고 싶지 않다면요?"

"레이디, 교황을 적으로 돌리는 건 안 좋은 일입니다."

메이스가 고개를 흔들었다.

"그리고 포위전이 되면 아배스가 필요해질 수도 있습니다."

"왜요?"

"사람들이 묵기 위해서죠, 레이디. 거기는 뉴런던에서 두 번째로 큰 건물입니다."

켈시는 그가 옳다는 걸 알아차렸다. 신의 교회에 도움을 요청한다는 생각만으로도 피부에 소름이 돋긴 했지만 말이다. 그녀는 차를 내려놓았다.

"좋아요. 나한테 그 편지를 줘요, 라자러스. 그리고 선량하신 신부님과 의논을 해보세요. 가능한 한 빨리 교황 성하를 여기로 부르죠."

메이스는 그녀에게 종이를 건네고 타일러 신부 쪽으로 돌아섰다. 신부는 눈에 띄게 움찔하며 뒤로 물러났다. 켈시는 편지를 살펴보고 기쁜 얼굴로 고개를 들었다.

"우리가 모트 저지대에서 전략적인 승리를 거뒀어요. 모트 진영은 흩어졌어요. 홀 대령은 그들이 재집결하는 시간을 2주 정도로 예측했고요."

"좋은 소식이군요, 폐하."

엘스턴이 말했다.

"전부 다 좋은 소식인 건 아니에요. 모트군의 공급로는 여전히 공고해요.

대포도 멀쩡하고."

켈시는 나머지 부분을 읽으면서 말했다.

"그래도 폐하께서는 지금 시간 싸움을 하시는 거니까요. 지연되는 건 중요합니다."

펜이 지적했다.

시간 싸움. 켈시는 방 안을 둘러보고 모두의 얼굴에 똑같은 질문이 떠올라 있는 것을 깨달았다. 아니, 그런 것 같았다. 시간이 다 되면, 그땐 어떻게 하지? 초조한 기색은 없었다. 근위대는 그녀가 아가이브에서 한 것처럼 또 다른 기적을 일으킬 거라고 생각하는 게 분명했다. 켈시는 그들 눈에 자리한 차분한 믿음으로부터 도망치고 싶었다.

메이스는 타일러 신부와 이야기를 끝내고 왕좌 옆의 자기 자리로 돌아왔다. 사제는 켈시에게 작별 인사의 의미로 한 손을 들어 올렸고 그녀도 문을 향해 가는 그에게 손을 흔들었다.

"다음은 뭐죠?"

그녀가 메이스에게 물었다.

"귀족들 한 무리가 폐하를 뵈려고 밖에서 기다리고 있습니다."

켈시는 눈을 감았다.

"난 귀족들이 싫어요, 라자러스."

"그래서 그들을 빨리 처리하는 게 최선이라고 생각한 겁니다, 레이디."

귀족들이 들어오자 켈시는 우선 언제나처럼 호화로운 옷차림에 놀랐다. 여름이라서 모자나 장갑은 없지만 전부 다 켈시가 전에 본 새로운 스타일의 옷을 차려입고 있었다. 금과 은처럼 보이는 것을 녹여 천 위로 길게 흐르게 만들어서 셔츠와 드레스가 귀금속을 흘리고 있는 것처럼 보였다. 켈시의 눈엔 그저 지저분해 보였지만 그들은 그렇게 생각하지 않는 모양이었다. 칼린은 이런 사람들에 대해서 할 말이 많았을 것이다. 자신도 귀족이었지만 그녀는 과시적 소비를 혐오했다. 켈시는 무리의 앞쪽에 빨간 실크로 몸을 감싼 키가 크고 비쩍 마른 레이디 앤드루스가 있는 것을 보고 놀라지 않았다. 그녀는 놀랍게도 전보다 더 마른 것 같았으나 그것은 어쩌면 여자의 눈에 어린, 켈시에 대한 혐오 때문에 다른 것들이 전부 조그맣게 보이기 때문일 수도 있었다.

"폐하."

제일 앞에 있는 덩치가 작고 배만 엄청나게 뚱뚱한 남자가 그녀에게 절했다.

"윌리엄스 경."

메이스가 중얼거렸다.

"반갑소, 윌리엄스 경. 무슨 일로 왔소?"

"저희는 공통된 고충 때문에 왔습니다, 폐하."

윌리엄스 경은 뒤에 있는 사람들 쪽으로 한 팔을 휘둘렀다.

"저희들 모두 앨먼트에 자산이 있습니다."

"그래서?"

"피난은 이미 엄청난 해를 입히고 있습니다. 병사들과 난민들이 저희 땅을 지나며 작물들을 다 쓰러뜨리고 있습니다. 심지어 난민들 일부는 밭에서 곡식을 훔치고요. 병사들은 아무것도 하지 않습니다."

켈시는 이런 문제를 예상했어야 했다고 생각하며 입을 꾹 다물었다. 이 사람들은 아무것도 하지 않고 그저 앉아서 자기 수입만 계산하는 자들이니까.

"폭력 행위에 대해 고발하는 거요, 윌리엄스 경? 무장 강도나 그대의 농부들에 대한 괴롭힘 같은?"

윌리엄스 경의 눈이 커졌다.

"아뇨, 레이디, 물론 아닙니다. 하지만 저희들은 망가지고 도둑맞은 작물들에다가 잃어버린 노동시간 때문에 돈을 잃고 있습니다."

"그렇군. 그래서 뭘 제안하는 것이오?"

켈시는 미소를 지었다. 얼굴이 아프도록 당겼다.

"폐하, 제가 그런 걸 말씀드릴 주제가 아닙니다—"

"그냥 이야기하시오."

"그게, 저는……."

다른 귀족이 앞으로 나섰다. 가늘게 다듬은 콧수염을 기른 키 큰 남자였다. 잠깐 생각한 후 켈시는 그가 건조 지대 북쪽에 넓은 옥수수밭을 소유한 에번스 경임을 떠올렸다.

"저한테 폐하의 병사들이 난민들이 지나는 걸 보호는 하지만 감독은 하지 않는다는 내용의 보고서가 있습니다, 레이디. 좀 더 감독을 강화하라고 명령을 내려주십시오."

"그렇게 하겠소. 그 외에는?"

"제 농부들이 밭을 지나가는 부랑자들 때문에 일을 못 합니다. 피난을 밤에 시키시면 어떻습니까? 그렇게 하면 농사에 방해가 안 될 텐데요."

켈시의 갈비뼈 안쪽에서 뭔가가 솟아올랐다.

"에번스 경, 그대는 아마도 뉴런던에 집이 있을 테지?"

"네, 그렇습니다, 폐하. 가족이 두 채를 갖고 있습니다."

"모트군이 오기 한참 전에 그저 가족들과 함께 귀중품들을 갖고 이 도시로 오면 되겠군."

"물론입니다, 폐하."

"그대는 참 편리하겠군. 하지만 이 사람들은 훨씬 힘들게 집에서 떠나오고 있소. 그중 일부는 한 번도 마을을 떠나본 적이 없는 사람들이고. 대부분은 걸어오고, 다수가 아기나 어린아이를 데리고 있지. 정말로 내가 그들에게 낯선 땅을 야밤에 지나오라고 시키길 바라시오?"

"물론— 물론 아닙니다, 폐하."

에번스가 긴장해서 콧수염을 떨며 대답했다.

"제 말뜻은 그저—"

"전 그걸 바랍니다."

레이디 앤드루스가 크게 말하며 앞으로 나섰다.

"티어링에서 재산권은 언제나 존중되어왔습니다."

"조심하시오, 레이디 앤드루스. 아무도 그대의 재산권을 침해하지 않았소."

"그들은 저희 땅을 지나고 있습니다."

"한 달에 한 번씩 선적도 그랬지. 그대의 도로가 꽤 많이 손상되었을 텐데, 그때는 아무 불만도 없었잖소."

"이득을 봤으니까요!"

"그렇지. 그러니 여기서 진짜로 핵심이 뭔지 말을 해보지. 재산권이 아니라 이득을 얻을 권리 아니오?"

"이득이란 어디서든 얻을 수 있습니다, 폐하."

"그건 위협인가?"

"아무도 폐하를 위협하는 것이 아닙니다!"

윌리엄스 경이 외쳤다. 그는 뒤에 있는 사람들을 돌아보았고 몇 명이 다급하게 고개를 끄덕였다.

"레이디 앤드루스는 저희 모두를 대변하는 것이 아닙니다, 폐하. 저희는 그저 저희 땅에 대한 해를 줄이고자 할 뿐입니다."

레이디 앤드루스가 그를 빙 둘러 나왔다.

"당신한테 배짱이 눈곱만큼이라도 있다면 내가 이 웃기는 자리에 나올 필요도 없었을 거야, 윌리엄스!"

"예의를 지키시오!"

메이스가 소리쳤다. 하지만 꾸짖음은 자동적인 것 같았고 켈시는 메이스가 즐기고 있는 게 아닐까 생각했다.

"조만간 모트군이 제 땅을 지나게 될 겁니다, 폐하. 저는 그걸 어렵게 만들 수도 있고, 그냥 물러나 있을 수도 있습니다."

켈시가 그녀를 빤히 보았다.

"지금 반역을 저지르겠다고 말하는 거요? 여기, 서른 명의 증인들 앞에서?"

"그런 의도는 아닙니다, 폐하. 꼭 그래야만 하는 경우가 아니라면 말이죠."

"꼭 그래야만 하는 경우라."

켈시는 그 말을 반복하며 인상을 찌푸렸다.

"그대가 전시에 어떻게 행동할 건지 나도 알지, 레이디 앤드루스. 그대는 아마 제노 장군을 직접 나가서 맞이하고 위스키와 공짜 섹스를 제공할 테지."

"레이디!"

메이스가 꾸짖듯이 말했다.

"폐하, 송구합니다! 레이디 앤드루스의 말을 저희를 대변하는 걸로 여기지는 말아 —"

윌리엄스 경이 끼어들었으나 켈시가 말했다.

"조용히 하시오, 윌리엄스. 나도 레이디 앤드루스가 무슨 이야기를 하는지 아니까."

레이디 앤드루스는 켈시에게 전혀 관심이 없다는 듯이 자기 손톱을 내려다보았다.

"그대들 전부 분명히 재산권을 갖고 있지. 하지만 재산권은 나의 티어에선 불가침이 아니오. 이 사람들은 피난을 해야 하고 그들의 안전이 그대들의 이익보다 더 중요해. 이 문제에 관해서 그대들의 권리를 주장하려고 하면 내가 토지 수용권을 행사하는 걸 보게 될 거요."

귀족 몇 명이 헉하고 숨을 들이켰으나 레이디 앤드루스는 어리둥절한 얼굴로 켈시를 올려다보기만 했다. 윌리엄스 경이 레이디 앤드루스의 팔을 잡고 그녀의 귓가에 날카롭게 뭔가 속삭였다. 그녀가 그의 팔을 떨쳐냈다.

켈시가 말을 이었다.

"약탈은 최대한 막겠소. 하지만 그대들 중 누구라도—"

그녀가 귀족 무리를 둘러보았다.

"누구라도 어떤 식으로든 피난을 막으려고 하면 난 두 번 고민하지 않고 대의를 위해서 그대들의 땅을 징발할 거요. 내 말 알겠소?"

"알겠습니다, 폐하! 정말입니다. 폐하께서 하실 수 있는 일을 해주시는 것만으로도 감사드립니다."

윌리엄스 경이 힘없는 목소리로 말하고서 레이디 앤드루스를 왕좌 앞에서 잡아당겼지만 그녀는 다시금 그의 손을 떼어내고 단검 같은 눈으로 켈시를 쳐다보았다.

"허풍이야, 윌리엄스. 감히 그럴 리가 없어. 귀족들의 지지가 없으면 저 여잔 아무것도 아니야."

켈시는 미소를 지었다.

"나에게 그대들의 지지가 왜 필요하지?"

"우리가 왕가를 저버린다면, 켈시 랠리—"

"내 이름은 글린이야."

"우리가 당신을 저버리면, 당신에겐 돈도 보호막도 지위도 없어. 군대도 허약해. 우리가 없으면 당신에게 뭐가 있는데?"

"백성들."

"백성들!"

레이디 앤드루스가 빈정거렸다.

"그 버러지들은 우리를 보자마자 귀족이라면 다 죽일걸. 힘이나 무기나 금이 없으면 당신은 다른 사람들과 똑같이 연약해."

"겁이 나서 온몸이 떨리는군."

"내 위협을 가볍게 여기는 건 큰 실수일걸."

켈시는 잠깐 생각해본 후에 말했다.

"아니, 그대의 위협은 꽤나 현실적이야. 하지만 그대 자신의 중요성에 대한 그 과대평가는 놀라울 정도야. 그대를 처음 본 순간부터 그걸 알았지."

그녀는 나머지 사람들을 쳐다보았다.

"그대들의 이익에 영향을 미치게 되어 유감이오. 올해는 그대들의 옷에 금을 좀 덜 붙이는 걸로 만족하고 이런 고통이 커지지 않기만을 바라는 수밖에. 이제 나가시오."

귀족들은 돌아서서 문으로 향했다. 몇 명의 얼굴에서는 분노가 드러났으나 대부분은 그저 발밑에서 바닥이 흔들리기라도 한 것처럼 멍한 표정이었다. 켈시는 짜증스러운 한숨을 내쉬었고 그 소리에 그들은 발걸음을 재촉했다.

"놀라운 외교력이셨습니다, 레이디. 제 임무를 더욱 힘들게 만드신 건 아시겠지요."

메이스가 중얼거렸다.

"참으로 미안하군요, 라자러스."

"폐하께는 귀족들의 지지가 필요합니다."

"난 동의하지 않아요."

"그들이 대중을 얌전하게 만드는 겁니다, 레이디. 사람들은 자신들의 문제에 관해 귀족들과 자신들의 감독관들을 비난합니다. 완충장치가 사라지면 사람들은 사슬의 더 높은 곳을 보기 시작할 겁니다."

"그리고 그들의 눈이 나에게 닿게 된다면 내가 그럴 만했다는 뜻이겠죠."

메이스는 고개를 흔들었다.

"폐하께서는 권력정치에 대해 너무 절대주의적이십니다. 귀족들이 위선자라는 사실에 누가 신경 쓰겠습니까? 그들은 폐하를 위해 아주 유용한 기능을 담당하고 있습니다."

"기생충들."

켈시가 중얼거렸지만 물러나는 사람들은 그녀에게 또다시 릴리 메이휴를 떠올리게 만들었다. 릴리는 가난한 사람들을 막는 높은 벽이 둘러진 마을에서 살았다. 하지만 그녀와 남편 둘 다 여전히 바깥세상을 두려워했다. 켈시라고 더 나은가? 메이스와 알리스는 뉴런던의 벽 바깥쪽에 난민들을 수용하기 위한 거대한 임시 수용소의 건설을 명령했지만, 모트군이 오면 이 난민들은 도시 안으로, 어쩌면 왕궁 안으로 들어와야 할 것이다. 뉴런던은 이미 사람으로 터지기 직전이니까. 켈시 자신은 그들이 여기 들어오는 게 마뜩잖은가? 그녀는 잠깐 생각해본 다음 다행스럽게도 그렇지 않다는 것을 깨달았다.

"이제 저는 저 겉멋 든 작자들까지 주시해야 합니다."

메이스는 괴로운 표정으로 말을 이었다.

"그중 누구도 모트메인과 직접 협상에 나서지는 않겠지만, 중개인을 통해서는 할 수도 있습니다."

"중개인이라니?"

"대부분의 귀족들이 교회에 다닙니다, 레이디. 저 앤드루스 부인은 아배스의 규칙적인 손님이고 새 교황은 딱히 폐하의 숭배자가 아니지요."

"그대는 교회도 염탐하고 있어요?"

"정보를 계속 받고 있습니다, 레이디. 새 교황은 이미 디메인에 여러 번 전갈을 보냈습니다."

"무엇 때문에요?"

"저도 아직 모릅니다."

"저 망할 앤드루스는 딱히 나보다 더 믿음이 깊지 않아요, 라자러스."

"언제부터 그런 것 때문에 교회의 기둥이 못 되었던가요?"

켈시는 대답할 말이 없었다.

"아이사?"

마거리트는 분수(分數)를 가르치고 있었고 아이사는 지루했다. 전날 밤 잠을 충분히 못 잔 날에 수업을 견디는 건 꽤 힘들었다. 교실 공기는 언제나 너무 따뜻해서 아이사는 자는 것도 깬 것도 아닌 몽롱한 상태였다.

"5분의 2요."

아이사는 의기양양한 기분으로 대답했다. 마거리트는 여러 번 그녀가 조는 것을 지적하려고 했다. 모든 아이들을 좋아하는 마거리트가 아이사는 전혀 좋아하지 않았다. 아이사는 어른들에게 본능적인 불신을 불러일으키는 것 같았다. 마치 아이사가 실수와 모순된 행동을 찾아내려고 그들을 빤히 본다는 걸 감지하는 것 같았다. 하지만 마거리트에게서 실수를 찾는 건 짜증 나게 어려웠다. 그녀는 너무 예뻤고, 엿들은 이야기에서 그녀가 섭정의 정부(情婦)였다는 사실을 알아냈지만 아이사조차도 이런 것들이 마거리트의 잘못은 아니라는 걸 인정해야 했다.

뭔가가 아이사의 갈비뼈를 날카롭게 찔렀다. 뒤에 앉아 있던 매튜가 마거리트가 보지 못하게 발로 그녀를 찌르고 있었다. 몇 번 더 찔린 끝에 아이사가 뒤를 돌아보고 이를 드러냈다.

매튜는 히죽 웃었다. 의미심장하고 악의 가득한 웃음이었다. 아이사가 생각하는 것을 망가뜨린다는 목적을 달성했기 때문이다. 오빠는 최악의 유형의 깡패였다. 다른 사람이 조용하고 안온하게 앉아 있는 꼴을 못 보고 뭐든 망가뜨려야 직성이 풀렸다. 마망은 아빠가 오빠에게 심하게 대했고 그걸 잘 감당하지 못하는 거라고 봐주곤 하셨다. 아이사는 그게 말도 안 된다고 생각했다. 자신이 아빠에게 더 심한 일을 당했고, 심지어 웬도 인정하는 바이지만, 그렇다고 해서 그녀가 다른 사람들을 가만두지 못하는 조그만 악마 새끼가 된 건 아니었으니까.

매튜의 발이 다시 갈비뼈 사이의 공간을 콱 찔렀다. 뭔가가 아이사의 안에서 쿵 울렸다. 낮고, 깊고, 종소리 같은 파문이었다. 제대로 생각하기도 전에 그녀는 몸을 홱 돌려서 매튜에게 몸을 날려 주먹질을 하고 발로 찼다. 그는 그녀를 밀어내고 도망쳤고, 아이사는 아무 생각 없이 일어나서 그를 쫓아 문을 나가 복도로 달려갔다. 매튜가 그녀보다 두 살 많고 더 컸지만 아이사는 더 빨랐고, 매튜가 막 복도 끝에 도달할 무렵엔 아이사가 그에게 몸을 던져 바닥으로 짓눌렀다. 둘은 돌바닥으로 쓰러졌고, 매튜는 비명을 지르고 아이사는 으르렁거렸다. 그녀는 주먹으로 매튜의 목을 후려쳤다. 매튜가 콜록거리며 숨을 헐떡였고, 아이사가 손바닥 아래쪽으로 그의 코를 세게 후려치자 피투성이가 됐다. 매튜의 겁에 질린 하얀 얼굴이 피로 물든 것을 보는 게 즐거웠지만, 그 순간 남자의 손이 그녀의 팔 아래를 잡고 그녀를 뒤로 들어 올렸다. 아이사는 발뒤꿈치로 걷어찼지만 매끄러운 돌바닥이라는 받침대가 없어져서 제대로 찰 수가 없었다. 이 모든 게 진짜 같지 않았다. 고개를 들고 마망과 여왕, 근위대 사람들, 알현실에 모인 군중의 휘둥그런 눈을 보았을 때에도 이게 그저 불면증의 또 다른 단계인 것처럼, 아이사에게 길고 연속적인 악몽을 꾸게 만드는 잠에 빠지기 전 몇 시간 같은 기분이었다. 금방이라도 입안이 바싹 마르고 심장이 쿵쿵거리는 상태로 어둠 속에서 벌떡 일어나 앉아 잠든 사이에 정말로 끔찍한 일이 벌어지지 않았다는 사실에 기뻐할 것만 같았다.

"폐하, 정말로 죄송합니다!"

마망이 그녀 때문에 사과를 하고 있었다. 그녀가 마망을 부끄럽게 만들었다. 여왕은 그저 고개만 흔들었으나 아이사는 그 태도에서 짜증이 난 것을 알아챘고, 이건 거의 악몽만큼이나 나빴다. 마거리트가 드디어 알현실에 도착해서 아이사에게 악의 가득한 눈길을 던지며 매튜에게로 몸을 구부렸다. 아이사를 잡은 사람은 이제 그녀를 뒤로, 복도 쪽으로 끌고 갔고, 아이사의 머릿속에 언제나 이리저리 잡아끌던 아빠에 대한 끔찍한 기억이 떠올랐다.

"놔!"

"입 다물어라, 이 망나니 녀석."

메이스였다. 그것을 깨닫자 자신이 한 일이 얼마나 심각한 건지가 확실하게 느껴졌다. 아이사는 바닥에 뒤꿈치를 꽉 박았으나 아무 소용 없었다. 메이스는 그저 아이사의 한 팔을 잡고 그녀를 돌려세우고서 팔목을 꼼짝 못하게 붙든 채 복도 아래쪽으로 질질 끌고 갔다. 마망은 어디 있지? 아이사는 다급하게 생각했다. 기억이 점점 더 강하게, 더 강하게 떠올라 현실을 뒤덮었다. 메이스에게서 심지어 하루가 끝날 무렵 아빠한테서 나던 것 같은 땀과 쇠 냄새가 나는 것 같았고 아이사는 그와 함께 갈 수가 없었다. 그녀는 다시금 뒤꿈치를 바닥에 박았고 메이스가 돌아서자 한 발을 들고 배를 향해 돌려차기를 했다. 발은 그를 정통으로 맞혔고, 겁이 나면서도 잠시 만족감이 들었다. 근위대장에게 한 방 먹이는 건 간단한 일이 아니었다. 메이스는 기침을 하고 몸을 구부렸지만 그의 다른 팔이 앞으로 나와서 아이사를 벽으로 밀쳤다. 벽에 어깨를 세게 부딪쳤다가 앞으로 튕겨 나간 그녀는 바닥에 주저앉았다. 눈앞에서 검은 점이 일렁거렸다.

정신을 차리기까지는 몇 초가 걸렸지만 아이사는 다시 발로 차고 손톱으로 할퀼 준비를 하고 몸을 세웠다. 하지만 메이스는 한 손을 배에 얹고 반대편 벽에 기댄 채 똑같이 관찰하는 눈으로 그녀를 바라보고 있었다.

"네 안에 엄청난 분노가 있구나, 꼬마야."

"그래서요?"

"분노는 전사에게는 골칫거리야. 난 그걸 여러 번 봤지. 분노를 놓아주지 않으면, 최소한 꽉 묶어서 원하는 곳으로 몰아가지 않으면 거기에 패배해."

"제가 왜 그런 걸 신경 써야 하는데요?"

"여길 봐라."

메이스는 벽에서 몸을 뗐다. 그의 거대한 몸이 그녀의 위로 높게 솟았고, 아이사는 긴장한 채 대비했다. 하지만 그는 그저 그녀의 발을 가리킬 뿐이었다.

"배를 찬 건 훌륭했어. 하지만 넌 제대로 계획을 세우지 않았고, 그래서 나를 쓰러뜨리지 못했지. 진짜 싸움에서라면 넌 지금쯤 죽었을 거다. 넌 발가락을 쭉 뻗어서 발등이나 발목 대신에 끝부분으로 나를 차서 숨이 막히게 만들었어야 돼. 숨을 못 쉬는 상태로 싸울 수 있는 사람은 별로 없어. 발가락에 힘을 꽉 주면 심지어 내 장기를 망가뜨릴 수도 있어. 지금은 그저 멍 정도만 들겠지."

아이사는 발을 힐끗 보며 잠시 생각에 잠겼다. 그녀는 한 번도 뭔가 계획을 해본 적이 없었다. 행동은 그녀에게서 그냥 터져 나오곤 했다.

"어쨌든 제가 대장님을 다치게 했잖아요."

"그래서 뭐? 이 건물에 있는 어떤 사람이든 이보다 더 심하게 다친 상태에서도 계속 싸울 수 있어. 여왕 폐하께서 등에 칼이 꽂힌 채로 대관식을 마치시는 것도 봤지. 고통은 약한 자만 무너뜨릴 뿐이야."

고통은 약한 자만 무너뜨릴 뿐이야. 그 말이 아이사의 심금을 울리며 아빠의 지붕 아래 살던 수년의 세월을 떠올리게 만들었다. 웬과 매튜도 뼈가 부러지곤 했다. 웬의 어깨는 제대로 낫지 않아서 똑바로 서려고 하면 기묘하게 살짝 구부러진 모습이 되었다. 마망은 하도 많이 맞아서 멍 일부는 아예 사라지지도 않았다. 그리고 아이사와 모린은……

고통은 약한 자만 무너뜨릴 뿐이야.

"이리 와라, 이 들고양이야. 너한테 보여주고 싶은 게 있으니까."

메이스는 배를 문지르며 다시 복도를 걸어갔다.

아이사는 신중하게 몇 미터 떨어져서 그의 뒤를 따라갔다. 그녀는 복도를 이렇게 많이 내려와본 적이 없었다. 여기에는 대체로 경비들과 그 가족들만이 살았다. 거의 끝에서 메이스가 문 하나를 활짝 열었다.

"한번 봐라."

신중하게 한쪽 눈은 그에게 고정한 채로 아이사가 문 안쪽을 들여다보고 놀라 눈을 깜박였다. 그녀는 한곳에 이렇게 많은 금속들이 있는 걸 한번도 본 적이 없었다. 방 안 전체가 횃불 속에서 반짝였다.

"무기실이군요."

그녀가 눈을 휘둥그렇게 뜨고 중얼거렸다.

"내 영역에 온 걸 환영한다."

매부리코에 키가 크고 마른 남자가 방 건너편의 탁자에서 일어섰다. 아이사는 그를 알아보았다. 무술감독관인 베너였다. 알현실로 나오는 드문 경우에도 그는 언제나 칼이나 단도 혹은 활 같은 무기를 손에 들고 있었다. 무기들은 마치 악기처럼 잘 조율된 상태였다.

"들어와라, 얘야."

아이사는 거의 망설이지 않았다. 아이들은 절대로 무기실에 들어갈 수 없었다. 웬이 엄청나게 질투할 것이다. 심지어는 매튜도 질투할 것이다. 경멸 조로 그 감정을 감추려고 하겠지만. 검과 단도가 탁자 위를 뒤덮고 있고 벽에는 갑옷 세트가 걸려 있었다. 심지어 어른 키보다 더 큰, 길고 비비 꼬인 금속 무기도 벽에 기대 하늘을 향해 세워져 있었다. 여러 개의 철퇴, 짙고 윤나는 청동색 나무 활들이 놓인 선반, 뒤늦게 화살이라는 걸 깨달은 막대기 뭉치들 수백 개가 구석에 쌓여 있었다. 무기가 엄청나게 많았다! 그러다가 아이사는 왜 무기가 많은지 그 이유를 깨달았다. 포위 때문이다. 마망이 포위에 대해 설명해주셨지만 아이사와 웬에게만이었다. 마망은 모트 군이 가을쯤 뉴런던에 도달할 거라고 생각하셨다.

메이스가 그녀를 따라 방 안으로 들어와서 이제 단도가 줄줄이 놓인 탁자 옆에 멈춰 섰다.

"계속 그렇게 다른 아이들에게 싸움을 걸면 안 돼. 그건 우리에게 불필요하고 주의를 깨뜨리는 일이야."

"마거리트의 주의만 깨뜨릴 뿐이에요."

"오늘은 모두의 주의를 깨뜨렸지. 네 작은 다툼은 시끄럽고 위험해."

아이사는 얼굴을 붉혔다. 왕궁에 온 이래로 그녀는 여러 번 싸움을 벌였다. 뺨이 더욱 밝게 달아올랐다. 다들 그녀를 망나니라고 생각할까? 메이스의 시선은 거의 경멸 조로 엄했다. 그는 그녀의 변명을 기다리고 있었다. 배를 걷어차 깜짝 놀라게 만들었던 것처럼 그녀는 다시 그를 놀라게 만들기로 했다.

"가끔 분노가 솟구치고, 저도 그걸 억누를 수가 없어요. 제가 뭘 하는지 깨닫기도 전에 주먹과 발을 날리고 있어요."

메이스는 몸을 뒤로 기울여 발뒤꿈치에 무게를 실었다. 입가에 옅은 미소가 떠올랐다.

"그건 강력한 시인이구나. 많은 남자들이 분노를 인지하길 거부하지."

"제가 남자가 아니라는 게 도움이 된 걸지도요."

베너가 앞으로 나오며 끼어들었다.

"이 방에서 그건 별 상관 없어. 그게 내가 여왕 폐하께 배운 교훈이지. 여기서 넌 전사고, 나도 널 그렇게 대할 거다."

아이사는 즉각 의심을 품고 고개를 들었다가 베너가 손바닥에 단도를 올리고 손잡이를 그녀 쪽으로 내밀고 있는 것을 보았다.

"뭐라고 대답하겠니, 들고양이? 배우고 싶으냐?"

메이스가 물었다.

아이사는 방 안을 둘러보았다. 사방에 무기가 쌓여 있고 벽에도 금속이 매달려 있었다. 그녀는 어린 시절 내내 아빠의 그림자가 옆에 나타날까 봐 두려워하며 사는 데 익숙했고, 고개를 들어 아빠가 거기 서 있는 걸 보면 뱃속이 바닥으로 내려앉곤 했다. 베너와 메이스의 얼굴은 분명히 엄격하고 음울했다……. 하지만 아빠의 비열함 같은 그런 특성들은 전혀 보이지 않았다.

그녀가 손을 내밀어 단도를 잡았다.

3장

두카르트

학살로 가득하던 시대에도 우리는 베닝 두카르트에 대해서는 특별히 짚고 넘어가야 한다.

—《군사국가로서의 티어링》, 순교자 캘로

"그자는 어디 있는 거야?"

여왕은 자신의 목소리에 짜증의 기색이 섞인 게 느껴졌다. 안 좋은 일이었지만 그녀도 어쩔 수가 없었다.

"곧 오실 겁니다, 폐하."

발레 중위가 조용한 목소리로 대답했다. 중위는 장 도웰이 죽은 후 그를 대체해서 보안위원회에 새로 들어온 인물이었다. 늘 뭔가 긴장한 것 같고 목소리를 높이는 걸 두려워했다. 삼가는 태도를 평소 좋게 여기는 여왕이지만 새 중위의 눈치 보는 태도는 짜증스러웠다. 그녀는 그에게 조용히 하라고 손짓했다.

"난 중위에게 말한 게 아니야, 마르탱?"

마르탱 중위가 동의 조로 고개를 끄덕였다.

"금방 여기 오실 겁니다, 폐하. 급한 문제로 지체되고 있다는 연락이 왔습니다."

여왕은 인상을 찌푸렸다. 왕좌 앞에 반원형으로 남자들 열 명이 앉아 있었다. 모두가 지쳐 보였고 특히 마르탱은 더 심했다. 지난 한 달 동안 그는 북쪽에서 시테마르셰의 폭동을 진압했다. 수백 명이 경매인 사무소 앞을 가로막고 왕실에서 도시의 경제 상황을 설명하기 전까지 움직이기를 거부했다. 짜증 나는 일이었지만 크게 골치 아픈 일도 아니었다. 그 급진주의자들에게는 지도자가 없었고, 지도자가 없는 반란은 해일 같은 것이다. 거세게 밀려들다가 절벽에 부딪쳐 부서진다. 칼레의 반란도 그 세가 점차 흐지부지되어서 비슷하게 실패했었다. 하지만 시테마르셰에서의 싸움은 격렬했고 병사들이 여럿 죽었다. 여기 있는 자들 대부분이 분명히 휴식할 필요가 있었다. 이 회의가 끝나고 나면 이들에게 며칠 휴가를 줄 생각이었다.

하지만 두카르트가 없으면 회의를 시작할 수가 없었다. 내무 보안 장관은 누구보다도 지쳤을 것이다. 부하들은 누가 시테마르셰의 시위를 조직했는지 알아내려고 몇 주나 애를 썼지만 아직도 답을 찾지 못했다. 하지만 두카르트는 결국에 결과를 가져올 것이다. 언제나 그랬으니까. 육체적으로는 나이가 드러나기 시작했으나 모트메인에는 여전히 그보다 더 솜씨 좋은 심문관은 없었다. 여왕은 왕좌의 팔걸이를 손톱으로 두드렸다. 손가락이 저절로 가슴뼈 위로 올라갔다. 그녀의 손은 제멋대로 항상 그 부분으로 가는 것 같았다. 사실 이 행동은 강박증이 되어가고 있었고, 모트메인의 여왕에게는 강박증 같은 건 없었다. 그런 건 약하고 멍청한 자들에게나 생기는 것이다.

티어링의 침공은 시작부터 재앙이었다. 일주일 전에 그녀의 군대가 기습을 당해 모트 저지대 사방으로 흩어졌다는 소식이 팔레(궁정)에 도착했다.

병사들을 다시 모으고 진영을 정리하려면 몇 주가 걸릴 것이다. 이 모든 것들이 대참사였지만 여왕이 분노를 터뜨릴 수 있는 상대가 없었다. 제노 장군은 사라져버렸다. 천 명이 넘는 모트 병사들이 저지대에서 죽었는데 제노의 시체는 그 사이에 없었다.

차라리 죽는 편이 나을걸. 내가 찾아내기만 하면―

오른쪽에서 움직이는 뭔가가 주의를 끌었다. 노예가 벽난로 앞에 무릎을 꿇고 앉아서 안에 종이를 깔고 있었다.

"대체 뭘 하고 있는 거냐?"

노예는 눈을 휘둥그렇게 뜨고 고개를 들었다. 겁에 질렸으면서도 분노가 어린 눈이었다. 티어인이라는 건 의심의 여지가 없었다. 검은 머리에 꽤 아름다웠지만 부루퉁하고 멍청한 표정의 티어 농민 계집이었다. 여왕이 언어를 바꿨다.

"이 건물 안의 벽난로들은 하나도 사용하지 않아."

여자는 침을 삼키고 티어 말로 대답했다.

"죄송합니다, 폐하. 몰랐습니다."

그럴 수가 있나? 여왕은 벽난로에 대해서 일괄적인 명령을 내렸다. 베릴에게 이 일에 대해서 이야기해야 할 것 같았다.

"이름이 뭐지?"

"에밀리입니다."

그녀는 심지어 그 이름도 티어식으로 억양 없이 발음했다.

"한 번만 더 그런 걸 모르고 다녔다가는 길거리에서 몸을 팔게 될 줄 알아라, 에밀리."

노예는 고개를 끄덕이고 벽난로에서 종이를 꺼내 양동이에 집어넣은 다음 당황한 표정으로 일어서서 가만히 기다렸다. 그 행동에 여왕은 더욱 짜증이 났다.

"나가라."

여자가 나갔다. 여왕은 보안위원회 위원들의 의문 어린 눈길을 느꼈다. 오늘 아침 공식 알현실은 추웠다. 다들 왜 불을 피우지 않는 걸까 의문도 들 만했다. 하지만 여왕이 지금 피울 수 있는 유일한 불은 20층 아래 있는 팔레 부엌의 오븐 불과 횃불뿐이었다. 베릴에게도 사실을 말할 수가 없었다. 그녀는 두려웠다. 지난 두 달 동안 페어위치에서 신경 쓰이는 소문이 돌기 시작했다. 광부들이 잡혀가고, 아이들이 사라지고, 심지어는 일가족 전체가 언덕 아래 있는 집에서 사라졌다는 거였다. 어둠의 존재는 언제나 굶주려 있었다. 여왕은 그 사실을 누구보다 잘 알았지만, 무언가가 바뀌었다. 어둠의 존재는 언제나 페어위치 깊숙한 곳까지 들어오는 멍청한 탐험가와 보물 사냥꾼들로 만족하곤 했었다. 그런데 이제는 사냥터를 넓히고 있었다.

하지만 어떻게?

그게 진짜 의문이었다. 여왕은 어둠의 존재의 기묘한 과거사에 대해서 전부 알지 못했으나 그가 어떤 식으로든 마법에 걸려서 페어위치에 묶여 있다는 건 분명했다. 그는 불을 통해서만 이동할 수 있었고, 심지어는 그렇게 가는 것조차 그 존재의 힘을 소진했다. 그런데 어떻게 흔적도 남기지 않고 아크노르에서 일가족을 잡아갈 수 있었던 걸까?

풀려났나?

여왕은 그 생각에 움찔했다. 어둠의 존재는 티어링을 침공하지 말라고 그녀에게 명령했었고, 지금쯤이면 그녀가 그 말을 거역했음을 알 것이다. 하지만 그녀에게 어떤 선택권이 있었나? 벌을 내리지 않으면 티어의 선적 지연은 신세계 전역에서 온갖 혁명을 조장할 것이다. 시테마르셰의 반란은 가장 최근 사례일 뿐이었다. 지난번 카다르의 선적물에는 눈에 띄게 품질이 떨어진 것들이 섞여 있었다. 단열 처리가 형편없는 유리, 병든 말, 표면에 흠집이 여러 개 나 있는 2등급 보석들. 칼레에서는 실크 생산량이 심하게 떨어져서 고의적인 태업이라고밖에는 생각할 수가 없었다. 이런 신호들은 쉽게 해석되었다. 모트의 경제를 움직이던 강력한 엔진인 공포가 사그라지고 있다는 뜻이었다. 여왕은 본보기를 내기 위해서라도 티어링을 침공해야만 했다. 소른의 말처럼 실질적인 예로 삼아야 했다. 하지만 그녀는 어둠의 존재의 말을 거역했고, 이제 어둠의 존재도 그 사실을 알았을 것이다. 벽난로에 불을 피우지 않는 것은 영원히 유지할 수 없는 일시적인 방편이었다.

상관없어. 그녀의 머리가 주장했다. 그녀는 티어링을 침공할 거고 수년 전에 했어야 했던 일을 할 것이다. 바로 사파이어를 차지하는 거였다. 아가이브 고개에서 온 보고서는 불분명하고 내용이 드문드문 빠져 있었지만 그래도 그녀의 갈 길을 분명하게 만들어주었다. 티어 사파이어에는 여전히 힘이 있었고, 그걸 갖게 되면 여왕은 신세계를 허리케인처럼 뒤흔들 생각이었다. 원하는 모든 벽난로에 불을 피울 거고, 어둠의 존재조차 그녀의 앞에서 움츠러들 것이다.

하지만 여전히 걱정됐다. 소른은 사라졌다. 자취도 없이 사라지는 것은 그의 특별한 재능이었으나 근위대장 기슬랭은 오래전에 소른을 정확하게 평가했다.

"언제나 위험한 자일 겁니다, 폐하. 설령 몸에 아무것도 걸치지 않고 앞에 서 있다 해도요."

그녀는 그가 어디 있는지 알았으면 싶었다.

군인들 중 누구도 벽난로에 대해 물어볼 만큼 용감하지 못했다. 발레의 입에는 아까 조용히 하라는 말을 들은 데 대한 부루퉁한 불쾌감의 기미가 여전히 남아 있었다. 그 비죽거리는 표정은 사탕을 빼앗긴 어린 소년의 표정 같았다.

어린애들이야. 내 병사들은 전부 다 어린애들이야. 여왕은 음울하게 생각했다.

뒤쪽에서 목을 가다듬는 소리가 들렸다. 거기 있다는 의미와 예의가 완벽하게 섞여 있는 그 소리는 베릴밖에는 낼 수 없었다.

"폐하, 두카르트 님이 도착하셨습니다. 곧 여기로 오실 겁니다."

여왕은 고개를 끄덕였으나 눈은 어두운 벽난로에 고정되어 있었다. 거기서 뭔가가, 불길이 솟는 것 같은 나직한 쉿 소리가 들린 것 같았다. 인내심은 거의 한계에 다다랐고 이제 더는 두카르트를 기다리고 싶지 않았다.

"시작하지. 시테마르셰는 어떻게 됐지?"

"반란군들은 진압되었습니다, 폐하. 최소한 지금은요."

마르탱이 대답했다.

"그들을 반란군이라고 부르지 맙시다. 수중에 시간과 돈이 너무 많은 어린애들이라고 부르죠."

비즈가 끼어들었다.

마르탱은 고개를 흔들었다.

"좀 더 신중하게 평가할 필요가 있다고 충언하겠습니다. 배부른 젊은이들이 많이 있었던 건 사실이지만, 대부분은 진짜로 충돌이 일어날 신호가 보이자마자 도망쳤습니다. 그러나 게으른 가난뱅이들도 상당수가 있었습니다. 르비외라는 자가 이끄는 것 같더군요. 우리가 잡아들인 자들 다수가 그자의 이름조차 밝히지 않고 끝까지 버텼습니다."

"다른 건?"

"거의 없습니다, 폐하. 누구도 정보가 별로 없었습니다. 아무도 르비외의 얼굴을 본 적이 없고 그저 중개자들을 통해 명령만을 받았더군요. 그자는 시테마르셰 바깥에서 지휘하는 것 같습니다."

"그게 전부인가?"

"그게 그들이 아는 것 전부입니다, 폐하. 정말로요. 그들은 아무것도 몰랐습니다. 그래서 신중해야 한다는 겁니다. 조직하는 법을 아는 누군가를 폭도들이 지도자로 삼았을 수도 있습니다. 그건 심각한 진전입니다."

여왕은 천천히 고개를 끄덕였다. 한 줄기 불안감이 뱃속에서 꿈틀거렸다. 벽난로 쪽에서 다시 나직하게 쉿 소리가 들렸다. 그녀는 홱 돌아보았지만 거기에는 아무것도 없었다.

정신 좀 차려!

알현실의 양 문이 끽끽거리는 소리를 내며 열리고 마침내 여전히 여행용 망토를 두른 두카르트가 나타났다. 그는 사슬로 묶고 두건을 씌운 죄수를 끌고 들어왔다.

"늦어서 죄송합니다, 폐하! 하지만 제가 선물을 가져왔습니다."

그가 방 건너편에서 외쳤다.

"빨리 가져오게, 베닝. 그대를 기다리고 있었으니까."

두카르트는 피투성이 손목에 족쇄가 파고들자 죄수가 신음하는 것에 아랑곳하지 않고 그를 앞으로 끌어냈다. 두카르트의 코와 뺨은 아침 공기로 여전히 빨갰고 검은 머리는 위쪽의 숱이 줄기 시작했지만, 그가 탁자 앞으로 와서 눈꺼풀이 두꺼운 눈으로 여왕을 바라보자 그 안에 담긴 어두운 자신감에 언제나처럼 여왕의 마음은 진정되었다. 최소한 이 남자만큼은 의심할 필요가 없었다.

"이번에는 내게 뭘 가져왔지, 베닝?"

두카르트는 죄수의 두건을 홱 벗겼다. 남자가 몸을 펴고 횃불 빛에 눈을 깜박였다. 여왕의 기분이 헬륨을 주입한 것처럼 날아올랐다. 제노 장군이었다.

"아크펠에 숨어 있는 걸 발견했습니다, 폐하."

두카르트는 그렇게 말하고 비즈 중위에게 사슬 끝을 던지고서 망토를 벗었다.

"창관(娼館) 지하실에 있더군요. 몸에 상처 하나 없었고요."

여왕은 생각에 잠겨 제노를 보았다. 기습공격으로 제노의 지휘하에 있던 2천 명이 죽었다. 그를 본보기로 삼으면 좋을 것이다……. 하지만 공개적인 본보기는 안 된다. 아직까지 저지대의 참사에 관해 아는 사람이 모트메인에는 몇 없었고, 그 상태를 유지하고 싶었다.

어쨌든 보안위원회에 누가 주도권을 잡고 있는지 상기시켜주는 건 나쁠 것 없을 것이다. 가끔 그들은 그걸 잊으려고 하는 경향이 있었다.

"우린 탈영병들을 참수하지, 뱅상. 하지만 그런 엄청난 패전을 당하고 도망친 장군은 어쩔까? 그대는 특별한 경우라고 생각해."

"폐하! 저는 군대와 전술 계획에 대한 광대한 지식이 있습니다. 제 지식이 티어군의 손에 들어가기를 바라지 않았습니다."

제노가 변명했다.

"그거 참 훌륭하군. 어떤 무식하지만 상냥한 창녀가 그대를 받아들여줬지?"

제노는 고개를 흔들었지만, 여왕이 두카르트를 보자 그가 고개를 끄덕였다.

"좋아. 그 여자를 처형해."

"폐하, 제가 할 수 있는 일이 없었습니다! 공격이 너무 갑작스러워서—"

제노가 울부짖었으나 여왕은 나머지는 무시했다. 그녀는 수년 전, 제노가 아직 중위였을 때 그와 딱 한 번 잠자리를 함께했고 다른 여자라면 그런 게 판단에 영향을 주었을 수도 있었다. 하지만 여왕은 이미 자신의 추억을 싹 살펴보았다. 제노는 섹스한 후에 말이 많았다. 그녀가 자려고 하는데 끝도 없이 떠들었다. 그게 그녀가 다시는 그를 잠자리에 부르지 않은 이유 중 하나였다. 그리고 여왕만이 불을 두려워하는 게 아니었다. 제노가 어릴 때 살던 집에 불이 났고 그는 불타는 건물에 갇힐 뻔했다가 간신히 빠져나왔으나 그 와중에 심한 화상을 여러 군데 입었다. 그 사건은 성인인 뱅상에게도 흔적을 남겨서 그는 여전히 불을, 불에 타는 것을 마음 깊이 두려워했다.

여왕은 몸을 앞으로 기울여 손을 깍지 끼고 제노의 눈을 쳐다보았다. 그는 묶인 손을 잡아당기며 시선을 돌리려고 했지만, 이미 늦었다. 여왕의 안에서 무언가가 깨어났다. 굶주려서 뭐든 잡으려고 하는 분노가 혈관을 타고 흘러 온 신경에 불을 지폈다. 그녀는 제노의 몸을, 그 윤곽을 맛볼 수 있었다. 그는 그녀의 손안에 든 연약한 세포 덩어리였다.

희미하게 보안위원회 위원들이 반원형 좌석에서 불편하게 움찔거리는 게 느껴졌다. 마르탱은 다리를 꼬고 바닥을 내려다보았다. 발레는 실제로 고개를 돌려 어두운 벽난로를 쳐다보았다. 두카르트만이 여왕이 이따금 여왕 자신의 실험실을 보게 해줄 때와 똑같은 표정을 짓고 제대로 제노를 바라보고 있었다. 기민하고 흥미 가득하고 무슨 일이 생길까 궁금해하는 표정이었다.

제노가 비명을 지르기 시작했다.

그는 그녀에게서 시선을 돌렸으나 여왕은 이미 그를 사로잡았다. 그녀는 더 깊이 뚫고 들어갔다. 두껍고 말랑말랑한 그의 살갗이라는 껍질이 그녀의 머릿속 오븐 안에서 시커멓게 타는 게 느껴졌다. 그의 몸이 그녀의 앞에서 시커메지고 피부가 바싹 타서 떨어져 나갔다. 여왕은 꼬챙이에 꿴 돼지처럼 간단히 그의 살가죽을 벗겨낼 수 있다는 걸 깨달았다.

군인들은 더 이상 그 장면을 무시할 수 없는 것 같았다. 심지어는 고개를 돌리려고 했던 사람들도 이제 홀린 듯이 멍하니 제노를 쳐다보고 있었다. 그의 비명이 알현실 벽 사이에서 울렸다. 여왕은 그의 내장에 집중했고 제노는 바닥에 쓰러졌다. 비명이 잦아들고 이제 얕게 꾸르륵거리는 소리만 났다. 심장은 가장 쉬운 부분이었다. 두꺼운 근육의 벽을 종이처럼 가르고

서 여왕은 그 부분을 불에 태우고 갈가리 찢었다. 그가 죽는 순간이, 그들 사이의 연결 고리가 머릿속에서 날카롭게 부서지는 순간이 느껴졌다.

그녀는 나머지 사람들 쪽으로 다시 몸을 돌리고 논쟁거리를 찾았다. 몸 안의 불길은 이제 통제하기 어려울 정도로 활활 타올랐다. 불길은 다음 목표물을 요구했다. 하지만 누구도 그녀의 눈을 바라보지 않았다. 오로지 불에 그을린 인간과 비슷한 형체만이 바닥에 남아 있었다.

뒤에서 목을 가다듬는 소리가 났다. 여왕은 기쁜 마음으로 홱 돌아보았지만 무표정한 얼굴의 베릴이 봉투를 내밀었다. 여왕은 가슴속의 불길을 억누르려고 했지만 쉽게 가시지 않았다. 그녀는 불을 끌 때 재만 남을 때까지 발로 쿵쿵 짓밟는 것처럼 가슴속의 불길을 억지로 껐다. 맥박이 정상으로 돌아오자 안도감과 아쉬움이 들었다. 그녀는 이런 능력을 거의 쓰지 않았다. 같은 일을 반복하면 다른 사람들에게 미치는 충격이 줄어들기 때문이었다. 하지만 분노를 자유롭게 풀어주는 건 근사한 느낌이었다. 요즘은 그럴 일이 정말 적었다.

그녀는 베릴에게서 봉투를 받아 들고서 그가 이미 열어봤다는 것을 알아챘다. 그녀는 안에 든 전갈을 읽었다. 단어마다 점점 더 불안감이 커졌다. 방금 전에 느낀 만족감은 전부 사라졌고, 갑자기 두려워졌다.

"북쪽으로 돌아가봐야겠어, 마르탱. 불이 나서 시테마르셰의 중앙 병영이 타버렸어."

"어떤 불 말씀이십니까, 폐하?"

"알 수 없어."

"몇 명이나 죽었습니까?"

"지금까지 56명. 잔해 속에 묻힌 사람들이 아마 더 있을 거야. 누군가가 밖에서 문을 막아버렸어."

군인들이 커다란 눈으로 서로를 침묵 속에 바라보았다.

"다들 나가봐. 두카르트만 빼고. 가서 이 난장판을 처리하고, 나한테 주 도자의 목을 가져와."

마르탱은 눈에 띄게 떨리는 목소리로 말했다.

"군대에 새로운 사령관이 필요합니다, 폐하."

"나가."

모두가 의자에서 벌떡 일어났다. 각자 불에 탄 제노의 시체를 멀찍이 돌 아갔고, 여왕은 만족스럽게 웃고 싶은 것을 참았다. 이 작자들은 한동안 불만을 내뱉거나 은밀한 만남을 갖지 못할 것이다.

"저걸 치울까요, 폐하?"

베릴이 시체 쪽으로 고갯짓을 하며 물었다.

"우리 회의가 끝난 다음에."

베릴은 군인들을 내보내고 참나무 양 문을 등 뒤로 닫았다. 여왕과 두카 르트만 남았다.

"베냉, 내가 그대에게 뭘 요구할지 알고 있을 테지."

"제가 시테마르셰로 가길 바라실 거라고 생각합니다, 폐하. 내부의 도움 없이 병영에 불이 날 수는 없으니까요. 음모가 있는 거죠."

"이 르비외라는 자에 대해서 뭘 알지?"

"심문할 때 이름을 몇 번 들어봤습니다. 아무도 그가 어떻게 생겼고 몇 살인지 모르더군요. 이건 안 좋은 징조입니다. 이 망할 놈이 누구든 간에 교활할 뿐만 아니라 신중하다는 거죠. 저희가 최근에 본 테러 전략은 새롭 고 잘 계획되었으며, 최대한의 피해를 입히기 위해 설계된 겁니다. 이건 심 각한 보안상의 문제입니다, 폐하."

"심각하지."

그녀도 마지못해 동의했다.

"그리고 그대가 이 문제를 해결할 최고의 인물이야, 베냉. 하지만 저자들 누구에게도 군대의 지휘권을 맡길 수가 없어."

그녀가 문 쪽을 가리키며 말을 이었다.

"우리는 전쟁을 한 지가 너무 오래됐고 저자들 누구도 충분한 경험이 없어. 그대가 없는 동안에 그대의 부관에게 시테마르셰 문제를 맡기지. 그는 마르탱을 보좌할 만한 능력이 있어 보이더군. 그대는 국경에 필요해."

"저는 다시 전선에 나가기에는 좀 늦었습니다, 폐하. 그리고 현재 임무를 꽤 즐기고 있고요."

그녀가 한숨을 쉬었다.

"뭘 원하지, 베넹?"

"전리품의 10퍼센트."

"그렇게 해."

"아직 안 끝났습니다."

두카르트가 미소를 지었다. 그녀의 등골에 얼음처럼 흘러내리는 여우 같은 미소였다.

"그리고 카다르와 칼레에서 오는 아이들을 먼저 고를 수 있는 권리를 원합니다. 티어 선적이 멈춰서 아이들의 수가 부족하고, 최근에 마담 아르노에게 많이 빼앗겼습니다. 그 여자가 경매인 사무소와 은밀한 약정을 맺었더군요."

여왕은 바닥을 쳐다보며 목 안쪽에서 올라오는 쓴물을 무시하고 천천히 고개를 끄덕였다.

"그렇게 해주지."

"그럼 동의한 겁니다. 특별한 지시라도 있으십니까?"

"티어군을 언덕에서 밀어내 앨먼트로 퇴각시켜. 다른 데서는 국경을 넘어갈 수가 없어."

"그냥 돌아서 가면 어떻습니까? 더 북쪽으로 가서 페어위치 쪽으로 가면요?"

"안 돼. 군대가 페어위치 150킬로미터 이내에는 절대로 들어가서는 안 돼. 그쪽은 피해."

여왕이 단호하게 말했다.

그는 어깨를 으쓱였다.

"폐하께서 제일 잘 아시겠지요. 여기서 못다 한 일들을 마무리하게 며칠만 주시고, 발레를 보내 국경에 제가 간다고 알려주십시오. 거기 도착해서 계급 문제를 해결해야 하는 상황은 원치 않으니까요."

두카르트가 어깨에 망토를 둘렀다.

"그나저나 이 반란군 지도자 르비외에 관해서 계속 나오는 얘기가 하나 있습니다."

"뭐지?"

"억양요. 여러 죄수들이 그 이야기를 했습니다. 잘 숨기고 있긴 하지만, 발음으로 보아 모트인이 아니라고 하더군요. 티어인입니다."

"티어인이 시테마르세에서 왜 반란을 조장하고 있는 거지?"

"제가 폐하를 위해서 그걸 알아내려고 했습니다만…… 저는 서부 전선으로 가야 하니까요."

여왕은 그를 꾸짖으려고 하다가 입을 다물고 그가 차가운 공기와 검은 망토를 휘날리며 알현실을 나가는 것을 보았다. 하지만 이 갑작스럽고 무례한 퇴장도 마음에 위안이 되었다. 두카르트는 티어군을 국경 언덕에서 밀어낼 방법을 찾을 것이다. 그는 무자비한 전략가였다. 두카르트는 지금 그녀가 필요로 하는 사령관이었지만 그가 떠나자마자 거의 즉시 불안감이 되살아났다. 왜 어둠의 존재는 그녀가 침공하는 걸 금지했을까? 왜 그가 그 계집아이를 보호하지? 불쾌한 의심이 머릿속을 스쳤다. 어쩌면 어둠의 존재는 그 계집아이를 *귀하게* 여기는 걸지도 모른다. 한때 여왕 자신을 귀하게 여겼던 것과 똑같은 식으로 이제는 그 계집애를 귀하게 여기는 걸 수도 있었다. 어둠의 존재의 도움으로 그녀는 위대한 권력자 자리에 올랐으나 늘 이 도움이 공짜가 아니라는 걸 알고 있었다. 그 대가로 그녀는 페어위치에 갇힌 그를 풀어줄 방법을 찾아야 했다. 하지만 그녀는 최소한 티어 사파이어를 손에 넣기 전까지는 힘의 한계에 다다른 상태였다. 어둠의 존재가 더 이상 그녀를 유용하게 여기지 않는다면 그녀도 내놓을 만한 카드가 없었다. 문젯거리를 머릿속으로 세어보고 여왕은 자신이 곤란한 상황임을 깨달았다. 모트군은 저지대에서 굴욕을 당했다. 어둠의 존재는 경계선을 넘어 움직이고 있었다. 시테마르셰의 반란군은 지도자를, 얼굴 모를 교활한 티어인 지도자를 찾았다. 이 새로운 변화가 점점 더 여왕의 머릿속을 갉아먹고 계속해서 상처 난 자리를 물어뜯는 것 같았다. 고통이 느껴지지만 해결책은 떠오르지 않았다.

모퉁이 옆, 계단통으로 이어지는 복도에서 노예인 에밀리가 짙은 그림자 속에 웅크리고 있다가 일어섰다. 그녀는 지난 10월 선적 때 디메인으로 왔지만 경매인 사무소 단지는 가본 적이 없었다. 굉장히 공손한 남자 두 명이 그녀를 우리에서 골라 옷을 벗기고 철저하게 검사했다. 아마 기형이 있는지 찾았던 거라고 에밀리는 추측했다. 그런 다음 다른 남녀 노예들과 함께 마차에 그녀를 태우고 전부 팔레로 데려왔다. 에밀리는 키가 크고 예쁘지만 꽤 근육질이었다. 붉은 여왕이 여자 노예들에게 딱 바라는 모습이었다. 그래서 그녀가 선택된 거였다. 에밀리는 부모님과 형제자매들이 매일같이 그립고 보고 싶었다……. 하지만 그런 그리움은 그들 중 누구도 다시는 굶지 않을 거라는 사실에 비하면 별거 아니었다. 양방향을 재빨리 살펴본 다음 에밀리는 복도를 가볍게 걸어가며 누가 나타날 경우에 대비해 멍청한 표정을 지었다. 머릿속은 이미 메이스에게 보낼 전갈로 가득했다.

"글린 여왕이여."

켈시는 놀라서 펜을 떨어뜨렸다. 그녀는 오늘 드물게도 서재에 혼자 있었
다. 타일러 신부가 올 예정이었지만 예상치 못하게 몸이 안 좋아졌다고 유
감의 전갈을 보내왔다. 물론 펜이 함께 있었으나 그는 절대로 켈시의 고독
에 끼어들지 않았고, 어차피 지금은 켈시가 일하는 동안 근처 소파에 앉아
조는 중이었다. 메이스가 들어오면 낮잠을 잤다고 펜을 혼쭐내겠지만 켈시
는 그가 좀 잔다는 사실이 그저 기뻤다. 그러나 가느다란 혀짤배기 목소리
가 다시 들리자 펜도 벌떡 일어났다.

"그대는 죽음을 향해 달려가고 있어, 글린 여왕."

켈시가 몸을 돌리자 안달리의 막내딸이 앞에 서 있는 것이 보였다. 아이
는 조그맣고 안달리처럼 섬세한 이목구비에 검은 머리카락이 머리에 착 달
라붙어 있어서 마치 요정 같았다. 켈시는 머뭇거렸다. 그녀는 아이들을 어
떻게 대해야 할지 전혀 몰랐다. 할 수 있는 최선의 행동은 아이들을 조그만
어른처럼 대하는 거였다. 하지만 그 순간 제 엄마와 같은 아이의 회색 눈에
멍하니 초점이 없다는 것을 깨달았다. 안달리의 아이들 모두 제 아빠의 피
부색을 닮은 터라 평소 불그스름하던 얼굴이 지금은 창백했고 촛불 빛 속
에서 우윳빛으로 광채가 났다. 아이의 키는 걸음마를 하는 아기보다 약간
커서 켈시의 책상 정도 높이였지만, 켈시는 갑자기 뒤로 물러나고 싶은 충
동을 느꼈다.

"그대가 보여, 글린 여왕. 그대가 죽음을 향해 달려가는 것이 보여."

글리가 혀 짧은 소리로 말했다.

켈시는 고개를 돌려 의문 어린 눈으로 펜을 보았다. 글리는 언제나 안달
리나 마거리트와 함께 있어야 했지만 켈시조차도 이 어린아이에게 뭔가 유
령 같은 재능이 있다는 걸 알았다. 메이스는 아이가 몽유병이 있다고 말했
고, 아이는 여러 번 여왕동의 예상치 못한 곳, 심지어는 잠겨 있어야 하는

방 안을 돌아다니다가 발견되었다. 하지만 메이스는 켈시가 지금 보고 있는 것 같은 이야기는 한 번도 한 적이 없었다. 아이는 몽유병으로 돌아다니는 게 아니었다. 눈을 뜨고 빤히 보고 있으니까. 하지만 자신이 어디 있는지 아는 것 같지 않았다.

켈시가 책상에서 일어섰다.

"글리? 내 말 들리니?"

"건드리지 마십시오, 레이디."

펜이 경고 조로 말했다.

"왜?"

"그 애는 일주일 전 레이디처럼 몽환 상태입니다. 안달리가 레이디를 건드리거나 깨우려고 하지 말라고 저희에게 말하더군요. 그러니 아이도 건드리면 안 될 것 같습니다."

"스페이드의 여왕."

글리는 켈시를 지나 그 뒤쪽 벽을 똑바로 쳐다보며 멍하니 중얼거렸다.

"크로싱. 움켜쥐어도 아무것도 남지 않는 죽음의 손."

죽음의 손. 켈시는 그 말에 우뚝 멈췄다. "죽음의 손"은 대충 모트메인이라고 번역할 수 있기 때문이었다. 근위대의 여러 명이, 특히 코린이 뭔가 잘 모르는 것이나 건강, 날씨나 여자 문제로 조언을 구하고 싶을 때 안달리에게 가곤 했다. 안달리가 그런 문제에 대답을 해주든 말든 그건 중요하지 않았다. 그녀는 저급하다고 생각하는 질문은 무시했고, 특히 도박을 앞두고서 정보를 알아내려는 알리스의 교활한 시도를 단호하게 막아냈다. 안달리에게는 확실히 천리안이 있었지만 이것은, 그녀의 아이들에게도 그런 능력이 있다는 건 켈시가 전혀 생각도 해보지 않았던 거였다. 글리가 30센티미터 거리까지 다가왔고 켈시는 부딪치기 전에 아이를 막으려고 손을 들어올렸다.

"그 애를 만지지 마세요, 폐하."

안달리가 딸처럼 소리 없이 서재로 들어왔다.

"그 애를 그냥 두세요. 제가 해결하겠습니다."

켈시는 뒤로 재빨리 물러났다. 안달리는 딸 앞에 무릎을 꿇고 앉아 나지막하게 말했고, 안달리가 자기 아이들 전부를 똑같이 격렬하게 사랑한다고 언제나 생각했던 켈시는 갑자기 자신이 틀렸음을 깨달았다. 안달리에게는 더 예뻐하는 아이가 있었다. 얼굴에서, 손에서, 조용한 말투에서 그게 드러났다.

"넌 어두운 곳에 있단다, 우리 귀염둥이. 거기서 나와야 돼. 날 따라오렴."

안달리가 부드럽게 중얼거렸다.

"따라갈게요, 마망."

글리가 어린애 특유의 혀 짧은 어조로 말했다.

"내 목소리를 따라오렴, 귀염둥이. 빛을 쳐다봐. 그러면 깨어날 수 있을 거야."

글리는 잠깐 동안 더 멍하니 허공을 바라보며 서 있었다. 그러다가 눈을 깜박이고 휘둥그레진 눈으로 엄마를 쳐다보았다.

"마망?"

"돌아왔구나, 귀염둥이. 잘 왔단다."

글리가 안달리의 품에 파고들었다. 안달리는 소파에 앉아 아이를 흔들기 시작했고, 아이는 벌써 도로 잠이 든 것 같았다.

"펜. 우리만 두고 좀 나가줘요. 그리고 아무도 못 들어오게 해줘요."

펜은 등 뒤로 문을 닫고 나갔다.

"죄송합니다, 폐하. 저희 글리는 다른 아이들 같지가 않습니다. 제가 빤히 보고 있는데도 어느 순간 사라져버려요."

안달리가 나지막하게 말했다.

켈시는 잠깐 뜸을 들이다가 말했다.

"그 애가 그대의 천리안을 갖고 있어?"

"네. 이 아이는 그걸 통제하기에는 너무 어려요. 훈련시키려고 했지만 둘만 있을 시간을 내는 게 굉장히 어려워서요. 다른 아이들이 질투하니까요. 글리는 여전히 말해야 할 것과 혼자만 알아야 하는 것을 구분하는 법을 모릅니다."

"배울 수 있을 거야."

"그렇겠지요. 하지만 빨리 배우는 편이 좋으니까요. 글리 같은 아이는 귀한 포획물이 될 겁니다."

"난 그 애한테 손대지 않을 거야, 안달리."

"폐하를 생각하는 것이 아닙니다."

안달리는 생각에 잠긴 눈으로 계속 딸을 부드럽게 흔들었다.

"저희 글리가 선적에 포함되기 전부터도 아이 아빠는 그 애를 이용할 계획을 세우고 있었습니다. 자기 좋을 대로 그 애를 여기저기 끌고 다니겠다고만 떠들었지만, 아이를 팔 생각도 있다는 걸 알 수 있었어요. 어쩌면 다른 사람들에게 글리 이야기를 했을지도 모릅니다."

"그렇군."

언제나처럼 켈시는 안달리의 결혼에 대한 음울한 호기심을 억눌러야 했다.

"그대도 어릴 때 똑같이 힘들었어?"

"더 심했지요, 레이디. 저한테는 이끌어줄 사람이 아무도 없었으니까요. 어머니는 제가 태어나자마자 위탁 양육을 보냈습니다."

나처럼 말이지, 켈시는 깜짝 놀랐다. 안달리와 아이들이 하도 친밀해서 켈시는 언제나 안달리가 사이좋은 가족 사이에서 자랐다고 믿었었다.

"오랫동안 저희 양부모님은 제가 그저 미쳤다고 생각하셨죠. 모트메인에서는 이런 행동을 굉장히 의심스럽게 여깁니다."

"붉은 여왕이 있는데도?"

"어쩌면 오히려 여왕 때문이겠지요. 모트인들은 과학적인 사고방식의 소유자들입니다. 그들은 붉은 여왕이 할 수 있는 일을 굉장히 싫어하지만, 붉은 여왕 자체는 증오하기에는 너무 강한 인물이니까요. 보통의 모트인들은 그런 재능을 숨기는 법을 빠르게 배웁니다."

"라자러스 말로는 붉은 여왕의 실험실에서 천리안에 관해 연구를 하고 있다던데. 팔레에 떠도는 소문일 뿐이지만 말이야. 그들은 그게 유전인지 알아내고 싶어 한대."

안달리는 불쾌한 미소를 지었다.

"제 말 믿으세요, 레이디. 이건 유전입니다. 어머니는 우리 시대의 가장 강력한 예언자 중 한 명이었습니다. 제 재능은 어머니의 그림자에 불과하죠. 글리는 저보다 더 저희 어머니를 닮은 것 같아 굉장히 두렵습니다, 폐하. 그렇게 되면 이 아이한테 세상은 굉장히 위험한 곳이 될 겁니다."

"어떤 식으로?"

안달리는 잠깐 동안 생각에 잠겼다.

"저희는 서로를 믿지요, 레이디? 폐하와 저 말입니다."

"난 내 목숨을 걸고 그대를 믿어, 안달리."

"그러면 제가 이야기를 하나 해드리지요. 저도 이 이야기 전체의 진실성을 보장할 수는 없습니다. 일부는 모트 전설이니까요. 하지만 어쨌든 유익한 이야기입니다. 포레에바누이 끄트머리에 사는 어떤 평범한 주부가 있었습니다. 이 여자의 인생은 평탄했습니다. 여자는 광부였던 남편에게 싫증이 났고, 집안 살림을 돌보는 것도 좋아하지 않았죠. 열중할 만한 것이 아무것도 없던 어느 날, 마을에 점쟁이가 왔습니다. 점쟁이는 잘생긴 남자였고, 손금을 읽고 부적을 만들고 심지어는 오래된 크리스털 구슬도 갖고 있었어요. 소소한 재주였지만 남자의 솜씨는 꽤 그럴듯했고, 그는 작은 마을의 지루한 아낙들에게 익숙했죠. 여자는 완전히 홀렸고, 그래서 멍청한 짓을 했어요. 점쟁이가 떠나고 아홉 달 뒤에 다른 아이들과는 전혀 다르게 생긴 여자아이가 태어났죠. 이 아이는 날씨를 예측하고 마을에 방문객이 올 때를 알았습니다. 마을에 유용한 정보였지만, 아이의 재능은 그 이상이었죠. 미래를 볼 수 있을 뿐만 아니라 과거와 현재, 진실을 볼 수 있었어요. 아이는 사람들이 거짓말하는 것을 알았죠. 아이는 조그만 광산 마을에 요긴한 존재였고 마을은 번창해서 근처 시골 마을에까지 영역을 넓히게 됐어요.

　하지만 마을 사람들은 지극히 멍청했지요. 그들은 아이에 관해서 마음대로 말을 하고 다녔어요. 하늘에 대고 아이를 칭송하고, 시테마르셰에서 아이를 자랑하고 다녔죠. 그들의 나라에 새로운 여왕이 왕좌에 앉았고, 그 여왕은 손에 닿는 건 뭐든지 가질 권리가 있다고 여긴다는 걸 생각도 않고서요. 당연하게도 어느 날 병사들이 마을에 와서 아이를 데려가버렸어요. 아이는 훌륭한 암살자나 첩보원만큼이나 귀중한 물건이었죠. 사춘기에 이르러 그 재능이 더욱 예리해졌기 때문에 어쩌면 그런 사람들보다도 더 귀한 존재였답니다. 아이는 디메인에서 화려한 삶을 살게 됐지만, 어쨌든 죽을 때까지 여왕의 오른편에 앉을 운명인 죄수였어요."

　붉은 여왕의 옛날 예언자야, 켈시는 그것을 깨달았다. 지금은 죽었지만. 칼린은 그 여자 이야기를 여러 번 했었다. 이름이 뭐였더라?

　"하지만 그 모든 일에도 여자는 완전히 순종하지는 않았어요. 여자한테는 비밀스러운 삶이 있었죠. 여자는 굉장히 영리했고 무척이나 재능이 뛰어나서 이 삶을 옛날 에타쥐니(États-Unis, 미합중국) 이래 가장 무시무시한 감시 기구를 가진 모트메인의 여왕에게조차 숨길 수 있었어요. 예언자에게는 남자가 있었고, 예언자는 아이를 가졌죠. 하지만 아이가 절대로 안전하지 않을 걸 알았지요. 주인인 여왕이 유전에 관심이 있었거든요. 아이에게 재능이 전혀 나타나지 않는다 해도 평생 실험실에 갇혀 무시무시한 실험의 대상으로 살아야 할 게 분명했습니다. 그래서 예언자는 갓 태어난 여자아이를 팔레 밖으로 몰래 내보냈어요. 아이를 자신이 생각하기에 좋은 사람들, 상냥한 사람들에게 줬죠. 그들은 디메인의 가장 가난한 지역 중 하나였던 자르댕에 살았어요. 그들은 늘 아이를 원했으니, 아이가 거기서라면 안전할 거라고 생각했던 거예요.

하지만 어머니의 천리안은 실수를 했죠. 아이에게는 제 엄마의 능력이 있었어요. 산발적이고 꾸준하지는 않았지만, 어쨌든 있었죠. 아이도 미래를 예측하고 현재를 볼 수 있었어요. 가끔은 다른 사람들의 생각을 자기 것처럼 명확하게 볼 수 있었고요. 그런 아이는 언제나 위험한 가치가 있죠. 양부모는 빚을 지고 전 재산을 잃기 전에 급히 돈이 필요해지자 언제나 아이를 탐냈던 이웃 남자에게 아이를 팔았어요. 평범한 이유 때문에 남자가 아이를 원했던 건 아니었어요. 남자는 사업가였고, 시장에 대한 아이의 능력이 필요했던 거예요. 아이는 남자에게 도구였고, 제대로 결과를 못 내면 구타당했죠."

켈시는 침을 삼켰다.

"어떻게 빠져나왔어?"

"제 최악의 실수를 저질렀죠, 레이디. 옆집에 사는 사람에게 티어인 노예 남자아이가 있었어요. 그 애는 멍청했지만 끈질겼죠. 제가 열 살 때 들르기 시작했고 싫다는 대답을 들으려 하지 않았습니다. 그는 제게 티어에 대해서 말했고, 도망쳐서 여기서 자유로운 삶을 살 수 있을 거라고 했어요. 전 그 남자아이에게는 관심이 없었지만, 열다섯 살이 되었을 때 주인이 위태로운 상황에 처해 제 재능을 이용할 여력조차 없어졌죠. 그래서 그는 절 창관에 팔 계획을 세웠어요."

"그거 혹시—"

안달리가 고개를 끄덕였다.

"티어에서는 사창가라고 하죠, 폐하. 상황이 그렇게 되자 전 티어 소년에게 넘어갔어요. 그가 별 해는 되지 않을 거라고 생각했죠."

안달리는 이제 편안하게 숨을 쉬며 자고 있는 딸을 내려다보았다.

"언제나 제 천리안은 꼭 작동해야 하는 가장 중요한 순간에 작동하지 않는 것 같아요. 보언은 디메인에서 나온 첫날 밤에 절 강간했고, 그 이래 매일 밤 그랬어요. 저희는 걸어서 이동했고 전 그를 떼어내고 도망칠 수가 없었죠. 티어링에 도착할 무렵 임신했다는 걸 이미 깨달았어요. 저는 티어 말을 하지 못했고, 설령 할 수 있었다고 해도 보언은 티어링에서 가질 수 있는 기회에 대해서 일부러 제가 오해하게 만들었죠. 모트메인이 무시무시하기는 해도 최소한 거기서는 능력 있는 여자가 창녀가 되지 않고도 자기 밥벌이를 할 수 있어요. 많은 모트 여자들이 광부나 공예가로 일하죠. 하지만 전 금세 티어링에 그런 선택지가 없다는 걸 깨달았어요. 보언은 튼튼해서 금세 일을 찾았죠. 하지만 전 아무 일도 할 수가 없었습니다, 폐하."

안달리의 목소리가 높아졌다. 켈시는 그녀가 불가피한 비난을 피하기 위해서 자신을 정당화하려 하는 것 같다는 끔찍한 사실을 깨달았다.

"열다섯 살짜리가 훌륭한 결정을 내릴 순 없어, 안달리. 난 지금도 내 삶에서 간신히 결정을 내리고 있는걸."

"그럴지도요, 폐하. 하지만 제 아이들까지 제 실수에 대한 대가를 치르게 될 줄 알았다면 전 기꺼이 창관으로 갔을 겁니다. 보언이 짐승이라는 건 알았지만, 아이사가 다섯 살이 될 때까지는 정확히 어떤 짐승인지 깨닫지 못했어요. 전 아이사와 웬을 멀리 보내려고 했지만 저희한테는 그 애들을 안전한 곳으로 데려가줄 친구가 없었습니다. 전 심지어 지역 사제에게 십일조를 내고 아이들을 맡기려고도 했어요. 하지만 사제는 제가 뭘 했는지 보언에게 말했죠. 결국에 전 도망치려고 했지만 아이들을 데리고 사라지는 건 어려운 일이었고, 전 언제나 임신을 하고 있는 것 같았어요. 매번 보언은 절 찾아냈고, 제가 집에 가는 걸 거부하면 아이 하나를 빼앗아 가려고 했죠. 결국에는 그 애들을 제가 데리고 있는 편이 나을 것 같았어요. 최소한 저는 그 애들을 도와주고 조금이라도 보호해줄 수 있었으니까요."

"합리적인 결정이었던 것 같은데."

켈시는 그 말이 사실인지 아닌지 모른 채로 그저 대답했다. 그녀가 지금 들은 이야기는 자신의 경험과는 너무 거리가 멀어서 그녀였다면 어떤 선택을 했을지 상상조차 할 수가 없었다. 생각이 선크로싱 시대 여자 릴리 메이 휴에게로 되돌아갔다. 릴리는 도망치고 싶어 했지만, 여자 혼자 안전하게 갈 수 있는 곳이 없었다. 크로싱은 3세기도 더 전이었으나 세상이 갑자기 시간이라는 얇은 베일로 나뉘었을 뿐, 아주 가까운 곳처럼 느껴졌다.

신이시여, 저희가 정말로 나은 구석이 없는 건가요? 켈시는 공허하게 생각했다.

"합리적이었을 수도 있지요, 레이디."

안달리가 생각에 잠겨서 말했다.

"하지만 제 아이들은 끔찍한 고통을 겪었습니다. 남자아이들은 구타를 당했고, 여자아이들은 더 끔찍한 일을 겪었어요. 남편은 영리한 남자가 아니었지만, 그 멍청함 탓에 그는 위험해졌습니다. 그는 자신이 그런 일을 할 권리가 있는지 어떤지 자문하지 않았습니다. 그런 질문을 할 만한 지능조차 없었죠. 이것이 이 세계의 악의 핵심이라고 생각합니다, 폐하. 자신이 원하는 건 뭐든지 가져도 된다고 생각하는 자들은, 그런 사람들은 자신에게 그럴 권리가 있는지를 절대로 고민하지 않습니다. 자신들이 얻는 것 외에는 아무것도 생각하지 않습니다."

"분명히 그 일부는 교육 때문일 거야. 없앨 수 있을 거야."

켈시가 반박했다.

"그럴지도요, 레이디. 하지만 저는 보언이 나면서부터 그런 식이었을 거라고 믿습니다."

안달리는 입을 동그랗게 벌린 채 자고 있는 글리를 내려다보았다.

"저는 이 아이가 저에게 뭘 물려받았는지 압니다. 하지만 다른 아이들이 제 아비에게서 뭘 물려받았을까 계속 걱정이 됩니다. 저는 아이사의 성질이 보언의 피에서 나온 건지 그의 학대에서 나온 건지 모르겠습니다. 사내아이들도 그 애들 나름의 문제가 있고요."

켈시는 입술을 깨물고 있다가 조심스럽게 말했다.

"라자러스는 아이사에게 진짜 재능이 있다고, 특히 단도에 뛰어나다고 했어. 베너는 나를 가르치던 때보다 그 애를 가르치는 걸 훨씬 더 즐기고 있고."

안달리가 인상을 찡그렸다.

"그건 제가 그 아이를 위해 바라던 바는 아닙니다. 싸움요. 하지만 이제는 그 아이의 문제가 제가 고쳐줄 수 있는 범위 밖이라는 것도 알겠어요. 폐하께서 그 애한테 이런 배출 수단을 주셔서 정말로 감사드립니다. 이게 그 아이의 분노를 조금이라도 해소해줄지도 모르지요."

"나한테 고마워하지 마. 라자러스의 생각이니까."

"아."

안달리는 입을 다물었다. 그 한 마디에 모든 게 담겨 있었다. 안달리와 메이스는 굉장히 안 어울리는 동맹이었다. 두 사람은 서로에 관해 거의 모든 것을 못마땅하게 여겼다. 켈시가 뭔가 다른 말을 할까 고민하고 있는데 안달리의 다음 말은 마치 책을 쿵 덮는 것처럼 이전의 주제를 싹 마무리하기 위해 일부러 갑작스럽게 던지는 느낌이었다.

"저희 글리의 예언이 아직은 불분명할 수 있어도 주의하시라고 말씀드리고 싶습니다."

"어떤 식으로?"

"모트 문제가 레이디를 괴롭히고 있지요. 제대로 주무시지 못하고, 걱정될 정도로 몸무게도 주셨습니다."

그러니까 안달리도 알고 있었구나. 켈시는 안도해야 할지 어떨지 알 수가 없었다.

"저도 그 문제를 고민해보았습니다. 해결책은 모르겠습니다. 모트 군대는 너무 강하니까요. 하지만 글리와 저는 폐하의 미래에서 공통된 요소를 보았습니다. 폐하의 보석 두 개를 쥐고 있는데, 그러면서도 동시에 텅 비어 있는 어떤 손. 얼굴 아래 끔찍한 흉물을 숨긴 매력적인 남자. 스페이드의 여왕 카드. 폐하의 발아래 있는 커다란 구멍요."

"그게 전부 다 무슨 뜻인데?"

"저도 말씀드릴 수가 없습니다, 레이디."

"그러면 그게 나한테 무슨 소용이 있는지 모르겠군."

"종종 아무 소용도 없지요, 폐하. 환영에 너무 많은 믿음을 쏟는 건 수많은 사람들이 저지르는 실수입니다. 하지만 이것들을 기억해두셨으면 합니다. 폐하께서 전혀 예상치 못한 때에 유용할 수도 있으니까요. 제 경험상으론 그렇습니다."

켈시는 이것을 하나하나 생각해보았다. 스페이드의 여왕. 일주일에 한 번씩 켈시는 다섯 명의 근위병들과 포커를 했고, 그래서 스페이드의 여왕을 잘 알았다. 양손에 무기를 든 키가 크고 당당한 여자였다. 하지만 그래서? 안달리의 징조 중 하나만이 의미가 있어 보였다. 매력적인 남자. 그것은 아마 페치일 것 같지만, 그녀가 아는 수많은 사실들에도 그가 끔찍할 거라는 생각은 들지 않았다. 왕위에 오른 이래로 그녀의 본능은 여러 차례 실수를 저질렀지만, 그래도 그런 문제에 본능이 이렇게까지 잘못될 거라고 생각하고 싶지는 않았다. 페치에게 나름의 계획이 있는 건 분명하지만, 그는 그녀를 유혹하려고 애쓰지 않았다. 켈시 혼자서 넘어간 거지.

"조심하십시오, 폐하. 저는 폐하의 검은 머리 악당에 대해서 압니다. 하지만 지금은 다른 쪽을 말하는 겁니다. 죄악처럼 잘생기긴 했지만 그 겉모습 아래에는 공포가 자리하고 있고, 고통이 그와 함께합니다. 경계하십시오."

안달리가 경고했다.

이 모든 걸 자신이 실제로 얼마나 믿는 건지 모른 채 켈시는 고개를 끄덕였다. 그녀는 안달리의 품에서 잠든 아이를 내려다보며 어깨를 짓누르는 어마어마한 책임감을 새삼 느꼈다. 매일 지켜야 할 생명이 너무나 많고, 그 모두의 위로 거대한 모트라는 악몽이 지평선에 자리하고 있었다. 어마어마한 책임이었지만 그게 켈시가 짊어져야 하는 거였고, 가장 자기 연민이 심해지는 때에도 그녀는 자초한 것임을 인정했다. 근위병들이 오두막으로 말을 타고 오던 그날 오후에 이 모든 것을 알았다 해도 그녀는 여전히 여기에 왔을 것이고, 이제 이것은 끝까지 그녀가 짊어지고 가야 하는 짐이었다.

하지만 어떤 끝을 향해서 가는데?

켈시도 알 수 없었지만, 안달리의 징조 중 하나가 머릿속을 채우고 남은 오후 내내 집중력을 망가뜨렸다. 바로 스페이드의 여왕이었다.

"대령님!"

홀은 깜짝 놀라서 고개를 들었다. 손에서 면도칼이 미끄러져 턱을 들쭉날쭉하게 할퀴었고, 그는 짜증이 나서 숨을 내쉬었다.

"무슨 일이지, 블레이저?"

"정찰병이 돌아왔습니다. 문제가 있습니다."

홀은 한숨을 쉬고 얼굴에서 거품을 닦으며 쓴웃음을 지었다. 최근에는 면도하려고 할 때면 언제나 문제가 생기는 것 같았다. 수건을 천막 구석에 던지고는 침상 옆 탁자에서 망원경을 집어 들고 밖으로 나왔다.

"뭐지?"

"베린 서쪽에서 새벽녘에 다섯 명이 말을 타고 나왔습니다. 전령이라고 생각했습니다만, 어쨌든 저희는 그들 뒤를 따라갔습니다."

"그래서?"

"루가 확신하더군요. 두카르트였습니다."

홀의 뱃속이 가라앉았다. 전혀 예상치 못했던 소식은 아니지만, 그래도 안 좋은 소식이었다. 도살자 베닝. 제노를 상대하는 편이 훨씬 낫겠지만, 지난 공격 이래로 제노는 야영지에서 보이지 않았다. 죽었거나 도망친 거고, 이제 더 이상 쉬운 승리는 없을 것이다. 블레이저 역시 불안해 보여서 홀은 억지로 미소를 지으며 그의 어깨를 두드렸다.

"얼마나 떨어져 있지?"

"몇 시간 정도입니다. 최대한요."

홀은 아래 널려 있는 천막들 쪽으로 망원경을 움직였다. 그와 부하들은 모트군이 야영지를 청소하는 모습을 굉장히 즐겁게 구경했다. 방울뱀들은 교활한 것들이고, 갑자기 언덕 비탈의 서식지에서 떠나게 되었음에도 자기 보호 본능에 전혀 영향받지 않는 것 같았다. 배불리 먹은 뱀들은 야영지에서 최적의 은신처를 찾아 낮 동안에 잠을 잤다. 밤이 되면 꾸준하게 비명이 계속 울렸다. 처음 2주 동안 홀은 모트 야영지가 밤에도 크리스마스트리처럼 불을 훤히 밝히고 있는 것을 즐겁게 보았다. 준비해 온 기름을 아마 거의 다 썼을 것이다.

하지만 더 많은 식량과 기름이 도착했고, 남동쪽에서 물자가 끊임없이 올라왔다. 그리고 뱀이 있든 없든 야영지 한가운데에서 삼엄하게 대포를 지켰다. 그들을 상대할 수십 가지 계획이 나왔다가 폐기되었고, 블레이저와 카프리 소령은 종종 서로에게 고함을 질러대다가 홀에게 조용히 하라는 명령을 듣곤 했다. 그는 이 신호를 쉽게 읽을 수 있었다. 그들이 승리하긴 했지만, 사기는 점차 떨어지고 있었다.

홀은 망원경을 다시 언덕 아래쪽으로 맞췄다. 모트군이 전사자들을 쌓아서 화장한 거대한 더미였다. 화장은 지난주에 치러졌고 지금도 그을린 잔해에서 연기 한 줄기가 허공으로 올라가고 있었다. 냄새는 끔찍했고 홀은 교대조를 두 배로 돌려야 했다. 하지만 이제 야영지에서 시체는 완전히 정리되었고 모트 병사들은 천막에 기대고서 잡담을 나누고 있었다. 그들의 셔츠는 6월 햇빛을 흡수했다. 병사들은 세 무리로 나뉘어서 탁자에 웅크리고 앉아 카드놀이를 하며 에일을 계속해서 마셨다. 심지어 병사 한 명은 보급 마차 위에 누워 일광욕을 하고 있었다. 여전히 휴가 온 여행자 같은 모습이었다. 모트군은 언덕 아래쪽을 몇 번 공격하려고 했지만 매번 홀의 궁수들에게 패배했다. 제노나 다른 장군이 없어서 이런 공격들은 형편없고 비조직적이었다. 홀은 그들이 오는 걸 1.5킬로미터 떨어진 곳에서도 볼 수 있었지만, 계속 이러지는 않을 것이다. 그는 동쪽으로 망원경을 돌렸고 쉽게 무리를 찾았다. 검은 옷차림의 사람들이 천천히, 꾸준히 저지대를 가로지르고 있었다. 모습은 정확하게 보이지 않지만, 눈에 망원경이 달린 것 같은 상태로 태어난 루의 말을 의심할 이유가 없었다. 홀은 두카르트 본인과 싸워본 적이 없었으나 버몬드에게 수많은 이야기를 들었다. 모트의 장군에 대한 그 추억담만으로도 피가 얼어붙을 것 같았다.

"두카르트는 훨씬 창의적일 거야. 그리고 훨씬 더 문젯거리가 되겠지."

홀이 중얼거렸다.

"그들이 북쪽으로 저희를 돌아서 가려고 하면, 저희는 그들을 잡을 수가 없습니다. 막아야 할 지역이 너무 넓습니다."

블레이저가 경고 조로 말했다.

"그들은 돌아가지 않을 거야."

"어떻게 아십니까?"

"팔레에 메이스의 정보원이 있어. 모트군은 페어위치의 기슭조차도 피하라는 명령을 받았어. 이 길목이 아니면 갈 곳이 없어."

홀은 망원경을 내려놓았다. 손바닥에서 땀이 났지만 블레이저가 알아채지 못했기를 바랄 뿐이었다.

"나무에 새로운 병사들을 올려 보내고 절대로 시선을 떼지 말라고 해. 모트 전선에 조금이라도 변화가 있으면 즉각 나에게 보고해."

블레이저가 혼자 콧노래를 부르며 떠나고 홀은 다시 면도하기 시작했지만 이번에 그의 손은 그리 차분하지 않았다. 그는 맨턱을 면도칼로 밀면서 피부 위로 칼날이 스치는 것을 느꼈다. 홀에게는 가족이 없었다. 부모님은 몇 년 전에 산비탈의 마을 전부를 휩쓴 겨울 열병의 희생양이 되어 돌아가셨다. 하지만 지금 티어인들이 마주하고 있는 것은 훨씬 더 끔찍한 일이고 두카르트의 도착은 전망을 더욱 어둡게 만들 뿐이었다. 버몬드의 말에 따르면 지난번 침공 때 두카르트는 티어인 포로들을 굶주린 곰 우리에 던지는 것을 좋아했다고 한다. 포로들은 설령 부상자라 해도 어떤 자비도 얻지 못할 것이다. 여왕이 조약을 위반하고 우리 문을 열어주기 전에 이런 결과를 고려했을까, 홀의 일부는 자신도 모르게 생각했다. 여왕이 그들을 이런 일에 끌어들였다. 힘든 순간이면 홀은 뉴런던의 왕좌에 안전하게 앉아 있는 그녀를 욕했다. 어린 시절에 들은 성경 이야기가 희미하게 떠올랐다. 거인을 상대에서 승리를 얻어낸 조그만 남자 이야기였는데……. 하지만 모트군은 열 명의 거인이었다. 2주 전 홀의 승리에도 모트 군대는 여전히 인원수로는 네 배나 많아서, 병력을 나눠 다각도에서 티어군을 무너뜨릴 수 있을 정도였다. 여왕은 병사들이 아니라 원칙만을 생각했고, 원칙은 곧 죽을 사람들에게는 별로 위안이 되지 못했다. 홀은 소문처럼 그녀에게 정말로 마법의 힘이 있는지, 아니면 메이스가 퍼뜨린 동화일 뿐인지 궁금했다. 소문은 왕좌에 앉아 있는 올빼미 같은 눈을 한 아이와 어른 사이쯤의 소녀와 영 어울리지 않았다. 홀은 이미 군사적인 평가를 마쳤고 가능성은 제로였다. 하지만 직감은 논리적인 것이 아니고, 그의 본능은 포기하지 말라고 재촉했다.

그분이 우리를 구해주실 거야. 그분은 하실 수 있어. 그는 완고하게 생각했다.

4장
양심의 문제

도망쳐, 우린 늑대의 손아귀에 있어.

— 조반니 데 메디치, 교황 알렉산데르 6세 로드리고 보르자의 즉위에 부쳐

타일러 신부는 마음이 편안해야 했다. 그는 책상 앞의 편안한 의자에 앉아서 책을 읽고 있었고, 글을 읽는 것은 평소엔 마음을 달래주고 이곳을 넘어선 세상이, 거의 눈에 보일 것 같은 더 나은 세상이 존재한다는 걸 상기시켜주곤 했다. 하지만 오늘은 책을 읽어도 마음이 편해지지 않는 드문 날이었다. 타일러는 처음 두 페이지를 몇 번이나 읽다가 결국에 책을 덮고 포기했다. 책상 위의 촛불은 말라붙은 밀랍 방울로 뒤덮여 있었고, 아무 생각 없이 그는 그것을 벗겨내기 시작했다. 손가락은 뇌와 독립적으로 움직여서 밀랍을 계속 벗겨냈고, 눈은 멍하니 창밖을 보았다.

2주 전, 5월의 마지막 날에 교황이 승하했다. 앤더스 추기경이 그의 뒤를 이었다. 콘클라베는 너무 짧아서, 멀리 사는 몇몇 추기경들은 도착해서 그가 이미 교황의 자리에 올랐다는 것을 알게 되었다. 앤더스의 정치적인 머

리가 자신만큼이나 예리하다는 걸 파악한 교황은 그를 수년 전에 후임자로 찍어두었고, 모든 것이 예정대로 진행되었다.

하지만 타일러는 두려웠다.

새 교황은 교황복을 걸치자마자 수많은 일을 시행했다. 그는 개혁주의 동조자로 알려졌던 사람들과 자신이 추기경이던 시절 그에게 반대하는 말을 했던 사람들을 포함해 추기경 다섯 명을 해임했다. 그들의 자리는 각각 천 파운드 이상을 들고 온 귀족의 아들들에게 돌아갔다. 또한 새 교황은 아배스에 회계 담당자 열여섯 명을 고용해서 총 마흔 명으로 늘렸다. 이 새 회계 담당자 중 몇 명은 심지어 성직자도 아니었다. 그들 가운데 여럿은 교황이 거트의 뒷골목에서 바로 집어 온 것 같은 외모와 말투를 지니고 있었다. 타일러와 형제 사제들은 아무 이야기도 듣지 못했지만, 결론은 명확했다. 돈이 더 들어올 것이다.

그리고 타일러 자신의 지위도 문제였다. 옛 교황은 죽음과 싸우느라 타일러의 문제를 생각할 겨를이 없었지만, 타일러는 자신이 새 교황의 숙청에서 오래 벗어날 수 있을 리 없다는 걸 잘 알았다. 이미 지난 일요일 대회의에서 앤더스의 눈이 군중 속에서 자신을 찾고 있는 것을 보았다. 앤더스는 켈시 여왕에 관한 망할 놈의 정보를 원했고 타일러는 그에게 아무 이야기도 하지 않았다. 여왕은 이미 교회에 문제가 될 만한 결정을 여럿 내렸고 그 첫 번째는 십일조 빚 대신에 미성년 성직 보조를 데려오는 것을 금지하는 법이었다. 그런 보조로 시작했던 타일러는 어린 시절을 즐겁게 보냈지만, 그도 핵심은 이해했다. 모든 사제들이 다 앨런 신부 같지는 않았다. 이제 교구에서는 진짜 보조를 고용해야 했다. 이미 아배스의 금고행이 결정된 돈에서 월급을 지불해야 하는 보조들 말이다.

하지만 최악은 그다음이었다. 여왕은 교회 재산에 대한 세금 면제를 올해로 끝내기로 했다. 1월부터 교회는 티어링 전역에 있는 모든 재산에 대해 세금을 내야 했다. 가장 큰 재산인 앨먼트 북부의 생산성 좋은 수천 에이커의 농지에 대해서도 말이다. 아배스 입장에서 이것은 재정적으로 대재앙이었다. 입버릇 나쁘지만 대단히 영리한 왕실 재무관의 도움으로 여왕은 왕실의 사유재산도 더 이상 면세가 아니라는 공고를 내려 교황의 반발을 미리 막았다. 여왕은 교회와 함께 재산세를 낼 거고, 그 돈은 공공사업과 사회복지사업에 사용될 것이다.

강제성이 없으면 이 법령은 아무 의미도 없을 것이다. 하지만 왕궁에서 엿들은 대화를 통해 타일러는 여왕과 알리스가 인구조사부 업무의 대부분을 세금 평가 및 징수로 바꾸기 시작했다는 걸 알게 되었다. 영리한 행동이었다. 인구조사부 직원들은 이미 티어링의 모든 마을에 자리 잡고 주민들을 추적하고 있으니 수입을 추적하는 것도 별로 어려운 일이 아닐 것이다. 아렌 소른이 알면 난리를 치겠지만 그는 어디서도 보이지 않았고, 그가 없으면 인구조사부는 훨씬 더 다루기 쉬운 짐승이었다. 신의 교회가 마지막한 푼까지 토해내게 만들 왕궁 직원들이 수두룩했다.

오늘 아침에 사제 숙소 전 층에 이야기가 번개처럼 퍼졌다. 저녁 9시에 교회로 모두 모이라는 거였다. 아무도 왜 그러는 건지는 몰랐지만 교황은 아배스의 모든 사제들에게 모이라고 지시했다. 그런 모임은 언제나 그늘에서 일하고 일대일로만 만나서 다른 사람들이 그의 계획을 알지 못하도록 하는 앤더스 추기경답지 않았다. 타일러는 끔찍한 일이 임박했음을 느꼈다. 벌써 8시 30분이었다.

"당신이 안다는 걸 알아, 신부."

타일러는 벌떡 일어서다가 촛불을 쳐서 넘어뜨렸다. 돌아보니 메이스가 책장 옆 벽에 기대서 있었다.

"내가 글을 모른다는 걸 알지."

타일러는 할 말을 잃고 겁에 질린 채 그를 보았다. 지난번에 여왕의 대화에 끼어들었을 때 자신이 살얼음판에 올라선 것임을 알고 있었지만, 메이스가 낚싯바늘에 걸린 물고기처럼 거기서 꿈틀거리고 있는 걸 그냥 보고 있을 수가 없었다. 그리고 타일러의 행동은 효과가 있었다. 여왕이 전갈에 대해서 잊었기 때문이었다. 그 뒤에 메이스의 시선을 마주 보고 나서야 거기 어린 불길, 죽일 듯한 분노를 알아차렸다.

"어떻게 알았지?"

메이스가 물었다.

"추측했습니다."

"누구한테 이야기했지?"

"아무한테도요."

메이스는 몸을 똑바로 폈고 타일러는 눈을 감고 기도를 올리려고 노력했다. 메이스는 그를 죽일 수 있었고, 타일러의 머리에 마지막으로 떠오른 기묘한 생각은 메이스가 직접 옴으로써 자신에게 대단한 영광을 베풀었다는 것이었다.

"나를 가르쳐줬으면 해."

타일러는 번쩍 눈을 떴다.

"뭘 가르치라고요?"

"글 읽는 법."

타일러는 닫힌 방문을 힐끗 보았다.

"여기에는 어떻게 들어왔습니까?"

"항상 다른 문이 있지."

타일러가 그 말을 생각해보기도 전에 메이스가 고양이처럼 소리 없이 앞으로 나왔다. 타일러는 긴장해서 뒤로 물러나다가 의자에 부딪쳤지만 메이스는 그저 책장 옆에서 다른 의자를 잡아 타일러 앞에 놓고 반항적인 표정으로 거기 앉았다.

"날 가르쳐주겠어?"

타일러는 거절하면 어떻게 될까 생각해보았다. 메이스는 여기 그를 죽이러 온 게 아닐 수도 있지만, 그건 언제나 바뀔 수 있었다. 메이스는 열네 살에 엘리사 여왕의 근위대에 들어갔고 지금은 최소한 마흔 살이었다. 글을 못 읽는 것은 남들에게 숨기기 어려운 일이었고 여왕의 근위대라면 거의 불가능에 가까웠다. 그래도 메이스는 이렇게 오랜 세월 동안 용케 들키지 않았다.

타일러는 아래를 내려다보았다가 놀라운 것을 발견했다. 의자 팔걸이에 놓인 메이스의 손이 거의 알아보기 어려울 정도로 아주 살짝 떨리고 있었다. 거의 믿을 수 없는 사실이었으나 타일러는 메이스가 두려워하고 있다는 것을 깨달았다.

나를?

물론 아니지, 이 늙은 멍청이야.

그럼 뭘?

다시금 생각을 해보고서 그는 알아냈다. 메이스는 누구에게든 도움을 구하는 게 참을 수 없는 거였다. 타일러는 맞은편에 앉아 있는 이 무시무시한 남자를 경탄에 차서 바라보았다. *여기 오는 데 얼마나 엄청난 용기를 냈을까!* 어느새 저절로 말이 튀어나왔다.

"가르쳐드리지요."

"좋아. 그럼 지금 시작하지."

메이스가 사무적으로 말하며 몸을 앞으로 기울였다.

"지금은 안 됩니다."

메이스의 표정이 어두워지자 타일러가 사과 조로 양손을 들어 올렸다.

"모두가 9시에 교회당에서 모임에 참석하게 되어 있습니다. 사실, 지금 가야겠군요."

그는 시계를 보고 말했다. 9시 15분 전이었다.

"무슨 모임이지?"

"모릅니다. 교황 성하께서 아배스의 모든 사제가 참석해야 한다고 하셨습니다."

"그런 모임이 여러 번 있었나?"

"이게 유일합니다."

메이스의 눈이 가늘어졌다.

"내일, 저녁 식사 직후에 다시 오십시오. 7시에요. 그때 시작하지요."

메이스는 고개를 끄덕였다.

"이 모임이 어느 교회당에서 열리는 거지? 주 교회당인가, 아니면 교황의 사설 교회당인가?"

"주 교회당입니다."

타일러는 그렇게 대답하고 눈썹을 치켜세웠다.

"아배스에 대해서 아주 잘 아는군요."

"물론이지. 나의 주군께 미칠 위험을 알아두는 게 내 임무니까."

메이스의 목소리에 경멸의 기색이 어렸다.

"그게 무슨 뜻입니까?"

메이스는 타일러의 옷걸이로 가서 고리에서 사제복을 집었다.

"당신은 멍청한 사람이 아니야, 신부. 교황과 왕은 서로 전혀 안 맞는 동반자지."

타일러는 회계 사무소의 새로운 고용인들, 아배스의 사제라기보다는 범죄자에 더 가까워 보이는 사람들을 떠올렸다.

"저는 그저 회계 담당일 뿐입니다."

"더는 아니지."

메이스가 타일러의 주말 사제복을 걸쳤다. 사제복은 헐렁해 보이도록 만들어졌으나 옷감은 메이스의 커다란 몸에 딱 달라붙었다.

"당신은 왕궁 사제야, 신부. 편을 고르는 걸 영원히 피할 순 없어."

타일러는 대답하지 못한 채 그를 바라보았다. 메이스는 타일러의 책상 옆 벽 위로 손을 움직였다. 손이 멈추었고, 어느 부분을 세게 누르자 문이 안쪽으로 열렸다. 타일러의 입이 떡 벌어졌다. 벽의 울퉁불퉁한 모르타르로 가장자리가 교묘하게 가려진 문이었다. 메이스는 어둠 속으로 들어가서는 타일러의 방으로 몸을 기울였다. 검은 눈에서 웃음기가 반짝였다.

"내일 7시야, 신부. 여기로 오지."

잠시 후 타일러의 앞에는 텅 빈 돌벽만이 있을 뿐이었다.

소집 종이 울리자 그는 펄쩍 뛰었다. 이러다간 늦을 것이다. 그는 교회용 사제복을 집어 머리 위로 뒤집어쓰며 황급히 복도로 나갔다. 엉덩이의 관절염이 존재를 주장하기 시작했으나 타일러는 무시하고 더 열심히 걸었다. 늦게 들어가면 그 얘기가 교황의 귀에 분명히 들어갈 것이다.

타일러가 교회 문 안으로 서둘러 들어가자 형제 사제들이 이미 중앙 복도 양옆의 긴 직선 좌석을 채우고 있었다. 연단 위 설교대 뒤에 교황이 서서 날카로운 눈으로 타일러를 뚫어지게 쳐다보는 것 같았다. 그는 입구에 얼어붙은 듯이 섰다.

"타이."

그는 고개를 숙이다가 마지막 긴 의자 끝에 앉아 있는 와이드를 보았다. 그가 옆으로 움직여 자리를 만들었고 타일러는 감사의 눈길을 던지며 끼어 앉아 정중하게 고개를 숙였다. 하지만 불편한 기분은 사라지지 않았다. 하얀 교황복을 입은 앤더스의 모습은 타일러에게 여전히 충격적이었다. 그리고 의심의 여지 없이 나이 든 많은 사제들에게 그런 것 같았다. 교황은 과거에도 앞으로도 언제나 아배스 아래 무덤에 누워 있는 나이 많고 움츠러든 남자일 것이다. 타일러는 옛 교황 때문에 슬프진 않았지만 그가 이곳에 분명한 흔적을 남겼다는 것은 부인할 수 없었다. 그는 그 자리에 너무 오래 앉아 있었다.

앤더스가 조용히 하라는 의미로 양손을 들어 올렸고 부스럭거리던 소리가 멈췄다. 교회당 안에 돌 같은 침묵이 흘렀다.

"형제들이여, 우리는 깨끗하지 않소."

타일러는 날카롭게 눈을 들어 올렸다. 앤더스는 자비로운 미소, 교황에게 어울리는 미소를 띠고 실내를 둘러보았지만 그의 눈은 깊고 어두웠으며 타일러의 뱃속을 불안감으로 조여들게 하는 의로운 분노로 가득했다.

"질병은 전염으로부터 시작되오. 신께서는 전염을 뿌리 뽑고 질병을 박멸하라 하셨소. 나의 전임자께서는 그것을 용인하고 눈감아주셨으나 나는 그러지 않을 것이오."

타일러와 와이드는 어리둥절해서 서로를 쳐다보았다. 옛 교황이 많은 악덕을 용인해준 건 사실이지만, 그것은 앤더스 역시 별로 신경 쓰지 않는 악덕들이었다. 앤더스는 가족들이 아배스에 십일조 대신 바친 젊은 여자 두 명을 개인 하녀로 데리고 있었다. 앤더스가 아배스 꼭대기에 있는 교황의 화려한 거처로 옮길 때 여자들도 따라갔다. 새로운 거처에 교황의 모든 변덕을 들어줄 준비가 된 복사(服事) 수십 명이 있는데도 말이다. 앤더스는 이 여자들을 하녀라고 부를지 몰라도 모두가 그 여자들의 역할을 알았다. 새 교황은 악덕과 딱히 거리가 멀지 않으나 지금, 단상 뒤의 누군가에게 몸을 돌리고 손짓을 하는 동안 하얀 교황복에 고정된 조그만 금색 망치에서 빛이 반짝였고 타일러는 갑자기 상황을 이해하고 얼어붙었다.

교황의 보좌 두 명이 연단 뒤 복도에서 나왔다. 그들 사이에는 세스 신부가 있었다.

타일러는 신음을 삼켰다. 세스와 타일러는 같은 해에 서품을 받았으나 타일러는 오랫동안 그를 보지 못했다. 레딕 남부의 번함에 교구를 얻은 이래로 세스는 거의 아배스에 오지 않았다. 그는 좋은 사람이고 좋은 신부였고, 그래서 아무도 그 이야기는 하지 않았으나 어쨌든 모두가 세스에 관해서 알았다. 그들이 전부 초년생이던 때에도 세스는 항상 남자들을 좋아했다. 회계 담당이라는 위치 때문에 타일러는 세스 신부가 레딕에 동료를 데리고 있다는 걸 알고 있었다. 그는 성직 보좌가 되기에는 나이가 너무 많지만 세스의 기록에는 그렇게 올라 있었다. 성직 보좌가 생길 때마다 세스의 생활비는 상당히 올라갔지만 타일러는 한 번도 여기에 주의를 기울이지 않았다. 티어 전역의 신부들과 추기경들이 의심스러운 동료를 데리고 있었고 똑같이 이런저런 이유를 붙여 경비를 지출했다. 하지만 세스의 보좌는 잘못된 성별이었고, 앤더스가 그것을 알아낸 게 분명했다.

"나는 교회를 샅샅이 뒤져 타락자들을 뿌리 뽑을 것이다!"

앤더스가 고함을 질렀다. 타일러는 앤더스가 설교하는 것을 한 번도 들어본 적이 없었고, 타일러의 머릿속 한구석은 앤더스가 깊고 잘 울리는 근사한 목소리를 갖고 있다는 걸 알아챘다. 교회의 반대편 구석까지 닿아 전체에 울려 퍼지는 목소리였다.

"우리는 제거하고 씻어낼 것이다! 그리고 바로 이자, 신의 법을 위반했을 뿐만 아니라 교회의 자금을 타락에 사용한 사제부터 시작할 것이다! 그의 교구 십일조로 자신의 타락한 생활을 원조했던 자부터!"

타일러는 입술을 깨물고 입을 열 용기가 있었으면 하고 생각했다. 이것은, 지금 여기서 벌어지는 일은 잘못된 거였다. 옆에 앉은 와이드도 이것을 잘 아는 것 같았다. 그는 물기 어린 눈으로 타일러를 무력하게 보았다. 와이드와 세스는 오래전에, 그들 모두 젊던 시절에 좋은 친구였다.

"신께서는 부당한 일을 당하셨다! 그리고 모든 잘못에 대하여 복수를 요구하신다!"

그 말에 와이드는 눈을 감고 고개를 숙였다. 타일러는 소리를 지르고 싶었다. 머리 위로 아치형 천장이 내려앉을 만큼 커다랗게 소리치고 싶었다. 하지만 그는 침묵을 지켰다.

"세스는 신에 대한 임무를 잊었다! 우리가 그것을 상기시켜줄 것이다!"

앤더스의 목소리가 갑자기 낮아졌다. 그가 탁자 아래로 몸을 기울였다가 펴자 손에는 단도가 들려 있었다.

"신이시여."

와이드가 중얼거렸다. 타일러는 놀라서 눈만 깜박였다. 오늘 저녁이 전부 다 꿈이라면, 이건 갑자기 악몽으로 돌변하고 있는 거였다……. 메이스의 기묘한 방문, 사제복을 걸친 근위대장의 충격적인 모습, 이제는 횃불 속의 이 끔찍한 장면. 세스의 창백한 얼굴, 앤더스의 손에 들린 단도를 본 그의 눈에 떠오른 경계의 표정.

"옷을 벗겨라."

두 명의 보좌가 발버둥 치는 세스를 붙잡았다. 하지만 세스도 타일러와 와이드처럼 이제 70대였고, 두 젊은이들은 쉽게 그를 제압했다. 한 명이 세스의 팔을 등 뒤로 붙잡고 한 명은 신부복을 앞으로 잡아당겨 찢었다. 타일러는 눈길을 돌렸지만 이미 세스의 몸에 세월의 흔적이 보였다. 좁고 움푹 들어간 허연 가슴, 단단한 근육을 모두 잃고 피부와 함께 늘어진 팔다리. 타일러 자신의 몸을 내려다봐도 똑같은 모습이리라. 창백하고 늘어진 몸뚱이. 그는 인생의 절반의 세월 이전 어느 여름에 성직자 반 전체가 신의 바다를 보기 위해 뉴도버 해안가로 여행을 갔던 것을 떠올렸다. 넓고 반짝이고 끝없는 바다는 기적 같았고, 와이드가 사제복을 벗고 절벽 가장자리로 달려가자 모두가 아무 생각 없이 그를 따라 바위 위에서 9미터 아래로 뛰어내렸다. 물은 잔인할 정도로 차갑고 고통스러웠지만 끝없는 파란 바다 위로 태양은 밝은 금빛으로 빛나고 있었다. 그 순간에 타일러는 신께서 그들을 똑바로 보고 계신다고, 신께서 그들의 미래를 대단히 기뻐하고 계신다고 확신했었다.

"우리의 믿음이 나태해지고 있다."

앤더스가 선언했다. 그의 눈은 끔찍한 열기로 번뜩였고 타일러는 한때 들은 소문을 떠올렸다. 섭정의 반동성애 부대에 있던 시절에 앤더스가 젊은 동성애자를 그가 정신을 잃고 피투성이가 될 때까지 나무판으로 구타해서 거의 죽일 뻔했다는 얘기였다. 섭정의 다른 깡패들이 앤더스를 끌어내지 않았으면 길거리 한복판에서 그대로 젊은이를 죽였을 거라고 했다. 이것이 단순히 수치를 주는 의식이 아니라는 것을 깨닫자 타일러의 가슴 속에 천천히 공포가 들어찼다. 세스는 진짜 위험한 상황이었다. 위를 올려다보다가 그는 위층 좌석 그림자 속에 하얀 사제복을 입은 커다란 형체가 숨어 있는 것을 발견했다. 메이스였다. 두건 아래로 그의 불가해한 음울한 얼굴이 보였고, 그의 눈은 30미터 아래에 있는 앤더스에게 고정되어 있었다.

그래, 외부인이 봐야만 하는 일이야. 타일러는 거의 화가 나서 생각했다.

"붙잡아."

앤더스가 재빨리 움직였다. 그의 손은 마치 수술을 집도하듯 정확하고 빠르게 움직여서 세스가 거의 비명을 지를 시간도 없었다. 하지만 타일러와 와이드는 동시에 비명을 질렀다. 그들의 목소리는 교회당 돌벽 사이로 앞뒤에서 울린 다른 비명들에 뒤섞였다. 타일러는 도저히 볼 수가 없어서 시선을 내렸고, 와이드의 손이 그의 손을 잡았다. 어린애들처럼 그들은 손가락으로 깍지를 끼고 꽉 잡았다.

앤더스가 몸을 폈을 때 얼굴에는 밝은 자홍색 핏방울이 튀어 있었다. 손에는 붉은 덩어리가 들려 있었고, 그는 그것을 교회당 구석에 던졌다. 세스는 이제 다시 숨을 쉬고 있었고, 그의 첫 번째 비명은 교회당의 가장 높은 서까래에 부딪쳐 끔찍한 불협화음을 이루었다.

"그자가 죽지 않게 해라. 작업은 아직 끝나지 않았으니까."

앤더스가 보좌들에게 명령했다.

두 복사가 세스를 사이에 끼고 질질 끌고서 계단을 내려와 사제들이 앉아 있는 사이 가운데 통로로 지나갔다. 타일러는 보고 싶지 않았지만, 봐야만 했다. 세스의 허벅지와 종아리로 붉은 액체가 줄줄 흘렀고 그의 뒤로 통로에 시뻘건 자국이 남았다. 다행스럽게도 세스는 정신을 잃은 듯 눈을 감고 머리는 어깨로 늘어져 있었다. 복사들은 그의 무게에 비틀비틀 걸어갔다.

"잘 보고 기억하라, 형제들이여!"

앤더스가 단상에서 소리쳤다.

"신의 교회에 타락자와 남색자를 위한 공간은 없다! 너희의 죄는 발각될 것이고, 신의 복수는 빠를 것이다!"

타일러는 저녁 식사로 먹은 보리 수프가 목으로 올라오는 것을 느끼고 발작적으로 삼켰다. 주위의 수많은 얼굴들이 비슷하게 하얗고 겁에 질리고 속이 뒤집히는 것 같았으나 타일러는 여러 가지 표정을 볼 수 있었다. 의기양양한 얼굴, 앙심을 품은 얼굴. 흥분으로 눈을 빛내는 라이언 신부는 앤더스의 말에 열렬하게 고개를 끄덕거렸다. 앨먼트에서의 굶주린 어린 시절 이래로 진정한 분노를 경험해보지 못한 타일러는 갑자기 가슴속에서 분노가 솟구치는 것을 느꼈다. 이런 일들의 와중에 신은 어디 계시지? 왜 침묵을 지키시는 거지?

"타락자들이여. 너희가 한 일을 뉘우쳐라."

앤더스가 근엄하게 말했다.

타일러가 고개를 들어보니 교황의 시선이 자신에게 고정되어 있었다.

"타이? 타이? 우리가 뭘 해야 되지?"

와이드가 애처로운 목소리로 낮게 물었다.

"기다려야지."

타일러는 발치의 붉은 자국에 시선을 고정한 채 단호하게 대답했다.

"신께서 우리에게 길을 보여주시기를 기다려야지."

하지만 그 말은 타일러 자신의 귀에도 공허하게 들렸다. 그는 교회당 천장 쪽, 하늘 쪽을 바라보며 뭔가 징조를 기다렸다. 하지만 어떤 징조도 내려오지 않았고, 잠시 후 그는 위층 좌석이 비었음을 깨달았다. 메이스는 사라졌다.

알리스와 일을 마친 켈시는 안달리를 보내고는 혼자서 방으로 돌아왔다. 오늘은 사람들에게 질렸다. 모두가 끊임없이 뭔가를 원했다. 심지어는 왕실이 인력과 자금에 얼마나 쪼들리는지 누구보다 잘 아는 알리스마저 그랬다. 알리스는 마지막 순간까지 앨먼트에 남아 있을 소수의 농부들을 보호하기 위해 무장 군인들을 보내길 바랐다. 켈시도 이유는 이해했다. 앨먼트가 비면 가을 수확물 전체를 잃게 된다. 하지만 어디서 인력을 구해야 할지 알 수가 없었다. 버몬드는 그녀가 병사를 좀 더 요구하면 난리를 칠 거고, 켈시가 그 늙은 장군을 좋아하지 않긴 해도 그가 실제로 무리하게 일하고 있다는 것을 잘 알았다. 어쩌면 티어군 제4부대를 아가이브 고개 주변에 배치해서 모트군이 그곳을 예비 보급로로 확보하지 못하게 만들어야 할지도 모른다. 버몬드의 나머지 병사들은 앨먼트 동부 전역에 흩어져서 뉴런던으로 난민들을 바삐 이동시키고 있었다. 홀의 부대는 국경에 자리잡고 있었다. 더는 여분의 인원이 없었다.

켈시는 아무 말도 하지 않고 펜을 곁방에 두고는 등 뒤로 커튼을 쳤다. 안달리가 차를 끓여주었지만 켈시는 무시했다. 차는 잠만 못 자게 만들 뿐이었다. 그녀는 머리를 빗고 책상을 다시 정리했다. 초조하고 지쳤지만 잠은 오지 않았다. 그녀가 정말로 하고 싶은 것은 서재로 돌아가서 릴리 메이휴라는 퍼즐을 계속 생각하는 거였다. 그 여자는 누굴까? 켈시는 칼린의 역사책을 열 권도 넘게 살펴보며 릴리나 그레그 메이휴에 대한 언급을 찾아보았지만, 크로싱에서 가장 가까운 시절에 출간된 책에조차 아무 얘기가 없었다. 메이휴 부부가 누구든 간에 그들은 망각 속으로 사라진 모양이었다. 하지만 여전히 릴리라는 수수께끼는 동부 국경 문제에 비하면 훨씬 풀 만해 보였다. 켈시는 적절한 책만 찾으면 답이 전부 다 있고 릴리의 존재가 뚜렷해질 거라고 확신했다. 하지만 모트 문제에 관해서는 어떤 해결책도 손쉽게 다가오지 않았다.

지금 서재로 돌아갈 수는 없었다. 펜에게는 잠이 필요했다. 켈시는 지난 사흘 동안 일찍 잠자리에 들었지만 여전히 펜은 굉장히 지쳐 보였다. 그녀는 그가 잠을 자긴 하는지, 그냥 침상에 앉아 무릎 위에 검을 놓고 밤을 지새우는 건 아닌지 궁금해지기 시작했다. 그가 그렇게 예민하게 경계해야 할 필요는 없었다. 메이스는 이제 휘하에 여왕의 근위병을 서른 명 넘게 두고 있었고 왕궁 자체도 훨씬 보안이 엄중해졌다. 하지만 그래도 펜이 거기 꼼짝 않고 앉아서 어둠 속을 뚫어지게 보는 모습이 기묘하게 설득력 있었다. 켈시는 자신도 제대로 자지 못하는 판국에 어떻게 그를 자게 할지 알 수가 없었다.

잠깐 생각한 끝에 거울 쪽으로 살금살금 다가갔다. 그녀는 지난 한 주 동안 거울을 보는 걸 일부러 피했고, 이것이 허영에 관한 칼린의 비난 때문인 척했지만 진짜 이유는 훨씬 간단했다. 겁이 났다.

잠깐 엇나간 갈망이 치밀 때를 제외하면 켈시는 평생을 둥글고 친숙한 농장 소녀의 얼굴, 성격 좋아 보이지만 인상에 남지 않는 그런 얼굴로 평생 살 거라는 사실을 내심 받아들이고 있었다. 종종 자신이 아름다웠으면 하고 바라긴 하지만 그것은 선택지에 없었고, 그녀도 자신의 얼굴을 최대한으로 받아들였다.

그런데 이제는 거울로 얼굴을 뜯어보며 칼린이 한때 말한 것이 떠올라 깊은 두려움이 솟아올랐다.

"타락은 한 순간의 약함에서 시작되지."

켈시는 그들이 무슨 이야기를 하고 있었는지는 기억하지 못했지만, 칼린이 비판적인 눈으로 바티를 보던 것은 기억했다. 이제, 거울로 자신의 모습을 응시하며 켈시는 칼린이 옳았음을 깨달았다. 타락은 갑작스럽게 시작되는 게 아니었다. 그것은 점진적이고 서서히 진행되는 과정이었다. 켈시는 무언가가 일어나는 걸 느끼지도 보지도 못했지만, 변화는 그녀의 등을 타고 어느새 올라오고 있었다.

그녀의 코가 변했다. 그게 첫 번째였다. 코는 언제나 얼굴 한가운데서 납작한 버섯처럼 주변에 비해 너무 큰 모양으로 자리 잡고 있었다. 그런데 지금은 켈시의 관찰하는 눈으로 보기에 길어지고 끝이 가늘어져서 눈 사이의 둥성이에서 자연스럽고 우아하게 뻗어 나온 상태였다. 둥글고 돼지 코처럼 살짝 들려 있던 끝부분도 부드러워졌다. 눈은 여전히 고양이 같은 밝은 초록색에 아몬드 모양이었다. 하지만 주변에 튀어나와 있던 살이 점차 사라져서 지금은 눈 자체가 더 커진 것 같고 켈시의 얼굴에서 전과 다르게 두드러져 보였다. 가장 눈에 띄는 변화는 입 같았다. 언제나 두툼하고 평평하고 얼굴에 비해 너무 크던 입이 이제는 줄어들어 윗입술은 살짝 가늘어졌고 덕택에 아랫입술이 더 도톰해 보이고 건강한 짙은 분홍빛을 띠었다. 뺨에서도 살이 빠져서 얼굴이 둥근형이라기보다는 계란형이었다. 모든 것이 전보다 훨씬 잘 어우러졌다.

그녀는 아무리 생각해도 아름답지는 않았다. 하지만 더 이상 평범하지도 않았다. 그녀는 사람들이 실제로 기억할 만한 여자처럼 보였다.

그 대가가 뭔데?

켈시는 그 질문에 움찔했다. 그녀는 이제 아플까 봐 걱정하지 않았다. 에너지가 넘쳤고 눈앞의 모습이 건강의 표상이었기 때문이다. 하지만 이 새로운 여자를 바라보면 처음 느꼈던 그 기쁨 아래로 엄청난 허위성이 느껴졌다. 이 아름다움은 이유 없이, 내적인 변화를 전혀 반영하지 않고 갑작스럽게 나타난 거였다.

"난 여전히 나야."

켈시가 속삭였다. 그게 중요한 것이다. 그렇지 않은가? 그녀는 여전히 근본적으로 자신이었다. 하지만…… 최근 여러 차례 메이스가 그녀의 얼굴을 분석하려는 것처럼 맹렬하게 쳐다보는 것을 알아챘다. 나머지 근위병들은, 음, 그들이 밤에 숙소로 돌아간 뒤에 무슨 이야기를 하는지 누가 알겠는가? 이런 상황이 계속되면 그들은 그녀가 붉은 여왕처럼 마법사라고 생각할 것이다. 그들은 여전히 서재에서의 그날 밤에 그녀가 겪은 몽환 상태에 대해서 걱정했다. 요즘은 켈시가 발만 헛디뎌도 그녀를 잡으려고 근위병 여러 명이 달려오는 것 같았다. 그녀는 눈을 감고 슬픈 눈에 입가에 깊게 주름이 팬 선크로싱 시대의 예쁜 여자를 다시금 떠올렸다. 멍이 들어 있던 여자.

당신은 누구야, 릴리?

아무도 몰랐다. 릴리는 다른 인류와 함께 과거 속으로 사라졌다. 하지만 켈시는 그걸로 만족할 수가 없었다. 사파이어들은 통제할 수 없는 방식으로 작동했고, 그 행동은 모순되고 짜증스러웠다. 하지만 보석은 그녀가 볼 필요 없는 것을 보여준 적은 없었다.

사파이어가 그런 거라는 걸 어떻게 알아? 몇 주 동안이나 아무 반응도 없었는데.

켈시는 그 생각에 눈을 깜박였다. 사실이다. 아가이브 이래로 사파이어는 거의 아무 일도 하지 않았다. 하지만 켈시는 안달리 같지 않았다. 그녀에게는 자신의 마법이 없었다. 그녀의 모든 힘, 그녀가 한 모든 놀라운 행동들은 주머니에 쏙 들어가는 이 두 개의 파란 돌을 기반으로 한 거였다.

켈시는 다시금 거울을 보고 살짝 매력적인 여자가 서 있다는 사실에 움찔할 뻔했다.

어떻게 보석이 죽었을 수가 있지? 네 얼굴을 바꿔놓고 있잖아!

"맙소사."

켈시는 몸을 부르르 떨었다. 그녀는 마치 도망치려는 것처럼 거울에서 돌아서다가 우뚝 멈췄다.

벽난로 앞에 남자가 서 있었다. 불길을 배경으로 남자는 커다란 검은 그림자처럼 보였다.

켈시는 펜을 부르려고 입을 열다가 멈추고, 길고 떨리는 숨을 들이켰다. 페치겠지. 어떤 문도 그를 막을 수 없다는 건 잘 알려진 사실이니까. 그녀는 살금살금 몇 걸음 다가갔다가 횃불이 남자의 옆모습을 비추는 순간 다시 놀랐다. 앞의 남자는 페치가 아니었으나 그래도 그녀는 소리 내서 비명을 지를 수도, 혹은 어떤 소리를 낼 수도 없었다.

남자는 아름다웠다. 달리 설명할 말이 없었다. 남자는 칼린의 신화책에서 본 에로스 그림을 떠올리게 만들었다. 키가 크고 페치와 비슷하게 말랐지만 비슷한 부분은 거기서 끝이었다. 이 남자는 살짝 움푹한 광대뼈가 점차 가늘어져서 두툼한 입술까지 이어지는 호색가 같은 얼굴이었다. 눈은 안으로 깊이 들어갔지만 크고, 색깔은 확실하지 않았다. 횃불의 속임수 때문에 눈이 꼭 짙은 빨간색으로 빛나는 것 같았지만 금세 사라졌다.

티어의 계승자여.

켈시는 머릿속을 맑게 하려고 머리를 흔들었다. 그는 소리 내서 말을 한 게 분명히 아니었다. 하지만 그의 목소리가 그녀의 머릿속에서 뚜렷한 티어 억양으로 낮게 울려 퍼졌다. 마치 메트로놈으로 맞춘 것처럼 맥박이 빨라지고 숨이 가빠졌다. 조금 전까지 바싹 말라 있던 손바닥에 땀이 배기 시작했다.

그녀가 말을 하려고 입을 열자, 그가 자신의 입술 위에 손가락 하나를 올렸다.

조용히 이야기하지, 티어의 계승자여.

켈시는 눈을 깜박였다. 문가에 쳐놓은 커튼 뒤로 펜이 잠자리에 들 준비를 하느라 움직이는 소리가 여전히 들렸다. 그는 아무 소리도 못 들은 모양이었다.

할 말이 없나?

그녀는 사파이어를 힐끗 내려다보았지만 보석은 그녀의 몸에 이제 헐렁하게 걸린 검은색 실크 드레스 위로 어둡고 잠잠했다. 머릿속이 어지럽고 술에 취한 것 같아서 마치 정신 차리라고 자신의 뺨을 때려야 할 것 같은 기분이었다. 그녀는 남자의 눈을 마주 보았고 숨을 쉬는 것만큼 말끔하게 생각이 그녀에게서 솟아나왔다.

당신은 누구죠?

친구지.

켈시는 아니라고 생각했다. 안달리의 경고가 다시 떠올랐으나 이 남자가 친구가 되려고 온 게 아니라는 걸 깨닫는 데에는 안달리도 필요치 않았다. 그의 시선은 그녀를 꼼짝도 못 하게 만드는 것 같았고, 그의 모든 관심이 그녀에게 집중되어 있다는 게, 그에게 어떤 것도 지금 이 순간 켈시 글린만큼 중요하지 않다는 게 느껴졌다. 죄악처럼 잘생겼다고 안달리가 경고했었지만, 그건 남자에게 어울리는 말이 아니었다. 지금까지 켈시에게 완전히 몰두하는 남자를 만나본 적이 없었다. 그건 굉장히 유혹적이었다.

뭘 원하죠? 그녀가 그에게 물었다.

너를 도와주고 싶을 뿐이야, 티어의 계승자여. 모트 여왕에 대해서 알고 싶은가? 그녀의 군대가 어떻게 움직이는지? 그녀의 약점이 뭔지? 난 이런 걸 전부 다 이야기해줄 수 있어.

당연히 공짜로 말이죠.

영리한 아이로군. 모든 것에는 대가가 있지.

대가가 뭐죠?

그가 거의 무의식적으로 위로 올라가 두 개의 사파이어를 쥐고 있던 그녀의 손을 가리켰다. *넌 엄청난 힘을 가진 보석을 갖고 있지, 티어의 계승자여. 내게 굉장한 도움을 줄 수 있어.*

엄청난 힘? 아가이브 이래로 켈시는 정말 그렇다고 생각했지만, 그녀가 통제하지 못하고 필요에 따라 소환할 수 없으면 엄청난 힘이 무슨 소용인가? 일관적이지 않은 힘은 규모와 무기 면에서 모트 군대의 강력한 우위를 무너뜨릴 수 없었다.

무슨 힘을요?

난 그 보석 하나가 시간을 바꾸고 기적을 창조하는 걸 봤지. 하지만 또 하나는 실제적인 힘을 갖고 있고, 네게는 강한 의지가 있어, 티어의 계승자여. 너는 피부 가죽을 벗기고 뼈를 으스러뜨릴 수 있을 거야.

켈시는 음울하게 매료되어 그 말을 잠시 생각했다. 눈을 감자 갑자기 지평선 사이에 쭉 뻗은 앨먼트가, 그녀 앞에서 움츠리고 도망치는 모트 군대가 보였다……. 그럴 수 있을까?

그녀 앞의 남자가 그녀의 마음을 읽은 것처럼 미소를 짓고 벽난로 쪽으로 손짓을 했다. *와서 봐.*

켈시는 불길 앞에 커다란 신기루가 떠 있는 것을 깨달았다. 모트메인 서부라고밖에는 할 수 없는 염지와 검은 물의 넓은 풍경이었다. 모트 군대가 국경 언덕 아래 진을 치고 있는 곳은 카츠마르 호수가 분명했다. 하지만 이제 언덕 비탈은 대혼란 상태였다. 나무는 불에 타고 검은 군복 차림의 남자들이 격렬하게 싸우고 있었다. 시커먼 연기가 나무들을 뒤덮었다.

네 병사들이야, 티어의 계승자여. 그들은 패배할 거야.

티어군은 압도적인 숫자에 밀려서 이제 언덕 위로 밀리고 있었다. 켈시는 그게 홀의 부대라는 것을 깨달았다. 모두가 죽을 것이다. 고통이 그녀의 가슴을 갈랐다. 그녀는 그들을 움켜쥐고 싶어서, 거기서 빼내고 싶어서 신기루를 향해 손을 뻗었다.

남자가 손가락을 튕기자 신기루가 사라지고 벽난로 불만 남았다. 그녀는 펜을 부를까 생각했지만 남자의 시선이 그녀를 꼼짝도 못 하게 만드는 것 같았다.

모트 여왕에게는 약점이 있지. 그걸 이용할 수 있어. 그리고 내가 그 대가로 원하는 도움은 아주 사소한 거고.

안달리의 경고를 떠올리고 켈시는 고개를 흔들었다. 난 당신과 연관되고 싶지 않아요.

아, 하지만 그건 사실이 아니지. 티어의 계승자여. 나는 한동안 너를 지켜봤어. 너는 어른이 되기를 바라지만 네 주변 사람들은 너를 종종 아이처럼 대해. 그렇지 않은가?

켈시는 대답하지 않았다. 남자는 앞으로 걸어 나오며 그녀에게 뒤로 물러날 기회를 충분히 주었고, 마침내 그녀의 허리에 손을 올렸다. 그의 손은 따뜻했다. 켈시는 갑자기 그 아래의 피부에 뜨겁게 열이 오르는 것을 느꼈다. 배 속 깊은 곳에서 무게감이 느껴졌다.

나는 결코 너를 어린애처럼 대하지 않을 거야. 티어의 계승자여. 나는 네가 예쁘든 평범하든 상관한 적이 없어. 나는 수많은 여자들을 알았지만, 너는 특별하게 대할 거야.

켈시는 그의 말을 믿었다. 그 텅 빈 목소리는 매끄러운 자신감으로 가득해서 아무 증거도 없이 확신을 심어주는 것 같았다. 그녀의 눈이 그의 눈을 마주 보았고 그 눈에는 그가 알아야 할 이유가 없는 켈시에 대한 어두운 지식이 가득했다. 잠깐 동안 그녀의 마음이 강하게 흔들렸다. 자기 삶을 주도하는 어른이 된다는 것. 다른 사람들이 얼마든지 저지르고 사는 끔찍한 실수를 저지를 수 있다는 유혹은 굉장히 강했다. 그리고 이 남자는 좋은 선택이 될 것이다. 수많은 여자들을 망가뜨려봤을 게 분명하니까.

하지만 나보다 약한 여자들이었을걸. 난 잘 속아 넘어가는 사람이 아니야. 그녀의 머릿속에서 목소리가 나직하게 울렸다.

그녀는 신중하게 허리에서 그의 손을 떼어냈다. 그의 피부는 기묘하게 건조했으나 그 사실에조차 왠지 마음을 들떴다. 그녀의 다리 사이에서 그 건조한 손이 어떤 느낌일까 자신도 모르게 궁금해졌다. 그 손이 그녀 자신과 똑같은 감각을 자아낼까? 그녀는 자신에 대한 통제력을, 평정을 조금이라도 되찾기 위해서 그에게서 물러섰다.

뭘 원하죠? 분명하게 말해요. 그녀가 말했다.

자유.

누가 당신을 가두고 있는데요?

나의 감옥은 벽으로 둘러싸인 게 아니야, 티어의 계승자여.

좀 더 명확하게 말하지 않으려면 나가요.

남자의 눈에 감탄의 빛이 떠올랐다. 그가 더 가까이 다가왔지만 켈시가 한 손을 들자 멈췄다.

나는 갇혀 있지, 티어의 계승자여. 그리고 네게는 나를 풀어줄 힘이 있어.

대가는 뭔데요?

나는 네게 모트 여왕을 물리치고 위대해질 기회를 주려는 거야. 너는 네가 아는 모든 것들이 먼지로 사그라진 후에도 오래도록 왕좌에 앉아 있을 거야.

그녀에게도 같은 걸 약속했었나요?

이번에는 그가 눈을 깜박일 차례였다. 무턱대고 찔러본 거지만, 훌륭한 한 방이었다. 붉은 여왕의 놀라운 나이는 아무도 설명하지 못했었다. 그리고 한 명의 여왕에게 그런 걸 해본 사람(사람은 맞나? 켈시는 처음으로 생각했다)이라면 당연히 다른 여왕에게도 하려고 들 거라고 추측할 만했다.

난 붉은 여왕의 뒤를 따르고픈 마음은 없어요.

지금은 그렇게 말하지만 그녀의 군대가 네 군대를 산산조각 내면 어떻게 될까? 그 말이 켈시가 환영에서 본 것과 너무 비슷해서 그녀는 몸을 떨었다. 남자는 그 모습이 즐거운 것 같았다. *넌 잔인해질 기회를 달라고 애걸하게 될걸.*

그러지 않을 거예요. 그리고 내게서 잔인함을 찾으려 한다면 절대로 성공할 수 없을걸요. 그녀가 대답했다.

잔인함은 모든 사람에게 있어, 티어의 계승자여. 그걸 끌어내는 데에는 적절한 압박 도구만 있으면 되지.

당장 떠나요. 안 그러면 내 근위병을 부를 거예요.

난 네 근위병이 두렵지 않아. 간단하게 그의 목을 매달아버릴 수도 있지.

그 말에 켈시는 얼어붙었으나 곧 다시 말했다.

떠나요. 난 관심 없으니까.

그는 미소를 지었다.

아니, 관심이 있지, 티어의 계승자여. 그리고 난 네가 부를 때까지 기다릴 거야.

남자의 모습이 갑자기 녹아서 검은 덩어리로 변해 공중을 떠도는 것 같았다. 켈시는 심장이 쿵쿵거리는 상태로 뒤로 물러났다. 덩어리는 그림자처럼 벽난로 안으로 들어가 불길 위를 커튼처럼 뒤덮었고, 불길이 흐려졌다가 완전히 꺼지며 방 안이 어둡고 차갑게 변했다. 갑작스러운 어둠에 켈시는 균형을 잃고 침대 옆 탁자에 부딪쳐 탁자를 쓰러뜨렸다.

"젠장."

그녀는 어둠 속을 더듬으며 중얼거렸다.

"레이디?"

펜이 문가에서 물었고 그녀는 놀라서 숨을 들이켰다. 잠깐 동안 방문객 외의 다른 사람의 존재는 완전히 잊었고, 그게 지금 상황에서 가장 위험한 일로 느껴졌다.

"괜찮으십니까?"

"난 괜찮아요, 펜. 그냥 멍청했어요."

"불은 어떻게 된 겁니까?"

"바람에 꺼졌어요."

어둠 속에서도 펜이 그 말에 회의적인 것이 느껴졌다. 그가 부드러운 고양이 같은 발걸음으로 방을 가로질러 벽난로로 향했다.

"상관하지 말아요. 그냥 초를 켤 테니까."

그녀는 침대 옆 탁자에서 떨어진 물건들을 찾아 바닥을 더듬거렸다.

"마법을 부리신 겁니까, 레이디?"

켈시는 성냥을 켜려다가 우뚝 멈췄다.

"왜 묻죠?"

"저희는 장님이 아닙니다. 레이디께 무슨 일이 생기고 있는지 저희도 보고 있습니다. 메이스가 그런 이야기 하는 것을 금지했죠."

"그러면 안 하는 편이 좋겠군요."

켈시가 초에 불을 붙이자 펜이 걱정스러운 얼굴로 몇 미터 앞에 서 있었다.

"난 마법을 부리고 있는 게 아니에요."

"폐하께서는 굉장히 예뻐지셨습니다."

켈시는 인상을 찌푸렸다. 펜이 그녀를 예쁘다고 생각한다는 사실에 기쁨이 솟구쳤지만, 그 기쁨은 금세 분노에 짓눌렸다. 전에는 예쁘지 않았다는 거잖아! 그녀는 절대로 이길 수 없을 것 같은 기분이었다. 심장박동은 여전히 빠르고 몸에는 기운이 하나도 없었다. 펜의 잘생긴 얼굴에는 솔직한 걱정이 가득했다. 펜은 언제나 그녀에게 잘했다. 레딕 숲 시절, 대부분의 근위병들이 그녀를 기꺼이 뒤에 놔두고 올 것 같았던 그때부터 그랬다. 펜이 그녀를 일으켜 세워주자 그녀는 다른 것들도 알아차렸다. 펜은 근육질이었다. 그의 몸은 촘촘하게 짠 직물처럼 탄탄했다. 상체는 잘 발달되었고 하체는 유연한 것이 베너가 일급 검사에게 꼭 필요하다고 극찬했던 그런 몸이었다. 펜은 빠르고 강하고 영리했다. 그리고 무엇보다도 중요한 건 입을 다물고 있는 능력을 보고 뽑은 근위병들 중에서도 그가 특히 더 믿을 만하다는 점이었다. 이 방에서 어떤 일이 일어나든 밖으로 새어 나가지 않을 것이다.

"펜?"

"레이디?"

"그대는 내가 예쁘다고 생각하는군요."

그가 놀라서 눈을 깜박였다.

"저는 항상 폐하께서 예쁘다고 생각했습니다. 하지만 얼굴이 바뀌신 건 사실입니다."

"항상 내가 예쁘다고 생각했다고요?"

펜은 어깨를 으쓱였다.

"별로 중요한 일은 아닙니다, 레이디. 어떤 여자들은 외모로만 규정되지만 폐하께서는 그런 여자가 전혀 아니시니까요."

켈시는 그 말을 어떻게 받아들여야 할지 알 수가 없었다. 하지만 펜이 불편한 것처럼 보이기 시작했고 그녀는 그가 일부러 둔하게 구는 걸까 궁금했다.

"하지만 그대는一"

"피곤해 보이십니다. 레이디. 주무셔야 할 것 같습니다."

펜은 몸을 돌리고 문으로 향했다.

"펜."

그가 돌아보았으나 그녀의 눈을 마주 볼 수는 없는 것 같았다.

"여기서 자도 돼요. 나랑 같이."

펜의 눈이 그녀의 눈으로 올라왔고 켈시가 뺨이라도 때린 것처럼 그의 얼굴에서 갑자기 핏기가 가셨다. 그는 주머니에 손을 찌르고서 몸을 돌렸다.

"레이디, 저는 여왕의 근위대입니다. 그럴 수는 없습니다."

그건 완전한 거짓말이었다. 켈시의 뺨에 피가 몰려 붉어졌다. 어머니의 근위대 전체가 여왕의 침대에 드나들었다. 알리스의 말을 믿어도 된다면 심지어는 메이스까지도 그랬다.

예쁜 거 좋아하시네. 그렇게 예뻐서 딱히 조건이 없는데도 나한테 손을 대고 싶지 않단 말이지. 그렇게 생각하자 귀가 웅웅거렸고 문득 끔찍한 사실이 떠올랐다. 그녀가 방금 얼마나 창피한 짓을 했는가 하는 거였다. 창피함이 분노에 불을 지르는 데에는 1초도 걸리지 않았다.

"완전 헛소리잖아요, 펜. 그럴 수 있으면서. 그냥 그러고 싶지 않은 거지."

"레이디, 전 잠자리에 들겠습니다. 아침에는—"

펜이 다시 발작적으로 침을 삼켰고 켈시는 음울한 만족감을 느꼈다. 최소한 그도 부끄러워하고는 있었다.

"아침에는 이 모든 일에 대해서 잊어버리죠. 그럼 안녕히 주무십시오."

켈시는 그를 향해 미소를 지었지만 그 미소는 씁쓸하고 차가웠다. 그녀는 이 작은 실험으로 최악의 결과를 얻었다. 그녀가 아침저녁으로 계속해서 봐야 하는 유일한 근위병을 상대로. 펜이 곁방으로 돌아가서 커튼을 치려고 했다.

"펜?"

그가 멈췄다.

"그대의 활발한 사교 생활은 좋지만 앞으로 몇 주 동안 그대는 최상의 상태여야 해요. 그 여자가 누구든 간에 잠 좀 자게 해달라고 해요."

펜의 얼굴이 얼어붙었다. 그는 커튼을 확 닫았고 그녀는 그의 몸이 매트리스 위에 눕는 퉁 소리를 들을 수 있었다. 그리고 침묵이 흘렀다. 그녀의 상처받은 마음속 깊은 곳은 그가 몇 시간 동안 잠을 못 자고 그러고 있기를 바랐으나 몇 분 만에 그는 코를 골기 시작했다.

켈시는 이렇게까지 잠이 안 오기는 처음이었다. 그녀는 침대 옆 탁자 위의 촛불을 쳐다보며 불어 끌 힘을 모아보려고 했지만 도무지 힘이 나지 않았다. 괴상한 저녁 시간 전부를 분석해야 할 것만 같았으나 그럴 기운조차 없었다. 그녀의 몸은 여전히 원치 않는 반응 덩어리였다. 가슴속의 분노가 너무 싫어서 그녀는 몸을 굴리고서 베개를 내리쳤다. 손을 뻗어 자신의 몸을 만지려고 하다가 문득 그런들 좋을 게 없다는 걸 깨달았다. 너무 화가 났고, 너무 창피했다. 그녀가 정말로 원하는 건 누군가를 상처 입히는 거였고—

피부 가죽을 벗기고 뼈를 으스러뜨릴 수 있어.

잘생긴 남자의 말이 머릿속에서 울렸다. 그는 영생을 제안했지만, 그건 말뿐이었다. 켈시가 영생을 얻는다고 티어링 문제가 해결되지는 않았다. 그는 벽이 없는 감옥에 갇혀 있다고 했다. 그는 켈시가 자신을 풀어주기를 바랐다.

켈시는 사파이어를 손바닥에 쥐고 생각에 잠겨 바라보았다. 어쩌면 남자는 보석이 더 이상 거의 작동하지 않는다는 걸, 켈시가 실은 이걸 통제하지 못한다는 걸 모르는지도 모른다. 피부 가죽을 벗기고 뼈를 으스러뜨리고…… 하지만 누구의 피부를? 누구의 뼈를? 그녀는 지금 펜이 미웠지만 그가 아무 잘못 없다는 것도 알았다. 펜은 그녀의 미움을 받을 이유가 없었다. 그녀 자신 말고는 해코지할 사람이 아무도 없었다.

켈시는 왼팔을 들고서 쳐다보았다. 이미 끔찍한 고통을 겪었다……. 어깨의 단도, 매가 입힌 상처……. 하지만 머릿속에 떠오른 것은 릴리 메이휴였다. 릴리의 삶은 그 시절 기준으로는 비교적 편안했지만, 기억 속의 그 짧은 기간 동안에도 켈시는 릴리의 미래에 뭔가 끔찍한 일이 일어날 것임을, 불의 심판이 있을 것임을 느꼈다. 그녀는 매끄러운 하얀 팔뚝 피부를 응시하며 집중하려고, 그 밑의 살을 상상하려고 노력했다. 살짝 할퀴기만 하는 거야…… 거의 아프지 않게. 하지만 켈시는 자신의 무의식이 그 생각 역시 질색하는 것을 느낄 수 있었다.

피부 가죽을 벗기고 뼈를 으스러뜨려.

"그냥 피부만이야."

켈시는 팔을 바라보며 살의 아주 작은 부분에 온 의지력을 집중한 채 중얼거렸다. 더 끔찍한 일도 당해봤다. 이 정도는 감당할 수 있을 것이다.

"그냥 살짝 할퀴는 거야."

팔에 옅은 빨간 선이 나타났다. 켈시는 선이 짙어지는 것을 보며 꾹 참았다. 피부가 갈라지고 따끔거리며 가느다란 핏줄기가 고이자 숨이 가빠졌다. 피를 보고서 켈시는 활짝 미소를 지었다. 그녀의 몸과, 모든 신경과 연결된 기분이었다. 고통이 즐겁지는 않지만, 무력감 말고 다른 게 느껴진다는 게 좋았다. 그녀는 이불로 팔을 톡톡 닦고 상처가 따끔거리는 걸 거의 느끼지 못한 채, 옆방에서 들리는 펜의 코 고는 소리도 모른 채 옆으로 돌아누웠다. 그녀는 벽난로를 바라보며 모트메인에 대해 생각하느라 바빴다.

"레이디?"

켈시는 고개를 들고 메이스가 문가에 서 있는 것을 보았다. 안달리가 머리카락을 세게 잡아당기는 바람에 켈시는 움찔했다.

"교황이 왔습니다."

안달리가 빗을 내려놓았다.

"이거면 될 겁니다, 레이디. 시간이 좀 더 있었으면 더 잘할 수 있었을 텐데요."

"교황은 어차피 어떤 식이든 감탄하지 않을 거야."

켈시의 목소리는 부루퉁했다. 그녀는 일주일 내내 오늘 저녁이 두려웠지만, 지금 느끼는 불편함은 교황과는 아무 상관도 없었다. 그녀가 거울 속에서 본 모습은 믿을 수가 없었다. 메이스는 아무 말도 하지 않았고 펜도 마찬가지였지만, 머리를 매일 손질해주는 안달리가 알아채지 못했을 리 없었다. 켈시의 머리카락은 지난 한 주 동안 최소한 20센티미터는 자랐고, 지금은 어깨 아래까지 닿았다. 그녀는 더 이상 아플까 봐 걱정하지 않았지만, 아픈 것조차 차라리 뭔가 아는 거니까 나을 것 같았다. 안달리는 켈시가 화난 것을 느낀 듯 단호하게 켈시의 어깨에 손을 얹고 속삭였다.

"괜찮을 겁니다."

"모트메인에서 흥미로운 보고를 받았습니다, 레이디."

메이스가 말을 이었다.

"군대에 대해서요?"

"아뇨, 백성들에 대해서요. 폐하께서 선적을 멈추신 이래로 모트인들의 불만이 퍼지고 있고, 이제는 저항운동이 진행 중인 것 같습니다. 지금 당장은 시테마르셰와 북쪽의 시장 마을들에 집중되어 있지만, 디메인을 향해 남쪽으로 조직이 퍼지고 있습니다."

"누가 이끄는 거죠?"

"아무도 본 적 없는 르비외라는 남자입니다. 얼굴을 감추느라고 꽤나 애를 쓰는 모양이더군요."

"페치인가요?"

"그럴 수도 있습니다, 레이디. 그가 왕궁 잔디밭에 장식물을 남겨두고 간 이래로 아무 소식도 못 들었으니까요. 알리스가 지난달에 귀족들의 장원에서 많은 세금을 받았지만 강도나 괴롭힘 이야기는 들어본 적이 없습니다. 뭔가 바쁜 게 분명합니다."

켈시는 눈에 띄지 않기를 바라며 깊게 숨을 들이켰다.

"음, 덕택에 그가 내 세금을 훔쳐 가지 않는다면 잘된 일이죠."

"그리고 붉은 여왕이 기묘한 명령을 내렸다고 합니다. 팔레 전체에서 아무도 벽난로에 불을 피우지 말라는 겁니다."

켈시의 생각이 즉시 방에 나타났던 잘생긴 남자에게로 돌아갔다. 근위대의 충성심을 고려하면, 물론 과거의 실수가 있긴 하지만 어쨌든 그들이 충성스럽다는 건 확실한 사실이니까, 여왕동에 낯선 사람이 가볍게 들어올 수 있을 리 없었다. 그 남자는 불을 타고 떠났다. 그러니까 불을 타고 들어온다고 추측하는 것도 합리적일 것이다. 그 잘생긴 남자가 붉은 여왕에 대해 얘기했었다, 그렇지? 켈시는 그의 말을 정확히 떠올리려고 노력했다. 붉은 여왕이 그 남자를 두려워한다면 분명히 위험한 존재일 것이다.

넌 이미 그 사람이 위험하다는 걸 알아. 겨우 10분 대화했는데 거의 네 드레스를 벗길 뻔했잖아. 그녀의 머리가 나직하게 빈정거렸다.

"뭔가 짚이는 게 있으십니까, 레이디?"

메이스가 물었다. 켈시가 생각만큼 신중하지 않았던 모양이다. 메이스는 심지어 거울을 통해서도 언제나 그녀의 얼굴을 읽는 능력이 있었다.

"아뇨. 그대 말대로 기묘하네요."

메이스는 잠시 그녀를 바라보았다. 켈시가 아무 말도 하지 않자 그냥 넘어갔지만, 그를 속이지는 못했다는 걸 알 수 있었다.

"교황을 상대할 땐 조심하십시오, 레이디. 그는 문젯거리입니다."

"폭력적인 일이 생길까 걱정하는 건 아니겠죠?"

메이스는 입을 벌렸다가 다물었다.

"오늘 밤에는 아닙니다."

뭔가 다른 말을 하려고 했던 거야. 켈시는 안달리에게 고맙다고 말하고 문으로 향했다. 메이스와 펜이 뒤따라왔다. 지난 이틀 동안 그녀는 펜과 눈을 마주치지 않으려고 애썼고, 그도 그걸 다행으로 여기는 것 같았다. 하지만 이런 상황이 오래가지는 못할 것이다. 켈시는 펜에게 한 방 먹일 수 있는 방법을, 그가 그녀만큼 후회하게 만드는 방법을 알았으면 좋겠다고 생각했다. 하지만 그러다가 외모만이 바뀐 게 아님을 깨달았다. 그녀는 이제 달라졌다. *그 잘생긴 남자의 잔인함에 관한 말이 떠올랐다. 그걸 끌어내는 데에는 적절한 압박 도구만 있으면 되지.*

난 잔인하지 않아. 켈시가 고집스럽게 생각했다. 하지만 누구를 설득하려고 하는 건지는 자신도 알 수 없었다.

"신의 교회는 좋든 싫든 이 나라에 대단히 큰 지배력을 갖고 있습니다, 레이디. 오늘 밤에는 성미를 좀 죽이십시오."

복도를 걸어가는 동안 메이스가 말을 이었다.

"나한테 성미를 죽이라는 건 그걸 부추기는 첫 번째이자 최고의 방법이에요, 라자러스."

"타일러 신부를 두 분 사이에 앉혔습니다. 최소한 그에게라도 신경을 쓰십시오."

그들은 알현실로 들어갔다. 타일러 신부가 평소의 소심한 미소를 띤 채 기다리고 있었다. 하지만 오늘 밤에 그 미소에는 불안감이, 켈시가 쉽게 읽을 수 있는 불안감이 어려 있었다. 타일러 신부의 두 세계가 부딪쳤다. 오랫동안 그가 아배스에 있을 때와는 다른 모습을 보이는 걸까 생각했던 켈시는 그가 그녀만큼이나 오늘 저녁을 두려워하는 건 아닌가 생각했다. 그녀에게는 지금 아배스의 자원이 필요했지만, 교황 앞에서 공손하게 행동한다는 생각조차 싫었다.

난 그러지 않을 거야. 우린 여기에 거래를 하러 온 거야. 그녀는 스스로에게 그렇게 말했다.

"안녕하세요, 신부님."

"안녕하십니까, 폐하. 교황 성하를 소개해드리겠습니다."

켈시는 새 교황에게로 시선을 돌렸다. 그녀는 작고 움츠러든 늙은이를 상상했지만, 이 남자는 메이스 정도의 나이였다. 그는 메이스의 활기를 뿜어내지는 않았다. 오히려 켈시는 그에게서 어떠한 인상도 받지 못했다. 이목구비는 크고 두툼했고, 눈은 새카만 구덩이처럼 어둡고, 그녀를 쳐다보는 얼굴은 무표정했다. 켈시는 누군가에게서 이렇게까지 아무 느낌도 못받은 건 처음이었다. 몇 초 후 그녀는 신의 대변인이 절할 마음이 없다는 것을 깨달았다. 오히려 그는 그녀가 절하기를 기다리고 있었다.

"교황 성하."

켈시 역시 절할 생각이 없다는 걸 알아채고 교황이 미소를 지었다. 생명력 없는 얼굴을 전혀 바꿔주지 못하는, 입술 가장자리를 기능적으로 들어올리는 미소였다.

"켈시 여왕님."

"와주셔서 감사합니다."

그녀는 열 명의 자리가 차려져 있는 거대한 식탁을 가리켰다.

"앉으시지요."

키가 크고 작은 두 명의 복사가 교황의 팔꿈치 뒤를 따라왔다. 키가 큰 복사는 족제비처럼 뾰족한 얼굴로, 묘하게 낯이 익었다. 그가 총애받는 보좌인 모양이었다. 의자를 당기고 교황이 앉은 후에 도로 집어넣은 것이 키큰 복사였기 때문이다. 두 복사 모두 교황의 의자 뒤에 자리를 잡았다. 그들은 식사를 하지 않고 그저 배경에 조용히 있을 셈인 것 같았으나 켈시의 시선은 식사를 하는 내내 몇 번이나 키 큰 복사에게로 돌아갔다. 그를 본적이 있는데, 어디서 봤을까?

"호위병은 없나요?"

자리에 앉으며 그녀가 펜에게 속삭였다.

"교황은 언제나 네 명의 무장 호위병을 데리고 다닙니다, 레이디. 하지만 대장이 밖에 두라고 고집하셨습니다."

그가 똑같이 나직하게 속삭였다.

타일러 신부는 켈시에게서 한 자리 떨어진 펜의 반대편 자리에 앉았다. 교황은 자기 자리에 앉으면서 놀라서 눈을 깜박였다.

"언제나 이렇게 많은 근위병들과 식사를 하십니까, 폐하?"

"대체로요."

"보안 문제가 그렇게 걱정이 되십니까?"

"전혀요. 난 내 근위대와 함께 식사하는 게 좋아요."

"가족을 꾸리게 되면 그건 아마 바뀔 겁니다."

밀라가 그릇에 수프를 떠주는 동안 켈시는 눈을 가늘게 떴다.

"내 근위대가 내 가족이에요."

"하지만 폐하의 첫 번째 의무 중 하나가 후계자 생산이 아닙니까?"

"나한테는 지금 더 다급한 걱정거리들이 있어요, 교황 성하."

"그리고 저한테는 걱정하는 교구민들이 많이 있습니다, 폐하. 그들은 후계자와 예비 후계자를 가능한 한 빨리 보기를 바라지요. 불확실함이란 사람들의 사기에 굉장히 좋지 않습니다."

"그러면 내 어머니처럼 내가 비밀리에 임신하기를 바라나요?"

"물론 아닙니다, 폐하. 저희는 음란한 성생활에 대해 설교하는 게 아닙니다. 폐하의 어머니께서 그런 죄악을 저지르셨음은 부인할 수 없지만요. 저희는 폐하께서 결혼해서 자리를 잡으시기를 바랄 뿐입니다."

펜이 발로 그녀를 툭 건드렸고 켈시는 탁자의 모두가 그녀가 먹기 시작하기를 기다리고 있음을 깨달았다. 그녀는 고개를 흔들었다.

"미안해요. 시작하죠."

밀라의 토마토 수프는 언제나 훌륭했지만 오늘 밤 켈시는 거의 그 맛을 느낄 수가 없었다. 어머니에 대한 지적은 대단히 삿되고 지나치게 공개적이었다. 교황은 그녀를 자극하려 하고 있었지만, 이유가 뭘까? 두 복사는 꼼짝도 하지 않고 그의 뒤에 서 있었으나 그들의 눈은 계속해서 방 안 여기저기로 움직였다. 저녁 시간 전부가 벌써 잘못된 것처럼 느껴졌다. 타일러 신부는 수프를 몇 숟가락 조심스럽게 떴지만 켈시는 그가 전혀 먹지 않는 것을 알아챘다. 숟가락이 매번 그대로 그릇 위에 도로 내려왔던 것이다. 타일러 신부는 금욕적이라 절대로 많이 먹지 않았다. 하지만 지금은 그의 눈이 마치 멍든 것처럼 어두운 살 안쪽으로 움푹 들어간 것 같았고 켈시는 다시금 무슨 일이 있었던 걸까 궁금했다.

교황은 숟가락을 들지도 않았다. 다른 사람들이 먹는 동안 그저 수프 그릇을 텅 빈 눈으로 내려다볼 뿐이었다. 밀라가 탁자에서 3미터 떨어진 곳에서 초조하게 서성거리고 있는 상황에 그러는 건 대단히 무례한 일이라 결국 켈시는 물어보고 말았다.

"다른 음식이라도 가져오라고 할까요, 교황 성하?"

"아닙니다, 폐하. 단지 저는 토마토를 좋아하지 않습니다."

켈시는 어깨를 으쓱였다. 토마토를 좋아하지 않는 사람은 경멸하기보다는 불쌍하게 여겨야 하는 법이다. 그녀는 몇 분 동안 기계적으로 음식을 먹으며 사이사이로 천천히 숨을 쉬었지만, 탁자 맞은편에서 공격할 때만 기다리고 있는 것 같은 교황을 무시할 수가 없었다. 그가 그녀를 화나게 만들 생각인 게 빤히 보여서 켈시는 못이 가득한 바닥에 벨벳 카펫을 까는 것과 비슷하게 머릿속으로 성미를 다독이려고 노력했다. 이 늙은 거짓말쟁이에게 최소한 대놓고 도움을 요청하고 싶지는 않았다. 애걸하는 입장이 되고 싶지 않았다. 하지만 그 이야기를 시작하기 위해 밤새 기다리고 싶지도 않았다.

엘스턴의 어깨 너머에서 뭔가가 움직이는 게 잠시 그녀의 눈길을 끌었다. 근위대는 중간 정도 덩치에 모래색 머리카락을 지닌 마술사를 데려왔다. 켈시가 마지막으로 그를 본 것은 도시를 가로지르는 겁먹은 소녀였던 때였지만 그래도 잊어버리지 않았고, 그녀의 요청에 메이스가 마술사를 찾아냈다. 그의 이름은 브래드쇼였고 지금까지는 오로지 길거리 공연자일 뿐이었다. 왕궁에서의 공연은 그에게 엄청난 기회일 것이다. 켈시의 시선이 모자와 망토를 벗는 평범한 일을 하는 데에도 재빠르게 움직이는 기다란 손가락으로 향했다. 메이스는 마술사가 켈시에게 딱히 위협이라고 여기지 않았지만, 그래도 마술에 관한 모든 것을 경계하는 터라 켈시에게 저녁 시간 동안 보안이 평소와 좀 다르게 엄격할 거라고 경고해두었다.

켈시의 본능이 옳았다. 마침내 수프를 다 먹고 숟가락을 내려놓자 교황이 덤벼들었다.

"폐하, 제 신자들의 요청에 따라 몇 가지 불쾌한 문제를 말씀드려야겠습니다."

"신자들요? 아직 설교를 하나요?"

"모든 사람들이 제 신자입니다."

"교회의 일부가 되고 싶어 하지 않는 사람들도 말인가요?"

"신의 왕국의 일부가 되고 싶어 하지 않는 사람들이야말로 가장 신을 필요로 하는 사람들입니다, 폐하."

"첫 번째 불쾌한 문제는 뭐죠?"

"몇 달 전 그레이엄 성이 파괴된 건입니다."

"우발적인 화재로 불탔다고 알고 있는데요."

"제 신도들 다수가 불이 우발적인 게 아니었다고 생각합니다, 폐하. 사실 지배적인 추측은 폐하의 근위병 한 명이 불을 질렀다는 것입니다."

"지배적인 추측이라는 건 참 편리하군요. 증거가 있나요?"

"있습니다."

켈시는 날카롭게 숨을 들이켰다. 그녀의 오른쪽에서 메이스의 몸이 굳었으나 교황은 그저 무표정하게 켈시를 쳐다보기만 했다. 그는 메이스를 전혀 두려워하지 않는 것 같았다. 켈시는 교황에게 증거를 내놓으라고 할까 생각하다가 그러지 않기로 했다. 그가 정말로 메이스와 화재를 연결할 만한 것을 내놓는다면 더 이상 얘기가 진전되지 않을 것이다. 그녀는 입장을 바꾸기로 했다.

"여왕 암살 시도는 반역이에요. 반역을 저지르면 반역자의 땅은 몰수되는 게 관습법일 텐데요."

"그렇습니다."

"그레이엄 경은 내 목에 칼을 들이댔어요, 교황 성하. 내 근위병이 그 화재에 연루되었다는 말도 안 되는 사건이 있었다 해도, 그의 재산은 내 마음대로 태울 수 있는 것이지요."

"하지만 그 안에 있는 사람들은 아니지요, 폐하."

"그들이 내 소유지에 있었다면, 무단 침입을 한 거죠."

"하지만 그 땅에 대한 폐하의 소유권은 전적으로 폐하가 주장하는 반역에 따른 것이지요."

"내 주장이라."

켈시가 그 말을 따라 했다.

"그러면 그레이엄 경의 행동을 교황 성하께서는 뭐라고 부르실 건가요?"

"저는 모릅니다, 폐하. 말씀하신 것처럼 증거가 거의 없으니까요. 저희가 뭘 알겠습니까? 폐하께서 저녁 이른 시간에 젊고 매력적인 귀족을 방으로 불러들였고, 그 뒤에 살해했다는 것밖에는 모르지요."

켈시의 입이 떡 벌어졌다.

"어쩌면 폐하께서는 내내 그의 땅을 노리셨을지도요."

펜이 자리에서 벌떡 일어났지만 켈시는 그의 팔을 잡고 속삭였다.

"안 돼요."

"레이디—"

"아무것도 하지 말아요."

펜의 눈을 마주 본 건 실수였다. 그 순간 수치심이 죄다 되살아나는 것 같았다. 이 사람은 가장 오래된 친구이고 다른 사람들보다 훨씬 먼저 그녀를 상냥하게 대한 근위병이지만, 켈시의 눈에 보이는 건 그녀를 거절한 남자뿐이었다. 그들이 어떻게 전처럼 돌아갈 수 있을까? 교황 쪽으로 몸을 돌리자 그가 흥미로운 시선으로 그녀와 펜을 쳐다보고 있었다.

"그러니까 그게 그대의 사제들이 설교에서 이야기하는 내용인가요, 교황 성하? 젊은 그레이엄 경이 *나의* 방종한 성욕의 희생양이 되었다고?"

엘스턴과 다이어가 킬킬거리기 시작했다.

"폐하, 저를 오해하시는군요. 저는 그저 제 신자들의 걱정을 대변할 뿐입니다."

"난 그대가 신의 대변인인 줄 알았는데요."

작은 복사가 헉하고 숨을 들이켰다.

"그런 말은 신성모독입니다, 폐하. 어떤 사람도 신을 대신해 말할 수는 없습니다."

교황이 살짝 꾸짖는 어조로 말했다.

"그렇군요."

그건 잘 모르겠지만, 최소한 메이스와 화재에 대한 주제에서는 벗어났다. 대화가 잠깐 끊긴 틈을 타서 밀라가 주요리를 가져왔다. 감자를 곁들인 로

스트치킨이었다. 켈시는 펜 쪽을 힐끗 보고 그가 차가운 분노가 어린 눈으로 교황을 바라보는 것을 알아챘다. 근위대 전부가, 심지어는 긴장된 입가로 보아 메이스까지 화난 상태였다. 켈시는 탁자를 손톱으로 두드렸고 그들은 음식으로 관심을 돌렸으나 몇 명은 삼키는 게 꽤 힘든 것 같았다.

"페어위치에서 올라온 보고를 들으셨습니까, 폐하?"

교황이 물었다.

"들었어요. 아이들이 사라지고 보이지 않는 살인마가 밤에 돌아다닌다고요."

"이 문제를 어떻게 해결하실 생각이십니까?"

"무슨 일인지 확실한 증거를 얻기 전까지는 뭐라 말하기 어렵군요."

"기다리고 계시는 동안에 문제는 더 악화되고 있습니다, 폐하. 페니 추기경이 구릉에서 여러 가족들이 사라졌다고 저에게 말하더군요. 추기경 자신이 밤에 성 주변에서 어두운 그림자를 보았다고 합니다. 이건 확실하게 악마의 소행입니다."

"그럼 내가 악마와 어떻게 싸워야 한다고 생각하나요?"

"기도입니다, 폐하. 미사를 드려야지요. 이것이 신께서 티어링에 복수하시는 거라고 생각해보지는 않으셨습니까?"

"무엇 때문에요?"

"믿음 부족 때문이지요. 타락 때문에."

타일러 신부가 포크를 떨어뜨렸다. 포크가 땡그랑하고 바닥에 떨어졌고 그는 탁자 아래로 몸을 구부려 그것을 주웠다.

"기도가 우리를 연쇄살인마로부터 구해주지는 않아요, 교황 성하."

"그럼 뭐가 구해줄까요?"

"행동이죠. 모든 결과를 고려한 뒤에 취하는 정당한 행동요."

"폐하께서는 믿음이 약하십니다."

켈시가 포크를 내려놓았다.

"나를 자극할 수는 없을 거예요."

"저는 자극하려는 것이 아니라 그저 영적 조언을 드리는 겁니다. 폐하의 행동 다수가 신의 뜻을 뒤집는 것들입니다."

켈시는 이 이야기가 어디로 향하는지 이제야 확실히 깨닫고 양손으로 턱을 받쳤다.

"말씀하시죠, 교황 성하."

교황이 눈썹을 치켜세웠다.

"제가 폐하의 죄악을 나열하기를 바라십니까?"

"안 될 것도 없죠."

"좋습니다, 폐하. 그러지요. 통치 초부터 왕실은 세 명의 이교도와 두 명의 동성애자를 보호해주었고, 폐하께서는 그들 모두를 자유롭게 풀어주셨습니다. 더 나쁜 건 폐하의 근위대에서 일어나는 노골적인 남색질을 용인해주고 계신다는 겁니다."

뭐라고? 켈시는 메이스나 다른 근위병들을 쳐다보고 싶은 충동을 간신히 억눌렀다. 그녀는 그런 이야기에 대해 속삭임으로도 들은 적이 없었다.

"폐하께서 결혼을 못 하신 것도 온 나라의 젊은 여자들에게 끔찍한 본보기입니다. 폐하 자신께서 동성애적 경향이 있다는 추측까지도 들어봤습니다."

"그래요, 서로 동의한 성인들이 성적 자유를 누리는 게 이 나라가 마주한 가장 큰 위협이지요. 우리가 어떻게 이렇게 오래 살아남았는지 신만이 아실 겁니다."

켈시가 신랄하게 말했다. 하지만 교황은 이야기의 방향을 바꾸지 않았다.

"그리고 최근에 폐하께서 다른 세속적인 영지들처럼 아베스의 토지에 세금을 매기려 하신다는 보고를 받았습니다. 분명히 이건 착오겠지요."

"아, 드디어 본론에 도달했군요. 착오가 아니에요, 교황 성하. 신의 교회
도 다른 사람들처럼 토지 소유주이지요. 2월부터 아배스의 모든 자산에
대해 매달 세금을 내기를 바라겠어요."

"교회는 언제나 면세 대상이었습니다, 폐하. 오래전 데이비드 랠리 때부
터 말입니다. 면세이기 때문에 저희 형제들이 선량한 임무와 이타적인 행
동을 할 수 있었던 겁니다."

"아배스는 토지에서 이윤을 얻죠, 교황 성하. 그리고 그대는 그렇게 주장
하지만 딱히 자선을 베푸는 기관도 아니잖아요. 그대의 수입 대부분이 대
중에게로 돌아가는 건 보지 못했는데요."

"저희는 가난한 사람들에게 빵을 나눠줍니다, 폐하!"

"훌륭하군요. 시몬 성녀도 그 이상은 하지 못했을 거예요."

켈시는 몸을 앞으로 기울이고 날카로운 말투를 누그러뜨리려고 노력
했다.

"하지만 그대가 그 이야기를 꺼냈으니 내가 제안을 하지요."

"무엇을 말입니까?"

"내 추측이 맞다면 7월 말쯤 티어링 사람들 대부분이 벽 바깥의 카델
야영지에 머물게 될 거예요. 모트군이 오면 모든 난민들을 도시 안으로 들
여야 할 거고요."

"뉴런던이 엄청나게 붐비게 되겠군요, 폐하."

"그렇죠. 그대가 자선 기관이라고 주장하니 말인데, 그들에게 음식과 머
물 곳을 제공해주는 걸로 기독교 정신을 보여주면 좋겠군요."

"머물 곳을요?"

"난 왕궁을 난민들에게 개방할 예정이고, 아배스는 뉴런던에서 두 번째
로 큰 건물이지요, 교황 성하. 9층 건물이고, 내가 듣기로 그중 두 층만이
실제로 사용되고 있다던데요."

"그걸 어떻게 아십니까? 아배스는 신성불가침입니다."

교황이 성난 어조로 물었다. 켈시는 그가 타일러 신부에게 날카로운 눈길을 던지는 것을 보고 깜짝 놀랐다.

"일곱 층이 비어 있어요, 교황 성하. 얼마나 많은 난민들을 수용하고 먹일 수 있을지 생각해보세요."

그녀가 계속해서 말했다.

"아배스에는 남는 공간이 없습니다, 폐하."

"그 대가로 교회의 뉴런던 자산을 자선용이라고 여겨 그 땅에 대한 세금을 감면해주겠어요."

켈시는 그의 말을 못 들은 것처럼 말을 이었다.

"뉴런던만 말입니까?"

교황이 웃음을 터뜨렸다. 그의 무표정한 얼굴에서 전혀 예상치 못한 웃음이었다.

"뉴런던은 저희 자산에서 아주 일부일 뿐입니다, 폐하. 자, 앨먼트 북부에 있는 저희 재산을 면세로 해주신다면 그렇게 해볼 여지도 있습니다만."

"아, 그래요……. 그대의 농지 말이죠. 가난한 사람들이 하루하루 푼돈을 받고 일하고 그 아이들까지 다섯 살 나이에 들판에 나와 일을 하는 곳. 참으로 자선 가득한 곳이군요."

"그 사람들은 거기가 아니면 아예 일할 곳도 없을 겁니다."

켈시는 그를 빤히 보았다.

"그렇게 생각하니 밤에 잠이 잘 오나요?"

"잘 자고 있습니다, 폐하."

"그렇겠지요."

"폐하!"

타일러 신부가 고통 가득한 얼굴로 갑자기 일어섰다.

"화장실에 가야 할 것 같습니다. 실례하겠습니다."

언쟁을 하는 도중에 밀라가 켈시의 앞에 디저트 접시를 갖다놓았다. 딸기를 올린 치즈케이크였다. 켈시는 재빨리 그것을 해치웠다. 밀라의 최고 걸작은 아니었지만 딱히 나쁘지 않은 치즈케이크였고 심지어 켈시의 분노도 입맛을 떨어뜨릴 정도는 아니었다. 메이스가 그녀에게 애원의 눈길을 던졌지만 켈시는 고개를 저었다. 케이크를 먹는 동안 그녀는 슬쩍 근위병들을 보면서 동성애에 대한 말이 누구를 겨냥한 걸까 생각했다. 신의 교회의 많은 것들이 그렇듯이 교황이 아무 근거 없이 던진 이야기일 수도 있으나 켈시는 그렇지 않다고 생각했다. 그렇게 보기엔 너무 기묘한 주장이었다. 그리고 어차피 그건 그녀가 상관할 일이 아니었다. 칼린에 따르면 선크로싱 시대의 제도적인 동성애 혐오증은 엄청난 시간과 자원을 낭비하게 만들었다. 실용적인 성격의 바티는 언제나 신에게는 침대 속에서 무슨 일이 일어나는지보다 걱정할 만한 게 더 많을 거라고 말했다.

아니, 그건 내가 상관할 일이 아니야. 켈시는 그렇게 결론지었다. 그녀는 교황에게 그냥 나가 뒈지라고 말할 수 있으면 얼마나 기분이 좋을까 생각했지만, 아배스가 아니면 나머지 난민들을 다 어디에 수용하겠는가? 침구, 위생, 의료…… 교회가 협력하지 않으면 재앙일 것이다. 잠시 켈시는 몇 주 전에 멍청한 귀족 무리들에게 했던 것처럼 수용권으로 아배스 자체를 점유하겠다고 위협해볼까 생각했다. 하지만 그건 정말 끔찍한 전략이 될 것이다. 아배스를 직접 공격하는 것은 교황의 사람들이 설교 때 이야기한 온갖 무시무시한 경고들을 입증하는 것밖에 되지 않고, 너무 많은 사람들이 교회의 허무맹랑한 말을 믿었다. 교황이 그녀를 화나게 만들려고 했다는 걸 켈시는 이제야 깨달았고, 그는 성공했다. 분노는 그녀를 강하게 만들지만, 한편으로는 약하게 만들기도 했다. 이제는 물러나지 않고서는 협상으로 되돌아갈 방법이 떠오르지 않았다.

"교황 성하와 나는 오늘 밤에 즐길 만큼 즐긴 것 같군요. 그럼 이제 진짜 공연으로 넘어가볼까요?"

그녀가 일어서며 말했다.

교황은 미소를 지었지만 그 미소는 눈에까지 이르지 않았다. 그는 치즈케이크 역시 손도 대지 않았고 켈시는 그가 뭔가 먹기는 했었는지 머릿속을 뒤져보았다. 독살당할까 봐 걱정하는 건가? 분명히 이 남자라면 복사에게 음식을 맛보라고 하는 것에 전혀 가책을 느끼지 않을 텐데.

딴생각 그만해. 아배스에 집중해. 모트군에 집중해.

켈시도 그러려고 노력했지만 상황을 수습하기 위해서 뭘 해야 할지 알 수가 없었다. 그리고 이 모든 건 어차피 탁상공론 아닌가? 모트군은 새 과세연도 한참 전에 여기에 올 거고, 뉴런던은 장기적인 포위전을 절대로 견디지 못할 것이다. 내년 세금에 대해 언쟁하는 건 허리케인의 경로에 있는 집에 페인트를 칠하는 일이나 마찬가지였다. 그냥 동의해야 할지도 모르지만, 그 생각만으로도 머릿속에 수천 파운드 가치의 순금을 칠한 아배스의 첨탑이 떠올랐다. 아니, 항복할 수 없었다.

왕좌 쪽으로 사람들이 이동할 동안 타일러 신부가 켈시 옆에 나타나서 낮은 소리로 말했다.

"레이디, 제발 더는 그분을 적대하지 마십시오. 부탁드립니다."

"그는 자기 한 몸은 돌볼 수 있을 거예요."

하지만 켈시는 사제의 창백한 얼굴과 이미 비쩍 마른 몸에서 몸무게가 더 준 것을 알아차리고 말을 멈추었다.

"뭘 그렇게 두려워하시는 거죠, 신부님?"

타일러 신부는 고집스럽게 고개를 흔들었다.

"그런 거 없습니다, 폐하. 저는 폐하를 걱정하는 겁니다."

"음, 위로가 될지 모르겠지만 오늘 남은 시간 동안은 최선의 태도를 보일 예정이에요."

"하지만 그 계획은 종종 실패하지요."

켈시는 웃으며 그의 등을 두드렸다. 타일러는 더욱 인상을 찌푸렸고 그녀는 입술을 깨물었다. 신의 교회의 사람들을 건드리면 안 된다는 사실을 계속 잊어버렸다.

"죄송해요, 신부님."

그는 어깨를 으쓱이고 장난기 어린 미소를 지었다. 타일러 신부로서는 드문 일이었다.

"괜찮습니다, 레이디. 교황 성하와 달리 저는 폐하의 방종한 성욕을 염려하지 않습니다."

켈시는 낄낄 웃고서 그에게 안락의자 두 개가 놓인 연단 위로 따라오라고 손짓했다. 교황은 이미 자리에 앉아 있다가 켈시가 앉자 그 불쾌하게 무표정한 미소를 지어 보였다. 복사들은 연단 아래쪽에 서 있었고 메이스가 엘스턴에게 그들과 함께 있으라고 손짓했다. 그러니까 메이스 역시 족제비 얼굴의 복사를 걱정하는 거였다. 잠시 기억이 날 듯 말 듯하다가 도로 사라졌다.

메이스가 마술사 브래드쇼를 향해 손가락을 퉁겼고, 그가 앞으로 나와 살짝 절했다. 그는 켈시가 많은 길거리 공연자들에게서 본 밝은색 옷 대신에 굉장히 간소한 검은 옷차림이었다. 근처 탁자에 그의 도구들이 차려져 있었다. 각종 물건들과 60센티미터쯤 떨어지게 놓아둔 작은 캐비닛 두 개였다. 브래드쇼가 캐비닛을 열고 하나하나 들어서 가짜 바닥이 아님을 보여준 후 저녁 식사 자리에서 컵을 가져와 캐비닛 하나에 넣고 문을 단단히 닫았다. 그가 다른 캐비닛을 열자 컵이 거기에 있었다.

켈시는 마술의 속임수는 몰랐지만 재미있어서 박수를 쳤다. 진짜 마법은 아니지만 마법처럼 보였고 그걸로 충분했다. 브래드쇼는 각 캐비닛 안에서 계속 여러 가지 물체를 꺼냈다. 다이어의 장갑 한 짝, 탁자의 그릇 하나, 단검 두 개, 마지막으로 메이스의 철퇴였다. 마지막 물건을 보고 메이스는 굉장히 당황해서 순간적으로 화를 낼 뻔했지만 브래드쇼가 철퇴를 캐비닛에서 꺼내 미소를 띠고 그에게 내밀자 다시 어리둥절한 표정으로 돌아왔다.

켈시는 커다랗게 박수를 쳤다. 메이스를 놀라게 만들 수 있는 사람은 드물었고, 감히 시도할 수 있는 사람은 더 적었다. 메이스는 다이아몬드를 검사하는 보석상처럼 자신이 아끼는 무기를 잠시 살펴본 다음 마침내 그게 진짜 철퇴라고 결론을 내린 것 같았다. 낮은 목소리로 켈시는 엘스턴에게 마술사에게 50퍼센트의 팁을 주라고 지시했다.

교황은 전혀 감탄하지 않은 것 같았다. 그는 공연 전부를 점점 더 뚱한 표정으로 보았고 단 한 번도 박수를 치지 않았다.

"환상을 애호하지는 않으시나 보군요, 교황 성하."

"그렇습니다, 폐하. 마술사들은 전부 다 평민들에게 이교도의 마술을 믿게 만드는 사기꾼들입니다."

켈시는 눈을 굴릴 뻔했으나 겨우 멈췄다. 그녀의 기회의 창은 이미 닫혔다. 교황은 저 문을 걸어 나가면 다시는 돌아오지 않을 것이다. 어쩌면 엿들을 사람이 더 적은 지금 그를 설득하기가 더 쉬울 수도 있었다. 브래드쇼는 과시적인 동작으로 아래쪽으로 손을 흔들고 있었다. 켈시는 그가 허공에서 쥐를 꺼내는 것을 본 다음 조용히 물었다.

"어떻게 하면 내 제안을 받아들이겠어요?"

"타협할 수도 있겠지요, 폐하. 뉴런딘의 자산과 앨먼트의 땅 절반에 대한 세금을 감면해주면 교회는 기꺼이 네 개 층을 난민에게 내주고 음식을 제공하지요."

켈시가 메이스를 보았다.

"그렇게 하면 세금이 얼마죠?"

"알리스만 정확히 알 겁니다, 레이디. 하지만 최소한 2500제곱킬로미터의 생산성 좋은 농지에 대해서 이야기하는 겁니다. 1년 치 세금만 해도 상당량입니다."

"1년으로는 안 됩니다. 영구적으로요."

교황이 끼어들었다.

"영구적으로?"

켈시는 어이가 없어서 말했다.

"티어링이 5년간 잃을 돈으로 내가 직접 망할 아배스를 만들 수도 있어요."

"그럴 수도 있겠지요, 폐하. 하지만 그럴 시간이 없으시죠."

교황이 씩 웃었다. 처음으로 그의 눈에서 빛이 번뜩였다……. 하지만 좋은 종류의 빛은 아니었다.

"모트군은 가을이면 여기에 도착할 거고, 폐하께는 선택의 여지가 없지요. 그래서 우리가 이런 대화를 하고 있는 거고요."

"그대가 나한테 편의적인 것 이상이라고 여기는 착각은 하지 마시죠, 교황 성하. 내게는 그대의 금이 필요치 않아요."

"그렇다면 *제가* 폐하의 세금징수관을 두려워할 거라는 착각은 하지 마십시오. 신년이 다가올 무렵이면 폐하께서는 세금을 물릴 만한 위치에 계시지 않으실 겁니다."

켈시도 5분 전에 똑같은 생각을 했지만, 그 사실에 더욱 화가 났다. 그녀는 더는 마술쇼에 관심을 보이는 척하지 않고 완전히 그에게로 몸을 돌렸다.

"그리고 그렇게 되면 금이 그대에게는 뭐 그리 도움이 될까요, 교황 성하? 그 첨탑으로 누구에게 좋은 인상을 주려고 하는 거죠? 신?"

"신께서는 그런 하찮은 것에 관심이 없으십니다."

"내 말이 그 말이에요."

"헌신적인 신도들이 회개와 선의의 뜻으로 금을 기부한 겁니다. 폐하의 삼촌도 그중 한 명이었죠."

"내 삼촌은 일곱 명의 정부를 두고서 결혼도 안 한 사람이었어요. 어떻게 그 사람이 헌신적일 수가 있죠?"

"삼촌께서는 그 죄를 팀파니 신부에게 고백하셨습니다. 그리고 죄 사함을 받으셨죠."

"참 굉장한 시스템이군요. 네 살짜리 어린애가 그것보다 수준이 높겠어요."

교황의 목소리가 분노로 조여들었다.

"폐하께서는 세속의 처벌을 위한 형법을 갖고 계시죠. 제가 염려하는 건 그저 영혼의 구원입니다."

"하지만 금이 도움이 될 테지요. 안 그런가요?"

"어떻게 감히—"

"폐하!"

브래드쇼가 연단 아래쪽에서 다시 화려하게 절했다.

"제 마지막 마술을 위해서 근위병 한 분을 자원하게 해주시겠습니까?"

켈시가 간신히 미소를 지었다.

"키브."

키브는 다른 근위병들의 웃음 속에서 계단을 내려갔으나 켈시는 거의 주의를 기울이지 않았다. 그녀의 손은 의자 팔걸이를 꽉 움켜쥐고 있었다. 옆에 앉은 남자의 목을 조르지 않는 것이 그녀가 할 수 있는 전부였다.

교황을 보며, 관자놀이가 쿵쿵거리는 상태로 그녀는 생각했다. 그렇게 방이 많고 그렇게 금이 많은 주제에. 당신은 그걸 쓰지도 않고 필요로 하지도 않으면서 나누지도 않지. 우리가 이 침공에서 살아남으면 당신이 자비를 베풀어달라고 애걸할 때까지 세금을 물릴 줄 알아.

교황은 아무것도 두려워하지 않는 사람 특유의 거만함 가득한 얼굴로 그녀를 마주 보았다. 켈시는 몇 주 전에 메이스가 했던 말을 떠올렸다. 교황도 은밀하게 디메인과 거래하고 있다는 거였다. 교황이 이미 협약을 맺었다면 당연히 켈시의 말에 위협을 느끼지 않을 것이다. 그저 가만히 앉아 모트 군대가 들어와 아배스를 제외하고 다른 모든 것들을 무너뜨릴 때까지 기다리기만 하면 될 것이다. 그리고 이제 켈시는 처음으로 가슴속에 절망이 뿌리 내리는 것을 느꼈다. 그녀는 지난 한 달 동안 이런저런 선택지를 찾아 다급하게 움직이며 해결책을 찾으려고 노력했는데, 이제 고개를 들어보니 식인종들에게 둘러싸여 있는 상태였다.

"교회에서 오신 성스러운 손님들을 위해서입니다, 폐하!"

브래드쇼가 아까 쓴 컵을 꺼내 작은 물병에서 물을 따라 키브에게 내밀었다.

"맛을 보십시오, 나리. 그리고 물이라는 걸 확인해주십시오."

키브는 살짝 맛을 보았다.

"물입니다."

마술사는 컵을 연단 앞으로 가져와서 켈시가 볼 수 있게 내밀고, 그녀가 고개를 끄덕여 계속하라고 할 때까지 기다렸다. 교황에게 정중하게 살짝 절한 브래드쇼는 컵 입구를 한 손으로 덮고 다른 손 손가락으로 딱 소리를 냈다. 손가락 사이에서 빛이 반짝이자 브래드쇼는 손을 치우고 컵을 다시 켈시에게 내밀었다. 컵 안의 물은 짙은 빨간색이었다.

"폐하를 즐겁게 해드리기 위해서입니다. 제 유능한 조수는 어디에 있지요?"

브래드쇼가 말했다.

키브가 한 손을 들었고 마술사는 그에게로 가서 컵을 내밀었다.

"맛을 보시죠, 나리. 아무 해도 없을 겁니다."

키브는 약간 불안한 미소를 짓고서 컵의 액체를 조금 맛보았다. 그의 얼굴에 놀란 표정이 떠올랐고, 그가 이번에는 더 많이 마셨다. 그리고 켈시를 돌아보고 놀란 목소리로 말했다.

"폐하, 포도주입니다."

켈시는 낄낄 웃다가 깔깔거리다가 결국에는 자신도 모르게 커다랗게 웃음을 터뜨렸다. 교황의 얼굴에 분노의 표정이 떠오르는 것이 빤히 보였지만, 그걸 보니 더더욱 웃음이 나왔다. 연단 아래에서 브래드쇼도 승리의 빛으로 달아오른 얼굴로 미소를 지었다.

"일어나, 일어나!"

키 작은 복사가 기절한 모양이었고 키 큰 복사는 그를 흔들며 날카롭게 명령조로 말하고 있었다. 하지만 젊은 복사는 완전히 정신을 잃은 상태였다.

교황이 자리에서 일어섰다. 그의 얼굴은 짙은 빨간색이었고 켈시는 그 사실이 굉장히 즐거웠다. 타일러 신부가 그의 귀에 조용히 뭐라고 속삭였지만 교황은 그를 밀쳐버렸다. 그는 정신을 잃은 바닥의 소년에게는 관심도 보이지 않았다.

"손님에게 보이는 이런 모욕이 뭐가 재미있는지 모르겠군요. 이건 신성모독의 장난입니다, 폐하. 아주 형편없는 취향이고요."

교황이 으르렁거렸다.

"날 보지 말아요, 교황 성하. 나는 왕궁 공연자를 두지 않습니다. 그의 마술은 그 자신의 것입니다."

"사과를 원합니다!"

그가 쏘아붙였고 이런 터무니없는 분노의 표출이 교황의 의무일 거라고 생각하던 켈시는 그가 정말로 순수하게 화난 것을 깨닫고 잠깐 머뭇거렸다. 하지만 설령 브래드쇼가 모자에서 성모를 꺼냈다 한들 아무도 마술 같은 걸 진지하게 받아들이지는 않을 것이다. 영리한 행동은 그를 달래는 거지만, 켈시는 이미 그럴 때를 한참 전에 지나쳤다. 그녀는 의자 팔걸이를 손톱으로 두드리며 상냥하게 물었다.

"누구한테서요?"

"저 사칭꾼에게서 말입니다, 폐하."

"사칭꾼? 그가 자신이 진짜 예수라고 할 의도는 아니었다고 생각하는데요, 교황 성하."

"저는 사과를 요구합니다."

"지금 여왕 폐하께 명령을 내리는 겁니까?"

메이스가 말했다. 그의 목소리는 위험할 정도로 부드러웠다.

"확실하게 그랬네."

"거절하죠! 어떤 바보가 환상에 모욕감을 느낀다는 거죠?"

켈시가 쏘아붙였다.

"폐하, 제발요!"

타일러 신부가 교황 옆으로 가서 섰다. 그의 마른 얼굴은 거의 새하얗게 보일 만큼 창백했다.

"이건 전혀 건설적이지 않습니다."

"입 다물어, 타일러! 모든 마술사들은 사기꾼입니다! 그들은 빠른 해결책을 약속하고, 올바르고 정당한 길에 대한 신념을 훼손합니다."

교황이 날카롭게 말했다.

켈시는 눈을 가늘게 떴다.

"나한테 독실한 척하려 들지 마시죠, 교황 성하. 그대에 대해서 전부 다 들었으니까. 아배스에 데리고 있는 그 두 여자는 뭐죠? 그들이 매일 밤 성령 앞에 무릎을 꿇나요?"

그 말에 교황의 얼굴은 거의 졸도할 것 같은 보라색으로 변했고 켈시는 문득 그가 그냥 심장마비를 일으켜서 왕좌 앞에 뻗어버렸으면 좋겠다고 생각했다. 결과가 어찌 되든 알 바 아니었다.

"조심하시지요, 폐하. 폐하께서는 그 지위가 얼마나 위태로운지 모르시는 모양이니."

"다시 한번 날 위협하면 내가 당신을 끝내주죠, 이 탐욕스러운 가짜 같으니."

"성하께서는 그런 뜻으로 말씀하신 게 절대로 아닙니다, 폐하."

타일러 신부가 겁에 질린 높은 목소리로 외쳤다.

"그건 위협이 아니었습니다. 그저―"

"타일러, 당장 빠져!"

교황이 소리쳤다. 그가 돌아서서 한 팔을 휘둘러 타일러 신부의 가슴을 쳤다. 타일러는 균형을 잃고 빙그르르 돌다가 뒤로, 연단 계단 아래로 쓰러졌다. 뼈가 부러지는 메마른 파삭 소리가 들렸고 모든 생각이 정지되었다. 머릿속에서 이성의 목소리가 자비로울 정도로 조용해졌다. 그녀는 벌떡 일어나서 펜을 밀치고 교황의 뺨을 후려쳤다.

메이스와 펜이 재빠르게 움직였고 나머지 근위대도 그들 바로 뒤를 따라왔다. 몇 초 만에 열 명 이상이 켈시와 교황 사이를 가로막았다. 근위병들이 그녀의 시야를 가렸지만 교황의 붉은 뺨에 남은 새하얀 손자국을 뚜렷하게 기억하지 못할 정도는 아니었다. 그녀의 머리는 선물처럼 그 모습을 고이 간직했다.

"신성모독입니다! 아무도 교황 성하께 손을 댈 수 없습니다."

키 큰 복사가 계단 아래서 식식거렸다.

"이 위선자가 그렇게 소중하면 당장 내 왕궁에서 데리고 나가."

복사가 계단을 올라와서 교황을 도왔다. 켈시는 그들을 무시하려고 안락의자 쪽으로 몸을 돌렸으나 아래쪽에서, 근위병들의 벽 뒤에서 헐떡이는 숨소리가 들렸다.

"신부님, 괜찮으신가요?"

"괜찮습니다, 폐하."

하지만 타일러 신부의 목소리는 고통으로 거칠었다.

"거기 계세요. 의사를 데려올 테니까."

"타일러는 우리와 함께 갈 겁니다!"

교황이 으르렁거렸다. 하지만 메이스가 이미 계단을 내려가서 타일러 신부와 사제들 사이를 가로막았다.

"폐하께서 그는 머물 거라고 하셨습니다."

"내 의사들이 그를 진료할 것이야."

"그러지 않을 겁니다, 성하. 당신의 의사들이 해놓은 걸 봤으니까요."

교황의 눈이 커졌다. 그 눈에는 놀란 빛과 다른 것이 담겨 있었다……. 죄책감? 켈시가 그의 반응을 해석하기 전에 메이스가 방을 가로질러 키 큰 복사의 목덜미를 움켜잡았다.

"이놈도 우리가 데리고 있겠습니다. 매튜 수사였던가?"

"무슨 혐의로?"

교황이 격분해서 물었다.

"반역입니다. 소른 음모에 가담했으니."

메이스가 냉랭하게 말했다.

교황은 잠시 입을 벌렸다 다물기를 반복했다.

"우리는 안전한 통행을 보장한다는 약속하에 여기 왔어!"

"그대에게는 안전한 통행을 약속했지요, 교황 성하."

켈시가 쏘아붙였으나 속으로는 메이스를 욕했다. 그는 그녀에게 아무 말도 해주지 않았다. 이제 그녀도 매튜 수사를 쉽게 알아볼 수 있었다. 아가이브에서 한밤중에 소른의 모닥불 주위에 웅크리고 있던 남자들 중 한 명이었다.

"그대는 가도 됩니다. 하지만 그대의 아첨꾼은 자기 책임하에 온 겁니다."

"이제 떠나십시오. 당신의 족제비에게 제가 질문을 던지기 전에 말입니다."

메이스는 발버둥 치는 사제의 목을 더 꽉 잡으면서 교황에게 말했다.

교황의 눈이 가늘어졌다. 그가 여전히 바닥에 쓰러져 있는 키 작은 복사를 걷어찼다.

"너! 일어나라! 우린 떠날 것이다!"

그 말에 어떻게든 젊은 남자가 비틀비틀 간신히 일어섰다. 메이스는 매튜 수사를 엘스턴에게 넘기고, 두 아배스 사람들을 문까지 따라갔다. 우유처럼 창백한 얼굴의 두 번째 복사는 어깨 너머로 겁에 질린 시선을 몇 번이나 던졌지만, 교황은 그 옆을 뻣뻣하게 걸어가며 한 번도 뒤돌아보지 않았다.

켈시는 재빨리 계단을 내려가 타일러 신부 옆에 웅크려 앉았다. 그의 왼쪽 다리는 무시무시한 각도로 뒤틀려 있었다. 그는 얕게 숨을 쉬고 있었고 커다란 땀방울이 창백한 뺨을 타고 흘러내렸다. 켈시는 드레스 치맛자락으로 이마를 닦아주었으나 코린이 다리를 검사하려 하자 타일러 신부가 신음하며 제발 그만두라고 애원했다.

"여러 군데가 부러졌습니다, 레이디. 뼈를 다시 맞추기 위해서는 신부님을 기절시켜야 합니다."

"의사를 기다리죠."

켈시가 교황이 사라지는 모습을 죽일 듯이 노려보며 말했다.

"참으로 신의 선행이로군요."

타일러 신부가 낄낄 웃었다. 상황에 어울리지 않는 기묘한 웃음소리였다.

"저는 가벼운 형으로 그친 겁니다, 폐하. 세스도 그렇게 말할 겁니다."

"세스가 누구죠?"

하지만 타일러 신부는 이를 악물었고, 의사가 도착할 때까지 켈시가 몇 번이나 더 물었지만 대답하지 않았다.

5장
도리언

인류 대이주의 성공은 많은 개별적인 것들이 정확히 맞아 들어가는 데에 달려
있다. 현 상황에 대한 불쾌함 혹은 참을 수 없음으로 인한 불만이 있어야 한다. 이
주를 촉진할 이상이, 지평선 너머 더 나은 삶에 대한 강력한 미래상이 있어야 한
다. 끔찍한 상황을 마주할 엄청난 용기가 있어야 한다. 하지만 무엇보다도 모든 이
주에는 설령 겁을 먹었다 해도 사람들이 미궁으로 무작정 따라 들어가게 만드는
카리스마 넘치는 지도자가 필수 불가결하다.

영국-미국 크로싱에서는 이 마지막 요소가 아주 컸다.

―《티어의 푸른 수평선》, 글리 델라미어

릴리는 뒤뜰에 앉아 어머니에게 보낼 메시지를 녹음하느라 노력 중이었
다. 날씨가 너무 더웠다. 기후 조절기의 뭔가가 잘못된 게 분명했다. 최근에
는 점점 더 자주 그런 일이 일어났다. 그레그는 분리주의자들과 그 해커들
이 위성에 방해 공작을 하기 때문이라고 말했다. 그가 펜타곤에서 상대하
는 군인들은 이에 관해 몇 주째 불평하고 있었다. 지난 며칠 동안 뉴가나안

의 기온은 30도를 넘어섰고 이제는 뒤뜰에 무겁고 축축한 공기가 가득 깔려 있었다.

날씨만 빼면 좋은 한 주였다. 그레그는 보스턴으로 출장을 갔다. 군의 다른 중요 인사들과 함께하는 무슨 총회 같은 거였다. 릴리는 언제나 이런 회의가 그들이 집에서 여는 파티의 더 큰 버전 같은 거라고 상상했다. 그녀는 술에 취한 남자들이 점점 더 커다랗고 거칠게 말하고, 계속해서 더 많이 술을 마셔대는 그런 모습을 떠올렸다.

어쨌든 그녀는 기뻤다. 그레그가 없으면 그녀는 이 집이 자신의 것이고 아무한테도 자신의 하루를 보고할 필요가 없는 척 생활할 수 있기 때문이었다. 아기방에 숨을 필요도 없었다. 자유롭게 집 안 여기저기를 다닐 수 있었다. 하지만 오늘 밤엔 그레그가 집에 올 거고, 릴리는 마지막 몇 시간 동안 편지를 녹음하려고 노력하고 있었다. 불쾌한 이야기를 듣고 싶어 하지 않는 엄마를 위해서 거짓말을 자연스럽게 하는 것은 굉장히 어려웠다. 릴리가 다시 녹음 버튼을 누르는데 웬 여자가 뒤쪽 담을 넘어서 정원으로 들어왔다.

릴리는 깜짝 놀라서 시선을 들었다. 여자가 담에서 굴러떨어져서 거기 있는 담쟁이덩굴에 긁혀 힉 소리를 냈고, 결국에 수국 덤불 속에 파묻혀서 아픈 듯 낮은 신음 소리만 남기고 시야에서 사라졌다.

조너선이 총을 들고 부엌 문가에 나타났다.

"물러나십시오, 엠 부인."

릴리는 그의 말을 무시하고 애디론댁 의자에서 일어나 돌담 쪽으로 살금살금 다가갔다. 침입자는 수국 덤불을 납작하게 깔아뭉갰다. 릴리는 조너선의 손이 팔을 붙잡는 것을 느꼈으나 들쭉날쭉한 덤불 가장자리 너머로 고개를 쭉 빼고 거기 쓰러져 있는 여자를 보았다.

매디하고 꼭 닮았어!

여자는 놀랄 만큼 릴리의 동생과 닮아 보였다. 덤불에 엉킨 머리카락은 한동안 감지 않은 것 같았으나 똑같이 여러 가지 색조의 금발이 뒤섞인 머리이고, 심지어는 곱슬머리인 것도 똑같았다. 매디의 들창코에 주근깨까지 있었다. 그리고 몇 살 더 어린 것 같았다. 릴리는 입술을 깨물고 동생이 지금쯤 몇 살이 되었을지 떠올리려고 노력했다. 릴리보다 두 살 아래니까 스물세 살일 것이다. 이 여자는 열여덟 살을 넘지 않았을 것이다.

이제 두터운 돌벽에 막혀서 나지막하게 사이렌 소리가 들렸다. 보안국은 뉴가나안에서 거의 사이렌을 울리지 않았다. 그들이 릴리의 동네에 오는 드문 경우에는 조용히, 효율적으로 일을 처리했다. 하지만 이 여자는 절대로 뉴가나안 사람이 아니었다. 얼굴에는 일종의 기름이 묻어 있었고 청바지에 세 사이즈는 큰 것 같은 찢어진 스웨터를 입고 있었다. 스웨터 가장자리는 피투성이였다. 릴리는 좀 더 자세히 살펴보다가 헉하고 뒤로 물러났다.

"총에 맞았어요!"

"안으로 들어가십시오, 엠 부인. 제가 보안국에 연락하죠."

여자가 눈을 떴다. 그 눈은 밝은 초록색에 놀랄 만큼 맑았고, 사춘기 소녀치고 너무 나이 들어 보였다. 눈이 다시 감겼다. 여자는 얕게 숨을 헐떡이며 손으로 피투성이인 복부를 꽉 눌렀다. 여자는 범죄를 저지르기에도 너무 어려 보였고, 너무나 매디처럼 보였다. 수년 전에 사라진 매디.

"당신은 다쳤어요. 병원에 가야 돼요."

릴리가 여자에게 말했다.

"병원은 안 돼."

"이 여자는 무단 침입자입니다!"

조너선이 날카롭게 속삭였다.

사이렌 소리가 이제 윌로가(街)쯤 온 것처럼 더 크게 들렸다. 여자가 다시 눈을 떴고 그 눈에서 릴리는 포기를, 피곤한 납득을 볼 수 있었다. 그들이 왔을 때 매디가 딱 그런 표정이었다. 그다음에 무슨 일이 벌어질지 이미 상상해본 것처럼 말이다. 릴리는 그날에 대해서, 매디에 대해서 생각하고 싶지 않았다. 조너선이 옳았다. 보안국에 연락해야 했다. 하지만 매디 생각이 가득해서 그럴 수가 없었다. 이 여자를 신고할 수가 없었다.

"이 여자를 안으로 들이게 도와줘요."

"왜요?"

조너선이 물었다.

"그냥 도와줘요."

"남편분이 뭐라고 하실까요?"

릴리는 그를 쳐다보고 날카롭게 말했다.

"이건 우리가 감추는 첫 번째 비밀도 아닐 텐데요. 안 그래요?"

"이건 다릅니다."

"그녀를 일으켜줘요."

"그 여자는 평범하게 담을 넘어온 무단 침입자가 아닙니다, 엠 부인. 저 사이렌 소리 들리십니까? 저게 이 여자 때문이 아닐 거라고 생각하십니까?"

"집 안으로요. 아기방으로 데려가죠. 그이는 절대로 모를 거예요."

"그 여자한테는 의사가 필요합니다."

"그럼 한 명 데려오죠."

"그다음에는요? 의사들은 총상에 대해 신고를 해야 합니다."

릴리는 여자를 일으킨 다음 어깨 아래 한 팔을 밀어 넣었고, 여자가 신음하자 움찔했다. 어떤 결과가 생길 수 있는지, 그레그는 어떨지에 대해서 깊이 생각하기 전에 빨리 여자를 집 안으로 데려가는 게 굉장히 중요하게 느껴졌다.

"어서요, 안으로 가요."

투덜거리며 조너선이 끼어들었다. 두 사람은 함께 여자가 정원을 지나 집

안으로, 시원하고 어두운 오아시스로 들어오게 도왔다. 거실에 도착할 무렵에 여자는 정신을 잃어서 바싹 마른 덩치에 비해 훨씬 무겁게 느껴졌다. 여자를 끌고 현관을 지나며 릴리는 끙끙거렸지만 머릿속은 이미 자신이 해야 하는 일을 따져보고 있었다. 첫 번째는 감시 설비였다. 릴리에게는 거실과 계단의 보충 영상이 없었지만 일부 삭제를 해버리면 될 것이다. 그레그는 그걸 결함이라고 생각하리라⋯⋯. *아마도*, 라고 그녀의 머리가 정정했다. 분리주의자의 신발은 진흙투성이였고 거실 카펫에 몇 군데 자국을 남겨놓았다. 집 안은 저절로 살균되겠지만, 그렇게 빨리는 아니었다. 그레그가 오기 전에 릴리가 손으로 진흙을 닦아야 할 것이다.

그들은 다친 여자를 아기방으로 데려가서 소파에 내려놓았다. 릴리는 고개를 들기도 전에 조너선의 노려보는 눈길을 느낄 수 있었다.

"뭘 하시는 겁니까, 엠 부인?"

"나도 모르겠어요. 그냥⋯⋯."

릴리가 솔직하게 말했다.

"뭐죠?"

보안국의 모습이 릴리의 머릿속에 떠올랐다. 사람들이 한번 들어가면 다시는 나오지 않는 문. 릴리가 어렸을 때에는 그런 문이 없었고, 성인이 된 후에도 그녀는 주변 세상이 변하는 데에 거의 관심이 없었다. 그녀는 종종 애초에 그레그와 결혼하게 된 것이 앞으로의 영향에 대해, 미래에 대해 전혀 관심이 없었던 이런 태도 때문이었다고 생각하곤 했다. 매디는 정치적이었고, 더 큰 세상에 관심이 있는 쪽이었다. 릴리의 관심사는 집 안을 정돈하고 그레그를 상대하고 새롭게 나타난 변덕스러운 그의 분노 주위를 조심해서 다니고 거기서 벗어나 있는 법을 찾는 것뿐이었다. 그것만으로도 할 일이 한가득했지만 수많은 선량한 사람들, 전부 다 바닥만 쳐다보고 보안국의 특징 없는 문이 현재 같은 상태가 되도록 놔두었던 사람들과의 공동 책임이라는 감각이 자신을 계속 들볶는 기분을 지울 수가 없었다. 매디는 그런 걸 그냥 두지 않았을 테지만, 그녀는 사라졌다.

조너선은 여전히 대답을 기다리고 있었으나 릴리는 그에게 설명할 수가 없었다. 조너선은 해병대였고, 지구의 마지막 남은 석유를 두고 벌인 최후의 처절한 전투에 참전해 사우디아라비아에서 싸웠다. 그는 체제 지지자였다. 그는 총을 가지고 다녔다.

"그녀를 신고하진 않을 거예요. 그레그에게 말할 건가요?"

마침내 릴리가 말했다.

조너선은 생각에 잠긴 눈으로 소파의 여자를 내려다보았다.

"아니요. 하지만 의사에게 보여야 할 겁니다. 그러지 않으면 바로 이 소파에서 과다 출혈로 죽을 겁니다."

릴리는 자신이 아는 지역 의사들의 명단을 머릿속으로 떠올렸다. 그레그의 친구들은 하나도 믿을 수 없었다. 가족 주치의 콜린스 선생의 사무실이 8킬로미터도 안 되는 시내 중심가에 있지만, 그 역시 부를 수 없었다. 콜린스 선생은 릴리에게 아기를 갖고 싶은지 한 번도 물어보지 않았다. 마지막으로 방문했을 때 그는 그녀에게 섹스를 할 때 좀 더 긴장을 풀라고, 긴장을 풀어야 임신이 잘된다고 말했다.

"내 핸드백에요. 거기 명함이 있어요. 뉴욕에 있는 내 의사요."

"데이비스? 이건 그의 분야가 아닙니다. 그 사람은 해결사죠."

"그 사람은 임신 전문의예요!"

"그렇죠, 엠 부인."

그녀는 잠시 그를 바라보았다.

"그레그에게 말할 건가요?"

조너선은 한숨을 쉬고 주머니에서 렉서스 열쇠를 꺼냈다.

"여기 계십시오. 상처를 계속 누르세요. 의사를 데리고 오죠."

"무슨 의사요?"

"걱정하지 마십시오."

"그레그의 친구는 아니죠?"

"걱정하지 마십시오, 엠 부인. 부인 말이 맞습니다. 우리 둘 다 비밀을 지키는 법을 알죠."

조녀선은 한 시간도 넘게 사라졌고 릴리에게는 최악을 상상할 시간이 넘쳤다. 조녀선이 무면허 의사를 데려오다 체포되었다든지, 조녀선이 의사를 아예 못 찾았다든지. 하지만 대체로는 조녀선이 곧장 그레그의 사무실이나 보안국으로 가서 그들에게 모든 걸 다 말했다는 거였다. 하지만 조녀선은 거의 3년 동안 경호원이었고, 데이비스 선생에 대해서도 안다고 릴리는 스스로에게 말했다. 그가 그녀를 곤란하게 만들고 싶었다면 오래전에 했을 것이다.

그래도 겁이 났다.

소파의 여자는 릴리의 눈앞에서 눈에 띄게 혈액을 잃어가고 있었다. 입술은 거의 새하얗고, 말을 하려고 하자 거칠게 꺽꺽거리는 소리만 났다. 릴리는 아래층으로 가서 그릇에 얼음 조각을 채웠다. 아픈 사람을 돌보는 방법은 전혀 몰랐지만, 어릴 때 폐렴을 앓았던 적이 있고 그 한 주 내내 얼음 조각 말고는 아무것도 먹을 수가 없었다. 그녀는 차가운 물에 천을 적셔 그릇에 함께 담았다.

다시 돌아오니 소파의 여자가 여기가 어딘지 물었다. 릴리는 말을 해주려고 했지만, 여자는 말을 다 마치기도 전에 다시 기절했다. 세 시간이 더지나면 그레그가 집에 올 것이다. 조녀선은 어디 있지? 그리고 자신은 대체뭘 하는 걸까? 피임약은 그저 한 가지 비밀일 뿐이지만, 사람을 숨겨주는건 다른 문제였다.

"이름이 뭐죠?"

여자가 다시 깨자 릴리가 물었다.

"이름은 안 돼요."

여자가 속삭였다. 릴리는 그 말을 전에도 들은 것 같았다. 어쩌면 정부의 수많은 팸플릿과 전단지 중 하나였는지도 모른다. 이 여자는 여기서 뭘 한 걸까? 드문드문 이웃을 돌아다니는 사이렌 소리가 가끔은 멀리서, 가끔은 아주 가까이서 들렸다. 그녀는 벽의 패널로 뉴스 사이트들을 확인해보았지만 아무 이야기도 없었다. 무단 침입자나 인근의 범죄 이야기는 지방 뉴스에 하나도 나오지 않았다. 그녀는 감시실로 가서 오후 영상을 삭제했다. 그레그가 실시간으로 보고 있을 가능성이 언제나 있지만, 오늘은 그럴 가능성이 극히 낮았다. 회의가 끝나면 그레그는 바쁘게 악수를 나누고 비행기에 탔을 테니까. 아기방으로 돌아가는 길에 그녀는 진흙을 닦았다.

여자는 여전히 정신을 잃고 있었다. 그녀는 매디라기에는 너무 어리고 키도 약간 컸지만, 어쨌든 소파에 마치 유령이 있는 것만 같았다. 오후 시간이 지나며 창문으로 들어오는 햇빛이 여자의 어깨에 닿았고 릴리는 거기, 쇄골 바로 위에서 흉터를 발견했다. 릴리도 같은 자리에 흉터가 있었다. 어릴 때 태그를 이식한 깔끔한 수술 자국이었다. 하지만 이 흉터는 훨씬 더 눈에 띄었다. 레이저가 남긴 가늘고 깔끔한 선이 아니었다. 이것은 메스로 한 것처럼 보였다.

릴리는 흉터를 한참 동안이나 바라보았다. 엉뚱한 생각이 머릿속에 떠올랐다. 여자는 어떻게 해서든 태그를 제거한 거다. 그것은 불가능한 일이어야 했다. 각 태그에는 누군가가 그것을 건드리려고 하면 충격에 방출되는 독약이, 치명적인 화학물질이 삽입되어 있었다. 하지만 흉터를 보면 볼수록 릴리는 점점 더 확신했다. 이 여자는 태그를 제거했다. 그녀는 보안국에 모든 행동을 추적당하지 않고 마음대로 자유롭게 돌아다닐 수 있었다. 릴리는 그게 어떤 기분일지 상상도 할 수가 없었다.

4시에 마침내 조너선이 작고 깔끔한 회색 머리 남자를 데리고 돌아왔다. 작은 남자는 릴리의 눈에 딱 의사답게 보였다. 전문가처럼 보이는 회색 정장에 구식 철제 안경을 쓰고, 들고 온 작고 검은 가죽 가방을 달그락 소리를 내며 내려놓았다. 그는 릴리를 완전히 무시한 채 소파의 여자에게 곧장 갔다. 잠시 상태를 살펴보고는 몸을 돌려 간호사에게 말하듯이 말했다.

"뜨거운 물을 끓이고 수건을 좀 준비해줘요. 면 수건으로."

잠깐 동안 릴리는 너무 놀라서 움직일 수가 없었다. 그녀는 자기 집에서 명령을 듣는 데에 익숙하지 않았다.

그레그를 제외하면 말이지. 그녀의 머리가 속삭였고, 그 말에 그녀는 아기 방을 나가서 부엌으로 향할 수 있었다. 물을 가져온 다음에 리넨 벽장으로 가서 그레그가 가장 덜 찾을 만한 수건을 찾으려 했다. 그는 집 안의 세세한 것들에 기묘하게 관심을 보이는 경향이 있었다. 릴리가 올이 풀린 시트 한 세트를 버렸더니 다음 해에 그레그가 시트는 어디 있느냐고 물어보는 식이었다. 수건 중에는 피를 감출 만한 짙은 색이 하나도 없었다. 어떤 것을 고르든 버려야 할 것이다.

그냥 아무거나 골라서 가, 제기랄.

릴리는 언제나 싫어했던, 그레그의 고모가 결혼 선물로 준 초록색 수건을 집었다. 방으로 돌아와보니 조너선과 의사가 소파를 창문틀 아래 햇살이 바로 들어오는 자리로 옮겨놓았다. 의사가 여자의 커다란 스웨터를 벗겨서 안에 입은 변색된 남성용 러닝셔츠가 드러났고, 이제는 러닝셔츠를 조그만 가방에서 꺼낸 가위로 자르고 있었다. 릴리가 몸을 구부려 그의 옆에 수건을 놓았다.

"그거면 될 겁니다, 부인."

"릴리예요."

"이름은 안 됩니다."

다시 그 말이다. 비난받은 기분으로 릴리는 조녀선에게 몸을 돌렸다. 그는 언제나 릴리를 불편하게 만드는 반짝이는 검은색 총을 꺼내 총알을 넣었다 뺐다 하고 있었다.

"여자를 좀 붙잡아줘요."

의사가 말했다. 릴리는 그가 누구에게 말하는 건지 몰랐으나 두 사람 다 앞으로 나와서 릴리는 여자의 팔로 향하고, 총을 집어넣은 조녀선은 발로 향했다. 아래를 내려다본 릴리는 여자의 눈에 겁먹은 표정이 떠오른 걸 발견하고서 여자의 이마에 한 손을 올렸다. 그리고 세계 최고의 사기꾼이 된 기분으로 중얼거렸다.

"괜찮을 거예요."

다음 30분은 릴리의 남은 평생 끔찍하리만큼 명확하게 기억에 남을 것이었다. 의사는 최소한 레이저 탐사기를 갖고는 있었다. 의사가 그걸로 주위를 찔러보기 시작하자 여자의 팔에 힘이 들어가서 여자를 꼼짝 못 하게 잡느라 릴리의 얼굴과 목이 땀으로 젖었다. 몇 분마다 의사가 중얼거렸다.

"깊이도 묻혀 있군, 이 조그만 개자식."

그리고 그 말 때문에 릴리는 시간이 흐르는 걸 간신히 알 수 있었다.

그녀는 수술하는 내내 조녀선을 바라보며 그라는 수수께끼를 풀려고 고민했다. 그는 좋은 경호원이자 뛰어난 운전기사였지만 전직 해병대이기도 하고 아마도 분명히 체제 지지자였다. 그런데 그가 어떻게 불법적인 의사를 아는 걸까? 그들이 어떻게 이 사실을 그레그에게 비밀로 할 수 있을까?

의사가 마침내 총알을 찾아내고서 구멍 안으로 조그만 집게를 밀어 넣었다. 여자는 이 과정 중간쯤에 다시 기절했고, 릴리의 손아귀에서 팔이 다행스럽게도 늘어졌다. 벽의 패널은 23도를 알리고 있음에도 아기방의 온도가 급격하게 높아진 것 같았다. 마치 릴리 자신이 머리에서 피가 다 빠져나간 것처럼 어지러웠다. 놀랄 일도 아니지만 조너선은 차분해 보였다. 의사의 작업을 보는 그의 얼굴은 무표정했다. 그는 아마 똑같이 무표정한 얼굴로 사우디아라비아에서 사람을 죽였을 것이다.

마침내 의사가 집게를 들어 자홍색 피가 떨어지는 우그러진 플라스틱 조각을 보여주었다. 조너선이 수건을 내밀자 의사는 거기에 총알을 떨어뜨렸고, 면 수건에 빨간 자국이 생겼다. 그다음에 의사가 상처를 봉합하기 시작했다.

"성공은 했나요?"

의사가 물었다.

"나도 모릅니다."

조너선이 대답했다.

"우리 중 한 명이 그녀가 여기 있다고 그분에게 알려야 돼요."

"내가 하죠. 얼마나 오래 가만히 있어야 됩니까?"

"이상적으로는 며칠 쉬어야지요. 피를 굉장히 많이 흘렸어요. 어차피 걸을 수 있기 전까지는 나갈 방법도 없고요. 지금쯤이면 길에 바리케이드를 쳐뒀을걸요."

의사가 릴리를 의심스럽게 쳐다보았다.

"하지만 여기에 있어도 될까요?"

"네, 돼요."

릴리는 단호하게 말하려고 노력했지만 대화의 나머지 내용이 혼란스러웠다. 어떤 의사가 상처를 치료하면서 질문도 안 하지? 의사는 릴리의 목욕 수건에 손을 닦은 다음 안락의자에 걸쳐놓았다.

"거의 계속해서 환자를 돌봐줘야 됩니다."

"제가 할게요. 낮에는 내내 여기 있을 수 있어요. 밤에도 몇 시간에 한 번씩은요."

릴리가 자원했다.

"당신 같은 여자가 왜 이런 일에 끼려고 하죠?"

릴리는 그의 눈에 어린 비판적인 시선에 얼굴을 붉혔다. 아기방은 대부분의 사람들의 집보다도 컸다. 그녀는 이 깔끔하고 조그만 남자에게 매디에 관해서 말할 수 있으면 좋겠다고 생각했지만, 어디서부터 시작해야 할지 알 수가 없었다.

"그냥 그러고 싶어요. 그녀는 여기서 안전할 거예요."

의사는 잠깐 동안 그녀를 바라보다가 가방을 열고 소파에 붕대, 주사기, 약병 같은 의료 용품들을 꺼내놓았다.

"최소한 하루에 한 번은 붕대를 갈아줘야 합니다. 열이 나거든 이걸 주십시오. 주사를 놔본 적이 있나요?"

"네."

릴리가 좀 더 자신감을 느끼며 고개를 끄덕였다. 새로운 주사기는 혈관을 정확히 찾을 수 있게 보여주지만, 설령 의사의 주사기가 오래된 종류라고 해도 괜찮았다. 매디에게 당뇨병이 있었기 때문이다. 릴리는 주사 놓는 법을 알았다.

의사는 초록색 포장지로 싸인 주사기를 들었다.

"항생제예요. 매일 저녁 같은 시간에 이걸 놔줘요. 팔 위쪽 혈관에요."

그가 조너선에게로 돌아섰다.

"여기에 며칠 정도는 머물 수 있겠지만, 쉽게 감염될 수 있어요. 그분이 빨리 그녀를 데려갈수록 좋을 겁니다."

그분이 누구지? 릴리는 궁금했다. 의사의 목소리가 하도 경건해서 잠깐 동안 그가 신에 대해서 말하는 거라고 생각할 뻔했다.

"저는 의사를 다시 데려다줘야 합니다, 엠 부인. 그다음에 할 일이 좀 있고요. 늦게 올 수도 있습니다."

릴리는 천천히 고개를 끄덕였다.

"그레그에게 당신이 내 새 드레스를 가지러 도시에 나갔다고 할게요."

그건 완전히 거짓말은 아니었다. 릴리는 몇 주 전에 샤넬에 새 드레스를 주문했다. 1만 5천 달러에 손으로 꿰맨 스팽글 장식이 달린 자주색 실크 드레스였다. 하지만 지금 소파에 누워 의식을 잃은 여자를 내려다보자 속이 울렁거리는 기분이었다.

"가죠. 이분 남편이 금방 집에 올 겁니다."

의사는 자기 도구를 모아 피 묻은 수건으로 닦고 가방에 집어넣었다.

"이 수건들은 불에 태워야 할 겁니다. 그냥 버리면 안 돼요."

"나도 알아요."

릴리는 날카롭게 대꾸하며 그를 노려보았다. 그러다가 당황해서 시선을 내렸다. 바닥의 타일이 발아래서 흔들리기 시작했다.

바깥에서 요란한 천둥소리가, 엄청난 폭음이 들려서 릴리는 귀를 막았다. 희미하게 집 반대편에서 유리 깨지는 소리가 들렸다. 의사도 귀를 막았지만 조너선은 그저 창밖을 바라보며 희미한 미소를 띤 채 서 있었다. 몇 초 동안 벽과 문이 계속 흔들거리다가 점차 멈췄다. 보안 경보가 시내에서 울리기 시작했다. 그 독특한 소리가 하도 시끄러워서 소파에 있는 의식을 잃은 여자의 뇌에까지 들린 듯 그녀가 몸을 돌리고 잠결에 뭐라고 웅얼거렸다.

의사가 손을 내밀어 조너선의 손을 잡았다.

"더 나은 세상을 위해."

"더 나은 세상을 위해."

조너선이 따라 했다.

릴리는 커다란 눈으로 그를 쳐다보았다. 머릿속에서 수백 가지 조그만 것들이 맞아 들어갔다. 공공 도로에 대한 조너선의 백과사전 같은 지식, 릴리의 비밀을 지켜주는 설명할 수 없었던 태도, 한밤중의 은밀한 외출. 이제 릴리는 왜 상처 입은 여자가 이 집의 정원으로 담을 넘어 들어온 건지 이해할 수 있었다. 조너선이 여기 있기 때문이었다. 조너선은 분리주의자였다.

"나중에 돌아오죠, 엠 부인."

그녀는 고개를 끄덕이고 그가 가는 것을 보았다. 마음 깊은 곳에서 그녀는 의사가 자신과도 악수를 해줬으면 하고 몰래 바랐지만, 의사는 그저 그녀를 믿을 수 없다는 시선으로 쳐다보고서 떠났다. 릴리는 혼자 남아 소파의 여자를 쳐다보았다. 머릿속은 이미 자신이 뛰어든 여러 가지 문제들을 분류하고 있었다. 도망자를 숨겨주었다가 들키면 그녀도 체포되어 구속될 것이다. 하지만 체포라는 위험조차 그레그가 알게 되면 생길 일에 비하면 별것 아니었다. 그레그는 분리주의자들을 쓰레기라고 불렀다. 그중 한 명이 잡힐 때마다 환호를 지르고 그들이 정부 소유지에서 처형되는 것을 음울하지만 의기양양한 얼굴로 보곤 했다.

이제 영리해져야 돼, 릴리는 소파 위의 여자를 보며 그렇게 생각했다. 바싹 겁이 나면서도 동시에 굉장히 흥분된다는 게 어떻게 가능한 건지 스스로도 의문이었다. 고등학교 때, 그레그를 만나기 몇 년 전에 주말 파티에 간 적이 있었다……. 물론 술을 마셨지만 자신이 뭘 하는지 모를 정도로 취하지는 않았고, 그날 밤 끝에 그녀는 어두운 방으로 어떤 남자아이를 따라가서 처녀를 잃었다. 릴리는 아침에도 그 남자아이의 이름을 알지 못했지만, 그 애는 수줍음 많고 상냥했고, 그녀도 그 일을 후회하지 않았다. 그때 그곳에서는 그 무모하고 방종한 행동이 그녀를 정의하는 것 같았다.

난 여기 있어, 그녀는 겁에 질렸으면서도 높은 곳을 나는 듯 붕 뜬 기분으로 생각했다. 난 정말로, 진정으로 여기 있어.

그 기분은 정말 오랜만이었다.

그레그가 문으로 들어올 때 릴리는 이미 안 좋은 밤이 될 것임을 알 수 있었다. 그는 황소처럼 머리를 숙이고 있었고 팔 아래에는 땀 얼룩이 져 있었다. 그가 한 번도 말한 적은 없지만 릴리는 그가 비행을 겁낸다고 거의 확신했다. 거실을 사이에 두고도 쌉쌀한 식은땀 냄새와 그가 매일 바르는 샌들우드 오드콜로뉴 냄새가 느껴졌다.

처음 만났을 때 그이가 저걸 발랐다면 헤어지자고 말했을 수도 있는데. 릴리는 그 생각에 갑자기 끔찍한 웃음이 터져 나올 것 같아서 뺨 안쪽을 깨물었다.

그녀는 샤워를 하고, 머리를 길게 말리고, 그레그가 화가 난 채 돌아올 것임을 이미 알고서 제일 좋은 드레스를 입었다. 뉴스 사이트에서 거의 즉시 이야기를 전하기 시작했기 때문이다. 동해안 보안국 본부 세 군데, 그중 하나는 뉴가나안에서 겨우 10킬로미터 떨어진 곳의 비행기 성능 실험장에서 끔찍한 폭발이 일어났다. 사상자는 적었다. 테러리스트들은 사람이 아니라 장비를 겨냥한 게 분명했고, 성공했다. 백 대가 넘는 비행기가 파괴되었고, 록히드에서 온 두 명의 민간인 계약자가 사망했다. 하지만 그들은 노동자가 아니라 그저 경영진이었다.

그저 경영진. 그것은 릴리의 아버지가 할 법한 말처럼 들렸다. 아버지는 화학 공학자였고 말년에 경영진 자리에 올라가서 연간 500만 달러를 벌었다. 하지만 아버지의 마음은 언제나 노동자들과 함께였다. 릴리가 아주 어릴 때 아버지는 심지어 다우에서 조합을 만들려고 하셨지만, 프리웰의 노동촉진법 때문에 시도는 끝이 났다. 몇 년 후 품질 관리는 완전히 자동화되었고, 조합을 만들 노동자도 더 이상 남지 않았다. 아버지는 부유했지만 행복하지 않았다는 걸 릴리는 알았다. 아버지는 2년 전에 돌아가셨고, 병원에서 아버지의 침대 옆에 앉아 있었던 그 마지막 순간에도 릴리는 아버지가 더 공정한 세상을 여전히 꿈꾸고 바란다는 걸 느낄 수 있었다. 그녀는 자신이 거기 있으면 안 되는 딸이라는 느낌을, 아버지가 정말 원하셨던 건 매디였다는 느낌을 지울 수가 없었다.

그레그는 소파에 코트를 던져놓고 곧장 바로 걸어갔다. 또 다른 안 좋은 징조였다. 릴리는 그레그의 두꺼운 어깨가 양복 아래로 구부러져 있고, 검은 눈썹은 사교 클럽 남학생처럼 잘생긴 얼굴에서 한껏 찌푸려져 있고, 진을 따르는 동안 턱에는 힘이 들어가 있는 것을 알아챘다. 액체가 잔의 테두리로 넘쳐서 바에 흘렀으나 그레그는 닦지 않았다. 그건 릴리의 임무였고 불안감 속에서 희미한 분노 한 줄기가 솟구치는 듯한 기분에 그녀는 깜짝 놀랐다. 분노는 잠깐 동안 몸부림치다가 도로 가라앉았다.

보안국의 사이렌은 오후 내내 동네에서 커졌다 작아졌다 했다. 그들은 릴리의 집에 오지 않았지만 블록 아래쪽에 있는 앤드리아 토레스의 집에는 갔다. 뉴가나안에 무슨 일이 생기는 드문 경우에 언제나 가장 먼저 취조를 받는 것은 앤드리아였다. 남편이 멕시코계 혼혈이고 불법 이민자들이 국경을 넘어오는 걸 도와줬다는 혐의로 체포된 적이 한 번 있기 때문이었다. 하지만 앤드리아는 잔디밭 아래쪽으로 가서 우편물을 집어 올 용기도 간신히 내는 조그맣고 수줍음 많은 여자였다. 릴리는 같은 동네에 살기 때문에 예의상 항상 그녀를 파티에 초대했으나 앤드리아는 한 번도 오지 않았다.

보안국은 열여덟 살에 키 165센티미터, 금발에 초록 눈인 여자를 찾고 있었다. 여자는 석 달 전 프라이어 보안 기지에 민간인 청소부로 고용됐고, 오늘 비행기 이착륙장으로 몰래 들어가서 폭탄을 장치했다. 현장에서 도망치다가 총에 맞았고 그들은 그녀가 부상을 입었을 거라고 믿었다. 여자의 이름은 앤절라 웨스트였다.

이름은 안 돼, 릴리는 거의 반사적으로 생각했다. 아기방의 여자는 앤절라가 아니었다. 릴리는 여자의 어깨 흉터는 착각이 분명하다는 결론을 내렸다. 아무도 태그 없이 보안국의 승인을 받고 군사 기지에 들어갈 수는 없다. 뉴스 사이트에서는 여자가 푸른 수평선 소속으로 알려져 있다고 했지만 아무도 대륙 간 비행용으로 설계된 비행기에 대해 국내 테러리스트들이 뭘 바란 건지 설명하지 못하는 것 같았다. 사이트에서는 분리주의자들이 미친개와 같아서 그저 가까운 군사시설을 공격한 거라고 추측했다. 모두가 그들 본부가 뉴잉글랜드 어딘가에 있다는 걸 알지만 보안국도, 개인 현상금 사냥꾼들도 자취를 찾아내지 못했다. 뉴스에서는 해군 기지가 편리한 목표물이었을 뿐이라고 말했다.

릴리에게조차 그 설명은 별로 사실로 느껴지지 않았다. 몇 달에 한 번씩 그레그는 어니 웰치라는 보안국 중위를 저녁 식사에 초대했고, 지난번에는 어니가 술을 몇 잔 마시고서 푸른 수평선이 유능하고 잘 조직된 테러리스트 단체라며 서글픈 어조로 인정했다. 그들은 신중하게 고른 목표물만을 뒤쫓고, 대체로 성공했다. 릴리는 달리 할 일이 없어서 온라인 뉴스를 보았으나 뉴스 사이트가 엄격하게 검열되고 있다는 걸 잘 알았다. 보안국은 문제의 규모를 감춰둘 계획이었으나 어니는 항상 술을 세 잔쯤 마시면 쉽게 이야기를 털어놓았고, 그의 말에 따르면 푸른 수평선은 민간인들 대부분이 아는 것보다 훨씬 큰 문젯거리였다.

"오늘 하루가 어땠냐고 나한테 왜 안 물어봐?"

고개를 들자 그레그가 자신을 바라보고 있었다. 튀어나온 아랫입술에는 토라진 기색이 어려 있었다. 그녀는 안락의자에서 일어나 깊게 숨을 들이켜고 다가가서 그에게 키스했다. 그에게서는 살라미와 올리브 맛이 났다. 비행기에서 이미 마티니를 마신 모양이었다.

"미안해요."

"형편없는 하루였어."

그는 스카치를 따르며 말했다.

릴리는 동정하는 것처럼 보이길 바라며 고개를 끄덕였다. 그레그에게는 매일이 형편없는 하루였다.

"여행은 괜찮았어요?"

"그랬어. 테러리스트들이 동해안의 모든 비행기들을 폭파하기 전까진."

"뉴스에서 봤어요."

그레그는 짜증 난 얼굴로 그녀를 내려다보았고, 릴리는 그가 직접 말하고 싶어 했다는 걸 깨달았다.

"테러리스트인 줄은 몰랐어요. 뉴스에서는 그냥 사고라고 했거든요. 폭발을요."

"아니야. 세 명의 공작원들이 보안국 검사에 통과했어. 그중 한 명은 심지어 여자였다고! 이 나라가 도대체 어떻게 돼가려고 이러나 몰라."

그레그가 위스키를 한 모금 마시고 말을 이었다.

"두 시간 안에 워싱턴으로 가야 돼. 펜타곤에 급히 비행기가 더 필요한데, 나한테 그 문제를 처리하래."

"잘됐네요."

릴리가 주저하며 말했다.

"아니, 그렇지 않아! 망할 놈의 분리주의자들이 지난 2년 동안 동해안의 거의 모든 비행기 생산 시설을 폭파했어. 겨우 두 군데만 아직까지 돌아가고 있다고. 나머지는 아직도 수리 중이야. 펜타곤이 요구하는 비행기 양의 일부조차 맞출 여력이 없어. 우리가 뭔가를 만들 때마다 매번 푸른 수평선이 터뜨려버린다고!"

릴리는 여자에 대해서 더 물어보고 그레그가 더 많은 정보를 알고 있는지 알아내고 싶었지만, 그러면 안 된다는 것도 잘 알았다. 지난 한 해 동안 그레그가 이러는 모습을 여러 번 보았고, 항상 결국에 상처를 입었다. 두 번은 눈에 멍이 들었고, 팔이 부러져서 응급실 신세를 진 밤도 한 번 있었다. 마지막이 최악이었다. 그레그는 집에 들어오자마자 섹스를 하고 싶어

했고, 릴리가 밀어내자 그녀를 후려쳤다. 섹스를 하면서 그는 그녀의 어깨를 피가 나도록 깨물었다. 릴리는 그 기억을 떨쳐버리고 거의 몸을 떠는 것과 비슷하게 머릿속을 반사적으로 지웠다. 그레그는 언제나 끝나고 나서 미안하다고 했고, 귀걸이나 드레스처럼 대체로 뭔가 선물을 함께 주었다. 그런 일들은 잊는 편이 낫다…… 다시 벌어지기 전까지는.

"이제는 워싱턴으로 가서 열 명의 3성 장군들과 그 이상의 장군들 앞에 서서 그들이 원하는 걸 해줄 수 없는 이유를 설명해야 돼."

릴리는 동정하려고 노력했지만 전혀 그런 기분이 들지 않았다. 사실 그레그가 어차피 곧 그녀를 때릴 예정이니 그냥 때리고 떠나주면 좋겠다고 생각하고 있음을 깨닫고 조금 놀랐다. 그녀는 아기방으로 돌아가고 싶었다. 거의 한 시간이 지났고 여자는 목이 마를 것이다.

"그 여자 이름이 뭐예요?"

릴리가 물었다.

"뭐?"

그레그는 엉덩이의 틈새를 쓰다듬기 시작했다. 그녀가 싫어하는 일이었다. 그녀는 그의 손을 치우지 않으려고, 가만히 있으려고 애를 썼다.

"그 테러리스트 여자요. 진짜 이름이 뭐예요? 알아냈나요?"

"도리언 라이스. 1년 전에 브롱크스 여자 교도소에서 도망쳤다는군! 믿어져?"

믿어졌다.

"떠나기 전에 겨우 저녁 먹을 시간만 있을 것 같아."

릴리는 자신의 역할이 뭔지 알았다. 저녁 식사를 차리고 그에게 필요한 게 있는지, 그녀가 해줄 수 있는 게 있는지 물어야 했다. 그녀가 묻기를 그레그가 기다리고 있다는 걸 느낄 수 있었다. 그는 그녀 자신만큼 이 순서를 잘 알았다. 하지만 릴리는 움직일 수가 없었다.

그가 섹스를 하고 싶어 하면 난 완전히 미쳐버릴지도 몰라.

그레그의 손이 엉덩이 틈새를 쓰다듬던 것을 멈추었다. 다음에 무슨 일이 일어나든 이게 멈춰서 다행이라는 생각이 들었다. 릴리가 그의 품에서 빠져나왔다.

"가서 식사를 차릴게요."

그녀가 부엌 쪽으로 두 걸음도 가기 전에 그가 그녀의 팔을 우악스럽게 잡았다.

"무슨 생각 하는 거야?"

"당신요."

릴리는 도리언 라이스가 배가 고프지 않을지, 고형 음식을 먹을 수 있을지 궁금했다. 의사에게 물어봤어야 했는데.

"아니, 그렇지 않아. 다른 생각 하고 있잖아. 당신이 그러는 거 마음에 안 들어."

그레그가 심통 난 목소리로 말했다.

"뭘 하는 게요?"

"당신 머릿속으로 다른 생각을 하는 게 마음에 안 들어. 여기서 내 얘기에 집중해야 할 거 아냐."

소심 쩌는 놈 같으니. 릴리는 그 말을 간신히, 겨우 삼켰다. 소심 쩌는 놈…… 매디가 자주 쓰던 욕이었다. 그녀는 열네 살쯤에 메디아에 사는 사람들 중 최소한 절반을 그렇게 불렀다.

"왜 날 사랑한다고 말해주지 않는 거야? 개떡 같은 하루였던 말이야."

릴리는 입을 벌리고 자신의 입술이 그 말을 하기 위해 동그란 모양이 되는 것까지도 느낄 수 있었다.

말할 수 없어.

하지만 그가 널 때리면 어쩔 거야?

저 망할 자식이 그런다고 해서 그게 뭐?

다시 매디였다. 매디의 끊임없이 상스러운 말버릇이 릴리의 머릿속에 한 자리를 차지한 느낌이었다. 그레그의 손이 그녀의 머리카락을 휘감고서 머리를 뒤로 젖혔다. 정말로 아플 정도로 센 건 아니었지만, 경고는 될 정도였다. 목에서 근육이 뚜두둑거렸다.

"내가 당신을 위해서 이 모든 걸 해줬는데, 릴…… 날 사랑하지 않아?"

그녀는 살짝 초록빛이 도는 그의 갈색 눈을 쳐다보고 이를 악물었다. 오늘은 그런 밤이 될 것이다. 아니길 바라기에는 이미 선을 한참 넘었다. 하지만 그녀가 자기 역할을 다하면 피해를 좀 줄일 수도 있을 것이다.

그 대가가 뭔데, 릴? 매디가 물었다. 아홉 살 때부터 좋아했던 대로 금발 머리를 고스 스타일로 땋고 히죽 웃고 있는 매디의 모습이 이제는 보이는 것 같았다. 매디는 그레그를 만난 적이 없었다. 릴리가 처음 그레그를 집에 데려오기 2년 전에 사라졌으니까. 하지만 처음부터도, 좋았던 시절에도 릴리는 늘 매디가 어떻게 생각할지 마음 깊은 곳에서는 알고 있었다.

그레그가 이제 릴리의 머리를 더 세게 당겨서 두피가 아파왔다. 그녀는 자신이 말하려는 건지 아닌지조차 모른 채 입을 벌렸다. 도리언이 고형 음식을 먹지 못한다고 해도 뭔가 먹이기는 해야 할 것이다. 어쩌면 수프를 좀 갖다줄 수도 있겠지. 치킨 수프 같은 것. 그거면 안전할 것이다. 책에서 병자들은 항상 그걸 먹었으니까. 도리언이 지루해하지 않게 숨겨둔 책도 몇 권 갖다줄 수 있을 것이다.

"날 사랑하지, 응, 릴?"

그녀가 글을 못 읽으면 어떻게 하지?

"릴? 날 사랑한다고 말해."

"싫어요."

억누르기도 전에 그 말이 튀어나왔다. 그레그가 그녀를 거실 맞은편으로,

스크린이 있는 티크 캐비닛을 향해 밀쳤다. 릴리의 이마가 먼저 부딪쳐서 찢어지고 짙은 색 나무에 핏자국이 남았다. 상처는 그리 심하지 않았으나 캐비닛 모서리에 몸통도 부딪쳐서 숨이 콱 막혔다. 누군가가 창자를 걷어찬 것 같은 느낌이었다. 릴리는 입을 벌렸지만 말을 할 수가 없었다. 목 안쪽 어디서 숨이 막혀 폐 입구를 틀어막고 그저 거칠게 헐떡일 수만 있는 느낌이었다. 피가 왼쪽 눈으로 흘러 들어갔고, 고개를 들자 시뻘건 안개 속에서 그레그가 다가오고 있는 게 보였다. 러그에는 핏방울이 떨어져 있었다.

"나한테 뭐라고 했어?"

좋은 질문이었다. 릴리는 오래전에 목 안쪽에 자물쇠를 설치해서 모든 것이 나오기 전에 걸러질 수 있도록 했다. 이제는 진짜배기 자물쇠가 거기 있는 것처럼 숨을 쉬는 것이 굉장히 어려웠다. 하지만 다른 자물쇠, 중요한 자물쇠는…… 완전히 부서져서 문이 활짝 열린 것 같았다. 그녀는 눈에서 피를 닦고 그레그가 몸을 구부리는 앞에서 마음의 준비를 했다. 그의 얼굴은 분노로 시뻘겋고 눈가에는 깊게 주름이 생겼지만 그 눈동자는…… 텅 비어 있었다.

"사과할 거야?"

그녀의 일부는 그러고 싶었다. 사과를 잘하면 그는 그녀와 섹스를 한 다음 그녀를 남은 밤 시간 동안 혼자 놔두고 나갈 것이다. 그녀가 그리 연기를 잘하지 못한다 해도 상처를 몇 개쯤 더 만든 후에 섹스를 하겠지.

안 좋은 밤이 될 거야.

그는 그녀를 다시 때릴 것이다. 주먹을 움켜쥐지도 않았지만 지난 한 해 동안 릴리는 그런 것에 대해 훌륭한 레이더를 갖게 되었다. 그레그의 머릿속에 충동이 자리 잡기도 전부터 그녀는 주먹이 날아올 것을 예감할 수 있었다. 그녀는 피투성이 손으로 그레그의 회색 양복바지 한쪽을 잡고 몸을 일으켜 웅크리고 앉았다. 그가 뒤로 확 물러났다. 배 속은 여전히 울렁거렸지만 그녀는 몸을 펴고 일어섰다. 마음속의 모든 것이 편안해졌다. 그녀는 몸 안을 가득 채우는 순수하고 맑은 공기를 들이켰다.

"내 양복에 피를 묻혔잖아. 이제 옷을 갈아입어야 된다고."

그레그는 릴리가 마치 중력을 거부하기라도 한 것처럼 놀란 어조였다.

"그거 참 안됐네요."

그가 그녀의 머리카락을 움켜잡고 그녀를 구석으로 내던졌다. 릴리는 커피 탁자 위로 쓰러졌다. 정강이 살갗이 까졌고, 정부 전단지 위로 쓰러진 바람에 전단지가 거실 바닥 사방으로 흩어졌다. 그녀는 일어나려고 했지만 그레그가 뒤로 와서 그녀가 전혀 무게가 나가지 않는 것처럼 잡아 누르고 커피 탁자 위에서 꼼짝 못 하게 만들었다. 그가 드레스를 잡아 올리자 릴리는 갑자기 무슨 일이 벌어질지 깨닫고서 더 격렬하게 싸웠다. 아기 방의 여자가, 여자의 배에 난 총상이, 그 여자가 얼마나 용감했는지가 떠올랐다……. 그레그가 그녀의 팬티를 찢고 안으로 파고드는 동안 그녀는 그 생각에 매달렸다. 그는 그녀가 꼼짝 못 하게 등허리를 팔로 눌렀으나 릴리는 몸 안쪽 깊은 곳에서 뭔가가 찢어지는 것을 느끼고 자신도 모르게 숨을 들이켰다. 목 안에서 신음 소리가 올라왔지만 그녀는 손등을 꽉 깨물고 그것을 삼켰다. 그녀가 아픈 소리를 내면 그레그는 기뻐할 것이다. 거기에는 논리 같은 건 없었다. 그냥 그랬다.

어깨 너머에서 뭔가가 움직이는 게 보였다. 그녀는 뒤쪽을 보았고, 그녀의 목을 잡아 누른 그레그의 팔 너머로 앞쪽 현관에 조너선이 눈을 커다랗게 뜨고 멍하니 서 있는 모습이 거꾸로 보였다. 손에는 여전히 자동차 열쇠가 들려 있었다.

수치심이 릴리를 덮쳤다. 그녀는 아무도 속이지 못한다는 걸 잘 알면서도 멍을 감추려고 최선을 다해왔다. 조너선은 상황을 알았다. 그레그가 그녀의 팔을 부러뜨렸을 때 그가 그녀를 응급실에 데려갔으니까. 하지만 이

건 더 끔찍했다. 릴리의 안에서 모든 것이 이걸 감춰야 한다고 소리를 질렀다. 자신이 아닌 다른 사람의 눈에 그걸 안다는 빛이 떠오르는 걸 차마 볼 수가 없었다.

조너선이 재킷 아래에서 총을 꺼내며 한 걸음 다가왔다.

릴리는 다급하게 고개를 흔들었다. 총 없이도 조너선은 그레그를 막을 수 있을 것이다. 그레그가 더 크긴 하지만 조너선은 전투 훈련을 받았으니까. 하지만 그러면 어떻게 될까? 그레그는 당장에 조너선을 해고하고 릴리에게 새 경호원을 붙일 것이다. 조너선은 감옥에 갈 수도 있었다. 그렇게 되면 아기방의 여자는 또 어떻게 될까?

그리고 나는?

조너선이 다시 총을 들어 올리고 그레그를 빤히 보며 소리 없이 한 걸음 더 다가왔다.

릴리는 날카롭게 숨을 들이켜고 외쳤다.

"안 돼요!"

그 말은 그레그를 더 부추기기만 했다. 그가 더 빠르게 몸을 움직여댔다. 하지만 다행히 조너선을 막을 수 있었다. 그는 총을 손에 든 채 거실로 들어오는 제일 아래 계단에서 멈췄다.

릴리는 이를 악문 채 그에게 살짝 미소를 지었다. 그녀는 버틸 수 있다고, 몇 분 뒤만을 기다리고 있다고 말하는 미소였다. 그녀는 왼쪽으로, 아기방으로 눈을 움직였다. 분리주의자.

조너선은 눈을 번뜩이며 난간을 손으로 잡은 채 한참이나 꼼짝하지 않았다. 그러다가 총을 재킷 안에 넣고 복도의 그림자 속으로 들어올 때처럼 조용히 사라졌다.

두 시간 후, 릴리는 천천히 다리를 절며 아기방으로 향했다. 좀 더 빨리 여자를 확인해볼 생각이었지만, 결국에 실패하고 뜨거운 물로 목욕을 했다. 한 시간 동안 욕조에 들어가 있었지만 여전히 걷기가 힘들었다. 아스피린을 먹고 잠자리에 들어야겠지만, 다친 여자가 어두운 아기방에 혼자 앉아 있는 건 싫었다. 릴리는 조녀선이 여자를 확인했는지 안 했는지 알지 못했다. 그는 다시금 집 안에서 사라진 것 같았다.

그레그는 펜타곤과의 긴급회의를 위해서 워싱턴으로 떠났다. 정원을 둘러싼 돌담 위로 여전히 달을 가리는 짙은 연기를 뿜어내는 오렌지색 불빛이 보였다. 아직도 불길을 잡지 못해서 프라이어는 계속 타고 있었다. 도리언 라이스가 직접 폭탄을 만들었을까? 그렇게 어린데 어디서 그런 걸 배운 걸까? 푸른 수평선은 석유 전쟁에서 돌아와서는 일자리가 없다는 걸 깨달은 많은 남녀 참전 용사들을 모집했다. 하지만 도리언은 참전했다고 보기엔 너무 어렸다.

아기방에 도착한 릴리는 자고 있을 여자를 놀라게 하고 싶지 않아서 벽 패널의 조명 조절 스위치를 돌렸다. 하지만 도리언은 소파에 누운 채 처음으로 정신이 또렷한 것 같은 모습으로 천장을 보고 있었다. 릴리는 수프 그릇과 물컵을 그녀의 앞에 있는 탁자에 놓았고, 도리언은 고맙다는 뜻으로 고개를 끄덕였다. 그녀의 눈길은 예리했다. 그 눈이 릴리의 모든 움직임과 방을 가로지르는 동안 절뚝거리며 인상을 찌푸리는 것을 살폈다.

"우리 둘 다 오늘 겨우 살아남은 것 같군요. 여기가 어디예요?"

도리언이 말했다.

"우리 집 아기방이에요."

릴리는 헐거운 타일을 빼려고 했지만 문득 논리적인 문제점을 깨달았다. 오늘 밤에는 절대로 쪼그리고 앉을 수가 없었다. 그래서 그녀는 발끝으로 타일을 툭툭 건드렸다. 여자의 시선이 등에 고정된 채로 그녀는 한도 끝도 없이 더듬거리다가 발끝을 타일 가장자리에 놓고 간신히 타일을 뒤집어 뺄 수 있었다. 그녀가 한쪽 무릎을 구부리고 반대편 발을 발레리나처럼 우아하게 움직여서 구멍에서 책 두 권을 꺼내 도리언 쪽으로 밀었다. 여자는 그것을 바닥에서 집어 들고 감상하는 눈으로 획획 넘겨보았다.

"댁 같은 여자가 어디서 진짜 책을 구했죠?"

릴리는 얼마나 말해도 되는지 알 수가 없어서 입술을 깨물었다. 이 여자가 심문을 당하게 되면 어떡하지?

도리언이 씩 웃자 송곳니가 없는 게 드러났다.

"자기야, 자기는 이미 수많은 문젯거리를 안고 있거든요."

"동네에 책 읽는 걸 좋아하는 유부녀들이 몇 명 있어요. 그중 한 명이 캘리포니아에 가족이 있는데, 그 집에 수집품이 좀 있고요. 여기를 방문할 때 책을 좀 갖다주는데 그걸 우리끼리 돌려서 봐요."

미셸은 또한 필요한 사람 누구에게나 제약 회사 등급의 진통제도 구해주었다. 릴리는 지금 자신에게도 좀 있었더라면 하고 생각했다.

"내가 여기 있는 거 아는 사람 있어요?"

"조너선이 알아요. 그 사람이 다른 사람들에게 알리러 갔어요."

"그럼 여기 오래 안 있어도 되겠군요."

"원하는 만큼 있어도 돼요."

"그쪽한테 위험해요. 보안국이 이 동네를 샅샅이 쓸고 있을걸요."

"맞아요."

"날 찾지 못하면 집을 하나하나 뒤지기 시작할 거예요."

새로운 걱정거리였다. 하지만 도리언은 그다지 걱정하는 것 같지 않아서 릴리도 어깨를 으쓱이고 아무렇지 않은 척하며 조심스럽게 좋아하는 안락의자에 앉았다. 의자에 닿을 때를 대비해 온몸을 긴장하고 이를 악물었지만, 그래도 엉덩이가 쿠션에 닿는 순간 다시 모든 것이 시작되었다. 아스피린을 먹었어야 했는데.

도리언이 하품을 했다.

"좀 졸리네요. 보안국에 연락할 거라면 부디 먼저 내 머리에 총부터 쏴 주길 바라요."

"아무한테도 연락하지 않을 거예요."

"잘됐군요. 난 다시는 구금되지 않을 거니까."

릴리는 침을 삼켰다. 그녀는 다시금 아무 장식도 없는 문을, 맨해튼에서의 그날을, 제복 입은 남자들 무리가 양복 입은 남자를 문으로 밀어 넣던 것을 떠올렸다. 그 문 뒤에서 무슨 일이 있었는지에 관한 기사 한 줄, 뉴스 하나 찾지 못했다.

"그건 어때요?"

"뭐가요?"

"구금되는 거요."

"아, 멋지죠. 스테이크랑 위스키를 주고, 자러 가면 베개에 조그만 사탕도 올려놔요."

"그냥 궁금했을 뿐이에요."

"왜 관심을 갖죠?"

"내 동생이—"

하지만 그 생각을 끝까지 할 수가 없었다. 그 문 뒤에서 매디에게 무슨 일이 있었는지 정말로 알고 싶은 걸까?

"아무도 그 이야기는 안 해서요."

그녀가 말을 바꿨다.

도리언은 어깨를 으쓱였다.

"나빠요. 여자들한테는 더 그렇죠."

"여자들은 어디서나 사는 게 안 좋죠."

"아, 관두시죠, 부잣집 마나님. 댁이 다리를 절면서 걸어 다니고는 있지만, 우리 모두 그 정도는 다 당해봤거든요. 한 명한테 당하는 걸 다행으로 여겨요."

릴리는 다시 침을 삼켰다. 다리 사이에서 벗겨진 피부가 욱신거리는 게 갑자기 더 심하게 느껴졌다.

"난 자야겠어요. 이제 가봐요."

"당신이 잠들 때까지 여기 있을게요."

"그럴 필요 없어요."

릴리는 안락의자에 몸을 기대고 팔짱을 꼈다.

"그러든지요. 맙소사. 그 사람 오면 날 깨워요."

도리언이 눈을 감았다.

누구요? 릴리는 거의 물어볼 뻔했다가 스스로 대답했다. 이름은 안 돼. 그녀는 안락의자 옆에 있는 탁자에 조그만 향초를 켠 뒤, 천장 조명을 *끄*라고 집에다 나직하게 명령했다. 벽에서 그림자가 일렁거리며 흔들의자에 앉아 있는 노인 같은 릴리의 모습을 강조했다.

우리 모두 그 정도는 다 당해봤거든요.

그녀는 잠든 도리언을 쳐다보았다. 머릿속이 그레그로, 저녁때 있었던 일로 자꾸 돌아가려고 했으나 릴리는 그렇게 놔둘 마음이 없었다. 그런 건 내일, 밝을 때 생각할 것이다……. 지금은 아니야. 하지만 그 모습, 그 감각이 계속해서 떠올라서 의자에서 벌떡 일어나 소리를 지르고 싶을 지경이었다.

매디라면 어떻게 했을까?

하지만 그 답은 쉬웠다. 매디는 기억을 밀어내려고 하지 않을 것이다. 매디는 그것을 정면으로 돌파할 것이다. 매디는 항상 강했다. 여동생이 생긴다는 사실에 기뻐했던 릴리는 매디가 자신과 똑같이 옷 차려입기, 미장원 놀이, 거실 한쪽 구석에 놓인 가짜 부엌에서 요리하기 놀이 같은 걸 절대로 하지 않으리라는 사실을 깨닫고는 금세 환상에서 깨어났다. 매디는 야구를 좋아하고 바지를 입겠다고 고집했다. 열두 살 무렵 그 애는 동네에서 제일 뛰어난 투수였다. 너무 뛰어나서 동네 남자아이들은 즉석 야구 경기에 그 애를 끼워주었을 뿐만 아니라 항상 제일 먼저 자기 팀으로 골랐다.

하지만 남자애처럼 노는 건 그 애의 일부분일 뿐이었다. 매디는 릴리보다 훨씬 작고 마치 요정 같은 외모였지만, 허튼 짓거리는 절대로 참지 않았다. 입을 다물고 있으면 문제도 안 생기고 맞을 일이 없는 경우에도 그 애는 절대로 입을 다물지 못했다. 그들이 다닌 초등학교에는 깡패 같은 아이가 둘이 있었는데 매디는 6학년이 될 무렵 둘 모두를 해결했다. 8학년 때 그 애는 역사 선생이 가르치던 가공된 정부 정보를 놓고 언쟁을 벌여 몇 번이나 정학을 당했다. 매디는 약자들의 타고난 보호자였다. 메디아를 둘러싼 울타리 바깥에 수백만 명이 살고 있고, 그들에게는 음식도 부족하고 빚도 너무 많아서 평생 빚을 다 갚지 못한다는 사실을 릴리에게 제일 처음 알려준 것도 매디였다. 그때까지 릴리는 모든 사람들이 다 그들 가족처럼 살지는 않는다는 걸 몰랐다. 아버지도 그녀에게 사실을 얘기해주셨지만, 그건 한참 후, 릴리가 열다섯 살이 된 다음이었다. 매디가 둘째이긴 했어도 아버지는 오래전에 매디에게는 사실을 알려주신 게 분명했다.

도리언이 잠결에 신음하는 바람에 릴리는 현재로 돌아왔다. 촛불 빛 속에 도리언 이마의 땀방울이 반짝였다. 릴리는 아까 갖다놓았던 얼음이 녹은 그릇을 찾았다. 그녀는 의자에서 움찔거리며 간신히 일어나 차가운 물에 수건을 담갔다가 꼭 짜서 도리언의 이마에 살짝 얹었다. 수건은 금세 뜨끈해졌고 릴리는 다시 물에 담갔다가 올렸다. 도리언에게 아스피린을 갖다줘야 했다. 하지만 열이 날 때를 대비해서 의사가 놔두고 간 약이 좀 있다. 릴리는 어떤 것도 확신할 수가 없었다. 아픈 아버지의 곁을 지키긴 했었지만 아픈 사람을 어떻게 보살펴야 하는지 전혀 몰랐다. 간호사들과 기계가 모든 일을 다 했으니까. 거의 마지막에 약에 완전히 취한 아버지는 매디를 찾으셨고, 릴리는 매디가 어디 있는지 말해서 아버지가 그 모든 일을 다시 떠올리시게 만들 수가 없었다. 그래서 매디가 복도에서 의사와 이야기하고 있다고 말했지만 아버지는 계속해서, 거의 끝까지 매디를 찾으셨다. 아버지와 매디는 특별한 관계였고, 그 관계는 항상 존재했기 때문에 릴리가 양심을 품을 시기조차 없었다. 아버지는 여름이면 매디를 필리스 야구 경기에 데려가셨고 밤에는 서재에 앉아서 함께 수많은 책을 읽었다. 매디가 릴리보다 두 살 어렸지만 그 애가 먼저 저 혼자 글자를 읽기 시작했다. 둘 사이의 결정적인 차이점이자 매디와 아버지의 중요한 공통점이 있었다. 모든 것을 깊이 아낀다는 거였다.

"우리가 더 나은 사람이 되면, 우리 자신에게처럼 서로를 아끼면 어떨지 생각해봐, 언니! 세상이 어떻게 될지 생각해보라고!"

매디가 그렇게 말하면 릴리는 고개를 끄덕이곤 했다. 이론적으로는 좋은 얘기니까. 하지만 릴리에게는 그런 깊은 욕구가 없었다. 그녀가 아끼는 것은 두 달 후면 무심하게 버려졌다. 매디의 열정은 피곤했다. 그런 열정은 관심뿐만 아니라 헌신과 노력을 요구했다. 가끔 릴리는 매디가 그냥 릴리의 친구들처럼, 릴리 자신처럼 남자애들과 옷과 음악만 생각했으면 좋겠다고 바라기도 했다.

촛불이 더 날카롭게 일렁거렸다. 릴리는 낯익은 아기방 가구들의 그림자가 가느다란 촛불 때문에 무시무시하게 보이는 벽을 쳐다보았다. 집은 화학 공격을 막기 위해 밀폐되어 있어야 하지만, 어디선가 바람이 들어와 발가락이 차가워지는 게 느껴졌다. 하지만 냉기에도 도리언은 깨지 않았다. 그녀는 베개에 고개를 옆으로 기울이고 평화롭게 자고 있었다. 잠깐 동안 굉장히 매디처럼 보였고, 릴리는 이 여자가 동생이라고 거의 믿을 뻔했다……. 하지만 그 순간 그림자가 다시 일렁였고 환상은 깨졌다.

매디가 정치적으로 활발할 것은 거의 당연한 결과였다. 그들의 어린 시절은 정치적인 사람에게는 별로 좋은 때가 아니었으나 릴리는 몇 년 후, 프리웰 정부에 관해서 알게 된 다음에야 그 사실을 깨달았다. 릴리의 영어 선생님이었던 호손 선생은 그녀가 8학년 중반일 때 사라졌고, 릴리는 학교에서 호손 선생이 캘리포니아로 이사를 갔다고 발표한 것에 아무 의문도 품지 않았다. 대학에 들어간 다음에야 그녀는 호손 선생이 종교가 사회에 미친 영향에 대해 전면적으로 가르쳤고 종종 그 주제에 대한 책을 숙제로 내주었음을 떠올렸다. 그 시절은 아직 정부가 문학작품 하나하나를 편집하던 초기였고, 호손 선생은 늘 학생들에게 원래 판본을 구해주곤 했었다. 하지만 어느 날 그는 그냥 사라졌고, 후임으로 온 선생은 정부 승인 판본을 사용했다. 호손 선생은 매디가 사라지기 두 달쯤 전에 사라졌고, 당시에 거기엔 거의 신경 쓰지 않았던 릴리는 이제는 종종, 모든 것이 과도하게 중요하게 느껴지고 악몽도 합리적으로 여겨지는 잠들기 직전의 시간에 그가 어떻게 들키게 된 걸까 의문을 품곤 했다. 아마도 학생 때문이리라……. 이야기하는 걸 좋아하고 악의는 없는 릴리 같은 학생이 부주의하게 말하는 바람에.

누군가가 그녀를 보고 있었다.

갑자기 온몸의 신경 끝까지 느껴졌다. 누군가가 파티오로 이어지는 문 바로 안쪽에 서서 그녀를 보고 있었다. 그녀를 확인하려고, 그의 인형이 뭘 하고 있는지 보려고 일찍 돌아온 그레그가 분명했다. 그레그는 아기방에 들어온 적이 없지만, 오늘 밤에 선을 넘은 일이 그거 하나는 아니니까. 안 그런가? 고개를 들면 그의 씩 웃는 얼굴이, 그 폭력적인 즐거움이 가득한 얼굴이 보일 거고 그녀에게는 아무것도 남지 않을 것이다.

그녀는 고개를 들었다가 안도감으로 거의 숨이 막힐 뻔했다. 그레그가 아니었다. 남자는 소리 없이 방 안에 들어와서 이제는 잠긴 문에 몸을 기대고 그녀를 보고 있었다. 마흔 살쯤 되었고 편안한 자세에도 군사훈련을 받았다는 사실이 뚜렷하게 드러나는 키 큰 남자였다. 옷차림은 온통 검었다. 금발은 거의 두피에 닿을 만큼 짧게 깎았으나 그 아래 말끔하게 면도한 엄격하고 각진 얼굴에 잘 어울렸다.

"그 애는 어떻지?"

릴리는 미국인이 아닌 억양에 눈을 깜박였다.

"괜찮아요. 열이 좀 나지만 의사가 그럴 수도 있을 거라고 했어요. 열이 떨어질 때까지 함께 있으려고요."

남자는 그녀의 얼굴을 빤히 쳐다보았다.

"당신은 메이휴 부인이군."

릴리는 고개를 천천히 끄덕이며 그 억양이 어디 건지 알아챘다. 영국 억양이었다. 오랫동안 영국식 말투를 듣지 못했다. 보안국이 영국과의 국교를 끊고 모든 영국인들을 추방한 지 10년도 넘었다. 이 사람은 아직까지 여기서 뭘 하는 걸까?

"날 전에 본 적이 있소?"

그가 물었다.

"아뇨."

"확실히?"

"네."

그녀는 확신했다. 이 남자를 본 적이 있으면 기억했을 것이다. 그는 자력 같은 힘을 발휘했고 릴리는 방 전체에서 그 힘을 느낄 수 있었다. 그가 의사의 것보다 좀 작지만 의료용이 분명한 검은색 캔버스 천 가방을 들어 올렸다. 그가 가방을 탁자에 내려놓자 안에서 금속 도구들이 달그락거리는 소리가 들렸다.

"왜 그 애를 도와줬는지 모르겠지만 고맙소. 예상치 못한 도움이야말로 가장 좋은 거지."

"왜 예상치 못했다는 거죠? 내가 부자라서요?"

"그것도 있고, 당신 남편 때문에."

잠깐 동안 릴리는 거실에서의 장면밖에 생각할 수가 없었다. 그러다가 그가 그레그의 직업을 이야기하는 걸 거라는 사실을 깨달았다. 그레그는 정확하게 정부에서 일하는 건 아니었지만, 지금은 보안국이 사실상 정부였다. 푸른 수평선의 눈에 그레그는 정치인만큼 나쁠 것이다. 남자의 눈이 그녀를 사로잡는 것만 같았고 릴리는 힘겹게 다시 도리언을 쳐다보았다.

"왜 해군 기지를 폭파한 거죠? 아무 쓸모도 없는 일 같은데요."

"우리가 하는 어떤 일도 쓸모없지 않지. 당신은 전체 그림을 보지 못하기 때문에 그렇게 재단하는 거요."

"난 재단하는 게 아니에요."

"당연히 재단하는 거지. 안 그럴 이유가 있나? 당신은 고고한 윗자리에 앉아 있는데."

릴리는 얼굴을 붉혔다. 갑자기 그의 말에 반박하고 싶었다. 그레그에 관해 설명하고 이 남자에게 자신의 자리가 전혀 고고하지 않다는 걸 말하고 싶었다. 하지만 낯선 사람에게 그런 이야기는 한마디도 할 수가 없었다. 친구들에게도 말할 수 없는데.

"대장?"

도리언이 소파에서 말했다.

"거기 있었구나, 귀염둥이."

도리언은 졸린 미소를 지었고 갑자기 얼굴이 어린애처럼 변했다.

"오실 줄 알았어요. 잘됐나요?"

"아주 근사하게. 몇 달은 다시 날지 못할 거야. 정말로 잘했다."

도리언의 눈이 반짝였다.

"좀 자렴, 도리. 어서 나아야지."

도리언은 눈을 감았다. 릴리는 이 대화를 이해할 수가 없었다. 두 사람 사이에는 애정이 있는 게 분명했지만, 어떤 남자가 사랑하는 여자에게 폭탄을 설치하고 총에 맞으라고 시킨단 말인가?

"저 애를 여기서 빼내야 돼."

남자가 괴로운 눈으로 중얼거렸다.

"필요한 만큼 여기에 있어도 돼요."

"당신이 새로운 놀이에 질려서 그 애를 신고할 때까지 말이지."

"그러지 않을 거예요! 절대로 그러지 않아요."

릴리는 상처받아서 날카롭게 말했다.

"내가 거기에 회의적이더라도 이해해주시오."

"의사 선생님이 움직이면 안 된다고 했어요!"

남자가 안락의자에서 일어서자 릴리가 경계하며 말했다. 그가 도리언을 안아 들고 데리고 나갈 생각이라는 게 빤히 보였다. 릴리도 의자에서 일어나다가 온몸의 상처들이 한꺼번에 깨어나는 고통에 헉하고 숨을 들이켰다.

"좀 거친 대접을 받은 것 같은데, 안 그렇소, 메이휴 부인? 얼굴은 누가 그렇게 한 거요?"

"당신이 상관할 바가 아니에요."

그는 고개를 끄덕였다. 그의 눈이 반짝였고 릴리는 그가 이미 안다는 걸 깨달았다……. 전부는 아닐지라도 그녀가 바라는 것보다 더 많은 걸 아는 게 분명했다.

"그녀를 데려가지 마세요. 제발요."

"왜지?"

릴리는 의사의 말을 좀 더 떠올리려고 노력했다.

"길에 바리케이드를 쳤을지도 몰라요."

"뉴가나안 주위로 세 개의 바리케이드가 있지, 메이휴 부인. 그건 나한 테는 아무 장애가 되지 않소."

"제발요."

릴리는 거의 눈물이 나오기 직전이라는 걸 깨닫고 깜짝 놀랐다. 오늘 하루가 갑자기 한꺼번에 그녀를 짓누르는 것 같았다. 끔찍한 수술, 그레그, 매디…… 이제 릴리가 뭔가 속죄하기도 전에 도리언을 데려가려고 하는 이 남자까지.

"제발 그녀를 여기 그냥 둬요."

"왜 이 일에 관심을 갖는 거요, 메이휴 부인? 나한테 말하는 게 좋을 거요. 거짓말하면 알 수 있으니까. 현상금을 노리는 거요?"

"아니에요!"

그가 도리언 쪽으로 다시 몸을 구부렸다. 릴리는 뭔가 변명거리를 찾으려고 애를 썼지만 아무것도 떠오르지 않았다. 진실밖에는 생각나지 않았다.

"난 내 동생을 신고했어요."

그가 날카롭게 고개를 들었다.

"뭐?"

릴리는 멈추려고 했지만 말이 제멋대로 흘러나왔다.

"내 여동생요. 8년 전에 그 애를 보안국에 신고했어요. 그러려던 건 아니었지만, 그렇게 됐어요. 도리언은 그 애를 꼭 닮았어요."

그는 가느다란 눈으로 잠깐 동안 그녀를 빤히 보았다.

"결혼 전 성이 뭐였소, 메이휴 부인?"

"프리먼요."

"분리주의자에게 잘 어울리는 이름이군. 여동생이 뭘 했소?"

"아무것도요."

릴리는 다시 눈물이 나오려고 하는 걸 느끼고 눈을 감았다.

"그 애 방에 전단지가 있었어요. 난 당시에 그게 뭔지 몰랐어요."

"그걸 다른 사람에게 보여줬소?"

릴리는 고개를 끄덕였고 눈물이 뺨을 타고 흐르기 시작했다.

"내 친구들에게요. 그중 한 친구의 아빠가 보안국에서 일했지만, 거기에 대해서 생각도 안 했었어요. 그냥 매디가 뭘 하는 건지 알고 싶었어요."

"그때 몇 살이었소?"

"열일곱 살요. 매디는 열다섯 살이었어요."

"그들이 그 애를 데리러 왔나?"

릴리는 말을 할 수가 없어서 다시 고개를 끄덕였다. 그날 아침을, 아무리 열렬하게 바라더라도 기억 속에서 절대로 바뀌지 않는 그날을 설명할 수가 없었다. 사물함 옆에서 친구들에게 둘러싸인 채 서 있던 릴리, 핸드폰을 열심히 보던 친구들, 9미터 떨어진 교실에서 나오던 매디. 모퉁이를 돌아서, 아직은 보이지 않지만 그들을 향해 다가오고 있던 네 명의 보안 요원들. 가끔 릴리는 매디에게 손을 뻗어 마지막 순간에 그 애의 팔을 잡고 교실로, 문 뒤로 숨었다가 창문으로 빠져나가는 가망 없는 악몽을 꾸곤 했다. 하지만 꿈속에서도 그녀는 그게 아무 소용 없다는 것을, 금방 검은 제복을 입은 남자 네 명이 모퉁이를 돌아와서 두 명이 매디의 팔을 각각 잡고 복도를 따라 가버릴 것을, 릴리가 마지막으로 본 동생의 모습은 문이 닫히기 전 반짝이던 땋은 금발 머리뿐이라는 것을 알고 있었다.

저녁 식사 자리에서 어머니와 아버지와 릴리 세 명은 매디가 오기만을 기다렸다. 밤새, 다음 날 아침까지 기다렸다. 아버지는 알고 지내는 모든 중요 인물들에게 전화를 했고, 어머니는 거의 끊임없이 우셨으나 릴리는 침묵을 지켰다. 그녀의 마음속 깊고 끔찍한 일부는 이미 상황을 짜 맞추어 자신이 뭘 한 건지를 알아차리고 있었다. 아버지는 그저 엔지니어일 뿐이셨다. 아버지의 영향력은 분리주의자와 연관이 있다고 의심되는 그런 죄수를 풀어줄 수 있을 만큼 강하지 못했다. 그들은 며칠을, 몇 주를 기다렸지만 매디는 집으로 돌아오지 않았다. 보안국의 드넓고 어두운 시스템 속으로 사라졌다. 의사들은 아버지가 암으로 사망했다고 했지만 릴리는 진실을 알았다. 아버지는 오래전부터 죽어가고 계셨다. 수년 전 매디가 사라진 이래로 서서히, 끔찍하게 죽어가고 계셨다. 어머니는 그 이야기를 하고 싶어 하지 않으셨고 생각조차 하려고 하지 않으셨다. 어머니는 친구들에게 매디가 가출했다고 하셨고, 릴리가 그 이야기를 하려고 하자 그저 무시하고 이야기를 다른 방향으로 돌리셨다. 어머니의 태도는 짜증스러웠지만 아버지의 슬픔은 불치병이었다.

내가 아버지까지 돌아가시게 만든 거야. 릴리는 잠들기 직전 그 무력한 시간에 종종 그렇게 생각하곤 했다. *그러려던 건 아니었지만, 내가 아버지를 죽인 거야.*

그녀는 앞에 선 남자가 그녀를 비난할 거라고 생각하며 고개를 들었다. 하지만 그의 얼굴은 무표정했다.

"그 일에 사로잡혀 있는 모양이군."

릴리는 고개를 끄덕였다.

"그래서 도리언을…… 뭐, 자기 징벌로 이용하려는 거요?"

"뒈져버려요! 비행장을 폭파하려고 그녀를 보낸 건 내가 아니에요."

릴리가 날카롭게 말했다.

"그 애가 자원한 거요."

그가 부드럽게 말했다.

"웃기지 말아요. 당신네 집단은 갈 곳 없는 사람들을 모집하잖아요."

"그렇소, 대다수는 갈 곳이 없지. 하지만 그래서 자원하는 게 아니오."

"그럼 왜죠?"

그가 몸을 앞으로 기울이자 눈에 띄는 밝은 눈동자가 촛불 빛 속에서 반짝였다. 그가 손을 앞으로 짚었고 릴리는 손가락 여러 군데에 흉터와 불에 덴 자국이 있는 것을 보았다. 푸른 수평선을 생각할 때 그녀가 무엇을 상상했든, 이 남자는 아니었다.

"말해보시오, 메이휴 부인. 더 나은 세상을 꿈꿔본 적이 있소?"

"누가 그런 꿈을 안 꾸겠어요?"

"지금 세상을 유지하면 이득을 보는 사람들. 예를 들어 당신과 당신 남편 같은 사람들이지."

"난 이득을 보지 않아요."

릴리는 뺨에서 눈물을 닦으며 중얼거렸다.

"그럴지도."

그의 눈이 그녀의 이마에 난 상처 쪽으로 향했다.

"이득이란 상대적인 거요. 하지만 어쨌든 간에 더 나은 세상이라는 게 존재하지. 나는 그걸 전부 다—"

영국 남자는 갑자기 말을 끊고 한쪽 옆으로 고개를 기울였다. 잠시 후 릴리에게도 그 소리가 들렸다. 겨우 두어 골목 아래서 나는 사이렌 소리였다.

"갈 시간이군."

그가 탁자 위의 의료 가방을 뒤졌다.

"이게 필요할 거라고 생각했는데 의사가 잘해준 것 같군. 항생제도 놔두고 갔소?"

릴리는 고개를 끄덕였다.

"하루에 한 번씩 주사를 놔주라고 했어요."

"좋소. 잊어버리고 쇼핑을 가지는 마시오."

뺨이 붉어졌지만 그녀는 미끼를 물지 않았다.

"그럼 그녀는 여기 있어도 되나요?"

"내가 안전하게 빼낼 방법을 찾을 때까지는. 최대 며칠 정도일 거요."

그가 주머니에서 조그만 하얀 봉투를 꺼내서 릴리 쪽으로 내밀었다.

"이걸 받으시오. 며칠 동안 목욕할 때 조금씩 넣고."

"왜 주는 거죠?"

그는 불가해한 얼굴로 그녀를 빤히 보았다.

"당신은 잘 감추고 있지만, 당신 남편 같은 남자가 겉에만 상처를 남겼을 리가 없지."

릴리는 그의 손가락을 건드리지 않으려고 노력하며 봉투를 받았다.

"나한테 선택권이 있다고 생각할 테죠."

"아, 그렇지 않다는 걸 알지."

그가 의료 가방의 뚜껑을 닫았다.

"하지만 더 나은 세상에 대한 희망을 잃지는 마시오. 그건 저 바깥에 존 재하고, 거의 손에 닿을 만큼 가까이 있소."

"더 나은 세상이요?"

영국 남자는 일부러 잠시 침묵을 지켰다. 릴리는 그의 눈이 회색이라고 생각했으나 이제야 실은 밝은 은색, 물에 비친 달빛 같은 색임을 깨달았다.

"부자도, 가난한 사람도 없는 세상을 상상해보시오. 사치는 없지만 모두 가 배불리 먹고, 옷을 입고, 교육을 받고, 잘 보살펴지는 세상을. 신이 어 떤 것도 통제하지 않고, 책이 금지되지 않고, 여자가 더 낮은 계급이 아닌 세상을. 피부색, 출생 환경, 그런 것이 아무 상관 없는 곳을. 사방에 친절과 인류애가 흐르는 곳을. 총도, 감시도, 약도, 빚도 없고 탐욕이 전혀 끼어들 수 없는 곳을."

릴리는 그의 목소리에 맞서려고 했지만 그 노력은 그리 강하지 못했다. 잠깐 동안 파란색과 초록색으로 그림을 그려놓은 것처럼 뚜렷하게 그의 더 나은 세상을 볼 수 있었다. 물가에, 나무로 둘러싸이고 순수한 상냥함이 가득한 조그만 나무 집들이 있는 마을.

정신 차려, 릴리!

그녀는 손바닥을 손톱으로 찔렀다.

"몽상은 자위에나 좋은 거라고들 하더군요."

그의 어깨가 소리 없는 웃음으로 떨렸다.

"늦은 밤이니까, 메이휴 부인. 하지만 당신이 물었잖소."

그가 파티오 문을 열고 잠깐 한밤의 소리에 귀를 기울인 채 문가에 서 있었다. 그는 그레그보다 키가 컸으나 그레그가 미식축구를 하던 시절 덕에 여전히 덩치가 커다란 반면에 이 남자는 육상 선수나 수영 선수처럼 늘씬한 근육질에 민첩했다. 그가 그녀 쪽으로 고개를 돌리자 목 옆에 난 길고 들쭉날쭉한 흉터가 보였다.

"우리를 좀 더 돕고 싶소?"

"어떻게 도와요?"

"우린 언제나 정보가 필요하지. 당신이 조너선을 통해 전해주는 건 뭐든 도움이 될 거요."

"조너선이 어떻게 당신들에게 가담하게 된 건가요?"

"그건 그 친구가 할 이야기요."

"뉴가나안의 벽을 어떻게 넘어왔죠?"

"모든 장벽에는 들어올 길이 있는 법이지, 메이휴 부인."

릴리는 그 말에 담긴 차분한 확신에 깜짝 놀라 눈을 깜박였다.

"당신은 누구죠?"

그녀는 자신이 들을 답을 이미 알고 있었다. 이름은 안 돼. 영국 남자는 문을 지나 나갔고, 릴리는 그를 무시하고 소파 위에 잠든 여자만 단호하게 쳐다보았다. 그는 도리언이 여기 머물게 해주었지만, 릴리는 이미 뭔가를 잃은 기분이었다. 곧 도리언과 이 남자, 두 사람 다 사라질 거고 그러면 릴리에게는 뭐가 남을까? 그레그와의 평생뿐이다. 오늘 같은 밤이 영원히 지속되겠지. 다른 삶이라는 잠깐의 환상에 그 미래가 천배쯤 더 끔찍해졌다. 남자가 갑자기 말했고, 그의 대답은 전혀 예상도 못 했던 것이라 릴리는 잠시 의자에서 꼼짝할 수가 없었다. 그녀가 고개를 들었을 때 남자는 이미 어둠 속으로 사라지고 없었다.

"내 이름은 윌리엄 티어요."

2부

6장

이웬

아주 사소한 친절을 베풀었을 뿐이라도 엄청난 보상을 얻을 수 있어요. 근시안적인 사람만이 그 반대를 믿을 거예요.

—《글린 여왕의 말》, 타일러 신부 편찬

카다르 대사 아즈말 카탄은 매력적인 사람이었다. 키가 크고 재치 있고 잘생긴 데다가 아몬드색 피부에 눈부시게 환한 미소를 지니고 있었다. 켈시는 카다르 왕이 항상 여자들에게 이렇게 유들유들하고 말재주 좋고 유혹적인 유형의 대사를 보내는 이유가 바로 이거라는 메이스의 경고에도 즉시 그에게 호감을 느꼈다. 카탄의 티어 말은 완벽하진 않으나 긴 단어가 나오기 전에 잠깐 머뭇거리는 것, 끝에서 두 번째 모음에서 날카롭게 뚝 떨어지는 억양까지도 관심을 사로잡았다. 그는 켈시에게 대리석을 조각한 아름다운 체스 세트를 선물로 가져왔다. 켈시는 킹과 루크, 비숍에 섬세하게 얼굴이 새겨진 아름다운 선물을 기쁘게 받았다. 아가이브에서 돌아온 후 그녀는 왕궁 하인 여러 명을 보내 칼린과 바티의 오두막을 청소했고, 그들은 잡다한 물건들과 함께 칼린의 오래된 체스 세트를 가져왔다. 알리스와 메이스 둘 다 훌륭한 체스 선수였다. 알리스는 세 번에 두 번은 켈시를 이겼다. 하지만 칼린의 세트는 오래된 데다 바티가 평범한 나무를 깎아 만든 게 분명해서 슬슬 닳아가고 있었다. 그것은 켈시에게 굉장한 감정적 가치를 갖고 있었지만 체스를 둘 때에는 새로운 세트가 더 적당할 것이다.

메이스는 켈시에게 카다르인들은 외모에 큰 가치를 둔다고 경고했고, 그래서 그녀는 평소에 이런 기능을 하는 여왕동의 커다란 중앙방에서 이 만남을 갖고 싶지 않았다. 그녀가 재촉하는 바람에 메이스는 결국 항복하고, 몇 층 아래 있는 거대한 알현실로 왕좌를 옮겼다. 사람들로 가득하지 않을 때면 이 방은 우스꽝스러울 정도로 휑해 보였으므로, 이 알현을 대중에게도 공개하기로 했다. 티어 귀족들은 왕실에서 어떤 선물도 나오지 않을 것임을 깨닫자 켈시의 알현에 이제 참석하지 않았고, 메이스와 켈시는 간단하고 공정한 시스템으로 결정했다. 왕궁 정문 선착순 500명이 무기 수색을 받는 조건으로 알현실에 들어오는 것이었다. 켈시는 옷차림이 상당히 믿을 만한 부의 척도임을 알게 되었다. 앞에 서 있는 사람들 일부는 목재 혹은 약간 비합법적인 것을 거래하는 사업가가 분명했다. 하지만 관중 대부분은 가난한 사람들이었고 켈시는 그들 대부분이 재미를 찾아 여기 왔다는 사실에 약간 후회했다. 처음 몇 번 공개 알현에서 군중은 굉장히 시끄러웠고 몇 번은 야유를 보내기도 했으나 메이스가 자신의 관심을 끄는 사람은 누구든 개인 면담을 하겠다고 해서 그 문제를 해결했다. 이제는 찍 소리도 들리지 않았다.

"저희 주군께서 폐하께 방문할 영광을 베풀어달라고 하셨습니다."

대사가 말했다.

"언젠가 그러지. 지금은 내가 할 일이 너무 많소."

켈시는 메이스가 인상을 찌푸리는 것을 보며 대답했다.

"진실로 폐하께서는 할 일이 아주 많으시지요. 불로의 여왕을 자극하셨으니까요. 제 주군께서는 폐하의 용기에 감탄하고 계십니다."

"그대의 주군께서는 그녀를 자극한 적이 없소?"

"네. 그분의 아버님께서 그러셨고, 고통스러운 기억을 얻게 되셨지요. 지금은 유리와 말을 두 배씩 보내고 있습니다."

"그게 차이일 수도 있겠군. 우리는 사람을 보냈으니까."

잠시 후 켈시는 카다르도 모트메인에 노예를 보내고 있다는 걸 기억해냈지만 대사는 딱히 모욕당한 기색은 아니었다.

"네, 저희도 거기에 대해서 들었습니다. 폐하께서는 국내에서 인신매매를 금지하셨지요. 저희 주군께서는 굉장히 즐겁게 보고 계십니다."

마지막 말은 은근한 모욕이었지만 켈시는 그것을 분석하려 하지 않았다. 그녀는 카다르 왕에게서 도움을 얻어야 했고, 보좌관들 앞에서 대사의 말에 의문을 제기해 그를 모욕할 여유도, 카다르에서 유행인, 심각한 회담의 빙빙 돌아가는 긴 전주곡에 장단을 맞출 시간도 없었다. 오늘 아침에 홀에게서 안 좋은 소식이 도착했다. 두카르트 장군이 모트 군대를 지휘하게 되었다는 거였다. 여왕동의 모든 사람들이 두카르트에 대한 무시무시한 이야기를 아는 것 같았다. 국경 마을들은 이미 대피했고 버몬드가 이제 앨먼트 동부를 비우기 시작했다지만 두카르트가 뉴런던에 도착하면 대피에 성공한 것도 아무 의미가 없었다. 도시의 방어막은 약했다. 도시의 동쪽 면에는 높은 벽이 있지만 벽은 카델강에서 너무 가까워 물기 있는 땅을 기반으로 세워졌다. 도시의 서쪽 면에는 아무것도 없었다. 어머니는 클레이턴산맥이라는 자연 방벽이 긴 포위전에서 도시의 서쪽을 보호해줄 거라고 믿었으나 켈시는 그렇게 낙관적이지 않았다. 그녀는 도시 서쪽에 방벽을 세우고 싶었지만, 메이스는 모트군이 도시에 도착할 때까지 두 달도 걸리지 않을 거라고 추측했다. 설령 뉴런던의 모든 석공을 동원한다고 해도 절대로 시간 내에 완성할 수 없을 것이다.

하지만 카다르에는 석공이 많았다. 신세계에서 가장 뛰어난 석조공들이었다. 설령 카다르 왕이 티어 군대에 카다르군을 보태줄 마음이 없다고 해도 기능공들은 좀 빌릴 수 있을지 모른다. 최소한 모트메인에 말을 보내는 것만이라도 막아야 했다. 약간 과장이긴 하지만 카다르의 병든 암말도 티어의 건강한 한 살배기 말보다 잘 달릴 거라는 말이 있었다. 국경 언덕에서는 모트군에게 좋은 말이 별 소용 없겠지만 앨먼트에 들어서면 더 우수한 기병대는 무시무시한 이점이 될 것이다. 그녀는 이 협상에서 결실을 맺어야 했다.

"본론으로 들어가볼까요, 대사?"

카탄의 눈썹이 위로 올라갔다.

"빠르시군요, 폐하."

"난 바쁜 사람이오."

카탄은 약간 기분 상한 얼굴로 의자에 몸을 기댔다.

"저희 주군께서는 동맹을 의논하고자 하십니다."

켈시의 심장이 펄떡 뛰었다. 알현실 여기저기서 나직한 속삭임이 들렸지만 메이스는 반응하지 않았다. 그는 의심으로 가늘어진 눈으로 대사를 바라보느라 바빴다.

"저희 주군께서도 모트에 보내는 공물을 줄이고 싶어 하십니다. 하지만 카다르도 티어링도 혼자서 그럴 만큼 강하지 못하죠."

카탄이 말을 이었다.

"그렇지. 이 동맹의 조건은 뭐요?"

"천천히, 천천히 하시죠, 폐하!"

카탄은 손을 흔들었고 그것이야말로 켈시가 앞으로 듣게 될 이야기가 마음에 안 들 거라는 진짜 실마리였다. 대사는 조심스럽게 진행해야 한다는 걸 알고 있는 것이었다.

"저희 주군께서는 모트를 거역한 폐하의 용기를 보시고서 그에 따른 보상을 주고 싶어 하십니다."

"어떤 식으로?"

"폐하를 첫 번째 부인으로 삼는 거죠."

켈시는 멍하니 앉아 있었다. 근위병 여러 명이 주위에서 뭐라고 중얼거리는 소리가 들렸다. 그녀는 목 안쪽에 이끼가 가득 찬 것 같은 기분이었으나 침을 삼키고 간신히 대답했다.

"그대의 왕은 부인이 몇 명이나 있소?"

"스물세 분입니다, 폐하."

"모두 카다르인인가?"

"두 분만 제외하고요, 폐하. 두 분은 불로의 여왕이 선물로 보낸 모트인입니다."

"부인들의 나이는 어찌 되지?"

대사는 시선을 돌리고 목을 가다듬었다.

"잘 모르겠습니다, 폐하."

"그렇군."

켈시는 스스로를 걷어차고 싶었다. 이럴 줄 알았어야 했는데. 메이스는 카다르인들이 고립주의자들이고 그들의 도움에는 엄청난 조건이 따를 거라고 그녀를 설득하려 했었다. 하지만 메이스도 이런 제안이 올 거라고 예상하지는 못했을 것이다. 그녀는 반대 제안을 할 만한 것을 황급히 찾았다.

"첫 번째 부인이 되는 게 어떤 가치가 있소?"

"탁자에서 저희 주군의 바로 옆에 앉게 되실 겁니다. 왕궁에 오는 모든 선물들을 첫 번째로 고르실 수 있고, 건강한 아들을 낳으시면 원할 때 언제든 주군의 관심을 거부할 권리도 갖게 되십니다."

코린이 칼을 손가락으로 톡톡 두드리기 시작했다. 엘스턴은 대사의 내장을 꺼낼 독창적인 방법을 생각하는 얼굴이었고 키브는 경고 조로 어깨에 한 손을 올렸다. 하지만 메이스는…… 켈시는 카탄이 메이스의 표정을 보지 못하는 걸 다행으로 여겼다. 당장이라도 죽일 듯한 얼굴이었기 때문이다.

"결혼하지 않고 동맹을 맺을 가능성은?"

"저희 주군께서는 그런 동맹에는 관심이 없으십니다."

"왜지?"

"카다르의 왕은 여자와 동등한 위치에서 동맹을 맺을 수 없기 때문입니다. 결혼은 폐하께서 저희 주군께 완전히 복종한다는 사실을 보장해줍니다."

메이스가 날래게 움직여 켈시의 오른쪽을 가로막았다. 그녀는 놀라서 눈을 깜박였다. 대사나 그의 호위병들로부터 어떤 위협도 느끼지 못했기 때문이었다. 조금 후에야 그녀는 메이스가 실제로는 대사를 보호하려고 움직인 것임을 깨달았다. 켈시의 분노 일부가 그제야 누그러졌다. 그녀는 메이스를 보고 미소를 지었고 그 역시 마주 웃자 애정이 솟구치는 것을 느꼈다.

카탄 쪽으로 다시 몸을 돌리고 그녀가 물었다.

"그대의 주군은 내 왕위를 공유할 생각이오?"

"한 사람이 두 개의 왕국을 통치하는 것은 어려운 일입니다, 폐하. 대신에 저희 주군께서는……"

카탄은 잠깐 단어를 찾느라 말을 멈추었다.

"—성주라고 하나요? 그분을 대신해 폐하의 왕좌를 관리할 성주를 임명하실 겁니다."

"그리고 나는 카다르에서 살고?"

"네, 폐하. 제 주군의 다른 부인들과 함께요."

엘스턴은 이제 천천히, 눈에 띄게 손가락 관절을 하나씩 뚝뚝 꺾기 시작했다. 자신이 살얼음판을 걷고 있다는 걸 아는 듯 카탄은 왕의 하렘에서 사는 즐거움에 대해 더는 부연 설명을 하지 않고 그저 조용히 켈시의 대답을 기다렸다.

"이게 그대가 가져온 유일한 제안이오?"

"제 주군께서는 다른 제안을 할 권한을 제게 주지 않으셨습니다."

켈시는 부드럽게 미소를 지었다. 그녀가 칼린이 키우려고 했던 그런 통치자라면 아무리 혐오스럽다 해도 카탄의 제안을 받아들였을 것이다. 하지만 그녀는 그럴 수 없었다. 눈앞에 평생이, 카다르인의 정부로 사는 인생이 또렷하게 지나가는 것 같았고 그녀는 그 생각을 머릿속에서 밀어냈다. 티어링을 구할 수 있다면 기꺼이 목숨을 포기하고 내일이라도 심장에 칼을 박을 것이다. 하지만 이건…… 그럴 수는 없었다.

"거절하겠소."

"네, 폐하. 놀랐다고 말씀드릴 수는 없겠군요."

카탄은 고개를 들었다. 그의 검은 눈이 갑작스러운 즐거움으로 반짝였다.

"왜지?"

"카다르에서도 저희는 폐하에 대해 모든 이야기를 들었습니다. 폐하께서는 의지력이 있으십니다."

"그럼 왜 제안한 거요?"

"주군의 소망과 제안을 전달하는 것이 제 임무이니까요, 폐하. 어찌 되었든 이 제안은 저희 주군께서 철회할 때까지 유효할 겁니다."

대사가 몸을 살짝 앞으로 기울이고 목소리를 낮춰 덧붙였다.

"하지만 폐하를 위해서는 이 제안을 받아들이지 않으신 것이 기쁩니다. 폐하께서는 저희 주군의 하렘에서 만족해 사실 만한 여자가 아니십니다."

켈시는 그의 웃는 눈을 바라보며 입가가 살짝 올라가는 것을 느꼈다. 그는 매력적인 사람이었다……. 예전에 페치에게서만 느꼈던 그런 매력이 느껴졌다. 그것은 마치 자유처럼 굉장히 즐거운 감정이었다.

"우리와 함께 오래 머물 것이오, 대사?"

"서글프게도 저는 협상이 끝나는 대로 저희 주군께 돌아가서 보고를 드려야 합니다, 폐하. 하루만 폐하의 환대를 누릴 수 있을 것 같습니다."

"아쉽군."

하지만 켈시도 그게 최선이라고 생각했다. 그녀는 이미 페치에 대해 생각하는 데에 너무 많은 시간을 허비하고 있었다. 또 다른 잘생긴 남자는 더 많은 정신 분산 요소일 뿐이었다. 마음 깊은 곳에서 조그만 목소리가 저항했다. 그녀도 좀 즐거움을 누릴 만한 자격이 있지 않나? 하지만 켈시는 그 마음을 쉽게 눌렀다. 경고성 이야기가 필요할 때면 늘 머릿속 한구석에 어머니가 자리하고 있기 때문이었다.

메이스가 목을 가다듬어 주인으로서 켈시의 임무를 상기시켰다. 카다르인들에게는 환대에 관한 명확한 규칙이 있었고, 떠나기 전에 최소한 그녀와 식사 한 끼를 같이할 거라고 예상하고 있을 것이다.

"자, 여러분, 그럼 우리—"

켈시는 말을 다 하지 못했다. 갑자기 알현실 맞은편 문이 요란하게 쾅 열렸기 때문이었다.

켈시의 근위병들이 바싹 달라붙었다. 대관식을 하던 그 끔찍한 날의 기억이 곧장 떠오르고 어깨 근육이 자동적으로 긴장되며 흉터 아래에서 뭉쳤다. 문가에서 무슨 일이 벌어지고 있었다. 여왕의 근위대 일부와 티어 병사들이 한데 모여들었고, 여러 명이 크게 소리를 질러댔다.

"무슨 일이지?"

메이스가 맞은편을 향해 소리쳤다.

아무도 그의 말에 대답하지 않았다. 병사들과 근위병들 사이에서 논쟁이 계속되고 있는 모양이었다. 하지만 결국에 근위병들이 이겼고, 두 남자가 세 번째 남자를 사이에 끌고 들어왔다. 그들은 천천히 중간중간 멈춰가며 왕좌 앞으로 걸어왔고, 병사들과 근위병들이 그 뒤를 바싹 따라왔다.

"이런 맙소사."

메이스가 중얼거렸다. 시력이 그리 좋지 않은 켈시는 좀 더 기다려야 했지만 세 남자가 점차 다가오자 입이 떡 벌어졌다.

왼쪽에 있는 사람은 감옥 간수 이웬이었다. 그의 솔직하고 상냥한 얼굴은 멍으로 뒤덮였고 한쪽 눈은 부어서 감겨 있었다. 오른쪽은 아가이브에서 잡아 온 죄수 제이블이었다. 손목에는 수갑이 채워져 있었으나 다치지는 않은 것 같았다.

그들 사이에, 거의 정신을 잃고 두꺼운 밧줄로 묶인 채 여러 군데 난 상처에서 피를 흘리고 있는 사람은 아렌 소른이었다.

이웬은 남자가 자신을 보는 것과 동시에 그를 알아보았다. 병사 둘이 항상 보초를 서고 있어야 하는 지하 감옥 계단 꼭대기의 고요함까지도 필요치 않았다. 2번 감방의 여자가 날카롭게 숨을 들이켜는 것이나 창살 사이로 타오르는 눈으로 바라보는 걸 알아챌 필요도 없었다. 심지어는 남자의 등 뒤에 숨겨진 단도를 볼 필요도 없었다. 키가 크고 못 먹은 사람처럼 비쩍 마른 새파란 눈을 가진 남자, 여왕님은 그렇게 말씀하셨다……. 그리고 고개를 들어 그 허수아비를 보는 순간 이웬은 그냥 알 수 있었다.

어쨌든 그는 올바른 방식으로 일을 처리하기로 했다. 허수아비에게는 칼이 있었고 이웬에게는 생각해야 할 죄수 세 명이 있었다. 그는 허수아비를 잡아 던져버릴 수 있을 정도로 컸고 그렇게 하는 데 무기도 필요 없다는 사실이 다행스러웠다. 하지만 자신이 그러다가 실수로 허수아비를 죽일 수 있다는 것도 잘 알았다. 아빠는 항상 이웬에게 덩치를 생각하라고 경고하셨고, 여왕님께서는 이 남자가 살아 있기를 바라신다고 이웬은 스스로에게 말했다.

"안녕하신가."

허수아비가 책상 쪽으로 몸을 기울이고 이웬에게 인사를 건넸다.

3번 감방의 죄수인 제이블이 침대에서 벌떡 일어나 앉았다.

"무슨 일이십니까?"

이웬이 물었다. 다른 두 죄수 브레나와 배내커가 창살 앞으로 와서 서는 것이 눈가로 보였다. 횃불이 배내커의 몸을 뒤덮고 있고 이제 나아가는 쓸린 상처를 잔인하게 비추었으나 교활한 그의 얼굴은 기대감으로 가득했다.

"여왕 폐하께서 죄수 세 명을 전부 다 뉴런던 중앙 감옥으로 옮기라고 지시하셨네."

허수아비가 이웬에게 말했다. 낮고도 왠지 불쾌한 목소리였고, 이웬은 어떻게 이 남자가 계단 위의 병사들을 지나쳐서 왔는지 물어볼 필요도 없었다. 그들은 이미 죽었을 거라는 생각이 들었다.

"내가 직접 그들을 호위해서 갈 거야."

"이감에 대해서는 처음 듣습니다. 기록부에 적게 잠깐만 기다리십시오."

이웬이 기록부를 꺼내서 펜에 잉크를 묻히며 생각하기 위해 노력했다. 아빠는 항상 이웬에게 그가 영리하게 생각할 수 있는 능력이 있다고 하셨다. 그저 시간과 노력이 약간 필요할 뿐이었다. 이웬이 기록을 끝내고 나면 허수아비는 그가 일어나서 열쇠를 들고 감방으로 갈 거라고 예상할 것이다. 이웬이 허수아비를 앞장세울 수만 있으면 쉽게 무장을 해제할 수 있겠지만…… 어쩐지 너무 자신해서는 안 된다는 생각이 들었다. 허수아비가 비쩍 마르기는 했지만, 재빨라 보였다. 그는 검은 티어 군복을 입고 있었다. 군인이라면 어딘가에 다른 칼을 숨기고 있을지도 모른다.

"성함은요?"

이웬이 물었다.

"프로스트 대위."

이웬은 집중하는 것처럼 얼굴을 찡그리고 가능한 한 천천히 썼다. 탁자에 앉아 있는 상태로 허수아비에게 달려들 수는 없었다. 탁자가 뒤집혀 남자가 맞아 죽을 수도 있고, 그렇지 않으면 방패로 사용될 수도 있기 때문이다. 또한 남자의 칼이 감방 안으로 떨어지지 않도록 조심해야 했다. 아빠는 이웬에게 죄수들은 날카로운 물건으로 자물쇠를 딸 수도 있다고 말씀하셨다.

제이블이 3번 감방의 창살 앞으로 걸어와서 섰고, 남자의 멍하고 무표정한 얼굴에 익숙하던 이웬은 지금 보이는 표정에 충격을 받았다. 제이블의 표정은 굶주린 개 같았다. 깊고 어두운 눈은 허수아비의 등에 고정되어 있었다.

더 이상 미적거릴 수는 없었다. 이웬은 의자를 뒤로 밀고 일어나서 벨트에서 열쇠고리를 잡아당겼다. 그는 허수아비가 그의 앞에서 비키기 위해서는 앞서 걸어가야만 하는 탁자 오른쪽 길을 택해 빙 돌아서 나갔다. 하지만 허수아비는 그저 한 걸음 물러나서 벽에 바싹 기댄 채 감방 쪽으로 손짓을 했다.

"먼저 가시게, 간수장님."

이웬은 고개를 끄덕이고 가슴속에서 심장이 쿵쿵 뛰는 상태로 앞으로 걸어갔다. 그는 경계하라고 스스로에게 충고했지만 너무 갑작스럽게 공격을 받아 한 손이 자신의 목을 휘감고 칼날이 목에 닿는 것을 깨닫기까지 아주 약간 시간이 걸렸다. 그는 손을 내밀어 칼을 쳐냈고, 칼이 뒤쪽 구석에 떨어지는 땡그랑 소리가 들렸다.

허수아비가 이웬의 등으로 뛰어올라 이웬의 목에 팔을 감고 졸랐다. 이웬은 몸을 구부리고 어깨 위로 허수아비를 내던지려고 했지만, 남자는 뱀처럼 달라붙어 이웬의 목을 조이고 또 조였다. 집중하려고 해도 앞에 있는 감방들 위로 검은 점이 점점 커졌다. 그는 숨을 쉬려고 했지만 공기가 들어오지 않았다. 귀로 피가 솟구쳤고 여자가, 브레나가 응원하는 소리가 들렸다. 배내커 역시 흥분해서 감방 창살을 잡고 위아래로 쿵쿵 뛰었다. 그리고 말없이 음울한 얼굴로 눈을 크게 뜨고 있는 제이블은 무언가를 막으려는 것처럼 손을 앞으로 내밀고 있었다. 이웬의 가슴에서 퍼지는 고통이 불길이 되어 이제 모든 것을, 그의 팔과 다리, 머리까지 휘감고 태웠고, 그에게는 이 남자를 떼어낼 만한 힘이 없었다.

이웬의 손바닥에서 찌르는 듯한 고통이 느껴졌다. 그는 잠깐 생각한 후 자신이 아직도 열쇠고리를 쥐고 있다는 것을 깨달았다. 하도 세게 쥐어서 피가 날 정도였다. 세상은 어둡고 짙은 보라색으로 변했고, 이웬은 갑자기 숨을 들이켜지 못하면 자신이 죽을 거라는 걸, 허수아비가 그를 죽일 거라는 걸 깨달았다. 아빠도 죽어가고 계시지만 아빠는 노쇠해서, 병으로 죽어가고 계시는 거였다. 이건 달랐다. 제이블의 음울한 얼굴이 그의 앞에서 맴돌았고, 갑작스럽게 이웬의 머릿속에서 묘한 깨달음이 떠올랐다. 제이블은 이런 일이 일어나는 걸 바라지 않았다. 제이블은 죄수이고 반역자이긴 했지만, 그래도 허수아비의 친구는 아니었다.

탈옥에 관한 아빠의 오래된 모든 가르침이 이웬의 머릿속을 울렸지만 거기에 대해서 생각하기 전에 그는 열쇠를 3번 감방으로 던졌다. 열쇠가 창살에 부딪쳤다가 그 사이로 들어가고 더러운 손이 바닥에서 그것을 줍는 것이 보였다.

그리고 보라색 세계는 완전히 새카맣게 변했다.

정신을 차렸을 때 이웬의 머리와 가슴은 욱신거렸다. 목은 벽돌로 할퀴어놓은 것처럼 따끔거렸다. 눈을 뜨자 지하 감옥의 낯익은 천장이, 곰팡이 덮인 회색 돌이 위에 있었다. 아빠는 항상 누가 왕궁을 지었든 훌륭한 솜씨였다고 말씀하셨지만, 해자에서 물이 스며드는 것을 막기가 매년 점점 더 어려워졌다.

왜 그가 깨어난 걸까?

소음 때문이었다. 오른쪽에서 들리는 소음. 개가 낼 것 같은 으르렁거리는 소리. 제빵사의 주먹이 반죽을 두드리는 것 같은 쿵쿵 소리. 어릴 때 이웬의 가족은 빵집 바로 옆에 살았고, 그는 발뒤꿈치를 들고서 창문으로 제빵사들을 구경하는 걸 좋아했었다. 눈을 감고 오래전, 아빠와 함께 지하 감옥의 조수 일을 시작하기 전 일요일 아침에 그랬던 것처럼 도로 자고 싶었다.

지하 감옥!

이웬은 번쩍 눈을 떴다. 다시금 낯익은 천장의 곰팡이들이 보였다.

"그만해!"

여자가 날카롭게 소리를 지르자 그 목소리가 돌벽 사이에서 울리고 이웬의 귀까지 아프게 찔렀다. 그는 오른쪽을 돌아보았다. 유령 여자가 창살을 붙잡고 비명을 질러대고 있었다. 그녀의 아래쪽 바닥에서 제이블이 허수아비 위로 무릎을 구부리고 그를 깔아뭉개고 있었다. 제이블은 이웬의 팔에 소름이 돋을 만큼 어두운 웃음을 터뜨렸다. 이웬의 눈앞에서 제이블이 몸을 뒤로 뺐다가 상대의 얼굴을 정통으로 후려쳤다.

"너한테 질문이 딱 하나 있지, 아렌!"

제이블의 높다란 웃음소리가 여자의 비명을 압도했다. 다시 주먹이 날아가고 이웬은 움찔했다. 허수아비의 얼굴이 흘러내리는 피로 뒤덮였다.

"계산을 할 수 있어? 할 수 있어, 아렌? 할 수 있냐고, 이 뚜쟁이 자식아?"

이웬은 머리가 너무 세게 울려서 신음이 나오고 눈에서 눈물이 흘러내리고 있음에도 일어나 앉으려고 애썼다. 입을 벌렸지만 아무 말도 나오지 않았다. 그는 목을 가다듬다가 새로운 고통이, 엄청난 아픔이 가슴과 배를 타고 다시 내려가는 것을 느꼈다. 하지만 그래도 간신히 약하게 꺽꺽거리며 목소리를 낼 수 있었다.

"여왕님."

제이블은 관심을 기울이지 않았다. 그가 다시, 이번에는 허수아비의 목을 내리쳤고 허수아비가 콜록거리며 구역질을 했다.

이웬은 여전히 3번 감방 자물쇠에 꽂혀서 위험할 정도로 배내커 가까이에 있는 열쇠를 발견했다. 그는 그쪽으로 기어가서 열쇠를 도로 챙기고 제이블의 뒤로 조심조심 다가갔다.

"그만."

이웬이 속삭였다. 목소리를 높일 수가 없었다. 목 안쪽에 누가 불을 지른 것 같은 느낌이었다.

"그만. 여왕님."

제이블은 멈추지 않았고 이웬은 그제야 제이블이 허수아비를 죽을 때까지 때릴 생각임을 알아챘다. 이웬은 고통스러운 숨을 깊게 들이켜고 제이블의 팔을 뒤에서 잡고 의식을 잃은 남자에게서 끌어냈다. 제이블이 으르렁거리며 이웬 쪽으로 돌아서서 주먹을 휘둘렀으나 이웬은 인내심 있게 그냥 맞았다. 여왕님께서는 제이블 역시 다치지 않기를 바라셨다. 이웬도 그를 다치게 하고 싶지 않았다. 제이블은 선량하고 얌전한 죄수였고, 이웬이 열쇠를 던졌을 때에도 도망치지 않았다. 이웬은 그저 제이블의 몸을 팔로 꽉 안고 벽으로 당겼고, 제이블이 이웬의 오른쪽 눈을 때려 머리가 뒤로 넘어가고 눈앞에 별이 번쩍일 때에도 놓아주지 않았다. 그가 돌벽에 머리가 쿵 부딪칠 정도로 제이블을 벽으로 밀었다. 제이블이 낮게 신음하고서 머리를 문질렀고, 이웬은 갑자기 조용해진 틈에 갈라진 목소리로 말했다.

"여왕님께서 이 남자가 살아 있기를 바라셔, 알겠어? 여왕님께서 이 남자가 살아 있기를 바라신다고."

제이블이 충혈된 눈으로 그를 보았다.

"여왕님?"

"여왕님께서 이 남자가 살아 있기를 원하셔. 그렇게 말씀하셨어."

제이블은 꿈꾸듯이 미소를 지었고 이웬의 뱃속이 걱정으로 조여들었다. 덩치에 유념하라는 아빠의 수많은 잔소리를 들었지만 이웬은 레슬링을 하다가 형 피터를 울타리 기둥으로 던져 어깨를 부러뜨린 적이 있었다. 어쩌면 이번에도 제이블을 벽에 너무 세게 밀친 건지 모른다. 제이블의 목소리 역시 머리 위 어딘가에 떠 있는 것처럼 기묘하게 몽롱했다.

"켈시 여왕님. 난 왕궁 잔디밭에서 그분을 봤어. 하지만 더 나이가 많았지. 참된 여왕 같았어. 다른 사람들은 아마 못 봤을 거야."

"참된 여왕이 뭐야?"

이웬은 자신도 모르게 물었다. 아빠가 동화 이야기를 해주실 때 이웬이 가장 좋아했던 것은 항상 여왕님들이었다.

"참된 여왕. 우리 모두를 구해주실 분."

뒤에서 날카로운 웃음소리가 울렸다. 이웬은 허수아비가 기절한 척했을 뿐이고 그새 단도를 찾은 거라고 생각하고 홱 돌아섰지만, 그것은 감방 창살을 꽉 쥐고 행복하게 웃고 있는 여자 브레나였다.

"참된 여왕."

여자는 갈라진 목소리로 섬뜩하게 따라 했다.

"머저리들. 그 여자는 첫눈이 내리기 전에 죽을 거야. 난 봤어."

이웬은 눈을 깜박이고서 재빨리 바닥으로 시선을 내렸다. 허수아비는 꼼짝하지 않고 있었지만 이웬은 남자가 움직이는 걸 봤다고 확신했다. 그가 여전히 머리를 문지르고 있는 제이블을 다시 돌아보았다.

"저 남자를 묶는 걸 도와줄래? 나한테 밧줄이 있어."

"난 그를 죽일 수 없는 거지, 그렇지? 지금도 말이야."

제이블이 서글프게 물었다.

"안 돼."

이웬은 이것 하나만은 확신해서 단호한 목소리로 대답했다.

"여왕님께선 그가 살아 있기를 바라서."

아이사는 한 손에 불이 켜진 촛불을 들고 다른 손에는 빨간 가죽 장정 책을 들고 복도를 천천히 걸었다. 2주 전에 그녀는 열두 살이 됐고, 마망은 잠이 오지 않으면 일어나서 책을 읽어도 된다고 허락하셨다. 마망은 불면증이 없었지만 어둠 속에 혼자서 꼼짝 못 하고 있는 아이사의 비참함을 이해하시는 것 같았다. 마망이 여왕이나 메이스에게도 요청을 전달하신 듯 이제 근위병들은 아이사가 잠옷 차림으로 책을 들고 왕궁을 돌아다니는 걸 보아도 그냥 무시했다.

그녀는 책을 읽으러 항상 같은 곳으로 향했다. 무기실이었다. 베너와 펠은 야간 경비를 서기에는 너무 중요한 사람들이라서 무기실은 밤에 칼을 갈거나 갑옷 교체 부품을 가지러 근위병들이 들어오는 드문 경우를 제외하면 늘 비어 있었다. 아이사는 베너가 스파링을 시작하는 용도로 놔두는 다섯 개의 지푸라기 인형을 가져가서 맞은편 구석에 높이 쌓아놓고 거기 웅크리고 기대 책을 읽는 걸 좋아했다. 그곳은 조용하고 은밀해서 좋은 독서 장소였다.

그녀는 벽에 기대 있는 코린을 지나쳤다. 그는 이번 주 야간 경비 대장이었다. 아이사는 코린을 좋아했다. 그는 항상 그녀의 질문에 대답해주고 단도를 던질 때 가장 좋게 쥐는 법도 보여주었다. 하지만 그가 임무 수행 중일 때에는 말을 걸면 안 된다는 것도 잘 알았다. 그녀는 그에게 책을 든 손가락 두 개를 살짝 흔들고서 그가 마주 미소를 짓는 것을 보았다. 복도에 서 있는 다른 근위병들은 친구가 아니기 때문에 그녀는 무기실에 도착할 때까지 시선을 계속 내리깔고 걸었다. 커다랗고 어둡고 넓은 방은 그녀가 두려워하는 장소여야 했다. 어두운 방들 대부분이 그러니까. 하지만 아이사는 촛불 빛 속에서 반짝이는 무기들, 칼과 단도와 갑옷이 가득한 여러 탁자들, 오래된 옅은 땀 냄새를 사랑했다. 그녀가 든 촛불이 드리우는 기다란 그림자조차 겁나지 않았다. 이 모든 그림자들이 키 크고 신중한 베너의 모습처럼 보였고, 그래서 어둠 속에서도 마음을 편안하게 해주었다. 아이사는 자신이 매일 더 나은 전사가 되고 있다는 걸 알았다. 며칠 전에는 단도로 펠의 방어를 뚫고 들어갔고 벽에 서 있던 남자들은 웃어대고 환호를 질렀다. 아이사는 여러 근위병들이 자유 시간에 자신의 대련을 보는 것을 자랑스러운 일로 여겼다. 그녀는 더 나아지고 있었지만 그걸로는 부족했다. 그녀의 잠재력은 나은 것 이상이라는 느낌이 들었다. 아주 훌륭해질 수 있다는 느낌.

언젠가 티어에서 가장 훌륭한 전사 중 한 명이 될 거야. 난 페치가 될 거야.

아이사는 아무에게도, 심지어 마망에게도 이 꿈을 말한 적이 없었다. 설령 다른 사람들이 웃지 않는다 해도 꿈을 입 밖으로 말하면 저주를 거는 것, 마법을 거는 것임을 잘 알았다. 그녀는 무기실 맞은편 구석에서 지푸라기 인형들을 모아 적절하게 배치한 다음 만족스럽게 누워서 책에 표시해둔 부분을 폈다. 그녀는 검을 쥐는 꿈을 꾸는 여자의 애원과 대전투에 관해서 몇 시간 동안 읽었다. 머릿속에 언젠가 무기를 손에 들고 세상을 누비며 악을 찾아 찔러버리는 날이 떠올랐다. 이런 생각들은 그녀의 앞에서 점점 더 빠르게 빙글빙글 돌면서 거대한 꿈이 되었고, 마침내 아이사는 잠이 들었다. 촛불은 옆에서 40여 분 정도 계속 타다가 펄럭거리면서 꺼졌고, 그녀는 어둠 속에 잠겼다.

문 열리는 소리, 사람 목소리에 그녀는 잠에서 깼다. 아주 어린 시절부터 익힌 첫 번째 본능은 꼼짝하지 않는 것, 눈에 띄지 않는 것이었다. 그녀는 아빠의 손에서 빠져나왔지만, 잠에서 깨는 순간에는 그게 전혀 중요하지 않았다. 그녀의 아주 작은 일부는 언제나 어둠 속에서 아빠의 크고 무거운 움직임을 기다리며 깨어 있었다.

그녀는 눈을 가늘게 뜨고 희미한 횃불이 탁자 가장자리로 다가오는 것을 바라보았다. 그녀는 무릎을 들어 올리고 몸을 최대한 조그맣게 말았다. 잠시 후 상대가 남자 둘이라는 것을 깨달았다. 더 젊고 가벼운 목소리의 남자와 나이 들고 오랜 시간 여왕의 근위대였기 때문에 거칠어진 목소리의 남자. 두 번째 목소리를 알아채는 데에는 몇 초밖에 걸리지 않았다. 메이스였다. 아이사는 최근에 그의 성난 으르렁거림을 지겹게 들어서 이제는 그가 차분하고 조용하게 말할 때에도 알아챌 수 있었다.

"좀 잘 쉬었나?"

메이스가 물었다. 말투는 상냥했지만 아이사는 그 아래 깔린 불쾌감을 알아챘다. 상대도 그것을 알아챈 모양이었다. 대답하는 목소리가 낮고 방어적이었기 때문이다.

"전 취하지 않았습니다."

"그건 내 걱정거리가 아니야. 네가 그런 실수를 다시는 저지르지 않을 걸 아니까."

"그러면 뭐가 걱정이십니까?"

젊은 남자가 공격적인 어조로 물었다.

"너와 그녀."

아이사는 몸을 더 꼭 웅크리고서 바싹 귀를 기울였다. 분명히 마거리트 이야기다. 모든 근위병들, 심지어는 코린까지도 마거리트를 볼 때면, 그녀가 설령 방을 그냥 가로질러 가고 있어도 특정한 표정을 지었다. 아이사는 약간 질투심을 느꼈지만, 코린이 서른여덟 살이나 된 늙은이라는 걸 떠올렸다. 환상의 나라에서조차 아이사에게는 너무 늙었다.

메이스의 목소리는 절제되고 신중했지만, 그래도 그 아래에는 여전히 그 어조가 깔려 있었다.

"나한테 숨길 수 있는 게 별로 없다는 거 알잖아. 난 널 너무 오래 알아왔어. 넌 객관적인 상태가 아니야. 뭐 그건 괜찮아. 우리들 누구도 그렇지는 않을 테니까. 하지만 우리들 누구도 네 임무를 맡진 않았지."

"그냥 두십쇼!"

젊은 남자가 화난 어조로 외쳤다.

"네 분노를 나한테 풀지 마. 내가 너한테 이런 일을 한 게 아니니까."

메이스가 부드럽게 대꾸했다.

"그냥…… 좀 어려워요."

"그럼 너도 그녀의 변화를 알아챘군."

"전 그녀가 어떤 얼굴을 했든 상관하지 않습니다."

"아. 그러니까 이게 새로운 게 아니라는 거군."

"네."

"그럼 상황이 더 안 좋아져. 네 임무를 다른 사람에게 맡겼으면 해?"

"아뇨."

아이사는 미간을 찌푸렸다. 뭔가가 기억에서 꿈틀거렸다. 젊은 근위병의 정체가 바로 거기, 거의 알아볼 듯 말 듯한 자리에 있었다. 그녀는 탁자 옆으로 몸을 기울여 살짝 엿볼까 생각했으나 그럴 용기는 없었다. 메이스는 모든 걸 보니까. 그녀가 머리를 내밀면 그가 그녀의 머리 꼭대기를 볼 것이다. 그도 잘 숨어 다니는 편이지만, 엿듣는 사람을 상냥하게 넘겨주지는 않을 것이다. 그리고 들켰다가는 밤에 여기에 책 읽으러 오는 걸 더 이상 봐주지 않을 수도 있었다.

"제 기술에는 아무 문제도 없습니다. 약간 성가실 뿐, 문젯거리가 아닙니다."

젊은 근위병이 고집했다.

메이스는 한참 동안 침묵을 지켰고, 다시 입을 열었을 때 아이사는 그의 목소리가 부드러워진 것에 깜짝 놀랐다.

"이런 일을 겪는 사람이 네가 처음이라고 생각할지 모르지만, 이건 근접 근위병들에게는 오래된 문제야. 나도 그걸 아주 잘 이해해. 정말로. 그게 널 더 나은 근위병으로 만들 수도 있다고 생각하고. 주저하지 않고 칼날 앞으로 네 몸을 던질 테니까. 안 그래?"

"네."

젊은 남자는 음울하게 대답했고 아이사는 마침내 그의 정체를 알아챘다. 펜 올컷이었다. 그녀는 대화의 나머지를 떠올려 무슨 내용인지 짜 맞추려고 하면서 몸을 더 낮게 움츠렸다.

"네가 찾은 여자는 어때? 전혀 해소가 안 되나?"

메이스가 물었다. 펜은 즐겁지 않은 투로 웃었다.

"매번 10분 정도 해소가 되죠."

"잘 알겠지만, 다른 방패를 찾을 수도 있어. 여러 명이 대기하고 있으니까. 엘스턴이 기꺼이 기회를 잡으려고 할걸."

메이스가 말했다.

"아뇨. 그 방 안에 있는 것보다 밖에 있는 게 더 큰 고통일 겁니다."

"지금은 그렇게 말하지만, 생각해봐, 펜. 그녀가 남편을 찾거나 심지어는 밤에 남자를 들일 경우를 생각해보라고. 그때는 문 바로 앞에서 어떤 기분일 것 같아?"

"둘 다 하지 않으실 겁니다."

"그렇게 할 거야."

메이스가 단호하게 대꾸했다.

"그녀는 제 어머니의 무모함을 가졌고, 매일 머릿속은 어른이 되어가고 있어. 배출구를 찾기까지 그리 오래 걸리지 않을 거야."

펜은 한참 동안 침묵을 지켰다.

"저는 교체되고 싶지 않습니다. 불완전하든 어떻든 제가 이 일에 최적임입니다. 대장도 아시잖습니까."

"알겠어."

메이스의 목소리는 그 부드러움을 잃었고 이어진 말투는 냉혹했다.

"하지만 내 말 기억해둬. 내가 지켜볼 거야. 그리고 한 번이라도 제 역할을 못 한다는 징조가 보이면 끝인 줄 알아. 네 임무에서뿐만 아니라 이 근위대에서. 내 말 알겠어?"

침묵. 지푸라기 인형 더미가 아이사의 등 뒤에서 쓰러지기 시작했다. 그녀는 더미 전체가 우수수 쏟아지지 않게 막으려고 책을 꼭 쥐고 바닥에 발뒤꿈치를 박았다.

"알겠습니다. 대장을 이런 입장에 처하게 해서 죄송합니다."

펜이 딱딱하게 대답했다.

"맙소사, 펜, 우리 모두 그런 상황이 되어봤어. 그녀의 어머니 근위대에서 어떤 시점에든 이런 일을 겪어보지 못한 사람은 하나도 없다고. 이건 오래된 문제야. 어려운 문제고."

아이사는 점점 패배하고 있었다. 그녀는 다리로 세게 밀고 몸을 구석으로 눌러 지푸라기 인형 더미가 쓰러지지 않게 막았다. 제발 좀 나가주지!

"이제 돌아가보지 그래. 몇 시간 안에 깨실 테니까."

"네, 대장."

발소리가 문 쪽으로 멀어졌다.

"펜?"

"네?"

"넌 네 임무를 잘 수행하고 있어. 그녀는 네가 바로 곁에 있는 걸 신경 쓰

지 않으셔. 그건 정말 대단한 성과야. 다른 사람이었다면 지금쯤 아마 죽여
버리지 않으셨을까 싶어."

펜은 대답하지 않았다. 잠시 후 아이사는 문이 열렸다 닫히는 소리를 들
었다. 그녀는 안심했고 지푸라기 인형 하나가 오른쪽으로 쓰러지는 게 느껴
졌다.

"너냐, 들고양이?"

아이사가 놀라서 낮게 비명을 질렀다. 메이스가 탁자 가장자리를 잡고
그녀의 위로 몸을 내밀었다. 겁을 먹었음에도 아이사는 흉터 가득한 그 손
에서 눈을 뗄 수가 없었다. 베너와 펠은 메이스가 굉장한 전사라고, 티어에
서 가장 훌륭한 전사 중 한 명이라고 말해주었다. 그런 손을 가진 걸 보면
그는 평생을 싸워왔을 것이다.

그게 내가 되고 싶은 거야. 아이사는 손가락 관절에 있는 세 개의 하얀 흉
터를 빤히 쳐다보며 생각했다. *그렇게 위험한 사람. 그렇게 무시무시한 사람.*

"네 야밤의 방황에 대해서는 들었다, 꼬마. 네가 단도에 굉장히 재능이
있다고 베너와 펠이 그러더군."

아이사는 기뻐서 약간 달아오른 얼굴로 고개를 끄덕였다.

"여기 매일 밤 오는 거냐?"

"거의요. 여기서 잘 수 있으면 좋겠어요."

메이스는 이야기를 돌리지 않았다.

"너는 들어서는 안 되는 이야기를 들었어. 여왕 폐하께 아주 위험할 수
있는 이야기를."

"왜요?"

"나한테 바보인 척하지 마라. 난 널 쭉 지켜봤고, 넌 눈치가 빠른 애지."

아이사는 잠깐 침묵을 지켰다.

"전 눈치가 빨라요. 하지만 아무한테도 말하지 않을 거예요."

"넌 순한 아이가 아니지."

메이스는 그녀를 빤히 쳐다보았고 아이사는 움츠러들었다. 그의 눈은 마치 시선만으로 그녀의 속을 밖으로 끄집어낼 수 있을 것처럼 무시무시했고 내부까지 파고들었다.

"언젠가 네 단도로 뭘 할 생각이냐? 네가 베너와 펠이 말하는 것만큼 재능이 뛰어나다면 말이다."

"여왕의 근위대에 들어갈 거예요."

아이사가 즉시 대답했다. 그녀는 사흘 전에, 펠의 방어를 뚫고 그의 턱에 단도를 갖다 댔던 그 순간에 그렇게 결정했다.

"왜?"

아이사는 할 말을 찾았으나 아무것도 떠오르지 않고 오로지 마음 깊은 곳에 밤에 벽에 비치던 아빠의 그림자 모습만이 떠올랐다. 하지만 그것은 메이스에게 말할 수 있는 이야기가 아니었다. 아빠에 대해서 누군가에게 설명하려고 해도 아이사의 아주 어린 시절 부분이 기억 속에서 그저 사라져서 커다란 기억 한 덩어리가 없는 상태였다. 그러니 이야기를 하는 게 불가능했다.

그러나 여기는, 여왕동은 안전하고 영원히 머물 수 있는, 환하게 불이 켜진 은신처였다. 마망은 여기서도 계속 위험하다고 하셨지만, 아이사는 검의 위협 속에서는 살아갈 수 있었다. 애초에 여기 오게 된 건 마망의 그 이상함 때문이라는 걸 알았으나 여왕은 마망의 위에 있는 검은 옷의 신 같은 존재였고, 아이사는 벽에 비친 아빠의 그림자를 다시는 보지 않아도 된다는 걸 알았다.

이 모든 이야기를 메이스에게는 전혀 할 수가 없었다. 그녀가 할 수 있는 말은 이것뿐이었다.

"전 여왕님을 다치게 하는 일은 절대로 하지 않을 거예요. 그러려는 사람은 누구든 죽일 거예요."

메이스의 화살 같은 눈길이 잠시 더 그녀를 꿰뚫었다. 마치 칼날로 그녀의 몸을 찌르는 것 같았다. 하지만 곧 그가 고개를 끄덕였다.

"널 믿어보겠다, 들고양이. 무엇보다도 이걸 네 첫 번째 테스트라고 생각하지. 여왕의 근위대에서 검술 실력은 중요한 자질이지만, 그만큼 중요한건 또 있어. 그중 하나가 비밀을 지키는 능력이지."

"저도 비밀을 지킬 수 있어요. 아마 대부분의 어른들보다 더 잘할걸요."

메이스는 측은함이 담긴 눈으로 고개를 끄덕였고, 아이사는 그제야 그가 아빠에 대해 다 아는 게 분명하다는 사실을 깨달았다. 마망은 매일 여왕의 바로 옆에 앉아서 음식과 마실 것을 갖다 드렸다. 그들은 그녀에 대해모든 걸 알아냈을 거고, 아빠에 관한 건 동네에서 비밀도 아니었다. 아이사가 어릴 때에도 어떤 아이도 집에 놀러 오지 못했었다.

"대장?"

"왜?"

"설령 제가 입을 다문다 해도 다른 사람들이 알아낼 수도 있어요. 대장처럼 펜의 얼굴을 보면 알지도 몰라요."

"넌 그랬니?"

"아뇨, 하지만 전 열두 살이잖아요."

"적절한 지적이구나."

메이스가 진지하게 대답했다.

"하지만 내가 다른 사람들보다 남의 얼굴에서 더 많은 걸 볼 수 있다고만해두자. 난 이 비밀이 한동안은 너와 나 사이에서 안전할 거라고 생각한다."

"네."

"그럼 자러 가거라, 들고양이."

아이사는 일어나서 책과 촛불을 챙겨 방을 나왔다. 가족실에서 빨간 가죽 책을 침대 옆 탁자에 신중하게 내려놓고 침대에 올라갔다. 하지만 아직 잘 수가 없었다. 보고 들은 모든 것들로 머릿속이 가득했다.

펜 올컷은 여왕을 사랑하게 되었다. 하지만 여왕은 근위병과 결혼할 수 없다. 아이사조차 그건 알았다. 이유까지는 잘 모르지만. 그러니까 펜에게는 희망이 전혀 없는 거였다. 그녀는 그에게 동정심을 느끼려고 노력해보았지만 아주 조금밖에 쥐어짤 수 없었다. 펜은 매일 여왕의 바로 옆에 서 있을 거고 그의 검은 더 넓은 세상으로부터 그녀를 지키는 데 사용될 것이다. 그거면 충분한 보상 아닌가?

사랑은 진짜 존재하는 거지만, 부차적인 거라고 아이사는 생각했다. 사랑은 그녀의 검만큼 진짜는 아니다.

7장
화랑

모트인들은 어떤 것도 대충 하지 않는다.

— 무명씨

"나무."

타일러가 또 다른 종이 한 장을 들어 올렸다. 메이스는 이 시간이면 항상 짓는 짜증스럽고 약간 공격적인 표정을 띤 채 그것을 잠시 쳐다보았다.

"빵."

타일러는 숨을 멈추고서 다른 종이를 들었다. 잠깐 머뭇거리던 그는 이 학생이 조심조심 다뤄주는 것을 원치 않기 때문에 이번 회에 좀 더 어려운 단어를 넣어보기로 한 것이었다. 메이스는 잠시 단어를 쳐다보았다. 그의 눈이 음절 사이를 왔다 갔다 했다. 타일러는 그에게 단어를 소리 내서 읽으라고 권했지만 메이스는 거부했다. 그는 모든 걸 머릿속으로 하고 싶어 했다. 그의 읽기 실력은 거의 무시무시할 정도로 빠르게 발전하고 있었다.

"차이."

메이스가 마침내 말했다.

"좋아요. 아주 좋아요."

타일러가 카드를 내려놓았다.

메이스는 미간을 닦았다. 그는 진땀을 흘리고 있었다.

"여전히 C와 K가 좀 어려워서."

"어렵지요."

타일러는 메이스의 눈을 똑바로 보지 않고서 그에 동의했다. 타일러는 이 수업에서 격려와 배려의 사이를 오가며 아주 가느다란 선 위를 걷고 있었다. 타일러가 자신을 아이 취급한다고 생각하면 메이스는 타일러를 마구잡이로 두들겨 팰 수도 있을 것 같았기 때문이었다. 하지만 어쨌든 타일러는 이 수업을 기다리게 되었다. 그는 가르치는 걸 좋아했고 그 사실을 알기까지 71년이 걸렸다는 사실이 유감스러웠다.

하지만 이것이 타일러의 하루에서 유일하게 즐거운 시간이었다. 정강이가 부러져서 깁스를 한 다리는 교황의 분노를 계속해서 상기시켜주었다. 아배스 전체가 타일러가 곤란한 입장이라는 걸 아는 것 같았고, 그래서 그의 형제 사제들도 그를 멀리했다. 아배스의 계급 사다리에서의 위치에 대해 걱정하기에는 너무 나이가 많은 와이드만이 타일러의 친구로 낙인찍히는 걸 기꺼이 감수하려는 것 같았다.

메이스가 좀 더 가르쳐주기를 바라는 얼굴로 그를 쳐다보았다. 하지만 타일러는 갑자기 수업에 대한 열의를 잃었다. 그는 책상 위의 카드를 정리하다가 문득 호기심에 차서 메이스를 보았다.

"어떻게 이 수년 동안 들키지 않았던 건가요?"

메이스의 표정이 굳어지고 경계하는 기색이 어렸다.

"무슨 상관이지?"

"상관은 없습니다. 그냥 궁금해서요. 저라면 절대로 해내지 못했을 겁니다."

메이스는 어깨를 으쓱였다. 그는 칭찬의 말에 전혀 반응하지 않았다.

"캐롤은 알았지. 하지만 근위대에서 내 기술을 필요로 했기 때문에 비밀로 하는 걸 도와줬어. 우린 합의를 했지."

"왜 그 사람이 당신을 가르치지 않았던 겁니까?"

"제안은 했지만, 내가 거절했어. 어쨌든 그때는 별 상관도 없었고. 엘리사한테는 고양이에게 말채찍을 주는 것만큼 책이 아무 쓸모 없었으니까. 하지만 지금은……."

타일러는 말로 표현하지 않은 메이스의 생각을 쉽게 읽을 수 있었다. 엘리사 여왕은 문맹에 신경 쓰지 않았을지 몰라도 켈시 여왕은 굉장히 신경을 쓸 게 분명했다.

"하지만 여왕 폐하께서 당신을 근위대에서 쫓아내지는 않으실 텐데요."

"당연하지. 그저 아시기를 바라지 않을 뿐이야."

타일러는 고개를 끄덕이면서, 종종 그랬듯이 메이스가 여왕의 아버지가 아닐까 생각했다. 여왕에 대한 그의 태도는 부아가 난 부모 같을 때가 많았기 때문이다. 하지만 여왕의 아버지의 정체는 근위대가 가장 철저하게 지키는 비밀 중 하나였다. 타일러는 심지어 여왕 본인이 아는지조차 확신하지 못했다.

"다음은 뭐지?"

타일러는 잠시 생각에 잠겼다.

"단어 하나하나를 연결하는 연습을 하십시오. 여왕 폐하의 서재에는 로알드 달이라는 사람이 쓴 책이 여러 권 있습니다. 하나를 골라 다 읽으려고 해보십시오. 긴 단어를 뛰어넘지 말고, 소리 내서 읽어보고, 다음번에 올 때 그 책을 가져오세요."

메이스가 고개를 끄덕였다.

"내 생각엔—"

타일러의 문을 날카롭게 세 번 두드리는 소리가 났다.

메이스는 의자에서 빠르게, 소리 없이 일어났다. 타일러가 뒤를 돌아보았을 때 방은 비어 있고 책상 뒤의 숨겨진 문이 닫히고 있었다.

"들어오십시오."

문이 열렸다. 타일러는 교황이 안으로 들어오자 얼어붙었다. 제닝스 수사가 뒤에, 둥그런 얼굴에 호기심이 가득한 채 서 있었지만 교황은 그를 밖에 두고 문을 닫았다. 타일러는 책상 가장자리를 잡고 부러진 다리를 바닥에서 들어 올린 채 일어섰다.

"잘 지냈나, 타일러."

"교황 성하."

타일러는 그에게 좋은 의자를 권했으나 앤더스는 손을 내저었다.

"앉게, 타일러, 앉아. 자네가 다리가 부러진 쪽 아닌가. 참으로 불운한 사고였지."

타일러는 앉아서 앤더스의 눈이 방 안 전체를 스치며 무표정한 얼굴로 모든 것을 관찰하는 것을 보았다. 그런 면에서 그는 무엇 하나 놓치지 않던 옛날 교황을 떠올리게 했다. 타일러가 이전에 느꼈던 용기는 빠르게, 조용히 싹 사라졌다. 그는 자신의 많은 나이와, 이 원기 왕성한 중년 남자에 비해 자신이 얼마나 연약한지를 예리하게 인식했다.

"난 어려운 입장에 있어, 타일러."

교황은 무겁고 연극적인 한숨을 내쉬었다.

"여왕이…… 나에게 손을 댄 거 자네도 봤겠지."

타일러는 고개를 끄덕였다. 아무도 신의 교회의 사제를 최소한 공개적으로는 건드려서는 안 된다. 특히 교황에게 손을 대는 것은 여자는 고사하고 어떤 사람도 생각조차 할 수 없는 일이었다. 겨우 일주일밖에 안 됐지만 아침에 노숙자 부엌에서 일하는 와이드가 도시 전역에 이미 여왕의 저녁 식사 자리에서 무슨 일이 일어났는지 얘기가 퍼진 것 같다고 말했다. 와이드는 심지어 여왕이 맨손으로 교황을 격하게 구타했다는 소문도 듣고 왔다. 이런 이야기는 여왕에게 해가 될 것이다. 열성 신도들은 분개했다. 하지만 교황이 입은 피해는 훨씬 더 컸다.

"이건 참을 수 없는 일이야. 타일러. 여왕의 행동에 결과가 따르지 않는다면 우리 모두 곤란한 상황이 돼. 아배스의 정치권력이 바닥에 떨어질 거라고. 알겠나?"

타일러는 다시 고개를 끄덕였다.

"하지만 신의 분노가 당장에 그녀에게 내린다면…… 생각을 해봐, 타일러!"

교황의 눈이 세스 신부의 일이 있던 그날 밤에 타일러가 본 것과 똑같은 끔찍한 즐거움으로 반짝였다.

"신의 교회가 얼마나 득을 볼지 생각해봐! 개종하는 사람이 늘 거야. 십일조도 늘겠지. 믿음이 약해지고 있네. 우리는 본보기를 만들어야 돼, 타일러. *공개적인 본보기를.* 알겠나?"

타일러는 솔직히 몰랐지만 이야기의 방향이 마음에 들지 않았다. 앤더스는 이제 서성거리던 것을 멈추고 타일러의 책장 앞에 섰다. 그가 《멀리 있는 거울》을 뽑아 들자 타일러는 긴장해서 허리께에서 손가락을 깍지 꼈다. 앤더스가 책을 펼치고 손가락으로 가운데 장을 쓸어내리자 타일러의 피부 아래로 소름이 돋았다.

그가 무심결에 말했다.

"여왕 폐하께서는 약하지 않으십니다! 메이스가 있고— 그리고 그분께는 마법이—"

"마법?"

갑자기 날카로운 동작으로 앤더스가 책을 반으로 북 찢었다. 타일러는 비명을 지르며 자동적으로 손을 내밀었다가 도로 거뒀다. 그에게는 여왕의 분노가 없었다. 교황에게 손을 댈 수도 없었다. 그저 앤더스가 반으로 찢은 책 한쪽을 바닥에 떨어뜨리고 나머지의 책장을 한 장 한 장 찢는 것을 보는 수밖에 없었다. 종이가 앞뒤로 흔들거리면서 바닥으로 떨어졌다.

"마법이라고, 타일러? 그러고도 자네가 사제인가?"

앤더스가 부드럽게 물었다.

낮게 문 두드리는 소리가 나고 제닝스 수사가 문가로 몸을 기울였다. 그의 탐욕스러운 눈이 방 안 전체를 살폈다.

"모두 괜찮으십니까, 교황 성하?"

"당연하지. 형제들을 몇 명 더 여기로 데려오게. 할 일이 있어."

앤더스는 타일러에게 시선을 고정한 채 말했다. 제닝스 수사는 고개를 끄덕이고 나갔다. 타일러는 말없이 책장의 책들을 쳐다보았다. 책이 정말로 많았다.

"제발. 제발 이러지 마십시오. 그것들은 아무 해도 되지 않습니다."

그가 애걸했다.

"이건 세속의 책들이야, 타일러. 그리고 자넨 이걸 아배스에 모아놨지. 난 이걸 불태울 권리가 있어."

"책들은 누구에게도 해가 되지 않습니다! 오로지 저만 읽을 뿐입니다!"

제닝스 수사가 문을 두드리고 들어왔다. 다른 여러 사제들이 따라왔다. 그중에는 타일러에게 불안한 눈길을 던지며 방으로 들어오는 와이드도 있었다.

앤더스가 책장을 가리켰다.

"이 책과 책장을 내 사실(私室)로 옮겨."

젊은 사제들은 즉시 움직이기 시작했지만 와이드는 타일러를 쳐다보며 머뭇거렸다.

"문제가 있나, 와이드 신부?"

앤더스가 물었다.

와이드는 고개를 흔들고 팔을 내밀어 책장에서 책 한 더미를 꺼냈다. 그는 다시 타일러를 쳐다보지 않았다. 그들이 일할 동안 앤더스는《멀리 있는 거울》의 책장을 계속 찢었다. 한 장이 타일러의 발치에 떨어졌고, 고개를 숙여보니 "7장"이라는 굵은 글자가 보였다. 눈물이 솟구쳐서, 그는 눈물을 참기 위해 입술을 깨물어야 했다. 고개를 들자 앤더스가 기쁨으로 눈을 빛내며 굉장히 즐기고 있다는 불쾌한 사실을 알게 되었다. 사제들은 계속해서 방 안팎을 오갔고 마침내 벽에 있는 책장이 텅 비었다. 그 광경을 보자 타일러는 바닥에 주저앉아 울고 싶었다. 제닝스 수사가 벽에서 책장을 들어 올려 수평으로 눕혔고 와이드는 타일러에게 마지막으로 미안한 눈길을 던지고 모서리를 잡았다. 그리고 모두 사라졌다. 벽은 텅 비었다. 오로지 두 개의 하얀 사각형만이 타일러의 책들이 있던 자리를 보여줄 뿐이었다. 그는 그곳을 멍하니 쳐다보았고 이제 참을 힘도 없어서 눈물이 흘렀다.

"타일러?"

타일러는 심장이 쿵쿵대는 상태로 돌아서서 교황을 보았다. 어른이 된 이래 평생 처음으로 누군가에게 폭력을 행사하고 싶었다. 손이 사제복 소매 안에서 주먹을 꽉 쥐었다.

앤더스가 사제복에서 무색투명한 액체가 담긴 조그만 병을 꺼냈다. 그가 신중하게 그것을 반대편 손으로 옮기며 말했다.

"여왕은 자네와 함께 있을 때에는 그리 방어하지 않아. 자네가 저녁 식사 때 여왕에게 빵을 건네는 걸 봤어. 자네가 건네는 음료도 마시나?"

타일러는 고개를 끄덕거렸다. 얼굴이 굳어졌다.

"차를 드십니다."

"메이스는 자네를 위협으로 생각하지 않아. 안 그러면 그런 행동을 용납하지 않았겠지."

교황이 병을 내밀었다. 그것은 그의 손에서 거의 기름처럼 매끈해 보였다. 타일러는 그걸 받을 수가 없어서 멍하니 보기만 했다.

"이걸로 뭘 해야 하는지 설명해서 자네의 지성을 모욕하지는 않겠네, 타일러. 하지만 한 달 안에 해내길 바라. 그러지 않으면 자네의 책에 한 권도 남김없이 기름을 붓고 성냥불을 긋는 모습을 보게 될 거야. 난 아배스의 앞 계단에서 직접 그렇게 할 거고, 자넨 그걸 봐야 할 거야."

타일러는 대답할 말을 찾았지만 아무것도 떠오르지 않았다. 그저 바닥의 찢어진 종이들만이 눈에 들어왔다.

"받게, 타일러."

그는 병을 받았다.

"날 따라오게."

교황이 명령하고 문을 열었다. 타일러는 목발을 잡고 휘청거리며 뒤를 따라갔다. 여러 수사들과 신부들이 문을 열어놓고 있다가 교황을 따라 복도를 지나 계단으로 가는 타일러를 쳐다보았다. 타일러는 그들을 느꼈지만 그들이 눈에 들어오지는 않았다. 머릿속이 이제 완전히 텅 비었다. 자신의 책에 대해서 생각하지 않는 것이 아주 중요한 일 같았다. 그것은 아무것도 아예 생각하지 않아야 한다는 뜻이었다.

복도 끝에서 그들은 계단참으로 나왔다. 타일러는 바닥에 시선을 고정하려고 했지만 결국에는 자신도 모르게 고개를 들었다. 세스가 거기, 지난 2주 동안 매일 그랬던 것처럼 다리 사이의 엉망이 된 부분이 잘 보이도록 다리를 벌리고 의자에 앉아 있었다. 실제 상처는 불로 지지고 꿰매놓았지만, 불에 타고 실밥 자국이 있는 붉은 살은 오히려 더 끔찍해 보였다. 세스의 허벅지 안쪽을 따라 감염이 시작되었음을 보여주는 분홍색 줄무늬가 바깥쪽으로 뻗어가고 있었다. 목에 걸린 명패에는 딱 한마디가 쓰여 있었다.

부정한 자

세스는 복도를 멍하니 쳐다보고 있었다. 그의 눈은 꼼짝도 하지 않아서 타일러는 일종의 진정제를 주어 그를 취하게 한 게 아닐까 생각했지만, 고통을 줄이는 건 이 본보기의 핵심을 줄이는 거나 다름없다. 안 그런가? 첫 주에 세스가 내는 고통의 신음 소리가 복도 끝까지 전부 들렸고, 아무도 며칠이나 잠을 자지 못했다.

타일러는 눈을 감았고, 다행스럽게도 그들은 세스를 지나 계단을 내려갔다. 앤더스가 다시 말하기 시작했다. 그의 목소리는 타일러에게는 들려도 몇 걸음 뒤에서 조용히 따라오는 제닝스 수사에게는 들리지 않을 만큼 낮았다.

"타일러, 이게 자네에게 불쾌한 임무라는 건 나도 알고 있는 바야. 그리고 모든 불쾌한 임무는 실패할 경우 벌이 따르는 반면 성공할 경우 보상이 따르지."

타일러는 여전히 세스의 모습을 머릿속에서 밀어내려고 노력하며 말없이 뒤를 따랐다. 보상에 대한 교황의 이야기에 조금도 기운 나지 않았다. 어린 시절에 타일러는 개싸움을 위해서 똑같은 방식으로 마을의 개들이 조련되는 것을 보았다. 심하게 얻어맞으면 개는 맞지 않기 위해서 움직이는 정도가 아니라 그것만으로도 보상을 받았다고 생각한다. 현재 상태는 언제라도 바뀔 수 있었다.

내 책들.

멍한 기분이 약간 사라지고 타일러는 얇은 얼음 아래 있는 싸늘한 물처럼 고통이 도사리고 있는 것을 느꼈다. 그는 걷는 데에만, 계단 하나하나를 올라가는 고통에만 집중했다. 옛 교황은 언제나 층을 오갈 때 엘리베이터를 사용했지만 앤더스는 거의 그러지 않았다. 그는 건강 자랑을 즐기는 것 같았고, 이제는 타일러의 불편함을 즐기고 있는 것 같았다. 관절염이 되살아나 타일러의 엉덩이가 괴롭게 욱신거렸다. 부러진 다리는 타일러가 바닥에 부딪치지 않게 조심하고 있는데도 계단을 올라갈 때마다 아픔을 호소했다. 그는 이런 불편함에만 집중하고 오로지 이 손쉬운 육체적인 통증을 거의 음미하다시피 했다.

끝없는 계단을 지나 그들은 1층에 도착했고 계속해서 아배스의 지하실로 내려갔다. 타일러는 사망한 교황들의 쉼터인 지하실에 한 번도 내려가 본 적이 없었다. 지하실에 벌레와 쥐가 끓지 않도록 하는 임무를 맡은 불운한 두 명의 형제를 제외하면 아무도 여기에 오지 않았다. 타일러는 잘 모르는 이 두 명이 벌떡 일어나서 들어오는 교황에게 절했고, 타일러는 유령처럼 그 뒤를 따랐다.

앤더스가 젊은 남자 한 명이 내민 횃불을 받아 들고 타일러를 무덤 안으로 데리고 갔다. 이곳은 뼛속까지 추웠고 얇은 사제복을 입은 타일러는 몸을 떨었다. 그들은 입구를 통과해서 양옆으로 머리 위 높이까지 닿는 아치형 돌 장식이 있는 수많은 무덤들을 지나갔다. 교황들의 시신은 언제나 방부 처리해서 매장했으나 타일러는 여전히 여기서 죽음의 냄새를 맡을 수 있었다. 앤더스가 그를 죽이기 위해 여기로 데려온 게 아닐까 하는 생각이 잠깐 들었으나 그 생각은 금방 지웠다. 앤더스에게는 그가 필요하니까.

신이시여, 여기서 빠져나갈 길을 제게 보여주십시오.

무덤은 이제 그들 뒤에 있었다. 앞에는 먼지로 덮인 커다란 돌문 하나뿐이었다. 그 앞에 서자 앤더스가 단순한 철제 열쇠를 꺼냈다.

"나를 보게, 타일러."

타일러는 고개를 들었지만 상대의 눈을 쳐다볼 수가 없었다. 그래서 앤더스의 콧날에 시선을 고정했다.

"내가 이 문의 열쇠를 가진 유일한 사람이야, 타일러. 하지만 자네가 임무에 성공하면 이 열쇠를 자네에게 주겠어."

그는 문을 열었다. 열쇠를 몇 번이나 돌린 뒤에야 겨우 자물쇠가 열렸다. 교황이 밀자 문은 비참하게 끽끽거리는 소리를 냈다. 아무도 오랫동안 이 방에 들어가지 않았던 모양이다. 교황은 그에게 들어가라고 손짓을 했지만 타일러는 이미 그 안에 뭐가 있을지 알고 있었다. 횃불 빛이 방 안으로 쏟아지며 좌절감이 타일러의 심장을 휘감았다.

방은 책으로 가득했다. 누군가가 책을 꽂을 책장을 만들어놓았다. 단순한 도구도 구하기 어려웠던 랜딩 이후에 많았던 거칠게 잘라낸 가구였다. 타일러의 눈이 무력하게 방 안을 떠돌았다. 수천 권의 책으로 가득한 선반들이 맞은편 벽까지 쭉 설치되어 있었다.

그는 멍하니 안으로 들어가서 책장에 놓인 책들을 건드렸다. 몇 권은 가죽 장정이고 몇 권은 종이였다. 아무도 이 책들에 신경을 쓰거나 정리할 마음을 내지 않았던 모양이었다. 제목과 저자들이 제멋대로 뒤섞여서 책장에 수평으로 쌓여 있었다. 모든 것이 두꺼운 먼지로 뒤덮여 있었다. 그 모습에 타일러의 심장이 욱신거렸다.

"타일러."

그는 깜짝 놀랐다. 잠깐 동안 교황이 거기 있다는 걸 잊고 있었다.

교황이 부드럽게 말했다.

"자네가 성공하면 자네에게 이 방의 열쇠를 줄 뿐만 아니라 아배스의 첫 번째 사서로 임명하겠네. 왕궁 사제 일은 그만두게 될 거고, 다른 임무에서도 전부 다 빼주겠어. 아무도 다시는 자네를 귀찮게 하지 않을 거야. 자네가 할 일은 여기서 지내며 이 책들을 관리하는 것뿐일 거야."

타일러는 다시 방을 쳐다보고 오래된 종이 냄새를 들이켰다. 남은 평생 여기 살면 같은 책을 두 번 읽지 않아도 될 것이다.

"독은 천천히 퍼질 거야. 여왕이 첫 번째 증상을 느낄 때까지 두세 시간은 걸릴 거고. 이때가 자네가 아배스로 돌아와야 하는 때지."

"저를 쫓아올 겁니다. 메이스가요."

"그럴지도. 하지만 메이스라 해도 자네를 내 허락 없이 아배스에서 끌어낼 수는 없어. 그들이 매튜를 잡기 위해서 왕궁으로 어떻게 불러들였는지 봤잖나. 다시는 아배스를 떠날 수 없겠지만, 여기 돌아오기만 하면 처벌로부터 안전할 거고, 여기서 이 책들과 함께 평생을 살 수 있을 거야."

벽 안팎을 자유자재로 드나드는 메이스의 기묘한 능력을 생각하고 타일러는 거의 웃을 뻔했다. 메이스는 그가 어디에 있든 그를 찾아낼 것이다. 하지만 타일러는 구태여 교황의 생각을 정정하지 않았다. 이 방을 보면 여왕이 뭐라고 할까 궁금했다.

"그분이 돌아가시고 나면 어떻게 되지요?"

그는 그렇게 묻고 스스로도 깜짝 놀랐다.

"잠깐 다툼이 좀 있겠지만, 결국에 티어는 모트의 보호령이 될 거야."

타일러는 눈을 깜박였다.

"붉은 여왕은 유명한 불신자입니다. 그건 교회로서는 더 나쁜 일 아닌가요?"

"아니. 모든 건 이미 정리됐어."

앤더스의 입가에 웃음기가 떠올랐다.

서로 전혀 안 맞는 동반자, 타일러는 메이스의 말을 떠올리면서 우울하게 생각했다.

"제 다리가 아직 약해서요, 교황 성하. 위층으로 돌아갔으면 합니다."

"그렇군. 당장 돌아가지."

앤더스가 이제 배려하는 투로 대답했다.

앤더스는 등 뒤로 방문을 잠갔고 그들은 천천히 무덤 사이를 다시 걸어갔다. 타일러의 다리는 너무 아파서 이제는 거의 한 발로 쿵쿵 뛰어야 할 정도였다.

"자네 다리를 위해서 엘리베이터를 타지, 타일러."

두 사람은 계단 옆쪽에 있는 두꺼운 목재 연단으로 올라갔고 앤더스가 거기서 기다리고 있던 두 사제에게 고개를 끄덕였다.

"형제들 숙소로."

엘리베이터가 올라가기 시작하자 다시금 속이 울렁거려서 타일러는 난간을 잡았다.

"이건 시험이야, 타일러. 신께서 자네의 믿음을, 충성심을 시험하시는 거야."

교황이 말했다. 타일러는 고개를 끄덕였지만 어찌할 바를 모르겠고 당황스럽기만 했다. 그는 성인이 된 이래 평생을 아배스를 집이라 여기며 살아왔다. 하지만 이제 이곳은 낯선 위험이 산재한 기묘한 곳으로 느껴졌다. 엘리베이터가 숙소 층에 이르자 그는 말없이 교황을 두고 걸어서 세스를 지나 복도를 내려와서는 형제들이 빤히 보는 눈길을 지나치고, 타일러의 문가에서 눈을 내리깔고 기다리는 와이드를 지나쳤다.

"미안해. 그러고 싶지 않았어, 타일러. 그런데ㅡ"

와이드가 중얼거렸으나 타일러는 그의 면전에서 문을 닫고 침대로 가서 앉았다. 맨벽이 그를 노려보는 것 같았고, 그는 그것을 무시하고 기도하려고 노력했다. 하지만 아무도 듣지 않는다는, 신의 관심은 다른 곳에 있다는 느낌을 떨칠 수가 없었다. 결국 그는 포기하고 사제복에서 조그만 병을 꺼내 양손으로 굴려보고 엄지손가락으로 밀랍 뚜껑을 문질렀다. 안에 든 액체는 완벽하게 투명했다. 타일러는 그것을 통해서 주위의 조그만 방의 왜

곡된 모습을 볼 수 있었다. 얼마 전까지만 해도 남은 평생 만족해서 살 수 있을 것 같았던 바로 이 방을. 그는 여왕의 서재를 떠올렸다. 거기 앉아 있으면 시간이 사라지는 것 같고 모든 것이 녹아서 없어지고 더 나은 세상의 일부가 된 것 같은 기분이 들던 것을 떠올렸다. 이런 일은 할 수 없었지만, 책을 그렇게 잃을 수도 없었다. 빠져나갈 길이 보이지 않았다.

타일러는 일어나서 벽에 손을 올리고 하얀 돌을 손바닥으로 어루만졌다. 기도한다고 도움의 손길이 오지는 않을 것이다. 그렇다고 기적을 기다릴 만한 여유도 없었다. 신은 타일러를 딱 찍어서 도와주지 않을 것이다. 구원을 바란다면 그가 직접 해야만 했다.

"이건 멍청한 짓입니다."

메이스가 투덜거렸다.

"그대는 내가 하는 모든 일을 멍청하다고 하잖아요, 라자러스. 그건 별로 즐겁지 않다고요."

그들은 거의 어둠 속에서 왕궁 안에 벌집처럼 뚫려 있는 수많은 메이스의 터널을 따라 움직이는 중이었다. 유일한 빛은 펜의 옆에서 다리를 절며 걷는 타일러 신부가 든 횃불에서 나오는 것뿐이었다. 흐린 호박색 불빛 속에서 사제의 얼굴은 그 어느 때보다도 창백했다. 켈시는 메이스에게 아배스에서 무슨 일이 있기에 타일러 신부가 저렇게 비참해 보이느냐고 물었으나 메이스는 그답게 대답을 거부하고 새 교황이 전임자보다 더 끔찍하다고만 말했다.

켈시에게 이 짧은 여행을 하게 만든 사람은 타일러 신부였다. 윌리엄 티어의 환영으로 그녀는 약간 흥분했고, 지난 한 주 내내 릴리 메이휴나 그레그 메이휴, 도리언 라이스, 그중 누구에 관해서든 정보를 찾겠다고 결심하고서 칼린의 서재를 샅샅이 뒤졌다. 타일러 신부가 오늘 아침에 도착했을 때 켈시는 잠도 못 자고 실패한 기분으로 칼린의 책에 둘러싸여 서재 바닥에 앉아 있었고, 최후의 수단으로 사제에게 매달렸다. 크로싱이 있던 시절이나 윌리엄 티어의 삶에 관해 글로 쓰인 역사가 남아 있을까? 크로싱 이후에 실제로 책이 출간된 일은 없지만, 손으로 쓴 역사책이라도 남아 있지 않을까? 최소한 누가 일기라도 썼어야 했다.

타일러 신부는 안타까운 듯이 고개를 흔들었다. 이상향을 꿈꾸던 첫 세대 다수가 실제로 일기를 기록했지만, 티어 암살 이후 암흑기에 그 대부분이 사라졌다. 단편단편이 아배스에 보존되어 있었고 타일러 신부는 그것을 읽었지만, 거기에는 식량 부족, 언젠가 뉴런던이 될 조그만 마을을 건설하는 일 등 생존에 관련된 일상적인 문제들만 나와 있었다. 크로싱에 관한 타일러 신부 본인의 지식 대부분이 구전 역사, 티어링의 다른 사람들도 잘 아는 설화를 바탕으로 한 것이었다. 글로 쓴 자료는 하나도 남지 않았다.

"하지만 뭔가 있긴 합니다, 폐하."

타일러가 잠깐 생각한 후에 말했다.

"팀파니 신부는 왕궁 아래층 어딘가에 있는 초상화 화랑에 대해서 이야기하곤 했습니다. 섭정이 가끔 그 화랑을 방문했고 팀파니 신부는 거기에 윌리엄 티어의 초상화가 있다고 했었죠."

"도대체 왜 삼촌이 초상화 화랑에 방문했던 거죠?"

"그건 폐하의 조상들의 화랑입니다. 팀파니는 섭정이 술에 취하면 거기로 내려가서 할머님의 초상화를 보며 소리를 지르곤 했다더군요."

알고 보니 메이스는 화랑이 어디 있는지 정확하게 알았다. 두 층 아래, 세탁실이 있는 층이었다. 나선형 계단을 내려가면서 켈시는 벽을 통해 많은 사람들이 이야기하는 것을 들을 수 있었다. 메이스가 누군가 독을 풀 것을 염려해서 고집을 부린 덕에 켈시에게는 개인용 세탁실이 있지만 왕궁 세탁실을 계속 유지했으므로 여왕동의 나머지 리넨들은 거기로 보내 세탁했다. 삼촌이 왕궁에 불필요한 편의 시설들을 꽉꽉 채워놨지만, 켈시는 이렇게 많은 사람들을 다 해고할 수는 없었다. 왕궁 하인들 중 가장 쓸모없고 월급을 줄 마음이 전혀 없는 마사지사와 창녀들만 해고했고 다른 사람들은 전부 어떻게든 활용해보려고 노력했다. 계단 아래쪽에 도착하자 그들을 둘러싼 조그맣고 흐린 횃불 말고는 아무것도 보이지 않았고, 그녀는 머리 위로 넓고 텅 빈 공간이 있는 것을 의식할 수 있었다.

"누가 이 모든 터널을 만들었죠?"

"이건 원래 건축 계획의 일부였습니다, 레이디. 왕궁 꼭대기부터 아래쪽 지하 감옥에 이르기까지 전부 다 감춰진 길이 있습니다. 여러 개의 길이 도시 안으로 뻗어 있고요."

지하 감옥 이야기에 켈시는 몇 층 위에 특별히 만들어진 감방에 있는 소른을 떠올렸다. 켈시는 왕궁 지하 감옥에 그를 놔두고는 안심이 안 됐다. 설령 엘스턴이 내내 경비를 서고 있어도 마찬가지였다. 그리고 소른을 알비노 브레나와 따로 떼어놔야 한다는 생각이 얼핏 들었다. 그래서 혼자 가둬놓고, 흡족한 얼굴의 엘스턴을 감방 앞에 세워두었다. 켈시는 소른을 어떻게 해야 할지 알 수가 없었다. 재판에 부쳐? 지난 6주 동안 켈시와 알리스는 조용히 인구조사부를 세금징수부로 바꾸었고, 한편으로 인구조사부에서 정직한 사람들을 골라서 사법부로 돌려보냈다. 사법 체계를 만드는 과정은 느렸다. 티어링에도 법이 있긴 하지만 어디에도 성문화되어 있지 않았다. 모트군이 국경에 도달한 이래로 켈시는 이 일에 쏟을 시간이 거의 없었지만, 그녀의 요청에 따라 알리스는 계속해서 이 문제를 처리했고, 이제 뉴런던에는 불만을 시정하기 위해서 누구든 판사에게 청원할 수 있는 공공 법원이 다섯 군데가 생겼다. 왕실은 아렌 소른을 공공 법원에 세우고 싶었지만, 그가 무죄판결을 받는다면? 판사나 배심원 중 어느 쪽이든 돈에 넘어갈 수 있었다. 역으로 설령 소른의 죄가 의문의 여지가 없다고 해도 많은 배심원들이 증거와 상관없이 그를 비난할 것이다. 섭정 이래로 소른은 티어에서 가장 미움받는 인물이었다. 재판을 할 진짜 목적은 없지만, 그래도 켈시는 어쨌든 그럴 만한 목적이 하나는 있어야 한다고 생각했다.

메이스는 그냥 소른을 처형하기를 바랐다. 그는 모든 사람들이 증오하는 존재이기 때문에 빠른 처형에 아무도 반기를 들지 않을 것이다. 특히 켈시가 이 처형을 대중에 공개한다면 다들 반길 것이다. 그녀는 메이스의 조언에 담긴 타당함을 이해했다. 그렇게 하면 그녀는 사랑하는 사람들이 우리에 실리는 걸 보았던 모든 사람들의 절대적인 지지를 받게 될 것이다. 심지어 아배스도 요즘은 사형에 관해 반발하지 않았고, 켈시 역시 거기에 별로 신경 쓰지 않았다. 하지만 그녀의 일부는 아무리 보여주기식 재판이라 해도 이 행위를 적법하게 만들 만한 재판을 원했다. 그러나 즉결 처형에는 합법적인 선례가 있었다. 타일러 신부의 설화를 믿어도 된다면, 윌리엄 티어는 이를 실행했고 심지어 자기 손으로 처리한 적도 있었다.

그리고 나도 그렇지, 켈시는 갑자기 몸이 식는 것을 느끼며 생각했다. 진하고 뜨뜻한 피가 그녀의 오른손에 쏟아져 팔을 타고 흐르던 모습이 머릿속으로 떠올랐다. 바깥세상은 먼이 그저 아가이브 전투의 희생자라고 여겼다. 메이스는 그런 생각이 퍼지게 놔뒀지만, 켈시와 나머지 근위병들은 사실을 알았다. 그녀가 아무리 그 일을 머릿속에서 지우려고 해도 그 모습은 계속해서 다시 떠올랐다. 피에 물든 오른손. 소른이 재판을 받게 하는 것이 정말로 중요하게 여겨졌다.

"눈을 가리십시오, 레이디."

어둠을 뚫고 앞쪽에서 햇빛이 보이자 켈시는 눈을 가렸다. 그녀는 메이스의 숨겨진 문 하나를 지나서 천장이 높은, 길고 좁은 방으로 나온 것을 깨달았다. 맞은편의 기다란 창문으로 빛이 들어왔다. 이 창문을 내다보고 켈시는 그들이 왕궁의 서쪽 제일 끝에 있다는 것을 알았다. 바깥으로 도시의 완만한 언덕이 가장 먼저 보이고 그 뒤로는 흐릿하게 클레이턴산맥이 보였다.

"여기입니다, 폐하!"

타일러 신부가 복도 맞은편 끝에서 말했다.

켈시는 몸을 돌리고 그들이 방금 나온 벽에 초상화들이 줄지어 걸려 있는 것을 보았다. 그림은 양쪽 화랑 벽에 쭉 이어졌다. 타일러 신부는 제일 끝의 초상화 앞에 가서 액자 아래쪽, 글자를 새겨놓은 나무 명패가 있는 부분에 한 손을 얹었다. 초상화 속에는 켈시가 환영 속에서 본 것과 똑같은 남자가 있었다. 짧은 금발 머리에 사무적으로 굳은 얼굴을 한 키가 크고 엄격해 보이는 남자. 켈시의 심장이 풀쩍 뛰었다. 환영이 사실이라는 건 알고 있었지만, 그래도 실제 증거를 보자 굉장한 안도감이 들었다.

"윌리엄 티어입니다."

타일러 신부가 횃불을 벽의 빈 받침대에 걸고서 말했다. 여기는 햇빛이 너무 밝아서 불이 필요하지 않았다.

"명패에는 크로싱 5년 후에 그려진 거라고 되어 있군요."

켈시는 좀 더 다가와서 티어의 첫 번째 왕을 올려다보았다. 그는 벽난로 앞에 서 있었고, 벽난로는 왕궁 여기저기에 있는 그런 거대한 벽난로가 아니라 그녀가 자란 오두막에 있던 것과 더 비슷해 보였다. 화가조차도 그냥 가만히 서 있어야 하는 데 대한 티어의 짜증을 감추지 못했다. 그의 표정에서는 굉장히 초조한 기색이 드러났다. 초상화는 다른 사람의 생각인 게 분명했다. 배경에 희미하게 책이 가득한 책장이 있는 것 같았으나 초상화 표면에 두꺼운 더께가 내려앉아서 제목은 하나도 알아볼 수가 없었다.

"왕궁 하인에게 닦아놓으라고 시켜줘요. 어차피 할 일도 없을 테니까요."

그녀가 메이스에게 말했다. 메이스는 고개를 끄덕였고 켈시는 다음 초상화로 넘어갔다. 갓 10대를 벗어난 젊은 금발 남자였다. 그는 잘생겼지만 켈시는 먼지 아래로 그 눈에 어린 걱정스러운 표정을 알아볼 수 있었다. 그녀는 액자를 손가락으로 더듬으며 명패를 찾았다. 명패에도 먼지가 가득 앉아 있었다. 그녀는 엄지손가락으로 먼지를 닦고 더러워진 손을 치마에 문지른 후 몸을 구부려 글자를 읽었다.

"조너선 티어."

"선량 왕 조너선이군요."

타일러가 옆에서 중얼거렸다.

조너선 티어의 가슴에는 사파이어 하나가 사슬에 매달려 있었다. 그녀는 재빨리 윌리엄 티어의 초상화를 돌아보았다. 그는 최소한 켈시가 보기에는 어떤 보석도 걸고 있지 않았다. 윌리엄과 조너선, 두 초상화 사이에는 상당한 거리가 있어서 켈시는 여기에 한때 다른 초상화가 걸려 있었던 게 아닐까 하는 생각을 했다.

"조너선 티어의 어머니는 누구죠?"

타일러 신부는 고개를 흔들었다.

"저도 모릅니다, 폐하. 윌리엄 티어에게는 왕비가 없었습니다. 전설에 따르면 그는 결혼 제도를 믿지 않았다고 하더군요. 하지만 선량 왕 조너선이 그의 아들이라는 걸 의심하는 기록도 없습니다. 눈에 띄게 닮았으니까요."

"조너선은 뭘 이렇게 걱정했던 걸까요? 혹시 아니요?"

"죽음을 두려워했던 게 아닐까요, 레이디? 그는 스무 살에 살해당했습니다. 그 초상화는 암살되기 2년 전후에 그려졌을 겁니다."

코린이 뒤에서 말했다.

"누가 살해했죠?"

"아무도 모르지만, 그들은 티어 근위대를 통과했습니다. 우리 역사상 최악의 순간이었죠—"

코린이 갑자기 말을 끊었고 그녀는 그가 먼에 대해 생각한다는 걸 깨달았다. 바티도 티어 암살에 대해서 똑같은 이야기를 했었다. 근위대가 실패했다. 코린이 불편해하는 것에 유감을 느낀 그녀는 조너선 티어에 대한 나머지 질문을 삼키고 다음 초상화로 향했다. 굉장히 순수해 보이고, 아름다운 갈색 머리가 어깨 위로 강물처럼 흘러내려 긴 폭포처럼 등으로 떨어지는 여자였다. 여자는 화판에서 아름답게 미소를 짓고 있었다. 켈시는 명패를 확인했다. "케이틀린 티어." 조너선 티어의 아내였다. 암살 이후 케이틀린 티어도 추적당해서 끔찍하게 살해됐다. 초상화 속의 여자는 오래전에 죽어서 더 이상 해를 입을 수 없지만, 그래도 켈시의 심장이 비틀렸다. 이 여자는 악을 견디는 건 고사하고 악이라는 의미조차 모를 것처럼 생겼는데.

다음 초상화를 보고 켈시는 숨을 들이켰다. 그녀는 이 남자를 어디서든 알아볼 수 있었다. 2주 전 벽난로 앞에 서 있었던 세상에서 가장 잘생긴 남자니까. 그는 티어 왕좌에 앉아서 편안한 정치인 같은 미소를 짓고 있었다. 그 섬세한 세공 등받이를 보면 왕좌라는 걸 못 알아볼 수가 없었다. 그러나 미소에도 그의 호박색 눈은 차가웠고, 기묘한 화가의 재주 덕에 그 눈은 켈시가 어디로 움직이든 따라왔다. 조심스럽게 그녀는 액자 가장자리를 더듬었지만, 명패가 한때 있었다면 오래전에 떨어져 나갔음을 암시하는 기묘한 긁힌 자국 말고는 아무것도 없었다. 그녀는 티어 왕족의 화랑에 이 잘생긴 남자가 있다는 사실이 의아했지만 아무 말도 하지 않았다.

"잘생긴 악마로군. 하지만 누군지 모르겠는데. 신부님?"

메이스가 말했다. 타일러 신부는 고개를 흔들었다.

"제가 들어본 어떤 랠리 왕족과도 들어맞지 않습니다. 하지만 정말 굉장히 잘생겼군요. 랠리 여왕들 중 한 명의 연인이었는지도 모르지요. 여왕들 여럿이 결혼하지 않았지만 모두가 후계자는 낳았으니까요. 그들은 잘생긴 남자를 고르는 취미가 있었죠."

켈시는 하필 그 불운한 순간에 펜을 보았고, 그의 눈 역시 그녀를 향해 있었다. 그가 그녀를 거절했던 밤이 그들 사이에 널따란 만처럼 펼쳐져 있었다. 켈시는 그들이 다시는 예전 같은 편안한 우정으로 돌아가지 못할 거라는 끔찍한 기분을 느꼈다. 그에게 뭔가 말하고 싶었지만 옆에 사람이 너무 많았고, 잠시 후 화해하고 싶은 충동조차도 사라졌다. 벽난로 남자의 눈이 최면을 거는 것 같았지만 켈시는 거기서 몸을 돌리고 다음 초상화로 걸어갔다. 이제 랠리 왕가 차례였다. 이 초상화들에는 전부 명패가 잘 달려 있었고, 켈시가 더 현대 쪽으로 갈수록 글자도 세월에 덜 닳아서 명확했다.

랠리 왕족들은 전부 사파이어 두 개를 걸고 있었다. 보석은 초상화마다 변함없는 모습이었다. 이 사람들이 켈시의 조상이고 핏줄이었지만, 그녀는 그들이 티어 가문의 세 명보다 덜 중요하고 덜 현실적이라는 걸 깨달았다. 칼린은 랠리 왕족들을 전혀 존경하지 않았다. 어쩌면 수많은 것들처럼 칼린의 편견이 켈시에게 수년 동안 주입되었는지도 모른다.

열 번째 초상화의 여자는 너무 아름다워서 설명조차 할 수 없을 것 같았다. 여자는 많은 다른 랠리 여왕들과 같이 금발에 밝은 초록 눈이었으나 얼굴은 크림색 피부에 흠 하나 없었고, 켈시가 여자에게서 본 중에서 가장 우아하게 균형 잡힌 목을 지니고 있었다. 한 번에 한 명만을 그린 앞의 초상화들과 달리 이 초상화에는 여섯 살 정도 되어 보이는 예쁜 여자아이가 엄마의 무릎에 앉아 있었다. 또 새로운 차이가 있었다. 여자가 사파이어를 하나 걸고, 아이가 또 하나를 걸고 있었다. 켈시는 붙어 있는 명패 쪽으로 몸을 구부리고 읽었다. "어맨다 랠리."

"아, 미의 여왕이군요!"

타일러 신부가 그녀 쪽으로 와서 초상화 앞에 섰다. 이제 좀 지루한 듯 방 맞은편에 흩어져 있던 켈시의 근위병들이 다가와서 초상화를 빤히 쳐다보았다. 켈시는 마음속에 짜증이 쿡쿡 솟는 것을 느꼈으나 곧 초상화에서 미의 여왕의 치마 뒤에 거의 숨어 있는 두 번째 아이를 발견했다. 이 여자아이는 무릎에 있는 아이보다 좀 더 어려서 서너 살밖에 되지 않았을 것 같았지만 검은 머리에 부루퉁한 표정을 띠고 있었다. 켈시는 갑자기 어린 시절이, 오두막 뒤의 잔잔한 호수 속에서 마주 보던 자신의 얼굴이 떠올랐다. 미의 여왕과 그 딸의 화려함 때문에 이 아이는 놓치기 쉬웠고, 켈시는 이것이 화가의 고의적인 선택이었을 거라고 생각했다. 한 아이는 강조하고 한 아이는 감추는 것.

"미의 여왕에게는 아이가 하나였다고 들었는데요. 무릎에 있는 쪽이 일레인 여왕이겠죠."

켈시는 미의 여왕의 치마 뒤에 웅크리고 있는 조그만 여자아이를 가리켰다.

"그럼 이 애는 누구죠?"

메이스는 어깨를 으쓱였다.

"모르겠습니다."

타일러 신부가 아이를 보았다.

"혼외자가 아닐까요? 어맨다 랠리에게는 토머스 아네스라는 남편이 있었습니다. 그가 일레인의 아버지죠. 하지만 어맨다는 아네스에게 정절을 지키지 않았다고 들었으니 다른 아이가 있었을 수도 있습니다. 선크로싱 시대부터 왕족 초상화에는 종종 혼외자가 등장하지만 눈에 띄는 자리는 절대로 아니었습니다. 잔인한 일이죠. 아예 등장하지 않는 것보다 더 서글픈 일이랄까요."

타일러 신부는 잠시 초상화를 바라보다가 덧붙였다.

"이건 제가 본 중에서 최악의 경우입니다. 이 아이는 완전히 하찮게 묘사되었어요."

켈시는 어린 소녀를 바라보며 동정심이 치미는 것을 느꼈다. 미의 여왕의 무릎에 앉아 미소를 짓고 있는 공주와 달리 숨겨진 여자아이는 어둡고 불행한 눈을 하고 있었다. 아이는 다른 두 인물과 달리 화가를 보지 않았다. 대신에 갈망을 제대로 감추지 못하는 눈으로 미의 여왕을 올려다보고 있었다. 켈시는 갑자기 울고 싶었고, 그게 아이 때문인지 자기 자신 때문인지 알 수가 없었다.

다음 초상화에서는 미의 여왕의 무릎에 있던 아이가 자라 아이를 낳았다. 명패는 일레인 여왕과 왕세녀 알라라고 되어 있었다. 일레인은 어머니만큼 아름답지는 않았다. *누가 그럴 수가 있겠어?* 켈시는 씁쓸하게 생각했다. 하지만 그녀를 보니 누군가가 생각이 났다. 안달리? 아니, 이 여자가 갈색 머리이긴 하지만, 창백하고 천사 같은 안달리의 아름다움은 없었다. 일레인 여왕은 화가를 보며 미소도 짓지 않았다. 그녀 역시 초상화를 그리기 위해 앉아 있어야 한다는 사실에 대단히 짜증이 난 것처럼 보였다.

"여길 보시죠, 레이디! 폐하의 고집스러운 턱을 갖고 계신데요."

다이어가 일레인의 얼굴을 가리키며 말했다.

"참으로 재미있군요."

켈시는 그렇게 중얼거렸지만 자신의 얼굴이 이렇게 많이 바뀌었음에도 닮은 데가 있다는 건 부인할 수가 없었다. 다이어가 다른 이야기를 하기 전에 다음 초상화로 넘어갔다.

공정 왕 알라가 티어 왕좌에 앉아 있었고, 아이는 함께 있지 않았다. 사파이어 두 개가 모두 목에 걸려 있고 티어 왕관을 머리에 쓰고 있었다. 거기에 매료되어 켈시는 우아한 은테 한 줄로 된 데다가 사파이어가 네다섯 개쯤 박혀 있는 왕관을 살폈다. 그리고 손가락으로 그림을 두드렸다.

"이걸 찾는 데에는 진전이 좀 있나요, 라자러스?"

"아직 없습니다, 레이디."

켈시는 실망했지만 놀라지는 않은 채 고개를 끄덕이고 초상화 쪽으로 다시 몸을 돌렸다. 알라 여왕은 딱히 예쁘지는 않았지만, 화판에서도 확실하게 빛나는 자력을 갖고 있었다. 그녀는 다른 랠리가 여자들보다 나이가 훨씬 많았고, 켈시는 그제야 일레인 여왕이 오래 살아서 그 딸은 중년이 다 되어서야 왕위에 올랐다는 것을 기억해냈다. 알라는 독재자였고, 초상화에서도 그런 특성이 드러났다. 자신의 방식대로 하려는 명확한 의지가 고스란히 드러났다. 굉장히 만족스러운 미소여서 거의 의기양양해 보일 정도였고, 오만함에 가까운 자부심도 드러났다. 하지만 결국에는 그 자부심에 곤경에 처했다.

벽 너머의 야만인들, 그녀는 그들을 자극했지. 바로 너처럼. 켈시의 머리가 속삭였다.

그녀는 그 생각을 떨치고 황급히 다음 초상화로 갔다가 어머니를 바라보고 있음을 깨달았다.

엘리사 여왕은 켈시가 상상했던 모습이 전혀 아니었다. 오두막에서는 하루가 너무 길 때가 있었고, 칼린이 그녀에게 화가 나서 외로운 날도 있었다. 그럴 때면 켈시는 자신을 낳아준 유령 같은 여자를 떠올리며 위안으로 삼았다. 그림 동화에 나올 것 같은 섬세하고 가녀린 그런 여자였다. 하지만 초상화 속의 엘리사는 전혀 연약해 보이지 않았다. 그녀는 켈시보다도 더 키가 크고 건강미 넘치고 아름다운 금발에 반짝이는 초록 눈의 여자였다. 그녀는 아무 장식 없는 평범한 탁자 옆에 서 있었지만 세상에 걱정거리라고는 없는 여자 특유의 자유분방한 미소를 짓고 있었다. 켈시는 어머니의 이런 모습이 차라리 기뻤고, 그 미소에 자신도 모르게 매달렸다. 초상화는 엘리사가 왕위에 오른 직후에 그려진 것이지만 모트군은 이미 티어의 변방을 통과하고 있었을 것이다. 모트 조약, 추첨, 이런 것들이 그리 머지않았는데도 그저 무방비한 어머니의 표정은 자신의 실수 때문에 누구도 고통받게 만들지 않겠다는 켈시의 결심을, 의지를 더 굳게 만들었다.

"레이디."

메이스가 속삭였다.

"뭐죠?"

"과거를 곱씹어봐야 좋을 게 없습니다. 반면 미래는…… 그게 전부입니다."

켈시는 메이스가 그렇게 쉽게 자신을 읽는다는 사실에 짜증이 났다. 하지만 그의 얼굴에 비판은 없고 그저 그 나름의 냉정한 현실만이 자리하고 있을 뿐이었다. 그녀는 잠시 후 긴장을 풀고 어깨를 으쓱였다.

"하지만 가끔 미래에 대한 답은 과거에 있어요, 라자러스."

메이스가 몸을 돌리고 소리쳤다.

"전원 흩어져!"

켈시의 근위병들이 방 모서리로 전부 다 흩어졌다. 켈시는 당황해서 메이스를 쳐다보았으나 그는 그저 그녀 가까이로 다가와서 속삭일 뿐이었다.

"그게 밤에 돌아다니시면서 갔다 오시는 곳입니까, 레이디? 과거요?"

켈시는 침을 삼켰으나 뭔가가 목 안을 막고 있는 느낌이었다.

"왜 내가 어딘가 다녀온다고 생각하죠?"

"펜은 지난주의 그날 밤에 듣지 못했지요. 서재 문가에 있었으니까요. 하지만 저는 레이디의 바로 옆에 있었습니다. 레이디께서는 '저 바깥에 더 나은 세상이 존재하고, 거의 손에 닿을 만큼 가까이 있다'고 중얼거리셨습니다. 전 그 말을 압니다. 제가 자란 마을에 그에 대한 노래가 있었죠. 크로싱에 대한 노래가요."

"난 몽유병일 뿐이에요."

메이스가 낄낄 웃었다.

"레이디께선 안달리의 막내와 마찬가지로 몽유병자가 아니십니다. 지난 밤에 그 애를 알리스의 사무실에서 찾았죠. 알리스가 떠나고 나면 그 사무실은 항상 문을 잠가둡니다. 하지만 글리는 어쨌든 거기에 들어갔죠."

"하고 싶은 말이 뭐죠, 라자러스?"

"그날 밤에 잠깐 동안 레이디께서 둔주(遁走) 상태에서 막 빠져나오시기 직전에 꼭…… 투명해지시는 것 같았습니다."

"투명해져요?"

그 말에 켈시의 몸이 차가워졌지만 그녀는 간신히 웃음소리 비슷하게 낼 수 있었다.

"원한다면 웃으셔도 좋습니다만, 전 봤습니다."

메이스가 이제 몸을 더 가까이 기울이고서 거의 속삭임에 가깝게 목소리를 낮추었다.

"그걸 그냥 벗어서 내버리는 편이 더 나을지도 모른다는 생각을 해보신 적 있습니까, 레이디?"

켈시는 자동적으로 손을 들어 보석들을 주먹 안에 꽉 쥐었다. 보석이 지금도 작동하는지 아니면 이제 다른 것이 그녀에게 영향을 미치는 건지 모르겠지만, 이걸 벗는다는 생각만으로도 그녀 안의 모든 것이 저항했다.

메이스는 고개를 흔들고 일그러진 미소를 지어 보였다.

"시도는 해볼 만했습니다."

"여기 좀 보십시오, 레이디!"

코린이 다음 초상화를 가리키며 외쳤다.

"이런 세상에."

켈시가 숨을 들이켰다. 삼촌의 얼굴이 벽에서 그녀를 내려다보고 웃고 있었다. 그녀가 만난 남자보다 젊지만 확실하게 토머스 랠리였다. 몸무게가 덜 나가고 아직 코는 나중에 얻게 될 알코올중독의 붉은색이 아니었지만, 자신이 남보다 잘났다는 분위기, 신이 지상에 내린 선물이라는 그 느낌이 화판에서조차 눈에 보일 정도로 흘러나왔다.

"저 망할 것을 당장 떼어버려요! 저 사람은 티어의 왕이 아니고 그랬던 적도 없으니까. 당장 없애요."

켈시가 날카롭게 외쳤다.

"제가 처리하겠습니다, 레이디. 자기 초상화를 걸어놓은 줄은 전혀 몰랐습니다. 몇 년이나 여기에 내려오지 않았거든요."

메이스가 대답했다.

"아무도 이 화랑을 쓰지 않나요?"

"그럴 겁니다. 먼지 좀 보십시오."

켈시는 다시 돌아가 어머니의 초상화를 노려보았다. 지평선 위로 드리운 모트 악몽에 관한 해결책을 찾아낸다 한들 이미 모트메인으로 실려 간 5만 명의 티어인들, 어머니가 세상에 바친 선물은 어떻게 할 수 없었다. 이것은 낯익은 영역, 해결책이 없는 문제였다.

"제가 질문 하나 드려도 되겠습니까, 레이디?"

다이어가 물었다.

"해요."

"죄수 제이블을 어떻게 할지 결정하셨는지 궁금합니다."

"그를 감옥에서 풀어줘야겠지만, 그가 죽을 때까지 술을 마시지 않을 만한 방법을 찾은 후에 풀어줄 생각이에요."

켈시는 초상화에서 돌아서서 체스 말처럼 나란히 햇살이 들어오는 창문 앞에 서 있는 다섯 명의 근위병들을 보았다.

"그리고 그 청년, 간수를 어떻게 해야 할지도 잘 모르겠어요. 상을 줘야 하는데 난 정말이지 그 사람에게 뭘 주면 좋을지 모르겠네요. 그 사람을 잘 아는 사람이나 친구가 전혀 없나요?"

코린이 말했다.

"제가 그의 아버지를 조금 압니다. 지금은 은퇴한 전직 간수죠. 제가 물어볼 수 있습니다."

"그렇게 해줘요. 쓸모없는 상을 주고 싶진 않아요. 이웬과 제이블은 우리에게 엄청난 선물을 가져왔으니까요."

"그리고 그 선물은 어떻게 하실 겁니까?"

펜이 물었다. 이것은 며칠 만에 켈시가 처음 들은 제대로 된 문장이었으나 그녀는 그를 그냥 무시할 수 있었으면 싶었다.

"소른은 어떻게 하실 겁니까?"

"모르겠어요."

"빨리 결정하셔야 할 겁니다, 레이디. 왕국 전체가 그의 피를 부르짖고 있습니다."

다이어가 끼어들었다.

"알아요. 하지만 그들은 잘못된 이유에서 부르짖고 있죠. 그들은 그가 인구조사부 감독관이었던 시절 때문에 고통받기를 원해요. 하지만 그는 행정직이었고, 끔찍하기는 했어도 감독관으로서 소른의 행동은 섭정 통치하에서는 적법했어요. 대중의 압력에 굴복하는 법률을 만들 순 없어요. 소른을 처형한다면 그의 죄 때문이어야 해요."

"그는 반역죄를 지었습니다, 레이디."

"하지만 그건 나라 전체가 그의 목이 매달리는 걸 보기 위해 달려올 만한 이유가 아니죠."

다섯 명의 근위병들이 그녀를 쳐다보았고, 켈시는 자신이 다섯 개의 강한 말을 마주 보는 체스판 위의 졸이 된 기분을 더욱 강하게 느꼈다.

"모두들 동의하는 건가요? 내가 그를 처형해야 한다고요?"

모두가, 심지어는 어쩌면 판단을 보류할 수도 있다고 켈시가 생각했던 펜까지도 고개를 끄덕였다.

"곧 결정을 내리겠어요. 하지만 아직은 아니에요. 엘스턴에게 즐길 시간을 준다고 약속했으니까요."

그들이 뒤에서 낄낄 웃게 놔두고 켈시는 화랑을 가로지르며 벽난로 앞에 있었던 남자를 다시 힐끗 보았다. 그는 밝은 빛 아래서 더욱 잘생겨 보였고, 초상화가 확실하게 오래되었음에도 그 이래로 전혀 나이를 먹지 않은 것 같았다. 그의 눈이 다가오는 그녀에게 고정되었고, 켈시는 바보 같다는 걸 알면서도 그가 실제로 멀리서 그녀를 보는 것 같다는 기분을 느꼈다.

"이것도 떼요. 누군지는 모르겠지만, 왕은 아니니까요. 이 벽에 걸릴 자격은 없어요."

그녀가 마침내 말했다.

"없애버릴까요?"

"아뇨. 위층으로 가져와요."

그녀는 근위병들을 둘러보다가 창밖을 보고 있는 타일러 신부를 발견했다.

"고맙습니다, 신부님. 여긴 정말로 흥미로운 곳이었어요."

"네, 레이디."

사제가 멍하니 대답했으나 그의 공허한 눈길은 산맥에 고정되어 있었다.

그들이 신부님께 무슨 짓을 한 거지? 켈시는 다시금 궁금했다. 그의 무릎을 감싼 깁스로 눈길이 향했다. 그녀는 이 사제에 대한 보호본능에 깜짝 놀랐다. 그는 그냥 앉아서 책을 읽고 과거에 대해서 생각하고 싶을 뿐인 노인이었다. 그에게 해를 입힌다는 건 범죄로 느껴졌다. 켈시는 최근에 타일러 신부가 더 이상 아배스에서 밤을 보내고 싶지 않은 것처럼 서재에 있는 그가 좋아하는 소파에서 잠들어 있는 것을 아침에 몇 번이나 보았다. 교황이 그에게 뭔가 한 걸까? 만약 그랬으면—

그만해, 켈시는 스스로에게 말했다. 아배스 내의 일에 대해서는 권력을 휘두를 수가 없었다. 그렇게 하는 것은 재앙의 지름길이었다. 그녀는 머릿속에서 신의 교회를 밀어내다가 갑자기 아이디어를, 적당한 해결책을 떠올렸다……. 타일러 신부가 아니라 다른 문제에 관해서 말이다.

"라자러스? 근위병 중에서 모트어를 하는 사람이 있나요?"

메이스는 놀라서 눈을 깜박였다.

"키브, 다이어, 게일런이 합니다. 레이디. 저도요."

"그중에서 모트인으로 여겨질 만큼 잘하는 사람이 있나요?"

"게일런만요. 무슨 생각을 하시는 겁니까?"

메이스의 미간에 주름이 패었다.

"이제 위층으로 돌아가요. 하지만 전부는 아니고, 두 사람은 지하 감옥으로 내려가서 제이블을 데리고 와요. 정신을 좀 차리게 만들어봐요."

하지만 한 시간 후 제이블이 여왕동으로 들어왔을 때 켈시는 그의 이전의 무관심이 변하지 않은 것을 보고 실망했다. 그는 코린이 연단 아래로 데리고 오는 동안 무관심하게 주위를 둘러보았고 그 뒤에는 멍하니 바닥을 쳐다보며 서 있기만 했다. 불타는 우리를 혼자서 도끼를 들고 공격하던 남자는 어디 간 거지? 켈시는 소른이 지하 감옥에 침입했던 날에 자신이 진짜 제이블을 봤던 걸까 의심스러웠다. 이웬은 감옥에서 일어난 일에 관해 굉장히 비밀스럽게 굴었으나 메이스는 결국에 그에게서 진실을 끌어냈다. 이웬이 끼어들지 않았다면 제이블이 소른을 맨손으로 죽을 때까지 구타했을 거라는 얘기였다. 그게 켈시가 보고 싶은 남자였다.

그녀는 이웬이 최소한 제이블의 수갑을 풀어주었다는 사실이 기뻤다. 묶어둘 필요도 없었다. 제이블은 처형이라도 기다리는 것처럼 몸을 꼿꼿하게 세우고 피로한 얼굴로 그 자리에 서 있을 뿐이었다.

"제이블."

그는 고개를 들지 않고 그저 공허하게 대답했다.

"폐하."

"그대는 아렌 소른을 잡아 내게 대단한 봉사를 해주었어."

"네, 폐하. 감사합니다."

"그대를 사면해주기로 했네. 그대는 이제 아무 때나 자유롭게 왕궁을 떠나서 마음대로 가도 돼. 하지만 잠깐 남아서 제안을 좀 들어보라고 말하고 싶군."

"무슨 제안입니까?"

"그대의 아내가 6년 전에 선적에 실려 모트메인으로 갔다고 들었네. 맞나?"

"네."

"아내가 아직 살아 있나?"

"모르겠습니다. 소른은 그렇게 말했죠. 그녀를 다시 데려올 수 있다고 했습니다. 하지만 이제는 그게 전부 거짓말이고 그녀는 죽었을 거라고 생각합니다."

제이블이 무기력하게 말했다.

"왜지?"

"아름다운 여자였습니다, 저의 앨리는요. 그런 여자들은 오래 살아남지 못합니다."

켈시는 움찔했지만 계속 밀고 나갔다.

"그대의 앨리는 아름답고 약한 여자였나, 제이블? 아니면 아름답고 강한 여자였나?"

"저보다 백배는 더 강한 사람이었습니다, 레이디. 제가 별로 비교로 쓸 만한 놈은 아닙니다만."

"그런데도 그녀가 모트의 매춘굴에서 6년을 버티지 못할 거라고 생각하나?"

제이블은 고개를 들었고 켈시는 그의 눈에서 분노가 살짝 타오르는 것을 보고 기뻤다.

"왜 이런 이야기를 하십니까, 레이디? 상황을 더 악화시키고 싶으신 겁니까?"

"그대가 아직도 뭔가에 관심을 갖는지 확인하고 싶을 뿐이야. 그대의 아내가 지금 여기서 이런 모습의 그대를 보면 기뻐할 거라고 생각하나?"

"그건 그녀와 저 사이의 일입니다."

제이블은 주위를 둘러보다가 처음으로 코린을 알아차린 것 같았다.

"제가 자유롭게 떠나도 된다고 하셨죠."

"맞아. 문은 그대의 뒤에 있다네."

제이블은 돌아서서 걸어갔다. 켈시는 메이스가 옆에서 고개를 드는 것을 느꼈지만, 훌륭하게도 그는 침묵을 지켰다.

"이제 뭘 할 건가, 제이블?"

"제일 가까운 술집을 찾을 겁니다."

"그게 그대의 아내가 원하는 일일까?"

"그녀는 죽었습니다."

"그건 모르지."

제이블은 계속 걸어갔다.

"알고 싶지 않나?"

그가 문에서 3미터쯤 떨어진 곳에서 멈췄다.

"난 추첨을 끝맺었어, 제이블."

켈시는 그의 등을 바라보며 그가 꼼짝 않기를 바라면서 말을 이었다.

"이 나라에서 내 치하에서는 어떤 선적도 출발하지 않을 거야. 하지만 그렇다고 해서 모트메인으로 이미 간 티어인들을, 과거의 잘못을 바로잡을 수는 없어. 그 모든 노예들에 대해서 내가 어떻게 해야 할까? 답은 명확해. 그들을 도로 데려와야 해."

제이블은 그 자리에 서 있었으나 켈시는 그의 어깨가 자신도 모르게 한 번 들썩이는 것을 보았다.

"라자러스는 나한테 달리 걱정거리가 많다고 생각하지."

그녀는 메이스 쪽으로 고개를 끄덕이며 계속해서 말했다.

"그리고 그가 옳아. 내 백성들은 굶주리고 교육도 받지 못했어. 그리고 우리에게는 진짜 약도 없지. 동쪽 국경에서는 우리를 산산조각 낼 군대가 오고 있어. 이런 것이 진짜 문제이고, 한동안 난 다른 문제들은 그냥 둘 거야. 하지만 라자러스와 내가 동의하지 않는 부분이 이거야. 그는 미래의 잘못을 피하는 것이 과거의 잘못을 바로잡는 것보다 더 중요하다고 믿어."

"그렇습니다, 레이디."

메이스가 중얼거렸고 켈시는 그에게 재빨리 일그러진 미소를 던졌다. 타일러 신부도 여기 있었으면 좋았을 텐데. 그는 이해했을 것이다. 하지만 그는 이미 아베스로 돌아갔다.

"라자러스의 의도는 좋지만, 그는 착각하고 있어. 과거의 잘못이 더 중요하다는 건 아니지만, 고치기가 더 힘들어. 그리고 더 다급한 문제들 때문에 그걸 계속해서 무시하다 보면 피해는 더욱 커지고, 결국에 과거의 문제들이 실제로 미래의 문제를 만들 수도 있지. 그리고 여기서 다시 그대의 앨리가 나오는 거야."

제이블이 돌아섰고 켈시는 그의 눈이 젖어 있는 것을 보았다.

"의논하기 위해서 그대의 아내가 살아 있다고 가정해보자고, 제이블. 모트메인에서 그녀에게 아주 끔찍한 일이 일어났어. 그대가 상상할 수 있는 가장 끔찍한 일이 일어났다고 해보지. 그래도 그녀를 되찾아오고 싶은가?"

"물론입니다! 그녀가 우리에 실려 떠나는 걸 보는 게 쉬웠을 거라고 생각하십니까? 그걸 바꾸기 위해서는 뭐든 할 겁니다!"

제이블이 외쳤다.

"그대는 그걸 바꿀 수 없어. 그리고 그걸 바꿀 수 없으니 다시 묻겠어. 여전히 그녀를 되찾아오고 싶은가?"

"네."

"그럼 내가 제안을 하겠어. 내 근위병 두 명과 함께 모트메인으로 가. 내가 그대에게 돈과 무기를 주겠어. 그리고 그대가 그대의 앨리를 데려올 수 있다면, 나도 그게 가능하다는 걸 알게 되겠지."

제이블은 눈을 깜박였다. 그의 표정은 회의적이었다.

"저는 딱히 훌륭한 전사가 아닙니다, 레이디. 심지어 모트어도 못하고요."

"그리고 주정뱅이지."

다이어가 벽에서 중얼거렸다.

"조용, 다이어!"

켈시는 바티를 떠올리고 쏘아붙였다. 지금 와서 생각하면 바티는 알코올중독이었던 게 분명했다. 확실하게 알 방법은 없지만 어린 시절 전체에 수천 개의 조그만 실마리들이 널려 있었다.

"그대의 알코올의존은 내 주된 관심사가 아니야, 제이블. 나는 목표에 헌신할 사람을 원해."

"전 그저 앨리를 되찾아오고 싶을 뿐입니다."

"그게 내가 그대에게 요구하는 전부야."

"가겠습니다. 어떻게 해낼지는 모르겠지만, 그래도 가겠습니다."

제이블의 눈이 번뜩였다……. 생명력으로 번뜩이는 건 아직 아니지만, 최소한 목적의식은 조금 보였다.

"좋아. 며칠 혼자서 주위를 좀 정리하도록 해. 라자러스가 연락할 거야."

제이블의 얼굴이 우울해졌다. 그는 당장 떠날 거라고 생각했던 모양이다. 메이스가 앞으로 나와 으르렁거렸다.

"자신을 위해서 술집과는 거리를 둬, 정문 경비. 이건 맑은 정신으로도 힘든 임무가 될 테니까."

"할 수 있습니다."

"좋아. 데빈, 그를 정문으로 데리고 가."

제이블은 자신이 어디로 가는지 확신이 없는 것처럼 비틀거리는 걸음으로 근위병을 따라 문을 나섰다.

"정신이 나가신 겁니다, 레이디. 이 일이 실패할 경우는…… 일일이 다 열거할 수도 없군요. 게다가 폐하께서는 저 망할 자식에게 제 최고의 부하 두 명을 딸려 보내고 싶어 하시지 않습니까."

메이스가 중얼거렸다.

"일이 실패하면 사람들은 미친 짓이라고 하지요, 라자러스. 하지만 일이 성공하면 천재적이라고 해요. 그리고 그 천재는 그대가 될 거예요. 이 작전 전체를 그대의 손에 맡길 거니까. 난 이 일에 대해서 더는 알고 싶지 않아요."

"이런 사소한 호의라도 베풀어주셔서 참 감사드립니다."

켈시는 미소를 지었지만 문이 닫히자마자 몸을 휙 돌렸다.

"다이어!"

그가 앞으로 나왔다.

"그대의 입은 나에게 참으로 많은 즐거움을 줘요, 다이어. 하지만 언제 다물어야 할지 모른다면 아무 의미도 없어요."

"죄송합니다, 폐하."

"모트어를 그럭저럭 한다고요?"

다이어는 눈을 깜박였다.

"그렇습니다, 레이디. 제 억양은 훌륭하지는 않지만, 유창하게 말할 수는 있습니다. 왜 물으시죠?"

켈시는 메이스를 힐끔 보았고 그는 그녀에게 거의 보이지 않게 고개를 끄덕였다. 다이어는 그들을 잠시 보다가 신음했다.

"아, 레이디, 그러지 마십시오."

"자네가 갈 거야, 친구. 자네와 게일런."

메이스가 끼어들었다.

다이어는 켈시를 보았고 그녀는 그의 눈에 진짜로 상처받은 표정이 어려 있는 것을 보고 놀랐다.

"제가 벌을 받는 건가요, 레이디?"

"물론 아니에요. 이건 중요한 일이에요."

"모트메인에서 노예 한 명을 구출하는 게요?"

"더 크게 생각해, 이 머저리야. *내가* 자네를 거기로 보내는 거야. 정말로 한 가지 목적만을 위해서 가게 될 거라고 생각해?"

메이스가 으르렁거렸다.

이번에 눈을 깜박인 사람은 켈시였지만, 그녀는 금세 회복했다. 그녀가 이미 저 너머까지 내다보고 있다면, 메이스 역시 그러는 게 놀랄 일도 아니 었다. 모트 반란에 관한 것이리라. 메이스는 제한된 자유 시간에 그것을 일 종의 취미 활동으로 삼고 있었다. 그의 지시에 따라 왕실에서는 이미 시테 마르셰의 반란군에게 여러 번 물자를 보냈다.

"죄송합니다, 폐하."

다이어가 말했다.

"괜찮아요."

켈시가 시계를 보았다.

"저녁 식사는 아직인가요?"

"밀라가 30분 걸린다고 합니다, 폐하!"

새로운 남자가 부엌 입구에서 대답했다.

"준비가 되면 불러요. 오늘 모두가 날 지치게 만들었으니까."

켈시는 메이스에게 그렇게 말하고 왕좌에서 내려왔다.

방으로 돌아오자 화랑에서 내린 초상화가 이제 벽난로 옆 벽에 기대 있었다. 켈시는 그것을 한참 동안 쳐다보다가 펜 쪽으로 돌아섰다.

"나가요."

"레이디—"

"왜요?"

펜이 손을 펼쳤다.

"상황을 이대로 영원히 유지할 수는 없습니다. 저희는 지나간 일은 지나간 걸로 넘겨야 합니다."

"난 이미 넘겼어요!"

"그렇지 않습니다."

펜이 조용히 말했으나 켈시는 그의 목소리에 어린 낮은 분노를 알아챘다.

"약해진 순간의 일이고, 다시는 그런 일 없을 거예요."

"저는 여왕의 근위대입니다, 레이디. 그걸 이해해주셔야 합니다."

"그대도 세상의 다른 남자들과 똑같다는 건 이해하겠어요. 나가요."

펜은 잇새로 숨을 내뱉었고, 켈시는 곁방으로 물러가기 전 그의 눈에 진짜 상처받은 표정이 잠깐 어리는 것을 보고 기뻤다. 하지만 그가 커튼을 닫자마자 그녀는 안락의자에 풀썩 앉아서 자신의 말을 후회했다. 지금이 상황을 바로잡을 수 있는 완벽하게 좋은 기회였는데 그녀가 날려버린 것이다.

난 왜 이렇게 어린애 같은 거지?

고개를 든 그녀는 거울에 비친 자신의 모습을 힐끗 보고 굳었다. 그녀는 이제 어린애가 아니었다. 발밑에서 또다시 바닥이 흔들렸다. 예쁘지만 약간 근엄해 보이는 여자가 거울 속에서 그녀를 마주 보고 있었다. 난로의 부드러운 불빛 속에서도 켈시는 광대뼈가 더 눈에 띄게 튀어나왔음을 알 수 있었다. 광대뼈는 얼굴 윤곽을 이루고 아래쪽으로 흘러내려 입술을 더 통통해 보이게 만드는 듯했다.

켈시는 갈라진 소리로 웃었다. 만약 그녀에게 요정 대모가 있는 거라면 그 여자는 노망이 난 게 분명했다. 잘못된 소원을, 가장 쓸모없는 소원을 들어주었으니까. 티어는 아수라장이고 모트 군대가 국경에서 공격을 시작하고 있는데 켈시는 나날이 더 예뻐지고 있었다.

이게 내가 바랐던 건지도 몰라. 그녀는 거울을 바라보며 그렇게 생각했다. *어쩌면 이게 내가 다른 어떤 것보다도 더 원했던 건지도 몰라.* 칼린의 책 한 권에 있던 문장이 문득 떠올랐다. '혈통이 말해줄 것이다.' 켈시는 두 층 아래 있는 초상화를, 자신의 즐거움 말고는 세상 어떤 것도 신경 쓰지 않는 얼굴로 웃고 있는 금발 여자를 떠올리고 비명을 지르고 싶었다. 하지만 거울 안의 얼굴은 그 아름다움을 더욱 돋보이게 만들 정도로 차분하고 신비로울 뿐이었다.

"참된 여왕."

켈시는 쓸쓸하게 중얼거렸다. 목소리가 갈라졌다. 거울 안의 모습이 잠깐 흐려지고 윤곽이 희미해졌다. 그녀는 어리둥절해서 눈을 깜박이다가 자신이 사라지고 있음을, 전에도 느껴본 다른 세상으로 가는 그 기묘한 감각을, 다른 사람이 되는 느낌을 깨달았다. 펜을 불러서 둔주가 시작되려 한다고 말해야 했지만 수치심이 치솟았고 잠깐 동안 목소리를 낼 수가 없었다. 이 특정한 기억의 힘은 시간이 흘러도 전혀 줄어들지 않는 것 같았다. 어느 순간이든 파도처럼 솟아올라 켈시를 덮치고 부끄러움의 바다에 빠뜨렸다. 왜 펜에게 무슨 일이 일어날지 말해야 하지? 그녀가 벽이나 가구에 부딪쳐서 그의 호위 도중에 상처를 입으면 그가 받아 마땅한 벌을 받을 텐데.

넌 완전히 어린애처럼 굴고 있어. 이건 진짜 문제가 아니야. '릴리'가 진짜 문제야. '티어링'이 진짜 문제고. 네 작은 드라마는 심지어 지도에조차 올라 있지 않아.

켈시는 그 목소리에 귀를 막으려고 했지만 너무 옳은 말이라 무시할 수가 없었다. 잠깐 동안 그녀는 분별 있는 자신의 일부분이, 더 이상 울화를 터뜨리는 사치를 누리지 못하게 만드는 실용적인 마음 깊은 곳이 미웠다. 주위로 방이 희미해지며 일렁거렸고 켈시는 두 세계가 얼마나 가깝게 느껴지는지 잠시 감탄했다. 릴리의 삶과 그녀의 삶…… 가끔 그들이 완벽히 평행하게 나란히 놓여 있는 느낌이 들었다……. 켈시가 어떤 선만 넘으면 다른 시간대, 사라진 미국으로 갈 수 있을 것처럼.

"펜!"

그가 굳은 얼굴로 금세 나타났다.

"나 떠나고 있어요."

켈시가 중얼거렸다. 방은 이제 완전히 사라졌고 펜이 다가오자 그 역시 사라지는 게 보였다. 그를 통과해서 햇살이 비치는 방이 보였다.

"괜찮을 겁니다, 레이디. 제가 쓰러지지 않게 잡아드릴 겁니다."

펜이 중얼거렸다. 그녀의 팔을 잡는 그의 손은 훌륭하고 강하고 위로가 됐지만, 켈시는 곧 그것도 사라질 것임을 느꼈다.

8장
로핀

프리웰 행정부는 여자가 연약하고 우유부단한 생물로, 가정과 남편이 버팀목과 안내자가 되어주기를 절실하게 바라는 그런 오래된 소설들을 내세우기를 좋아했다. 하지만 후기 선크로싱 시대를 대충만 훑어봐도 그렇지 않다는 걸 알 수 있다. 미국 여자들은 이 시대에도 굉장히 지략이 풍부했다. 여자들에게 오로지 한 가지 가치만을 보던 시대에 살아남기 위해서는 그럴 수밖에 없었다. 사실 많은 여자들이 은밀한 삶, 우리가 거의 알지 못하고 남편들은 절대로 모르는 삶을 만드는 수밖에 없었다.

　―《미국의 어두운 밤》, 글리 델라미어

이틀 후 릴리에게는 책이 바닥났다. 탐욕스러운 독서광인 도리언은 릴리의 숨겨진 책들을 번개처럼 다 읽었다. 릴리는 포켓 리더기를 권했으나 도리언은 경멸 조로 코웃음을 치며 거절했다.

"모든 전자책은 편집되고 내용을 잘라냈어요. 난 스마트북 공장에서 잠깐 일했는데 거기선 정부 사람들이 사방에서 내용을 편집하고 있죠. 종이 책을 고수해요. 그건 출간되고 나면 바꿔놓기가 더 어려우니까. 더 나은 세상에는 전자 기기 따윈 아예 없을 거예요."

더 나은 세상. 릴리는 그것이 푸른 수평선이 자신들의 행동을 좀 더 무해하게 보이도록 하려고 쓰는 구호일 뿐이라고 생각했었다. 하지만 이제는 의문이 들었다. 그 커다란 영국 남자 티어는 그게 진짜라고 대단히 확신하는 것 같았기 때문이다.

"더 나은 세상은 없어요."

"있을 거예요. 이제 가까이 있어요……. 거의 손에 닿을 만큼 가까이 있다고요."

그것은 티어가 했던 말과 똑같았다. 그 말에는 종교적 미사여구의 울림이 있었지만 도리언은 그런 데 빠지기에는 너무 현실적으로 보였다. 이 문제에 관해서는 티어 역시 마찬가지였다. 지난 이틀 동안 릴리는 여러 번 온라인 검색을 했지만 정보는 굉장히 적었다. 2046년 영국 사우스포트에 윌리엄 티어의 출생 기록이 있었고, 11년 전에 윌리엄 티어는 공군 특수부대(SAS)에서 영웅적인 행위로 무공 십자 훈장을 받았다. 릴리는 SAS가 옛날 미국 공군의 영국판일 거라고 추측했지만, 좀 더 검색을 해보고 SAS와 동일한 미국 부대는 사실 해군 특수부대(SEAL)라는 것을 알게 되었다. 이제는 자신이 올바른 사람을 찾았다고 확신할 수 있었다. 그녀는 그레그를 통해서 준군사 조직 사람들을 여럿 만나봤고, 그 사람들은 다들 무적의 분위기를 뿜어냈다. 티어에게도 그런 인상이 있었지만 거기에 뭔가 다른 것, 모든 걸 다 아는 듯한 분위기가 섞여 있었다. 아기방에서 그 짧고 기묘하던 순간에 릴리는 그가 자신에 관해 모든 걸 다 안다고 생각했었다.

티어에 관한 정보는 더 이상 없었고, 그건 불가능한 일처럼 여겨졌다. 릴리는 친구들의 약 처방전, 최소한 합법적인 처방전들의 기록도 볼 수 있고 가계도, 의료 기록, 세금 기록, 심지어는 원한다면 DNA 서열까지도 찾아볼 수 있었다. 하지만 윌리엄 티어는 태어나 영국 특수부대에서 복무했고, 그걸로 끝이었다. 그의 나머지 삶은 사라졌다. 도리언 라이스에 대해 찾아봤을 때에도 똑같은 결과를 얻었다. 수많은 뉴스 내용이 검색에 떴지만 그것은 지난 며칠 사이에 공군 기지 폭발과 관련돼 올라온 것이었다. 그레그는 도리언이 브롱크스 여성 교도소에서 탈출했다고 했지만, 온라인에는 체포 기록이 없었다. 도리언의 가족이나 출생신고서도 나오지 않았다. 마치 누군가가 도리언과 티어를 기록에서 문자 그대로 지워버린 것 같았다. 하지만 전산망에서 무언가를 지울 힘을 가진 것은 보안국뿐이었다. 시민들이 자신의 정보를 편집할 수 있던 시절은 비상대권법의 발효로 사라졌다.

릴리는 도리언에게 그녀에 관해 굉장히 묻고 싶었지만 자신이 염탐했다는 것을 알리고 싶지 않았다. 도리언은 사소한 것들마다 놀라던 것은 멈추었지만 여전히 기묘한 편집증을 보이다 말다 했다. 또 윌리엄 티어에 대해서는 말하고 싶어 하지 않았다. 릴리가 그의 이름을 꺼낼 때마다 도리언은 "이름은 안 돼요!"라고 날카롭게 쏘아붙여 릴리가 신성모독이라도 저지른 것 같은 기분이 들게 만들었다. 도리언은 이제 일어나 앉고 아기방을 가로질러 걸어갈 수 있었으나, 아직도 전화가 울릴 때마다 얼어붙었고 건드리는 걸 싫어했다. 그녀는 자신이 직접 주사를 놓겠다고 고집했다.

금지된 주제는 티어에 관한 것만이 아니었다. 더 나은 세상에 대한 이야기가 나올 때마다 도리언은 화가 날 정도로 이야기를 얼버무리고, 모호한 관용구를 들먹이며 제대로 된 대답을 해주지 않았다. 릴리는 그녀가 뭔가를 감추고 있는 건지 아닌지 알 수가 없었다. 어쩌면 티어의 추종자들도 더 나은 세상이 뭔지 이해 못 하는 걸지도, 아무것도 모른 채 그냥 따르는 걸지도 모른다. 하지만 릴리는 필사적으로 알고 싶었다. 그녀가 그날 밤 티어와 함께 있을 때 봤던 환영이 머릿속에서 떠나지 않았다. 밀로 뒤덮인 넓고 탁 트인 땅, 그리고 파란 강줄기. 경비도 없고 벽도 없고 검문소도 없고, 오로지 조그만 나무 집들과 자유롭게 다니는 사람들, 밀 사이를 뛰어다니는 아이들만 있던 곳.

"언제 이 더 나은 세상이라는 게 오죠?"

릴리가 물었다.

"나도 몰라요. 하지만 이제 그리 머지않았을 거예요."

도리언이 대답했다.

일요일에 릴리는 도리언을 혼자 두고 교회에 가야 했고, 예배 시간 내내 조바심이 났다. 아이 없는 여자의 죄에 관한 사제의 훈계도 거의 들리지 않았지만 언제나처럼 사제는 신도 중에서 릴리와 다른 문제 여자들을 똑바로 쳐다보았다. 그레그는 동정하는 척하는 태도로 릴리의 등에 한 손을 올렸으나 그의 눈에 어린 반짝이는 빛에 마음이 불편해졌다. 그레그는 뭔가를 계획하고 있는 게 분명했고, 절대로 좋은 일은 아닐 것이다. 잠시 그가 이혼하려는 게 아닐까 하는 생각이 들었다. 프리웰 법 이후에도 정부는 아이 없는 아내와 이혼하고 싶은 부유한 관료들을 위해 쉬운 길을 열어주었다. 하지만 릴리는 전에는 보지 못했던 것을 점차 알아차리기 시작했다. 그레그에게 그녀는 소유물이고, 그레그는 설령 망가졌어도 자기 소유물을 버리는 사람이 아니었다. 릴리는 언젠가 상황이 바뀌면, 그녀가 완전히 아이를 가질 수 없게 되면 어떻게 될까 궁금했다.

참 즐거운 생각이네, 소심 쩌는 겁쟁이야, 매디가 속삭였고 릴리는 눈을 깜박였다. 도리언이 뒷담을 넘어 정원에 들어온 이래로 매디는 어디서나 함께 있으면서 늘 자기 의견을 말하는 것 같았다. 하지만 그것은 대체로 릴리가 듣고 싶지 않은 내용이었다.

예배가 끝나고 그레그는 운전사 필에게 클럽으로 가자고 지시했다. 클럽에서의 점심 식사는 일요일의 정례였지만 릴리는 빠질 수 있었으면 싶었다. 오늘은 친구들을 생각하자 거의 참을 수가 없을 지경이었다. 아기방에 있는 도리언에게 돌아가서 더 나은 세상의 미스터리를 풀고 싶었다.

교회 주차장에서 출발하면서 그레그가 칸막이 올리는 버튼을 눌러 필과 자리를 분리했다. 릴리는 그의 눈이 흥분으로 반짝이는 것을 보고 경계했다.

"의사를 찾았어."

"의사요."

릴리는 신중하게 따라 했다.

"싸지 않지만 자격증이 있고, 기꺼이 해주겠대."

"뭘요?"

"이식."

잠깐 동안 릴리는 그가 무슨 이야기를 하는지 이해할 수가 없었다. 이식이라는 건 뭔가를 심는 걸 뜻하는 거고, 그녀의 머리는 자동적으로 어깨태그로 향했다. 하지만 그레그는 다른 걸 뜻하는 것이리라. 정말로 끔찍한 생각이 머릿속에 떠올랐고 그녀는 움찔했다……. 하지만 그게 정확히 그레그가 의미하는 것이라는 것도 잘 알았다.

"체외수정요?"

"맞아!"

그레그는 그녀의 손을 잡고 몸을 앞으로 기울였다.

"잘 들어봐. 의사는 내 정자를 다른 여자 난자에 그냥 심으면 된대. 당신은 아기를 갖게 될 거고 다른 사람들은 절대로 모를 거야."

릴리의 머릿속이 텅 비었다. 잠깐 동안 그녀는 차 문을 열고 아직 달리고 있는 차에서 뛰어내려 도망치는 것을 상상했다……. 하지만 어디로?

"내 난자가 문제가 아니라면요?"

그레그의 미간에 주름이 생기고 아랫입술이 2센티쯤 튀어나왔다. 릴리는 그가 자신의 아이디어에 그녀가 열렬하게 반응할 거라고 예상했음을 알아챘고, 도리언이 온 날 밤(강간한 날 말이지, 매디가 그녀에게 상기시켰다) 고개를 들기 시작한 순수한 경멸감이 몇 배가 되어 그녀의 안을 좀먹는 기분이었다. 그레그는 자신이 굉장한 아이디어를 떠올렸다고, 다른 여자의 난자를 억지로 그녀에게 이식하는 게 릴리에게는 신의 선물처럼 느껴질 거라고 생각하는 것이다. 생전 처음으로 그레그가 자신이 그녀를 강간했다는 걸 이해나 하는지 의문이 들었다. 프리웰 법 이래로 강간을 증명하는 것은 거의 불가능해졌고, 부부 사이의 강간은 몇 년 동안 기소조차 되지 않았다. 합의라는 게 그레그에게는 어떤 뜻일까? 그의 성교육은 거의 다 아버지와 대학 친구들에게서 받은 것이고, 그 어떤 것도 똑바로 된 내용은 아니었을 것이다.

릴리는 목을 가다듬고 쇠사슬로 끌어 올리는 것처럼 말을 꺼냈다. 아무 말도 하지 않는 편이 더 쉽겠지만, 그래도 알아야 했다.

"저번 날 밤에—"

"미안해, 릴."

그레그가 그녀의 손을 잡으며 말을 잘랐다.

"당신한테 다 풀려던 건 아니었어. 폭탄 사건 말고도 요즘 일이 좀 많이 힘들었거든."

"당신은 날 강간했어요."

그레그의 입이 떡 벌어지고 온 얼굴에 너무나도 놀란 표정이 어렸다. 릴리는 자신이 옳았음을 깨달았다. 그는 몰랐다. 그녀는 고개를 돌려 창밖을 보았다. 그들은 뉴가나안 컨트리클럽의 커다란 석조 아치문을 지나가는 중이었고 그 너머로 거의 지평선까지 드넓은 초록색 골프 코스가 펼쳐져 있었다. 그레그는 목을 가다듬었다. 릴리는 그가 말하기도 전에 무슨 말을 할지 알았다.

"당신은 내 아내야."

자신이 뭘 하려는 건지 깨닫기도 전에 그녀가 웃었다. 그레그의 얼굴이 어두워졌지만 그는 릴리가 그를 비웃는 게 아니라 자기 자신을 비웃는다는 걸 몰랐다. 프리웰의 개떡 같은 소리가 그녀에게도 효력을 발휘했던 것이다. 지난번 밤 이전까지는 그녀도 정말로 결혼이 남자를 더 나은 사람, 더 나은 보호자로 만든다고 믿었기 때문이었다. 하지만 결혼한다고 사람이 바뀌지는 않는다. 릴리는, 자기 아버지, 결혼식 리허설 저녁 식사 때 릴리의 엉덩이에 한 손을 올리고 자신이 케이크 한 조각을 일찍 맛봐도 되겠느냐고 묻던 제 아버지 밑에서 자라고 만들어진 남자와 결혼했다. 지금 와서 이런 결과를 맞이했다고 그녀가 정말 놀랐을까? 그녀에게 불평할 자격이 있나?

*태그, 릴리, 매디가 속삭였고 그 애가 옳았다. 태그는 엄청난 제어기였다. 릴리는 도망칠 수 없었다. 어딜 가든, 세상의 모든 돈을 다 가져도 그레그가 그녀를 찾아내는 걸 막지 못할 거고 보안국은 그가 그녀를 끌고 가는 것을 막으려고 손가락 하나 들지 않을 테니까. 그들은 자기네 일원을 도우려고 발 벗고 나설 것이다.

차가 입구에서 멈췄다. 릴리는 대화가 끝나서 그레그가 안도하는 것을 느꼈다. 이제 릴리의 온몸이 차가워졌다. 거의 얼음장 같은 계산이 머릿속에서 돌아갔다. 처음으로 그녀는 지난번 밤에 일어난 일보다 훨씬 큰 문제가 있는지도 모른다는 것을 깨달았다. 그녀는 그레그가 아이가 없어서 감수해야 했던 직업적 괴로움을 알았다. 그것은 확실히 그의 이력의 발목을 잡았다. 하지만 그레그가 얼마나 다급한지, 어디까지 갈 생각인지 과소평가했다. 그들은 릴리가 평소 감탄하던 클럽의 육중한 대리석 입구를 지나갔으나 오늘은 거의 알아채지 못했다. 머릿속이 그 불쾌한 생각을 따라 계속 나아가고 있었기 때문이다. 릴리가 초등학교에 다닐 때부터 체외수정은 불법이 되었으나 아이를 더 갖는 것이 프리웰의 세금 감면을 얻는 가장 쉬운 방법이라고 생각하는 부유한 부부들 사이에서 암시장이 번성했다. 그레그가 체외수정 의사를 찾았다면 그 의사는 릴리가 피임약을 먹는다는 걸 알아채지 않을까? 그녀의 몸에서 호르몬을 씻어내는 방법이 있을까? 인터넷에 물어볼 수는 없었다. 그런 검색을 하면 보안국이 찾아올 테니까.

왜 아이를 원하지 않는다고 말하지 않는 건데?

하지만 설령 그런 말을 할 수 있다 해도 이제는 불가능했다. 그녀는 수년 동안 사소한 방식으로 그레그에게 그렇게 말했다. 하지만 그가 듣지 않으면 아무 의미도 없었다. 그리고 지난번 밤이 증명한 게 있다면 릴리가 뭘 원하든 그건 눈곱만큼도 의미가 없다는 사실이었다. 자신의 집에서 감시 시스템을 늘 피해 다녔던 것처럼 체외수정 의사를 피할 방법을 찾아야 했다. 하지만 지금은 아무것도 떠오르지 않았다. 결혼 기간 내내, 그동안 매일 이 올가미에서 벗어나려고 발버둥 쳤건만……. 이제 올가미는 그녀의 목을 더욱 꽉 조이는 것 같았다. 릴리는 이제 1센티 정도밖에는 여유가 남지 않았다고 계산했다.

레스토랑에서 지배인이 그들을 자리로 안내했고 친구들인 파머 부부와 키스 톰슨이 이미 앉아 있는 게 보였다. 릴리는 그레그의 골프 친구들 부부와 먹는 이 점심 식사라는 이름의 꼴같잖은 행사를 즐기지 않았지만, 갑자기 그들의 존재가 신의 선물처럼 느껴졌다. 그레그와 단둘이 마주 보고 있는 것보다 훨씬 나으니까. 그리고 키스는 그리 나쁘지 않았다. 그레그의 친구들 중에서 그녀가 가장 좋아하는 사람이었다. 그는 릴리를 음흉하게 보거나 슬쩍 더듬거나 릴리가 임신하지 못하는 것에 대해 은근히 빈정거리지 않았다. 그는 가족의 식료품 체인점 대표로 승진한 조그맣고 바쁘게 움직이는 남자였다. 그의 아버지가 회장이었다. 디너파티 때 한번은 키스가 완전히 취해서 릴리가 디저트를 준비하고 있던 부엌으로 들어왔고, 그들은 긴 이야기를 나누었다. 그때 그는 릴리에게 자신은 아버지가 돌아가실 날만 그냥 기다리고 있는 거라고 고백했다. 하지만 오늘은 물만 마시고 있고, 그의 긴장된 미소는 점심을 함께 먹어야 하는 사람들에 대한 불쾌감을 드러냈다.

"메이휴!"

마크 파머가 일어섰다. 릴리는 그가 이미 취했다는 것을 알아챘다. 뺨이 불그스름하고 균형을 잡느라 탁자 가장자리를 잡아야 했다. 옆에 있는 미셸도 취해 있는 것 같았다. 눈은 흐릿하고, 릴리가 인사를 하고 앉는 동안 그저 고개만 끄덕였다. 다우와 파이자가 합병하며 만들어진 회사는 마크를 계속 고용하고 미셸은 해고했지만, 미셸은 여전히 생산 라인에 친구들이 있었다. 그녀는 뉴가나안 사람들 절반에게 몰래 진통제를 팔면서 상당한 수입을 얻었다. 릴리의 몸은 앉을 때마다 여전히 욱신거렸고, 잠깐 동안 오늘 미셸과 살짝 거래를 해볼까 생각하다가 그만두기로 했다. 그녀는 아기방에 테러리스트를 숨겨두고 있었고, 그레그는 뒷골목 의사에게 그녀를 데려가고 싶어 했다. 진통제는 릴리를 자기 물건의 최대 고객인 미셸처럼 멍하게 만들 거고, 릴리는 지금 그럴 여유가 없었다. 하지만 중간에 한 번은 화장실에 가야 할 테니까, 그때 미셸의 책을 돌려주고 더 빌려달라고 부탁할 수 있을 것이다.

그레그는 위스키를 주문하고 웨이터가 떠날 동안 릴리 쪽으로 성난 시선을 던졌다. 그 눈길은 그녀 때문에 술을 마시게 된 거라는 의미였다. 그레그의 시선에 자기반성 같은 건 없었다. 강간이라는 단어는 물처럼 그에게서 흘러내려 없어진 것 같았다. 릴리는 갑자기 몇 년 전, 대학 시절 어느 주말에 그들이 딱히 목적지 없이 해안선을 따라 드라이브를 하던 날을 떠올렸다. 릴리는 오른발을 조수석 창밖으로 내밀고 그레그는 오른손을 그녀의 허벅지 위에 올린 채 그들은 그냥 계속 길을 따라갔다. 그 두 아이들은 어떻게 된 걸까? 어디로 사라졌을까?

점심이 나왔지만 세라와 포드는 나타나지 않았다. 기묘한 일이었다. 그들은 언제나 일요일에 클럽에서 점심을 먹었다. 그러고 보니 교회에서도 보지 못했다.

"세라는 어디 갔어요?"

그녀가 마침내 미셸에게 물었다.

탁자가 조용해졌고, 릴리는 모두가 자신이 모르는 뭔가를 안다는 걸 깨달았다. 미셸이 그녀에게 그만두라는 뜻으로 고개를 흔들었고 마크는 재빨리 직장에서 일어난 실수에 대해서 이야기하기 시작했다. 몇 분 후 미셸이 로비 쪽으로 턱짓을 했고 릴리는 일어섰다.

"어디 가?"

그레그가 그녀의 팔목을 잡고 의심 가득한 가느다란 눈으로 그녀를 쳐다보았다. 릴리는 갑자기 자신이 남편을 미워한다는 걸, 평생 누군가를, 무언가를 싫어해본 것보다 훨씬 더 증오한다는 걸 깨달았다.

"화장실에요. 미셸이랑요."

그레그는 그녀의 팔을 홱 잡아당겼다가 놓아주었고 릴리는 탁자에서 비틀거리며 물러났다. 키스 톰슨이 걱정스러운 눈으로 그녀를 바라보았고 릴리는 괜찮다고 말해주고 싶었지만 그건 엄청나게 낙관적인 생각일 뿐이리라.

화장실에서 릴리가 다시 물었다.

"세라한테 무슨 일 있어요?"

미셸은 아이라이너를 고치다가 멈췄다.

"사흘 전 일이에요. 어떻게 모를 수가 있어요?"

타당한 질문이었다. 뉴가나안에는 비밀이라고는 없었다. 릴리도 대체로 당사자가 알기도 전에 이웃 사람들의 소문을 듣곤 했다.

"좀 바빴어요."

"뭣 때문에요?"

"별거 아니에요. 무슨 일인데요?"

"세라는 구속됐어요."

"왜요?"

"태그를 빼려고 했어요."

릴리는 잠시 아무 말도 못 한 채 이 정보를 한때 남편이 자신을 너무 아껴서 주먹을 휘두르는 거라고 말했던 세라와 연결해보려고 애를 썼다. 릴리의 모든 친구들 중에서 세라가 그런 극단적인 일을 저지를 유형과 가장 거리가 멀어 보였는데.

"왜요?"

"몰라요. 칼로 자기 어깨를 찔렀어요. 태그는 못 뺐고, 출혈로 죽을 뻔했어요. 포드가 신고했대요."

미셸은 다시 립라이너를 고치기 시작했다.

그건 그 남자에게 딱 어울리는 행동이었다. 언젠가 가족 휴가를 가서 포드는 세라를 펜실베이니아 턴파이크의 휴게소에 놔두고 왔다. 세라가 몇 분 후에 그에게 전화하지 않았으면 그는 그녀가 없다는 것도 모른 채 해리스버그까지 돌아왔을 것이다.

"세라는 어떻게 되는 거예요?"

미셸은 어깨를 으쓱였고, 릴리는 미셸이 이미 세라를 잊고 극복하기 시작했음을 알아차렸다. 이런 망각은 누군가가 사라졌을 때 익히게 되는 기술이었다. 하도 깊게 박힌 반응 기제라서, 그러지 않으면 취향이 나쁜 것처럼 느껴질 정도였다. 릴리는 매디를 잊을 수 없었지만, 그건 달랐다. 그녀는 그 결점을 받아들였다.

"당신 책을 가져왔어요."

릴리가 가방에서 책을 꺼냈으나 건네주기 전에 미셸이 몸을 돌리고 웅크린 채 세면대에 토했다. 다 하기도 전에 세면대의 세척 메커니즘이 작동해서 조그맣고 규칙적인 윙 소리를 내며 씻어내기 시작했다.

"괜찮아요?"

릴리가 물었으나 미셸은 손을 내저었다. 마침내 말하는 그녀의 목소리는 기묘하게 들렸다.

"나 또 임신했어요."

"축하해요. 남자아이예요, 여자아이예요?"

릴리가 자동적으로 말했다.

미셸은 세면대에 침을 뱉었다.

"남자애요. 다행이죠. 또 여자애였으면 마크가 처리해버리려고 했거든요."

"네?"

"어느 쪽이든 난 별로 상관 안 해요."

릴리는 멍하니 그녀를 보았다. 미셸은 한 번도 이런 식으로 말한 적이 없었다. 마크 파머의 아내로 사는 게 즐거울 거라고 생각하지는 않았지만, 그래도 늘 미셸이 다른 친구들 같을 거라고 생각했었다. 엄마가 되어서 행복한 사람 말이다. 미셸은 언제나 축구 시합에 가고 아이들의 성적을 자랑했다. 릴리는 주저하며 다시 책을 내밀었고, 미셸은 그것을 커다란 핸드백에 넣었다. 미셸의 핸드백 사이즈는 친구들 사이에서 계속되는 농담거리였으나 그녀에게는 뉴가나안으로 들여오는 모든 밀수품을 넣을 공간이 필요했다. 미셸은 도시 내에서 감시 카메라가 없는 몇 안 되는 장소인 이 화장실에서 거래를 굉장히 많이 했다.

"어떻게 할 거예요?"

릴리가 물었다.

"낳아야죠. 달리 어떻게 하겠어요? 마크가 벌써 회사에서 모든 사람들에게 자랑했는데."

"진통제는요?"

미셸이 눈을 가늘게 떴다.

"그게 뭐요?"

릴리는 파티의 불쾌한 어른 보호자가 된 것 같은 기분으로 입술을 오므렸다.

"아기한테 나쁘지 않나요?"

"알 게 뭐예요? 상류층 엄마들 80퍼센트가 진정제나 진통제나 아니면 둘 다 먹는데. 그거 알고 있었어요?"

"아뇨."

"당연히 모르겠죠. 제약 회사는 그런 정보를 공개하고 싶어 하지 않으니까. 사람들이 이유를 물어볼 테니까요."

미셸은 혐오하는 눈으로 그녀를 쳐다보고 말을 이었다.

"그리고 당신도. 한 번도 임신을 안 해봤죠, 안 그래요? 엄마가 되지도 않을 거고."

릴리는 움찔했다. 그녀와 미셸이 좋은 친구는 아니었지만, 그래도 늘 적당히 어울렸는데…… 이제야 릴리는 그게 얼마나 의미 없는 것인지 깨달았다.

"마크는 항상 당신네 두 사람을 비웃죠……. 그레그와 텅 빈 오븐이라고. 하지만 당신은 비명을 지르는 애들 넷을 떼어내야 할 필요가 절대로 없겠죠, 안 그래요?"

릴리는 평소 예쁘던 미셸의 얼굴이 증오와 — 질투인가? 그런 감정들로 일그러지는 것을 보고 한 걸음 물러났다. 아마 질투인 것 같았다. 하지만 물러나면서도 그녀 역시 성질이 치솟는 것을 느꼈다. 미셸이 그리는 그림은 먹여 살릴 입이 많은 가난한 여자들의 전형이었다. 릴리조차도 의회에 사회복지사업 예산이 올라올 때마다 정부 포스터에서 그 모습을 보았다. 하지만 미셸에게는 아이 셋을 키우는 걸 도와줄 유모가 둘이나 있었다. 친구들 몇 명에게는 심지어 유모가 서넛씩 있었다. 미셸이 실제로 엄마 노릇을 하는 건 하루에 한 시간 정도일 것이다.

미셸은 이제 약병을 꺼내서 두 알을 간단히 삼켰다. 디지털 청소가 끝났고 이제 세면대는 그들이 들어왔을 때처럼 깨끗하게 반짝거렸다. 미셸은 얼굴에 물을 좀 묻힌 다음 수건으로 닦았다.

"이제 돌아가야 돼요."

그들이 다시 자리에 앉자 키스가 몸을 기울여 릴리에게 물었다.

"괜찮아요?"

그녀는 고개를 끄덕이고 미소 띤 즐거운 얼굴을 유지했다. 나머지 식사 시간 동안 그녀는 미셸 쪽을 쳐다보지 않으려고 노력했지만 저절로 눈이 갔다. 친구들 모두가 속으로는 저렇게 비참한가? 세라는 그 질문에 답했다. 제사도 그럴 것이다. 남편 폴은 괜찮은 사람이었지만 술을 마시면 개차반이 되니까. 크리스틴? 모르겠다. 크리스틴의 눈은 항상 멍하게 희번뜩거렸다. 약 때문이거나 아니면 종교적 열정 때문이라고밖에는 생각할 수 없다. 그녀는 교회 여성 성경 모임 회장이니까. 릴리는 친구들을 전혀 신뢰하지 않았지만, 그래도 그들을 안다고 생각했었다.

식사가 끝나고 릴리는 어머니 안부에 관해, 그리고 남은 여름 동안 뭘 할 건지에 관해 묻는 키스와 이야기를 나누려고 했지만, 그레그가 이제는 그 의심 가득한 눈으로 키스를 노려보고 있었다. 릴리는 어린 시절 자기 인형을 아무하고도 공유하려 하지 않았던 반려견 헨리에게서 그 표정을 수없이 보았다. 이게 진정한 충동구매의 결과였다. 그녀는 더 이상 자기 자신이 아니었다. 그녀는 인형이었다. 그레그가 돈을 내 구입한 인형.

피할 방법이 있어. 매디가 속삭였지만 그걸로 릴리의 초조함이 덜어지지는 않았다. 데이비스 선생 병원은 그렇다 쳐도 낙태를 해줄 의사를 찾는 건…… 그건 전혀 다른 수준의 불법이었다. 갑자기 병원에서 본, 의자에 온통 피를 흘렸던 만삭의 여자가 떠올랐다. 데이비스 선생이 낙태도 해줄까? 릴리는 그런 이야기를 들어본 적이 없었지만, 당연한 일이었다. 그건 누구에게 말할 수 있는 일이 아니니까.

그레그는 마크와 다른 친구들 몇 명과 클럽에서 골프를 치기로 했기 때문에 릴리는 뒷좌석이 조용하게 텅 빈 것에 안도하며 혼자 집으로 돌아왔다. 필이 그녀를 내려준 후 그녀는 수프를 좀 만들어서 물병과 함께 아기방으로 가져갔다. 그녀는 도리언에게 치킨 수프와 비프 수프 말고 다른 것을 먹이기가 겁이 났고, 도리언은 설령 수프에 질렸다 해도 아무 말 하지 않았다. 릴리가 아기방에 들어가보니 도리언은 바닥에 앉아서 몸을 쭉 뻗고 손을 발끝에 대려고 하고 있었다. 셔츠는 땀으로 젖었다. 그런 식으로 스트레칭을 하는 걸 보니 몸이 나아진 모양이었지만, 그래도 여전히 굉장히 창백해 보였다.

"그러다가 실밥이 터지는 거 아니에요?"

릴리가 물었다.

"상관없어요."

도리언이 신음했다. 그녀는 금발 머리를 대충 땋았고, 그래서 더욱 매디처럼 보였다.

"늘어져 있을 수는 없으니까."

"그 사람은 당신이 우선 낫기를 바랄 거예요."

도리언의 뜻에 따라 릴리는 티어의 이름을 대놓고 말하지 않았다. 하지만 좀 궁금했다. 그 영국 남자가 정말로 압제적이라서 도리언이 총에 맞고 겨우 이틀 만에 일어나기를 바랄까? 아니면 도리언이 자기 스스로를 압박하는 걸까?

"좋은 아기방이네요. 하지만 애들 돌아다니는 소리는 못 들었는데."

도리언이 말했다.

릴리의 입에서 갑자기 웃음이 터져 나왔다.

"난 아이를 원하지 않아요."

"나도요."

"아니, 내 말은, 아이를 원할 수는 있어요. 하지만 여기서는 아니에요. 이런 식으로는요. 그래서 약을 먹어요."

그녀가 주위를 손으로 가리키며 말했다.

그녀는 도리언을 깜짝 놀라게 하거나 약간 깊은 인상을 주고 싶었지만, 도리언은 그저 고개를 끄덕이고 계속해서 스트레칭을 했다.

"결혼한 적 있어요?"

"맙소사, 아뇨. 난 레즈예요."

릴리는 충격을 받아 움찔했다.

"여자랑 섹스를 해요?"

"맞아요."

도리언이 아무렇지 않게 이런 이야기를 했다는 사실에 릴리는 멍하니 침묵에 잠겼다. 낯선 사람에게 범죄를 공공연하게 고백하는 건, 특히 동성애처럼 심각한 범죄를 말하는 건…… 진짜 자유 같았다. 그녀는 도리언의 어깨에 있는 흉터를 가리켰다.

"그거 태그 때문에 생긴 건가요?"

"맞아요. 우리가 제일 먼저 하는 게 이 망할 것을 없애는 거죠."

"어떻게요?"

"말해줄 수 없어요. 당신이 구속되기라도 하면 귀중한 정보가 될 테니까."

도리언이 발끝으로 몸을 구부리고 숨을 헐떡이며 말했다.

"난 말 안 할 거예요."

도리언이 음울하게 웃었다.

"모두가 결국엔 말해요."

"날 믿어도 된다는 뜻이에요."

"그럼 비밀에 관해선 날 믿어요. 당신 피임약은 어디 숨겨요?"

릴리는 도리언에게 구석의 헐거운 타일과 그 아래 있는 피임약 더미를 보여주었다.

"훌륭하군요. 잘 감춰져 있고. 이런 비밀 장소가 몇 개나 있어요?"

"이것뿐이에요."

"그러면 안 돼요. 비밀 장소는 언제나 여러 개 있어야 돼요."

"다른 데에는 뭔가를 숨길 수가 없어요. 그레그가 찾아낼 거예요. 그 사람은 이제 검사를 해요. 하지만 여기는 절대로 안 들어오거든요."

"당신이 여기 감시 카메라를 조작했다고 조녀선이 그러던데. 벽 안에 사는 마나님이 어디서 그런 걸 배웠어요?"

도리언이 그녀에게 노골적으로 감탄한 시선을 던졌다.

"내 동생에게서요. 그 애는 컴퓨터 실력이 좋았거든요."

"음, 어쨌든 나라면 비밀 장소를 더 만들 거예요. 하나로는 절대로 부족해요."

"당신한테는 몇 개나 있어요?"

"어릴 때에는 수십 개 있었죠. 하지만 지금은 하나도 없어요."

도리언은 몸을 일으켜서 수프 그릇을 향해 손을 내밀었다.

"더 나은 세상에서는 뭔가를 숨길 필요가 없을 거예요."

"난 이해가 안 돼요. 더 나은 세상이라는 게 성경에 나오는 건가요? 천사들이 내려와서 지구를 싹 쓸어버리는 거예요?"

"맙소사, 아니에요!"

도리언이 웃음을 터뜨리며 대답했다.

"더 나은 세상에서는 종교도 필요 없을 거예요."

"난 이해가 안 돼요."

릴리가 다시 말했다.

"음, 그럴 만하죠. 더 나은 세상은 당신 같은 사람들을 위한 곳이 아니니까."

릴리는 한 대 맞은 것처럼 움찔했다. 도리언은 눈치채지 못했다. 그녀는 수프를 먹으며 유리문 바깥의 뒤뜰을 내다보고 있었다. 그녀는 기다리고 있는 거였다. 영국 남자가 와서 자신을 데려가주기만을 기다리고 있는 거라고 릴리는 깨달았다. 그녀의 일부는 이미 여기 없었다.

릴리는 아기방을 나와서 등 뒤로 조심스럽게 문을 닫고 아래층으로 내려갔다. 전부 다 헛소리야. 그녀는 스스로에게 말했다. 티어와 그 추종자들은 아마 전부 다 미쳤을 것이다. 하지만 그럼에도 그녀는 그들이 자신만 남겨놓고 가는 듯한 기분이었다.

자신의 몸으로 되돌아와서 켈시는 천둥소리를 들었다.

그녀는 고개를 들고 칼린의 책장이, 하나하나 제자리에 줄줄이 꽂혀 있는 책들이 주는 편안한 위안을 느꼈다. 그녀는 손을 내밀어 책을 만지려고 했지만, 문득 머릿속에서 릴리의 슬픔이 울리며 그녀를 다시 수 세기 너머로 끌어당겼다.

왜 내가 이런 걸 보는 거지? 그녀의 이야기는 이미 끝났는데 왜 그녀와 함께 고통받아야 하는 거야?

천둥소리가 다시 났고, 그 소리와 함께 릴리의 마지막 남은 기억이 사라졌다. 켈시는 갑자기 정신을 번쩍 차렸다. 천둥소리가 아니라 바깥쪽 복도를 뛰어가는 수많은 발소리였다. 켈시는 책장에서 몸을 돌렸다. 펜이 바로 뒤에 서서 귀를 곤두세우고 있었다. 그의 태도가 하도 심각해서 켈시는 그에게 화가 났다는 것도 잊었다.

"펜? 무슨 일이죠?"

"가서 확인해보고 싶었지만 저는 이런 때에 폐하를 남겨두고 떠나서는 안 되니까요."

이제 켈시는 복도 아래쪽에서 나는 것처럼 약간 멀고 나지막한 신음 소리를 들을 수 있었다.

"가서 알아봐요."

"키브인 것 같습니다, 레이디. 벌써 이틀 동안 아픈 상태이고, 점점 더 심해지고 있습니다."

"어디가 아픈데요?"

"아무도 모릅니다. 아마도 독감이겠죠."

"왜 아무도 나한테 말해주지 않았죠?"

"키브가 그러지 말라고 했습니다, 레이디."

"흠, 가요."

그녀는 그를 데리고 복도로 나왔다. 아무것도 움직이지 않고 그저 횃불만이 일렁거렸다. 흐린 불빛 속에 복도는 두 배는 길어 보였다. 어두운 근위병 숙소의 문부터 환한 알현실까지 수 킬로미터쯤 되는 느낌이었다.

"몇 시죠?"

그녀가 물었다.

"11시 반입니다."

신음 소리가 다시 복도를 울렸다. 근위병 숙소 근처에서 이번에는 좀 더 약하게 소리 죽인 고통의 신음이 들렸다.

"메이스는 레이디께서 저기로 가는 걸 바라지 않을 겁니다."

"가요."

펜은 그녀를 막으려고 하지 않았고 켈시는 약간 만족감을 느꼈다. 약한 횃불 빛이 복도 끝 근처에 있는 어느 방의 열린 문틈으로 새어 나왔고, 켈시는 다급한 걸음으로 더 빨리 걸어갔다.

모퉁이를 돌자 남자 침실이 분명한 방이 나왔다. 모든 것이 짙은 색이고 장식이 거의 없었다. 켈시는 그 금욕적인 분위기에 감탄했다. 그녀가 근위병 숙소에 관해 상상했던 그대로였다.

키브는 침대에 누워 있었다. 미간은 땀으로 반짝이고 허리까지 알몸이었다. 그의 위로 몸을 구부리고 있는 건 응급 상황에 메이스가 부르는 의사 슈미트였다. 엘스턴, 코린, 웰머가 침대 옆에 있고 침대 발치에 웅크리고 있는 메이스가 눈앞의 장면을 마무리했다. 켈시가 방으로 들어가자 메이스의 얼굴이 어두워졌지만 그는 그저 나직하게 말할 뿐이었다.

"레이디."

"상태가 어때요?"

슈미트는 절하지 않았지만 켈시도 불쾌하지 않았다. 수요가 많은 의사들의 자존심만큼 강한 것도 없는 것 같았다. 그의 목소리에서는 강한 모트 억양이 드러났다.

"맹장입니다, 폐하. 수술할 수도 있지만 소용없을 겁니다. 제가 깨끗하게 그 부위까지 접근하기 전에 터질 겁니다. 필요한 만큼 빠르게 수술하면 출혈로 죽을 거고요. 고통을 누그러뜨리게 모르핀을 줬습니다만, 그 이상 할 수 있는 일이 없습니다."

켈시는 공포를 느끼며 눈을 깜박였다. 맹장 수술은 선크로싱 시대에는 자주 하는 수술이었다. 하도 흔하고 간단해서 릴리의 수술은 사람 손도 아니고 기계로 시행되었다. 하지만 의사의 얼굴에 떠오른 음울한 포기 조의 표정이 필요한 모든 것을 말해주었다.

"저희가 이 친구 어머니를 돌보겠다고 약속했습니다, 레이디. 가능한 한 편안하게 만들어주고 있고요. 저희가 할 수 있는 일이 별로 없습니다, 폐하께서는 여기 계셔서는 안 됩니다."

메이스가 중얼거렸다.

"그럴지도 모르지만, 나가기엔 좀 늦었어요."

"엘?"

키브가 불렀다. 그의 목소리는 마약성 진통제 때문에 불분명했다.

"여기 있어, 이 망할 자식. 난 아무 데도 안 갈 거야."

엘스턴이 중얼거렸다.

엘스턴은 키브의 손을 잡고 있었다. 키브의 작은 손이 엘스턴의 거대한 주먹 안에 들어가 있는 모습은 기묘했지만 켈시는 웃을 수가 없었다. 그들은, 엘스턴과 키브는 모든 걸 함께했고, 켈시는 그들이 따로 있는 걸 본 적이 한 번도 없었다. 절친한 친구…… 하지만 지금, 그들의 맞잡은 손과 엘스턴이 절망적으로 감추려 하는 고통을 보자 켈시의 머리는 세 번째와 네 번째 정보 조각을 찾아냈다. 엘스턴도 키브도 왕궁에 여자가 없고, 그들의 방은 나란히 있었다.

엘스턴은 그녀를 멍하니 올려다보았고 켈시는 얼굴을 붉히지 않으려고 애썼다. 그녀는 주먹을 쥔 채 옆에 놓여 있는 키브의 다른 손으로 손을 뻗었다. 그는 눈을 감고 다시 치솟는 신음을 참느라 이를 악물고 있었다. 목에서 근육이 두드러졌다. 관자놀이와 뺨을 타고 흘러 헝클어진 머리카락 속으로 들어가는 땀방울 하나하나가 보였다. 켈시의 손이 닿자 키브가 다시 눈을 뜨고 이를 악문 채 미소를 지으려고 노력했다.

"폐하, 저는 티어의 여왕의 근위대입니다."

그가 갈라진 목소리로 말했다.

"알아요."

켈시는 달리 뭐라고 해야 할지 몰라서 그렇게 대답했다. 무력함에 혀마저 굳어버렸다. 그녀는 그의 손안에 손을 밀어 넣었고, 그가 살짝 쥐는 게 느껴졌다.

"영광이었습니다, 레이디."

키브는 약에 취한 미소를 지었고 눈이 다시 스르르 감겼다. 엘스턴은 목 멘 소리를 내고 돌아섰으나 켈시는 그럴 수가 없었다. 슈미트는 분명히 메이스가 찾을 수 있는 최고의 의사겠지만, 그는 죽은 의사 부족의 그림자일 뿐이었다. 더 이상 진짜 의학은 없었다. 화이트호가 침몰하고 폭풍 속에서 파도와 함께 위아래로 흔들리던 남은 의료인들과 함께 모두 다 사라졌다. 그 의사 중 한 명만이라도 지금 데려올 수 있다면 켈시는 뭐든 줄 수 있을 것이다! 그녀는 생존자들이 신의 바다 한가운데를 떠돌며 견뎌야 했을 냉혹한 추위를 떠올렸다. 결국에 피로에 지쳐 그들 모두 파도 아래로 가라앉았을 것이다. 마지막에는 아마 굉장히 고통스러웠겠지. 그 냉기가 켈시의 주위에 모여드는 것 같아서 그녀는 몸을 떨기 시작했다. 다리가 저렸다. 시야가 어두워졌다.

"레이디?"

엄청난 충격이 켈시의 가슴을 쾅 후려쳤다. 너무 강해서 그녀는 숨을 헐떡였다. 펜이 뒤에서 잡아주지 않았으면 뒤로 넘어갔을 것이다. 그녀는 키브의 손을 더욱 꽉 잡고 그에게 매달리려고 했다. 이 손을 놓으면 주문이 깨질 거고 절대로 그럴 수는 없으니까—

그녀의 배 속에서 고통이 폭발했다. 켈시는 입을 꽉 다물었지만 입술 사이로 날카로운 비명이 흘러나오고 몸이 저항하듯 들썩였다. 참을 수 없는 압박이 배 속을 가르고 근육을 비틀고 한계를 넘어설 정도로 당기는 것 같았다.

"레이디를 잡아! 입을 벌려!"

여러 개의 손이 팔다리를 잡았으나 켈시는 거의 느끼지 못했다. 배 속의 압력이 두 배로, 세 배로 점점 더 커져서 찻주전자가 끓는 소리가 점점 커지는 것과 비슷하게 느껴졌다. 몸은 계속해서 흔들렸고 발뒤꿈치가 방바닥을 파고들었으나 켈시의 내면은 수천 킬로미터 떨어진 곳에, 어두운 신의 바다에서 가라앉지 않으려고 허우적거리고 있었다. 얼음 같은 물살이 그녀를 덮치고 머리를 짓눌렀고, 켈시의 입에서 쓴 소금 맛이 났다.

손가락이 입을 억지로 벌리고 혀를 잡으려고 했다. 그녀는 어째서인지 그게 펜의 손이라는 걸 알 수 있었다. 하지만 모든 게 너무 멀게 느껴졌다. 배 속을 갈기갈기 찢는 고통, 온 세상을 에워싼 것 같은 온몸을 마비시키는 냉기만이 존재할 뿐이었다. 켈시는 혀를 누르는 손가락 때문에 숨이 막힐 것 같아서 얕게 헐떡거렸다.

"이봐! 의사! 이리로 와!"

이제 어깨를 잡은 손들이, 무지막지한 손들이 그녀를 강력한 힘으로 짓눌렀다. 메이스의 손이다. 그녀의 위로 보이는 그의 얼굴은 불안으로 가득했고, 그는 고함을 지르며 명령을 내렸다. 그게 메이스가 위기를 상대하는 방식이고, 가끔은 그가 명령을 내리는 것 말고는 아무것도 할 수 없는 것 같았다—

고통이 사라졌다.

켈시는 깊게 숨을 들이켜고 가만히 있었다. 몇 초 후 그녀를 잡은 손들에서 힘이 빠졌으나 그녀를 완전히 놓아주지는 않았다. 그녀는 고개를 들었다. 그들이 주위에 웅크리고 있었다. 메이스, 펜, 엘스턴, 코린, 웰머. 그들의 머리 위로 천장은 이해할 수 없는 타일 덩어리처럼 보였다.

사과의 말을 중얼거리며 펜이 입에서 손가락을 뺐다. 켈시의 몸은 피가 물로 변한 것처럼 가볍고 맑게 느껴졌다……. 봄에 오두막 근처의 샘에서 흘러나오는 물, 너무 맑아 떠내서 그대로 음식을 만드는 데 사용해도 되는 물처럼. 부자연스러운 냉기도 사라졌고, 켈시는 이제 누군가가 담요를 둘러준 것처럼 따뜻하고 거의 졸릴 정도였다.

"레이디? 계속 아프십니까?"

켈시는 여전히 단단한 것을 붙잡고 있었다. 키브의 손이었다. 그녀는 일어나 앉다가 펜이 어깨를 받쳐주려고 움직이는 것을 느꼈다. 키브는 이제 눈을 감고 꼼짝도 않고 있었다.

"죽었나요?"

슈미트가 키브 위로 몸을 구부리고 빠르게, 의사다운 방식으로 손을 움직였다. 켈시는 그가 이마에서 맥으로, 다시 이마로 손을 움직이는 모습을 감탄하며 보았다. 그는 점점 더 초조하게 이 부위들을 확인하고서 마침내 무표정한 얼굴로 켈시를 보았다.

"아뇨, 폐하. 환자는 편안하게 숨 쉬고 있습니다."

그는 키브의 복부를 조심스럽게, 움찔거리면 당장이라도 손을 뺄 태도로 눌렀다. 하지만 아무 일도 일어나지 않았다. 가장 어두운 무의식 속에 잠긴 사람처럼 깊고 고르게 숨을 쉬느라 키브의 가슴이 위아래로 움직이는 것을 켈시조차도 볼 수 있었다.

"열이 내렸습니다."

슈미트는 제발 반응을 끌어내고 싶은 것처럼 키브의 배를 더 세게 누르면서 중얼거렸다.

"몸을 닦고 옷을 입혀줘야 합니다. 안 그러면 오한이 들 겁니다."

"맹장은?"

메이스가 물었다.

슈미트는 발뒤꿈치에 엉덩이를 대고 앉아 고개를 흔들었다. 켈시는 손을 들어 두 개의 사파이어를 쥐었다. 아가이브 이래 보석들은 그녀에게 말하지 않았지만, 그 무게는 여전히 편안했고 손에 쥐기 딱 좋았다.

"대장? 다 괜찮으십니까? 소리가—"

새 근위병 한 명이 문틈으로 고개를 들이밀었다.

"다 괜찮네. 자리로 돌아가, 아론. 그리고 문은 꽉 닫고."

메이스는 그렇게 대답하며 방에 있는 사람들 모두에게 무시무시한 눈길을 던졌다.

"알겠습니다."

아론이 사라졌다.

"그 친구는 괜찮은 건가요?"

웰머가 낮게 물었다. 그의 얼굴은 몇 달 전 켈시가 처음 만났을 때처럼, 삶에 시달려 좀 더 성숙하기 이전처럼 어리고 창백해 보였다. 메이스는 대답하지 않고 체념한 표정으로 슈미트를 보았다. 이미 유죄판결이 날 걸 알면서 판결을 기다리는 사람의 얼굴이었다.

의사가 이마를 닦았다.

"부기가 가라앉았습니다. 완벽하게 건강한 것 같지만 땀이…… 그것도 코슈마르. 그러니까 악몽 때문이라고 설명할 수 있을 겁니다."

여전히 키브만 쳐다보는 엘스턴을 제외하고 이제 모두가 켈시를 쳐다보았다.

"괜찮으십니까, 레이디?"

펜이 마침내 물었다.

"난 괜찮아요."

켈시가 대답했다. 자신의 팔을 그어 상처를 냈던 그 첫날 밤이 떠올랐다. 그 이래로 여러 번 그렇게 했다. 그것은 대응 기제였고 자신의 몸은 분노를 발산할 수 있는 좋은 대상이었다. 다리는 팔보다 더 긋기 좋고 숨기기 쉬웠다. 하지만 이건 비슷한 걸까, 아니면 다른 걸까? 보석 때문이라면 왜 아무 징후도 보이지 않는 거지? 켈시는 어깨가 벽돌처럼 느껴졌다.

"하지만 좀 피곤해요. 곧 자야 할 것 같아요."

슈미트의 얼굴은 당황 그 자체였고, 그의 눈이 다급하게 켈시와 키브 사이를 오갔다.

"폐하, 제가 방금 본 게 뭔지 모르겠습니다만 그게ㅡ"

메이스가 의사의 팔목을 잡았다.

"자넨 아무것도 못 봤어."

"네?"

"모두들 여기서 아무것도 보지 못한 거야. 키브는 아팠지만 밤사이에 나아진 거야."

켈시는 천천히 고개를 끄덕였다.

"하지만ㅡ"

"웰머, 신이 주신 머리를 좀 써! 여왕 폐하께서 병자를 치료하실 수 있다는 얘기가 퍼지면 어떻게 되겠어?"

메이스가 날카롭게 쏘아붙였다.

"아."

웰머는 잠시 생각에 잠겼다. 켈시도 생각해보려고 했지만, 너무 피곤했다. 메이스의 말이 머릿속에서 땡그랑거리며 울렸다. *병자를 치료한다…….*

내가 뭘 '한' 거지?

"이제 알겠습니다, 대장. 모두에게는 아픈 어머니, 아픈 아이가 있을 거고……."

웰머가 마침내 대답했다.

"키브!"

메이스가 몸을 굽혀 키브의 어깨를 흔들고, 그다음에는 얼굴을 살짝 때렸다. 엘스턴은 움찔했지만 아무 말도 하지 않았다.

"키브, 일어나!"

키브가 눈을 떴다. 빛의 장난으로 켈시는 그 눈동자가 거의 투명한 것 같다고, 마치 깨끗이 지워지고 다른 것으로 대체된 것 같다고 생각했다……. 하지만 뭘로? 빛으로? 그녀는 감각을 몸 안으로 집중하고 자신의 몸을, 심장박동을 확인했다. 모든 것이 더 빠르게 움직였다. 그녀는 고개를 흔들어 머릿속에서 뿜어져 나오는 것 같은 빛을 없애려고 했다. 그것은 점차 사라졌지만 그녀를 뒤덮은 비현실적인 감각을 전혀 누그러뜨리지 못하는 조그만 반짝임을 남겼다.

"기분이 어떤가, 키브?"

메이스가 물었다.

"빛이에요. 사방이 빛이에요."

키브가 신음했다.

켈시는 고개를 들고 의사가 다시 자신을 빤히 보는 것을 알아챘다.

"뭔가 기억이 나나?"

키브가 살짝 웃었다.

"절벽 가장자리에서 미끄러지고 있었습니다. 그런데 여왕 폐하께서 저를 잡아주셨죠. 모든 게 또렷합니다ー"

메이스는 좌절감에 팔짱을 끼고 턱을 악물었다.

"아편을 들이켠 사람 같군."

"정신을 차리게 될까요, 레이디?"

코린이 물었다.

"내가 어떻게 알겠어요?"

켈시가 대꾸했다. 모두가, 심지어 펜까지도 그녀가 뭔가를 숨기고 있는 것처럼, 오랫동안 숨겼던 비밀이 마침내 드러난 것처럼 의심스러운 눈으로 쳐다보고 있었다. 그녀는 팔다리의 상처를 다시 떠올렸으나 억지로 그 생각을 지웠다.

메이스가 좌절감에 신음했다.

"저 친구가 정신을 차리기를 바라는 수밖에. 여기 놔두고 경비를 세워.

방문객은 받지 마. 레이디, 침실로 돌아가시죠."

그 말이 켈시에게는 굉장히 근사하게 들려서 그녀는 그저 고개를 끄덕였고, 펜이 가까이서 조용히 따라오는 것을 무시한 채 걸어갔다. 상황을 분석하고 싶었지만 생각을 하기엔 너무 지쳤다. 그녀가 병자를 치료할 수 있다면— 하지만 그녀는 고개를 흔들어 나머지 생각을 잘랐다. 이건 분명히 힘이긴 하지만, 파멸적인 힘이었다. 지금도 머릿속에서 분리된 그 생각의 가장자리가 느껴졌다.

병자를 치료한다, 병자를 치료한다.

아무리 지우려고 애써도 메이스의 말이 머릿속에서 종소리처럼 울렸다.

다음 날 저녁, 식사를 마치고 켈시가 알리스와 매일 반복하는 언쟁을 하던 중에 전령이 도착해서 그녀가 두려워하던 소식을 전했다. 엿새 전에 모트군이 국경을 통과했다는 거였다. 나무 위의 궁수들에게 여러 차례 공격을 받고 불만에 찬 두카르트가 결국 가장 직접적인 전략을 택해 언덕 전체에 불을 질러버렸다. 홀은 부하들을 앨먼트 쪽으로 퇴각시키고 직접적인 전투를 피할 정도의 상식이 있었으나 궁수들은 거의 전부 불길에 휩싸여 나무 위의 단에서 타 죽었다. 지금쯤 모트군은 무거운 장비들을 언덕 위로 옮기고 있을 거고 보병대 상당수는 이미 앨먼트를 향해 내려가고 있을 것이다. 버몬드의 명령에 따라 티어 군대는 카델까지 물러났다. 국경 언덕은 여전히 불타고 있었다. 빨리 비가 내리지 않으면 수천 에이커의 좋은 재목들을 잃게 될 것이다.

켈시는 이 소식에 마음의 준비를 하고 있었다고 생각했다. 어쨌든 이건 처음부터 불가피한 일이었으니까. 하지만 여전히 모트 병사들이 티어 땅에 들어왔다는 충격은 강력했다. 버몬드가 경고했던 것처럼 지난 2주 동안 모트 군대의 분리된 일부가 아가이브 고개를 포위했다. 디메인에서 물자를 가져오기에는 국경 언덕의 울퉁불퉁한 길보다 모트로가 훨씬 편리한 길이기 때문이었다. 하지만 지금까지 아가이브는 버티고 있었고, 모트군이 자신들의 땅에서 꼼짝 못 하고 있는 한 침공은 덜 현실적으로 느껴졌었다. 모트군은 앨먼트에서 어떤 보상도 얻지 못할 것이다. 왕국의 동쪽 절반은 북부 끝부분과 남부 외곽에 주민들이 남기로 한 고립된 농촌 마을 몇 군데를 제외하면 이미 비었기 때문이다. 모트군이 약탈할 건 아무것도 없었지만 그래도 켈시는 그들이 거기 있다는 게, 그녀의 땅을 느리고 검은 밀물처럼 건너오고 있다는 생각 자체가 싫었다. 그녀는 한 손으로 전갈을 구기며 허벅지 안쪽에 새로운 상처가 생기는 것을 느꼈다. 상처는 분노를 가슴속에 붙들어주고 주변의 모든 사람들에게 터뜨리지 않게 만들어주었지만, 언제나 이렇게 참아야만 한다는 사실이 점점 더 좌절감을 불러왔다. 켈시는 진짜 목표를, 실제로 상처를 입힐 수 있는 사람을 원했고, 이 갈망은 자신의 몸에 더욱 깊게 상처를 내고 피가 흐를 동안 고통을 음미하게 만들었다. 상처는 놀랄 만한 속도로 회복돼서 가끔은 하루도 걸리지 않았고, 그래서 모두에게 숨기는 게 꽤 쉬웠다…… 켈시의 빨래를 담당하는 안달리를 빼면. 안달리는 침묵을 지켰으나 켈시는 그녀가 걱정하고 있다는 걸 알았다. 여름 더위에도 켈시는 긴 소매의 두꺼운 검은 드레스만 입고 다녔고, 이는 숨길 게 너무나 많았던 릴리 메이휴와의 동질감을 더 깊어지게 만들었다. 켈시는 릴리를 이해하는 데에, 그들 사이에 어떤 관계가 있을 수 있는지 생각하는 데에 많은 시간을 쏟았다. 아무 이유 없이 그렇게 상세하고 현실적인 것을 볼 리 없다고 생각했기 때문이다. 타일러 신부의 도움으로 그녀는 이제 칼린의 역사책을 전부 살펴봤으나, 어디에도 릴리의 기록은 없었다. 역사적으로 말하자면 릴리는 중요하지 않았다……. 하지만 그녀와 함께 있을 때에는, 그녀의 삶에 들어가 있을 때에는 그런 식으로 느껴지지 않았다. 어쨌든 조사는 미뤄야 했다. 릴리에게, 과거에 쏟을 수 있는 시간은 한정되어 있기 때문이다. 현재가 너무 끔찍해졌다.

버몬드의 소식을 여전히 손에 구겨 쥔 채 켈시는 알리스의 사무실을 나와서 방으로 성큼성큼 걸어갔다. 펜 쪽에 커튼을 치고 벽난로 쪽으로 다가갔다. 잘생긴 남자의 초상화는 여전히 천으로 덮여서 벽에 기대 세워져 있었다. 켈시는 그 그림이 약간 마음을 불안하게 한다는 것을 알게 되었다. 남자의 눈이 정말로 그녀가 어딜 가든 따라다니고, 능글맞게 웃는 것 같았기 때문이었다. 안달리 역시 초상화의 남자를 굉장히 싫어했다. 그녀나 글리가 환영을 더 보았는지 모르지만 안달리는 이야기하지 않았고, 그저 초상화를 독약으로 취급했다. 남자의 얼굴에 천을 씌워놓은 것도 그녀였다.

이제 켈시는 천을 걷고 초상화를 한참 동안 바라보았다. 어쨌든 벽난로의 남자는 굉장히 잘생겨서 눈이 즐거웠다. 안달리는 그 남자가 사악하다고 말했고, 사실이었다. 켈시는 초상화를 통해서도 그 미소에 어린 잔인한 기색에서 감지할 수 있었다. 하지만 그것도 매력의 일부라는 것을 켈시는 깨달았다. 그녀는 벌써 그 남자에 관해 여러 번 꿈을 꾸었다. 잘 기억나지 않는 꿈속에서 그녀는 불길로 만들어진 것 같은 침대에 있는 남자의 앞에 벌거벗고 서 있었다. 언제나, 켈시는 진짜로 몸이 닿기 전에 잠에서 깼고 침대 시트는 땀으로 흠뻑 젖어 있었다. 그것은 페치에게서 느낀 것과는 전혀 달랐다. 페치는 나쁜 짓을 하고 있음에도 기본적으로 좋은 사람이라는 느낌이 들었다. 이 남자의 사악함은 그녀를 자석처럼 끌어당겼다. 그녀는 손가락으로 그림을 쓰다듬으며 속으로 논쟁했다. 그는 붉은 여왕을 무찌르는 법을 안다고 말했다. 켈시는 그의 말을 반만 믿었지만, 이제 모트군이 여기에 왔고 지푸라기라도 잡아야 하는 상황이었다. 남자는 자유를 원한다고 말했다. 그녀가 부르면 오겠다고도 했고.

켈시는 불 앞에 책상다리를 하고 앉았다. 불길이 강해지고 열기가 얼굴을 달구었다.

난 그저 선택권을 열어두려는 거야. 그건 잘못이 아니잖아. 그녀는 스스로에게 단호하게 말했다.

"어디에 있죠?"

그녀가 속삭였다.

무언가가 불길 앞에 한데 뭉치는 석탄 가루처럼 검게 모여들기 시작했다. 잠시 후 그가 형체를 갖추고서 벽난로 선반 바로 앞에 나타났다. 그의 존재에 대한 켈시의 반응은 이제 전보다 훨씬 더 강해서 빨라지는 맥박과 예민해진 신경을 억지로 가라앉혀야만 했다. 욕망으로 멍청해졌다. 이제는 알았다……. 그리고 이 존재를 상대하며 멍청해져서는 안 된다.

어디서 온 거죠? 불 속에 사나요? 그녀가 그에게 물었다.

나는 어둠 속에 살지, 티어의 후계자여. 난 태양을 보기 위해서 오랜 세월을 기다렸어.

켈시는 초상화를 가리켰다. 이 그림은 굉장히 오래됐어요. 당신은 유령인가요?

그는 초상화를 응시했다. 그의 얼굴에 즐거운 빛이 없는 미소가 스쳤다. 날 유령이라고 생각할 수도 있겠지만, 나는 실체가 있어. 직접 봐.

그가 켈시의 가슴에, 젖가슴 바로 위에 한 손을 올렸다. 그녀의 어깨가 자신도 모르게 움찔했으나 그는 알아채지 못한 듯이 그녀를 살피는 눈으로 보았다. 넌 더 강해졌어, 티어의 후계자여. 무슨 일이 있었지?

협상을 하고 싶어요.

예의상의 잡담도 없는 건가? 쾌락은 삶을 견딜 만하게 만들어준다고. 그가 미소를 지었고, 켈시는 그 미소에 대한 자신의 반응에 불안감을 느꼈다.

켈시는 눈을 감고 집중하다가 팔뚝에 새로운 상처가 벌어지자 날카롭게 숨을 들이켰다. 깊은 상처였고 고통스러웠지만, 마음을 진정시키고 맥박과 젖가슴의 욱신거림을 달래주었다. 모트메인의 여왕을 어떻게 물리칠 수 있는지 안다고 했죠.

알지. 그녀는 자신이 불사신이기를 바라지만, 약점이 없는 게 아니야.

어떻게 물리치죠?

대가로 뭘 제안할 건가, 티어의 후계자여? 너 자신?

당신은 날 원하지 않잖아요. 자유를 원하죠.

나는 많은 걸 원하지.

당신 같은 존재가 물리적 세계에서 뭘 원할 수 있는 거죠?

난 여전히 물리적인 것들에서 즐거움을 누려. 나도 먹고살아야 하니까.

당신은 뭘 먹고사는데요?

그가 씩 웃었으나 눈에 붉은 불길이 번뜩였다. 넌 예리해, 티어의 후계자여. 올바른 질문을 하거든.

뭘 원하죠? 정확하게 말해요.

우리가 네 어머니를 망가뜨린 조약처럼 협상을 하려는 건가?

우리 엄마한테도 이런 식으로 나타났었나요?

네 어머니는 내 관심을 끌 만하지 못했어.

그는 이 말을 켈시에 대한 칭찬이라고 한 거였다. 그리고 실제로 성공했다. 가슴속에 조그맣고 따뜻한 불길이 타올랐다. 하지만 그녀는 엉뚱한 데 신경 쓸 여력이 없다는 걸 알기에 계속해서 말했다. 우리가 협상을 한다면 조건을 정확하게 규정하고 싶어요.

좋아. 나를 자유롭게 해주면 붉은 여왕의 약점을 알려주지. 협상하는 건가?

켈시는 망설였다. 상황이 너무 빠르게 흘러가고 있었다. 공성 무기 덕택에 모트군은 발목을 잡혔다. 홀의 계산에 따르면 켈시에게는 그들이 도시에 도착할 때까지 최소한 한 달의 시간이 있었다. 길지는 않지만 생각을 하고 좋은 결정을 내릴 만한 시간은 된다. 그리고 이제 새로운 걱정거리가 생겼다. 설령 켈시가 어떻게든 붉은 여왕을 물리친다 해도, 그게 붉은 여왕의 군대를 물리치는 거라고 해석할 수 있을까? 머리를 자르면 군대도 함께 사라질까, 아니면 히드라처럼 새로운 머리가 생길까?

모르는 게 너무 많아, 켈시. 칼린이 속삭였고 켈시도 그녀의 말이 옳다는 걸 알았다.

생각을 해볼게요. 그녀는 앞에 있는 남자에게 말했다. 그는 피곤한 것처럼 눈을 깜박였고, 켈시는 그가 어쩐지 좀 덜 뚜렷해 보인다는 것을 깨달았다……. 눈을 가늘게 뜨자 남자의 뒤에 있는 불이 뚜렷하게 보였다. 남자의 옷과 갈비뼈가 있어야 하는 부분 뒤로 불길이 흐릿하게 일렁거렸다. 그의 얼굴 역시 피로로 창백해졌다.

켈시의 시선의 방향을 알아채고 남자가 인상을 찌푸렸다. 그는 잠깐 눈을 감았고, 그의 모습이 즉시 더 명확해지고 불투명해지는 것 같았다. 눈을 뜨고 그는 다시 미소를 지었다. 대단히 따뜻하고 계산된 관능미로 가득한 미소라 켈시는 한 걸음 물러섰다. 그녀의 욕망이 즉시 깊어지고 공포로 살짝 물들었다.

당신은 뭐죠?

그의 시선이 켈시의 뒤로, 왼쪽 어깨 너머로 향했다. 곧장 얼굴이 일그러지고 입술이 뒤로 말려 하얀 이가 드러났다. 눈이 붉어지고 갑자기 증오로 타올라서 켈시는 뒤로 물러나다가 드레스에 발이 걸렸다. 그녀는 꼬리뼈를 세게 부딪치며 엉덩방아를 찧을 것에 대비했으나 그 전에 누군가가 팔 아래를 잡았다. 고개를 들어보니 남아 있던 불길이 사라지고 남자도 사라졌지만 켈시를 뒤에서 잡은 팔은 그대로였다. 그녀는 바닥을 걷어차며 발버둥을 쳤다.

"진정하시지, 티어의 여왕님."

목소리가 귓가에 들렸고 켈시는 진정했다.

"당신. 어떻게 펜을 지나왔죠?"

"그 친구는 정신을 잃었어."

"괜찮은가요?"

"물론이지. 우리가 사업 얘기를 좀 할 동안만 기절시켜둔 것뿐이야."

사업. 당연히 사업 문제겠지.

"놔요. 촛불을 켤 테니까."

페치는 그녀를 놔준 뒤 힘 있게 등을 밀어주었고, 켈시는 침대 옆 탁자로 황급히 걸어갔다. 뺨이 여전히 붉었고 거기서 피가 타오르는 게 느껴졌다. 그녀는 가능한 한 천천히 초에 불을 붙이며 자제력을 좀 찾으려고 했지만, 성냥을 찾으려고 탁자를 더듬는 동안 그의 목소리가 뒤에서 들렸다.

"왼쪽으로 5센티미터."

그러니까 어둠 속에서도 보이는 모양이네, 켈시는 짜증스럽게 생각했다. 마침내 초를 켜고 돌아서며 그녀는 자신이 기억하는 남자, 재미있어하는 입매와 춤추는 듯한 눈을 한 남자를 예상했다. 하지만 촛불 빛 속에서 엄숙한 얼굴이었다.

"조만간 그가 여기에 올 거라는 걸 알고는 있었어. 뭘 부탁했지?"

"아무것도요."

켈시가 대답했다. 하지만 뺨의 홍조 때문에 다 들킬 거라는 것도 알았다. 그녀는 한 번도 거짓말을 잘한 적이 없었고, 특히 페치에게는 더더욱 아니었다.

그는 한참 동안 그녀를 바라보았다.

"내가 친절한 조언을 좀 해주지, 티어의 여왕님. 난 이 존재를 아주 오랫동안 알았어. 아무것도 주지 마. 얘기도 나누지 마. 널 비탄으로 이끌 뿐이니까."

"그는 누구죠?"

"한때는 사람이었지. 강력한 사람. 넌 그를 롤런드 핀이라고 알고 있을 거야."

그 이름이 켈시의 머릿속 깊은 곳에서 땡 하고 울렸다. 칼린이 핀에 대해 한번 이야기한 적이 있었다. 랜딩과 관련된 거였는데…… 뭐였더라?

페치가 좀 더 다가왔다. 그는 그녀의 얼굴을 바라보고 변화를 하나하나 확인하고 있었고, 그녀는 턱을 내리고 바닥을 보는 척하면서 그를 힐끔 보았다. 그는 마지막으로 보았을 때보다 약간 마른 것 같지만 건강해 보였다. 얼굴은 남쪽에 있었던 것처럼 약간 가무잡잡했다. 그는 예전에도 그랬던 것처럼 여전히 그녀를 매료했고, 그 끌림은 켈시의 뱃속 깊은 곳의 괴로운 상실감과 함께였다. 지난 몇 분 동안 그녀의 몸을 지배하던 욕망이 쉽게 페치에게로 넘어갔고, 이제 그녀는 아까의 반응이 얼마나 공허했는지 깨달을 수 있었다. 그녀가 이 남자에게 느끼는 것은 다른 어떤 사람에게 느꼈던 감정보다도 강렬했다. 그녀는 페치를 다시 보게 될 날을, 동그란 얼굴의 여자아이가 아니라 예쁜 여자로, 심지어는 아름다운 여자로 그를 만날 날을 꿈꾸었다. 하지만 그가 그녀를 바라보는 눈길이 조금도 마음에 들지 않았다.

"당신은 누구죠, 페치? 진짜 이름이 있나요?"

"나한테는 많은 이름이 있지. 전부 다 유용하고."

"왜 나한테 진짜 이름을 말해주지 않죠?"

"이름은 힘이야, 티어의 여왕님. 네 이름은 한때는 랠리였지만 이제는 글린이지. 그 변화가 너에겐 아무 의미도 없나?"

켈시는 눈을 깜박였다. 그의 질문에 바티와 칼린이나 어머니가 아니라 모트 조약이, 제일 아래쪽에 붉은 잉크로 쓰여 있던 서명이 머릿속에 떠올랐다. 모트메인의 여왕, 그녀의 진짜 이름은 온 세상에 비밀이었다. 왜 그녀는 그걸 그렇게 열심히 감추는 걸까? 켈시는 이제 글린이었지만, 어릴 때에도 글린이었다. 온 세상이 랠리라는 이름의 여자아이를 찾았으니까. 하지만 붉은 여왕처럼 강한 여자가 왜 원래 이름을 사람들로부터 숨겨야 되지? 과거를 그렇게까지 꼭 숨기고 싶은 건가?

그녀는 정말로 누구지?

페치는 책상으로 가서 거기 있는 종이들을 만지작거렸다.

"살이 빠졌군, 티어의 여왕님. 제대로 먹지 않나?"

"잘 먹고 있어요."

"그럼 얼굴을 숨기려고 하지 마. 너 자신에게 뭘 했는지 보여달라고."

어쩔 도리가 없었다. 켈시는 그의 눈길 앞으로 돌아서서 시선을 바닥에 고정했다.

"넌 변화했어. 이게 네가 원한 건가?"

페치가 단호하게 말했다.

"무슨 뜻이죠?"

그가 사파이어를 가리켰다.

"그것에 대한 내 지식은 그리 넓지 않아. 하지만 그게 소원을 들어주는 걸 처음 보는 건 아니야. 넌 아가이브에서 엄청난 위업을 이뤘어. 그 외에 또 뭘 할 수 있었지?"

켈시는 턱에 힘을 주었다.

"아무것도요."

"난 네가 거짓말하는 걸 알아, 티어의 여왕님."

켈시는 움찔했다. 그의 말투는 켈시가 사소한 위반을 했을 때, 즉 부엌에서 쿠키를 하나 더 훔쳐 먹거나 집안일을 안 했을 때 칼린이 쓰던 말투를 무서울 정도로 연상시켰다.

"아무것도요! 가끔 꿈을 꾸는 정도예요. 환영을요."

"뭐에 대해서?"

"선크로싱 시대요. 여자에 관해서. 그게 무슨 상관이죠?"

그의 눈이 가늘어졌다.

"우리 사이에서 뭐가 상관인지를 언제부터 네가 결정하게 됐지?"

켈시의 차분한 태도가 허약한 나무로 만들어진 기둥처럼 흔들리기 시작했다.

"난 더 이상 당신 야영지의 어린애가 아니에요! 나한테 그런 식으로 말하지 말아요!"

"내 눈에 넌 어린애야, 티어의 여왕님. 신생아지."

분노의 눈물이 켈시의 눈을 찔렀지만 그녀는 공기를 커다랗게 들이켜며 눈물을 억눌렀다. 공허한 생각이 머릿속을 계속 맴돌았다. *이런 식으로 되면 안 되는 거였는데.*

"그 여자가 어떻게 생겼지? 그 선크로싱 시대의 여자."

페치가 물었다.

"키가 크고 예쁘고 슬픔에 잠겨 있어요. 거의 웃지 않고요."

"이름은?"

"릴리 메이휴예요."

그 순간 페치가 미소를 지었다. 켈시의 분노를 누그러뜨리고 파도처럼 그 기반을 쓸어 가버리는 느리고 순수한 미소였다.

"여자애도 있었나? 긴 붉은 머리 여자애."

켈시는 눈을 깜박였다. 그녀는 릴리의 기억을 재빨리 훑고서 고개를 흔들었고, 페치의 얼굴에 떠오른 실망한 표정에 충격받았다. 그녀가 그렇다고 말하기를 절절하게 바랐던 거다.

"릴리 메이휴가 누구죠?"

페치는 고개를 흔들었다. 눈은 거의 눈물로 반짝이는 것 같았으나 켈시는 믿고 싶지 않았다. 이 남자가 어떤 것에도 감동하는 것을 보지 못했으니까.

"그냥 여자일 뿐이겠지."

"질문만 하고 대답을 안 할 거라면 꺼져요."

"입이 참 걸군, 티어의 여왕님."

"진심이에요. 명확하게 말하지 않을 거라면 나가요."

"좋아."

그가 안락의자에 앉아서 등을 기대고 다리를 꼬았다. 얼굴에서 모든 감정의 흔적이 사라졌다.

"모트메인에서 반란의 움직임이 커지고 있어."

"나도 들었어요. 라자러스가 물자를 보냈어요."

"더 많은 지원이 필요해."

"그럼 지원해요. 내 나라는 자기 무장을 할 돈도 아슬아슬해요."

"난 지원하고 있어. 내 재산의 상당 부분을 그쪽으로 보냈지."

"아. 그러니까 당신이었군요. 르비외라던가요? 늙은이라는 뜻이죠? 그 재산의 일부를 티어에 보낼 생각은 안 해봤나요?"

"아주 최근까지의 난 그르느니 마법의 콩에 투자했을 거야. 티어의 여왕님. 이제 난 더 공정한 모트메인을 바라는 이 사람들에게 전념하고 있어. 하지만 그들이 계속하려면 승리가 필요해. 티어링의 공개적인 지원은 사기에 좋을 거야."

"카다르는요?"

"카다르인들은 이미 모트메인에 보내는 공물을 고의로 훼손하고 있고, 그건 유용한 관심 분산거리야. 하지만 모트인들은 카다르에 존경심이 별로 없는 반면에 너는 그쪽에서, 특히 가난한 사람들 사이에서 굉장히 호기심을 끄는 인물이거든."

"생각해볼게요. 라자러스와 얘기해봐야 돼요."

"모트군이 국경을 뚫은 걸 알지."

"네."

"그들이 오면 어떻게 할 거지?"

"모든 백성들이 그때쯤이면 뉴런던으로 들어올 거예요. 굉장히 붐비겠지만, 한동안은 도시 내에 다 수용할 수 있어요. 포위전에 대비해서 1개 대대 분량의 물자를 쌓아놓고 도시의 뒤쪽을 강화하는 중이고요."

"결국에는 벽을 뚫을 거야."

켈시는 인상을 찌푸렸다.

"나도 알아요."

"그러면 어떻게 할 거지?"

그녀는 아무 말도 하지 않았고 벽난로 쪽으로 눈을 돌리지도 않았다. 페치는 더는 그녀를 재촉하지 않고 한쪽 주먹에 턱을 기대고서 재미있다는 표정으로 그녀를 보았다.

"네 머리는 참 매혹적인 물건이야, 티어의 여왕님. 계속해서 움직이거든."

그녀는 고개를 끄덕이며 방을 가로질러 책상 쪽으로 다가갔다. 그녀는 문득 자신이 잘 보이는 곳에 있으려고 한다는 것을, 그녀가 그의 존재를 항상 의식하는 것처럼 그가 그녀를 알아채게 만들려고 한다는 것을 깨달았다. 갑자기 그런 자신이 혐오스러웠다. 그녀는 예전과 똑같은 켈시였고, 그는 전에도 그녀를 원하지 않았다. 그가 예쁜 얼굴과 몸 때문에 이제 와서 그녀를 갑자기 원한다면, 그는 어떤 사람이 되는 거겠어?

난 이길 수 없어. 그녀의 옛날 외모는 진짜였고, 그걸로 아무것도 얻지 못했다. 하지만 새로운 외모는 더 나빴다. 공허하고 가짜였다. 이걸로 얻는 것은 질병처럼 그 거짓을 실어 올 것이다. 이게 보석이 한 일이라면 켈시는 더 이상 원하지 않았다.

"넌 예뻐졌어, 티어의 여왕님."

켈시는 얼굴을 붉혔다. 조금 전이었다면 그녀를 기쁘게 했을 그 말에 지금은 속이 울렁거렸다.

"그 새로운 아름다움으로 뭘 할 거지? 부유한 남편이라도 얻을 건가?"

"난 누구하고도 내 왕위를 공유하지 않을 거예요."

"후계자는 어쩌고?"

"후계자를 얻는 방법은 다른 것도 많아요."

그가 고개를 뒤로 젖히고 웃음을 터뜨렸다.

"현실적이군, 티어의 여왕님."

켈시는 펜을 생각하며 커튼 쪽을 보았다. 페치의 웃음소리에도 깨지 않는다면 정말로 완전히 정신을 잃은 게 분명했다.

"네 근위병은 괜찮아. 나가면서 깨워줄게. 위안이 될지 모르겠지만 그 친구는 네 삼촌의 근위병들보다 훨씬 더 힘든 상대였어. 최소한 올컷은 임무 중에 깨어 있더군."

주제를 바꿀 기회를 알아채고 켈시는 재빨리 붙잡았다.

"내 잔디밭 장식에 대해서 감사를 표해야겠죠."

페치의 얼굴이 엄숙해지고 생각에 잠긴 빛이 떠올랐다.

"토머스는 잘 죽었어. 이걸 인정하자니 좀 화가 나지만, 그래도 남자답게 죽었어."

잘 죽었다. 켈시는 눈을 감았고 다시금 다가오는 모트군이, 카델강을 건너 벽을 부수는 군대가 보였다. 그녀는 몸을 돌려 벽난로를 보았다. 그 잘 생긴 남자 롤런드 핀은 지금 어디 있을까? 어디로 돌아갔을까?

"그 녀석 생각은 하지 마, 티어의 여왕님."

그녀가 그를 홱 돌아보았다.

"남의 생각도 읽어요?"

"그럴 필요도 없지. 넌 나한테 아무것도 숨기지 못했으니까. 그가 마음대로 여기에 오는 걸 내가 막을 수는 없지만, 다시 한번 경고하겠어. 그에게 아무것도 주지 마. 그가 요구하는 것도 주지 말고, 네 머릿속 한구석을 내

주지도 마. 그는 유혹적인 존재지, 알아—"

켈시는 들킨 기분으로 놀라서 움찔했다.

"—그리고 나조차도 오래전에 한 번 속았어."

"얼마나 오래요? 당신 몇 살이죠?"

켈시가 불쑥 물었다.

"아주 늙었지."

"왜 죽지 않았어요?"

"벌이야. 상상할 수 있는 최악의 벌."

"왜 벌을 받는 건데요?"

"최악의 죄 때문이지, 티어의 여왕님. 이제 조용히 하고 잘 들어."

켈시는 움찔했다. 그는 다시 칼린의 어조를, 엇나간 어린애를 상대하는 어조를 쓰고 있었고, 켈시는 갑자기 그가 틀렸다는 걸 증명하고 자신이 더 이상 어린애가 아니라는 걸 보여주고 싶은 초조한 기분을 느꼈다. 하지만 어떻게 해야 할지 알 수가 없었다.

"그 남자, 로 핀은 거짓말쟁이였어. 그리고 여전히 거짓말쟁이지. 모트의 여왕은 굴복했어. 그 여자는 멍청이였지. 너도 멍청이니?"

"아뇨."

켈시는 웅얼거렸지만 자신이 멍청이라는 걸 잘 알고 있었다. 그녀는 아름다워졌고, 어린애 같은 기분도 더는 아니었다. 하지만 이런 것들로 페치의 마음이 달라질 거라고 생각했으니 세계 최고의 멍청이였다. 그는 여전히 예전처럼 그녀의 손이 닿지 않는 곳에 있었다.

"넌 나를 감탄시켰어, 티어의 여왕님. 지금 와서 그걸 망치지 마."

페치는 의자에서 일어서서 주머니에서 뭔가를 꺼냈다. 켈시는 그것이 그가 시골에서 쓰고 다니던 그 무시무시한 가면이라는 것을 깨달았다. 그는 떠나려는 거였다. 이게 그녀가 가질 수 있는 전부였다.

속이 시원하네, 머릿속에서 목소리가 속삭였다. 하지만 그녀는 그게 뭔지 알았다. 그녀의 머리가 자기 방어를 하려는 서글픈 시도였다. 페치는 이제 사라질 거고, 아무것도 남겨주지 않을 것이다. 그녀는 뭔가 붙잡을 만한 것을 갈망했고, 그 갈망의 뒤를 따라 분노가 치솟았다. 그녀는 티어링에서 가장 큰 권력을 가진 여자인데 이 남자는 여전히 몇 마디 말로 그녀를 무너뜨릴 수 있었다. 정말로 항상 이런 식이어야 하나?

항상은 아닐 거야. 영원히도 아니어야 해. 제발요, 신이시여. 저한테 마지막에는 뭔가 빛을 보여주세요.

그녀는 깊게 숨을 들이켰고, 다시 말할 때 목소리가 더 강하고 엄격한 투로 나온다는 사실에 기뻤다.

"다시는 초대받지 않고서 여기 오지 말아요. 당신은 환영받지 못하니까."

"난 내가 원하는 대로 오갈 거야, 티어의 여왕님. 난 늘 그랬어. 내가 올 필요가 없도록 만들든지."

그가 머리 위로 가면을 썼다.

"우린 거래를 했어."

"거래 따윈 개나 줘요! 저 핀이란 존재는 진짜 도움을 제안했어요. 당신은 대체 뭘 제안했죠?"

"네 목숨, 고마운 줄 모르는 망나니야."

"나가요."

그는 그녀에게 조롱 조의 절을 했다. 가면 뒤로 눈이 번뜩였다.

"어쩌면 조만간 너는 네 엄마만큼 예뻐지겠군."

켈시는 침대 옆 탁자에서 책을 집어 그에게 던졌다. 하지만 그것은 그의 어깨에 맞고 그저 툭 퉁겨 나갈 뿐이었다. 페치는 웃음을 터뜨렸다. 가면의 입 구멍에서 공허하게 쓸쓸한 웃음소리가 흘러나왔다.

"넌 날 다치게 할 수 없어, 티어의 여왕님. 아무도 할 수 없지. 나도 내 몸에 상처를 낼 힘이 없는데."

그는 펜의 곁방으로 사라져서 등 뒤로 커튼을 닫았고, 곧 사라졌다.

켈시는 침대에 쓰러져서 베개에 얼굴을 묻고 울기 시작했다. 몇 달이나 울지 않았다. 눈물은 위로가 되어서 끊어질 듯 팽팽하던 마음속 끈을 느슨하게 풀어주었다. 하지만 가슴의 고통은 누그러지지 않았다.

난 절대로 그를 가질 수 없을 거야. 그녀는 베개에 대고 그 말을 중얼거렸지만 페치는 삼키려 해도 제대로 삼킬 수 없을 만큼 커다란 물체처럼 거기, 가슴속과 목 안에 단단히 자리를 잡고 있었다. 그를 사라지게 만들 방법은 없었다.

켈시의 어깨에 부드럽게 손이 닿는 바람에 그녀는 펄쩍 뛰었다. 흐린 눈을 들자 펜이 침대 옆에 서 있었다. 그녀는 괜찮다는 의미로 한 손을 들어 올렸지만 그는 조용한 실망감이 담긴 얼굴로 그녀를 응시했다. 그의 얼굴에 담긴 불안감에 다시금 눈물이 솟았다.

이 남자를 사랑했어야 했는데, 그녀는 그렇게 생각했고 그러자 더욱 울음이 격해졌다. 펜은 옆에 앉아서 한 손을 그녀의 손 위에 부드럽게 얹고 손가락에 깍지를 꼈다. 그 작은 행동이 켈시를 무너뜨렸고 그녀는 더욱 격하게 울었다. 얼굴이 붓고 코가 흘러내렸다. 이 삶의 너무나 많은 것들이 알고 보니 예상했던 것보다 더욱 어려웠다. 바티와 칼린이 그리웠다. 오두막이, 그 조용한 패턴이, 모든 것을 아는 곳이 그리웠다. 하루 치의 결정만 내리면 되고 어린애가 한 일의 결과만을 걱정하면 됐던 어린 켈시가 그리웠다. 그 삶의 간단함이 그리웠다.

몇 분 후 펜이 그녀를 베개에서 들어 올려 그녀에게 팔을 두르고 가슴으로 끌어안은 채 그녀가 높은 데서 떨어졌을 때 바티가 해줬던 것처럼 앞뒤로 흔들었다. 켈시는 펜이 그녀에게 어떤 질문도 하지 않을 것임을 깨달았고, 그게 굉장히 큰 선물 같아서 눈물이 마침내 잦아들었다. 그녀는 숨을 헐떡이고 딸꾹질을 했다. 그리고 펜의 맨가슴에 웅크린 채 그 느낌을 즐겼다. 그녀의 뺨에 따뜻하고 단단하게 느껴지며 위로가 되었다.

비밀로 할 수 있을 거야. 머리가 속삭였다. 그 생각은 뜬금없었지만 잠시 후 켈시는 그 목소리가 옳다는 걸 깨달았다. 비밀로 할 수 있을 것이다. 아무도, 메이스조차도 모를 것이다. 켈시의 사생활, 그녀의 사적인 선택은 그녀만의 일이고, 이제 그녀는 그 생각을 소리 내서 속삭였다.

"비밀로 할 수 있어요, 펜."

펜은 몸을 떼고 그녀를 한참 동안 내려다보았고, 켈시는 자신이 무슨 제안을 하는 건지 그가 정확하게 알아서 설명할 필요가 없다는 사실에 안도했다.

"절 사랑하지 않으시잖습니까, 레이디."

켈시는 고개를 끄덕였다.

"그런데 왜 이러고 싶으신 겁니까?"

좋은 질문이었지만, 켈시의 일부는 펜이 물었다는 사실에 짜증을 냈다. *난 열아홉 살이에요! 열아홉 살인데 아직도 처녀라고! 그걸로 충분하지 않아요?* 그녀는 그렇게 쏘아붙이고 싶었다. 그녀는 펜을 사랑하지 않고 그도 그녀를 사랑하지 않지만, 셔츠를 입지 않은 그의 모습이 좋았고 그녀가 이제 어린애가 아니라는 사실을 증명하는 것이 지독하게 중요하게 느껴졌다. 그녀가 다른 사람들과 똑같은 것을 원하는 데 이유가 꼭 필요해야 하나?

하지만 펜에게 이런 것들을 말할 수는 없었다. 그러면 그에게 상처를 줄 뿐이니까.

"모르겠어요. 그냥요."

펜은 눈을 감았다. 그의 입가가 비틀렸다. 켈시는 갑자기 그들 사이의 힘의 균형을 떠올리고 움찔했다. 그녀가 그에게 함께 자라는 명령을 내린다고 생각하는 걸까? 펜은 원칙이 있었고, 그가 말했듯이 여왕의 근위대였다. 어쩌면 다른 사람은 아무도 모르는 걸로는 부족할 수도 있었다. 펜이 아니까. 그게 문제였다.

"이건 전적으로 그대의 선택이에요, 펜."

그녀가 한 손을 그의 목에 얹고서 말했다.

"난 지금은 여왕이 아니에요. 그냥—"

펜이 그녀에게 키스했다.

그것은 책에서 본 것과 전혀 달랐다. 켈시는 자신이 느끼는 기분이 뭔지 생각할 새도 없었다. 서투르게 굴지 않으려고, 혀를 어떻게 해야 하는지 알아내려고 바빴기 때문이었다. *할 일이 너무 많아,* 그녀는 약간 실망해서 생각했지만 그때 펜의 손이 그녀의 젖가슴으로 올라왔고 그게 그녀가 예상했던 것과 더 비슷하고 더 나은 느낌을 주었다. 켈시는 자신이 드레스를 벗어야 할지 펜이 하게 놔둬야 할지 궁금했지만 그가 이미 앞서가고 있다는 걸, 단추를 반쯤 풀었다는 것을 깨달았다. 방은 추웠지만 그녀는 땀이 났고 펜의 입술이 유두에 닿자 펄쩍 뛰며 신음을 억눌렀다. 그가 드레스 나머지를 벗기다가 굳었다.

켈시는 아래를 보고 펜이 무엇을 보는지 깨달았다. 팔다리를 십자 모양으로 가로지른 다양한 회복 단계의 상처들이었다. 밝은 빛 속에서 보는 것보다는 덜 심해 보였지만, 자신의 상처에 익숙한 켈시의 눈에도 팔다리는 섬뜩한 모습이었다.

"몸에 무슨 짓을 하신 겁니까?"

켈시는 드레스를 잡고 소매를 도로 꼈다. 그녀가 이 상황을 망쳤다. 어른처럼 행동하려고 애를 쓸 때면 언제나 일을 망쳐놓는 것 같았다.

펜이 그녀의 팔목을 가볍게 잡고 막았다. 그의 표정은 읽을 수가 없었다.

"말씀하실 수 없나요?"

켈시는 반항적으로 바닥만 쳐다보면서 고개를 끄덕였다. 펜은 허벅지의 상처를 엄지손가락으로 가볍게 쓸었다. 켈시는 갑자기 거의 벌거벗은 채 앉아 있는 자신이 남자가 몸을 보고 있는데 얼굴조차 붉히지 않고 있음을 깨달았다. 어쩌면 좀 자라긴 한 건지도 모르겠다.

"그렇군요. 그건 제가 상관할 일이 아니죠."

펜의 말에 켈시는 깜짝 놀라 고개를 들었다.

"폐하께서는 저희 중 누구도 볼 수 없는 세상에 살고 계십니다. 전 그걸 받아들이겠습니다. 그리고 폐하의 선택은 폐하께서 하실 일이죠."

켈시는 잠깐 더 그를 쳐다보았다. 그러고 나서 그의 손을 허벅지에서 들어 올려 살그머니 다리 사이에 놓았다. 펜은 그녀에게 키스했고 그녀는 갑자기 그를 더 가까이 끌어당기고 싶은 것처럼 그의 온몸을 손으로 더듬었다.

"아플 수도 있습니다. 처음에는 그럴 겁니다."

그가 속삭였다.

켈시는 그를 올려다보았다. 몇 달 동안 그녀를 위험으로부터 지키는 것 말고는 아무것도 하지 않았던 남자를. 그리고 자신이 읽은 수많은 책들이 착각을 불러일으켰음을 깨달았다. 책들은 사랑을 전부가 아니면 아무것도 아닌 것으로 묘사했다. 그녀가 펜에게 느끼는 감정은 페치에게 느끼는 것에는 미치지 못했다……. 하지만 그래도 이것 역시 사랑이었다. 그녀는 그의 뺨에 한 손을 얹었다.

"그대는 날 아프게 하지 않을 거예요, 펜. 난 강해요."

펜은 씩 웃었다. 그의 옛날 웃음, 켈시가 몇 주나 보지 못했던 웃음이었다. 그가 그녀의 안으로 들어오자 실제로 아팠다. 찌르는 듯한 아픔에 다리를 오므리고 싶었지만 켈시는 무슨 일이 있어도 펜에게 그것을 알리고 싶지 않았고 그래서 그의 동작에 맞추기 위해서 그를 향해 몸을 들어 올렸다. 아픔은 더 깊어졌지만 이제 돌이킬 수 없었다. 켈시는 협곡을, 그녀의 뒤로 부서져 있는 다리를 넘은 것 같은 기분이었다. 모트군이 거기서 기다리고 있었다……. 켈시는 그 생각을 지워버리려고 고개를 흔들었다. 침공군은 지금은 여기까지 올 수 없다. 그녀는 펜에게, 자신의 몸에 집중하려고 했지만 그 광경을 완전히 지울 수가 없었다. 앞쪽으로, 끔찍한 파도처럼 기다리고 있는 모트군을.

9장
어둠의 존재

오, 그가 내면에 무엇을 숨기고 있는지.

겉모습은 천사 같건만.

—《자에는 자로》, 윌리엄 셰익스피어(선크로싱 시대 영국인)

8월의 새벽은 밝고 환했다. 도시는 열기로 악취를 풍겼다. 발코니에 나갈 때마다 켈시는 하수의 악취와 그보다 덜 역하지만 여전히 불쾌한, 햇볕 아래서 썩어가는 동물의 사체 냄새를 맡을 수 있었다. 풀을 먹일 들판이 없어서 난민들이 데려온 많은 동물들이 굶어 죽기 시작했다. 메이스와 급히 의논하고서 켈시는 도시 안과 주위에서 우유를 공급하는 젖소와 염소를 제외하고 모든 가축들을 즉시 도살해서 포위전에 대비해 고기를 절이라고 명령했다. 이 포고령으로 앨먼트의 목장주들에게서 그녀의 인기가 떨어졌지만, 동물들이 카델 강둑에서 죽고 썩어서 도시의 수원(水源)이 오염되어 전염병이 퍼지는 것보다는 그들의 분노 쪽이 나았다.

제이블, 다이어, 게일런은 8월 2일에 디메인으로 떠났다. 그들은 한밤중에 빠르게, 조용히 떠났다. 너무 조용해서 켈시조차 그들이 이미 떠난 후에야 알았다. 그녀는 화를 냈지만 메이스는 그저 평소의 간결한 어조로 그녀가 그에게 작전을 일임했다고 지적했고, 켈시도 그에 대해 뭐라 말할 수가 없었다.

8월 4일에 켈시는 안달리가 방에 혼자 있는 것을 보고 펜을 밖에 둔 채 문을 닫았다. 이 일을 할 용기를 내는 데 며칠이 걸렸지만 안달리의 의문 어린 시선을 마주하자 다시금 기운이 꺾이는 것 같았다. 그녀와 펜은 세 번 더 함께 잤고, 할 때마다 점점 좋아지고는 있지만 매번 불쾌한 진실이 켈시의 마음을 점점 더 무겁게 눌렀다.

"안달리, 부탁 하나 할 수 있을까?"

"네, 레이디."

"시장에 가면, 저기…… 거기서도 암시장 물건을 구할 수 있는지 알아?"

안달리의 시선이 날카로워졌다.

"뭘 찾으시는 건가요, 레이디?"

"난……."

켈시는 펜이 방으로 슬쩍 들어오지 않는지 확인하느라 문을 힐끔 보았다.

"난 피임약이 필요해. 거기 있다고 들었는데."

안달리는 놀랐는지 아닌지 감정을 드러내지 않았다.

"팔고 있습니다, 레이디. 문제는 진짜와 가짜를 어떻게 구분하느냐죠. 그리고 진짜는 항상 굉장히 비쌉니다."

"난 돈이 있어. 구해 올 수 있어? 다른 사람이 아는 건 바라지 않아."

"할 수 있습니다, 레이디. 하지만 그 결과를 생각해보셨는지 모르겠군요."

켈시는 인상을 찌푸렸다.

"도덕적으로 반대하는 거야?"

"맙소사, 아뇨!"

안달리가 낄낄 웃으며 말을 이었다.

"저라도 약을 먹었을 테지만, 저희한테는 돈이 없었죠. 제 아이들에게 하루 두 끼를 먹이는 게 제가 할 수 있는 최선이었어요. 저는 폐하를 비난하는 게 아닙니다. 그저 저마저도 도시의 분위기를 들었다는 뜻이죠. 사람들은 후계자를 원합니다. 폐하께서 피임약을 드시다가 알려지면 어떤 일이 생길지 모릅니다."

"사람들의 의견은 지금 내 걱정거리 중 제일 아래야. 난 열아홉 살이야. 이 나라는 날 속속들이 소유하고 있는 게 아니야."

"그들은 그 말에 동의하지 않을 겁니다. 하지만 어쨌든 폐하께서 원하신다면 제가 약을 구해 오겠습니다."

"원해. 시장에 언제 가지?"

켈시가 단호하게 말했다.

"목요일에요."

"돈을 줄게. 정말 고마워."

"조심하십시오, 레이디. 저도 젊은 시절의 무모함에 대해서 잘 압니다. 정말로요. 하지만 젊음이 사라지고 나서도 후회는 오랫동안 사람을 따라오는 끔찍한 감정입니다."

안달리가 경고했다.

"알았어."

켈시는 발을 내려다보고 있다가 갑자기 고개를 들어 안달리에게 거의 애원하듯이 말했다.

"난 그저 삶을 좀 즐기고 싶을 뿐이야. 그게 전부야. 내 나이의 다른 여자애들 같은 삶을. 그게 그렇게 끔찍한 일이야?"

"전혀 끔찍하지 않습니다. 하지만 폐하께서 평범한 삶을 아무리 원하셔도 그걸 가지실 순 없습니다. 폐하께서는 티어링의 여왕님이십니다. 폐하께서 선택하실 수 없는 것들이 있지요."

안달리가 대답했다.

며칠 후 켈시는 마침내 거의 한 달 가까이 미뤄온 일을 처리할 용기를 냈다. 그녀는 메이스와 펜, 코린을 데리고 여왕동을 나와서 세 층을 올라가 왼쪽으로 돌았다가 오른쪽으로, 다시 왼쪽으로 돌아 왕궁 12층에 있는 커다랗고 창문 없는 방으로 들어갔다.

엘스턴이 입구 바로 안쪽에 있는 안락의자에서 일어섰다. 이번만큼은 키브가 그와 함께 있지 않았다. 육체적인 면에서 키브는 완벽하게 회복된 것 같았으나 메이스는 여전히 경계하는 태도로 키브에게서 뭔가 바뀐 게 없는지 시험 중이었다.

"즐기고 있어요, 엘스턴?"

"상상하시는 것 이상일 겁니다, 레이디."

방에는 횃불 여러 개가 켜져 있었고 그 가운데에 거의 천장까지 닿는 철제 우리가 있었다. 창살은 가늘었지만 굉장히 튼튼해 보였다. 우리 한가운데에 아렌 소른이 고개를 뒤로 젖히고 시선은 천장에 고정한 채 단순한 나무 의자에 앉아 있었다. 의자가 우리 안의 유일한 가구였다.

"침대도 없는 건가요?"

켈시가 메이스에게 낮은 목소리로 물었다.

"바닥에서도 잘 잘 수 있습니다."

"담요는요?"

메이스의 미간에 주름이 생겼다.

"갑자기 왜 소른에게 동정심을 보이십니까, 레이디?"

"동정심이 아니라 걱정하는 거예요. 최악의 범죄자라 해도 담요 정도는 받을 자격이 있어요."

"비웃으러 오신 겁니까, 폐하? 아니면 거기 서서 하루 종일 숙덕거리고 계실 겁니까?"

소른이 방 한가운데서 말했다.

"아, 아렌. 권력자가 이렇게까지 몰락하다니."

켈시는 창살에서 3미터 떨어진 곳까지 가서 멈췄고 펜이 다가와 켈시와 우리 사이에 섰다. 잠깐 동안 그녀는 펜의 늘씬한 검사의 몸에 정신이 팔렸다. 이제는 그 몸을 완전히 새로운 눈으로 보게 되었다. 섹스는 점점 더 좋아졌고 요즘은 그의 벌거벗은 모습을 떠올리지 않는 게 꽤 힘들었다. 하지만 그들은 이 일을 어둠 속에 묻어두기로 했고, 어둠 속에 남겨둘 것이다.

"코린, 앉을 만한 걸 찾아주겠어요?"

"네, 레이디."

"침공은 어떻게 되어갑니까, 폐하?"

소른이 물었다.

"엉망이지. 모트군이 국경을 뚫고 들어오고 있어. 우리 군대는 오래 버티지 못할 거야."

켈시가 솔직하게 말했다. 소른은 어깨를 으쓱였다.

"필연적인 결과죠."

"이건 인정해주지, 아렌. 그대는 후회하는 척하지는 않는군."

"후회할 게 뭐가 있습니까? 저는 제가 쥔 패로 최선을 다했습니다. 불운은 불운일 뿐이죠."

소른이 몸을 앞으로 기울이자 흐릿한 방 안에서 밝은 파란 눈이 번뜩였다.

"제 특별 선적에 관해서 어떻게 알아내신 겁니까, 레이디? 그게 항상 궁금했습니다. 누군가가 말했습니까?"

"아니."

"그럼 어떻게 아셨습니까?"

"마법으로."

"아, 그렇군요. 저도 한두 번 마법을 본 적이 있습니다."

소른이 다시 의자에 몸을 기댔다.

"그대는 어떤 것도 아끼지 않나, 아렌?"

"뭔가를 아끼는 건 책임이 됩니다, 폐하."

코린이 의자를 들고 돌아왔고 켈시는 우리 앞에 앉았다.

"브레나는? 그녀는 분명히 아낄 테지. 아니면 내가 잘못 알았나?"

"브레나는 유용한 도구고, 이용당하는 걸 좋아합니다."

켈시의 입술이 혐오감에 비틀렸지만, 곧 그녀는 지하 감옥에서 침을 뱉고 펄펄 뛰던 여자를 떠올렸다. 어쩌면 소른이 한 말에 뭔가가 있을지도 모른다.

"브레나는 어떻게 그런 인물이 된 거지?"

"환경 때문이지요, 폐하. 우리, 브레나와 저는 상상할 수 있는 최악의 지옥에서 자랐습니다."

소른이 악의로 입술을 비틀며 메이스 쪽으로 고갯짓을 했다.

"당신은 내가 무슨 얘기를 하는지 알지. 거기서 당신을 봤어."

"착각이야."

메이스가 무덤덤하게 대답했다. 소른은 미소를 지었다.

"아니, 근위대장 나리, 당신이라고 확신해."

다음 순간 철퇴가 창살에 부딪치며 좁은 공간에서 쇠와 쇠가 충돌하는 요란한 소리가 울렸다.

"계속 떠들면 네놈을 끝장내주겠어, 소른."

메이스가 낮은 목소리로 말했다.

"내가 그런 데 신경을 쓸 거 같나, 근위대장? 당신이든 밧줄이든 나한테는 아무 차이도 없어."

"내가 너의 애완 계집을 모트메인으로, 라피트로 보내면 과연 어떨까?"

메이스가 창살을 꽉 잡고 밀었고, 켈시는 갑자기 자신이 그의 얼굴을 볼 수 없다는 게 다행스럽게 느껴졌다. 메이스는 이렇게 쉽게 흥분하는 법이 없었다. 소른이 굉장히 깊은 곳의 신경을 건드린 게 분명했다.

"알비노는 진귀하지. 그런 여자들은 항상 고객을 끌어."

"당신은 브레나에게 해를 입힐 이유가 없어."

"하지만 네가 날 그렇게 몰아가면 얼마든지 할 거야, 소른. 그러니 입 닥쳐."

소른이 눈썹을 치켜세웠다.

"이걸 옹호하실 겁니까, 폐하?"

켈시는 이야기의 방향이 불편했지만 그래도 단호하게 고개를 끄덕였다.

"난 라자러스가 어떤 일을 하든 지지할 거야."

"아, 이럴 줄 알았다니까. 고결한 켈시 여왕님. 이타적인 켈시 여왕님."

소른이 낄낄거리며 고개를 흔들고 말을 이었다.

"바깥의 저 가난하고 망상에 빠진 등신들은 폐하에게 열광하고 있지요. 그들은 폐하께서 자신들을 모트군으로부터 구해줄 거라고 생각합니다. 참으로 영리한 행동이셨습니다만, 저는 늘 폐하께서 저희들보다 나을 게 없다는 걸 알고 있었죠."

"난 고결하거나 이타적이라고 주장한 적이 없어. 그리고 어떻게 그대가 그렇게 우월한 척할 수 있는지 알 수가 없군."

켈시가 쏘아붙였다.

"저는 제가 어떤 사람인지 감춘 적이 없습니다, 켈시 랠리. 아니, 지금은 글린이죠? 당신네들이 겪고 있는 이 망상은…… 폐하께서 더 낫고 더 순수하다고 스스로 납득하기 위해서 엄청난 노력과 틀을 쌓아 올렸죠. 우리 모두 원하는 게 있고, 그걸 얻기 위해서 못 할 일은 거의 없습니다. 자신의 이름을 원하는 대로 부르셔도 좋습니다만, 당신은 철저하게 랠리입니다. 켈시 여왕님. 그 혈통에는 이타주의자라고는 없지요."

"나는 죽고 싶지 않아, 아렌. 하지만 이 사람들을 위해서 기꺼이 내 목숨을 내놓을 거고, 이들도 날 위해 그러겠지. 그건, 희생은 진짜고, 그대는 절대로 이해하지 못할 거야."

"아, 하지만 저도 이해합니다. 저한테는 폐하께 귀중할 만한 정보가 있습니다. 굉장히 귀중한 정보라서 제 목숨을 놓고 거래를 할까 여러 번 생각했죠. 하지만 그러지 않을 겁니다."

"무슨 정보지?"

"우선 제 조건부터요. 브레나의 목숨과 안녕을 보장해주십시오."

메이스가 고함을 지르려고 했지만 켈시가 그를 막았다.

"'안녕'을 정확히 설명해봐."

"브레나는 제 수하로 알려져 있습니다. 제가 사라지면 많은 사람들이 그녀에게 분노를 해소하려고 할 겁니다. 그녀에게는 보호가 필요합니다."

"그대의 알비노를 무고한 듯이 윤색하지 마, 소른. 그녀는 위험한 존재야."

"그녀는 불운했을 뿐입니다, 폐하. 브레나와 저는 동물처럼 자랐습니다. 하지만 운이 나빴으면 폐하의 메이스도 저희처럼 될 수 있었을 겁니다."

메이스가 창살로 돌진해서 커다란 손으로 소른을 잡으려 했다. 소른은 움찔하지도 않았다. 메이스의 긴 팔도 창살 사이로 그를 잡을 수 있을 정도는 아니었기 때문이다.

"왜? 나와 추억을 나누고 싶지 않나? 링에 관해서도?"

"엘스턴. 열쇠."

메이스가 몸을 돌리고 으르렁거렸다.

"엘스턴, 절대 그러지 말아요."

"저희에게 저놈을 내주십시오, 레이디! 제발 부탁드립니다!"

엘스턴이 앞으로 나와서 벨트에서 열쇠를 잡아당기며 열렬하게 말했다.

"앉아요, 엘스턴! 그리고 라자러스, 거기까지예요. 이 남자는 자신이 잘못을 저지른 사람들 앞에서 죽을 거니까. 그대가 아니고."

메이스가 다시 앞으로 나오다가 우뚝 멈췄다.

"처형하실 겁니까?"

"그래요. 결정했어요. 다음 일요일에 광장에서."

"소른은 제게 잘못을 저질렀습니다, 레이디. 제 고통도 티어링의 여느 사람들만큼이나 진실됩니다. 제가 처형하게 해주십시오."

엘스턴이 나직하게 말했다.

"이런 맙소사, 철 좀 들어! 그건 사고였어. 난 네가 뭔지 몰랐었다고. 20년이 지났는데 아직도 한 걸음도 전진하지 못했군!"

소른이 쏘아붙였다.

"이 악질 새끼가—"

"그만!"

켈시가 인내심을 잃고 소리를 질렀다.

"당장 여기서 나가요! 펜만 빼고 전부!"

"레이디—"

"나가요, 라자러스!"

메이스는 엘스턴과 코린을 데리고 나가면서 약간 부끄러워할 만큼의 자각은 있었다. 문이 쿵 하고 닫혔다.

"이만큼만 해도 천만다행이군."

소른이 중얼거렸다. 그가 의자에 앉아서 고개를 뒤로 젖히고 눈을 감았다.

켈시는 불안했다. 대화는 알 수 없는 방향으로 급선회했다. 메이스는 그녀에게 알비노 여자가 소른의 과거의 기묘한 여분인 것처럼, 그가 행운의 부적처럼 데리고 다니는 집착물인 것처럼 이야기했었다. 하지만 소른이 지금 뭔가 더 깊은 게임을 하고 있는 게 아니라면 그녀가 지금 보는 것은 아렌 소른에게는 전혀 어울리지 않는 진짜 이타주의적인 행동이 분명했다. 그리고 켈시는 그가 게임을 하는 거라고 생각하지 않았다.

"어디서 자랐지, 아렌?"

"저를 다음 일요일에 처형하실 거잖습니까, 폐하. 제 개인사를 말씀드릴 이유는 없습니다."

"그럴지도 모르지. 하지만 그대의 어린 시절에 정말로 끔찍한 일이 있었다면, 다른 사람들이 그런 일을 겪는 걸 내가 막을 수도 있지 않겠나?"

"다른 사람들에게 일어나는 일은 그들의 문제입니다. 저는 브레나에게 일어나는 일만 신경 씁니다."

켈시는 한숨을 쉬었다. 이타주의인지는 잘 모르겠지만, 어쨌든 그 감정이 그 이상까지 뻗치지는 않는 모양이었다.

"내가 그대가 내놓는 것을 마음에 들어 한다고 치지. 내가 그녀를 어떻게 하기를 바라지?"

"브레나를 여기 두셨으면 합니다."

"왕궁에?"

켈시가 의심스럽게 물었다.

"그녀가 안전할 만한 다른 곳은 없습니다, 폐하. 그녀를 숨길 수는 없을 겁니다. 너무 눈에 띄니까요. 그녀가 안전한 건물에서 잘 먹고 잘 입고 뇌물에 넘어가지 않는 충성스러운 근위병의 보호를 받기를 바랍니다."

"가장 충성스러운 근위병도 배신할 수 있지, 아렌. 그대가 내 근위병 한 명을 망가뜨렸듯이."

"모르핀이 먼을 망가뜨렸죠, 레이디. 여기, 현재에서 도망치려고 한 수많은 멍청이들을 망가뜨린 것처럼요. 저는 시체를 찾아내서 먼지를 털고 제가 원하는 모양으로 만들었을 뿐입니다."

"맙소사, 그대는 정말 냉정하군, 아렌."

"그렇다고들 하더군요, 폐하. 하지만 머저리만이 판매상을 비난하는 법이라는 건 사실입니다."

켈시는 깊게 숨을 들이켜고 먼에 관한 생각을 머릿속에서 밀어냈다.

"어째서 브레나가 내 보호를 받아들일 거라고 생각하지? 그녀는 내게 별로 상관하지 않아."

"참으로 억제된 표현인 것 같군요, 레이디. 하지만 받아들일 겁니다."

"그래, 그 대가로 그대는 뭘 내놓을 거지?"

"붉은 여왕에 대한 협상 카드입니다."

켈시는 회의적으로 그를 보았다.

"저희는 오랫동안 알고 지냈습니다, 폐하. 아무도 붉은 여왕을 잘 알지 못하지만, 살아서 얘기할 수 있는 사람들 중에서는 제가 그녀를 누구보다 잘 안다고 감히 말하겠습니다."

"그대의 협상 카드라는 게 붉은 여왕이 우리에게서 물러나서 군대를 되돌릴 만한 건가?"

"아뇨, 폐하. 그랬다면 저희는 브레나뿐만 아니라 제 목숨까지 걸고 흥정했을 겁니다."

"그대의 정보로 티어링을 구할 수 없다면 내가 왜 신경을 써야 되지?"

"폐하는 그렇게 말씀하실지 모르겠습니다만, 저 자신은 조금이라도 영향력을 발휘할 만한 정보를 얻고서 후회해본 적이 없습니다. 그런 것들은 전혀 예상치 못했을 때 종종 유용하게 쓰입니다."

소른이 어깨를 으쓱이며 말했다.

켈시는 마음이 흔들리는 것을 느끼고 움찔했다. 이 남자는 티어에서 제

일가는 거짓말쟁이 중 하나였다……. 하지만 그녀는 그를 믿었다. 그는 자기 운명을 납득한 것 같았다. 그리고 전반적인 상황상 그는 사소한 것을 요구했다.

"저는 제 약속을 깨지 않습니다, 폐하. 그리고 폐하께서도 그렇다고 들었습니다."

소른의 밝은 파란 눈이 창살 사이로 반짝였다.

"저는 폐하를 속이려고 하는 게 아닙니다. 정직한 거래죠. 우리 브레나의 안전과 보호를 유익한 정보와 바꾸는 겁니다. 받아들이시겠습니까?"

악마와의 거래야, 켈시는 생각했다. 메이스를 불러서 의견을 구해야 했다. 하지만 어쩐지 이건 그녀 혼자서 내려야만 하는 결정인 것처럼 느껴졌다. 그녀는 잠시 더 고민하다가 결국 한숨을 쉬고 고개를 끄덕였다.

"거래하지, 아렌."

소른은 창살 사이로 악수를 하자는 듯 한 손을 내밀었지만 켈시는 고개를 흔들었다.

"어림없어. 정보가 뭐지?"

"폐하의 사파이어 두 개요. 그녀는 폐하께서 상상하시는 것보다 훨씬 더 그걸 원합니다."

"이거?"

켈시는 내려다보았으나 이미 본능적으로 손이 사파이어를 움켜쥐고 있어서 보석은 보이지 않았다.

"왜 조약의 조건으로 우리 엄마에게 이걸 요구하지 않았던 거지? 기꺼이 내줬을 텐데."

"그 시절에는 그렇게까지 원하지 않았던 것 같습니다, 폐하. 아니면 노예들을 더 원했던 건지도요. 하지만 붉은 여왕과 저는 오랫동안 유익한 사업 관계를 이어왔고, 폐하께서 숨어 계신 동안에 붉은 여왕의 보석에 대한 갈망이 열병처럼 점점 커지는 걸 볼 수 있었습니다. 폐하의 머리에 대한 소식만큼 보석에 대한 소식을 초조하게 기다렸고, 매년 폐하의 삼촌께서 그걸 찾는 데 실패할 때마다 그를 더더욱 경멸했죠."

"이걸로 정확히 뭘 하려고 하는 건데?"

"그건 말한 적 없습니다, 폐하."

"추측해본다면?"

소른은 어깨를 으쓱였다.

"그녀는 죽는 걸, 존재가 끝나는 걸 두려워하는 사람입니다. 종종 그걸 알 수 있었습니다만, 여왕이 필사적으로 감추려고 하는 건 그 감정이 얼마나 깊은지입니다. 폐하의 보석이 도움이 되지 않을까요?"

켈시의 머릿속에 즉시 땀범벅이 되어 병상에 누워 있던 키브가 떠올랐다. 그리고 붉은 여왕을 무찌를 방법을 알려주겠다던 로 핀의 제안도 떠올랐다. 메이스는 누군가가 그녀를 암살하려고 한 지가 오래됐다고 말했다. 모두가 그건 불가능하다고 추측하고 있다. 붉은 여왕이 아직도 육체적으로 취약할 가능성이 있을까? 하지만 로 핀이 그 약점에 대해 안다고 해도 그 정보가 지금 켈시에게 무슨 소용이 있을까? 최소한 1만 5천 명의 군대가 뉴런던과 디메인 사이에 있는데.

"하지만 이건 추측일 뿐입니다, 폐하. 모트인들은 그녀를 마냐크…… 우리말로 하자면 독불장군이라고 부르죠. 폐하와 폐하의 사파이어, 이게 변수이고, 붉은 여왕은 설령 좋은 거라고 해도 변수를 좋아하는 사람이 아닙니다."

켈시는 매혹과 혐오감을 동시에 느끼며 그를 쳐다보았다.

"그녀와 잤나, 아렌?"

"그녀가 저를 바랐습니다. 그녀는 남자와 자고서 그 남자가 자신의 것이라고 여기고 깔끔하게 분류하고 수집하지요. 하지만 저는 누구의 수집품도 아닙니다."

소른은 일어서서 몸을 쭉 폈다. 그의 팔은 굉장히 길어서 우리 꼭대기에 거의 닿을 정도였다.

"왜 제 처형을 일요일까지 미루신 겁니까, 폐하? 전 기다리는 데 질렸고 엘스턴과 함께 있는 데에도 완전히 질렸습니다. 왜 당장 하지 않으시는 거죠?"

"왜냐하면 죽을 때에도 그대는 유용할 테니까, 아렌. 그대의 처형은 공개 행사가 될 거고, 나라 곳곳에 알려질 거야. 사람들은 처형을 원하고, 난 그들에게 원하는 걸 줄 거야."

"아, 폭도들의 즐거움인가요. 현명한 선택인 것 같습니다."

"그대는 죽음이 두렵지 않나?"

소른이 어깨를 으쓱였다.

"체스 두십니까, 폐하?"

"그리 잘하지는 못해."

"저는 체스를 수없이 많이 두었고, 잘합니다. 별로 지지 않습니다만, 그래도 가끔은 지죠. 그런 게임에서는 언제나 자신이 밀렸다는 걸, 네 수나 열 수나 열두 수쯤 후에 체크메이트를 당할 거라는 걸 깨닫는 순간이 있습니다. 씁쓸한 마지막이 올 때까지 최선을 다해 싸우고 종반전을 마무리해야 한다는 사람들도 있죠. 하지만 저는 그래야 할 이유를 전혀 모르겠습니다. 저는 계산을 해봤고, 폐하의 부하들이 우리 브레나를 잡았던 순간에 체크메이트를 당했다는 걸 알았습니다. 그 이래로 모든 수는 의미 없는 졸의 방황일 뿐이었죠."

"브레나는 그대에게 뭐지? 다른 모든 사람들은 아무 의미도 없는데 왜 그녀만 그렇게 의미가 있지?"

켈시가 물었다.

"아…… 그 이야기는 제 목숨을 놓고 흥정할 만하죠, 폐하. 거래하시겠습니까?"

"아니. 하지만 브레나를 여기로 데려와서 작별 인사를 하게 해주지."

"그걸로는 부족합니다."

"그럼 이야기는 끝났군. 마음이 바뀌면 엘스턴에게 얘기해."

켈시가 의자에서 일어섰다. 그녀가 문으로 반쯤 걸어갔을 때 소른이 불렀다.

"글린 여왕님?"

"뭐지?"

"저는 제 인생 이야기를 하지 않을 거고, 브레나도 그럴 겁니다. 하지만 폐하의 메이스라면, 폐하께서 명령하면 할지도 모르죠."

켈시는 몸을 돌려 잠시 그를 쳐다보다가 대답했다.

"속이 빤히 보이는군, 아렌. 우리 사이에 쐐기를 박으려는 거지."

소른의 입술이 미소로 가늘어졌다.

"눈치가 빠르시군요, 폐하. 하지만 호기심은 끔찍한 겁니다. 제가 박은 쐐기는 시간이 지날수록 더 깊어질 겁니다."

"그대 일은 끝난 것 같군."

"설령 체크메이트 단계라 해도 재미는 있는 법이죠."

소른은 다시 의자에 앉아 그녀에게 살짝 손을 흔들었다.

"좋은 하루 보내십시오, 글린 여왕님."

"투여량을 높여."

"네?"

"투여량을 높이라고!"

여왕은 얇은 유리판 너머로 목소리가 들리도록 애를 쓰면서 성난 어조로 외쳤다.

메디르는 고개를 끄덕이고 칼레 출신 노예가 묶여 있는 진찰대를 빙 돌아갔다. 노예는 모를 테지만 그녀는 이미 죽은 거였다. 유일한 문제는 얼마나 걸릴까 하는 것뿐이었다. 여자의 입가에서 불그스름한 거품 한 줄기가 흘러내리기 시작했고 그녀는 숨을 헐떡이며 옆구리에서 손가락을 움츠렸다 폈다 했다. 여왕은 여자가 소리를 내고 있는지 궁금했다. 유리판은 카다르의 최고 업적 중 하나로 거의 완벽하게 방음이 됐다. 여왕은 손에 든 시계를 보고서 거의 70초가 지났음을 깨달았다.

여자는 입을 물고기처럼 동그랗게 벌리고 마지막 숨을 내쉬었다. 그리고 눈을 천장에 고정한 채 움직임을 멈췄다. 메디르가 여자의 팔목을 잡고 잠시 맥박을 확인한 후 여왕을 향해 고개를 끄덕였다. 여왕은 다시 시계를 보았다.

"74초야."

그녀가 펜과 종이를 들고 옆에 서 있던 에멘에게 말했다.

"지난번 실험보다 나아졌군요."

"훨씬 나아졌어. 하지만 가능한 한 더 정제해야 돼."

기묘하게도 이 새로운 발견은 티어링 덕택이었다. 카츠마르 호수에서 1100명이 넘는 병사들이 뱀에 물려 죽었고, 수거된 시체들이 검게 부풀고 독으로 가득한 채 디메인으로 이송되었다. 독을 추출하는 것은 힘들었고 견본을 모으다가 여러 병사들이 죽었지만 그럴 가치가 있었다. 뱀독은 투약이나 섭취 양쪽 모두로 빠르게 목숨을 앗아 갈 뿐만 아니라 맛도 달콤해서 포도주나 꿀 술에 쉽게 숨길 수 있었다. 많은 독이 쓴맛을 가졌으니, 이것은 여왕의 수집품에 귀중한 추가물이 될 것이다.

"폐하."

베릴이 뒤로 다가왔다. 그의 부드러운 발소리는 들리지도 않았다. 그는 여왕의 실험실에 거의 오지 않았다. 베릴은 여왕이 아는 사람 중에서 가장 유능했지만, 실험을 견딜 만한 배짱이 없었다. 그는 신중하게 유리 쪽에서 시선을 돌리고 있었다.

"무슨 일이지?"

"두카르트 장군이 보낸 전령입니다. 군대가 앨먼트의 티어 전선을 무너뜨렸고 크리드로 내려가기 시작했습니다. 티어군은 퇴각 중입니다."

여왕은 미소를, 몇 주 동안 지었던 것보다 훨씬 더 순수한 미소를 지었다. 최근에는 좋은 소식이 극히 드물었다.

"전령을 몇 명 풀어서 시테마르셰와 이곳에 이 소식을 퍼뜨려. 그러면 그쪽의 법석도 멈추겠지."

"장군은 하루에 최소한 5킬로미터씩 진군할 거라고 예측하고 있습니다."

"두카르트의 계산은 언제나 정확해. 그에게 내 축하의 말을 보내."

베릴은 손에 든 편지를 잠시 보았다.

"그리고 앨먼트 동부의 마을들이 군대가 도착하기 전에 미리 대피했다고 합니다. 전리품이 없습니다. 군대가 찾은 거라고는 뒤에 남겨진 아픈 동물 몇 마리뿐이었습니다. 앨먼트의 나머지 지역들도 이미 버려진 상태고요."

"그래서?"

"두카르트의 병사들이 초조해하고 있습니다, 폐하. 전리품은 보상의 일부니까요."

"난 전리품 같은 데에는 신경 안 써."

여왕의 목소리가 사나워졌다. 금, 노예, 가축, 목재…… 이런 것들이 군대에는 대단히 중요하겠지만, 그녀에게는 아무 쓸모도 없었다. 그녀가 원하는 건 뉴런던에 있었다.

어쨌든 이 소식은 타이밍상 아슬아슬하게 도착한 것 같았다. 모트 경제의 모든 부분에서 생산 속도가 떨어지고 있었으나 가장 심각한 것은 노예

사망률이 항상 높았던 채굴 분야였다. 십장들이 노예를 좀 덜 몰아치게 하려던 여왕의 제안은 은근한 비웃음만 샀다. 모트메인의 광업은 위험한 조건과 엄청난 매출로 규정되는 숫자 게임이었다. 광물을 캐려면 노동력이 필요하고 매일같이 북쪽 광산촌에서는 새로운 불만이 계속 쏟아져 나오는 것 같았다.

뒤쪽에서 유리판을 두드리는 소리가 났다. 메디르가 눈썹을 치켜세우고서 다 끝났느냐고 묻는 듯이 여자 쪽을 가리켰다. 여왕은 고개를 끄덕이고 그가 시체에 천을 덮는 동안 몸을 돌렸다. 베릴은 아직까지 대기하고 있었다.

"뭐지?"

"북쪽의 마르탱 중위가 보낸 전갈도 있습니다. 시테마르세에서 공격이 세 번 더 일어났습니다. 그의 첩보에 따르면 반란군이 디메인을 포함해서 다른 도시로 이동할 계획이라고 합니다."

"르비외라는 자에 대해서는 아무것도 없나?"

"전갈에는 없습니다, 폐하."

"멋지군."

여왕은 두카르트를 전방으로 보낸 것이 정말로 전략적 실수였던 걸까 고민스러웠다. 두카르트였으면 지금쯤 뭔가 결과를 가져왔을 것이다. 하지만 이미 늦었다. 그는 앨먼트를 반은 가로질렀을 거고, 이리저리 보내려고 하면 좋아하지 않을 게 뻔했다.

"오늘 밤에는 뭘 해야 되지?"

베릴은 눈을 감고 기억을 더듬었다. 그는 아흔 살이 넘었고 노령으로 여러 가지 질병에 시달리고 있었지만 머리만큼은 여전히 명민했다.

"벨 부부와 저녁 식사를 하실 예정입니다만, 6시에나 올 겁니다. 시간 여유는 충분합니다."

"낮잠을 자야겠어."

"낮잠을 너무 많이 주무십니다, 폐하."

베릴이 대단히 못마땅한 어조로 중얼거렸다.

"달리 할 일이 없어. 난 이제 밤에 자지 않으니까."

이건 사실이었다. 최근에 그녀에게서 거의 떠나지 않는 그 꿈 때문이었다. 불길, 회색 옷의 남자, 계집아이. 여왕은 임박한 재앙의 기미를 도저히 떨칠 수가 없었다.

"메디르의 약물을 드시면 어떻습니까?"

베릴이 말했다.

"그러면 습관적으로 먹어야 돼, 릴. 난 뭔가에 의존할 마음은 없어."

"저에게 의존하고 계시잖습니까, 폐하."

여왕이 낄낄 웃었다. 다른 하인들은, 꼭 필요하지만 가끔은 피곤할 정도로 의례적인 거리를 지켰으나, 베릴은 일곱 살 때 처형을 기다리는 모트 귀족들 무리 속에서 그녀가 골라낸 이래 늘 곁에 있었다. 그의 부모는 반란으로 이미 죽었고 여왕은 혼자 있는 어린애를 보고 마음이 흔들렸다. 그의 얼굴에 가득하던 고통은 여왕도 자신의 어린 시절에서 여전히 희미하게 기억하고 있는 버림받고 모든 걸 잃은 그런 표정이었다.

"너한테 의존하고 있지, 릴. 너와 나는 참으로 오래 함께했지."

"저에게 넓은 세상을 준다 해도 그것과 바꾸지는 않을 겁니다, 레이디."

그가 미소를 짓자 엄숙한 표정이 잠시 무너졌고 그 미소에서 여왕은 피로 가득한 구덩이에서 끄집어냈던 아이를 엿볼 수 있었다. 그녀가 몸을 구부려 한 손을 내밀었고, 아이가 그 손을 잡았다……. 그 기억은 고통스러웠다. 최근에는 시간이 건너갈 수 없을 정도로 멀리까지 늘어나는 것 같았다. 여왕은 분위기를 가볍게 만들 만한 것을 다급하게 찾았다.

"어쨌든 메디르는 자기가 생각하는 것의 절반도 못 미치는 약사야. 부작

용에 대한 안 좋은 소문도 들었어. 발진과 반점이 생긴다고."

"폐하께서 주무시지 않는다는 사실에 시녀들이 불안해합니다. 그들의 불안감이 아래로 퍼질 겁니다."

"티어링을 정복하고 나면 편안하게 잘게."

"원하시는 대로요, 폐하."

그는 전혀 믿어지지 않는다는 투로 대답했다.

계단 꼭대기에 도착하자 베릴은 알현실 쪽으로 향했고 여왕은 계속해서 천천히 걸어가며 베릴이 전달한 두 개의 전갈을 읽었다. 두카르트의 전갈은 딱 그 성격답게 짧고 핵심만 간결했다. 침공은 예정대로 진행되고 있고, 모트 군대 본진은 앨먼트 평원을 가로질러 차근차근 전진하고 있다는 거였다. 하지만 마르탱의 전갈은 성급하게 쓴 데다가 거의 겁에 질린 어조였다. 심문관 세 명이 거리에서 납치당했다가 나흘 후에 도시 벽에 목이 매달린 채 발견되었다는 거였다. 왕실 무기고 두 군데가 불에 타서 전소됐고, 발레는 저격수의 화살에 무릎을 맞았다. 마르탱의 불안해하는 태도는 상황에 도움이 되지 않을 것이다. 두카르트가 뉴런던에 도착해서 거기서 원하는 만큼 약탈하고 나면 그에게 이 진압을 맡길 것이다. 이— 이—

반란을.

머리는 그 단어를 피하려고 했지만, 잠깐 고민 끝에 억지로 핵심을 인정해야만 했다. 그녀의 땅에서 반란이 일어났고, 그녀의 사람들 중 아무도 그것을 진압할 능력이 없었다.

여왕의 방으로 이어지는 넓고 천장이 높은 복도에서 다섯 명의 시녀들이 모여 낮은 목소리로 이야기하고 있었다.

"시간이 남으면 달리 할 만할 일이 있을 텐데."

그녀는 매섭게 말하고서 자신의 목소리에 시녀들이 펄쩍 뛰는 것을 즐겁게 바라보았다.

"가서 쓸모 있는 일을 좀 해."

그들은 사과의 말을 나직하게 읊조리고 떠났으나 여왕은 받아주지 않았다. 시녀들은 예의 바르게 행동했지만 전부 다 종종 젊음의 무례함을, 늙었다고 생각하는 여자를 위해 대기해야 한다는 불만을 드러내곤 했다. 여왕은 방으로 들어가기 전에 잠시 문 옆에 세워둔 전신 거울에 자신을 비춰 보았다. 그녀는 주름살 없는 눈에 봉긋하게 위로 솟은 가슴을 가진 그런 여자애들처럼 젊지는 않았다. 하지만 그렇다고 늙은 것도 아니었다. 그녀는 성숙한 여자, 자신이 어떤 사람인지 아는 여자였다.

난 영원할 거야, 여왕은 자랑스럽게 생각했다. 여전히 무기와 상처에 취약하긴 하지만, 부패와 질병이라는 무자비한 양날의 검인 나이는 다시는 그녀를 건드리지 못할 것이다. 여왕은 정신을 차리고 인상을 찌푸렸다. 늙지는 않겠지만, 어쨌든 최근에는 시간의 흐름이 느껴졌다. 엄청난 압박을 가하는 힘으로, 권력으로 시간이 와닿았다. 그녀의 삶은 길었지만 그 대부분은 알아채기도 전에 흘러가버렸다. 최근에야 여왕은 흘러가는 세월을 어깨로 느낄 수 있었고, 그것은 단순한 시간이 아니었다…… 이제는 역사였다.

그녀는 방으로 들어가 등 뒤로 문을 닫았다. 베릴이 따뜻한 초콜릿을 갖다줄 거고, 그거면 최소한 한 시간쯤 잘 수 있을 것이다. 방은 낮잠을 자기에 적합하게 기분 좋고 따뜻했다. 그러니까—

여왕은 바닥에 쓰러져 있는 생기 없는 덩어리에 발이 걸려 넘어질 뻔했다. 아래를 보니 시녀인 미나가 목이 깔끔하게 비틀려서 머리가 반대쪽으로 돌아간 채 바닥에 쓰러져 있었다.

여왕은 홱 돌아서서 벽난로를 보았다. 솟구친 불길이 강렬한 불기둥이 되어서 그 열기가 방 맞은편에 있는 그녀에게까지 느껴졌다.

"안 돼—"

그녀가 말을 하려 했지만 손 하나가 목을 감아쥐었다.

"넌 믿을 수 없는 계집이야, 모트의 여왕."

목소리가 그녀의 귓가에서 날카롭게 말했다.

그녀는 비명을 지르려고 했지만 어둠의 존재의 손은 이미 기관(氣管)을 막을 정도로 꽉 조이고 있었다. 그녀는 자신의 모든 것을 끌어모아 존재를 밀어내 방 건너편으로 날려버렸다. 어둠의 존재는 맞은편 탁자 위로 떨어졌고 나무가 쿵 소리를 내며 부서졌다.

여왕은 소파 뒤로 달려가며 욱신거리는 목으로 숨을 들이켜려고 애를 썼다. 그녀의 눈은 구석에서 퍼지기 시작한 검은 그림자에서 떨어지지 않았다. 갑자기 그것이 발을 기묘하고 부자연스럽게 새총처럼 움직였고, 여왕은 비명을 질렀다. 창백한 얼굴에 입술은 웃음으로 비틀린 화장한 광대가 그림자 속에서 그녀를 쳐다보고 있었다. 그 눈은 밝게 타오르는 붉은색이었다.

여왕은 다시 공격해서 그것을 바닥으로 밀어내려 했다. 하지만 슬쩍 건드리는 정도밖에는 할 수가 없었다. 어둠의 존재의 피부가 기묘하게 꿈틀거렸다. 그 윤곽을 제대로 파악할 수가 없고 팔다리나 장기, 살점조차 찾을 수가 없었다. 그녀의 정신이 붙잡을 만한 게 아무것도 없었다.

불에서 밝은 줄기가 튀어나와 그녀를 향해 똑바로 날아왔다. 그녀는 바닥으로 몸을 날려 벽으로 굴러갔고, 소파가 뒤에서 활활 타면서 뜨거운 공기가 후끈 느껴졌다. 방이 갑자기 천 타는 악취로 가득 찼다. 여왕은 일어서려고 했지만 손 하나가 그녀의 팔을 잡아 방 건너편으로, 벽으로 내던졌다. 어깨 안쪽 깊은 곳에서 무언가가 부서졌고 여왕은 쉰 소리로 커다랗게 비명을 질렀다. 무릎이 바닥에 닿았으나 도저히 다시 일어설 수가 없었다. 열기가 얼굴을 달구었고 벽난로 앞의 널따란 카펫도 이제 불타고 있었다. 어깨는 고통의 원천이었다.

문을 두드리는 소리가 들렸고 바깥에서 사람들 목소리가 들렸다. 하지만 그들을 기다릴 수도 없고 그들이 도움이 되지도 않을 것이다. 그녀는 어둠의 존재가 연기 속에서 조용히 그녀를 향해 다시 다가오고 있는 것을 깨달았다. 그는 여왕의 머리카락을 잡고 일으켜 세웠고, 그녀는 머리카락 몇 가닥이 뽑혀나가자 날카롭게 숨을 들이켰다. 어둠의 존재가 그녀를 잡아당겨 발끝만 닿을 정도로 들어 올렸다.

"우린 거래를 했어, 모트의 창녀."

"그 계집아이. 전 여전히 그 계집아이를 데려올 수 있어요."

그녀가 숨을 헐떡였다.

"그 계집아이는 이미 내 거야. 그 애는 너보다 더 쉬운 목표물이었어."

어둠의 존재가 활짝 웃으며 그녀를 앞뒤로 흔들었다. 그녀는 다시 비명을 질렀다. 어깨가 반으로 찢어지는 느낌이었다.

"그 계집아이는 내 거고 넌 이제 쓸모가 없어, 이블린 랠리. 전혀 없지."

자물쇠가 방 맞은편으로 날아가며 방문이 벌컥 열렸다. 어둠의 존재의 관심이 순간적으로 아주 잠깐 분산되었고, 바로 그 순간에 여왕은 갑자기 또렷하게 볼 수 있었다. 그녀의 머릿속에서 빛나는 은색 형체와 붉은 빛 속에 드러난 뼈대. 그녀는 머릿속의 바이스로 어둠의 존재의 갈비뼈를 찾아 움켜쥐고 비틀어 몸통 전체를 쥐어짰다. 어둠의 존재가 으르렁거렸지만 여왕은 비틀고 또 비틀었고, 그가 마침내 그녀의 머리카락을 놓고 도로 바닥에 떨어뜨렸다. 붉은 눈은 이제 코앞에 있었고 여왕은 거기 어린 경멸의 빛에 몸을 떨었다. 경멸은 그녀만을 향한 것이 아니라 모두를, 모든 인간을, 그의 앞을 가로막는 모든 것들을 향한 거였다.

"넌 날 죽일 수 없어, 모트의 여왕."

그 짙은 붉은 입술이 찌푸린 표정으로 숨을 내쉬며 속삭였다. 그의 호흡에서는 피비린내가, 썩은 살의 악취가 났다.

"넌 그만큼 강하지 않아. 계집아이가 날 자유롭게 만들어줄 거고, 그러면 너를 찾는 데에 불도 필요치 않게 될 거야."

여왕은 근위병들이 이제 문가로 뛰어 들어오는 것을 연기 사이로 희미하게 볼 수 있었다. 베릴도 있었다. 그가, 충성심과 불안감이 하나로 뭉쳐진 존재가 방 건너편에 있는 게 느껴졌다. 어둠의 존재가 그녀의 손아귀 안에서 꿈틀거렸다. 마치 머릿속에서 벌레들이 꾸물거리는 것처럼 끔찍한 느낌이었다. 그녀는 그것을 짓누르려고 했지만 그럴 만한 힘이 모자랐다.

"불을 꺼! 불을 전부 꺼! 당장 끄라고!"

그녀가 근위병들에게 소리쳤다.

근위병들은 본능적으로 명령에 따라 침대로 달려가서 리넨을 벗겼다. 어둠의 존재가 빠져나가려고 했지만 그녀는 다시금 더욱 세게 조였다. 그의 형체가 머릿속에서 놀랍도록 또렷해졌지만, 정신의 가장자리가 고통으로 물들고 손 아래에서 번개 같은 전류가 흘렀다.

힘. 어떻게 이렇게 큰 힘을 얻은 거지? 여왕이 몽롱하게 생각했다.

어둠의 존재가 낄낄거렸다. 그 광기 어린 웃음에 그녀의 손아귀에서 힘이 빠졌다.

"넌 네가 찾는 걸 절대로 얻지 못할 거야, 모트의 여왕. 넌 절대로 불멸에 이르지 못해."

"할 수 있어."

그녀가 숨을 헐떡였다. 그의 갈비뼈 안에서 뭔가가 약해지는 것 같았지만 확실치는 않았다. 손 아래에서 타오르는 감각 때문에 어떤 것도 판단하기가 어려웠다.

"할 거야."

"난 네가 도망치는 걸 봤어. 회색 옷을 입은 남자에게 쫓기고 있고, 계집아이는 네 옆에 있었지. 네 뒤의 재앙을 봤어."

여왕은 눈을 감았지만 목소리까지 차단할 수는 없었다.

"불멸자는 도망칠 필요가 없어, 모트의 여왕. 하지만 너, 넌 도망치게 될 거고, 죽을 거고, 지옥의 모든 도구들이 너를 기다리고 있겠지. 내 말 믿어, 모트의 여왕, 난 거기 가봤으니까."

여왕은 그의 몸에서 뭔가가 떨어져 나오는 것을, 아주 조그만 틈새가 찢어지는 것을 느끼고 이를 드러냈다. 어둠의 존재가 높게 비명을 질렀고 여왕은 승리의 함성을 질렀다. 코에서 피가 흘렀지만 그녀는 거의 깨닫지 못했다. 그에게 상처를 입혔다. 작긴 하지만, 그걸로 충분했다. 어둠의 존재도 불멸은 아니었다. 그녀에게 그것을 죽일 만한 힘은 없는지 몰라도, 그것을 죽이는 게 가능할 수도 있었다.

희미하게 그녀는 근위병들이 불길을 잡는 것을 알아챘다. 하지만 그들은 벽난로는 무시했다.

"불을 다 끄라고, 이 멍청이들! 벽난로도!"

어둠의 존재의 어깨 너머로 그림자가 나타났다. 그림자는 몽둥이처럼 손에 나무 의자를 들고 그들을 향해 다가오고 있는 베릴이었다. 그가 어둠의 존재의 머리에 의자를 휘둘렀다. 여왕은 머릿속에서 어둠의 존재의 윤곽이 부르르 떨리며 그 충격이 그녀의 온몸을 통과하는 것을 느꼈다. 그가 숨을 들이켜고 고개를 돌려 베릴을 보았다.

"안 돼!"

여왕이 소리를 질렀지만, 너무 늦었다. 그녀의 집중력이 깨졌다. 어둠의 존재가 그녀에게서 풀려나서 베릴의 목을 잡고 손을 재빨리 움직여 단번에 늙은 베릴의 목을 부러뜨렸다. 베릴은 소리도 내지 못하고 쓰러졌고 그 순간 불이 꺼지며 방 안이 어둠에 잠겼다. 여왕의 머릿속에서 밝은 형태가 깜박이다가 흐려지고 결국에 사라졌다. 여왕은 어긋난 어깨를 잡고 바닥에 주저앉아 숨을 헐떡였다.

"폐하! 어디 계십니까?"

근위대장이 소리쳤다.

"난 괜찮아, 기슬랭. 촛불을 켜. 촛불 딱 하나만."

그녀의 말에 혼란스럽고 비틀거리는 소리가 이어졌다. 여왕은 옆으로 기어가서 다치지 않은 어깨로 기대고는 아픈 팔을 더듬어 벽 옆에서 아직 따뜻하지만 늘어진 베릴의 몸을 찾았다. 가느다란 촛불 빛이 방 안을 천천히 밝혔다. 그의 커다란 눈이 그녀를 보고 있었다. 베릴은 오랜 삶을 살았고 나이가 많았지만, 여왕의 눈에는 구덩이에서 끄집어낸 아이만이 보였다. 영리한 눈과 금방 잘 웃는 얼굴을 가진 키 크고 마른 어린애. 가슴속에서 뭔가가 조여들었고 그녀는 울고 싶었다. 하지만 그건 생각도 할 수 없는 일이었다. 그녀는 백 년도 넘게 눈물을 한 방울도 흘리지 않았다.

여왕은 고개를 들어 근위병들이 그녀를 둘러싸고 겁에 질린 채 기다리고 있는 것을 보았다. 그들은 이 재앙이 자신들의 탓이라고 생각하고 있었다. 비난의 대상이 필요하긴 했고, 잠깐 생각한 끝에 여왕은 누구를 문책할지 깨달았다.

"내 시녀들. 전부 여기로 데려와."

다섯 여자들이 앞에 줄줄이 와서 서자, 여왕은 그들을 하나하나 보면서 누가 배신했을까 생각했다. 디메인 최고의 집안 출신이고 언젠가 여기서 여왕이 될 꿈을 꾸는 게 분명한 쥘리에트? 예전에 여왕의 드레스 한 벌을 망가뜨려 채찍으로 맞았던 브리? 아니면 다른 사람들의 인정을 받기 위해서 종종 반항적인 말을 하는 주느비에브? 앞에 선 다섯 명의 여자들, 무자비한 젊음의 벽을 보며 여왕은 자신의 나이를 이렇게 무겁게 느낀 적이 없었다.

"너희 중 누가 불을 피웠지?"

그녀는 그들의 얼굴에 놀람, 고민, 분노 등 온갖 감정이 떠오르는 것을 보았다. 결국에는 모두가 무고한 척하는 표정을 과장되게 지었다. 여왕이 인상을 찌푸렸다.

"미나는 죽었지만, 미나가 그런 게 아니야. 그 애는 제 목숨이 걸렸어도 제대로 된 불을 피우지 못했을 테니까. 너희들 모두 날 알지. 난 공정하지 않아. 아무도 잘못을 털어놓지 않으면 너희 모두 벌을 받게 될 거야. 누가 불을 피우지 말라는 내 명령을 거역했지?"

아무도 대답하지 않았다. 여왕은 그들이 자신을 상대로 단합하고 있는 듯한 기분을 느꼈다. 그녀는 베릴의 시체를 내려다보고 갑자기 더 이상 충성은 없다는 사실을 깨달았다. 베릴, 리리안……. 그녀의 사람들은 이제 전부 죽었고 그녀는 기회만 노리는 젊고 낯선 사람들에게 둘러싸여 있었다. 머릿속에 차던 분노의 거품이 꺼지고 슬픔과 피로, 기묘한 공허함으로 변했다. 그들에게 벌을 줄 수도 있지만, 그런들 뭐가 증명될까?

"나가. 너희들 모두. 나가."

근위병들은 나갔지만 다섯 명의 시녀들은 눈을 커다랗게 뜨고 당황한 표정으로 그냥 거기 서 있었다. 금발, 빨간 머리, 갈색 머리, 심지어는 마리나라는 이름의 가무잡잡하고 이국적인 카다르인까지. 도대체 여왕은 뭐에 사로잡혀서 이 여자들을 골랐던 걸까? 남자들을 데리고 있었어야 했는데. 남자들은 주먹을 들어 올리고 곧장 달려드니까. 그들은 칼을 들고 등 뒤에서 기습하지 않았다.

"나가도 되나요, 폐하?"

쥘리에트가 믿을 수 없다는 투로 조심스럽게 물었다.

"나가. 미나를 대신할 사람을 데려와."

"시체는 어떻게 할까요?"

"나가!"

여왕이 고함을 질렀다. 자제력이 조금씩 빠져나가는 게 느껴졌지만 그걸 붙잡을 수가 없었다.

"당장 나가라고!"

시녀들이 도망쳤다.

여왕은 책상으로 느릿느릿 다가갔다. 어깨를 보호하느라 기묘하게 몸을 구부린 자세였다. 어깨는 심하게 어긋났다. 피부 아래를 찔러보니 문제의 윤곽이, 뒤틀린 근육이 느껴졌다. 바로잡는 건 지독하게 아플 테지만, 여왕에게는 더 큰 문제가 있었다. 어둠의 존재의 얼굴이, 밝고 신이 난 눈이 앞에서 맴돌았다. 그는 이제 계집아이를 사로잡았다고 생각했고, 어둠의 존재가 원하는 건 오로지 계집아이뿐이었다. 심지어 그는 여왕을 이름으로 불렀다.

어떻게 안 거지? 그녀는 속으로 격분했다. 아무도 알 리 없는데. 그녀는 흔적을 대단히 잘 덮었다. 이블린 랠리는 죽었다. 하지만 그래도 어둠의 존재는 그녀를 이름으로 불렀다.

이비! 머릿속 한구석에서 언제나 약간 조급한 것 같고 딸에게 부족한 것들 때문에 화난 것 같은 엄마의 목소리가 울렸다. 이비, 어디 가 있었니?

여왕은 책상 앞에 앉았다. 어긋난 어깨가 자극되지 않도록 신중하게 움직여서 서랍을 열고 사포질한 나무 액자에 든 조그만 초상화를 꺼냈다. 초상화는 여왕에게 어린 시절을 상기시키는 유일한 유형의 물건이었고, 가끔은 이걸 버릴까 생각하곤 했다. 하지만 어리고 절망적이었던 여자아이에게는 너무 중요했고, 부적 같은 가치가 있었다. 잠깐 동안 여왕은 초상화 덕택에 자신이 살아 있는 거라고 믿기도 했었다. 버리려고 할 때마다 늘 왠지 모르게 마음이 바뀌곤 했다.

초상화 속의 여자는 여왕의 어머니가 아니었지만, 어릴 때 여왕은 이 여자가 엄마가 된다면 온 세상이라도 줄 수 있을 것 같았다. 그림의 주인공은 갈색 머리에 만삭이었고 피부는 오랜 시간 햇빛 아래 일해서 갈색이었다. 초상화는 오래된 것이었다. 여자는 랜딩 시대의 것이라고밖에 생각할 수 없는 모양 없는 옷을 입었고 등에는 원시적인 활이 매달려 있었다. 여자의 얼굴은 아름다웠지만 랠리 여왕들의 그 태평하고 무심한 아름다움이 아니었다. 이 여자는 고통을 겪어보았다. 쇄골과 목에 흉터가 있었고 얼굴은 치유되기까지 오래 걸린 고통으로 주름이 있었다. 하지만 신랄한 빛은 없었다. 웃고 있었고, 눈에서는 상냥함이 빛났다. 머리카락은 꽃을 섞어서 땋았다. 여왕은 어렸을 때 이 그림을 몇 시간이나 쳐다보았고 뱃속이 질투로 조여들곤 했다……. 이 여자에 대해서가 아니라 여자의 배 속에 있는 아이에게 질투가 났다. 이 여자의 이름을 알고 싶었지만, 왕궁 화랑에서도 이 그림에는 명패가 없었다.

이비! 왜 날 기다리게 만드는 거니?

"조용히 해. 당신은 죽었어."

여왕이 중얼거렸다.

과거를 떠올린 건 실수였다. 그녀는 서랍에 그림을 도로 넣고 쾅 닫았다. 어둠의 존재가 더 이상 그녀를 이용할 마음이 없으면 그녀는 어떤 영향력도 없는 거였다. 불을 영원히 금지할 수도 없었다. 조만간 오늘 일어났던 일이 다시 일어날 것이다. 그리고 그 계집아이가 정말로 어둠의 존재를 자유롭게 풀어주면, 막을 방법도 없었다. 머릿속에서 마지막 남은 추억의 조각이 사라지고 모든 생각을 현재에 집중했다. 계집아이, 그 계집아이가 문제였다. 어둠의 존재가 뭐라고 했든 여왕은 계집아이가 쉬운 목표물일 거라고 생각하지 않았다. 엘리사와 했던 거래를 제안할 수도 없었다. 계집아이는 모트메인에 노예를 한 명도 보내지 않겠다고 했으니까. 기묘하게 그리움이 솟구치던 순간 여왕은 계집아이와 함께 앉아 동등하게 이야기를 나눌 수 있으면 좋겠다는 생각을 했다. 하지만 보석 때문에 그런 우호적인 대화는 불가능했다. 여왕은 잠깐 더 고민하다가 벽에 있는 금색 단추를 눌렀다.

잠시 후 쥘리에트가 머뭇거리는 걸음으로 시선을 바닥에 고정한 채 방으로 들어왔다. 자신의 운을 시험하려고 하지 않다니, 영리한 여자아이였다.

"폐하?"

"여행 갈 짐을 꾸려."

여왕은 벽난로 쪽으로 몸을 돌리며 말하고는 등 뒤로 손을 뻗어 오른손으로 왼손 손목을 잡았다.

"최소한 몇 주 정도 머물 수 있게. 넌 나랑 같이 간다. 내일 떠날 거야."

"어디로 가시는 건가요, 폐하?"

여왕은 깊게 숨을 들이켜고 왼팔을 뒤로 홱 잡아당기는 동시에 목과 상체를 앞으로 기울였다. 갑작스럽고 끔찍한 고통이 치솟았고 어깨 전체가 불에 타는 것 같았다. 여왕의 목 안쪽으로 비명이 올라왔다. 하지만 입을 꽉 악물었고 잠시 후 근육이 제자리로 들어가는 만족스러운 뚜두둑 소리가 났다. 고통은 금세 사라지고 약으로 쉽게 가라앉힐 수 있는 은근한 둔통 수준으로 줄었다.

여왕은 쥘리에트에게로 돌아섰다. 그녀의 미소는 상냥했지만 미간에는 땀이 맺혀 있었다. 표정은 겁에 질려 있고 얼굴에 핏기가 없었다. 여왕은 어떻게 되나 보려고 한 걸음 앞으로 나왔고, 쥘리에트가 거의 문가까지 다급하게 물러나는 것을 만족스럽게 바라보았다.

"따뜻한 기후와 노숙에 걸맞은 짐을 챙겨."

"저희가 어디로 가는 건가요, 폐하?"

쥘리에트가 떨리는 목소리로 물었다. 몇 분 전에 정말로 저 애가 위협적이라고 생각했단 말이야? 저렇게 어린애를 두려워할 이유는 전혀 없는데.

"전선으로, 쥘리."

그녀는 오만하게 대답하며 서쪽 창문을 향해 몸을 돌렸다.

"티어링으로."

계단을 올라가는 내내 이웬은 메이스의 등에만 시선을 고정했다. 겁이 났지만 따라가지 않는다는 건 어불성설이었다. 이웬은 아빠에게 그렇게 배웠다. 근위대장이 소환하면 당연히 가야 했다. 메이스는 팔 아래 커다란 회색 뭉치를 끼고 있었고 지하 감옥을 나온 이래 이웬 쪽을 한번 쳐다보지도 않았다. 더 나쁜 건 메이스가 위층으로 올라오면서 이웬 대신 다른 간수를 앉혀놨다는 거였다. 새로운 남자는 이웬만큼 크지 않았지만 재빠른 눈으로 지하 감옥을 둘러보는 게 확실히 영리한 것 같았다. 남은 한 명의 죄수 배내커는 상처에서 완전히 회복됐고, 이웬은 배내커가 완전히 건강을 찾으면 위험할 것을 알기 때문에 2번 감방으로 옮겼다. 하지만 새 간수가 가장 먼저 한 일은 2번 감방으로 가서 자물쇠를 확인한 거였고, 그걸 보고 이웬은 화가 났다. 죄수가 안에 있는데 마치 그가 감방 문을 열어놓기라도 했을 것처럼! 그리고 나서 새로운 남자는 자기 것인 듯 책상 앞에 앉아서 발을 위로 올렸고, 이웬은 그 순간 여왕이 그를 자리에서 해고하려 한다는 것을 깨달았다. 그는 거의 5년 동안 좋은 간수였지만, 여왕은 그가 좀 둔하다는 걸 알아챈 게 분명했다. 계단을 하나하나 올라갈 때마다 이웬은 점점 더 속이 울렁거리는 것을 느꼈다. 그들 가족은 아빠의 할아버지 때부터 거의 영원토록 왕궁 간수였다. 아빠는 더 이상 걸을 수가 없어서 그 자리에서 물러나신 거였다. 이웬은 아빠에게 이 소식을 말한다는 생각조차 괴로웠다. 열쇠 뭉치가 없으니 벌거벗은 기분이었다.

하지만 그들은 9층 여왕동 계단을 나가지 않았다. 오히려 몇 층을 더 올라갔고 메이스는 크리스마스처럼 벽을 따라 수십 개의 횃불이 환하게 밝혀진 커다란 방으로 그를 데려갔다. 키가 크고 작은, 여왕의 근위병 두 명이 문 바로 안쪽 의자에 앉아 있었고, 방 한가운데에는 커다란 우리가 있었으나 이웬은 안에 뭐가 있는지 알아볼 수가 없었다.

"잘들 있었나."

"안녕하십니까, 대장."

두 명이 일어서며 대답했다. 키 작은 남자의 눈동자는 너무 밝아서 거의 하얗게 보였고, 그걸 보자 이웬은 브레나라는 여자가 떠올랐다. 여왕의 근위병 세 명이 며칠 전에 그 여자를 지하 감옥에서 데려갔고, 이웬은 굉장히 안도했다. 배내커의 눈은 매 순간 탈옥을 계획하는 것 같았으나 그래도 여자에 비하면 훨씬 덜 위험하게 느껴졌다. 아빠가 항상 이야기 속에서 묘사하셨던 것처럼 강력하고 끔찍한 마녀가 분명하다고 이웬은 생각했다.

"엘. 열쇠."

커다란 근위병이 밝은 빛 속으로 나왔고 이웬은 이제야 그를 알아보았다. 무시무시한 이를 가진 남자였다. 그가 메이스에게 열쇠를 던졌고, 열쇠는 창살에 맞아 이웬의 귀를 아프게 만드는 쨍그랑 소리를 냈다.

"일어나, 아렌! 네 제삿날이다."

"깨 있어."

유령처럼 비쩍 마른 형체가 우리 안쪽 바닥에서 몸을 폈고, 이웬은 허수아비를 알아보았다. 하지만 그는 이제 하얀색 리넨 셔츠에 바지 차림이었고 이웬조차도 그게 무슨 뜻인지 알았다. 사형수의 옷이었다.

"얌전하게 굴 건가, 아렌?"

메이스가 물었다.

"난 거래를 했어."

"좋아. 저놈을 묶어."

메이스가 우리를 열었다.

이웬은 자신이 여기 있는 것을 메이스가 잊은 게 아닌가 생각했지만, 그 날카로운 눈이 드디어 그를 보았다.

"거기! 이웬! 이리로 와."

이웬은 거의 살금살금 앞으로 나왔다.

"잘 들어라. 시간이 별로 없으니까."

메이스는 팔 아래서 뭉치를 꺼내 흔들어 폈고, 이웬은 그게 긴 회색 망토라는 것을 깨달았다.

"너는 이 남자를 잡는 데 엄청난 용기를 보여줬고, 여왕 폐하께서는 그에 고마워하고 계신다. 그래서 오늘, 너는 여왕의 근위대가 된다."

이웬은 홀린 듯이 회색 망토를 보았다.

"너와 엘스턴이 죄수를 뉘던 광장으로 이송할 거야. 엘스턴이 책임자다. 네 임무는 오로지 죄수가 도망치지 않도록 지키는 거야. 내 말 알겠나?"

이웬은 침을 삼켰다. 목이 너무 말라서 말이 잘 나오지 않았다.

"네, 대장님."

"좋아. 여기."

메이스가 망토를 내밀었다.

"이걸 걸치고 우릴 도와."

짙은 회색 천은 이웬이 가져본 그 어떤 천보다도 부드러웠다. 그는 망토를 어깨에 두르면서 이게 다 무슨 일인지 이해하려고 노력했다. 자신이 여왕의 근위대가 될 수 없다는 건 알았다. 그는 그 정도로 영리하지 못하니까. 하지만 그들이 우리 옆에서 그를 기다리고 있어서 그는 서둘러 다가가 경계하며 섰다. 키 작은 근위병은 이미 죄수의 손목을 묶고 있었다.

"정문으로 데리고 나갈 거야."

"맙소사, 사람들이 폐하께서 처형하기 전에 이놈을 도살할 겁니다."

"그럴지도 모르지만, 폐하께서는 사람들에게 쇼를 보여주고 싶어 하셔."

세 명은 함께 죄수를 사이에 두고 문을 나가서 계단을 내려갔다. 최소한 이것은 이웬이 지하 감옥에서의 세월 동안 배우고 익혀서 이해하는 거였다. 그는 허수아비의 등에 시선을 고정하고 죄수가 도망치려고 한다는 아주 작은 움찔거림, 아주 사소한 징후라도 없는지 찾았다. 죄수가 기침을 하자 이웬은 재빨리 그의 팔에 손을 올렸다. 계단을 내려가는 동안 이웬은 자신의 칼 위치를 확인했고, 칼은 그의 벨트 안쪽에, 정확히 있어야 하는 자리에 있었다.

할 일은 하나야. 딱 하나뿐이야, 이위. 그들이 도망가지 못하게 하는 것. 나머지는 다른 사람들이 할 거야. 아빠는 늘 그렇게 말씀하셨다.

계단 제일 아래에서 그들은 왕궁 정문 쪽으로 모퉁이를 돌아갔고, 이웬은 말을 탄 무리를 발견했다. 여왕이 거기서 갈색 말을 타고 앉아 있었고, 긴 검은 드레스가 말의 옆구리로 흘러내렸다. 이웬은 절할까 생각했지만 다른 세 명의 근위병들이 하지 않아서 자신도 하지 않기로 했다. 그가 진짜 여왕의 근위대는 아니더라도 그렇게 행동할 수는 있었다.

"엘, 그놈을 붙잡아. 아무도 끌어당기지 못하게 해."

메이스가 명령했다.

말 옆에는 커다랗고 뚜껑 없는 마차가 있었다. 이웬은 커다란 근위병이 죄수를 마차 짐칸으로 들어 올리는 것을 도운 후에 자신도 올라타면서 생각했다. *내가 감시하는 동안 아무도 도망친 적이 없어.* 커다란 근위병이 허수아비의 족쇄를 마차에 고정하는 동안 그는 그 생각을 단호하게 머리에 새겼다. 이웬은 죄수를 놓아준 적이 없고 지금도 그런 일은 없을 것이다. 아빠 말씀이 옳았다. 나머지는 다른 사람들이 할 것이다.

왕궁 정문이 앞에서 열리며 밝은 햇살이 어두운 벽을 비추었다. 하지만 그 소리는…… 이웬은 해자 너머에서 기다리는 수백 명, 수천 명의 사람들을 보았다. 다리가 내려가면서 함성이 두 배로 높아지는 것 같았다. 소리는 무시무시했고 귀가 아플 정도였지만 이웬은 자신이 여왕의 근위대이고 여왕의 근위대는 겁을 먹지 않는다고 되뇌었다. 그는 몸을 꼿꼿이 세우고 마차가 굴러가자 균형을 잡으려고 마차 옆을 붙잡았다.

이 모든 소음이 무엇 때문인지 이웬이 깨닫는 데에는 약간 시간이 걸렸다. 허수아비 때문이었다. 그들은 그의 이름인 소른에 욕설과 위협을 뒤섞어 소리쳤다. 많은 사람들이 계란, 과일, 심지어는 뜨끈한 개똥을 던졌고 똥은 이웬을 아슬아슬하게 스쳐 마차 바닥에 떨어졌다. 이웬은 아빠에게 허수아비가 뭘 했느냐고 물어볼 수 있었다면 좋았을 거라고 생각했지만, 아빠는 이제 너무 아프셔서 지하 감옥에 오실 수가 없었다. 벌써 몇 주나 뵙지 못했다.

그들은 왕궁 잔디밭을 떠나서 중앙대로로 나아갔다. 여기에는 사람들이 길 한가운데로 나오지 못하게 나무 가로대를 설치해두었지만 폭도들은 가로대를 거의 쓰러뜨릴 정도로 밀어붙이며 가는 내내 마차를 향해서 소리를 질러댔다. 파월의 사탕 가게를 지날 때 이웬은 파월 부부가 앞에 나와 있는 것을 보았다. 파월의 가게는 어릴 때부터 항상 그가 좋아하던 곳이었다. 매주 일요일, 교회에서 착하게 굴면 엄마는 이웬과 형제들을 거기에 데려가곤 하셨다. 파월 부인은 다른 형제들보다 이웬에게 더 잘해주셨고, 늘 그의 봉투에 태피를 몇 개 더 챙겨주셨다. 하지만 지금 파월 부인의 얼굴은 일그러지고 험악했다. 부인의 눈이 이웬의 눈과 마주쳤지만 부인은 그를 알아보지 못한 것 같았고 뜻 모를 격렬한 고함을 계속해서 질러댔다.

"야, 이위! 이위!"

이웬은 주위를 둘러보다 형 피터가 한 손으로 가로등 꼭대기를 잡고 달라붙어 다른 손을 신나게 흔드는 것을 발견했다. 피터가 뒤쪽을 가리켰고 이웬은 동생 아서와 데이비드, 아빠까지 전부 와 있는 것을 볼 수 있었다. 이 거리에서도 이웬은 아빠가 도움이 없으면 쓰러지실 것처럼 아서의 팔에 힘겹게 기대고 계신 것이 보였다. 이웬은 아빠에게 손을 흔들고 싶었지만 그럴 수가 없었다. 그는 여왕의 근위대였고 메이스가 그가 실수하지 않을까 뚫어지게 보고 있는 걸 느낄 수 있었다. 아빠도 손을 흔들지 않으셨다.

그러기엔 너무 약해지셨다. 하지만 나이 든 눈은 반짝였고 이웬이 지나갈 때 미소를 지으셨다.

대로를 떠나서 광장으로 이어지는 꼬불꼬불한 미로 같은 길을 지나는 동안 이웬은 마침내 마차로 관심을 돌렸다. 군중은 뒤에서 사납게 고함을 질러대며 계속 따라왔지만 이웬의 귀에는 이제 그 소리가 들리지 않았다. 인생의 한 순간이 이렇게까지 중요할 수 있을 거라고 상상도 해보지 못했다. 그는 지금 여왕의 근위대였고, 아빠가 그걸 보셨고 자랑스러워하셨다.

처음 몇 분 동안 켈시는 사람들이 그저 건전한 분노를 표현하는 거라고 스스로에게 말할 수 있었다. 17년간의 추첨에 대한 분노를 배출할 곳이 필요했고, 소른은 완벽한 목표였다. 세상에 신경 쓸 거 하나 없다는 듯이, 죽으러 가는 게 아니라 일요일 소풍을 나온 사람처럼 미소를 띠고 마차 안에 아무렇지 않게 서 있었으니까. 군중은 소른을 향해 물건을 던지고 짐승처럼 울부짖었고, 행렬이 중앙광장에 도착할 무렵 켈시는 더 이상 여기서 벌어지는 일에 대해 스스로를 속일 수가 없었다. 이들은 군중이 아니라 폭도였다. 행렬이 지나가며 흥분은 점점 더 강해졌다.

중앙광장은 뉴런던의 비공식적인 중심지로, 도시 한가운데 깨진 보도블록이 넓은 타원형으로 깔려 있었다. 이곳은 다섯 개의 길이 교차하는 곳에 자리했고, 가장자리에 술집이 즐비해서 누굴 만나기에 편리한 장소였다. 하지만 오늘 광장에는 높다란 나무 구조물이 서 있었다. 지난주에 도급업자들이 만들어 온 교수대였다. 단은 켈시가 예상했던 것보다 더 높아서 3미터에 이르렀고 교수대 자체도 아래 있는 군중들을 높은 곳에서 굽어보는 것만 같았다.

끝에 올가미가 있는 길게 꼬인 밧줄 세 개가 가로대에서 흔들렸다. 두 개는 이미 임자가 있어서 리엄 배내커와 매튜 수사의 목을 조이고 있었다. 켈시는 아배스에서 뭔가 항의가 있을 거라고 예상했다. 엄밀하게 따지면 교황만이 자기 사람에게 사형을 내릴 수 있으니까. 하지만 며칠째 교황에게서는 어떤 불만이나 요구도 없었다. 그가 무언가를 기다리고 있는 거라고 메이스는 말했지만, 그 이상을 아는지 모르는지 더는 말하지 않았다.

켈시는 밧줄을 보면 소른이 조금이라도 반응을 보이기를 바랐지만 그는 계속 활짝 웃을 뿐이었고 군중은 더욱 요란하게 소리를 질렀다. 그들의 분노에 그의 웃음이 더 커졌고, 그의 웃음은 그들의 분노에 불을 질러서 거의 세상이 끝나는 것 같은 고함 소리가 가득 찼다. 어디를 보아도 순수한 증오로 가득한 눈, 얼굴, 입만 보였다. 심지어 국경 언덕과 앨먼트 동부의 두껍고 누덕누덕한 바지와 헐렁한 셔츠를 입은 난민들까지 소른이 교수형당하는 걸 보기 위해 도시로 들어왔다. 하지만 소른은 상관하는 것 같지 않았다.

뭔가가 있을 거야. 그를 무너뜨릴 뭔가가 있을 거야. 켈시는 그에게 시선을 고정한 채 생각했다.

그녀는 메이스를 돌아보았지만 그는 이웬이 산만해지지 않는지 신중하게 감시하고 있었다. 메이스는 이웬에게 이렇게 신경을 쓰는 것이 시간 낭비라고 생각했지만, 메이스에게 설명할 수 없는 것들이 있었다. 거의 천 번쯤 켈시는 그에게 무슨 일이 있었기에 친절한 행동에 이렇게까지 무심한 걸까 궁금했다. 이 부분에서 최소한 소른은 체스를 이겼다. 켈시는 메이스와 소른과 브레나가 한데 얽힌 듯한 이 기묘한 어린 시절에 대해서 절대로 궁금증을 지우지 못할 것이다. 하지만 메이스에게 물어보면 그는 절대 말하지 않을 거고, 말하라고 명령을 한다면 그녀는 폭군이 되고 말 뿐, 어차피 그는 말하지 않을 것이다. 소른은 마지막까지 더 이상 말하기를 거부했지만 켈시는 약속을 지켰다. 브레나는 이제 왕궁 안에 제대로 자리를 잡았다. 켈시에게는 다행스럽게도 여왕동에서 다섯 층 아래였고, 매일 불운한 근위병 한 명이 내려가서 그녀에게 음식을 주고 하루 종일 방을 지켰다. 메이스는 이 임무를 근위대에서 사소한 위반을 저지른 데 대한 벌로 삼기 시작했고, 그의 말에 따르면 놀랄 만큼 효과적이었다. 브레나에게 메이스의 출신에 대해 물어볼 수도 있지만, 알비노가 기꺼이 뭔가를 말해줄 거라는 생각은 전혀 들지 않았다. 오늘 여기에 브레나를 데려올까 생각도 해보았지만, 결국에 그건 너무 잔인한 짓이라는 결론을 내렸다. 이제 그녀는 소른의 얼굴에 떠오른 표정을 보기 위해서라도 그렇게 할걸 하고 후회했다. 무자비한 한 사람의 안에 이렇게 수많은 질문에 대한 답이 감추어져 있다는 사실에 화가 났다.

켈시는 이웬의 덩치가 최소한 여기서는 이점이 된다는 사실이 기뻤다. 마차를 세운 후 이웬은 소른의 팔을 단단히 잡았고 엘스턴이 매듭을 풀었다. 보통은 키브가 엘스턴과 함께 있지만, 메이스는 여전히 아팠던 이래로 키브가 어떻게 바뀌었는지 알아내기 위해 시험하는 중이었다. 키브는 달라졌다. 켈시의 눈에도 그게 보였다. 노래를 덜 하고, 웃는 것도 덜 하고, 더 내성적이 된 것 같았다. 가끔씩 켈시는 두 사람만 아는 어떤 암호를 풀려고 하는 것처럼 곤혹스러운 얼굴로 그가 자신을 빤히 보고 있는 걸 알아챘다.

켈시는 교수대 발치에서 말에서 내려 근위대에 둘러싸인 채 계단을 올라갔다. 주위에서 사람들이 악몽 같은 고함을 질러댔지만 그녀는 더 이상 상관하지 않았다. 이 불협화음이 기분에 꼭 맞았기 때문이다. 몇 달 동안 소른을 사냥한 끝에 오늘이 승리의 날이 되어야 하는데, 왠지 모든 게 잘못된 것 같았다. 소른은 재판을 받지 않았고, 켈시는 머리 안쪽의 낮은 두통처럼 칼린이 찬성하지 않는 걸 느낄 수 있었다. 여드레 전에 모트군이 크리드강을 건넜고, 홀이나 버몬드가 천재성을 아무리 발휘해도 그들을 막을 수는 없었다. 곧 켈시는 도시 바깥에 커다랗게 설치해놓은 야영지에서 난민들을 피신시켜 도시 안으로 들여야 할 것이다. 눈을 감을 때마다 뉴런던 다리 끝에서 기다리고 있는 얼굴 없는 검은 무리 같은 모트군이 보였다. 그들은 뭘 기다리고 있는 걸까? 켈시는 그 답에 몸을 움츠렸다.

그녀는 불편한 기색이 역력한 채 여왕의 근위병들 사이에서 뒤로 물러나 있던 포고자 조던을 손짓으로 불렀다. 근위병들은 그에게 불친절하지는 않았지만 조던이 매 사이의 쥐라는 데에는 의심의 여지가 없었다.

"사람들을 좀 진정시켜봐."

조던은 교수대 앞으로 가서 팔을 흔들며 고함을 지르기 시작했다. 그의 저음의 목소리는 강해서 켈시의 발아래 나무판까지 울렸지만 그래도 군중이 가끔 쉿 소리나 중얼거림 정도만 들리는 불편한 침묵에 잠기기까지는 시간이 걸렸다. 엘스턴과 이웬이 소른을 교수대의 제일 높은 곳에 세웠고, 그는 손이 묶인 채 거기 서서 사람들을 쳐다보았다.

"아렌 소른, 매튜 수사, 리엄 배내커."

켈시는 자신의 목소리가 광장 너머까지 울려서 술집 벽에 부딪쳐 되돌아오는 것을 듣고 조금 기뻤다.

"그대들은 반역죄를 저질렀고 왕실에서는 그대들에게 사형을 선고한다. 교수형을 당하기 전에 하고 싶은 말이 있다면 들어주겠다."

잠깐 동안 그녀는 소른이 말할 거라고 생각했다. 그는 군중을 훑어보았고 켈시는 그가 브레나를, 이해할 수 없는 방식으로 그를 사로잡고 있는 그 망할 알비노를 찾고 있는 것임을 알아챘다.

말해, 아렌!

하지만 그는 아무 말도 하지 않았고 그 순간은 지나갔다. 켈시는 시들어버린 약속이라는 찬바람이 자신을 스치는 것을 느꼈다.

"짐승!"

여자 한 명이 소리쳤고 곧 모두가 다시 소리를 지르고 욕을 퍼붓기 시작했다. 이걸로는 아무것도 얻을 수 없을 것이다. 켈시는 메이스와 코린에게 고개를 끄덕였고 그들은 다른 격식 없이 앞으로 나와서 배내커와 사제를 교수대 아래로 밀었다.

배내커의 목이 박수 소리처럼 딱 하고 부러졌고 몸이 늘어져서 군중 앞에서 흔들리다가 천천히 멈췄다. 하지만 올가미에 매달린 매튜 수사는 숨이 막혀 발버둥을 쳤다. 군중은 다시 물건을 던지기 시작했다. 이제 매달린 두 남자를 맞히는 게 놀이가 된 것 같았다. 대부분의 물건들은 나무 기둥에 부딪쳐 별일 없이 튕겨 나갔으나 하나가 켈시의 근처에 쿵 하고 떨어졌다. 가장자리가 닳은 흉한 벽돌이었다. 단상 위 벽돌 옆에 트럼프 카드 한 장이 뒤집힌 채 놓여 있었다. 건설 인부가 쉴 때 놔두었으리라. 이유를 모른 채 켈시는 몸을 굽혀 그것을 집었다. 뒤집어보니 스페이드의 여왕이었다.

켈시는 얼어붙은 듯이 카드를 쳐다보았다. 검은 옷을 입고 양손에 무기를 든 키 큰 여자. 여왕의 모든 것을 다 아는 시선이 켈시를 꼼짝 못 하게 만들었다. 마치 켈시의 머릿속의 모든 생각을 아는 것 같았다.

하지만 아니야. 절대로 그렇지 않아. 켈시는 그렇게 생각했다. 자신의 몸에 상처를 냈던 밤, 키브의 일, 점점 자신의 힘이 자라난다는 느낌…… 그 모든 것들이 앞길을 좁히고 켈시를 증류해서 그 정수만을 뽑아냈다. 그녀는 주먹을 꽉 쥐었다. 카드가 손안에서 구겨지는 게 느껴졌다.

내가 그녀야. 양손에 죽음을 든 키 크고 음울한 여자. 그녀가 나야.

"조용!"

그녀가 소리쳤다.

커튼이 내려가듯 빠르고 예리하게 군중이 조용해졌다. 매튜 수사는 여전히 밧줄 끝에서 경련하고 숨을 헐떡대고 있었으나 켈시는 거기에 비교되는 것에 신경 쓰지 않았다. 그녀는 교수대 가장자리로 나왔다. 너무 많이 나와서 언제나 바로 옆에 있는 펜이 드레스를 붙잡을 정도였다. 평생 늘 옷감이 팽팽하게 조였던 켈시의 등 아래쪽에 이제는 천이 1미터는 남는 것 같았다. 그녀는 변했다. 자기 자신 이상의 무언가가, 놀라운 무언가가 되었다.

스페이드의 여왕.

"그대들은 이 남자가 죽는 것을 보러 왔다! 하지만 나는 그대들을 안다, 티어링의 백성들이여! 그대들은 여기 교수형을 보러 온 것이 아니다! 피를 보러 온 것이다!"

그녀가 외쳤다.

"옳소!"

수백 개의 목소리가 외쳤다.

"그놈의 피를 주십쇼, 레이디!"

"그놈을 저희한테 주십시오!"

"아니."

켈시의 안에서 어둠 속에 펼친 한 쌍의 검은 날개처럼 은밀하게 무언가가 펼쳐지는 기분이 들었고, 그녀는 그것을 한계까지 넓게 펼치고 느끼고 싶었다. 그녀는 언제나 빛의 아이였다. 오두막 창문으로 따뜻한 햇살이 들어오는 것을 사랑했고, 그럴 때면 모든 것이 올바르고 상냥한 것 같은 느낌이었다. 하지만 세상은 그들에게 손짓하는 어둠과 차가운 물로 가득 차 있었다. 사람들은 폭력에 굶주렸고 켈시는 갑자기 그들에게 무엇보다도 그들이 바라는 걸 주고 싶었다.

타락이야. 오래전 서재의 아침 햇살 속에서 들었던 칼린의 목소리가 희미하게 울렸다. *타락은 한 순간의 약함에서 시작되지.*

하지만 켈시는 약하지 않았다. 그녀는 강했다……. 칼린의 상상보다도 훨씬 더 강했다. 그녀의 존재 전체가 밝은 빛으로 가득 찬 것 같았다.

"아렌."

속삭임일 뿐이었지만 소른은 보이지 않는 실에 조종되는 꼭두각시 인형처럼 그녀 쪽으로 휙 돌아섰다.

내가 그를 소유하고 있어. 켈시의 머릿속이 어두운 경이로 가득 찼다. *모든 세포, 모든 분자를. 난 그가 말하게 만들 수 있어. 내가 알고 싶은 모든 것을 말하게 만들 수 있어.*

하지만 그건 말도 안 되는 생각이었다. 말할 시간은 이미 지나갔다.

"레이디?"

메이스가 그녀의 팔을 건드렸고 켈시는 고개를 돌려 그가 한 손에 세 번째 올가미를 들고 내미는 것을 보았다. 하지만 그녀는 그것을 무시하고 소른을 응시했다. 그의 형체를 기억하고, 윤곽을 익혔다. 그는 멍한 얼굴로 그녀를 바라보았고, 켈시는 그가 지금도 어떤 후회도 하지 않는다는 걸 깨달았다. 머릿속의 황량하고 하얀 풍경 속에서 그는 자신이 정당하게 행동했다고, 어떤 사람도 그보다 잘하지는 못했을 거라고 확신하고 있었다. 17년 동안의 선적 운반…… 아니, 소른의 역할은 그 이상이었다. 그의 머릿속 깊은 곳에서 켈시는 번뜩이는 기억을 찾아냈다. 펜을 내민 손, 나직하게 속삭이는 매끄러운 설득 조의 목소리. *달리 선택권이 없으신 것 같습니다, 폐하. 더 나은 선택지는 없습니다.*

분노가, 어디서 나온 건지 모를 끔찍한 분노가 켈시의 속에서 용솟음쳐 날카로운 발톱과 뾰족한 이를 가진 짐승처럼 내리 덮쳤다. 혀에 피 맛이 느껴졌다.

소른의 왼쪽 눈 바로 위에 검은 상처가 났다. 그가 비명을 지르며 한 손을 이마로 들어 올렸고 켈시는 그의 손가락 사이로 피가 새서 뺨으로 흘러내리는 것을 즐겁게 쳐다보았다. 군중은 이제 침묵을 깨고 기쁨의 비명을 지르며 교수대 쪽으로 몸을 밀어댔다. 켈시는 펜이 드레스를 꽉 잡고 있는 것에 상관하지 않고 몸을 앞으로 기울여 소른의 머리카락을 잡고 그의 머리를 뒤로 젖혔다. 피로 얼룩진 얼굴에서 밝은 파란 눈이 그녀를 바라보았다.

"그대에게 뭐 하나 알려주지, 아렌. 우린 이제 내 체스판 위에 있어."

소른의 뺨에 또 하나의 상처가 생겼다. 머리 선부터 입가까지 길게 찢어진 상처였다. 소른은 신음했고 켈시는 가슴속의 날개 달린 존재가 점점 커지고 몸을 들썩이며 족쇄를 부수려고 하는 것을 느꼈다. 그녀는 소른의 목에, 경정맥에 위험하리만큼 가까운 곳에 상처를 냈고, 새빨간 피가 하얀 리넨 셔츠에 번지는 것을 보았다. 소른은 비명을 질렀고 그 소리가 켈시의 귀에 음악처럼 들렸다. 군중의 찬동의 함성이 주위에 울려 퍼지며 그녀의 기분을 더욱 고양했다. 그녀는 그들의 눈으로 자신을 볼 수 있었다. 긴 머리가 바람에 휘날리는 아름다운 여자. 엄청난 권력을 갖고 있고 또…… 공포? 켈시는 눈앞의 장면을 마치 제3자가 그녀 옆에 서서 냉정하게 관찰하는 것처럼 다른 각도에서 보고 머뭇거렸다. 소른은 이제 무릎을 꿇고 앉아 대여섯 군데의 상처에서 피를 흘리고 있었다. 군중은 이제 열렬하게 교수대 쪽으로 밀고 오려고 했고 몇 명은 다른 사람들 위에 올라타서 소른을 향해 손을 내밀고 그의 다리를 붙잡았다. 하지만 그들은 켈시에게는 다가오지 않았다. 가장 열렬한 사람조차 그녀의 근처에 손이 들어가지 않도록, 드레스 자락조차 건드리지 않도록 조심했다. 공포다……. 분명했다. 그리고 켈시의 머리는 카델과 크리드 사이의 범람원 어디쯤 있는 검은 그림자 같은 모트군을 떠올렸다.

내 나라야, 그녀는 그렇게 생각했다. 가슴속의 날개는 이제 완전히 펼쳐져 상상할 수 없는 비행을 준비하고 있었다. 잠깐 동안 그녀의 머리는 과거로, 키브가 죽어가고 있고 그녀가 아슬아슬하게 그를 붙잡았던 밤으로 되돌아갔다. 그것도 힘이었지만, 그걸로는 티어링을 구할 수가 없었다. 그녀의 나라는 학살에 딱 맞게 아무 방어막도 없었고 그녀는 이 어둠 말고는 줄 수 있는 게 없었다. 검은 날개가 접히며 켈시를 가운데서 감쌌고, 그녀는 빛이 한 줄기도 들어오지 않고 모든 선택이 아주 쉬운 그 바닥없는 어둠 속에서 안도의 한숨을 내쉴 뻔했다. 여기서는 선택지가 하나뿐이니까.

그녀는 소른에게로 돌아와서 피부를 지나 그 아래 살을 찾았다. 그녀의 정신이 날카로운 칼날이 되었고 그녀는 눈앞의 존재에 달려들어 손에 닿는 모든 것을 베었다. 뼈에서 살점이 잘려나가는 느낌에 흥분이 치솟았다. 소른이 비명을 질렀고 내부의 변화가 피부 위에 나타나며 몸이 뒤틀렸다. 코에서 피가 흘러나와 켈시의 드레스 자락에 튀었지만 그녀는 거의 알아채지 못했다. 이미 그의 가슴 속을 파헤쳐서 폐를 찾고 있었다. 폐 한쪽을 찾아내 쥐고 비틀자 끔찍하게 쉽게 터져버렸다. 소른의 입에서 더 많은 피가 쏟아졌고, 턱으로 붉은 피가 흘러내리는 모습에 켈시는 또다시 희미한 쾌감을, 펜이 밤에 그녀를 만질 때 느끼는 것과 비슷한 감정을 느꼈다. 하지만 이것은 그녀의 몸 한가운데를 한 대 치는 것처럼 더 강렬했다. 소른의 다른 폐가 으스러졌고 그가 교수대 위에서 몸부림을 치며 앞으로 쓰러졌다. 군중은 환희에 차서 소리를 질렀고 그 소리에 켈시의 기분이 더욱 날아올랐다. 그녀의 온몸이 전기가 흐르는 것처럼 짜릿했다.

"나는 티어링의 여왕이다!"

그녀가 소리쳤고 사람들이 즉시 조용해졌다. 그들을 내려다보며, 그들의 벌어진 입과 그녀에게 고정된 커다란 눈을 보며 켈시는 손안에 세상을 쥐고 있는 기분이었다. 전에도 그런 기분이 든 적이 있었는데, 언제였는지 기억나지 않았다. 그녀는 소른의 목에 한 발을 올리고 꽉 눌렀다. 그가 몸부림치자 발 아래로 그의 목이 움찔거리는 게 느껴져 기분 좋았다.

"나의 티어링을 배신한 대가다! 잘 보고 기억하라!"

소른의 목이 부러졌다. 그는 마지막으로 기침을 하고서 등이 휜 채 움직임을 멈췄다. 그리고 죽었다. 켈시는 바람 속의 낙엽처럼 그의 목숨이 사라지는 것을 느꼈으나 그녀 안의 격렬한 어둠은 줄어들지 않았다. 오히려 더욱 강하게 밀어붙이며 또 다른 배신자를, 더 많은 피를 찾으라고 재촉했다.

켈시는 신중하게 통제해야 하는 유혹적인 감정을 알아채고서 도로 억눌렀다. 그녀의 신발 자국이 목에 남아 있는 소른의 시체를 내려다보았다. 머릿속의 어둠이 점차 하얗게 바래서 사라졌다.

"여왕 폐하를 위하여!"

어떤 여자가 소리쳤다.

"여왕 폐하를 위하여!"

켈시는 고개를 들고 모든 군중이 컵을 들어 올리고 있는 것을 보았다. 그들은 이 일이 끝나면 축하하려고 미리 준비해 왔던 것이다. 그녀는 군중이 원하는 것, 그들이 필요로 하는 것을 주었다……. 하지만 이제 뱃속에 약간의 불안감이 고이기 시작하면서 갑자기 머뭇거리게 되었다.

누가 이런 짓을 한 거지? 스페이드의 여왕? 아니면 나?

메이스가 그녀의 손에 컵을 쥐여주었고, 켈시는 술을 마시는 게 절차라는 것을 깨달았다. 그녀는 사람들을 향해 컵을 들어 올리면서 그녀가 해야 하는 뭔가 특별한 말이라도 있는 걸까 생각했다. 하지만 그녀는 여왕이었다. 자신만의 말을, 자신만의 절차를 만들 수 있고, 그게 이전의 모든 것들을 앞설 것이다.

"내 백성들의 안녕을 위하여! 티어링의 안녕을 위하여!"

그녀가 소리쳤다. 군중이 마지막 말을 요란하게 따라 하고서 술을 마셨다. 켈시는 한 모금 마시고 메이스가 미리 준비를 하긴 했어도 바보는 아니라는 것을 깨달았다. 컵에 담긴 액체는 그냥 물이었다. 그러나 왠지 달콤하게 느껴져서 켈시는 전부 비웠다. 컵을 돌려줄 때 그녀는 메이스가 여전히 다른 손에 올가미를 들고 있는 것을 알아챘다. 얼굴은 무표정했으나 그 아래 불만스러운 기색이 깔려 있었다.

"뭐죠, 라자러스?"

"레이디께서는 변하셨습니다. 폭도들의 의지에 무릎 꿇는 걸 보게 될 줄은 몰랐습니다."

켈시의 얼굴이 붉어졌다. 메이스가 여전히 그럴 수 있다는 게, 단 한마디 말로 그녀를 부끄럽게 만들 수 있다는 게 불쾌했다.

"난 누구 앞에서도 무릎 꿇지 않아요."

"그건 저도 잘 알겠습니다."

메이스가 몸을 돌렸고 켈시는 다급하게 그를 이해시키고 싶어서 그의 팔을 잡았다.

"난 변하지 않았어요. 라자러스. 그저 나이를 먹은 것뿐이에요. 난 여전히 나예요."

"아뇨, 레이디."

메이스는 한숨을 쉬었고 그 한숨이 차가운 날개가 달린 재앙의 숨결처럼 켈시를 스쳤다.

"스스로에게 듣기 좋은 이야기를 얼마든지 하셔도 됩니다만, 폐하께선 저희가 오두막에서 데려온 그 소녀가 아닙니다. 다른 사람이 되셨습니다."

10장
타일러 신부

언제나 우리는 용기가 뭔지 안다고 생각합니다. 부름을 받게 되면 그 부름에 응할 거라고 생각하지요. 절대로 머뭇거리지 않을 거라고. 하지만 정말로 그 순간이 오면, 우리는 진정한 용기를 발휘하는 게 우리가 용감한 기분이었던 오래전 어느 화창한 아침에 상상했던 것과 전혀 다르다는 것을 알게 됩니다.

—《타일러 신부의 설교집》, 아배스 서고에서

아배스의 계단은 단단한 돌로 되어 있었다. 크로싱스엔드 주변에서 바위를 채취해서 표백한 하얀 돌이었다. 하지만 한 걸음씩 뗄 때마다 타일러는 돌계단이 발아래서 삐걱거린다는 비합리적인 확신에 괴로워하며 점점 더 신중하게 걸었다. 그는 천천히, 부러진 다리를 끌며 걸었다.

종종 계단을 내려오는 형제를 지나쳤고, 그들은 그에게 살짝 눈길만 던지고 지나가버렸다. 왕궁 사제라는 타일러의 지위는 자유를 주었고, 한밤중에도 교황의 사실에 불려 가는 게 전혀 이상해 보이지 않게 했다. 하지만 타일러는 자신이 어디 있는지 알기 위해서 층계참을 세어야 했다. 아배스에서 이렇게 높이 올라와본 적이 없었다. 다시 아래로 돌아갈 수 있을지 잘 모르겠다.

마침내 9층에 도착해서 그는 계단에서 물러나 복도 맞은편에 있는 벽감에 숨었다. 화려한 주위의 모습에 어지러울 정도였다. 이 층의 장식은 아래층 형제들의 숙소의 평범한 돌벽과 손으로 짠 러그와는 차원이 달랐다. 횃불 속에서 촛대, 탁자, 조각상의 금과 은이 번쩍였다. 바닥은 카다르산 대리석이고 벽에는 빨간색과 보라색 벨벳이 드리워져 있었다.

복도는 15미터 정도 이어지다가 왼쪽으로 꺾여 교황의 사실로 향했다. 아무도 보이지 않았으나 모퉁이를 돌면 교황의 방문 앞에 경비병들과 복사들이 최소한 여러 명 있을 것이다. 새벽 2시가 막 지난 시간이었다. 운이 좋으면 교황은 자고 있겠지만 경비병과 하인들도 그러기를 바라는 건 과한 희망 같았다. 타일러의 신발은 발뒤꿈치를 들어도 넓은 복도에서 귀를 찌르는 직직 소리를 냈다.

내 책만 챙겨서 떠나는 거야. 그는 스스로에게 그렇게 말했다. 겨우 열 권이었다. 정도에 넘치지 않도록 이미 다 골라뒀다. 그는 크로싱과 대칭을 이루는 10이라는 숫자의 역사적 중요성을 좋아했다. 책은 윌리엄 티어가 사람들에게 허락한 몇 안 되는 개인 물품으로 1인당 열 권씩이었다. 다른 물건을 몰래 숨겨 오려던 사람들은 전부 놔두고 떠났다. 이것은 크로싱에 관해 타일러가 평생 주위 모은 수천 가지 조그만 정보들 중 하나였다. 하지만 단 하나도 잊지 않았다.

여기서 살아남으면 크로싱의 초기 역사를 쓸 거야. 거기에 전념하고, 여왕 폐하께 인쇄하시라고 드릴 거야. 타일러는 그렇게 결심했다.

스스로 그런 엄청난 꿈을 갖는 건 꽤 좋았다. 하지만 인쇄기를 만들겠다는 여왕의 야심은 아직까지는 이루어지지 않았다. 티어링의 누구도 어떻게 만드는지 몰랐기 때문이다. 문자를 널리 보급할 수 있는 방법이 없었다.

언젠가는 될 거야.

타일러는 눈을 깜박였다. 그 목소리는 단호했다. 그는 그 말을 믿었다.

모퉁이 너머를 슬쩍 내다보고 그는 두려움 때문에 자신이 과하게 신중했음을 깨달았다. 교황의 방문 앞에는 두 명밖에 없었고, 교황이 안전한 아배스를 떠날 때면 항상 데리고 다니는 중무장한 호위병들이 아니라 복사들이었다. 매튜 수사가 아직까지 교황의 오른손이었다면 이 일이 훨씬 어려웠을 테지만 매튜 수사는 지난 일요일에 처형되었고, 문 앞의 두 사람은 아직 교황의 신임을 얻지 못했을 것 같은 젊고 여린 인상이었다. 다가가 보니 졸린 얼굴들이었다.

"안녕하십니까, 형제님들. 교황 성하께 드릴 말씀이 있습니다."

복사들이 긴장한 눈길을 교환했다. 아래턱이 쑥 들어간, 이제 겨우 10대를 벗어난 것 같은 소년이 대답했다.

"교황 성하께서는 오늘 밤에 방문객을 받지 않으실 겁니다."

"교황 성하께서 이 소식을 즉시 전하라고 하셨습니다."

그들은 다시금 불안한 눈길을 교환했다. 우유부단하고 교육도 제대로 안 된 아이들이었다. 자신만큼 유능해지기 전까지는 절대 다른 사람이 자신을 대변하게 하지 않았던 옛 교황과 앤더스의 또 다른 차이점이었다.

"아침까지 기다리면 안 되겠습니까?"

두 번째 소년이 물었다. 그는 첫 번째보다 더 어려서 얼굴에 아직 여드름도 여기저기 나 있었다.

"안 됩니다. 대단히 중요한 소식입니다."

타일러가 단호하게 말했다.

그들은 그에게서 등을 돌리고 의논을 했다. 초조한데도 타일러는 두 소년이 누가 들어갈지 정하기 위해 가위바위보를 하는 것을 듣고 조금 우스웠다. 세 번을 한 끝에 턱이 들어간 소년이 졌고 창백한 얼굴로 커다란 양

문 안으로 들어갔다. 다른 복사는 기다리면서 전문가답게 보이려고 애를 썼지만 연신 하품을 해서 분위기를 망쳤다. 타일러는 앤더스의 눈길과 감독 아래서 자라게 될 이 소년이 그저 불쌍할 뿐이었다. 소년이 교회와 신을 어떻게 생각하게 될지 상상도 가지 않았다.

"가방을 확인해야 합니다."

소년이 잠시 후에 조심스럽게 말했다.

타일러가 가방을 내밀었다. 복사가 안을 들여다보았지만 거기 있는 거라고는 앨런 신부님이 여덟 번째 생일 선물로 주신 오래된 무거운 양장본 성경뿐이었다. 복사는 가방을 도로 건넸고 타일러는 끈을 머리 위로 넘겨서 가방을 옆구리에 늘어뜨렸다. 마지막 몇 분 사이에 두려움이 가라앉으며 그 자리에 뭔가 짜릿한 감각만이 남았다. 심장이 가슴 안에서 너무 커진 느낌이었다.

다른 복사의 머리가 문에서 쑥 나왔고 타일러는 얼굴에 어린 안도의 표정을 놓치지 않았다. 교황이 받아들인 것이다.

"들어오세요."

복사가 문을 활짝 열었고 타일러는 그를 따라 천장이 높고 두꺼운 러그가 깔린 일종의 휴게실 같은 커다란 방으로 들어갔다. 벽에는 유화 그림이 가득하고 방 안 여기저기에 벨벳 소파가 있었다. 복사는 이런 것들을 하나도 보지 않고 앞만 똑바로 보았다. 하지만 호기심에 여기저기 둘러보던 타일러가 놀라서 숨을 헉하고 들이켰다. 오른쪽으로 낮은 소파에 완전히 벌거벗은 여자가 드러누워 있었다. 팔다리를 사방으로 벌리고 있어서 몸이 고스란히 드러났다. 타일러가 여자의 드러난 젖가슴을 본 건 평생 처음이었다. 그는 그녀와 자기 자신에게 부끄러워 황급히 몸을 돌렸다. 하지만 여자는 그들의 존재를 완전히 모르는 것처럼 초점 없는 눈을 커다랗게 뜨고 있었다.

"여기서 기다리시죠."

복사가 그에게 말했고 타일러는 급히 멈춰 섰다. 소년은 계속 앞으로 걸어가서 방 맞은편 끝의 커다란 아치문으로 들어갔다. 혼자 남은 타일러는 소파의 여자에게서, 여자의 젖가슴과 허벅지 사이의 검은 삼각지에서 눈을 돌릴 수가 없었다. 나이 탓에 욕망을 느낀다는 치욕적인 단계는 넘어섰지만, 여자의 모습은 매혹적이었다. 길고 검은 머리가 소파 가장자리로 너풀거리며 흘러내렸고 여자는 부끄러움 없는 눈으로 그를 마주 보았다. 타일러의 눈이 흐린 촛불 빛에 적응하고 나니 여자의 팔꿈치 주름 사이에 주사가 꽂혀 있는 게 보였다. 주삿바늘이 아직도 깊게 여자의 팔에 박혀 있었다. 이것을 보고 나니 다른 것들도 눈에 들어왔다. 그들 사이의 낮은 탁자에 놓인, 하얀 가루가 들어 있는 아직 따지 않은 병. 오랜 기간 잘못 사용해서 구부러지고 뒤틀린 숟가락. 여자의 다른 팔 절반을 뒤덮고 있는 짙은 멍. 이 여자는 그리 젊지는 않았지만 몸매는 여전히 늘씬했고, 타일러의 눈에 팔에 꽂힌 바늘은 가능성을 망가뜨리는 파멸의 물건처럼 보였다.

"누구세요? 전엔 본 적 없는데."

여자가 타일러에게 물었다. 목소리가 나른하고 불분명했다.

"타일러입니다."

"신부님이세요?"

"네."

여자는 몸을 조금 펴고 한쪽 팔꿈치로 몸을 받쳤다. 눈이 조금 예리해졌다.

"전에 벌거벗은 여자를 본 적이 없으신가 보죠?"

"없습니다."

타일러는 시선을 바닥으로 내리고서 덧붙였다.

"미안합니다."

"미안하실 거 없어요. 전 다들 봐도 신경 안 쓰니까요."

"다들이 누구죠?"

"아……."

여자는 방구석을 쳐다보았다. 눈이 다시 흐릿해졌다.

"모두요. 다른 사제들. 여기 오는 사람들. 다들 눈을 떼지를 못하죠."

타일러의 뱃속에서 뭔가가 뒤집혔다.

"만지지는 않으실 거죠?"

"네."

"주사 한 대 놔드릴까요?"

"아뇨, 됐습니다."

타일러는 가방에서 오래된 성경을 꺼내 표지 가장자리를 만지작거리고 책장을 쓰다듬었다. 그것은 손안에서 대단히 견고하게 느껴졌다.

"이름이 뭔가요?"

"마야예요."

"타일러! 무슨 일로 이렇게 늦은 밤에 나한테 왔나?"

하지만 교황은 이미 알고 있었다. 그의 얼굴이 기쁨으로 환했다. 그는 검은 실크 로브를 다급하게 입고 허리띠를 묶었고 머리는 헝클어져 있었으나 외모를 고치려는 행동은 전혀 하지 않았다. 타일러는 갑자기 여기에 두 번째 여자가 있다는 게, 교황이 여자 둘을 데리고 있다는 게 기억났다. 여자를 셈에 넣는 것을 잊었다. 그들의 존재에 그의 계획이 더 위험해질 것이다. 잠깐 동안 타일러는 계획을 취소할까, 교황에게 거짓말을 하고 그냥 밤사이에 아배스에서 도망칠까 생각했다. 하지만 그 순간 그의 책이 떠올랐고, 그는 용기를 쥐어짜서 음울한 표정을 짓고 말했다.

"했습니다, 교황 성하."

"여왕이 그걸 마셨나?"

"네."

"이렇게 늦게?"

"폐하께서는 요즘 잠을 별로 안 주무십니다, 교황 성하."

최소한 이 말은 사실이었다. 최근 여왕의 서재에서 그가 좋아하는 소파에서 여러 밤을 보냈던 타일러는 몇 번이나 잠에서 깨서 여왕 본인이 책장을 바라보며 책을 한 권 한 권 만지고 있는 것을 보곤 했다. 그녀는 끈질긴 펜 올컷을 뒤에 달고 건물 안을 돌아다녔지만 항상 위안이 필요하면 서재로 돌아왔다. 그녀와 타일러는 그런 면에서 비슷했으나 여왕이 무엇을 찾고 있든 발견하지 못한 것 같았다. 기묘한 긴장증에 빠지는 때가 아니면(교황이 그 일에 대해 몰라서 천만다행이었다) 여왕은 거의 잠을 자지 않는 것 같았다.

"약 한 시간쯤 전에 차에 넣은 걸 드셨습니다."

"이거 참 멋진 소식이군, 타일러!"

교황이 그의 등을 두드렸고 타일러는 몸을 빼지 않으려고 노력했다. 마야는 이제 가늘고 예리한 눈으로 두 사람을 응시하고 있었다.

"제 책은요, 교황 성하?"

"음, 임무를 확실하게 완수했는지 조금 기다려봐야지, 타일러. 자네도 알 테지."

교황이 씩 웃었다. 온 얼굴을 사로잡는 맹수의 웃음이었다.

타일러의 손이 성경을 꽉 쥐었지만 그는 고개를 끄덕였다.

"책이 어디 있는지만 좀 봐도 될까요, 교황 성하? 정말로 보고 싶었습니다."

교황은 지나치게 길다 싶을 정도로 그를 쳐다보았다.

"그러지, 타일러. 따라오게. 내 침실에 있으니까."

눈가로 타일러는 마야의 입이 당황해서 벌어지는 것을 보았다. 그녀의 존재가 모든 걸 망칠 수도 있지만, 지금 와서 물러설 수는 없었다. 교황이 몸을 돌리는 순간, 타일러는 온 힘을 다해서 나무꾼이 도끼를 휘두르는 식으로 성경을 휘둘렀다. 무거운 책이 교황의 머리에 정통으로 맞아서 그를 쓰러뜨렸지만 한 방으로는 충분하지 않았다. 교황이 손과 무릎을 받치고 일어나 숨을 크게 들이켜고 고함을 지르려고 했다.

"신이시여, 제발."

타일러가 중얼거렸다. 그가 다리를 절며 앞으로 가서 성경을 다시 들어 올렸다가 교황의 뒤통수를 내리쳤다. 교황이 소리 없이 러그로 쓰러졌고 이번에는 꼼짝하지 않았다.

타일러가 고개를 들자 마야가 커다란 눈으로 그를 보고 있었다. 그는 성경을 도로 가방에 넣고 그녀에게 해를 끼칠 생각이 없다는 뜻으로 양손을 들어 올렸다.

"내 책들. 거짓말이지요? 여기에 없는 거죠?"

"일주일 전에 가져갔어요. 지하실로요."

이것은 무엇보다 확실하게 보상이 거짓말이라는 것을 타일러에게 알려주었다. 그가 임무를 완수했으면 교황은 분명히…… 그를 죽였을까? 타일러는 바닥에 쓰러진 남자를 잠시 보았다. 다행스럽게도 그는 숨을 쉬고 있었다. 문득 교황이 선택할 현명한 길이 뚜렷하게 보였다. 그는 타일러를 메이스에게 넘겼을 것이다.

"제가 이런 일을 하지 않게 해주셔서 감사드립니다, 신이시여."

타일러가 중얼거렸다.

"여왕의 사제님이시군요."

마야가 말했다.

"네."

타일러가 문으로 다가가서 귀를 기울였지만 밖에서는 아무 소리도 들리지 않았다. 그래도 교황이 정신을 차리기 전에, 여자가 경보를 울리기 전에 빨리 떠나야 했다. 그는 손잡이를 잡았으나 여자의 목소리가 그를 붙잡았다.

"여왕은 좋은 분인가요?"

타일러는 몸을 돌리고 마야의 눈에 가득한 불안한 갈망을 보았다. 오래 전에 시골에서 죽어가는 신도가 아직 서품을 받지 못했던 타일러에게 최후의 고해를 받아달라고 했을 때 그 비슷한 절망적인 표정을 본 적이 있었다. 이유는 모르겠지만 마야는 그가 그렇다고 대답해주길 바랐다.

"네, 좋은 분입니다. 상황을 더 좋게 만들고 싶어 하시죠."

"누구를 위해서 더 좋게요?"

"모두를 위해서요."

마야는 그를 잠깐 바라보다가 소파에서 일어섰다. 타일러는 더 이상 그녀의 알몸에 당황하지 않았고, 사실 몇 분 지나자 그 부분은 아예 잊어버렸다. 마야는 교황의 늘어진 몸 위로 몸을 구부려 그의 머리 위로 사슬을 빼냈다. 사슬에는 조그만 은색 열쇠가 걸려 있었다.

"난 떠나야 합니다."

타일러가 말했다. 그녀를 여기 두고 가고 싶지는 않았다. 엄청난 문제에 휩쓸릴 테니까. 하지만 그녀가 도망치고 싶어 한다고 해도 그녀를 데려갈 수는 없었다. 아드레날린이 가라앉고 자신이 무슨 짓을 했는지 빠르게 깨닫는 중이었다. 다리는 생각했던 것보다 더 안 좋았다. 계단을 걸어 올라온 게 심하게 부담이 되었던 모양이다. 아래로 내려가는 여정은 끔찍할 것이다.

"저희 엄마는 작부였어요, 사제님."

"뭐라고요?"

"작부요. 매춘부요."

마야는 방을 가로질러 반짝이는 참나무 캐비닛 앞에 무릎을 구부리고 앉았다. 그녀의 움직임은 단호했다. 몇 분 전에 늘어져 있던 마약중독자와는 전혀 달랐다.

"엄마는 언젠가 할 일을, 이전의 모든 세월을 씻어버릴 중요한 할 일에 관해서 우리한테 얘기해주곤 하셨죠. 딱 한 순간밖에 없고, 그 순간이 오면 대가가 뭐든 뛰어들어야만 한다고 그러셨어요."

"난 정말로 가야—"

"그가 침공에 대해서 얘기해줬어요. 곧 모트군이 벽 앞에 올 거고 막을 수 없을 만큼 엄청난 규모일 거라고요. 그들을 막으려면 기적이 필요할 거라고요."

자물쇠가 달칵 소리를 냈고 마야가 캐비닛을 연 다음 갑자기 예리한 얼굴로 그를 올려다보았다.

"하지만 사람들이 여왕님은 기적으로 가득하다고 그러더군요."

그녀는 광이 번쩍번쩍 나는 커다란 나무 상자를 들고 일어섰다. 옆면은 횃불 빛 속에서 짙은 버찌색으로 반짝였다.

"이걸 그분한테 돌려주세요. 저 사람이 여기에 갖고 있는 건 잘못된 일이에요."

"이게 뭔가요?"

그녀가 뚜껑을 열자 짙은 빨간색 쿠션 위에 놓여 있는 티어 왕관이 타일러의 눈에 들어왔다. 은과 사파이어가 반짝거리며 상자의 열린 뚜껑에 빛을 반사했다.

"이게 저의 한 순간이에요, 신부님."

마야가 그렇게 말하며 상자를 그의 손에 밀어 넣었다.

"갖고 가세요."

타일러는 잠깐 그녀를 바라보며 젊은 시절에 알았던 농부들, 오두막에서 죽어가며 절절하게 고해를 하고 싶어 하던 그들을 다시 떠올렸다. 시간을 단 한 시간이라도 멈추고 이야기할 상대가 아무도 없었던 이 여자와 함께 앉아 이야기할 수 있다면 얼마나 좋을까. 그녀의 검은 눈은 이제 완벽하게 맑았고, 타일러는 화장처럼 주위를 두른 주름에도 그 눈이 굉장히 아름답다고 생각했다.

"앤디?"

잠에 취하고 당황한 여자의 목소리가 어두운 아치 복도 너머에서 들렸다.

"앤디? 어디 갔어요?"

"가세요, 신부님. 제가 그녀를 막을게요. 하지만 시간이 별로 없어요."

마야가 말했다.

타일러는 잠깐 더 머뭇거리다가 상자를 성경과 함께 가방에 집어넣었다. 잠시 자신의 책에 대한 슬픔이 그를 짓누르려고 했지만 거기 내줄 여유 공간은 없었다. 그리고 지금은 그런 감정을 느끼는 것도 부끄러웠다. 그는 책을 잃었을 뿐이지만 그의 앞에 있는 여자는 목숨을 걸고 있었다.

"가세요."

여자가 다시 말했다. 타일러는 절룩거리며 문으로 가서 자신만 빠져나갈 수 있을 만큼 한쪽 문을 열었다. 마지막으로 마야를 힐끗 돌아보니 그녀는 탁자 위의 병을 보고 있었다. 그는 등 뒤로 문을 닫았다. 두 복사는 벽 양쪽에 태평하게 몸을 기대고 있었고 타일러는 그들이 엿듣고 있었던 게 아닐까 생각했다. 턱이 들어간 쪽이 가느다란 눈으로 그를 보고 물었다.

"교황 성하께서 저희를 부르시던가요?"

"아니. 남은 밤시간에는 주무시려는 것 같더군요."

타일러는 몸을 돌려 복도로 걷기 시작했으나 몇 걸음 가기도 전에 손 하나가 그의 어깨를 잡았다.

"가방에 뭐가 들었죠?"

턱이 들어간 쪽이 물었다.

"내 성경이 있어요."

"다른 건요?"

"내 새 사제복이에요. 교황 성하께서 주교직을 내리셨답니다."

타일러는 거짓말이 얼마나 쉽게 나오는지 속으로 깜짝 놀랐다.

두 복사는 물러나서 불안한 시선을 교환했다. 아배스의 계급에서 교황의 개인 보좌는 설령 복사라 해도 그 어느 사제보다도 큰 힘을 가졌다. 하지만 주교는 다른 문제였다. 주교 무리에서 가장 권력이 낮다 해도 함부로 시비를 걸 만한 상대는 아니었다. 상호 합의에 따라 두 복사는 절을 하고 물러났다.

"좋은 밤 보내십시오, 예하."

타일러는 몸을 돌려 복도를 절룩거리며 걸어갔다. 그의 이야기가 거짓말이라는 게 들통나기까지 최대 2분쯤 걸릴 것이다. 교황은 사탕 나눠주듯이 여벌의 주교복을 갖고 있지 않으니까. 그리고 다른 여자가 금방이라도 경보를 울릴 것이다.

타일러는 계단 꼭대기에서 철천지원수를 마주한 것처럼 원형 계단을 내려다보았다. 다리가 이미 욱신거리며 전류처럼 엉덩이부터 발가락까지 고통을 전달했다. 교황이 사는 층까지만 밤에 제한적으로 운영되는 엘리베이터를 탈 수 있으면 좋을 텐데. 형제들 숙소까지 그를 내려줄지도 모른다. 하지만 그러려면 아배스 최하층에 자리하고 있는 엘리베이터가 올라올 때까지 기다려야 하고, 그가 그 안에 있을 때 경보가 울리면 앤더스의 경비들이 잡으러 올 때까지 층과 층 사이에서 꼼짝 못 하고 갇혀 있어야 한다. 아니, 계단으로 가야만 했다. 지금 타일러의 다리 상태로 보아 조만간 한 발로 쿵쿵 뛰어야 할 것 같았다.

타일러는 인상을 찌푸리고 잇새에 혀를 꽉 물고서 난간에 무겁게 몸을 의지한 채 내려가기 시작했다. 걸을 때마다 가방이 엉덩이에 부딪쳐서 규칙적으로 쿵쿵 소리를 냈고 그의 관절염에도 별로 도움이 되지 않았다. 한 층 내려왔다. 그는 가방이 흔들리지 않도록 잡다가 안에 든 날카로운 나무 상자 모서리를 느꼈다.

난 신의 위대한 계획의 일부야.

이 생각이 오랫동안 그의 머리에 떠오르지 않았었다. 그 여자, 마야를 생각하자 끔찍한 죄책감이 솟구쳤다. 그는 앤더스가 내릴 벌을 고스란히 받도록 모르핀 가득한 탁자 앞에 그녀를 그냥 놔두고 왔다. 두 층 내려왔다. 이제 타일러는 아픈 발을 허공에 들고 난간을 꽉 잡고 살짝살짝 뛰어서 계단을 하나씩 내려가고 있었다. 성한 다리도 아프기 시작했고 오랫동안 사용하지 않았던 근육은 쥐가 날 지경이었다. 계단을 다 내려가기 전에 다리에 힘이 풀리면 어떻게 될지 그 자신도 몰랐다. 세 층 내려왔다. 두 다리 모두 반항의 비명을 질러댔으나 그는 무시했다. 네 층 내려왔다. 아드레날린이 기쁘게도 다시 솟아나 온 혈관을 따라 흘렀고 그는 마지막 계단을 내려가기 시작했다. 놀랍게도 타일러는 소년처럼 웃고 있었다. 그는 회계 담당이자 금욕주의자였다……. 1년 전이었다면 그가 여기서 토끼처럼 계단을 쿵쿵 뛰어 내려가고 있을 거라고 누가 생각했을까? 계단의 두 번째 모퉁이를 돌았을 때 두 층 아래로 구부러진 어깨와 거의 대머리인 형체가 보였다. 그의 미소가 즉시 사라졌다.

세스.

타일러는 멈춰서 위쪽의 나지막한 소리에 귀를 기울였다. 잠깐 침묵이 흐르다가 요란한 종소리에 깨졌다. 경보였다. 계단을 따라 고함 소리가 퍼졌고 이제 타일러는 위쪽에서 다급하게 움직이는 발소리를 들을 수 있었다. 그들도 엘리베이터를 기다리려 하지 않았다. 타일러는 다시 쿵쿵 뛰어 모퉁이를 돌아 마지막 한 층의 계단을 내려갔다. 가까이 다가가자 잠이 든 세스가 땀에 젖어 있고 흐린 불빛 속에서 피부는 창백한 게 눈에 들어왔다. 세스는 낫고 있지 않았다. 그렇게 해줄 계획도 없었다. 아배스의 모든 사제들이 악몽을 꾸는 게 멈추면, 세스가 그 유용함을 다하면, 교황은 타일러의 책을 없애버린 것처럼 간단하고 깔끔하게 그를 없애버릴 것이다. 타일러는 계단참에 도착했고 이제 세스의 목에 걸린 "부정한 자"라는 명패를 마주했다. 그 말은 타일러의 가슴 깊은 곳에 닿아 열어서는 안 되는 거대한 문을 연 것 같았다. 크로싱 이후 신의 교회가 탄생했을 때 교회는 엄격했지만, 시대를 반영해서 그래도 선량했다. 증오를 통해서, 수치를 통해서 목표를 이루지 않았었다. 그런데 지금은—

"세스."

타일러는 자신이 무슨 말을 하려는 건지도 모른 채 속삭였다.

"세스, 일어나."

하지만 세스는 계속 꿈을 꾸고 있었다. 어두운 불빛 속에서 그의 입술이 떨렸다.

"세스!"

세스가 벌떡 잠을 깨서 낮게 비명을 질렀다. 그가 흐린 눈으로 고개를 들었다.

"타이?"

"그래, 나야."

타일러가 명패를 잡아 세스의 머리 위로 벗겼다. 위에서 발소리가 요란하게 들렸다. 교황의 경비병들은 이제 겨우 두 층쯤 떨어져 있는 것 같았다. 타일러는 명패를 난간 너머로 던졌고 명패는 아래로 펄럭거리며 떨어져서 시야에서 사라졌다.

"이리 오게, 세스."

그가 세스의 허리에 한 팔을 감고 의자에서 일으켰다. 세스는 고통으로 숨을 들이켰지만 물러나지는 않았다.

"어디로 가는 거야?"

"여기서 떠나는 거야."

타일러가 그를 복도로 데리고 갔다.

"난 자네를 안고 갈 수가 없어, 세스. 다리를 다쳤거든. 자네도 도와줘
야 돼."

"노력할게."

세스가 자신의 팔을 타일러의 등 뒤에 단단히 받쳤고, 두 사람은 절룩거
리며 걸어갔다. 타일러의 입에 음울한 미소가 퍼졌다.

늙고 절름발이에 불구자인 우리가 얼마나 굉장한 한 쌍인지.

하지만 그 사실조차 기억 속의 음울한 유머를 떠올리게 만들었고, 이제
타일러는 어린 시절의 추억을, 앨런 신부의 태피스트리에 있던 그림을 떠올
렸다. 유대인들의 왕 예수 그리스도가 갈릴리의 길을 따라 눈먼 자를 이끌
고 다리 저는 자를 돕고 나병 환자들에게 위안을 주던 내용이었다. 타일러
는 거기 앉아서 한참이나 태피스트리를 보곤 했다. 앨런 신부의 집에 있는
것들 중에서 신의 분노를 묘사하지 않은 유일한 그림이었다. 태피스트리의
예수는 온화하고 자애로운 얼굴이었고 그의 주위에 세상의 온갖 비참한
군상들이 있었으나 그는 고개를 돌리지 않았다.

그분이 나의 신이야. 타일러는 그 사실을 깨달았다. 지금, 60년도 넘게
지나서 천장이 높은 복도를 절룩절룩 걸어가며 그는 새삼 기억을 떠올렸
다. 그의 부러진 다리가 몸 아래서 흔들렸다. 그는 세스까지 붙잡고 앞으로
데굴데굴 굴러서 판석 위를 지나 벽까지 갈까 생각했다. 하지만 그 순간 그
것이 느껴졌다. 그의 다리를 잡고 무릎을 받쳐주고 달리는 걸 도와주는 보
이지 않는 손들이 느껴졌다.

"세스! 세스! 그분이 우리와 함께 계셔!"

그가 숨을 헐떡였다.

세스는 억눌린 웃음을 터뜨렸다. 그의 손이 타일러의 마른 갈비뼈 부분을 꽉 쥐었다.

"이런 순간에도?"

"당연하지!"

타일러도 웃기 시작했다. 그의 목소리는 높고 발작적이었다.

"위대하신 신께서는 약간 떨어져 계실 뿐이야!"

뒤쪽의 고함 소리가 점점 더 높아졌고 이제 타일러는 추격자들이 계단으로 쏟아져 나오면서 발소리가 돌바닥을 울리는 걸 발아래로 느낄 수 있었다. 문마다 막 잠에서 깬 형제가 서서 커다래진 눈으로 타일러와 세스를 보았으나 아무도 그들이 서툴게 복도를 지나가는 것을 막으려 하지 않았다. 보이지 않는 손들은 이제 사라지고 두 사람은 서로에게 의지해서 이인 삼각처럼 어떻게든 균형을 맞춰 절룩거리며 걸어갔다. 타일러의 방문 앞에 도착한 두 사람은 절룩절룩 안으로 들어갔고 타일러는 자물쇠를 잠갔다.

교황의 경비병들이 문을 부술 만한 나무를 찾아오는 데에는 겨우 2분 정도가 걸렸다. 무거운 참나무 문이 마침내 경첩에서 뜯겨 나가고 여러 명의 경비병들이 타일러 신부의 방 안으로 들어갔다. 서두르느라 서로에게 걸려 넘어져서 부서진 문 위로 사람들이 마구 쌓였다. 그들은 황급히 정신을 차리고 일어나서 저항을 예상하고 칼을 뽑은 채 주위를 둘러보았다.

하지만 방 안은 텅 비어 있었다.

켈시는 숨을 헐떡이지 않으려고 애쓰면서 간신히 마지막 남은 계단을 올라갔다. 몸무게가 더 빠졌지만 이 기적 같은 외모의 변화는 건강상으로는 별로 좋은 영향을 미치지 못했다. 메이스가 옆에 있었고, 펜은 주말 동안 휴가를 얻었다. 켈시는 그가 떠나기 전에 단둘이 이야기할 기회가 없었으나 그가 다른 여자를 만나러 간 게 아닐까 하는 의문을 떨칠 수가 없었다.

자신이 신경 쓸 일이 아니라고 스스로에게 말했지만, 5분 뒤면 또다시 같은 생각을 하고 있었다. 이 일이 두 사람 모두에게 아무 의미가 없기를 바랐었지만, 그런 식으로 흘러가는 게 아니라는 걸 빠르게 깨닫는 중이었다.

계단 꼭대기에 도착한 그녀는 뉴런던의 동쪽 경계를 둘러싼 높은 벽 너머를 보았다. 여기서는 카델강 너머 앨먼트까지 훤히 볼 수 있었다. 늦여름이라 평원은 초록색과 갈색으로 얼룩덜룩했다.

도시의 벽 아래로, 카델강 바로 건너편에는 난민 야영지가 있었다. 강둑 위로 1.5킬로미터가 넘는 천막과 급히 만든 쉼터가 가득했다. 이 거리에서는 야영지의 사람들이 개미처럼 보였으나 거기에 이미 50만 명이 넘는 사람들이 있었다. 카델강이 상당량의 물을 공급해주고 있지만 하수는 문젯거리였고 메이스가 들여놓은 엄청난 양의 물자에도 야영지에는 곧 식량이 떨어질 것이다. 한창 추수철이었지만 앨먼트에는 농사짓는 사람이 아무도 없었다. 티어링이 어떻게 침공을 버텨낸다 해도 과일과 야채 비축분 몇 년치가 사라질 것이다. 북쪽, 페어위치 근처의 몇몇 집안은 남아서 운을 시험해보기로 했고, 카다르 국경의 작은 마을들 몇 군데도 마찬가지였다. 하지만 티어링 사람들 대부분이 지금은 뉴런던과 그 부근에 몰려들었고, 켈시는 눈앞의 나라가 회색 하늘 아래 펼쳐진 넓은 황무지, 버려진 마을과 텅 빈 벌판일 뿐임을 느꼈다.

15킬로미터쯤 떨어진 지평선 근처에는 티어 군대가 자리하고 있었다. 오랫동안 사용해서 색이 바랜 천막이 빽빽해 보였다. 군대는 카델 강둑에, 강이 갑자기 구부러져서 뉴런던 옆으로 구불구불해지기 시작하는 곳에 진을 쳤다. 그녀의 군대는 켈시의 눈에도 그리 대단해 보이지 않았고, 지평선 너머에 자리한 상대와 비교되어 더욱 그랬다. 수 킬로미터에 달하는 검은색 천막, 검은색 깃발, 모트 야영지 위로 항상 날아오르는 셀 수 없는 매 떼들이 흐릿한 안개처럼, 거대한 먹구름처럼 보였다. 홀은 카츠마르 호수 옆에서 낮잠을 자던 모트군을 공격했었지만 이제 다시는 그런 일이 없을 것이다. 모트군이 야영지 위를 날아다니는 다른 보초병들을 데려왔기 때문이다. 울지 않는 대부분의 모트 매들과 다르게 이 새들은 버몬드의 병사들이 조금이라도 다가가면 괴물 같은 울음소리를 냈다. 여러 정찰병들이 이런 식으로 들켰고, 이제 버몬드는 멀리서만 모트군을 지켜봐야 했으나 그것도 오래가지 않을 것이다. 그들은 다가오고 있었고, 그것도 아주 빨랐다.

홀의 편지에는 비판이 없었지만 버몬드의 편지에는 끝도 없는 질책이 담겨 있었고, 켈시는 그가 옳다고 생각했다. 그녀는 엄청난 실수를 저질렀고 그로 인해 온 나라가 고통받게 될 것이다. 다른 선택지들은 더 큰 실수가 아니었을까 싶긴 하지만, 어쨌든 이것도 엄청난 벌이 뒤따를 것 같았다. 매일 그녀는 여기 올라와서 다가오는 모트군을, 지평선에서 점점 가까워지는 검은 구름을 바라보았다. 이건 그녀가 받아 마땅한 대가인 것 같았다.

"그들이 카델강을 차단하려고 하고 있습니다."

메이스가 옆에서 말했다.

"왜죠? 그 양옆으로는 이제 아무것도 없는데."

"강둑으로 와서 도시 앞에서 강을 건너려고 하면 우리 궁수들에게 상당한 병력을 잃게 될 겁니다. 하지만 양쪽 강둑을 모두 점령하면 방어선을 유지한 채로, 화살을 걱정할 필요 없이 올 수 있죠. 그러면 성벽을 공격하고 다리를 탈취하는 데에만 집중할 수 있습니다."

이제는 메이스조차 비관론자였다. 켈시가 직접 만들어내지 않는 한 이 상황에 희망은 없었다. 그 생각을 하자 속이 울렁거렸다. 오늘 아침 거울을 보니 아름다운 갈색 머리 여자가 자신을 마주 보고 있었다. 하지만 그냥 갈색 머리가 아니었다. 릴리의 머리카락, 릴리의 얼굴, 릴리의 입…… 둘은 어떻게 봐도 똑같이 생기진 않았지만, 이목구비 하나하나가 닮아가기 시작했다. 켈시와 릴리는 이제 삶을 공유하고 있었고, 드디어 얼굴까지 공유하려는 것 같았다. 하지만 켈시의 눈만은 절대로 변하지 않았다. 그 눈은 여전히 랠리가의 눈이었다……. 나라 전체를 무너뜨린, 짙은 초록색의 무심함 가득한 어머니의 눈.

"여왕 폐하께 영광 있으라!"

아래쪽에서, 내성벽 밑 근위병 여러 명이 계단을 막고 선 곳에서 고함 소리가 들렸다. 켈시가 가장자리를 내다보자 한 무리가 계단 아래 모여 있었다. 그들은 고개를 들어 올리고 열심히 손을 흔들었다.

그들은 내가 자기들을 구해줄 거라고 생각해. 켈시는 자신만만한 미소를 간신히 짓고 손을 흔든 후 다시 앨먼트 쪽으로 시선을 돌렸다. 그녀에게 다른 선택지 같은 건 없었지만, 그 사실 때문에 너그럽게 용서받을 수 있는 건 아니었다. 심판대에 서게 되면, 다른 건 몰라도 최소한 역사의 앞에서라도 심판을 받게 되면 정황을 감해줄 만한 건 전혀 없을 것이다. 그녀는 지평선에 길게 뻗은 검은 그림자를 보며 억지로 시선을 고정했다. 거의 아무 생각도 없이 종아리에 새 상처를 냈고, 피가 발목으로 흘러내리자 음울한 만족감을 느꼈다.

벌이야.

"대장!"

메이스가 계단 난간 너머로 몸을 기울였다.

"뭐지?"

"버몬드 장군의 전령입니다."

"올려 보내."

켈시는 앨먼트 평원에서 몸을 돌리고 버몬드의 전령이 계단 꼭대기에 올라오는 것을 보았다. 군대의 전령은 정말로 대단했다. 그는 5층을 뛰어 올라왔지만 숨도 헐떡이지 않았다. 그는 젊고 늘씬했고, 쇄골에 꽂힌 구리 핀으로 보아 병장이었다. 켈시를 보자 그가 눈을 휘둥그렇게 떴다. 하지만 그런 효과는 이제 기쁘지 않았고, 그랬던 적이 있는지도 기억나지 않았다. 그녀는 말하라고 손짓하고서 다시 평원 쪽으로 몸을 돌렸다.

"폐하, 장군께서 아가이브 협곡이 넘어갔다고 전하라고 하셨습니다."

메이스가 옆에서 신음했지만 켈시는 지평선의 검은 구름에 시선을 고정한 채 눈을 깜박이지 않으려고 노력했다.

"모트군은 이미 아가이브로 물자를 가져오기 시작했습니다. 이걸로 그들의 재보급 시간이 현저히 줄어들 겁니다. 어젯밤에는 협곡으로 천 명의 보충 병력이 도착했습니다. 내일이면 모트 전선에 도착할 겁니다. 모트 군대 전체가 이제 크리드강을 건넜고 카델 북쪽 강둑을 점령했으며 선봉은 곧 남쪽 강둑에서도 티어군을 밀어낼 것 같습니다. 장군께서는 이렇게 되기까지 사흘이 걸리지 않을 거라고 예상하고 계십니다. 카델강을 따라 뉴런던까지 올 생각일 거라고 추측하십니다."

전령은 말을 끊었고 목젖이 오르내리며 침을 삼키는 소리가 들렸다.

"계속하시오."

"버몬드 장군께서는 티어 군대가 2천 명 넘게 병사를 잃었다고 보고하라고 하셨습니다. 병력의 3분의 1이 넘는 숫자입니다."

켈시는 더는 눈을 뜨고 있을 수가 없어서 깜박였고, 잠깐 지평선의 모습이 사라졌다. 하지만 다시 눈을 떴을 때에도 검은 구름은 그대로 그 자리에 있었다.

"그리고?"

"이게 보고 사항 전부입니다. 폐하."

좋은 소식은 하나도 없었다. 당연하지.

"라자러스, 모트군이 벽에 도착할 때까지 얼마나 걸릴까요?"

"제 추측으로는 일주일이 안 걸릴 겁니다. 거리만으로 착각하시면 안됩니다. 레이디. 버몬드가 모든 능력을 다 동원한다 해도 모트군은 하루에 3킬로에서 5킬로 정도를 전진할 수 있습니다. 이달 말이면 거뜬히 여기 도착할 겁니다."

켈시는 난민 야영지를 내려다보았다. 고통의 구렁텅이, 불충분한 쉼터, 굶주림의 시작. 그 모든 책임이 그녀의 발치에 놓여 있었다. 그녀는 전령 쪽으로 몸을 돌렸다.

"버몬드 장군에게 난민을 도시 안으로 들일 거라고 전하게. 최소한 닷새는 걸릴 거야. 장군은 피난이 끝날 때까지 모트군이 야영지에 오지 못하게 붙잡고 있다가 퇴각해서 다리를 지키라고 전해."

전령은 고개를 끄덕였다.

"좋아. 가보게."

그는 계단을 내려가서 시야에서 사라졌다. 켈시는 평원 쪽으로 다시 돌아섰다.

"알리스에게 난민들의 피난을 맡겨요. 그의 부하들이 사람들의 이름과 얼굴을 아니까."

"레이디, 제가 장담하건대—"

"내가 정말로 못 알아낼 줄 알았어요, 라자러스? 그의 조그만 앞잡이들이 야영지 여기저기서 내일이 없는 것처럼 마약을 팔고 있잖아요."

"그 사람들에게는 내일이 없습니다, 레이디."

"아. 그럴 줄 알았지."

켈시는 몸을 돌려 그를 쳐다보았다. 성질이 끔찍하게 치솟는 게 느껴졌다. 하지만 그 아래로는 분노보다 더 안 좋은 것이 자리하고 있었다. 수치였다. 그녀는 바티의 칭찬을 항상 바랐던 것과 똑같은 방식으로 메이스의 인정을 바랐다. 바티는 노력하지 않아도 그녀를 칭찬해주었다. 반면 메이스의 인정을 받기 위해서는 노력해야 했고, 거기에 실패했다는 사실이 가슴을 깊게 찔렀다.

"내가 상황을 전부 개판으로 만들어놨다고 당신이 조만간 말할 줄 알았어요."

"지나간 일은 지나간 겁니다, 레이디."

그건 더 나빴다. 메이스의 인정을 받지 못했을 뿐만 아니라 그는 그 이야기를 하고 싶어 하지도 않았다. 켈시의 눈에 눈물이 고였지만 그녀는 화가 나서 억지로 삼켰다.

"내가 딱 그 사람 같다고 생각할 테죠."

"어머님에 대해 너무 오랜 시간 집착하고 계십니다, 레이디. 그게 항상 폐하의 약점이죠."

"당연히 그럴 수밖에요!"

켈시는 근처의 근위병들을 상관하지 않고 소리쳤다.

"내가 여기서 하려는 모든 것에 엄마의 그림자가 어려 있어요! 한 걸음 움직일 때마다 엄마의 실수에 걸려 넘어질 지경이에요!"

"그럴지도 모릅니다만, 그런 식으로 스스로를 기만하지 마십시오. 폐하의 실수는 폐하께서 직접 저지르시는 겁니다."

"소른 일 때문에 그러는 거예요?"

그의 시선이 그녀에게서 떨어졌고 켈시는 눈을 가늘게 떴다.

"농담이겠죠."

"제 말을 들으십시오, 레이디. 아주 신중하게 들으십시오."

메이스의 얼굴이 창백해졌고 켈시는 갑자기 체념이라고 착각했던 그 무뚝뚝한 표정이 실은 분노라는 걸, 메이스가 전에 한두 번 터뜨렸던 타오르는 분노보다 훨씬 더 안 좋은 깊고 조용한 분노라는 것을 깨달았다.

"레이디께서는 저라면 하지 않았을 만한 일을 많이 하셨습니다. 레이디는 무모하시죠. 모든 결과를 고려하지 않으시고, 폐하보다 더 정보가 많은 사람의 충고를 받아들이지도 않으십니다. 하지만 저는 그 어떤 행동도 한 번도 비난한 적이 없습니다. 지금까지는요."

"이유가 뭐죠? 소른이 뭐 그렇게 중요한 거예요?"

그녀가 날카롭게 물었다.

"소른 때문이 아닙니다!"

메이스가 고함을 질렀고 켈시는 움찔 물러났다.

"제발 좀 어린애처럼 굴지 마십시오! 레이디 때문입니다. 레이디께서 변하셨습니다."

"이거요? 이것 때문에 걱정하는 거예요?"

켈시가 한 손으로 얼굴과 목을 쓸었다.

"레이디께서 미의 여왕 본인으로 변한다고 해도 전 상관 안 합니다. 그 새로운 얼굴이 문제가 아닙니다. 레이디. *폐하께서 달라지셨습니다.*"

"덜 순진해진 거죠."

"아뇨. 더 잔인해지셨습니다."

켈시는 이를 악물었다.

"그게 어때서요?"

"잘 생각해보십시오. 레이디. 레이디의 어머님처럼 되는 것보다 더 안 좋은 일들도 있습니다."

켈시의 성질이 치솟았고, 몇 초 정도 그녀는 메이스를 집어 들어 벽 너머로 내던질까 생각했다. 그녀는 할 수 있었다……. 소른의 처형으로 그녀의 안에서 뭔가가, 그녀의 일상 속을 어슬렁거리며 뛰어들 기회만 노리는 어떤 생물이 깨어났다. 이 생물은 포악하고 인정사정없고 다시 잠들려고 하지 않았다.

메이스가 한 걸음 나와서 그녀의 어깨를 잡았다. 메이스는 안전 때문이 아니면 한 번도 그녀를 건드린 적이 없었고, 켈시는 너무 놀라서 그대로 꼼짝할 수가 없었다. 분노도 누그러졌다.

"보석을 벗어버리십시오, 레이디. 없애십시오. 그게 좋은 일도 분명히 했습니다만, 지금 레이디께 일어나는 일을 감수해야 할 정도는 아닙니다. 제가 그걸 숨기겠습니다. 아무도 찾아내지 못할 겁니다. 다른 것을 바탕으로 레이디만의 왕위를, 전통을 만드십시오."

메이스가 애원했다.

잠깐 동안 켈시는 그가 옳은 게 아닌지, 보석이 진짜 문제인 게 아닌지 의문을 느꼈다. 꿈, 목소리, 릴리의 막을 수 없는 침공…… 켈시 삶의 일부가 중간에 떨어져 나간 것만 같았다. 지금 근위병들이 그녀가 모른다고 생각할 때에 그녀를 보는 눈길은 조심스럽고 의심이 깃들어 있고, 때로는 두려움에 차 있었다. 거울을 보고 릴리의 얼굴이 마주 보는 것을 발견했을 때 느꼈던 무력감. 모든 것이 더 나빠지고 있는데 켈시는 그게 언제부터 시작된 건지조차 몰랐다.

하지만 사파이어는…… 메이스의 부탁은 불가능한 일이었다. 사파이어가 더 이상 아무것도 하지 않는다는 것, 생명을 잃은 것 같다는 것도 중요하지 않았다. 이건 *그녀의 것*이었고, 이제 켈시는 자신이 냉정한 진실을 마주 보고 있다는 걸 깨달았다. 그녀에게는 나름의 마약이 있었다. 그저 형태만 다를 뿐이었다.

그녀가 마침내 말했다.

"아니, 나한테 그런 걸 요구하지는 말아요."

그의 시선은 거의 물리적으로 닿는 것처럼 느껴졌다.

"이게 우리 사이에 문제가 될까요, 라자러스?"

"그건 레이디께 달린 일입니다. 저는 여왕의 근위대입니다. 서약을 했습니다."

켈시의 뒤에서 목을 가다듬는 소리가 났다. 그녀는 감히 누가 끼어들었다는 사실에 화가 나서 홱 돌아섰지만, 계단 꼭대기에 서 있는 사람은 코린이었다.

"나중에 다시 이야기하죠."

그녀가 메이스에게 말했다.

"굉장히 기다려지는군요."

그녀는 다시금 성질이 솟구치는 걸 느끼고 그를 날카롭게 쏘아보았지만, 성질은 곧 가라앉았다. 어쨌든 그는 켈시가 듣고 싶지 않아도 언제나 진실을 말하는 메이스였다. 그녀는 갑자기 쿡쿡 쑤시며 관심을 요구하는 관자놀이에 한 손을 올렸다. 정신이 두 방향으로, 일직선에서 서로 반대쪽에 놓인 과거와 미래로 당겨지는 것 같았다. 한쪽 끝에는 릴리 메이휴와 그들 모두를 새로운 세상으로 데려와서 정착지를 만들고 왕국에 자신의 이름을 붙인 기묘한 영국 남자가 있었고, 반대쪽 끝에는 도시의 벽을 부수려는 모트 군대가 있었다. 켈시는 그 단계 하나하나를 생생하게 볼 수 있었다. 벽을 부수고, 검은색의 병사들이 벌 떼처럼 밀고 들어오고, 학살과 폭력과 잔인함의 난장판이 그 뒤를 따를 것이다. 남자, 여자, 아이들…… 아무도 벗어나지 못할 것이다. 뉴런던 약탈 사건, 티어링 사람들을 학살한 그 끔찍한 공포는 나중에 몇 세대에 걸쳐 그렇게 불릴 것이다. 어떻게 다른 선택지가 없을 수 있지? 소른을 망가뜨린 것처럼 그녀가 모트 군대를 무너뜨릴 수 없나? 노력해볼 수는 있지만 실패했을 때의 끔찍한 결과는…… 켈시는 지평선으로 돌아섰고, 상상일지도 모르지만 검은 구름이 더 가까워진 것 같았다. 광기가 그녀를 불렀고 켈시는 자신이 허락만 하면 그것이 다가와 완전히 감쌀 것임을 느꼈다……. 망토처럼 그녀를 감싸고 모든 딜레마를 없애줄 깊고 어두운 무(無)의 세계.

"뭐죠, 코린?"

"카다르에서 전갈이 왔습니다. 그들은 돕지 않을 겁니다. 그리고 왕의 청혼도 철회되었습니다."

켈시는 입가에 씁쓸한 웃음이 번지는 것을 느꼈다.

"카탄이 왔나요?"

"아뇨, 레이디."

"카탄은 제1대사입니다. 즐거운 시간과 달콤한 제안을 위한 상대죠. 급하게 물러나야 할 때에는 여행에서 살아남지 못해도 상관없는 불쌍한 자를 보냅니다."

메이스가 말했다.

"카다르의 전령이 선물을 남겼습니다, 레이디."

코린이 덧붙였다.

"뭐죠?"

"돌그릇입니다. 과일을 담는 그릇요."

켈시는 낄낄 웃기 시작했다. 어쩔 수가 없었다. 메이스도 웃었지만 그것은 지친 웃음이었다. 평소의 웃음과는 전혀 달랐다.

"카다르인들은 고립주의자들입니다, 레이디. 이게 그들의 방식입니다."

"좋은 소식은 없는 모양이군요. 오늘은 그런 날이 아닌가 보네요, 안 그래요?"

웃음이 잦아들고서 켈시가 말했다.

"그런 달도 아니었죠, 레이디."

"네, 그런 것 같군요."

켈시는 뺨에서 눈물을 닦다가 손에서 피가 나는 것을 알아챘다.

"괜찮으십니까, 레이디?"

"괜찮아요. 도시 안에 검을 들 수 있는 모든 사람들을 무장시켜야 돼요."

"저희에게는 그만한 철이 없습니다."

"그럼 나무 검이라도 좋아요. 뭐든지요. 그냥 그들에게 무기를 줘요."

"왜 그래야 하죠?"

"사기 때문이에요. 사람들은 무방비하다는 기분을 좋아하지 않아요. 그리고 난민들이 들어오면 아이가 있는 모든 가족들을 왕궁으로 들여요."

"방이 충분하지 않습니다."

"그러면 할 수 있는 데까지 해봐요, 라자러스."

켈시가 관자놀이를 문질렀다. 릴리가 그녀를 부르고 그녀의 정신을 잡아당겼으나 켈시는 돌아가고 싶지 않았다. 머릿속에서 펼쳐지는 릴리의 삶을 보고 싶지 않았다. 현재만 해도 끔찍했다.

"안으로 돌아가셔야 할 것 같습니다, 레이디. 곧 둔주가 시작되실 테니까요."

그녀가 놀라서 그를 돌아보았다.

"어떻게 알았어요?"

"레이디의 표정을 보고요. 저희도 이제 그 징조를 압니다."

"펜은 언제 돌아오죠?"

메이스가 그녀에게 불가해한 표정을 지었다.

"오늘 밤에 휴가가 끝납니다만, 레이디께서 잠드시기 전까지는 오지 못할 겁니다."

"그건 상관없어요."

"조심하십시오, 레이디."

그녀는 자신이 누구와 자든 그가 상관할 일이 아니라고 쏘아붙일 생각으로 홱 돌아섰지만, 결국 그냥 침묵을 지켰다. 펜은 어쨌든 그녀의 것이 아니니까. 그가 누군가에게 속해 있다면, 메이스에게 속해 있다고 하는 게 맞을 것이다.

"레이디!"

"이런 맙소사, 코린, 또 뭐죠? 또 전령인가요?"

"아뇨, 레이디. 이번에는 마술사입니다. 그가 폐하와 꼭 이야기를 해야겠다고 합니다."

코린이 양손을 들어 올리고 말했다.

"누구요?"

"저녁 식사 때 공연했던 마술사 말입니다. 브래드쇼요."

하지만 계단에서 나온 남자는 켈시가 그때 저녁 식사에서 보았던 완벽하게 깔끔한 공연자가 아니었다. 브래드쇼는 심하게 구타당했다. 부은 양쪽 눈에 검은 멍이 들고 뺨에도 빨갛게 긁힌 상처들이 있었다.

"폐하, 폐하께 보호를 요청합니다."

그가 숨을 헐떡이며 말했다.

"무슨 일인가?"

"교황께서 제 머리에 상금을 걸었습니다."

"농담이겠지."

"정말입니다, 폐하. 100파운드입니다. 전 며칠째 도망 다니고 있습니다."

"나도 교황에 대한 애정은 전혀 없지만, 사람의 머리에 대놓고 현상금을 거는 건 믿기 어렵군, 브래드쇼."

"저만 그런 게 아닙니다, 폐하! 그 늙은 사제 말입니다, 타일러 신부님요. 교황은 그분한테도 현상금을 걸었습니다."

켈시는 타일러 신부를 못 본 지 며칠 됐다는 것을 깨닫고서 뱃속이 천천히 가라앉는 것을 느꼈다. 알리스와 공성 준비 때문에 너무 바빠서 알아채지 못했지만, 이제 돌이켜 생각해보니 타일러 신부가 왕궁에 온 지가 최소한 사흘은 된 것 같았다.

"그분은 어디 계세요?"

그녀가 메이스에게 물었다.

"저도 모릅니다, 레이디. 저도 이 이야기는 처음 듣습니다."

메이스가 걱정하는 얼굴로 대답했다.

"그분을 찾아요, 라자러스. 당장 찾아요."

메이스는 코린과 상의하러 갔고, 켈시는 마술사와 단둘이 남았다. 메이스가 그녀를 무방비 상태로 놔둔 것이다. 갑자기 그녀는 이게 그가 정말로 사실을 안다는 진정한 암시임을 깨달았다. 켈시는 이제 누구한테도 육체적으로 위협당할 일이 없을 것이다. 근위대는 의례적인 허구일 뿐이었다. 순간적으로 모트군을 어떻게 해야 할지 아이디어가 정신의 가장자리에서 깜박거렸으나 그녀가 손을 내밀어 잡으려고 하는 순간 사라지고 타일러 신부에 대한 걱정만이 남았다. 마술사는 추적자들을 따돌리고 도망칠 수 있을 테지만, 타일러 신부는 어떻게 했을까? 그는 다리가 부러진 노인이었다.

"교황이 그대에게 이전에 불만을 갖고 있었나?"

그녀가 마술사에게 물었다.

"아뇨, 폐하, 맹세합니다. 저는 왕궁에서의 그날 밤 이전에는 그분을 뵌 적이 없습니다. 거트에서 들리는 말로는 교황께서 저와 같은 업종의 모든 공연자들을 파문하셨다고 합니다. 하지만 현상금까지 걸린 건 저뿐입니다."

그러니까 이건 브래드쇼에 대한 게 아니었다. 교황은 마술사를 싫어했지만 현상금은 켈시의 뺨을 후려치는 거나 다름없는 행동이었다.

"그대가 정말로 어느 정도로 위험한 상황이지?"

"저는 사라지는 재주가 있으니까 남들보다 좀 낫습니다. 하지만 저도 영원히 그들을 따돌릴 수는 없습니다, 폐하. 저는 도시에서 너무 잘 알려져 있거든요. 맹세컨대 저를 써먹을 데가 있으실 겁니다."

켈시는 웃으면서 벽 너머를 가리켰다.

"저기를 봐, 브래드쇼. 나한테는 지금 왕궁 내 공연자가 전혀 필요치 않아."

"압니다, 폐하."

마술사는 바닥을 한참 동안 쳐다보다가 어깨에 힘을 주고서 조용히 말했다.

"저는 그냥 공연자가 아닙니다."

"무슨 뜻이지?"

브래드쇼가 몸을 살짝 기울였다. 메이스가 가까이 있었으면 절대로 허락하지 않았겠지만, 그는 여전히 코린과 깊은 이야기를 나누고 있었기 때문에 브래드쇼는 켈시에게 몸을 기울여 다른 근위병들로부터 그녀를 가릴 수 있었다.

"보십쇼."

브래드쇼가 오른손을 들어 올리고 돌처럼 꼼짝하지 않았다. 잠시 후 뜨거운 열기를 받은 자갈이 그러듯 손바닥 위의 공기가 반짝거리기 시작했다. 반짝거리던 것이 점차 뚜렷해지며 단도가, 오래되고 섬세한 세공의 손잡이가 달린 은제 단도가 나타났다.

"만져보십시오. 폐하."

켈시는 단도를 쥐었고, 손바닥 안에서 칼은 단단했다.

"사람들은 폐하의 보석에 마법이 있다고 하더군요. 하지만 티어에는 다른 마법이 있습니다. 저희 가족은 그런 재주로 가득합니다."

켈시는 메이스 쪽을 재빨리 보았다. 그는 분명히 좋아하지 않을 것이다. 그는 마술사를, 그 재주를 전부 다 불신했다. 하지만 이 남자는 그날 밤에 어떤 해도 끼치지 않았다. 켈시가 공연하라고 그를 고용했다. 그리고 고려해야 하는 더 큰 문제도 있었다. 교황이 돈으로 뉴런던 귀족들의 마음을 살 수는 있어도 진짜 열성 신도들은 아배스가 내건 현상금 같은 세속적인 행위를 참지 않을 것이다.

"그대를 받아들이지."

그녀가 마술사에게 말했다.

"하지만 여왕동은 그리 오래 은신처가 되지 못할 거야. 모트군이 오면 그냥 영원히 사라지는 편이 나았을 거라고 생각할지도 몰라."

"감사합니다, 폐하. 더 이상 폐하의 시간을 빼앗지 않겠습니다."

브래드쇼가 그 부자연스러운 곡예사 같은 우아함으로 몸을 홱 돌려 메이스를 향해 갔다. 켈시가 바쁘지 않다고, 그 반대라고 말할 겨를도 없었다. 그녀는 지평선을 바라보며 머릿속으로 무시무시한 파멸의 광경을 상상하는 것 말고는 아무 할 일도 없었다. 지평선의 구름은 그녀의 것이었다. 그녀가 그걸 여기로 불러들인 장본인이었다. 다시금 릴리의 정신이 거의 실체처럼 그녀를 간질이는 것을, 그녀의 정신 안으로 침범하려 하는 것을 느끼고 그녀는 몸을 떨었다. 릴리의 삶도 재앙을 향해 달려가고 있었고, 그녀는 켈시에게 뭔가를 원했다. 켈시가 아직 알 수 없는 뭔가를 원했다. 그리고 이제 켈시는 어느 쪽 환상 속에 있든 별 차이가 없다는 걸 깨달았다. 과거든 미래든 양쪽 모두 공포뿐이었다. 그녀는 지평선에 등을 돌리고 자신의 실수를 다시 하나하나 세며 그로 인한 고통에 대해 마음의 준비를 했다. 재앙을 맞이할 준비를.

"저 개자식들은 이제 우리를 걱정하지 않아. 저기엔 제대로 된 보초가 없어. 그저 매뿐이라고."

버몬드가 중얼거렸다.

홀도 동의의 소리를 냈지만 투구에서 시선을 들지는 않았다. 이틀 전에 칼날이 그의 턱을 스쳐 투구 끈을 잘라버렸다. 홀은 가죽 조각을 덧대고 꿰매서 끈을 대체했지만 이제 투구는 제대로 맞지 않고 계속해서 머리 옆으로 미끄러지려고 했다.

어쨌든, 이보다 더 나쁠 수도 있었다. 흉터가 남겠지만 수염을 기르면 쉽게 감출 수 있을 것이다. 멍청한 투구 끈이 그의 목숨까지는 아니라도 이는 구해주었다. 끈은 홀이 행운의 부적으로 주머니에 넣고 다녀야 할 물건 같았지만 카델강 5킬로미터쯤 위쪽에서 잃어버렸다.

"그 망할 것 좀 그만 만지작대고 좀 보라고, 라이언."

홀은 한숨을 쉬며 투구를 내려놓고 망원경을 꺼냈다. 사흘 동안 한숨도 못 잤다. 모트 군대가 그들을 가차 없이 남서쪽으로 몰아붙여 크리드를 지나 앨먼트 아래쪽까지 밀어내면서 지난 2주는 전투와 퇴각의 반복으로 정신없이 지나갔다. 가끔 홀은 자신이 깨어 있는지 자고 있는지, 자신이 싸우는 전투가 진짜인지 그저 머릿속에서 벌어지는 건지 알 수가 없었다. 모트 군은 며칠 전에 카델 양쪽 강둑을 전부 점령했고, 이제 강에는 홀이 감탄할 수밖에 없는 천재적인 기구인 이동식 다리가 여러 개 놓였다. 물론 그는 그걸 부술 방법을 짜고 있었다. 다리를 통해서 모트군은 강 양쪽을 모두 점유할 수 있을 뿐만 아니라 병력을 나누지 않고서도 강바닥에서 물을 끌어 올릴 수 있었다. 다리는 단단한 참나무로 만들고 군 병력의 무게에 부러지지 않도록 가운데 강철을 덧댄 것처럼 보였지만, 재빨리 분해해서 이동시킬 수도 있었다. 모트메인의 누군가가 대단한 공학자인 모양이었다. 홀은 세상이 바로 옆에서 무너지고 있는 지금도 그 사람과 몇 분만 이야기해볼 수 있다면 좋을 거라고 생각했다.

홀의 망원경에 카델 남쪽의 깃발이 보였다. 모트 진영 대부분이 검은색이거나 짙은 먹구름 같은 회색이었으나 이 깃발은 밝은 진홍색이었다. 홀은 모트 궁수들의 위협에도 자리에서 일어나 렌즈의 초점을 맞췄다. 빨간 깃발은 새빨간 천막 위에 꽂혀 있었다.

"장군님. 강 남쪽 10시 방향을 보십시오."

"뭐? 제기랄, 저거 봐."

버몬드는 망원경을 내려놓고 관자놀이를 문질렀다. 그 역시 며칠 동안 잠을 못 잤다. 버몬드가 우스울 정도로 집착하는 계급의 상징인 투구의 파란색 깃털조차 흐린 햇살 속에 늘어져 있었다.

"지금 우리한테 딱 필요한 거로군."

"어쩌면 진짜가 아니라 모트군의 술책일지도 모릅니다."

"술책이라고 생각하나?"

"아뇨. 자신이 시작한 걸 끝내기 위해서 여기 온 거겠지요."

홀은 잠깐 생각한 후 대답했다.

"사기도 이미 아슬아슬한 상태야. 이걸로 완전히 꺾일 수 있어."

홀은 망원경을 서쪽으로, 뉴런던 쪽으로 돌렸다. 도시 앞에 여왕의 난민 야영지가, 천막과 방수포로 가득한 지역이 넓게 펼쳐져 있었고, 이제 그곳은 인구조사부 사람들이 남은 난민들을 뉴런던 안으로 피신시키느라 북적북적 난리였다. 돌로 된 벽이 카델강 바로 가장자리부터 약 3미터 높이로 도시를 둘러싸고 있었다. 하지만 이 벽은 부드러운 강둑에 급하게 축조된 것이라 공격에 버티지 못할 것이다. 모든 것이 지연 작전이었다. 피난을 끝내기 위해 하루만 더 번 후 버몬드는 군대를 뉴런던으로 퇴각시킬 거고, 모두들 포위전에 대비할 것이다. 도시 위로 짙게 연기가 솟아올랐다. 모든 동물들을 도살해서 장기 보존을 위해 고기를 익히고 절이고 있는 거였다. 군대는 모트군이 성벽 앞에 도착하면 카델강을 차단할 것임을 알기 때문에 물을 비축하고 있었다. 훌륭한 준비였지만, 어쨌든 지연책일 뿐이었다. 포위를 끝내는 방법은 딱 하나였다.

"어쨌든 모트군의 사기도 떨어져 있을 거야."

버몬드는 희망을 품은 어조로 말했다.

"모트군은 전리품을 좋아하는데 우리가 아무것도 안 남겼거든. 인정하기는 싫지만 여왕 폐하의 피난 작전은 좋은 생각이었어. 지금쯤 놈들 진영에서는 투덜거리는 소리가 나오고 있을 거야."

"부족합니다. 놈들이 투덜거리고 있었어도 이제는 입을 다물었을 겁니다."

홀이 붉은 텐트를 가리키며 말했다.

그는 붉은 여왕의 이름을 말하고 싶지 않았다. 어린 시절 국경 지역에서 자랄 때 들은 오래된 미신 때문이었다. 모든 아이들은 붉은 여왕에 관해 이야기하면 그녀가 나타날 수도 있다고 생각했다. 이름은 저 멀리 있는 붉은 얼룩이 아니라 상대를 진짜로, 완벽한 진짜로 만든다……. 하지만 부하들이 천막을 보면 두려움이 사악한 바람처럼 티어 군대 나머지에 퍼져나갈 것임을 홀도 알았다.

버몬드는 한숨을 쉬었다.

"어떻게 저놈들을 하루 더 막아내지?"

"후퇴하죠. 다리로 들어오는 입구에 자리 잡고 바리케이드를 만드는 겁니다."

"놈들에게 공성탑이 있어."

"쓰라고 하죠. 저희에겐 기름과 횃불이 있습니다."

"자네 오늘 상태가 좋군. 어젯밤에 매춘 거리에라도 몰래 갔다 온 건가?"

"아뇨."

"그럼 뭐지?"

"꿈을 꾸었습니다."

"꿈이라. 무슨 꿈?"

버몬드가 낄낄거리며 물었다.

"여왕 폐하에 관해서요. 그분이 엄청난 불로 땅을 말끔히 태워버리시는 꿈을 꾸었습니다. 모트군, 붉은 여왕, 사악한 자들…… 티어의 모든 적들이 싹 사라졌습니다."

홀이 말했다.

"자네가 전조를 믿는 사람인 줄 몰랐군, 라이언."

"그렇지는 않습니다. 하지만 어쨌든 덕택에 기분은 좋아졌습니다."

"자네는 물정 모르는 어린애를 너무 믿는군."

홀은 대답하지 않았다. 버몬드는 여왕을 건방진 어린애로밖에 보지 않았지만, 홀은 다른 것을, 정확히 가늠할 수는 없지만 무언가를 보았다.

"놈들이 다시 온다. 투구를 쓰게. 자네가 놈들을 강둑의 진창 지대로 밀어낼 수 있는지 보자고. 놈들의 발놀림은 강철만큼 무시무시하진 않으니까 무른 지대에서는 움직이기가 힘들 거야."

홀은 뒤에 있는 부하들에게 준비하라는 신호를 보냈다. 모트의 별동대가 진영에서 나와서 카델 북쪽 강둑 위로 퍼졌다. 지금껏 몇 번이나 계속해서 그들은 티어군을 측면공격으로 밀어냈다. 압도적인 그들의 숫자 때문에 간단한 일이었다. 이번에도 별로 다르지 않을 것이다. 홀은 뒤쪽의 난민 야영지를, 피난의 마지막 단계를 밟는 개미 같은 움직임을 마지막으로 힐끗 보았다.

하루만 더, 그는 그렇게 생각하며 칼을 뽑아 병사들을 이끌고 강을 향해 언덕을 내려갔다. 버몬드는 언덕 꼭대기에 남았다. 그의 팔다리는 더 이상 근접 전투를 할 만한 상태가 아니었다. 홀의 병사들이 달리는 홀을 따라잡아 양쪽에서 그를 둘러쌌다. 블레이저는 오른쪽에 있었다. 블레이저는 크리드 기슭에서 쇄골에 끔찍한 상처를 입었지만 위생병이 꿰매주었고, 이제는 언덕 아래 도착해서 모트 전선을 향해 달려가며 고함을 지르고 있었다. 홀은 철제 칼날이 부딪치며 충격이 팔을 타고 흘러내리는 것을 느꼈으나 꿈에서 늘 그런 것처럼 고통은 무뎌졌다. 그는 약간 당혹한 상태로 앞에 있는 공격 상대를 보았다. 잠시 그들이 무엇 때문에 싸우는 건지 의아했다. 하지만 근육의 기억력은 강력했다. 홀은 병사를 밀어내고 팔목과 장갑 사이 부분을 향해 칼을 내리그었다. 손이 거의 잘려나가자 남자가 비명을 질렀다.

"매다! 매야!"

홀의 뒤쪽에서, 언덕 비탈에서 고함 소리가 들렸다. 고개를 들자 최소한 열 마리의 매가 머리 위를 지나가고 있었다. 이것들은 보초가 아니었다. 이 새들은 똑같은 간격을 두고 하늘을 가로질러 서쪽으로 조용히 날아갔다. 특별하게 훈련된 놈들이지만, 목적이 뭘까?

생각할 여유가 없었다. 또 다른 모트 병사가 그에게 달려들었다. 이번에는 왼손잡이였고 홀은 매를 잊고 남자와 싸웠다. 투구가 다시 뒤로 미끄러져서 머리에서 떨어졌고 홀은 욕설을 내뱉으며 그것을 바닥에 던졌다. 투구 없이 싸우는 건 죽기 딱 좋은 방법이었지만, 죽음도 지금 이 순간에는 괜찮은 결과인 것 같았다. 최소한 죽으면 잠은 잘 수 있겠지. 홀은 모트 병사를 찔렀고 칼이 남자의 철제 가슴갑옷에 쨍 부딪치는 것을 느꼈다. 망할 모트 갑옷 같으니! 뒤에서 비명 소리가 들렸지만 홀은 목 뒤쪽에서 따뜻한 액체가 느껴질 때조차 돌아볼 겨를이 없었다.

누군가가 모트 병사의 옆에서 달려들어 그를 바닥으로 쓰러뜨렸다. 블레이저가 병사를 붙잡고 얼굴을 몽둥이로 내리쳤다. 병사가 늘어지자 블레이저는 일어서서 홀의 팔을 잡고 그를 다시 티어 전선 쪽으로 데리고 물러났다.

"무슨 일이지? 퇴각인가?"

"얼른 오십시오! 장군님이!"

그들은 모트 병사 여럿을 때려눕히면서 다시 원래 자리로 돌아갔다. 홀은 꿈속에서 움직이는 기분이었다. 모든 것이 비현실적으로 보였다. 햇빛, 전투의 소음, 악취, 심지어는 죽어가는 사람들의 비명까지도. 하지만 카렐 강물은 맑고 차갑고 붉은색으로 반짝였다.

앞에 있는 언덕 꼭대기에 병사들이 우르르 모여 있었다. 모두들 표정이 심각했다. 이 광경의 무언가에 며칠 만에 처음으로 정신이 번쩍 들었다. 홀은 언덕 아래서 벌어지는 전투를 잊고 달리기 시작했고, 블레이저도 옆에서 따라왔다.

버몬드가 바닥에 엎어져 있었다. 아무도 그를 건드리지 못했기에 홀이 무릎을 구부리고 그를 돌려 눕혔다. 모여 있던 병사들이 동시에 헉하고 숨을 들이켰다. 버몬드의 목이 찢겨서 목 양옆의 살만 아주 약간 남아 있었다. 가슴은 갑옷이 막아주었지만 팔다리는 전부 갈가리 찢겼다. 왼팔은 어깨에서 떨어져 나가기 직전이었다. 피투성이가 된 얼굴의 눈은 멍하니 하늘을 올려다보았다.

몇 미터 떨어진 풀 위에 버몬드의 우스꽝스러운 파란 깃털이 달린 투구가 보였다. 그 투구는 멍청한 장식이었지만 버몬드는 그것을 사랑했다. 산들바람에 깃털을 휘날리면서 말을 타고 티어링을 돌아다니는 걸 좋아했다. 전시가 아니라 평시의 장군이었다고 생각하며 홀은 목이 멘 상태로 버몬드의 눈을 감겨주었다.

"대령님! 저희가 밀리고 있습니다!"

홀은 몸을 펴고 티어 전선이 약해지고 있는 것을 보았다. 어느 시점에 모트군이 티어군을 쿠션에 핀을 찌르듯이 안으로 밀어냈다. 홀은 주위의 병사들을 보며 상실감을 느꼈다. 블레이저, 카프리, 그리핀 대령, 이름이 기억 안 나는 젊은 소령, 그리고 보병 몇 명. 장군으로 승진하는 데에는 여왕의 승인과 예식 같은 형식적인 절차가 필요했다. 홀은 수년 전 버몬드가 엘리사 여왕에게 장군직을 임명받을 때 바로 옆에 서 있었다. 지금 여왕은 멀리 있었지만, 주위를 둘러보니 모두가, 그리핀조차도 홀을 쳐다보며 명령을 기다리고 있었다. 여왕이 임명을 하든 안 하든 이제 그가 장군이었다.

"카프리. 다음 언덕까지 퇴각시켜."

카프리 소령이 언덕 아래로 전속력으로 달려갔다.

"자네, 그리핀. 남은 대대를 뒤로 물려 뉴런던으로 가. 난민들이 버리고 간 지역에서 남은 물자들을 챙겨서 다리에 바리케이드를 쳐."

"오래된 가구와 천막으로 만든 바리케이드는 오래 버티지 못할 겁니다."

"하지만 그래야 돼. 필요하면 여왕 폐하께 목재를 요청해도 좋지만, 바리케이드는 쳐야 돼. 피난이 완료되자마자 거기서 보도록 하지."

그리핀은 몸을 돌려 출발했다. 홀은 전장으로 시선을 돌리고 티어군이 이미 언덕 아래쪽의 완만한 경사로 밀려나기 시작했음을 깨달았다. 그는 버몬드의 시체를 내려다보았다. 슬픔과 피로가 가슴에 가득 찼지만 지금은 그런 걸 느낄 시간이 없었다. 모트군은 천천히 언덕 위로 올라오며 후퇴 속도를 빠르게 만들었다. 모트 전선 뒤쪽에서 저음의 목소리가 명령을 내렸고 홀은 그것이 두카르트 장군의 목소리라는 걸, 그가 전장 근처에 있다는 걸 깨달았다. 두카르트는 뒤로 물러나 혼자 깨끗하게 있는 유형이 아니었다. 그는 피를 보러 올 사람이었다.

"두 사람. 그리핀과 함께 가게. 장군님의 시신을 뉴런던으로 모셔 가."

홀이 두 보병을 가리키며 말했다.

그들은 버몬드의 시체를 들고 언덕 반대편으로, 말이 있는 곳으로 가져갔다. 홀은 잠깐 그들을 따라가다가 시선을 들어 난민 야영지를 보았다. 무방비한 사람들, 무방비한 도시.

하루만 더, 그는 모트군이 티어 전선의 가장 약한 부분을 찾아 공격하는 것을, 칼과 광을 낸 갑옷이 햇살에 반짝이는 것을 보며 생각했다. 홀의 병사들이 다시 언덕으로 올라오려고 하고 있었지만 그들은 리넨을 자르듯 손쉽게 티어군을 가르고 들어왔다. 티어 병사들이 뚫린 곳을 막기 위해서 달려들었으나 피해는 이미 생긴 후였다. 홀의 편대에 이제 구멍이 뚫렸고, 재편성할 시간이 없었다. 모트군은 기회를 놓치지 않고 약해진 부분으로 파고들어 티어군을 뒤로 더 밀어내고 자리를 차지했다. 버몬드는 죽었지만 홀은 여전히, 다음 언덕 어딘가에서 바라보고 평가하며 홀이 다음에 어

떻게 할지 기다리는 그의 존재를 느낄 수 있었다. 구름을 뚫고 햇살이 비쳤다. 홀은 칼을 뽑으며 팔근육에 다시 힘이 솟는 것을 느끼고 안도했다. 오랜만에 가장 정신이 맑고 또렷한 기분이었다. 모트군이 티어 전선을 뚫고 물리칠 수 없는 검은 구름처럼 밀고 들어오기 시작했고, 홀 장군은 그들을 맞이하기 위해서 언덕 아래로 돌격했다.

11장
푸른 수평선

크로싱 이전 10여 년 동안 미국 보안국은 분리주의자 혐의가 있는 수천 명의 사람들을 구속했다. 억류된 사람의 숫자만 보고 미국 정부와 대중은 보안국이 국내 테러리즘과의 전쟁에서 이기고 있다고 생각했다. 하지만 눈에 띄는 결과를 내려는 이 맹목적인 목표 때문에 정부는 진짜 문제를 깨닫지 못하고 있었다. 미국의 표면 아래 보이지 않게 자리한 거대한 단층이 마침내 갈라지기 시작하고 있었다는 것이다.

—《미국의 어두운 밤》, 글리 델라미어

도리언이 사라졌다.

릴리는 아기방 입구에 서서 눈을 깜박였다. 도리언이 사라졌고, 의료 도구들과 릴리가 준 여분의 옷들도 사라졌다. 아기방은 언제나처럼 고요하고 늦은 아침 햇살 속에서 떠다니는 조그만 먼지 입자들만 가득했다. 아무도 도리언이 거기에 있었다는 걸 알지 못할 것이다.

물론 릴리도 작별 인사를 기대했던 건 아니지만, 좀 더 시간이 있을 거라고 생각했다. 하지만 윌리엄 티어가 한밤중에 와서 도리언을 데려가버렸다.

릴리는 몸을 돌려 복도를 따라 다시 돌아갔다. 아침의 모든 기쁨이 갑자기 싹 사라졌다. 이제 뭘 해야 되지? 이따가 미셸, 크리스틴, 제사와 브리지를 하기로 되어 있었지만 이제는 취소해야 할 것 같았다. 세 사람과 함께 자리에 앉아서 소문을 떠들고 크리스틴이 이번주에 좋아하는 칵테일을 마시고 있을 자신이 없었다. 무언가가 움직였고, 이제 릴리는 다시 사소한 것들밖에 없는 세상으로 돌아갈 수가 없었다.

이틀 후, 보스턴과 버지니아주 디어본에 테러리스트의 공격이 동시에 일어났다는 소식이 뉴스 사이트에 올라왔다. 보스턴의 테러리스트들은 다우의 창고 시설 하나를 부수고 약 5천만 달러에 이르는 의료 도구와 약품을 훔쳤고, 이 엄청난 성과는 모든 웹사이트의 제일 꼭대기를 장식했다. 하지만 버지니아의 공격은 눈에는 덜 띄지만 릴리의 호기심을 더욱 자극했다. 말이 되지 않기 때문이다. 열 명에서 열두 명 정도의 무장 게릴라들이 백만장자의 디어본 말 농장에 침입해서 종마들을 거의 다 훔쳤다. 게릴라들은 말을 실을 트레일러를 끌고 왔고, 동물들과 동물을 돌볼 도구들 말고는 아무것도 가져가지 않았다.

말이라니! 릴리는 어이가 없었다. 이제는 농사지을 때조차 아무도 실제로 말을 사용하지 않았다. 말은 경마와 그와 관련된 도박에만 쓸모가 있는 부자의 도락이었다. 릴리는 키 큰 영국 남자가 미친 게 아닐까 잠깐 생각했다. 이건 티어가 한 일이 분명했으니까. 하지만 어쩐지 그런 느낌이 아니었다. 그보다는 이 모든 것들이 몇 개의 조각이 빠진 퍼즐 같았다. 말과 의료 도구가 도난당하고, 비행기 시설이 파괴되었다. 매일 릴리는 머릿속으로 판위에서 이 조각들을 움직이며 이해해보려고 노력했다. 이것을 제대로 맞춰서 퍼즐을 완성하기만 하면 모든 것이 또렷해지고 영국 남자의 진짜 계획이, 더 나은 세상의 확실한 윤곽이 나타날 거라는 확신이 들었다.

버지니아 공격 사흘 후, 릴리는 병원에 다시 가야 했다. 시작은 아주 간단했다. 그레그가 입으려던 셔츠가 드라이클리닝 가게에 가 있었고, 릴리가 셔츠를 가져오지 못하자 그레그는 그녀의 손가락이 낀 채 그대로 침실 문을 닫아버렸다. 처음에는 아프지도 않았다. 손이 문에 그저 꽉 끼었을 뿐이고 별로 감각도 없었다. 하지만 그레그가 몇 초 후에 문을 열자 고통이 격렬하게 밀려들었고, 릴리가 비명을 지르자 그레그는 그때까지 한 적 없는 일을 했다. 그녀의 얼굴을 주먹으로 두 번 때린 거였다. 두 번째 주먹에 릴리의 코가 마치 겨울철 마른 나뭇가지가 부러지듯 바삭 소리를 내며 부러졌다.

그레그는 이미 회의에 늦었기 때문에 릴리를 응급실에 데려간 건 조너선이었다. 그는 아무 말도 하지 않았지만 백미러로 턱이 굳어지고 눈이 가늘어진 것을 볼 수 있었다. 그가 누구를 못마땅해하는 걸까? 두 사람 모두? 그녀는 거실에서의 그날 밤 이래로 조너선과 이야기한 적이 없었다. 그는 그 일이 없었던 척하려는 게 분명했고 그래서 릴리도 똑같이 했다. 가끔은 조너선에게 그 일에 관해 이야기할 수 있으면 좋겠다고 생각했지만, 그의 조용한 태도 때문에 말을 꺼낼 수가 없었다. 대신에 그녀는 코에서 흐르는 피가 의자에 떨어지지 않도록 하는 데에만 집중했다.

검사 결과 릴리는 코가 부러진 데다가 손가락도 두 개 부러졌다. 조너선이 의사의 질문에 답할 동안 그녀는 멍한 상태로 환한 방 안만 쳐다보았다. 코를 바로잡을 때가 되자 의사들은 그녀를 정신을 잃게 만들었다. 그녀는 그날 밤 두 명의 간호사의 보살핌을 받으며 병원에 머물렀고, 깨어보니 간호사들의 상냥하고 친절한 목소리가 들렸다. 거기에 영원히 머무르고 싶었다. 병원에는 고통과 질병이 있지만, 그래도 안전한 곳이었다. 그레그는 다시는 그러지 않겠다고 했지만, 거짓말이었다. 컨트리클럽에서의 그날 이래 여러 차례 릴리는 그레그의 손이 아프게 몸 안쪽을 찌르고 긁어대는 바람에 잠을 깨곤 했다. 부러진 뼈는 나쁘지만 그게 훨씬 더 끔찍했고, 병원이 집에 비하면 더 안전하게 느껴졌다.

닷새 후에 뉴잉글랜드 전역의 전기가 나갔다. 잠깐 동안, 겨우 20분 정도의 정전이었고 몇 건의 교통사고 말고는 진짜 피해도 없었다. 하지만 그래도 그 사건은 워싱턴과 주식시장에 엄청난 공포를 불러일으켰다. 이런 정전은 불가능한 일이어야 했기 때문이다. 모든 것이 컴퓨터로 작동되고 온갖 방법으로 보호되고 백업되는 세상에서 시스템은 실패하는 일이 없어야 했다. 그레그는 하드웨어에 결함이 있었다고 말했지만 릴리는 의심스러웠다. 그녀는 도리언을, 태그도 없는 여자가 어떻게 해군 기지에서 보안을 뚫었는지를 떠올렸다. 그리고 사우디아라비아에서 복무하고 돌아와서는 일자리도 없고 기술을 발휘할 시장도 없다는 걸 알게 된 조녀선 같은 병사들 수천 명을 떠올렸다. 그리고 이제 의심을 품기 시작했다. 분리주의자들의 수는 정말로 얼마나 되는 걸까? 뉴스 사이트는 푸른 수평선을 정신이 불안정한 개인들로 이루어진, 체계도 없고 불만만 가득한 몇 개의 조직 정도인 것처럼 경멸을 담아 이야기했다. 하지만 증거는 그 반대였다. 릴리는 술을 지나치게 많이 마시고 테러리스트들이 유능하고 조직적이라고 인정한 적이 있는 보안국 중위 어니 웰치를 떠올렸다. 윌리엄 티어는 어떤 장벽이든 뚫을 방법이 있다고 말했고, 릴리의 머릿속에 질문들이 미칠 정도로 계속해서 맴돌았다. 푸른 수평선은 도대체 얼마나 큰 걸까? 그들 모두가 티어의 말을 따를까? 더 나은 세상이 뭐지?

다음 주말에 그레그는 어니 웰치와 어니의 부하 두 명을 저녁 식사에 데려왔다. 그레그는 어니가 이 동네에 오는 드문 경우에 언제나 집으로 초대했다. 그들은 프린스턴대 남학생 사교 클럽 동기였다. 그레그는 보안국 중위와 친구로 지내는 건 유용하다고 말했고 릴리도 그게 일리가 있다고 생각했다. 하지만 이번에 어니가 집으로 들어왔을 때 릴리는 그레그의 주차

딱지나 휴가용 빠른 여행 비자나 심지어는 어니가 가끔 사업이 바쁘지 않을 때 호의로 빌려주는 보안국 헬리콥터 같은 건 보지 못했다. 대신에 학교 문밖으로 끌려가는 매디의 모습이 보였다. 마지막으로 본 그 금발 머리가 너무나 뚜렷하게 떠올라 문가에서 릴리가 휘청거렸고 어니가 그녀의 어깨에 팔을 두르려고 하자 그녀는 황급히 부엌으로 도망쳤다.

어쩐 일로 어니는 저녁 식사 때 술을 마시지 않았고, 두 부하들이 위스키 잔을 건드리려고 하자 노려보았다. 그레그는 그걸 보고 그를 놀렸으나 어니는 그저 어깨를 으쓱이며 말했다.

"내일 숙취에 시달리면 곤란해."

릴리도 어니가 술을 마시지 않아서 안도했다. 그는 취하면 꽤나 손이 바빠졌다. 한번은 탁자에서 실제로 그녀의 다리 사이에 손을 넣으려고 하기도 했다. 릴리는 그레그가 이런 상황을 알아챈 적이 있는지 알 수가 없었다. 그레그가 굉장히 소유욕이 강해지긴 했지만, 자신에게 유용한 위치의 사람의 경우에는 일부러 못 본 척하는 것 같았다. 그러나 릴리는 혹시나 해서 어니와 반대편에 앉았다.

코가 거의 정상으로 돌아오긴 했지만 릴리의 오른쪽 눈 아래는 여전히 눈에 띄게 멍이 들었고, 어니가 거기에 대해 묻지 않는 것에 그녀도 놀라지 않았다. 그녀는 거의 식사를 할 수가 없었다. 아직 임시 부목을 대놓은 다친 손가락 두 개 때문에 나이프와 포크를 다루기가 어려웠지만, 진짜 문제는 그게 아니었다. 그녀는 결혼 생활의 거의 대부분을 거짓말하며 보냈지만 도리언이 뒷담을 넘어왔던 이래로 그 기반이 뒤흔들렸고 이제 자신을 숨기는 것이, 거짓말 하나하나를 억지로 하는 것이 점점 더 어려워졌다. 그녀는 남편이 두려웠지만 그 두려움은 이제 덜 중요했다. 저 바깥에 더 넓은 세상이, 그레그 같은 사람이 조종하지 않는 세상이 있다는 걸 어렴풋이 알았고, 가끔, 아직 제대로 이해하는 건 없긴 하지만 그래도 도리언이 말한 게 무슨 뜻인지 정확히 알 것 같았다. 손에 닿을 만큼 가까이 있다는 것.

돼지들, 그녀는 그레그와 군인들이 콧방귀를 뀌고 낄낄거리고 음식을 쿵쿵대는 것을 보며 생각했다. 전부 다 돼지들이야. 당신들은 더 나은 세상이 뭔지 전혀 몰라. 릴리도 더 나은 세상을 이해하지 못했지만, 그래도 최소한 윤곽은 깨닫기 시작했다고 생각했다. 가난도, 탐욕도 없을 거라고 티어는 말했다. 상냥함이 가장 중요할 거고, 그레그 같은 사람들은 전혀 손끝도 대지 못할 것이다. 어제 그는 체외수정 의사와 연락을 했다고 말했다. 그들은 월요일에 의사에게 갈 예정이었다. 릴리는 화요일에 자신의 삶이 어떻게 보일지 상상도 할 수가 없었다.

저녁 식사를 하는 동안 그녀는 어니가 정말로 술을 안 마실 수 있을까 의심스러웠다. 그레그가 평소에 저녁 식사에 초대하는 사람들 중에서도 어니는 특히 심각한 애주가였다. 그레그는 재미난 장난이라고 생각한 것처럼 저녁을 먹는 내내 그의 바로 앞에 위스키병을 놔두었으나 어니는 병을 무시하고 오로지 물만 마셨다. 그는 예민하게 긴장해서 계속 시계를 확인했다. 두 부하들 역시 크게 다르지 않았지만 그래도 그들은 서로를 쿡쿡 찌르고 식사를 하며 릴리를 보고 웃을 정도의 여유는 있었다. 그녀는 이런 일에 익숙해서 그들이 그녀를 박기 좋은 상대라고 말하는 것을 들었을 때에도 그냥 무시했다.

"왜 그렇게 불안해해? 약이라도 했어?"

그레그가 마침내 어니에게 물었다.

어니는 고개를 흔들었다.

"완벽하게 멀쩡해. 내일 할 일이 좀 많아서 그런 것뿐이야."

"뭘 하는데?"

"기밀이야."

"난 인가받았잖아."

어니가 확신이 없는 눈으로 맞은편의 릴리를 보았다.

"부인은 안 받았잖아."

"아, 망할. 어디 가서 말 안 할 거야. 그렇지?"

그레그가 릴리를 가느다란 눈으로 돌아보았다. 그녀는 자동적으로 접시만 쳐다보면서 고개를 끄덕였다.

"그러니까 말해보라고, 친구. 어서."

그레그가 졸랐고 릴리는 갑자기 전에는 깨닫지 못했던 것을 깨달았다. 그레그는 맞은편의 군인들을 질투하고 있었다. 그레그가 여러 방위 산업체들과 일을 하는 건 맞지만, 그는 어쨌든 사무직이었다. 어니는 총을 쏘고 심문하고 사람을 죽이는 훈련을 받았고, 그래서 그레그는 어니가 더 나은 남자라고 생각하는 거였다.

"무슨 일을 앞둔 건지 얘기 좀 해봐."

그래도 어니는 머뭇거렸고 릴리는 속으로 약간의 경계심을 느꼈다. 인가가 있든 없든 어니는 항상 그레그에게 말하면 안 되는 것들을 얘기했고, 입을 열기까지 알코올이 그리 많이 필요하지도 않았었다. 그녀는 여전히 시선을 접시에 고정한 채 최대한 없는 사람처럼 있으려고 노력하며 그가 입을 열기를 기다렸다. 하지만 잠시 후에 어니는 그저 다시 고개를 흔들었다.

"미안해, 친구, 안 돼. 너무 큰일이고, 자네 부인은 인가를 안 받았으니까."

"좋아. 그럼 위층으로 가자고. 내 서재에서 이야기해."

"너희 둘, 차에 가서 기다려."

어니는 두 부하들에게 말하고서 입을 닦고 냅킨을 탁자에 내려놓았다.

"고마워요, 릴리. 맛있었습니다."

그녀는 고개를 끄덕이고 기계적으로 미소를 지으며 어니가 손가락 관절의 부목을 알아챘을까 생각했다. 부하들이 나가고 그레그와 어니는 위층으로 사라졌다. 잠깐 동안 릴리는 접시를 쳐다보며 생각에 잠겨 있다가 다치지 않은 손으로 탁자 가장자리를 잡고 몸을 일으켰다. 지저분한 접시를 식탁에 그대로 놔둔 채 그녀는 서둘러 부엌을 가로질러 감시 설비가 있는 작은 위병소로 들어갔다. 조녀선이 오늘 밤에 근무하고 있어야 했지만, 방이 비어 있는 것을 보고도 릴리는 별로 놀라지 않았다. 조녀선이 푸른 수평선을 위해서 일을 처리하러 다니느라 얼마나 자주 지키는 사람 없이 집이 비어 있었을까 문득 궁금했다.

스크린을 두드려서 릴리는 남성적으로 보이려고 지나치게 노력한, 짙은 색 마호가니 가구 가득한 그레그의 서재를 띄웠다. 벽에는 책장이 설치되어 있었지만 책은 없고 그레그의 오래된 미식축구 트로피와 여러 가지 행사에서 그레그와 릴리가 주요 인사들과 찍은 사진들만 놓여 있었다. 벽에는 명패들이 가득했다. 그레그는 업적 자랑을 좋아했다.

어니는 그레그의 책상 앞의 커다란 안락의자에 앉아 있었고 그레그는 책상 뒤의 중역용 가죽 의자에 앉아 몸을 뒤로 젖힌 모습이었다. 두 사람 다 시가를 피우고 있었고 연기가 카메라 앞으로 올라와서 그레그의 모습이 흐릿하게 보였다.

"건물이 폭발해서 무너졌어."

어니가 말했다.

"딱 계획대로였지. 놈들한테 탈출 계획이 있었던 모양이지만 뭔가 잘못됐던 모양이야. 난 그 일을 랭어한테 넘겼어. 그 망할 놈이 정말 싫지만, 솜씨 하나는 좋거든. 전부 다 죽은 것 같았는데 랭어가 살아남은 구딘이라는 놈을 하나 찾았어. 지난 나흘 동안 그놈을 족쳐서 어젯밤에 드디어 무너뜨렸지."

"어떻게 무너뜨렸어?"

그레그의 목소리에는 은근한 열성이 담겨 있었고 릴리는 눈을 감았다. 그들이 매디를 무너뜨릴 때까지는 얼마나 걸렸을까? 절대로 못 했을 거라고 생각하고 싶었지만, 마음 깊은 곳으로 그녀는 사실이 아님을 알고 있었다. 그녀는 이마를 닦았고 손이 축축하게 젖었다.

어니도 불편해 보였다.

"난 지금 휴식 중이라고, 친구. 그런 일에 대해선 이야기하고 싶지 않아."

"그래, 그렇겠지. 그래서 그자가 뭐라고 했는데?"

그레그는 마지못한 어조로 말했다.

"별로 높은 자리는 아니었던 것 같지만, 꽤 많은 걸 털어놨어."

어니의 얼굴이 다시 활기차게 변했다.

"푸른 수평선의 지도자는 티어라고 하는 작자라는군. 영국인이래. 믿을 수 있어?"

"믿을 수 있지. 영국과 그 망할 사회주의 실험을 생각해봐."

"음, 이 티어라는 놈은 거물인가 봐. 분리주의자들은 그놈을 무슨 신처럼 생각해. 푸른 수평선은 옛날 점거 운동에서 탄생했지만, 자기들이 뭘 하는지도 모르는 모양이야. 하지만 이 티어라는 놈은 훈련받은 게릴라라는군. 그래서 지난 몇 년 동안 그놈들이 그렇게 골칫거리였던 거야."

어니는 목소리를 낮췄고 릴리는 스크린의 볼륨 장치를 높였다.

"놈들이 콘리 터미널에 있는 버려진 창고에 진을 치고 있대."

"그게 어디야?"

"보스턴 항. 하루 종일 지도를 봤어. 그 창고는 최소한 10년은 안전 부적격 판정을 받았는데, 프리웰 놈들이 보스턴에서 새 컨테이너 시설에 사용하기로 되어 있던 모든 돈을 몰수해서는 무슨 신의 어쩌고 하는 데다가 처박는 바람에 컨테이너들이 다 거기 그대로 서 있어. 구딘은 그들이 창고를 본부로 사용하고 있다고 했어. 새벽에 덮칠 거야."

릴리는 얼어붙은 상태로 스크린을 응시했다.

"랭어한테 모든 일의 지휘를 맡겼어. 이제 그 친구의 소중한 작전이 됐고, 그는 포로를 잡고 싶어 해. 육지랑 바다 양쪽에서 터미널을 둘러싸야 돼. 쉬운 일은 아니지……. 엄청난 수의 배와 인력이 들 거야. 우리 부대는 내일 아침에 2차 방어선을 구축하기로 되어 있어."

어니는 한숨을 쉬고서 시가 꽁초를 문질러 껐다.

"그러니까 술은 절대 안 되지."

"포커라도 좀 할래? 시내에서 게임이 있는데."

"안 돼, 정말로. 두 시간 안에 보스턴으로 가야 돼. 헬리콥터가 이륙장에서 대기하고 있어."

그레그는 고개를 끄덕였지만 릴리가 최근 아주 잘 알게 된 방식으로 입술이 비죽 튀어나왔다.

"좋아. 내가 배웅해줄게."

릴리는 스크린을 끄고 서둘러 식당으로 돌아와서 설거지를 위해 식기 세척기를 켰다. 그레그와 어니의 목소리가 현관 밖으로 사라지자 핸드백에서 전화기를 꺼내 조녀선에게 전화를 걸었지만 그는 받지 않았다. 그의 냉정한 저음의 목소리가 평이한 인사만 건넬 뿐이었다. 릴리는 그에게 진짜 메시지를 남길 수 없었다. 그녀의 전화는 감시되고 있었다. 다급한 기색을 드러내지 않으려고 노력하며 그녀는 그에게 즉시 전화해달라고 말했다. 하지만 조녀선이 어디에 있든 제시간에 전화하지 못할 거라는 생각을 지울 수가 없었다. 상황이 눈앞에 훤히 보였다. 어두운 창고, 그 안에 있는 도리언과 윌리엄 티어. 도리언은 다시는 구속되지 않을 거라고 말했었다. 보스턴 부둣가. 푸른 수평선. 릴리는 눈을 감고 파란 강가를 따라 햇살을 받고 있는 조그만 나무 집들을 떠올렸다.

내가 뭔가 해야 돼.

그래서 뭘 할 수 있는데, 릴? 매디가 야유조로 물었다. *언니는 평생 무언가를 할 만한 용기를 내본 적이 없잖아.*

있어. 도리언이 뒤뜰로 들어왔을 때, 난 용기를 냈어. 릴리가 주장했다.

하지만 마음속으로는 매디가 옳다는 걸 알았다. 도리언은 비교적 안전한 아기방이라는 환경으로 보호되는 위험률이 낮은 결정, 거의 게임 같은 거였다. 하지만 지금 릴리가 생각하는 것은 전혀 달랐다. 그녀는 계획을 구상했다가 기각하고, 새로운 걸 구상했다가 기각하고, 세 번째를 구상하고서 점검하고 단점을 이리저리 찾아보았다. 멍청한 계획인 건 분명했다. 아마 체포될 거고, 어쩌면 죽을 수도 있었다. 하지만 뭔가 해야 했다. 더 나은 세상이 진짜라면, 그리고 말로 표현할 수 없을 정도로 연약하다면, 티어가 없으면 아무것도 이루어지지 않을 것이다.

"어니는 갔어."

릴리는 다시 창문만 쳐다보았고 뒤로 그레그의 모습이 비쳤다. 하지만 유리에 비친 그의 표정은 잘 보이지 않았다. 그녀는 아무 말도 하지 않고 이제 앞쪽을, 보스턴 쪽을 바라보았다. 이 여행에 그레그의 자리는 없었다. 그는 그녀의 앞을 가로막을 뿐이리라.

"흥분돼, 릴?"

"뭐가요?"

"월요일 일 말이야."

릴리의 손이 주전자 손잡이를 꽉 쥐었고, 순간적으로 그녀는 돌아서서 그의 머리에 주전자를 휘두를 뻔했다. 하지만 그녀의 머리는 신중하라고 경고했다. 그녀는 그리 잘 겨냥하지 못할 것이다. 그레그는 180 센티미터에 그녀보다 거의 45킬로그램이 더 나갔다. 그녀에게 기회는 딱 한 번이었고, 그걸 잃어서는 안 된다. 그녀는 카운터 쪽을 힐끗 보고서 창틀 위에 있는 거의 30 센티미터 높이의 크고 무거운 액자에 시선을 고정했다. 결혼식 날 사진이 반짝이는 픽셀로 스크린 위에서 끝없이 지나갔다. 릴리는 겨우 스물두 살에 기나긴 하얀 새틴으로 뒤덮인 자신이 여러 층으로 된 거대한 케이크를 자를 준비를 하고 있는 것을 볼 수 있었다. 정교하게 꼬아 올린 머리가 흘러내리기 시작했고 그레그의 구역질나는 아버지가 그녀의 옆에 서 있었음에도 그녀는 웃고 있었다.

맙소사, 어떻게 된 거지?

그레그가 몇 걸음 다가와 너무 가까이 서서 릴리는 이제 목 뒤로 그의 숨결을 느낄 수 있었다. 그녀는 손을 내밀어 액자틀의 가장자리를 성한 손으로 꽉 잡았다.

"릴?"

이이가 지금 나랑 섹스를 하려고 하면 난 미쳐버릴 거야. 아주 쉽겠지. 그냥 정신이 도망쳐버릴 거고 그러면 이 모든 일이 전혀 중요하지 않을 거야. 윌리엄 티어도, 푸른 수평선도, 보스턴 항에 있는 창고도. 전부 다.

"릴? 당신 흥분돼?"

그의 손이 그녀의 어깨로 올라왔고 릴리는 액자를 잡고 휙 돌아서서 클럽에서 테니스 라켓을 휘두르는 것처럼 옆으로 휘둘렀다. 액자가 그레그의 머리 옆을 강타했고 조그만 플라스틱 조각들이 사방으로 흩어져 릴리의 손과 팔에 떨어졌다. 그레그가 옆으로 쓰러지면서 대리석 카운터에 쿵 소리를 내며 머리를 부딪쳤다. 릴리는 액자를 다시 들어 올리고 대기했지만 그레그는 완전히 의식을 잃고 부엌 바닥에 옆으로 쓰러져 움직이지 않았다. 잠시 후 그의 두피에서 얼굴로 피가 흘러내리기 시작했다. 하얀 타일 위로 조그만 빨간 점이 뚝뚝 생겼다.

"자, 됐어."

릴리는 누구에게 말하는지도 모른 채 중얼거렸다. 그레그의 맥박을 확인해볼까 싶었으나 그를 건드리고 싶지도 않았다. 마치 꿈속인 것처럼 천천히 움직여서 그녀는 위층 침실로 향했다. 가장 오래된 청바지, 그레그가 옆에 있을 때에는 절대로 입지 않았던 청바지와 빛바랜 검은 티셔츠를 꺼내 입었다. 이 옷들은 여전히 벽 바깥의 가난한 사람들이 입는 것보다 훨씬 좋았지만, 달리 선택권이 없었고 이 정도면 사람들 사이에 섞일 수 있을지도 몰랐다. 그녀는 열다섯 살 때부터 갖고 있었던, 포기할 수 없었던 더 좋은 시절의 유물인 낡은 가죽 재킷을 위에 걸쳤다. 메르세데스는 자동변속이었다. 잠깐 생각한 후 릴리는 부목을 떼고 화장대 위에 놓았다. 그리고 벽 스크린을 두드려 옷을 입으면서 보스턴 항의 지도를 살폈다. 콘리 터미널은 캐슬 아일랜드 근처의 대형 컨테이너 시설로, 메사추세츠 해안선을 이루는 천 개쯤 되는 것 같은 만 중 하나에 자리하고 있었다. 공공 도로를 타야만 했다. 매스 턴파이크로 가는 84번 고속도로. 사설 도로는 특히 밤이면 보안국의 검문소로 가득할 거고, 그들은 그녀의 칩을 스캔하고서 남편을 놔두고 나왔다는 걸 알면 분명히 질문을 쏟아낼 것이다. 공공 도로 쪽이 성공할 가능성이 더 높았다……. 우선 뉴가나안 벽 바깥으로 나갈 수 있다면 말이지만.

좀 더 찾아보고 그녀는 부적합 판정을 받은 땅이 내무부 소유임을 알아냈다. 콘리 터미널에 부적합 건물은 두 개가 있었고, 그중 하나만이 창고처럼 보였지만 릴리는 신중하게 두 개의 위치를 다 찾아서 메르세데스로 지도를 전송했다. 뒤늦게 그녀는 이런 검색이 보안국의 어딘가에 경보를 울릴 거라는 걸 깨닫고 공포에 질렸다가 다음 순간 남편이 피를 흘리며 부엌 바닥에 쓰러져 있는 상황에 그게 뭐 그리 큰 문제일까 생각했다. 설령 그레 그가 죽지 않았다고 해도 여자들은 그보다 덜한 일에도 처형된다. 릴리는 아래층으로 내려와서 벽에 있는 고리에서 메르세데스 상징이 달린 조그만 코드키를 집었다. 메르세데스는 긴급용이나 중요한 방문객을 위한 세 번째 차였다. 열쇠를 빛 쪽으로 들어 올리다가 그녀는 손이 떨리고 있음을 깨달았다. 운전면허는 아직 유효하지만 열여덟 살 이후로 차를 몰아본 적이 없었다.

"자전거 타는 거랑 똑같아. 자전거 타는 거랑 똑같다고. 괜찮아."

그녀가 중얼거리고서 여전히 똑같은 자세로 부엌 바닥에 쓰러져 있는 그레그를 마지막으로 돌아보았다. 오른쪽 귀 아래로 피가 고이고 있었지만 그는 여전히 숨을 쉬고 있었다. 잠깐 동안 릴리는 자신의 냉정함에 좀 놀랐으나 곧 그 생각의 근원을 파악했다. 그레그가 살든 죽든, 그녀가 직접 그렇게 만들었든 아니든 그건 중요하지 않았다. 그녀는 오로지 보스턴에 가야 했다. 더 나은 세상, 강가의 작은 마을, 그게 중요한 거였고, 그게 릴리의 머릿속에서 두려움을 가르고 타올라 그녀를 움직였다.

그녀는 몸을 돌려 복도를 따라 차고로 향했다.

한동안 아무도 메르세데스를 몰지 않았지만, 쓰지 않아서 문제가 생긴 것 같지는 않았다. 조너선이 손을 봐둔 게 분명했다. 그는 차를 고치는 걸 좋아했고, BMW와 렉서스도 훌륭한 상태로 유지했다. 메르세데스에는 기름이 꽉 차 있었고 윌로가를 벗어나서 검문소 길로 가는 동안 헤드라이트가 어둠을 갈랐다. 앞에 벽이 나타났다. 꼭대기에 레이저 기기가 달린 6미터 높이의 단단한 강철 중합체가 지평선을 막고 있었다. 그 모습에 릴리의 안에서 뭔가가 얼어붙는 것 같았고 머릿속에서 겁에 질린 낮은 목소리가 떠들기 시작했다⋯⋯. 비겁하고 무력한 결혼 생활 동안의 목소리라고 릴리는 이제야 깨달았다.

너 절대로 성공할 수 없어. 백만 년이 지나도 안 돼. 그리고 그들이 그레그를 찾아내면—

"닥쳐."

릴리가 중얼거렸다. 차의 어둠 속에서 목소리가 떨렸다.

검문소가 안개 속에서 나타났다. 벽에 4.5미터 크기로 구멍을 뚫고 형광등으로 환하게 밝혀놓았다. 역시나 강철로 벽을 두른 조그만 위병소가 왼쪽에 나타났고, 릴리가 다가가자 보안국 제복을 입은 경비 두 명이 나왔다. 각각 보안국이 요즘 선호하는 듯한 조그만 레이저 권총을 차고 있었다. 그레그에게도 총이 있다는 걸 릴리는 문득 기억했다. 서재에 보관해두는 조그만 총이었다. 갖고 나왔어야 했는데. 그 생각을 하자 자신이 또 뭘 잊어버렸을까 의문이 들었다. 하지만 이제 너무 늦었다.

"안녕하십니까, 부인."

그녀가 창문을 내리자 첫 번째 경비가 말했다. 그가 그녀를 잠깐 가느다란 눈으로 쳐다보다가 활짝 미소를 지었다.

"메이휴 부인이시군요, 그렇죠?"

"네, 존. 오늘 밤은 어때요?"

"좋습니다. 부인. 어디 가시는 거죠?"

"도시에 친구들을 좀 만나러요."

"이 시간에 혼자서요? 부인의 그 흑인 경호원은 어디 있습니까?"

"남편이 시킨 일을 처리하러 갔어요."

"잠시만요."

그가 차 덮개를 빙 돌아서 다시 위병소 안으로 사라졌다. 다른 경비는 차 오른쪽에 남았다. 형광등 불빛을 등지고 있어서 검은 그림자처럼 보였다. 릴리는 상냥한 미소를 유지했지만 손가락은 운전대를 꽉 잡고 있었다. 경비는 그레그에게 연락하러 갔을 것이다. 머릿속에 선명한 영상이 떠올랐다. 부엌, 꼼짝 않고 쓰러져 있는 그레그, 끝없이 울리는 전화. 허벅지 근육이 떨렸다. 차를 비추는 밝은 원형의 형광등 불빛 바깥쪽으로 모든 것이 새카맣게 보였다.

"부인?"

릴리는 펄쩍 뛰었다. 경비가 반대편 창가에 소리 없이 다시 나타났다.

"남편분께 연락이 닿지는 않습니다만."

"그이는 아파요. 그래서 나랑 같이 못 가는 거예요."

그녀가 대답했다. 경비는 조그만 손바닥 크기의 기계를 들여다보았고 릴리는 그가 그녀 인생의 자세한 내용을 살피고 있다는 걸 알았다. 그레그의 지위, 그들이 감시를 받지 않는다는 사실은 릴리에게 우호적으로 작용할 것이다. 릴리는 한 번도 문제를 일으킨 적이 없고, 그것도 도움이 되리라. 매디 이야기도 분명히 있겠지만, 릴리가 매디를 신고한 장본인이라는 내용 역시 있겠지.

"남편분이 늘 부인을 혼자서 밤에 도시로 보내십니까?"

"아뇨. 이번이 처음이에요."

경비는 그녀를 빤히 쳐다보았고 릴리는 두꺼운 가죽 재킷에 가슴이 덮여 있음에도 그의 눈이 슬금슬금 자신의 몸을 훑고 있다는 불편한 확신을 느꼈다. 하지만 그저 미소를 유지했다. 잠시 후 경비가 검고 반짝이는 것을 들어 올렸다. 겁에 질린 릴리는 순간적으로 총이라고 생각했지만, 곧 그저 스캐너일 뿐이라는 걸 깨달았다. 그녀는 어깨를 내밀고 낮게 삑 소리가 나며 스캔이 끝나기를 기다렸다. 경비는 릴리에게 앞으로 가라고 손짓했고 그녀는 가스 페달을 눌렀다. 너무 세게 누르는 바람에 메르세데스가 부르릉 거리며 앞으로 왈칵 쏠렸다. 그녀는 브레이크를 밟고 열린 창문 밖으로 사과의 미소를 지었다.

"한동안 운전을 해본 적이 없거든요."

"조심해서 가십시오, 부인. 공공 도로는 타지 마시고요. 그리고 낯선 사람에게 문을 열어주지 마세요."

"그럴게요. 좋은 밤 보내세요."

릴리는 다시, 이번에는 살살 가스 페달을 밟았고 차는 밝은 빛을 빠져나와 앞으로 달려갔다.

릴리가 차에 타면 조녀선은 늘 사설 고속도로를 이용했다. 하지만 고속도로가 차도에서 나온 쓰레기로 막히거나 폭파되어 쓸 수 없는 경우가 가끔 있었다. 보안국조차도 심하게 파손된 고속도로를 일주일 안에 고칠 수는 없었고, 그런 경우에 조녀선은 늘 벽에서 몇 킬로미터 떨어진 조그만 뒷길을 이용했다. 북쪽으로 몇 분 가다가 숲을 지나 84번 고속도로와 합류하는 흙길이었다. 보안국이 사설 도로에서 아무리 사람들을 몰아내려고 애를 써도 그들은 늘 숲에 새로운 길을 내고 울타리 아래로 터널을 파서 방법을 찾아냈다. 몇 주 전이었다면 릴리를 불안하게 만들었을 이런 생각이 지금은 기묘하게 위안으로 느껴졌다. 조녀선의 뒷길 덕택에 윌리엄 티어가 뉴 가나안으로 와서 벽을 넘어오고, 도리언이 보안국을 피해 기지에서 도망칠 수 있었을지도 모른다. 관목 사이로 조그만 입구를 찾기 위해서 릴리는 몇 번이나 유턴을 해야 했다. 그쪽으로 차를 몰고 들어가는데 검은딸기나무가 차 페인트를 긁는 소리가 들렸다.

"더 나은 세상."

그녀는 나직하게 중얼거리며 메르세데스를 숲속으로 몰았다. 타이어 아래로 날카로운 돌멩이들이 밟히는 게 느껴졌다. 차를 둘러싼 나무가 헤드라이트 불빛에 유령 같은 하얀 기둥으로 보였다.

"저 바깥에 있어. 거의 손에 닿을 만큼 가까이."

그녀는 옆 창문과 백미러를 계속 주시했다. 여기 어딘가에도 사람들이 살고 있을 것이다. 강철로 보강한 창문과 탱크처럼 만들어진 이 차를 뚫고 들어오려면 꽤 엄청난 무기가 있어야 하겠지만 어쨌든 조심할 필요가 있었다. 그러나 아무도 보이지 않았고 20분간 신중히 앞으로 나아간 끝에 공공 고속도로로 나왔다. 84번 고속도로는 사설 도로보다 훨씬 넓어서 북쪽은 왕복 6차선이었고 대부분의 사설 고속도로 가장자리에 설치된 3미터짜리 벽이 없어서 거의 끝없이 넓어 보였다. 모두가 차와 기름을 살 수 있었던 지나간 시대의 유물이었다. 릴리의 오른쪽 간판에는 속도 제한이 100킬로미터라고 되어 있었지만 보안국은 어차피 공공 고속도로를 아예 감시하지 않았고 100킬로미터는 거의 서 있는 거나 다름없을 만큼 말도 안 되게 느렸다. 릴리는 속도를 높이고 더 높여서 130킬로미터를 넘겨 145킬로미터까지 밟으며 주위가 빠르게 지나가고 쏜살같이 달려가는 순수한 즐거움을 맛보았다.

몇 번쯤 고속도로 갓길에 오래된 바리케이드의 잔해가 보였다. 그냥 한쪽 옆으로 치워놓고 바람과 시간에 닳아 없어지게 놔둔 쓰레기 더미, 터진 타이어, 나뭇가지들. 그녀는 이런 바리케이드들의 목적을 알 수가 없었고, 이것이 무엇보다도 그녀가 벽 바깥의 생활에 대해서 얼마나 아는 게 없는지를 확실하게 보여주었다. 어렸을 때에도 그녀는 사설 고속도로를 사용하고 늘 온화한 날씨만 누렸고, 굶을 걱정 같은 건 해본 적이 없었다.

종종 길가에 모닥불들이 보였다. 커다란 모닥불 주위를 수많은 사람들의 그림자가 둘러싸고 있었다. 도시 밖으로 밀려나서 숲으로 들어간 가난한 사람들…… 더 안전하긴 하지만, 살아남기는 더 힘들 것이다. 릴리는 속도를 늦추고 자세히 볼 엄두를 낼 수가 없었다. 강화를 했든 안 했든 느린 속도로 달리는 메르세데스는 와서 가져가라는 의미나 다름없었다. 그러나 그녀는 백미러로 계속해서 불 주위에 서 있는 그 많은 그림자들을 바라보았다. 그들이 어떤 삶을 살지 상상해보지 않을 수가 없었다.

"더 나은 세상."

그녀는 어둠을 등지고 주행기록계에 1킬로미터씩 넘어갈 때마다 계속해서 그 말을 되뇌었다. 초록색 출구 표지가 지나갔다. 몇 개는 하도 낡아서 도시 이름을 써놓은 하얀색 글자를 간신히 읽을 정도였다. 버넌, 톨랜드, 윌링턴. 몇 군데는 유령 마을일 거고 몇 군데는 아직 사람이 살겠지만 무법지대일 것이다. 몇 달 전 뉴스 사이트에서 윌링턴에 사이비 종교가 어쩌고 하는 이야기를 희미하게 들은 기억이 났지만 잘 기억이 나지 않았고, 곧 윌링턴은 뒤로 사라졌다. 그녀는 이제 보스턴까지 절반을 왔고 120킬로미터 밖에 남지 않았다.

전화가 울렸다. 릴리는 그레그가 깨어나서 전화를 건 거라는 생각에 겁에 질린 신음 소리를 냈다. 스크린을 차마 볼 수가 없었지만 마침내 보니 밝은 파란색 배경에서 *조너선*이라는 글자가 반짝이고 있었다.

"전화 수신…… 조너선?"

"어디에 계신— 엠 부인?"

그의 목소리가 잡음으로 지직거리며 끊겼다. 물론 벽 바깥에서 휴대전화 서비스는 엉망일 것이다. 릴리 같은 사람들은 여기 있어서도 안 되니까. 차에 비상 버튼이 생긴 이래로는 이제 긴급 상황에 아무도 전화를 쓰지 않았다.

"보스턴으로 가는 길이에요."

"보스턴에 뭐가 있습니까?"

그녀가 상상한 건지도 모르지만 잡음 아래로도 갑자기 조너선의 목소리가 경계 조가 된 걸 느낄 수 있었다.

"창고요! 항구! 그들에게 문제가 생겼어요, 조너선. 모두에게요. 그레그가 어니 웰치를 저녁 식사에 초대했는데—"

"엠 부인? 잘— 들려요. 보스턴—"

이제는 잡음이 한참 동안 끼어들었다.

"안 돼요!"

"조너선?"

전화가 끊겼다.

릴리는 다시 걸었지만 쓸모없는 행동이라는 걸 이미 알고 있었다. 이번에는 조너선의 음성사서함조차 연결되지 않고 그저 침묵만 들렸다. 전화기를 내려다보니 전파가 아예 잡히지 않았다. 뒤늦게 그녀는 짧은 통화라도 분명히 보안국에 녹음됐을 거라는 걸 깨달았다.

"젠장."

그녀가 중얼거렸다. 조너선은 보스턴으로 가지 말라고 말한 게 분명했다. 하지만 조너선은 그녀가 뭘 하려는 건지 모르고 이제는 흘러가는 대로 가는 수밖에 없었다. 그녀는 이미 곤란한 입장이었다. 돌이킬 수 없었다.

스터브리지에서 그녀는 메사추세츠 턴파이크 쪽으로 들어섰다. 파이크의 처음 2킬로미터 도로에는 오래된 나트륨 조명조차 아예 없었다. 고속도로는 희미한 달빛을 제외하면 완전히 어두웠고, 릴리는 속도를 70킬로미터까지 낮추어야 했다. 130킬로미터라는 막힘없는 순수한 속도로 달리다가 이러니까 마치 기어가는 것 같았다. 그녀는 시야보다는 직감에 의존해서 방향을 잡으며 눈을 가늘게 뜨고 앞에 있는 것들의 윤곽을 보았다. 오래전에 되돌아갔어야 했다는 생각이 들었다. 오번을 지나쳐 멀리 희미한 오렌지색 불빛이 보이자 그녀는 안도의 한숨을 쉬었다.

"더 나은 세상."

주행기록계에 또 다른 초록색 숫자가 올라가는 것을 보며 그녀가 중얼거렸다.

"거의 손에 닿을 만큼 가까워."

이제 겨우 60킬로미터 남았다.

어린 시절에 보스턴은 여전히 당일치기로 놀러 가기 좋은 곳이었다. 어머니와 아버지는 릴리와 매디를 데리고 가셨다. 아버지는 퀸스에서 자라셨고 완고한 양키 팬이셨지만, 은근히 보스턴을 숭배하셨다. 어머니는 관광지와 가게들을 구경하는 걸 좋아하셨으나 아버지의 취향은 역사적인 것들이었다. 아버지는 릴리와 매디를 보스턴 코먼 공원과 케네디 도서관에 데려가셨다. 한번은 보스턴 티 파티의 현장인 부둣가에 갔고 아버지는 거기서 무슨 일이 있었는지 릴리가 학교에서 배운 것과는 전혀 다른 내용의 이야기를 해주셨다. 아버지의 다른 이야기로 아버지가 곤란해질 수 있다고 매디가 말했기 때문에 릴리는 절대로 그 이야기를 어디 가서 하지 않았지만, 10학년 내내 손을 들고 선생님에게 선생님이 틀렸다고 말하지 않는 게 굉장히 힘들었다. 보스턴에 대해서 생각할 때면 그녀는 항상 부둣가에 서서 물을 바라보던 게 떠올랐다.

지금 보스턴은 스모그 아래 잠겨 있었다. 마지막으로 몇 번 그레그와 함께 여기 왔을 때에는 낮이었지만 햇살은 비치지 않고 그저 희미하고 가는 빛뿐이었고, 이제 한밤중에 보니 도시 위의 하늘에 아래쪽 가로등 불빛이 반사되어 밝은 오렌지색이었다. 창문을 내리자 공기에서 쓴맛이 났다. 마지막으로 바깥 공기를 마셔본 게 언제였더라? 기억이 나지 않았다. 그녀는 뉴가나안을 덮고 있는 정화 장치를 거친 공기에 너무 익숙했다.

워싱턴가 출구를 빠져나오자마자 릴리의 전화가 즐겁게 삑삑거리며 서비스가 복구되었음을 알렸다. 그레그가 깨어났다면 태그로 위치를 추적할 수 있겠지만 한밤중이라 조금 시간이 걸릴 것이다. 하지만 전화는 그레그의 이름으로 되어 있으니까 직접 위치를 확인할 수 있을 것이다. 잠깐 생각한 끝에 릴리는 전화를 창밖으로 던졌다.

매스포트홀로(路)로 이어지는 출구로 나와서 그녀는 서머가를 따라 바다를 뜻하는 넓고 시커먼 곳을 향해 달렸다. 항구의 이쪽으로는 와본 적이 없었다. 아버지는 콘그레스 스트리트 브리지로 데려가셨고 그 시절에는 보스턴 항에 아동 친화적인 놀이 시설이 많았다. 하지만 여기 콘리 터미널에는 부둣가에 컨테이너가 잔뜩 쌓여 있었고 릴리는 머리 위로 우뚝 솟은 끝없이 줄지어 선 황새 같은 컨테이너 크레인들의 유령 같은 윤곽에 깜짝 놀랐다. 각기 다 다른 색이겠지만 노란 불빛 속에서는 황달의 다양한 단계처럼 보일 뿐이었다. 터미널은 텅 빈 것 같았다. 금이 간 보도를 지나가는 사람도 없고, 차량도 기계의 움직임도 없었다. 보안국 사람들이 건물과 컨테이너 그림자 속 어딘가에 숨어 있을 것이다. 그들이 그녀가 들어가는 걸 막으면 어떡하지?

그녀는 거대한 주차장 가장자리, 한때는 표를 끊어줬던 것 같은 조그만 별채 주위로 외롭게 서 있는 몇 개의 쓰레기통 뒤에 차를 세웠다. 그리고 잠깐 동안 운전하며 느낀 아드레날린이 가라앉는 것을 느끼고 그대로 앉아 있었다. 근육이 마라톤을 한 것처럼 느껴졌다.

지도에 따르면 첫 번째 부적합 건물은 북쪽으로 0.8킬로 정도 떨어진 금방 무너질 것처럼 생긴 물결 모양 복합건물이었다. 벽에는 커다랗게 녹이 슬어 있었다. 릴리는 평범한 검은색 야구 모자를 챙겨 왔다. 머리를 올려서 모자 안에 넣고 쓴 다음 차에서 내렸다. 그녀가 없는 사이에 누군가가 메르세데스를 탈취할 수도 있지만, 어떻게 할 방법이 없었다. 마지막으로 주위를 둘러보고 아무도 없는 걸 확인한 후 릴리는 불이 제대로 켜지지 않은 보도를 달려갔다. 아스팔트와 화학물질의 악취가 코를 찔렀다.

항구는 안으로 들어갈수록 버려진 것처럼 보였지만 한 걸음 옮길 때마다 릴리는 자신이 감시당하고 있다고 점점 더 확실히 느꼈다. 몇 번 고양이만큼 커다란 항구 쥐들과 마주쳤고, 놈들은 릴리를 전혀 무서워하지 않았다. 대부분은 지나가는 그녀를 힐끗 쳐다볼 뿐이었으나 한 마리는 그 자리에 선 채 화가 나서 찍찍거렸고, 릴리는 경계하는 눈으로 녀석을 보면서 빙 돌아가야 했다. 새삼 자신이 얼마나 안 어울리는 곳에 와 있는지가 와닿았다.

마침내 창고의 남쪽 벽에 도착해서 그녀는 거기 웅크리고 앉아 숨을 헐떡거렸다. 옆구리가 쑤셨다. 이쪽 벽에는 문이 없었다. 모퉁이를 돌아서 동쪽 벽으로, 창고의 긴 면으로 가야 할 것이다. 물결 모양의 양철 벽에 바싹 달라붙어 모퉁이에 도착할 때까지 그녀는 살금살금 움직였다. 몸을 앞으로 기울여서 막 모퉁이를 내다보려고 할 때 뭔가 단단한 것이 머리 옆을 눌렀다.

"어깨 위로 손 들어."

릴리는 말에 따랐다. 그녀는 남자가 다가오는 소리조차 듣지 못했다.

"보안국 사람일 리 없어."

다른 남자가 말했다. 릴리는 목소리를 높여 분명하게 말했다.

"도리언 라이스나 윌리엄 티어, 아니면 조녀선과 이야기하고 싶어요."

심지어 조녀선의 성조차 모르다니, 자신이 바보처럼 느껴졌다.

"이름은 안 돼."

남자의 손이 이제 그녀의 온몸을 더듬었지만 그것은 무기를 찾는 냉정한 수색이었다. 릴리는 그레그의 총을 가져오지 않은 것을 다행스럽게 여겼다. 그녀는 남자가 그녀의 모자를 벗겨서 머리카락이 어깨 위와 얼굴로 쏟아져도 꼼짝하지 않으려고 애썼다.

"예쁜 숙녀분께서 비무장으로 여기 오셨다 이거지……. 정신이 나간 게로군."

"윌리엄 티어, 도리언 라이스, 조녀선. 그중 한 명과 이야기를 해야 돼요."

"그러신가? 뭐에 관해서?"

"그냥 우리한테 줘. 그 여자는 벽 안의 벌레라고. 온통 쓰여 있잖아."

릴리의 뒤쪽 어둠 속에서 다른 남자 목소리가 들렸다. 손 하나가 릴리의 셔츠 안으로 들어와서 맨어깨를 만졌다.

"그래. 아직 태그도 있군."

"돌아서."

첫 번째 목소리가 말했다.

릴리는 돌아서서 초록색 군복을 입은 키가 작고 덩치가 좋은 흑인을 보았다. 그의 뒤로 항구를 뒤덮기 시작한 안개 속에 거의 보이지 않는 그림자 같은 형체 여럿이 있었다. 남자가 그녀의 관자놀이에 총을 눌렀고 릴리는 코로 천천히 숨을 들이켜고 입으로 내뱉으며 차분하게 있으려고 노력했다.

"네 말이 옳아. 이 여자는 벽 안에서 왔어. 하지만 바깥 사람처럼 옷을 입으려고 했군."

남자가 몸을 기울여 릴리의 얼굴에 대고 무겁게 숨을 내쉬었다.

"여기서 뭐 하시는 건가, 벽 너머 아가씨?"

"그 사람들 중 한 명과 이야기해야 돼요."

릴리가 반복했다. 자신의 목소리가 혐오스러웠다. 꼭 바닥에 발을 구르는 어린애 같은 목소리였다.

"당신들 전부 여기 있으면 위험해요."

"무슨 위험인데?"

"됐어!"

그림자 한 명이 으르렁거렸다. 릴리에게는 그의 얼굴이 보이지 않았다.

"우리 보스가 건물에 접근하는 사람은 다 죽이랬어. 그냥 이리 넘겨. 벽 너머 벌레는 꽤 오래 건드려본 적이 없다고."

"여긴 우리 영역이야. 우리 지도자가 침입자를 어떻게 할지 결정하셔."

흑인은 혐오스럽게 고개를 흔들고서 다시 릴리를 보았다.

"여기를 산책하기엔 안 좋은 날을 골랐군, 벽 너머 아가씨."

"제발요!"

릴리가 애원했다. 되돌릴 수 없는 시간이 계속해서 흘러가고 있었다.

"제발요. 더 나은 세상요."

"더 나은 세상에 대해서 뭘 알지?"

"가까이 있다는 걸 알아요. 손에 닿을 만큼 가까이요."

그는 눈을 깜박이고서 잠시 그녀를 바라보았다. 그의 검은 눈이 그녀의 얼굴 위에서 빠르게 움직였다. 릴리는 마치 속속들이 분해되는 기분이었다.

"이름이 뭐지, 벽 너머 아가씨?"

이름은 안 돼요, 릴리는 거의 그렇게 따라 말할 뻔했다. 하지만 그때 어머니의 목소리가 머릿속에서 울렸다. 어릴 때부터 계속해서 듣던 말이었다. *지금은 까불 때가 아니야.*

"릴리 메이휴예요."

키 작은 남자가 귀를 두드렸다.

"복귀."

그는 릴리가 알아들을 수 없는 말로 빠르게 이야기를 시작했다. 아랍어 비슷하게 들렸지만 정확히는 알 수 없었다. 그녀의 이름이 이야기에서 몇 번 튀어나왔지만 릴리는 거의 알아채지 못했다. 남자의 어깨 너머에 서 있는 그림자를 보느라 너무 바빴다. 머릿속에 공포가 가득 차기 시작했고 무시할 수 없을 만큼 빠르게 온갖 시나리오가 떠올랐다. 윤간, 고문, 내항에 둥둥 뜬 그녀의 시체. 키 작은 남자는 티어의 부하가 분명했지만 최소한 나머지 사람들 몇 명은 그렇지 않아 보였고 그들이 안개 속에서 3미터쯤 되어 보이는 모습으로 그림자를 드리웠다. 그들은 그레그를 연상시켰고 갑자기 부엌 바닥에서 일어나서 눈을 뜨고 자리에 앉은 그의 모습이 눈앞에 선명하게 보였다. 그 이미지에 릴리는 누군가가 날카로운 걸로 그녀를 찌른 것처럼 펄쩍 뛰었다.

"안으로 데려간다."

흑인이 말했다.

"저기로?"

그림자 하나가 떨어져 나와서 헝클어진 금발에 밝은 하늘색 실크로 된 화려한 여성용 재킷을 입은 키 큰 남자 모습으로 선명해졌다. 그의 나머지 옷은 구멍투성이였고, 가까이 다가오자 뭔가가 썩어가는 악취를 풍겼다. 그녀는 남자의 눈도 싫었다. 초등학교 때부터 그 툭 튀어나온 광기 어린 눈을 알아볼 수 있었다. 그때 이미 반 아이들 여러 명이 필로폰에 중독되어 있었기 때문이다. 남자가 말을 하자 이가 검게 썩어 있는 것이 보였다.

"우리 보스 근처에는 절대 못 가. 폭탄을 갖고 있을 수도 있어."

흑인이 지친 듯이 고개를 흔들었다.

"사제 폭탄이 있는지 스캔을 할 거야."

"그걸로는 부족해."

"넌 우리 영역에 있어. 그 말은 우리 지도자의 명령이 우선이라는 거야. 맨해튼에 가게 되면 네가 결정을 내려."

흑인이 두 번째 총을 꺼내고서 다시 릴리 쪽으로 몸을 돌렸다.

"머리 뒤에서 손을 깍지 껴."

릴리는 시키는 대로 했다.

"오른쪽으로 걸어가. 건물에 바싹 붙어서 내가 그만 가라고 할 때까지 가. 뭔가 쓸데없는 짓을 하려고 하면 두 번 생각하지 않고 머리를 쏴버릴 거야."

릴리는 긴장해서 고개를 끄덕였다.

"푸른 수평선 좋아하시네. 겁쟁이 새끼들."

실크 재킷을 입은 남자가 중얼거렸다. 흑인은 그를 무시하고 릴리를 찔렀다.

"가. 어서."

릴리는 휘청거리거나 넘어지지 않으려고 앞쪽 길에 집중해서 걸어갔다. 두 개의 총을 든 남자는 허풍을 치는 게 아니었다. 그는 조녀선에게도 있는 참전 군인의 분위기를 풍겼다. 이 남자는 필요한 건 뭐든지 할 것이다. 설령 그게 릴리의 머리를 쏘고 시체를 항구에 버리는 거라 할지라도 얼마든지 할 것이다. 지금이 몇 시인지 궁금했고 본능적으로 시계를 보려고 할 뻔했다. 창고의 물결 모양 벽의 절반쯤 왔을 때 남자가 말했다.

"그만."

또 다른 사람들 무리가 오른쪽 안개 속에서 나타났다. 제일 앞에 있는 사람은 두건을 쓰고 한쪽 어깨에 자동 소총 같은 것을 메고 있었다. 하지만 가까이 다가오며 후드가 벗겨졌고 릴리는 그 금발의 고스걸 스타일 머리 모양을 금세 알아볼 수 있었다.

"부잣집 마나님. 농담이시겠지."

릴리는 걸음을 멈췄지만 다시 앞으로 가라고 총이 그녀를 쿡쿡 찔렀다.

"조녀선에게 연락할 수가 없었어요. 그들이 여기로 올 거예요. 새벽에."

도리언은 얼굴을 검은 페인트로 칠했지만 미간을 찌푸리는 게 보였다.

"누가요?"

"보안국 사람들. 그 사람들 전부요. 여기서 떠나야 해요."

"여기에 오다니 이 여자 미친 거 아냐? 난 위험을 감수하고 싶지 않아."

흑인이 말했다.

"아니, 미친 건 아니야."

도리언이 천천히 대답했다.

"그런 거 아니에요. 정말로 아니에요. 제발…… 여기서 떠나야 해요."

릴리가 다급하게 말했다.

"우리가 이 여자의 입을 열게 만들 수 있어."

파란 재킷의 남자가 제의했다. 그 목소리에 담긴 열의에 릴리의 배 속이 울렁거렸다.

"웃기지 마. 네 방식을 알아, 변태 자식."

도리언이 대답했고 릴리는 그 목소리에 담긴 진짜 증오를 알아챘다.

"그 소중한 더 나은 세상에선 모두가 다 동등하다더니만. 그렇지 않잖아. 안 그래? 너랑 네 보스가 여전히 우리 쪽 사람들을 개똥처럼 다루지."

"네 사람들은 개똥 맞아. 서로 총질하고 강간하고 옷 한 벌 때문에 서로를 죽이지."

릴리의 뒤쪽에서 달칵 소리가 들렸다. 도리언이 그녀의 뒤쪽을 보고 총을 들어 올렸다.

"생각도 하지 마."

"난 생각하고 있다고, 이 갈보 년."

도리언 뒤의 남자들이 앞으로 나왔고 릴리는 그들이 똑같은 무기로 완전 무장하고 있는 것을 볼 수 있었다. 일종의 군용 물건처럼 보이는 반짝이는 검은색 원통 모양 무기였다. 릴리는 연방정부 무기고를 분리주의자들이 공격했다는 이야기를 들어본 적이 없었다……. 하지만 그럴 만했다. 보안국은 그런 정보를 절대로 대중에게 공개하지 않으니까.

"이건 시간 낭비야!"

파란 재킷의 남자가 쏘아붙였다.

도리언은 그를 무시하고 차가운 눈으로 릴리를 보았다.

"여기서 뭘 하고 있는지 잘 생각해봐요, 메이휴 부인. 우리를 갖고 놀려고 여기 온 거라면 당신을 서서히 죽여줄 테니까."

"그런 거 아니에요."

릴리는 목소리에 상처받은 기색이 드러나지 않도록 하려고 애를 쓰며 말했다. 갑자기 자신이 얼마나 오만했는지를 깨달았다. 아기방에서의 며칠 동안 그녀는 도리언과 일종의 신뢰 관계를 쌓았다고 생각했었다. 하지만 그들 사이의 틈새는 대단히 넓었고, 그걸 건널 수 있다는 건 부잣집 여자애의 환상일 뿐이었다.

"보안국이 이미 여기를 육지와 바다 양쪽에서 둘러싸고 있어요. 내일 올 거예요."

"벽 너머에 사는 년이 어떻게 그런 걸 알 수 있어?"

뒤쪽의 남자 한 명이 물었다.

"이 여자는 알 거야. DOD(국방부)랑 결혼했으니까."

도리언이 생각에 잠겨서 대답했다. 릴리는 얼굴을 붉혔다. 도리언의 말투는 릴리가 마치 사촌과 결혼해서 근친혼으로 탄생한 미치광이 가족에 합류한 것 같은 투였다.

"스캔하고서 안으로 들여보내."

릴리는 전신 스캐너가 지나가는 동안 꼼짝도 하지 않았다. 흑인이 배를 한 번 더 날카롭게 찌를 때도 마찬가지였다. 스캐너를 보자 다시금 그들이 이 모든 기재들을 어디서 구했을까 궁금해졌다. 보안국 장비에는 제조사 태그가 붙게 되어 있었다. 푸른 수평선이 사람들뿐만 아니라 장비에서도 추적용 칩을 제거하는 법을 알아낸 걸까? 스캔이 끝나자 도리언이 헤드셋에 대고 그 기묘한 언어로 뭐라고 말한 후 소총 끝으로 릴리를 쿡 찔렀다.

"안으로."

릴리는 여전히 뒤통수에 손을 깍지 낀 채 창고 문을 지나 안으로 들어갔다. 밝은 빛이 눈을 찌르는 바람에 그녀가 잠깐 동안 눈만 깜박였다. 차츰 시력이 돌아오며 물결 모양 금속 벽으로 둘러싸인 커다란 방이 눈에 들어왔다. 방 한가운데에 작은 탁자가 놓여 있고 두 남자가 그 앞에 앉아 있었다. 릴리는 안쪽 의자 뒤에 서 있는 조녀선을 발견했고 의자에는 윌리엄 티어가 앉아서 가느다란 눈으로 맞은편 남자를 응시하고 있었다. 도리언이 소총으로 릴리의 등을 찔렀고 릴리는 앞으로 나아갔다. 경비 몇 명이 더 나와 그녀를 둘러쌌고 그녀는 그들이 권총만 가진 것을 보고 안도했다. 경비 중 두 명은 놀랍게도 여자였다. 릴리는 도리언이 특별한 거라고 생각했었다.

그들이 다가가자 티어가 짜증스럽게 고개를 들었다가 릴리를 보고서는 알 수 없는 표정으로 바뀌었다. 그가 의자에서 일어섰다. 탁자 끄트머리 쪽에 있던 남자가 몸을 돌렸고 릴리는 몸을 움츠리지 않으려고 노력했다. 남자의 얼굴 대부분이 산(酸)이나 그보다 더 끔찍한 걸로 망가진 상태였다.

광대뼈 위는 붉은 생살로 뒤덮여서 이마까지 이어졌다. 이는 바깥에 있던 남자만큼 상태가 나빴다.

"멋지군, 티어. 당신 부하들이 보안국 요원을 데려왔어."

화상을 입은 남자가 쉰 소리로 말했다.

"아니. 이 여자가 뭔지는 몰라도 보안국 사람은 아니야, 파커."

티어가 냉정하게 말했다.

"옷을 봐. 그 여자 정체가 뭐든 벽 너머 넌이 분명하고 내 얼굴을 봤다고."

파커가 릴리에게 다가왔다. 그의 망가진 얼굴은 늙은 것 같으면서 동시에 탐욕스러운 인상을 주었고 릴리는 움찔 물러났다. 그가 손을 내밀어 그녀의 젖가슴을 거칠게 잡고 왼쪽으로 비틀었고 릴리는 입을 꽉 다물고 신음을 삼켰다.

"그 여자한테서 손 떼."

티어의 목소리는 이제 얼음장 같았다.

"내가 왜 그래야 되지?"

파커가 릴리의 반대편 젖가슴을 잡았고 그녀는 주먹을 꽉 쥐었다. 하지만 도리언의 손이 그녀의 어깨를 경고 조로 꽉 쥐는 게 느껴졌다. 릴리는 눈을 감고 꼼짝하지 않으려고 노력했다.

"그러지 않으면, 파커, 내가 그 손을 부러뜨리고 여기서 내던져버릴 거니까. 내 장난감들을 다 빼앗고. 그렇게 하면 어떨 거 같나?"

파커의 얼굴이 분노로 뒤틀렸지만 마침내 손을 뗐다. 릴리는 욱신거리는 가슴을 감싸고 뒤로 물러나다가 다시 도리언의 소총에 부딪쳤다. 이 사람들, 파커와 그 부하들은 릴리가 벽 바깥의 삶에 관해 생각할 때 상상한 그대로였다. 폭력적이고 경솔하며, 그녀가 티어와 그의 사람들에게서 느낀 기본적인 품위라고는 없는 사람들. 그런 사람들이 여기서 뭘 하는 걸까?

티어는 탁자에서 물러났고 조녀선은 릴리에게 하던 것과 똑같은 방식으로 그를 바싹 따라갔다. 조녀선의 눈은 계속해서 티어에게 닿았다가 위협을 찾듯이 초조하게 주위로 움직였고, 그 순간 릴리는 그가 한 번도 자신의 진짜 경호원이 아니었다는 걸 깨달았다. 그는 티어의 사람이었고 릴리는 중간에 있는 부수적인 정류장일 뿐이었던 거다.

티어가 그녀의 앞에서 멈췄고 그녀는 다시금 뒤꿈치를 붙인 그의 군인다운 꼿꼿한 자세에 놀랐다. 시간이 다시 사라진 것 같았다. 시계를 확인해보고 싶었지만 그녀는 손을 올린 채 가만히 있었다. 이미 자정이 한참 지났을 것이다. 새벽까지 몇 시간이나 남았을까?

"메이휴 부인. 왜 여기 온 거요?"

릴리는 깊게 숨을 들이켜고 어니 웰치가 저녁 식사에 참석한 것부터 저녁에 일어난 모든 일을 이야기했다. 그레그와 액자에 대한 것을 빼면 아무것도 생략하지 않았다. 그 이야기를 해야 할 차례가 되자 이 많은 사람들 앞에서 차마 말할 수가 없었다. 티어의 시선은 그녀가 이야기하는 동안 그녀에게서 떨어지지 않았고, 릴리는 아기방에서의 그날 밤에 자신이 옳았다는 걸 깨달았다. 그의 눈은 회색이 아니라 밝게 일렁거리는 은빛이었다. 릴리는 시선을 내리지 않기 위해서 애썼다.

"거짓말이야."

릴리가 이야기를 마치자 파커가 단호하게 말했다.

조녀선이 몸을 기울여 티어의 귀에 뭐라고 속삭였고, 티어는 고개를 끄덕였다.

"우린 실제로 일주일 전에 구단을 잃었어. 폭발 때문에 여러 구의 시체들이 회수 불가능하게 탔지."

"그건 보안국이 만들어낸 개소리라고! 치아 기록으로 당신네 부하를 알아낸 다음에 저 갈보 년을 보낸 거야."

"보안국에는 내 사람들의 의료 기록이 없어."

"그럼 다른 누군가가 얘기했겠지."

"그러면 그녀가 우리를 어디서 찾아야 하는지 어떻게 알았을까, 파커?"

티어의 목소리가 경멸감으로 낮아졌다. 그가 도리언 쪽으로 몸을 돌렸다.

"도리, 애들을 데리고 나가서 한번 둘러봐. 30분 주지."

릴리의 등에서 총구가 사라졌고 그녀는 몸을 떨었다. 도리언의 손이 그녀의 어깨를 마지막으로 한 번 쥐었다가 사라졌다.

"그럼 그 갈보 년은 어쩔 거지?"

파커가 물었다. 그의 부하들이 그를 둘러쌌고 릴리는 그들이 칼이나 권총, 최소한 20년은 묵은 것 같은 오래된 총을 지니고 있는 것을 발견했다. 티어의 부하들이 들고 있는 중화기와는 전혀 달랐다. 티어의 사람들은 물을 구할 수 있는 것처럼 더 깨끗해 보였다. 여기저기서 비뚤어진 치아가 보였지만, 아무도 이가 썩지는 않았다. 푸른 수평선에는 내부에 의사가 있는 게 분명했다. 치과 의사도 있을까? 옷, 치아, 무기…… 티어의 사람들은 모든 것이 더 새것처럼 보였다. 더 나아 보였다.

그는 이 사람들에게 대체 뭘 원하는 거지?

"여긴 우리 영역이야, 파커. 여자도 우리 거야. 조너선, 그녀를 뒤로 데려가서 즐겨. 그 후에 그녀를 돌릴지 어떨지 생각해보지."

티어가 그렇게 말하고 탁자 앞에 도로 앉은 다음 파커에게 맞은편 의자를 손짓했다.

"얘기부터 끝내지."

조너선이 릴리의 팔을 거칠게 잡고 방 맞은편 끝에 있는 문으로 끌어당기기 시작했다.

"싸워요. 연기를 해요."

그가 속삭였다.

그것은 사실상 하늘이 내린 기회 같았다. 거의 너덜너덜하던 릴리의 신경이 갑자기 되살아났고 그녀는 몸을 뒤로 빼고 조너선의 얼굴에 주먹을 날렸다. 그가 그녀의 머리카락을 움켜잡고 문 쪽으로 끌어당겼다. 릴리는 그의 어깨를 두드렸지만 아무 소용 없었고, 곧 그들은 문을 통과했다. 조너선이 문을 쿵 닫은 다음 그녀를 자신의 앞에 세웠다.

"비명을 질러요. 최대한 크게."

릴리는 깊게 숨을 들이켜고 비명을 질렀다. 조너선은 2초 정도 그녀를 놔뒀다가 한 손으로 입을 막아 비명을 잠재웠다. 그런 다음 그녀를 놔주었고 릴리는 벽 쪽에 있는 두툼하고 뒤틀린 의자 팔걸이로 다가가 앉았다.

"미안하게 됐습니다, 엠 부인. 이 사람들이 이해하는 건 그것뿐이라서요."

조너선이 재빨리 방 맞은편에 열려 있는 문으로 가서 닫았지만 릴리는 창고 공간 너머에 있는 거대한 물체를 보았다. 그녀의 시야 바깥에서 가로로 된 기둥들이 튀어나와 있고 나무 기둥들이 십자 모양으로 고정되어 있었다. 릴리는 반쯤 완성된 나무로 된 거대한 물체의 골조를 본 거였다.

배의 골조.

그녀는 조너선을 몇 분 동안 빤히 보았다. 이 새로운 퍼즐 조각에 그녀의 생각이 한데 뒤섞였다. 도난당한 말과 의료 장비. 파괴된 대륙 간 비행기. 하늘에서 떨어진 위성들. 손수 제작 중인 나무 배. 릴리가 머릿속에서 보았던 강이 흐르는 땅. 보안국도 없고, 감시도 없고, 아무것도 없는 곳.

그리고 그녀는 깨달았다.

"당신들 떠나는군요. 전부 다 떠나는 거예요."

"그 얘기는 할 수 없습니다, 엠 부인."

뒤에서 문이 열리고 티어가 안으로 들어왔다.

"결정됐어. 9월 1일이야."

"파커는 갔습니까?"

"아니. 여기서 메이휴 부인의 입을 열게 만들겠다고 하고 있어. 짐승 같은 놈들."

"DOD 카메라 쪽은 어떻죠?"

"세 척의 구축함은 여전히 항구에서 몇 킬로미터 밖에 있어. 움직이지 않고 그냥 대기 중이야."

릴리의 입이 떡 벌어졌다. 그녀는 비틀거리며 그들을 보았다. 티어가 어떻게 국방부 카메라를 볼 수가 있지?

하늘에서 위성을 추락시키고 정전시킨 거랑 같은 방식으로. 기술은 그걸 감독하는 사람들 수준과 똑같아. 그녀의 머리가 속삭였다.

"터미널 가장자리 전체에 무선 휴지가 있습니다."

조너선이 말했다.

티어는 고개를 끄덕였다.

"그들이 언제 올지 정확히는 모르지만, 조만간이 분명해."

릴리는 신음했다. 사실들이 그녀의 뱃속으로 돌무더기처럼 쏟아졌다.

"당신들은 이미 알고 있었군요."

"그렇소."

그녀는 의자에 앉아 양손으로 얼굴을 덮었다. 이 모든 것들…… 이 여정, 그레그…… 그녀가 한 일은 쓸모없는 거였다. 그녀는 조너선을 올려다보았다. 분노로 뺨이 빨갛게 달아올랐다.

"이 여행을 말리려고 난 노력했습니다, 엠 부인."

또 다른 함성이 바깥쪽 방에서 들렸고 티어가 눈을 굴렸다.

"이제 충분한 거 같군. 나가서 뭔가 굉장한 강간 이야기를 해주도록 해. 도리가 돌아오는 대로 이동할 준비를 시키고. 파커와 그의 무리들은 지상 터널로 보낼 거야."

조너선이 나갔고 티어는 문 근처 안락의자에 풀썩 앉아서 무릎 위에 양

팔을 걸쳤다. 은빛 눈이 방 건너편에서도 릴리를 향해 반짝였다.

"이 모든 일에 대해서는 미안하군. 저놈들을 죄다 쏘아버리고 싶지만, 지금은 필요하니까."

"왜죠?"

"내 사람들은 귀중하다오, 메이휴 부인. 그들은 영리하고 훈련도 잘되어 있지. 폭력을 쓰는 건 그들의 재능을 낭비하는 일일 거요."

"9월 1일에 무슨 일이 있죠?"

"당신이 알고 싶은 일은 아닐 거요. 여기는 어떻게 왔지?"

"차를 몰고요."

"남편이 한밤중에 나들이를 하라고 내보내줬다고?"

"내가 그 사람을 죽인 것 같아요."

티어가 날카롭게 눈을 들었다.

"그 사람 머리를 내리치고 그냥 놔두고 왔어요."

릴리는 계속 이야기하고 싶지 않았지만 아기방에서의 그날 같았다. 말이 저절로 흘러나왔다.

"그 사람이 아기를 갖고 싶어 했어요. 날 체외수정 의사에게 데려가겠다고 했어요. 내가 뭘 원하는지는 중요하지 않았죠."

티어는 고개를 끄덕였다.

"그건 문젯거리요. 여자들이 필로폰 한 봉지에 난자를 팔고 있고, 반대편이 얻는 보상은 어마어마하지."

릴리는 잠깐 생각해보았다.

"그 사람을 죽이고 싶었어요."

"음, 집으로 돌아가면 어떤 식으로든 고통의 세계를 마주하겠군."

릴리는 고개를 끄덕였다.

"여기에 차는 놔두고 가시오. 보안국이 항구를 둘러싸고 있으니까 그들 눈에 띄지 않고 빠져나갈 방법은 없소. 그들은 당신 차를 봤을 거고 우리 쪽 사람에게 속한 거라고 기록해뒀을 거요. 차는 여기 놔두고 조너선에게 집에 데려다주라고 하겠소. 차를 탈취당해서 조너선에게 데리러 오라고 했다고 주장하면 될 거요."

"내 태그를 보면 여기 있었던 게 드러날 거예요."

"그렇지."

그가 대답했고 릴리는 그가 그저 그녀의 기분을 더 낫게 만들어주려고 할 뿐임을 깨달았다.

문을 세 번 두드리는 소리가 나고 조너선이 안으로 들어왔다.

"도리가 왔습니다. 새로운 건 없다고 합니다. 파커에게 곧 떠날 거라고 말해두었고요."

"장비는 다 챙겼나?"

"5분 걸립니다."

티어는 방 맞은편의 닫힌 문을 손짓했다.

"좀 더 여유가 없다는 게 안타깝군. 저걸 여기 남겨두고 가야 하는 게 싫어."

"언제죠? 언제 떠나는 거예요?"

릴리가 불쑥 물었다.

"왜 우리가 떠난다고 생각하는 거요?"

"맞잖아요. 배를 타고서요."

릴리가 중얼거렸다. 눈물로 목소리가 가라앉았다.

"그래서 우리가 어디로 간다고 생각하지?"

"더 나은 세상으로요."

티어가 몸을 앞으로 기울였다. 릴리는 다시금 형광등의 흐린 불빛까지 반사하는 것 같은 은빛 눈에 충격을 받았다.

"왜 여기 온 거요, 메이휴 부인? 이건 당신과 아무 상관 없는 일인데, 당신은 엄청난 위험을 감수했소. 왜지?"

릴리는 대답할 수가 없었다. 어린 시절 그녀는 물건을 하나 골라서 눈이 바짝 마르고 초점이 흐려질 때까지 최대한 오래 빤히 쳐다보곤 했었다. 그렇게 하나에 시선을 고정하고 빤히 쳐다볼 때 느낀 엄청난 즐거움이 기억났고, 이제 그녀는 윌리엄 티어에게서 눈을 뗄 수가 없었다. 그녀는 그의 동작 하나하나를, 사소한 것까지 빤히 보았다. 그녀의 얼굴을 빠르게 스치는 눈동자, 한쪽 무릎을 두드리는 손가락, 턱의 움찔거림. 모든 것들이 오로지 티어에게 집중되어 있는 것만 같았다.

난 믿어.

그 순간, 릴리는 전부 다 믿을 수 있었다. 저 바깥에 더 나은 세상이 있고, 그것은 가까이 있었다……. 거의 손에 닿을 만큼. 밀, 밝은 파란색의 강, 끝없는 나무들. 티어가 그녀에게 더 나은 세상을 위해 죽어달라고 하면, 그럴 수 있었다. 생각할 필요도 없었다. 그리고 그가 릴리에게 *자신을 위해서* 죽어달라고 해도 그렇게 할 것이다. 평생 이렇게 무언가를 깊게 느낀 적이 없었다.

그녀의 눈에 다시 눈물이 고였다. 릴리는 흐릿한 시선을 티어에게서 떼고 팔로 얼굴을 닦았다. 다시 고개를 드니 조너선이 살짝 미소를 띠고 그녀를 쳐다보고 있었다. 그가 그녀에게 한 손을 내밀었고 릴리는 양손으로 그의 손을 꽉 잡았다. 놓고 싶지 않았다. 그러면 그대로 가라앉을 것만 같았다.

"더 나은 세상. 나도 보여요. 계속해서요."

그녀가 나직하게 말했다.

"우리 모두 보고 있어요, 엠 부인."

티어가 그녀의 턱 아래 손가락 하나를 대고 얼굴을 들어 올렸다. 그의 눈은 이제 너무 밝아서 흐린 조명 속에서 빛을 내는 것 같았다.

"당신 눈에는 뭐가 보이지, 릴리?"

"물요. 파란 물, 그리고 절벽, 그리고 땅. 밀로 뒤덮인 샛노란 땅. 그리고 언덕에, 강 옆에 마을이 있어요. 아이들이 있고."

릴리가 더듬더듬 말했다.

"그 애들이 뭘 하고 있지?"

"모르겠어요. 하지만 자유로워요. 모두가 자유로워요."

티어가 미소를 짓고 그녀의 턱을 놓았다.

"그게 푸른 수평선이오."

릴리가 울기 시작했다.

"5년 전 분리 독립을 요구했을 때, 난 내가 직접 미국의 일부를 차지하고 개조해서 더 나은 세상을 만들 생각이었소. 병들고 망가졌지만 이 나라는 굉장한 창조물이고, 그 일부만으로도 우리에겐 충분할 거였지. 하지만 그들은 우리 요구를 거절했고, 어차피 소용도 없었을 거요. 파커나 그자와 같은 사람들은 모든 걸 망가뜨리게 생겨먹었거든. 그들은 우리를 가만두지 않았을 거요. 그들이 아니라면 당신네 정부가 10년이나 15년 후에 판매자의 후회를 느꼈겠지. 다른 사람들이 접근할 수 있는 곳에 더 나은 세상을 만들면 그들이 그걸 도로 망가뜨릴 거요."

릴리는 눈물을 닦았다.

"더 이상은 땅이 없잖아요. 어디로 가게요?"

"세상은 당신이 생각하는 것보다 크다오."

"왜 저 사람들이 함께 가는 거죠? 바깥의 사람들요."

그녀가 물었다.

"파커 쪽 사람들?"

티어가 씁쓸하게 웃었다.

"파커 쪽 사람들은 아이를 내다 팔고 음식과 여자를 교환하는 작자들이

오. 더 나은 세상 근처에도 가지 못할 거요."

"대장."

조너선이 문가에서 중얼거렸다. 바깥에서 목소리가 점점 높아졌고 곧 소음기를 낀 레이저 총의 소리 같은 빠르고 가벼운 붕 소리가 들렸다. 티어가 릴리에게 일어서라고 손짓했고 그녀는 간신히 의자에서 일어났다. 일어나려고 할 때까지 자신이 얼마나 지쳤는지 몰랐다.

"미안하군, 릴리. 하지만 피할 방법이 없소. 가만히 서서 눈 감아요."

릴리는 눈을 감았다. 입가에 짧고 빠르게 주먹이 날아와 머리가 뒤로 젖혀졌다. 별로 아프지는 않았지만 피 맛이 났다. 티어가 피를 그녀의 턱 위로 문질러 바르고 셔츠 목을 두 군데 찢었다.

"눈속임용이오. 금방 나을 거요. 그리고 다리 저는 거 잊지 말고."

조너선이 문을 열었고 티어가 릴리를 밖으로 끌고 나왔다. 도리언이 소총으로 파커와 그의 부하들을 겨누고 문을 막고 서 있었다. 그들은 나무 위로 동물을 쫓는 늑대 무리 같았다.

"이년은 미쳤어! 당장 물러나라고 해!"

파커가 소리쳤다.

"보안국이 우리를 둘러쌌어. 여기서 당장 나가야 돼."

"우린 아무도 못 봤는데."

"대단하군. 자네가 위성 영상을 갖고 있는 모양이지?"

티어의 말투는 신랄했다.

"닥처."

"좋아. 그럼 여기서 놈들을 기다리라고."

파커의 성한 눈이 증오로 번뜩였다.

"여기서 어떻게 나가지?"

티어는 바닥으로 몸을 구부려 조그만 바닥 문을 열었다. 어둠 속으로 이어지는 계단이 나타났다. 파커는 도리언에게 성난 눈길을 마지막으로 던진 다음 몸을 구부려 계단 안쪽을 보았다.

"손전등은?"

"없어. 우리 체온 신호만으로도 위험해. 보스턴 시내까지 직선으로 연결되는 터널이야."

"벽 너머의 년은 어쩔 거야?"

"조너선이 좋아해. 데리고 있고 싶어 해."

파커가 릴리를 잠시 보았다.

"아, 좋아. 어차피 이제 오래 남지도 않았지."

그가 바닥 문으로 가려고 했지만 티어가 한 손을 그의 가슴에 얹었다.

"우린 약속을 했어, 파커. 9월 1일이야."

"9월 1일."

파커가 따라 말하고 씩 웃었다. 릴리는 그 웃음에 어린 순수한 악의 기운에 잠시 눈을 감아야 했다. 그녀는 현실 세계를 떠올리고 지금이 8월 30일 새벽이라는 것을 깨달았다.

"9월 1일에 축제를 벌이는 거지."

티어의 입이 혐오감에 비틀렸으나 그는 고개를 끄덕였다.

"터널로 가. 파란색 비상구 표시 옆에서 사다리를 찾아. 거기서 올라가면 펜웨이 옆으로 나가게 될 거야."

파커와 그의 부하들이 먼저 갔다. 서른 명쯤 되어 보이는 티어의 사람들이 창고로 돌아와서 바닥 문 주위에 섰다. 대부분은 도리언과 같은 총을 들었지만 몇 명은 아무것도 없이 귀에 낀 작은 수신기와 검지손가락에 낀 동그란 금속 줄뿐이었다. 컴퓨터 전문가들이다.

"도시 밖으로 나갈 때까지 무선은 꺼둬. 집에서 만나지."

티어가 말했다.

그러니까 어니가 틀린 거다. 여기는 본부가 아니었다. 릴리는 조너선을 따라 계단을 내려갔고, 곧 완전한 어둠 속으로 들어갔다. 발이 스치는 소리와 총을 고정한 줄이 흔들리는 소리밖에는 들리지 않았다. 도리언이 릴리의 뒤쪽 어딘가 있었고 그 사실에 마음이 조금 놓였다. 종종 발치 어딘가에서 찍찍거리는 소리가 들렸지만 쥐가 근처에서 돌아다닌다는 사실조차 별로 겁나지 않았다. 이 사람들은 안전한 사람들이고, 릴리는 그들이 어디로 가든 자신을 안전하게 지켜줄 거라고 믿었다.

 하지만 9월 1일에 무슨 일이 벌어지는 거지? 축제가 뭐야? 그녀의 머리가 애처로운 어조로 물었다.

 1킬로미터쯤 갔을 때 누군가가 앞쪽에서 기침을 했고 조너선이 릴리의 팔을 잡아 세웠다. 파커와 그의 부하들은 통로를 따라 계속 걸어갔다. 그들이 가는 소리가 점점 희미해지다가 조용해졌다.

 조너선이 그녀를 오른쪽으로 당기며 속삭였다.

 "계단으로."

 릴리는 또 다른 계단을 내려가는 것을 느꼈다. 잠깐 새롭게 기운이 났으나 이제는 다 사라지고 금방이라도 쓰러질 것만 같았다. 하지만 그들의 발목을 잡지 않겠다고, 그들이 뭐라고 했더라, 벽 너머의 벌레는 되지 않겠다고 결심하고 계속 걸었다. 그것은 무시무시하지만 딱 맞는 표현이었다. 릴리는 친구들 대부분을 떠올리고 그 말에 딱 맞는다는 걸 깨달았다.

 "잠깐."

 영원 같은 시간이 흐르고서 티어가 말했다. 릴리는 멈췄고 주위에서 모두가 멈추는 것을 느꼈다.

 "펑."

 머리 위쪽에서 낮은 쿵 소리가 울렸다. 터널이 흔들리고 릴리의 머리카락과 얼굴로 콘크리트 가루가 떨어져 눈에 들어갔다. 열기가 강렬하게 등으로 느껴졌고 잠시 후 터널에 공허한 고함 소리가 가득 찼다. 그러다가 소리도 사라지고 다시금 조용한 어둠만이 남았다.

"더 나은 세상."

누군가가 중얼거렸다.

"더 나은 세상."

모두가 반복했고 릴리도 그들과 함께 말했다. 자신의 목소리가 그들과 함께 섞이는 게 좋았고, 아무도 신경 쓰지 않기를 바랐다.

잠시 후, 다 함께 동의한 것처럼 모든 사람들이 다시 걷기 시작했다. 그들은 이제 미궁 같은 터널을 지나고 있었다. 가끔은 계단을 올라가고 가끔은 내려가고 가끔은 밀실공포증이 느껴지는 좁은 틈새를 지나갔다. 그녀는 현재에만 집중하고 계속 걸었다. 미래는 아직까지 생각할 수 없으니까. 집에서 무엇이 자신을 기다리고 있을지 상상조차 할 수가 없었다.

20분쯤 후에 그녀는 조녀선을 따라 사다리를 올라가서 맨홀을 통과해 어두운 골목으로 나왔다. 몇 년은 비우지 않은 것 같은 쓰레기통이 주변에 둘러서 있었다.

"도리가 올라오는 걸 도와줘. 도움을 바라지 않겠지만 어쨌든 도와줘. 총알 상처가 아직 완전히 낫지 않았어."

티어가 조녀선에게 말했다.

릴리는 몸에 팔을 둘렀다. 8월 말이라 공기는 따뜻했지만 온몸이 땀에 젖었고 바람이 재킷 아래로 스며드는 것 같았다.

9월 1일에 무슨 일이 벌어지는 거지?

"그 망할 손 떼지 못해!"

맨홀 쪽에서 날카로운 목소리가 들렸다.

"조용히 해, 도리. 네가 얼마나 강인한지 다들 아니까."

조녀선이 그녀를 소총째로 맨홀에서 끌어냈다.

"널 때려눕힐 수도 있어, 사우스캐롤라이나."

"물론 그렇겠지."

"움직여야 돼."

티어가 골목 입구를 쳐다보며 말했다. 릴리는 아무것도 볼 수 없었지만 그를 믿었다. 그는 눈에 보이지 않는 위험을 냄새로 알아채는 개를 연상시켰다. 맨홀에서 열 명이 나온 후에 조너선이 뚜껑을 닫았고 릴리는 어니가 전에 말한 것을 떠올렸다. 푸른 수평선은 손실을 방지하기 위해서 병력을 나누기를 좋아한다는 거였다. 나머지 사람들은 터널 안에서 움직이고 있을 것이다.

"어서 와요, 엠 부인."

그들은 한 명씩 골목 입구에서 나가 사방으로 사라졌다. 도리언이 지나가며 릴리의 어깨를 건드렸지만 돌아보니 이미 사라지고 없었다. 티어가 그녀의 팔을 당겼고 두 사람은 조너선을 따라 릴리가 알지 못하는 길을 지나갔다. 오래전에 버려진 사무용 건물들이 보도 양옆으로 서 있었다. 각 창문들마다 제각기 부서져 있었고 안에서 움직이고 속닥거리는 사람들 소리가 분명하게 들렸지만 아무도 보이지 않았다. 머리 위의 흐릿한 스모그가 다가오는 새벽에 희미해지기 시작했다.

"차를 가져와."

티어가 말했고 조너선이 안개 속으로 사라졌다. 릴리가 비틀거렸고 티어가 그녀의 팔꿈치를 잡고 세워주었다.

"당신은 곤란한 입장에 빠졌소, 메이휴 부인. 차에 대해서 최대한 그럴 듯하게 이야기한다고 해도 결국 보안국에서 당신 태그를 확인해볼 거요. 당신이 여기서 뭘 하고 있었는지 알아보려고 하겠지."

"체포되어본 적 있나요?"

"그렇소."

"어떻게 되죠?"

"견디려고 노력하게 되지."

"9월 1일에는 무슨 일이 벌어지나요?"

티어의 턱에 힘이 들어갔다.

"말해줄 수 없소."

"내가 고문당할 경우에 대비해서요?"

"그렇소."

릴리는 잠깐 생각해보았다. 배 속이 꽉 뭉쳤다. 그녀는 눈을 감고 더 나은 세상을 떠올리려고 했지만 눈에 보이는 거라고는 학교 문과 매디의 헝클어진 머리가 영원히 사라지던 모습뿐이었다. 차가 앞에 와서 멈췄고 릴리는 잠시 조너선이 운전대를 잡고 있는 렉서스를 알아보기까지 시간이 걸렸다. 차의 매끄러운 검은색 형체가 이 망가진 거리에서 낯설고 괴이하게 보였다.

"타시오. 조너선이 집으로 데려다줄 거요."

"그냥……."

릴리는 깊게 숨을 들이켰다.

"그냥 여기에서 당신들과 함께 있으면 안 될까요?"

티어는 한참 동안 그녀를 바라보았다.

"안 되오, 메이휴 부인. 미안하군. 이미 사람이 너무 많소. 수많은 좋은 사람들이 뒤에 남겨질 거요."

릴리는 고개를 끄덕이며 미소를 지으려고 노력했지만, 도리언의 목소리가 머릿속에서 울렸다. *더 나은 세상은 당신 같은 사람들을 위한 곳이 아니니까.* 그녀는 푹신한 가죽 의자를 거의 인식하지 못한 채 차에 앉았다. 티어가 문을 닫으려고 할 때 그녀는 거의 절망적으로 그의 손목을 잡았다.

"어떻게 이걸 견딜 수 있을지 모르겠어요."

티어가 그녀의 뺨에 한 손을 올렸다. 피부를 타고 온기가 스며들어 머릿속의 차가운 곳에서 그녀를 끄집어내주는 것만 같았다.

"내가 약속하지. 당신은 견뎌낼 거요."

"그런 걸 약속할 수는 없어요."

"아니, 할 수 있소. 당신은 자신이 생각하는 것보다 강한 사람이오."

"그걸 어떻게 알죠?"

그는 손을 빼고 몸을 폈다. 은빛 눈이 반짝였다.

"난 알고 있소, 릴리. 내 평생 당신을 알았소."

그녀의 얼굴 앞에서 문이 닫히고 주먹이 지붕을 두 번 두드렸다. 조녀선이 차를 출발시켰고 릴리는 의자에 몸을 기댔다. 몸을 돌려 뒤쪽 창문 밖을 보니 윌리엄 티어가 보스턴의 불빛 아래 군대식으로 몸을 꼿꼿이 세우고 그들을 바라보고 있었다.

그들이 뉴가나안까지 절반쯤 돌아왔을 때 조녀선이 입을 열었다. 릴리는 오는 내내 창밖을 바라보며 보안국에 얘기할 좀 더 설득력 있는 이야기를 생각했지만, 아무것도 떠오르지 않았다. 1킬로미터를 갈 때마다 배 속이 점점 더 조여들어서 토할 것 같을 정도로 꽉 뭉쳤다.

"걱정하지 마십시오, 엠 부인."

릴리가 펄쩍 뛰었다. 다른 사람이 차에 있다는 걸 잊고 있었다. 그녀는 고개를 들고 백미러로 자신을 바라보는 조녀선의 눈을 마주 보았다.

"내가 그 사람을 죽인 것 같아요, 조녀선."

"그럴 만한 이유가 있었죠."

릴리는 얼굴을 붉혔다. 이것이 그들이 그날 밤에 관해서, 그 모든 밤에 관해서 터놓고 이야기하는 것에 가장 가까웠다.

"보안국은 그런 거에 신경 쓰지 않을 거예요."

"우리는 서로를 돌봅니다, 엠 부인. 서로를 보살피죠. 그러지 않는다면 전부 아무것도 아닐 겁니다."

"당신도 곤란하지 않겠어요? 그들이 이 차를 추적하면요."

"이 차의 태그는 오래전에 바뀌났습니다. 부인이 연락해서 제가 데리러 가기 전까지 이 차는 내내 차고에 있었던 겁니다."

릴리는 천천히 고개를 끄덕였다. 주위에서 수년 동안이나 돌아가고 있었을 감추어진 세계가 그녀의 머리를 멍하게 만들었다. 창밖으로 또 다른 초록색 간판이 지나갔다. 톨랜드. 지평선이 밝아지며 머리 위의 새카만 하늘을 향해서 은은한 분홍색이 퍼져갔다. 릴리는 그 분홍빛을 바라보며 동쪽 저 멀리, 해가 이미 떴을 대서양까지 볼 수 있다면 좋겠다고 생각했다. 그녀는 창문에 몸을 기대고 뺨으로 그 냉기를 음미했다. 눈꺼풀 아래로 반쯤 완성된 배가 보였다. 수많은 배들이 더 있을 것이다. 어딘가에 감추어져 있을 텐데…… 어딜까? 뉴잉글랜드 전역에? 그녀는 이제 9월 1일에 어떤 일이 일어날지 알 것 같았다. 그들은, 티어와 그의 사람들은 떠날 거고, 세상 무엇보다도 릴리는 그들과 함께 물과 나무가 가득한 그 넓은 세계로 가고 싶었다. 멀리 유리창 바깥에서 목소리가 들렸다.

"켈시."

릴리는 정신을 차리려고 고개를 흔들었지만 패배하고 있었다. 몸의 절반이 이미 잠들고 있었다.

"켈시."

"엠 부인?"

"켈시가 누구예요?"

릴리가 중얼거렸다. 유리가 뺨 아래서 차갑게 느껴졌다. 거기에 영원히 머물고 싶었다. 영원히—

"켈시!"

그녀는 움직이는 세상에서 눈을 떴다. 펜이 어깨를 흔들고 있었다. 복도가 주변에서 격렬하게 흔들렸다. 잠깐 동안 그녀는 차로 돌아갔다가 다시 펜에게로 돌아왔다. 머리가 심하게 지끈거렸다. 속이 울렁거렸다.

"레이디, 깨워야만 했습니다. 중요한 일입니다."

"몇 시죠?"

"오전 11시입니다."

켈시는 머리를 맑게 하려고 고개를 흔들었다. 정신을 차려야 했다. 그녀는 발코니 방 바로 앞 복도에 서 있었다. 분홍빛으로 물든 이른 아침 햇살이 여전히 머릿속에 가득했다. 뺨 아래로 차가운 창문 유리도 느껴지는 것 같았다.

"그렇게 급한 게 대체 뭐죠?"

"모트군입니다, 레이디. 그들이 벽에 도착했습니다."

켈시의 심장이 내려앉았다.

"이렇게 될 줄 알았잖아요."

"네, 하지만 레이디—"

"뭐죠?"

"붉은 여왕이요. 붉은 여왕이 함께 왔습니다."

3부

12장

밤

조수(潮水)와 타협할 수는 없다.
— 출처 불명의 티어 속담, 일반적으로 글린 여왕의 말로 여겨짐

모트 군대는 카델 양쪽을 뒤덮고 앨먼트 남북으로 퍼져서 심지어 뉴런던 남쪽 가장자리까지 빙 돌아갈 정도였다. 도시에 어스름이 내리고 있었고 사위는 빛 속에서 모트 야영지는 뚫을 수 없는 검은 바다 같았다.

검은 천막들 앞에 50명이 넘는 병사들이 정확하게 열을 지어 서 있었다. 맨눈으로 보면 그들은 반짝이는 쇠로 덮여 있는 것처럼 보였다. 켈시에게 겁을 주기 위한 게 분명한 과시적인 행위였고, 효과가 있었다. 그녀는 겁에 질렸다. 자신뿐만 아니라 뒤에 있는 사람들, 뉴런던의 벽 안에 이제 빼곡하게 들어찬 온 나라 백성들을 생각하니 겁에 질릴 수밖에 없었다. 저 아래 모여든 군세에 어떻게 맞설 수 있을까? 천막 뒤로 켈시는 공성탑들을 볼 수 있었고 그 너머 시야에 가린 곳에 대포가 있을 것이다. 대포가 작동한다고 가정하면, 분명히 그럴 거라고 생각하지만, 모트군에는 공성탑도 필요 없

었다. 그냥 뉴런던의 성벽을 때려 부술 수 있을 것이다.

켈시의 품에서 글리가 몸을 떠는 바람에 그녀는 깜짝 놀랐다. 아이는 안고 있기가 너무 쉬워서 안고 있다는 사실도 잊고 있었다. 안달리가 함께 밖으로 나오기로 해서 켈시는 그녀가 쉴 수 있게 아이를 맡았다. 하지만 길거리의 사람들이 켈시의 품에 있는 어린애를 보고 깜짝 놀라 뭐라고 숙덕거려서 켈시는 안달리와 글리에게 너무 큰 관심을 불러일으킨 게 아닌가 걱정스러웠다. 안달리가 말한 것처럼 그들의 존재는 귀중했고, 익명으로 남는 것이 그들에게는 가장 나았다. 글리는 벽까지 가는 동안 잠들었지만 이제 깨서 생각에 잠긴 눈으로 켈시를 올려다보았다. 켈시는 입술에 손가락 하나를 올렸고 글리는 진지하게 고개를 끄덕였다.

메이스가 안달리의 다른 딸 아이사를 데리고 왔다. 아이사는 켈시의 몇 미터 뒤에서 제2의 펜처럼 단도를 손에 들고 서 있었다. 메이스는 그 아이를 좋아하게 된 것 같았고 근위병들 여러 명도 그랬다. 코린은 그 애가 프래스커(누군지는 모르겠지만) 이래로 가장 훌륭한 단도 실력을 가졌다고 말했고 엘스턴은 질긴 꼬마라고 평했다. 그것은 그로서는 최고의 찬사였다. 아이사는 이 원정을 굉장히 진지하게 받아들여서 단도를 쥔 손에서 절대로 힘을 빼지 않고 진지하면서도 음울하게 짙은 눈썹을 한껏 찌푸리고 있었다. 지금 와서는 별 차이도 만들지 못할 이 영웅적인 작고 단호한 모습을 보자 켈시의 기분은 더욱 우울해졌다.

모트 야영지를 살피다가 켈시는 마침내 자신이 찾던 것을 발견했다. 거의 한가운데에 위치한 새빨간 천막이었다. 온통 새카만 바다에서 조그만 빨간 얼룩처럼 보일 뿐이었지만 켈시의 가슴속에서는 장례식 종소리 같은 것이 울렸다. 붉은 여왕은 이번에는 어떤 가능성도 남겨둘 생각이 없는 거였다. 그래서 일을 제대로 처리하기 위해서 직접 행차한 것이다. 천막 주위로 횃불이 타올랐지만 잠시 후 켈시는 기묘한 것을 깨달았다. 이 횃불들이 모트 야영지에서 볼 수 있는 유일한 불길이었다. 저녁 식사 시간 직후인데도 주변은 어두웠다. 켈시는 잠시 이 사실을 생각하다가 우선 제쳐두었다.

"모두가 도시 안으로 들어왔나요?"

그녀가 물었다.

"들어왔습니다, 레이디. 하지만 모트군이 다리에 들어오지 못하게 마지막으로 막던 중에 군대가 섬멸되었습니다."

메이스가 대답했다.

켈시의 배 속이 울렁거렸다. 그녀는 뉴런던 다리 너머를 보며 자신의 나쁜 시력에 투덜거렸다.

"모트군을 다리에서 어떻게 막고 있죠?"

"바리케이드입니다, 레이디."

홀 대령이 좀 멀리 벽 쪽에 있던 군인들 사이에서 앞으로 나왔다. 오른팔에는 소매가 잘린 부분부터 두툼하게 붕대가 감겨 있었고, 턱을 가로질러서도 흉한 상처가 있었다.

"좋은 바리케이드이지만 영원히 버티진 못할 겁니다."

"홀 대령."

그가 살아 있는 것을 보고 안도해서 켈시가 미소를 지었지만, 상처를 보고서 정신이 번쩍 들었다.

"버몬드 장군과 병사들을 잃은 건 유감이에요. 모든 가족들이 연금을 받게 될 거예요."

"감사합니다, 레이디."

하지만 지금 연금이 얼마나 의미가 없는지를 생각하듯 홀의 입술이 살짝 비틀렸다.

메이스가 그녀의 등을 쿡 찔렀고 켈시는 그제야 자신이 할 일을 기억했다.

"공식적으로 그대를 내 군대의 장군으로 임명하죠. 장수(長壽)를 바라겠어요. 홀 장군."

그는 고개를 젖히고 웃음을 터뜨렸고, 그 웃음이 불쾌한 의미라고 생각하지는 않았지만 그래도 켈시의 귀에서 쩌렁쩌렁 울렸다.

"우선은 그보다 더 중요한 게 있습니다, 레이디."

"달리 뭐가 있는데요?"

"영광이지요. 영예로운 죽음요."

"그렇긴 하군요."

홀이 약간 다가와서는 그를 가로막으려는 펜에게 신경 쓰지 않고서 말했다.

"제가 비밀을 하나 말씀드려도 될까요, 레이디?"

"물론이에요."

켈시는 글리의 등을 두드리고 아이를 바닥에 내려놓았다. 아이가 켈시의 무릎을 한 팔로 안았다.

홀이 목소리를 낮추었다.

"영광이라는 건 진짜입니다. 하지만 저희가 그걸 위해서 희생하는 것들에 비하면 아무것도 아니죠. 집, 가족, 조용하고 긴 삶. 이런 것들도 진짜이고, 영광을 찾을 때 포기해야 하는 것들이지요."

켈시는 버몬드의 죽음이 생각보다 홀에게 깊은 충격을 주었다는 것을 깨닫고서 잠시 대답하지 않았다.

"내가 이 전쟁을 바랐다고 생각하나요?"

"아뇨, 레이디. 하지만 폐하께서는 조용한 삶에 만족하지 못하시지요."

메이스가 옆에서 그르렁거렸다. 동의하는 의미의 소리인 것을 깨닫고 켈시는 그를 걷어차주고 싶은 마음을 억눌렀다.

"그대는 그렇게 말할 만큼 나에 대해 잘 알지 못해요."

"이 나라 전체가 이제 폐하를 압니다, 켈시 여왕님. 폐하께서는 영광, 더 나은 것이라는 당신의 개념을 만족시키기 위해서 저희 모두에게 재앙을 가져오셨죠."

"조심하시오, 홀. 당신은—"

"입 다물어, 펜."

펜이 경고하려 했지만 메이스가 으르렁거렸다.

켈시는 화가 나서 홱 돌아보았다.

"이제 완전히 내게서 등을 돌린 건가요, 라자러스?"

"아뇨, 레이디. 하지만 특히 전쟁 때에 불만의 목소리를 침묵시키는 건 현명한 일이 아닙니다."

켈시의 얼굴이 타올랐다. 그녀가 홀 쪽으로 돌아섰다.

"나는 영광을 위해서 선적을 끝낸 게 아니에요. 그런 거엔 신경 쓴 적이 없어요."

"그러면 제가 틀렸다는 걸 증명해주십시오, 폐하. 남은 제 부하들을 이길 수 없는 싸움에서 구해주십시오. 모트군이 벽을 부수면 어쩔 수 없이 맞이하게 될 악몽으로부터 여자들과 아이들, 그리고 남자들을 구해주십시오. 폐하께서는 올가미에 매달려 조용히 죽는 걸 보는 대신에 죄수를 갈가리 찢으셨습니다. 제가 틀렸다는 걸 증명하고 저희 모두를 구해주십시오."

홀이 가장자리 쪽으로 몸을 돌려 그 간단한 행동으로 그녀를 밀어냈다. 켈시의 얼굴에서 감각이 없어졌다. 갑자기 왕궁에서의 초반 시절 이래 느껴본 적 없는 외로움이, 혼자 남은 듯한 기분이 들었다. 그녀는 내성벽에 있는 계단통 주위에 서 있는 근위병들의 얼굴을 쳐다보았다. 메이스, 코린, 웰머, 엘스턴, 키브…… 모두가 충성스럽고 그녀를 위해서 목숨이라도 내놓을 테지만, 충성은 인정이 아니었다. 그들은 그녀가 실패했다고 생각했다.

"보십시오, 레이디."

메이스가 가장자리 쪽을 가리켰다.

줄지어 선 모트군 병사의 대열은 움직이지 않았지만, 저물어가는 빛 속에서 눈을 가늘게 뜨고 바라보자 횃불을 들고 전열에서 튀어나와 전방으로 달려오는 검은 망토를 두른 사람들의 모습이 보였다.

메이스가 망원경을 꺼냈다.

"가운데 있는 건 붉은 여왕의 개인 전령입니다. 저 망할 놈을 잘 기억하지요."

전령은 망토를 두르면 어둠 속에 쉽게 섞일 수 있을 정도로 조그만 남자였다. 하지만 그의 목소리는 왕궁 성벽에 울려 퍼질 정도로 성량 풍부한 베이스였고 그의 티어 말은 모트 억양이 조금도 드러나지 않을 만큼 완벽했다.

"모트메인과 칼레 전체의 위대한 여왕님께서 티어링의 계승자에게 인사를 전하는 바이다!"

켈시는 이를 악물었다.

"나의 전갈은 다음과 같다. 위대한 여왕님께서는 이 헛된 상황을 그대가 깨달았을 것으로 생각하신다. 위대한 여왕님의 군대가 그대의 수도의 벽을 무너뜨리고 원하는 것을 차지하는 것은 간단한 일이다. 어떤 티어인도 피할 수 없을 것이다.

하지만 티어의 계승자가 뉴런던 다리의 바리케이드를 치우고 문을 연다면 위대한 여왕님께서는 그녀뿐만 아니라 동반자 스무 명까지 용서해주겠다고 약속하시는 바이다. 위대한 여왕님께서는 이 스물한 명은 해를 입지 않을 거라 선언하셨다."

누군가의 손이 켈시의 팔목을 잡았다. 글리였다. 너무 꽉 잡아서 조그만 손톱이 살에 파고들었지만 켈시는 거의 느끼지 못했다. *저희 모두를 구해주십시오.* 홀은 그렇게 말했고 이제 켈시는 자신이 그들을 구하지 못하면 그들이 살아남지 못할 것임을 알게 되었다. 그녀는 전령과 그 주위의 남자들에게 집중한 채 자기 안의 끔찍한 것을 불러냈다. 그것은 쉽게 깨어났고 켈시는 그것이 이제 항상 거기 있으면서 기회만 되면 튀어나오려 할까 궁금했다. 그런 식으로 살 수 있을까?

"새벽까지 다리를 깨끗하게 치우고 문을 열어야 할 것이다. 이 조건을 맞추지 못하면 위대한 여왕님의 군대가 어떤 수단을 쓰든 뉴런던으로 들어가 그대의 도시를 폐허로 만들 것이다. 이것이 나의—"

전령이 말을 멈추고 갑자기 몸을 구부렸고, 다음 순간 피를 흩뿌리며 산산조각 났다. 켈시의 분노가 하도 커서 밖으로 뿜어져 나와, 나머지 사람들을 둘러싸고 몇 명을 뒤로 날려 보내고 나머지는 바닥에 짓누르는 것 같았다. 분노의 힘은 모트군 전열 전체에 퍼져 허리케인처럼 점점 더 빠르고 강력해졌다.

그러다가 갑자기 벽을 만났다.

이 갑작스러운 장벽이 하도 의외라 켈시는 벽에 정통으로 부딪친 것처럼 뒤로 주춤 물러났다. 하마터면 글리의 위로 쓰러질 뻔했지만 안달리가 재빨리 아이를 낚아챘고 펜이 켈시의 팔을 잡아 똑바로 세워주었다. 갑작스럽게 이유 없이 두통이 덮쳐 머리가 욱신거렸다.

"레이디?"

그녀는 머릿속을 맑게 하려고 고개를 흔들었지만 두통은 바이스처럼 머리를 꽉 눌렀고 고통이 파도처럼 밀려들어 거의 집중할 수가 없을 정도였다.

이게 뭐지?

그녀는 주머니에서 망원경을 꺼냈다. 빛은 이제 거의 사라졌지만 켈시는 여전히 자신이 저 아래 입힌 피해를 볼 수 있었다. 모트 전열 앞쪽에서 최소한 수백 명이 죽었다. 전부 다 끔찍하게 죽었고, 몇 명은 피투성이 살덩어리 수준이었다. 하지만 그 뒤로는 여전히 뚫을 수 없는 장벽이 느껴졌다. 눈으로 볼 수 없다 해도 엄연한 현실이었다. 새빨간 천막이 그녀의 눈길을 다시 끌었다. 입구가 젖혀 있어서 차양 아래로 누군가의 모습이 보였다. 얼굴을 구분하기에는 너무 어두워졌지만 형체는 잘못 볼 수가 없었다. 빨간 드레스를 입은 키 큰 여자였다.

"당신."

켈시가 중얼거렸다.

누군가가 치마를 잡아당겼다. 내려다보니 글리의 조그만 얼굴이 켈시를 올려다보고 있었다.

"그 사람 이름. 당신이 이름을 아는 걸 원치 않아."

글리가 혀 짧은 소리로 말했다.

켈시는 글리의 머리에 살짝 손을 얹고 새빨간 옷의 여자를 바라보았다. 1.5킬로미터도 떨어져 있지 않으나 그 거리가 끝없이 멀게 느껴졌다. 켈시는 장벽을 시험해보고 자신의 살에 상처를 내던 것처럼 갈라보려고 했다. 하지만 흠집 하나 낼 수 없었다.

모트 전열은 야영지 앞쪽에서 재빨리 다시 정렬해서 회복되었고, 이제 새로운 남자가 앞으로 나왔다. 두툼한 검은 망토를 두른 키 큰 사람이었다.

"내가 여왕 폐하를 대신해 말한다!"

"두카르트."

메이스가 중얼거렸다. 켈시는 망원경을 조절해서 눈과 눈 사이가 좁고 짐승 같은 눈을 한 대머리 남자를 발견했다. 순수한 포식자를 감지하고 그녀는 몸을 떨었다. 두카르트의 눈이 경멸을 감추지 못하고서 도시의 벽을 훑었다. 마치 이미 벽을 부수고 약탈을 시작한 것 같은 모습이었다.

"뉴런던의 문이 내일 새벽까지 열리지 않으면 아무도 용서받지 못할 것이다. 이것이 여왕 폐하의 조건이다."

두카르트는 그의 말의 마지막 메아리까지 사라질 때까지 잠시 기다렸다가 망토의 두건을 쓰고 다시 모트 전열을 가로질러 죽은 자들을 남겨놓고 야영지로 되돌아갔다.

"알리스."

"꼬마 여왕님!"

그는 깜짝 놀란 듯 고개를 들었다. 주름이 쪼글쪼글한 얼굴에 미소가 떠올랐고 잇새에는 영원한 악취를 풍기는 담배가 끼어 있었다.

"무슨 일로 제 방까지 오셨습니까?"

"날 위해서 뭘 좀 해줘야겠어요."

"흠, 앉으시죠."

켈시는 알리스가 사무를 처리할 때 쓰는 지저분한 안락의자에 앉았다. 천에 밴 담배 연기의 잔재는 무시했다. 그녀는 지저분한 책상이 가득하고 종이가 흩어져 있는 알리스의 사무실을 좋아하지 않았지만, 지금은 계획을 시작해야 했고 그래서 그가 필요했다.

"펜, 우리 둘만 놔둬줘요."

펜이 머뭇거렸다.

"엄밀히 말해서 그자는 폐하의 옥체에 위협이 됩니다."

"아무도 더 이상 내 옥체에 위협이 되지 않을 거예요."

그녀는 한참이나 그의 눈을 마주 보았고, 기묘한 것을 깨달았다. 첫날 밤이래로 그들은 여러 번 함께 잤고 최소한 켈시 쪽에서는 느낌이 훨씬 좋아졌지만, 그들 사이에 영원히 존재하는 것은 그날 밤일 것이다.

"가요, 펜. 난 완벽하게 안전하니까."

펜이 사라졌다. 켈시는 그의 뒤로 문이 닫힐 때까지 기다렸다가 물었다.

"돈은 어때요?"

"들어오는 게 느려지다가 거의 멈췄습니다. 모트군이 언덕에서 내려오던 순간 모든 귀족들이 그걸 세금을 그만 내도 된다는 허가라고 받아들인 것 같습니다."

"그렇겠죠."

"그 광부들이 페어위치에서 사파이어를 가져오면 꽤 이윤을 낼 수 있을 거라고 생각했는데, 아무도 찍 소리조차 못 들었습니다. 아마 폐하께서 주신 보너스를 갖고 사라진 것 같습니다."

"그러면 돈이 빠듯하겠군요."

"아주요. 전쟁 때에는 한재산 벌 수 있습니다만, 좋은 정부에서는 안 되지요, 꼬마 여왕님. 개인적으로 저는 우리 모두 망했다고 생각합니다."

"그대는 참으로 햇살 같군요, 알리스."

"여기는 사형 직전의 나라입니다, 꼬마 여왕님."

"그래서 내가 여기 있는 거예요."

알리스가 날카롭게 눈을 들었다.

"나를 위해서 뭔가를 좀 해줘야겠어요. 그리고 이건 비밀로 해야 돼요."

"누구에게 비밀인가요?"

"모든 사람에게요. 특히 라자러스에게."

켈시가 몸을 앞으로 기울였다.

"섭정 법안을 만들어줘요."

알리스는 의자에 몸을 기대고 흐린 담배 연기 속에서 가는 눈으로 그녀를 보았다.

"왕좌를 포기하실 계획이십니까?"

"한동안요."

"메이스는 모르는 모양이군요."

"알아서는 안 돼요."

"아."

알리스가 고개를 기울이고 생각에 잠겼다.

"섭정 법안은 한 번도 만들어본 적이 없습니다. 폐하의 삼촌께서는 돌아 가셨지요. 그러면 섭정은 누가 됩니까, 꼬마 여왕님?"

"라자러스요."

알리스는 천천히 고개를 끄덕였다.

"현명한 선택이십니다."

"우리 어머니 법안의 오래된 사본을 입수할 수 있나요?"

"네, 하지만 전 그 망할 것을 봤습니다. 15페이지나 됩니다."

"음, 핵심만 뽑아서 써요. 어차피 해석의 여지를 남기고 싶지도 않으니까 요. 1페이지면 되고, 가능한 한 많은 사본을 만들어요. 내가 전부 다 서명 을 할 테니까 내가 사라지면 내일 도시 전역에 공고해요."

"어디로 가실 겁니까?"

켈시는 눈을 깜박였고, 눈앞에 뉴런던 다리와 그 너머 언덕에서 기다리 고 있는 모트군이 보였다.

"아마도 죽으러요. 안 그랬으면 좋겠지만."

"음, 왜 메이스가 알아서는 안 된다고 하시는지 알겠군요."

알리스는 손가락으로 책상을 두드렸다.

"이건 상황을 바꿔놓을 겁니다."

"그대한테요?"

"저한테…… 그리고 제 경쟁자들한테요. 하지만 먼저 아는 사람이 되는 건 항상 좋은 일이죠."

"난 뭔가 해야 돼요."

"폐하께서는 어떤 것도 하실 필요가 없습니다. 그녀의 제안을 받아들이 면 여자들과 핵심 근위병들을 구하실 수 있을 겁니다."

"내 삼촌이라면 그렇게 했겠죠. 하지만 난 그럴 수 없어요."

"흠, 그게 선택의 빌어먹을 문제죠, 안 그렇습니까?"

그녀가 그를 노려보았다.

"최근에 그대는 선택의 운이 아주 좋았죠, 알리스. 난민들에게 약을 팔아서 돈을 벌었잖아요. 내가 알아내지 못할 줄 알았어요?"

"뭐 하나 말씀드리죠, 꼬마 여왕님……. 제 약은 저 난민 야영지에 공포가 퍼지거나 자살이 만연하지 않았던 유일한 이유입니다. 사람들에게는 매달릴 것이 필요하지요."

"그래요? 그대는 이타주의자로군요."

"전혀 아닙니다. 하지만 시장에 물건을 공급하는 판매자를 비난하는 건 바보 같은 행동입니다."

"소른도 그렇게 말했죠."

"네. 소른은 평생 조그만 개자식이었지만, 그 점에 관해서는 항상 옳았습니다."

켈시는 갑자기 약에 관해서 잊고, 심지어는 섭정 법안도 잊고 그를 쳐다보았다.

"소른이 어릴 때 알았나요?"

"맙소사, 그럼요, 꼬마 여왕님. 그 녀석은 자기가 어디 출신인지 아무도 모른다고 말할 테지만—"

"그는 죽었어요."

"—그래도 공들여 잘 살펴보면 아는 사람이 몇 명쯤 있지요."

"그 사람은 어디 출신이죠?"

"크레슈 출신입니다."

"어딘지 모르겠군요."

"거트의 깊숙한 곳이지요, 꼬마 여왕님. 거기는 터널의 미궁입니다. 원래 뭘 만들려고 했던 건지는 신만이 아실 겁니다. 하수관으로 쓰기엔 너무 깊거든요. 거트에서조차 너무 개떡 같은 걸 원한다면, 그리고 적당한 사람을 안다면, 크레슈로 가게 될 겁니다."

"소른이 거기서 뭘 했죠?"

"소른은 거의 태어나자마자 포주에게 팔렸습니다. 어린 시절 내내 그 아래에서 살았죠……. 살았다고 하기도 그렇지만요."

"그대는 어떻게 알죠?"

"절 그런 식으로 보지 마십시오, 꼬마 여왕님. 저도 사업 초기에 일 때문에 거기에 한두 번 가야 했으니까요. 당연하게도 그쪽에는 꾸준히 마약이 필요합니다만, 저는 그쪽과의 거래를 오래전에 그만뒀습니다."

"빠져나왔군요."

"네, 그랬죠. 크레슈는 안 좋은 곳입니다. 아이들을 섹스용으로, 그리고—"

"그만. 알겠어요."

켈시가 한 손을 들어 올렸다.

"안 좋은 곳입니다."

알리스가 다시 말하며 책상 위의 종이를 뒤적였다.

"하지만 소른은 영리하고 눈치가 빨랐습니다. 열여덟 살이 될 무렵엔 그 아래에서 사실상 제왕이었죠."

"라자러스도 거기 있었나요?"

"그랬습니다만, 폐하께서 물으시면 인정하지 않을 겁니다."

"거기서—"

켈시의 목소리가 잦아들었다. 바싹 마른 목에서 단어가 간신히 나오는 기분이라 그녀는 침을 삼켰다.

"거기서 그가 뭘 하고 있었죠?"

"링에 있었습니다."

"설명해봐요."

"아이들이 아이들을 상대로 싸웁니다."

"권투요?"

"늘 그런 건 아닙니다. 가끔은 무기를 주죠. 다양성이 중요하거든요."

켈시의 입술이 빳빳하게 얼어붙은 것처럼 느껴졌다.

"왜죠?"

"도박 때문이죠, 꼬마 여왕님. 이 나라에서 그 어떤 도박보다도 아동 결투에서 훨씬 많은 돈이 오가고, 메이스는 그들이 본 중에서 최고의 참가자 중 하나였습니다. 그야말로 괴물이었죠."

알리스의 눈이 추억으로 빛났다.

"어린 시절에도 그는 진 적이 없습니다. 라자러스는 심지어 그의 진짜 이름도 아니고, 아무도 그를 무너뜨릴 수 없는 걸 보고 그의 담당자들이 지어낸 별명입니다. 열한 살이나 열두 살쯤 되던 때에는 확률이 하도 높아서 저는 그에게 돈을 거는 걸 거의 그만뒀을 정도입니다."

"그대도 돈을 걸었다고요?"

"저는 도박업자입니다, 꼬마 여왕님. 확률을 계산할 수 있는 거라면 뭐든 돈을 걸죠."

켈시는 눈을 문질렀다.

"누군가 그걸 막으려고 한 적이 없나요?"

"누가 그러겠습니까, 레이디? 레이디의 삼촌이 거기 온 걸 몇 번이나 봤는데요. 어머님께서도요."

"누가 이겼는지 어떻게 결정하죠?"

알리스가 그녀의 눈을 빤히 보았고 켈시는 끔찍한 기분으로 고개를 흔들었다.

"그렇군요. 라자러스는 절대로 말한 적이 없어요."

"당연하죠. 일부를 말하면 전부 다 드러나니까요."

"무슨 뜻이죠?"

"메이스가 거기서 나올 무렵에는 거의 짐승이었다는 뜻입니다. 아마도 캐롤을 제외하면 아무도 그와 싸울 수 없었을 겁니다. 그를 크레슈에서 영원히 빼내준 사람이 캐롤이었죠. 하지만 메이스는 링에서의 세월이 끝나고도 한참이나 다른 사람들에게 위협적이었습니다. 그는 자신이 한 일을 부끄러워합니다. 아무한테도 알리고 싶지 않을 겁니다."

"그럼 왜 그대는 나에게 얘기한 거죠?"

알리스가 눈썹을 치켜세웠다.

"저는 메이스의 말을 따르지 않습니다, 꼬마 여왕님. 제가 그런다고 생각하신다면 바보지요. 저는 심지어 폐하의 말도 따르지 않습니다. 저는 지금 인생의 좋은 시절을 살고 있습니다. 제가 알아서 돈을 벌고, 누군가가 저를 위협할 만큼 멍청하다 해도 신경 쓸 필요가 없는 시절이지요. 저는 제가 좋은 대로 움직이고 말합니다."

"그러면 지금 여기에 있는 게 좋다고요? 왜 모트메인으로 도망치지 않은 거예요? 아니면 카다르로?"

알리스가 씩 웃었다.

"그러고 싶지 않으니까요."

"그대는 엉덩이의 종기 같은 존재예요."

켈시는 안락의자에서 일어나 치마에 내려앉은 먼지 몇 덩이를 털었다.

"내 법안을 작성해주겠어요?"

"네."

알리스가 의자에 몸을 기댄 채 가슴 위로 팔짱을 끼고 관찰하는 눈으로 그녀를 보았다.

"그러니까 내일 죽으러 가신단 말이죠?"

"아마도요."

"그러면 도대체 왜 여기 앉아 저와 이야기를 하고 계신 겁니까? 나가서 술을 마시고 침대에서 즐기셔야죠."

"누구하고요?"

알리스가 미소를 지었다. 갑작스럽고 상냥한 미소는 그의 일그러진 얼굴에서 기묘하게 보였다.

"저희가 모른다고 생각하십니까?"

"입 다물어요, 알리스."

"원하시는 대로요."

그는 왼손 쪽의 종이 뭉치에서 하얀 종이 한 장을 꺼냈고, 책상 위로 중얼거리는 그의 다음 말은 나지막해서 잘 들리지 않았다.

"뭐라고 했어요?"

"아무것도 아닙니다. 아직은 항복하지 마십시오, 꼬마 여왕님. 폐하는 영리한 물건이시거든요……. 폐하의 할머니보다도 더 영리합니다. 그건 꽤 중요한 이야깁니다. 폐하께서 하려는 일은 아주 배짱이 있는 일이거든요."

"미친 걸 수도 있죠. 새벽이 되기 전에 법안에 서명하러 다시 올게요."

알리스의 사무실을 나와서 그녀는 이제 뭘 해야 할지 알 수가 없어서 망연한 기분으로 복도를 서성거렸다. 내일 아침이면 그녀는 여기를 나갈 거고, 다시는 돌아오지 못할 가능성도 있었다. 알리스가 옳은 걸까, 밤새 침대에서 펜과 시간을 보내야 하는 걸까 하는 의문이 들었다.

켈시.

그녀는 복도 한가운데서 멈췄다. 그 목소리는 릴리의 것이었고, 부르는 게 아니라 도움을 구하는 애원이었다. 마치 물에 빠진 사람이 켈시의 정신의 가장자리를 붙잡는 것만 같았다.

켈시.

릴리가 곤란해졌다. 끔찍하게 곤란해졌다. 켈시는 바닥 돌의 비대칭적인 무늬를 바라보았다. 머릿속이 이쪽저쪽으로 빠르게 움직였다. 릴리가 부르고 있고, 켈시도 그녀의 목소리를 들었다. 역사의 기나긴 장에서 릴리 메이휴의 삶은 아무 의미도 없었다. 심지어는 각주에 나올 정도도 아니었다. 그녀에게 무슨 일이 있었든 그녀는 오래전에 죽어서 묻혔으나 켈시는 등을 돌릴 수가 없었다. 그렇지만 어떻게 릴리에게 가야 하는지도 몰랐다. 그들은 3세기라는 끝없는 만으로 갈라져 있었다. 켈시는 항상 시간이 뒤에 있는 단단한 벽이라 이미 지나간 모든 것들을 막고 있다고 생각했다……. 하지만 지금 그녀가 사는 세상은 그보다 훨씬 더 컸다.

둔주를 일부러 일으키는 게 가능할까?

켈시는 그 생각에 사로잡혀 우뚝 멈췄다. 시간의 거리는 엄청날지 몰라도, 켈시는 이제 순수한 시간 속에 살지 않았다. 안 그런가? 그녀는 몇 달 동안 그 안팎을 오갔다. 선크로싱 시대 승객들이 기차에 타고 내리던 것처럼 깔끔하게 한 시대의 가장자리에서 내려서서 다른 시대로 들어갈 수도 있을까? 그녀는 릴리의 세계의 윤곽을 떠올렸다. 티어링과 비슷하게 불평등과 폭력이 뒤엉킨 폭풍우로 가득한 어두운 지평선. 켈시의 가슴속에서 불길이 솟구쳐 그녀는 비틀거리며 벽에 기댔다.

"레이디?"

뒤에 있는 펜의 목소리가 마치 깊은 물속에서 헤엄치는 것처럼 멀게 들렸다.

"펜. 긴 밤이 될 것 같아요. 내가 떨어질 때 날 보살펴줘요."

"떨어져요?"

켈시의 눈앞이 이제 흐려졌다. 펜은 횃불 속의 다정한 그림자처럼 보였다.

"내가 어디에 도착하게 될지 모르겠어요."

"레이디? 레이디의 둔주인가요?"

펜이 그녀의 팔을 잡았다.

"모르겠어요."

"폐하의 방으로 모셔 가야겠습니다."

켈시는 그가 그녀를 들어 올리는 걸 거의 알아채지도 못했다. 머릿속은 릴리로 가득했다. 릴리의 삶, 릴리의 두려움. 보스턴의 집으로 돌아갔을 때 뭐가 기다리고 있었을까?

"무슨 일이야?"

곰처럼 쩌렁쩌렁한 엘스턴의 목소리가 들렸지만 이제는 아주 멀리서 들리는 것 같았다. 펜이 그녀를 안아 들고 있었고, 그녀는 언제 그렇게 되었는지조차 알지 못했다.

"둔주야. 빨라. 침대로 모셔 가게 도와줘."

펜이 중얼거렸다.

"아니, 밤잠을 잘 시간이 없어요. 그냥 나랑 같이 있으면서 내가 쓰러지지 않게 해줘요."

켈시가 속삭였다.

"레이디—"

"쉬."

켈시는 이제 꿈을 꾸고 있었다. 깨어 있으면서 동시에 꿈을 꾸고 있었다. 릴리가 불렀고 켈시는 그녀의 목소리를 들었다. 모든 것이 어두워졌다. 켈시는 그림자 속을 더듬거리며 과거를 찾았다. 그들에게, 릴리와 윌리엄 티어에게 닿을 수만 있다면. 그녀는 그들이 자신의 앞에 상냥한 눈으로 서 있는 모습을 그릴 수 있었다……. 하지만 그들 주위의 모든 것이 폭력의 대혼란 속에 소용돌이쳤다. 릴리는—

"릴리."

그녀는 뒤에서 들리는 속삭임에 그레그라고 확신하고 휙 돌아섰다. 하지만 아무것도 없고 거실 창문으로 이른 햇살만이 쏟아져 들어올 뿐이었다. 집 안 내부 기계의 모터가 거의 고요하게 벽 안쪽을 따라 웅웅거렸다. 집이 전에도 이렇게 작았었나? 그녀가 산 가구들, 그녀가 고른 카펫…… 이것들은 거짓투성이였고 옆으로 밀어내면 텅 빈 무대에 분필로 그린 자국이 있을 것만 같았다.

그레그는 집에 없었다. 부엌 바닥은 아무 답도 주지 않았고 그저 커다랗게 말라붙은 핏자국만 있었다. 그레그가 일어나서 앰뷸런스를 부른 걸까? 알 도리가 없었다. 부엌 바닥의 얼룩은 생리혈처럼 진하고 끈적끈적해 보였고, 릴리는 문득 어젯밤에 약 먹는 걸 잊었다는 사실을 깨달았다. 그녀는 조너선을 부엌에 놔둔 채 아기방으로 향했다. 오늘 할 일이 있었던가? 그래, 미셸과 점심을 먹기로 했지만 취소할 수 있을 것이다. 보안국이 그녀를 찾으러 오면 시내나 클럽보다는 여기서 끌려가는 게 나을 테니까. 릴리는 심문을 잘 견딜 수 있을 거라는 착각은 하지 않았으나 이제 한계가 분명해졌다고 생각했다. 그녀는 어떤 식으로든 무너질 것이다. 그리고 그녀의 임무는 그저 9월 1일까지만 무너지지 않는 거였다. 할 수 있을까? 그녀는 눈을 감고 더 나은 세상을 찾았으나 대신에 가로등 불빛 아래 서 있는 윌리엄 티어만 보였다.

동향인 아기방은 이른 아침 햇살이 가득 들어왔다. 릴리는 갑자기 태양이 움직이고 있으며 그레그나 보안국이 언제든지 올 수 있다는 사실을 깨닫고 헐거운 타일 쪽으로 황급히 달려갔다. 약을 먹은 다음 위층으로 올라가서 샤워를 하고 좋은 원피스를 입고 화장을 좀 할 것이다. 보안국 사람들이 올 거고, 그들이 왔을 때 그녀의 외모는 중요할 것이다. 그녀는 최대한 점잖아 보이고 한밤의 여행이나 분리주의자들의 계획에 연루될 것 같지 않은 여자로 보여야 했다. 그녀는—

타일 아래의 공간은 비어 있었다.

릴리는 뒤꿈치에 기대앉아 믿을 수 없다는 눈으로 쳐다보았다. 어제 거기에 약 열 상자를 넣어놓았다. 2천 달러가 넘는 비상금도 현금으로 넣어놓았다. 텅 빈 공간의 의미가 머리를 강타하며 뱃속이 저절로 조여들었다. 약이 사라졌다.

"뭐 잃어버린 거 있어?"

릴리는 놀라서 비명을 지르며 거의 넘어질 뻔하다가 소파 팔걸이를 잡고 균형을 찾았다. 그레그가 아기방 문 뒤에서 나타났다. 머리 왼쪽에는 피가 말라붙어 있었다. 머리카락에 엉키고 목으로 흘러내려 하얀 셔츠의 어깨까지 적셨던 모양이다. 그는 히죽 웃고 있었다.

"어디 있었지, 릴리?"

"아무 데도요."

그녀가 속삭였다. 크게 말하고 강해지고 싶었지만 목소리를 낼 수가 없었다. 그레그가 옆에 있지 않을 때에는 그녀의 머릿속에서 조그맣게 줄어들지만, 현실에서 그는 전혀 작지 않았다. 밝고 시원한 아기방에서 그는 3미터쯤 되어 보였다.

"아무 데도. 그냥 밤새도록 벽 바깥으로 나갔다 왔다 이거지."

그레그가 매끄럽게 말했다.

"맞아요. 그리고 차를 도둑맞았어요. 당신이 신경 쓸까 모르겠지만."

"밤새도록, 벽 바깥에서."

그레그가 다시 말했고 릴리는 몸을 떨었다. 그의 눈은 커다랗고 텅 비어 있었다. 빛을 반사하지 않는 검은 구 같았다.

"아버지가 옳았어. 아버지는 모든 여자들이 갈보라고 했고 난 릴리는 다르다고 했었지. 그런데 이걸 봐!"

그레그가 마치 병을 옮기는 물건이라도 되는 듯이 두 손가락으로 살짝 잡고 그녀의 약 상자를 내밀었다. 그리고 지금 갑자기 예상도 못 한 근사한 일이 일어났다. 약을 보는 순간 릴리의 공포가 빠르게, 조용히 사라진 것이다. 그가 앞으로 다가오는 동안 그녀는 몸을 펴고 깊게 숨을 들이켠 다음 머리를 한쪽 옆으로 기울였다. 목에서 뚝 소리가 났다. 그녀는 펄쩍 뛰어들어 그의 손에서 조그만 오렌지색 상자를 낚아채고 싶은 충동을 억눌러야 했다.

"내가 들어야 했던 그 모든 헛소리, 날 제물로 삼은 그 모든 농담들. 내가 당신 때문에 무슨 일을 견뎌야 했는지 알아? 나한테 아들이 없어서 작년 승진에서 누락됐다고! 내 상사는 나를 씨 없는 그레그라고 불러."

"외우기 쉬워 좋군요."

그레그의 눈이 가늘어졌다.

"조심하는 게 좋을걸, 릴리. 난 당장에 당신을 보안국에 신고할 수 있어."

"그래요. 그쪽이 당신보다 낫겠어."

"아니."

그레그의 입이 위로 비틀려 으스스한 웃음을 지었다.

"이건 우리 사이의 일로 해두는 게 좋겠어. 어디 있었어?"

"당신 알 바 아니에요."

그가 그녀를 후려쳤고 그녀의 머리가 줄기에서 흔들리는 꽃처럼 뒤로 넘어갔다. 하지만 그녀는 쓰러지지 않았다.

"입조심하는 법을 배워야겠어, 릴리. 어젯밤에 어디 있었어?"

"어니 웰치의 것을 빨아주고 왔어요."

그 말이 어디서 튀어나온 건지 그녀도 알 수 없었다. 그저 머릿속에 제일 먼저 떠올랐다. 하지만 그레그의 눈이 거의 실처럼 가늘어지고 뺨이 하얗게 질리는 것을 그녀는 놀라서 쳐다보았다.

그 말을 믿는 거야!

잠깐 동안 릴리는 발작적인 웃음을 터뜨리기 직전이었다. 머릿속에 멍청하기 짝이 없는 불쌍한 어니 앞에 무릎 꿇고 앉은 모습이 떠오르자 그녀는 웃음을 터뜨리고 말았다. 그레그가 그녀의 머리카락을 쥐고 당겨 바로 코앞으로 끌어당기는 것도 거의 느껴지지 않았다. 머리를 올렸어야 했는데, 라고 그녀의 뇌가 투덜거렸다. 그녀는 그의 하얀 뺨에 조그맣게 빨간 얼룩이 생기고 이를 드러낸 모습을 보고, 심지어는 그 텅 빈 눈을 보고도 낄낄 웃었다.

"그만 웃어!"

그가 소리를 지르자 릴리의 얼굴에 침이 튀었고, 당연히 그녀는 더 미친 듯이 웃어댔다.

"약해빠졌어. 그리고 당신도 그걸 알잖아."

그녀가 낄낄거렸다.

그레그가 그녀의 머리 옆쪽을 후려쳤고 그녀의 몸이 날아갔다. 릴리는 앞에 있는 반짝이는 햇살의 벽을 힐끗 보았고 다음 순간 파티오 문에 부딪쳤다. 양쪽 유리가 전부 깨졌다. 수백만 개의 파편들이 팔과 얼굴을 찌르는 것 같았다. 그녀는 파티오 꼭대기에서 빙글빙글 돌며 균형을 잡으려고 하다가 넘어져서 세 개의 벽돌 계단 아래로 굴러 뒤뜰 풀밭에서 멈췄다.

"내가 얼마나 약한지 말해보시지, 릴리."

그레그의 목소리가 가까워졌다. 그가 그녀를 따라 계단을 내려왔다. 릴리의 팔은 찢어졌고 머리는 욱신거리고 발목은 비틀린 것 같았다. 그레그가 릴리의 갈비뼈를 찼고 그녀는 신음하며 옆구리를 보호하려고 몸을 웅크렸다. 몸을 굴릴 때 그녀는 온몸이 싸늘하게 식을 만한 것을 보았다. 그레그의 바지 지퍼가 크게 부풀어 있었다. 릴리는 36시간이 넘게 약을 먹지 않았고, 예전의 릴리, 신중한 릴리는 오렌지색 상자 안에 있는 설명서의 모든 글자를 읽어보았다. 계산 결과는 좋지 못했다. 그가 지금 그녀를 강간하면, 임신할 수도 있었다.

그녀는 몸을 굴려 아래쪽에서 그레그의 발을 양발로 걷어찼다. 다친 발목에서 끔찍한 고통이 폭발했으나 효과는 있었다. 그레그가 거의 우스꽝스럽게 놀란 표정을 지으며 쓰러졌다. 릴리는 일어나려고 했지만 갈비뼈에 멍이 들었거나 그보다 더 심한 상처를 입은 것 같았고, 왼팔은 말을 듣지 않았다. 바닥에서 일어날 수가 없었다. 그녀는 오른쪽 옆구리에 의지해 풀밭을 지나 부엌문을 향해서 기어가기 시작했다. 부엌 아일랜드 한가운데에 윤을 낸 나무 블록이 있고 그 반짝이는 표면 아래에 10여 개의 칼이 들어 있었다. 고기 써는 커다란 칼의 매끄러움과 손안에서 느껴지는 무게를 떠올리고 릴리는 머리가 아찔할 정도로 흥분을 느끼며 계속 기어가면서 숨을 헐떡였다. 어깨 관절이 허용하는 한 최대로 오른팔을 뻗었다가 몸을 끌어당겼다. 하지만 팔이 벌써 욱신거리기 시작했다. 릴리는 육체적 연약함을 이렇게까지 의식해본 적이 없었다. 꿰맨 상처에도 윗몸 일으키기를 하던 도리언이 떠올랐고, 팔을 따라 강인한 근육이 물결치던 것이 부러워졌다. 입에서 피 맛이 났다.

그레그의 손이 다친 발목을 잡자 고통의 비명이 새어 나왔다. 릴리는 어깨 너머로 돌아보고 그레그가 쓰러지며 뭔가에 부딪친 것을 알게 되었다. 턱에 새로운 피가 묻어 있었다. 하지만 그는 입에서 흘러내리는 새빨간 핏줄기에도 여전히 웃고 있었다. 그가 발목을 꽉 쥐자 릴리는 안쪽에서 뭔가가 서로 맞닿아 으득거리는 것을 느끼고 비명을 질렀다. 근육이든 뼈든 중요치 않았다. 전부 다 합쳐져서 새하얀 고통으로 폭발했으니까. 그녀는 그레그의 얼굴을 차려고 했지만 옆으로 누워 있어서 힘을 줄 수가 없었다. 그녀는 그의 손에서 발을 빼고 부엌문으로 몸을 더 끌어당겼다. 고기 써는 커다란 칼의 손잡이가 얼마나 좋은 느낌일지, 손안에서 얼마나 매끄러울지, 그녀는 그것만 생각했다……. 그걸 잡을 수 있다면 말이지만. 하지만 몇 미터도 못 가서 그레그가 다시, 이번에는 종아리를 붙잡고 손가락을 꽉 박았다.

"어디 가는 거야, 릴리? 도대체 어디에 가려고 하는 건데?"

그의 목소리는 뒤에서 부글부글 끓는 것처럼 탁하게 들렸다. 릴리는 그의 이가 부러졌나 생각했다. 다시 앞으로 가려고 몸을 꿈틀거렸지만 그가 그녀의 엉덩이에 한 손을 대고 팬케이크처럼 그녀를 홱 뒤집은 다음 그녀의 위로 기어 올라왔다. 그리고 한 손을 그녀의 다리 사이에 대고 꽉 쥐었다. 릴리가 비명을 질렀지만 그의 셔츠에 막혀 소리가 작아졌다. 그녀는 깊게 숨을 들이켰고 그의 샌들우드 오드콜로뉴 향이 폐를 가득 채우자 목 안쪽으로 음식물이 올라오는 느낌이었다. 그리고 이제, 놀랍게도, 그레그가 속삭였다.

"날 사랑한다고 말해, 릴리."

그는 그녀의 양 손목을 한 손으로 잡고 머리 위로 간신히 눌렀다. 릴리는 기침을 하고서 침을 뱉었고, 그가 움찔하는 걸 보자 조금 기뻤다.

"당신을 증오해."

그녀가 날카롭게 말했다.

"난 진짜 당신을 증오한다고."

그레그가 얼굴을 주먹으로 때렸다. 주먹은 아직 낫는 중인 코에서 빗나갔지만, 경고의 통증으로 콧대가 욱신거렸다. 그레그가 그녀의 청바지 단추를 풀자 릴리는 더 격렬하게 저항하며 비명을 질렀다. 바로 여기서, 남편의 넓은 어깨와 두꺼운 팔에 짓눌린 채 여전히 이렇게 될 수 있다는 게 화가 났다.

"부인에게서 떨어져. 당장."

그레그가 우뚝 멈췄다. 릴리는 그의 어깨 너머로 조너선이 검은 눈을 분노로 커다랗게 뜨고 그레그의 머리 뒤에 총을 대고 있는 것을 보았다.

"일어나, 개자식아."

그레그는 그녀에게서 떨어져 무릎을 대고 앉았고 릴리는 거칠게 숨을 몰아쉬며 다급하게 물러났다. 멍이 들려는 듯 광대뼈 위쪽에 무거운 압박감이 벌써 느껴졌다. 그녀는 잠깐 청바지를 더듬거리다가 마침내 단추를 도로 잠갔다.

"뭐 하는 거야, 조니?"

그레그는 조너선을 똑바로 보려는 것처럼 눈을 깜박거리면서 물었다. 릴리는 발을 대고 일어서려고 했지만 발목에 무게를 실을 수가 없었다. 그녀는 다른 발에 의지해서 어설프게 비틀비틀 일어섰다.

"괜찮으십니까, 엠 부인?"

조너선이 그레그에게서 눈을 떼지 않고 물었다.

"괜찮아요. 발목이 부러진 것 같네요."

"뭘 봤다고 생각하는지 모르겠지만 부부 싸움은 부부간에 해결할 문제야, 조니. 그게 법이라고."

"법이라."

조너선이 말했다. 그의 입술이 뒤틀려 미소일 수도 있을 듯한 표정을 지었다.

"집 안으로 들어가지 그래? 그리고 이 일에 관해서는 다 잊자고. 난 신고도 안 할 거야."

"그래? 안 하겠다고?"

조너선의 억양이 강해지며 신중하게 발음하는 자음 사이에 남부식 비음이 섞였다. 도리언은 그를 사우스캐롤라이나라고 불렀었다. 그 이른 새벽의 일이 수년 전처럼 느껴졌다. 릴리는 그레그의 뒤통수를 누른 총구를 멍하니 쳐다보았다.

"이봐, 조니. 날 알잖아."

조너선이 더 활짝 웃었다. 하얀 이가 모두 드러나는 일그러진 미소였다.

"아, 그렇지, 메이휴. 내 고향에도 너 같은 놈들이 있었어. 그놈들 세 명이 내 동생을 드라이브에 데려간 적이 있지."

그가 릴리를 돌아보았다.

"안으로 들어가시죠, 엠 부인."

"싫어요."

"이걸 보실 필요는 없습니다."

"당연히 봐야죠."

"조니, 총 내려놔. 누굴 위해 일하는지 기억하라고."

조너선이 웃기 시작했지만 그것은 공허한 웃음이었다. 검은 눈에서 불길이 타올랐다.

"아, 잘 알지. 그리고 내가 비밀을 하나 말해주지, 메이휴. 내가 모시는 분은 두 번 생각도 안 하실 거야."

그가 그레그의 뒤통수를 쏘았다.

릴리는 그레그의 몸이 발치로 쓰러질 때 자신도 모르게 낮게 꺅 소리를 질렀다. 조너선이 몸을 기울여 그레그의 관자놀이에 총을 대고 한 발을 더 쏘았다. 반향이 굉장히 커서 뒤뜰 담에 부딪쳐 메아리쳤다. 메르세데스를 발견했든 못 했든 보안국이 이제 올 거라고 릴리는 생각했다.

조너선이 총구를 검은 바지에 닦고 도로 허리에 찼다. 릴리의 발치에 있는, 반이 날아간 그레그의 머리에서 완벽한 초록색 잔디밭 위로 계속 내용물이 쏟아졌다. 릴리는 고개를 숙였다가 자신이 피투성이임을 깨달았으나 대부분의 피는 팔의 상처에서 흘러내린 것이었다.

"의사에게 가셔야 합니다."

조너선이 그녀에게 말했다.

"지금은 더 큰 문제가 있어요."

릴리는 그렇게 대답하고 손을 내밀어 그의 어깨를 꽉 쥐었다.

"고마워요."

그 말로는 부족하지만 더 나은 말이 생각나지 않았고, 이제 멀리서, 시내 쪽에서 첫 번째 사이렌 소리가 들렸다. 릴리가 유리문을 부수고 쓰러졌을 때 누군가가 보안국에 연락한 것이리라.

"그들이 오고 있어요. 어서 가요."

"아뇨, 저희는 책임을 질 겁니다."

조너선의 얼굴은 체념 조였다.

"여기 있으면 안 돼요!"

"있을 수 있습니다."

"조너선. 그들은 얘기를 듣지 않을 거예요. 내가 그들에게 모든 걸 이야기한다 해도 듣지 않을 거예요. 당신을 죽일 거라고요."

"아마도요. 하지만 전 해야 합니다."

릴리는 고개를 끄덕이며 생각을 하려고 노력했다. 참으로 기묘하게도 지금도 더 나은 세상이 머릿속에서 다른 모든 것들, 다른 모든 고려 사항들을 밀어내고 자리를 차지했다. 그녀를 가장 사로잡은 것은 강, 그 깊고 푸른 강물이었다. 이제 알겠다. 그녀는 보스턴에서는 실패했지만, 다른 기회를 얻었다.

"나한테 그 총을 줘요."

"네?"

"나한테 그 총을 주고 여기서 나가요."

조너선은 고개를 흔들었다.

"내 말 들어요. 그들은 어차피 조만간 나를 찾으러 올 거예요. 난 똑같은 이야기를 할 거고, 증거도 있어요. 날 봐요. 엉망이잖아요."

"그런다고 나을 것도 없습니다. 엠 부인. 보안국은 뼛속까지 프리웰 정부의 조직입니다. 부인의 얼굴과 팔을 보고 부인이 하는 이야기를 전부 다 믿어도, 어쨌든 부인이 유죄라고 할 겁니다."

"그는 날 받아주지 않을 거예요, 조너선. 배에요. 나도 물어봤고 그는 안 된다고 했어요."

"유감입니다."

"하지만 당신은 가야 돼요."

릴리는 그레그의 시체를 내려다보며 자신이 그들만큼 용감했으면 좋았을 거라고 생각했다. 하지만 그녀는 그렇지 못했고, 용기를 잃기 전에 얼른 조너선이 떠나줘야만 했다.

"우린 서로를 보살폈어요, 그렇죠? 당신은 날 위해 이걸 했어요. 이제는 내가 당신이 가기를 바라요."

"그들은 남편을 죽인 아내를 처형합니다."

"난 어차피 죽은 몸이에요. 9월 1일에요, 안 그런가요?"

릴리가 대충 찍어보았다. 조너선은 침을 삼켰다.

"그게 그날 일어날 일이죠?"

"엠 부인—"

그녀는 손을 내밀어 총구를 잡았다. 조너선이 잠깐 저항했지만 결국 총이 그의 손가락에서 빠져나왔다. 사이렌 소리가 더 커졌다. 시내를 빠져나와 릴리의 성인으로서의 삶의 기반이었던 조용한 미로 같은 길에 접어든 게 분명했다.

"가요. 내가 아니라 그 사람을 생각해요. 그 사람을 도와요."

조너선의 검은 얼굴이 창백해졌다.

"그들은 당신의 손을 확인할 겁니다. 화약요. 땅에 한 발 쏘세요."

"그럴게요. 가요."

그는 잠깐 더 머뭇거리다가 담으로 가서 위로 올라갔다. 도리언이 떨어졌던 바로 그 자리였다. 공포 속에서도 이 대칭적인 모습에 기뻤다. 커다란 원을 빙 돌아서 그녀가 연기하던 여자로부터 진짜 자신으로 오는 여정을 끝마친 것 같은 기분이 들었다. 담 꼭대기에서 조너선이 몸을 돌려 릴리에게 마지막으로 주저하는 시선을 던졌지만 그녀는 총을 흔들어 보였고, 그가 소리 없이 윌리엄스의 뒤뜰로 내려가 시야에서 사라지자 안도했다.

릴리는 몸에 힘을 주고 몇 미터 떨어진 바닥을 총으로 겨눴다. 총이 반동을 일으킨다는 건 알았지만 그 힘은 전혀 예상을 못 해서 몸이 뒤로 벌러덩 넘어졌다. 총소리가 정원을 울리다가 사라지자 집 앞에 끽 멈추는 타이어 소리가 들렸다.

내가 남편을 죽였어요. 그 사람이 나를 때렸고 내가 쐈어요.

총은 어떻게 구했죠?

지난번에 조너선이 날 시내로 데려다줄 때 훔쳤어요. 화요일에요.

말도 안 되는 소리. 그랬으면 없어진 걸 알아챘겠죠.

그럴 것이다. 릴리는 다시 생각했다. *그레그의 총이라고 하면 어떨까?*

총에는 태그가 달려 있어. 그걸 스캔하기만 하면 조너선의 것인 줄 알 거야.

그녀는 답을 떠올릴 수가 없었다. 조너선이 옳았다. 누가 하든 이야기는 너무 조잡했다. 그레그는 조너선의 총으로 두 발을 맞고 죽었다. 어젯밤에 릴리는 벽 바깥으로 혼자 나갔다가 조너선과 함께 돌아왔다. 그들은 조너선이 그를 죽였거나 그녀와 조너선이 함께했다고 생각할 것이다. 아무도 릴리의 멍든 눈이나 얼굴과 팔의 상처에 신경 쓰지 않을 것이다. 이제 다 끝났다. 그녀는 남편을 죽인 여자였다. 그녀는 거실의 커다란 스크린에 정기적으로 나오는 처형 장면을 떠올렸다. 독약이 혈관에 도달하면서 얼굴이 창백해지고 본인의 폐 유체에 의해 익사하는 사람들. 그들의 고통에 찬 헐떡거림은 언제나 영원히 지속되는 것 같다가 결국에 숨이 끊어졌고, 그레그는 릴리가 귀를 막으려고 하는 걸 보며 웃곤 했다. 그들은 배 아래쪽의 물고기처럼 애원하듯 툭 튀어나온 눈을 하고 죽었다.

릴리는 총을 떨어뜨리고 눈을 감았다. 보안국 요원들이 뒤뜰로 벌컥 들어왔을 때 그녀는 주위로 몇 킬로미터나 곡식들이 가득한 높은 갈색 언덕에 서서 아래 있는 땅을 굽이굽이 도는 새파란 강물을 내려다보고 있었다. 그들이 그녀에게 말하는 소리도 들리지 않았고 그들의 질문을 이해할 수도 없었다. 그녀는 주위의 세상, 티어의 세상, 티어의 창조물, 땅의 풍경과 소리, 심지어 냄새에 사로잡혀 있었다. 갓 간 땅과 톡 쏘는 소금 내에 어린 시절 메인 바닷가로의 여행이 떠올랐다. 릴리는 그들이 팔을 등 뒤로 붙잡고 현관문으로 끌고 가는 것도 느끼지 못했다. 자신을 트럭 뒤에 밀어 넣을 때조차 아무것도 느끼지 못했다.

켈시는 눈을 뜨고 처음으로 자신이 서재가 아니라 무기실에 있는 것을 깨달았다.

"돌아오셨군요, 레이디."

그녀는 눈을 깜박이고 한쪽에 펜이, 다른 쪽에 엘스턴이 있는 것을 보았다.

"내가 여기서 뭘 하고 있죠?"

"돌아다니셨습니다. 여왕동 전체를 다니셨습니다."

펜이 그녀를 놓아주었다.

"몇 시예요?"

"거의 자정입니다."

두 시간이 좀 못 지났다. 릴리의 삶은 이제 빠르게 움직이고 있었다. 켈시는 눈을 깜박였다. 마치 얇은 베일을 통해서 보는 것처럼 보안국 트럭의 어두운 주석 짐칸과 보강한 내벽이 보였다. 다시 밤이었다. 천장 근처에 있는 가는 틈새로 이따금 가로등 불빛이 들어와 그녀의 팔다리를 비추다가 사라졌다. 릴리는 몇 세기 전도 아니고 예전에 그랬듯이 무의식의 경계 너머도 아니고 바로 거기에, 켈시의 머릿속 *바로 거기에* 있었다. 원한다면 켈시는 손을 내밀어 그녀를 만지고 릴리가 팔을 긁거나 눈을 감게 만들 수도 있었다. 그들은 하나였다.

"그저 교차 지점이야."

켈시가 사파이어를 꽉 쥐며 중얼거렸다. 누가 그 말을 했지? 기억나지 않았다.

"그저 교차 지점이야."

"레이디?"

"난 돌아갈 거예요, 펜."

"어디로 돌아가신다고요? 조만간 주무셔야 할 겁니다, 레이디."

엘스턴이 부루퉁하게 말했다.

"다시 꿈속이라는 거겠지."

펜이 대답했지만 그의 목소리는 이미 멀었다. 켈시는 자신이 붉은 여왕에 대해 뭔가 해야 한다는 것을 희미하게 떠올렸다. 하지만 지금은 릴리가 우선이었다. 또 다른 장면이 떠올랐다. 릴리가 트럭에서 끌려 나와 긴 계단을 올라가고, 형광등 불빛에 시야가 하얘지는 것. 파도처럼 구역질이 치밀었고, 켈시는 릴리가 문에 머리부터 박은 것을 떠올렸다. 뇌진탕을 일으킨 걸까?

"여기 있어요, 펜. 내가 쓰러지지 않게 잡아줘요."

"가봐, 엘."

"대장을 데려올게. 맙소사, 전부 다 완전히 엉망진창이로군."

엘스턴은 켈시가 듣지 못하기를 바라는 것처럼 마지막 부분을 조용히 말했지만, 목소리를 낼 수 있었으면 그녀도 동의했을 것이다. 모든 게 잘못돼버렸는데 분기점이 어디였을까? 그녀의 선한 의도가 어디서부터 무너져버린 걸까? 릴리의 발이 계단에서 꼬였고 켈시는 앞으로 휘청거렸다. 그녀는 난간을 잡으려고 했지만 아무것도 찾을 수가 없었고 발을 헛디뎠다.

"당장 일어서!"

"레이디?"

"당장 일어서!"

릴리는 벽을 짚고서 균형을 되찾았다.

이들은 뉴가나안 보안 초소의 친절한 경비들이 아니었다. 네 명의 남자가 릴리를 둘러싸고 있었다. 세 명은 일종의 전기 충격기 같은 작은 직사각형 물체를 들고 있었고 한 명은 총을 들고 있었다.

릴리에게는 의사가 필요했다. 팔에 난 상처들은 별로 깊지 않아서 이미 딱지가 앉고 있었다. 하지만 유리문에 부딪쳤던 두피에 흉측하게 베인 상처가 났고 머리 오른쪽의 머리카락을 타고 피가 계속해서 흘렀다. 가끔씩 구역질이 치밀었다. 마지막으로 올라왔을 때는 너무 심해서 거의 기절할 뻔했다. 하지만 그녀는 힘겹게 버텼다. 저 전기 충격기 같은 무기가 꽤 많이 사용된 것처럼 보였기 때문이다. 어릴 때 릴리는 전구가 없어진 책상 등불의 소켓에 손가락을 찔러본 적이 있었고, 그 순간 손을 타고 흘러든 짧지만 끔찍한 고통을 잊을 수가 없었다. 그녀를 둘러싼 네 남자는 두 번 생각하지 않고 전기 충격을 줄 것 같았다.

오후 동안에는 그녀를 뉴가나안 초소의 우중충한 감방에 넣어놓았다. 그곳은 릴리가 상상했던 끔찍한 상태보다는 훨씬 나았다. 감방에 그녀 외에는 아무도 없었고, 자주 사용해서가 아니라 안 써서 더러웠다. 뉴가나안 보안 초소에는 아마 죄수가 있었던 적이 한 번도 없을 것이다. 그곳에는 경범죄 같은 건 없었다. 릴리는 몇 시간 동안 감방에 있었지만 바퀴벌레 한 마리도 보지 못했다. 그녀는 서른 시간도 넘게 잠을 못 잤고 완전히 지쳤다.

배도 고팠지만 날카로운 공복은 갈증에 금세 밀려났다. 초소에서 물을 주었을지도 모르겠지만, 요청하는 것도 잊고 있었다. 덕택에 이제 누군가가 목안을 사포로 문지른 것 같은 느낌이었다.

해가 막 지기 시작하자 그들은 그녀를 감방에서 끌어내 또 다른 트럭에 태웠다. 릴리는 차를 타고 얼마나 왔는지 잘 몰랐다. 그저 밤이 되고도 한참이 지나서야 멈췄고, 그녀를 트럭에서 끌어낸 곳은 밝은 형광등 불빛과 아스팔트만이 있는 황무지였다는 것만 알 뿐이었다. 그 순간만큼 더 나은 세상이 멀게 느껴진 적도 없었다. 티셔츠와 청바지만 입고 한참을 오느라 얼어붙을 듯이 추웠고 밝은 빛에 눈이 부시고 두피에서는 계속 느릿하게 피가 떨어졌다. 그녀는 자신이 왜 여기 있는지 기억해보려고 했지만 그 순간에 윌리엄 티어와 그의 사람들은 영원처럼 멀게 느껴졌다. 기억을 거꾸로 더듬어서 릴리는 오늘이 아직 8월 30일이고 9월 1일까지는 이틀 남았다는 것을 깨달았다. 파커가 말한 축제까지 이틀이 남았으나 티어는 파커 같은 작자를 그의 더 나은 세상에 받아들이지 않을 것이다. 그러면 축제는 대체 뭘까?

그게 지금 뭐가 중요해?

하지만 끝없는 트럭 여행 동안 그 질문을 스스로에게 아무리 계속 던져도 여전히 납득이 가지 않았다. 축제는 과잉과 방종이고 좋아하는 걸 아무거나 다 하는 것이다. 릴리가 대단한 공감론자는 아니지만 파커의 입장에 자신을 대입해서 벽화처럼 눈앞에 장면을 펼쳐보는 건 어렵지 않았다. 파커의 축제는 다른 일들과 똑같이 과잉과 방종을 그들 모두가 사는 이 괴물 같고 혼란스러운 세상, 특권층과 빈곤층을 가르는 벽의 세계라는 한정된 범위 안에 가져오는 것이리라. 그리고 빈곤층은 화가 나 있었다. 릴리의 머리는 밀어내는 속도보다 더 빠르게 그림을 떠올렸고, 보안국 건물에 도착할 무렵 머릿속으로 분노와 복수의 대잔치로 세상이 끝나는 모습을 볼 수 있었다. 파커의 신난 얼굴이 이제 쉽게 이해가 갔다. 그는 더 나은 세상에 가기에는 너무 저열해서 안 어울리겠지만, 9월 1일에 티어는 이 세계에 그를 자유롭게 풀어놓을 생각인 것이다.

보안국에 말해야 돼. 누군가에게 경고를 해야 돼. 릴리는 생각했다.

하지만 그건 불가능했다. 설령 누군가가 그녀의 말을 믿는다 해도, 그들에게 티어에 관해 말하지 않고 파커에 대해서만 말할 수 있는 방법이 없었다. 그들은 어차피 티어에 대해 물어볼 거고, 티어는 괜찮다고 말했지만 릴리는 자신이 심문에 그리 오래 버티지 못할 거라고 생각했다.

그들에게 아무것도 얘기해선 안 돼. 릴리는 또 다른 구역질이 치미는 것을 꾹 참았다. *9월 2일까지는 입을 다물고 있어야 돼. 그게 내 임무야. 그게 지금 내가 그들을 위해 할 수 있는 전부야.*

경비 한 명이 평범한 검은색 금속 문을 열고 물러섰다.

"빈방을 찾아서 넣어봐."

그들은 릴리를 데리고 문이 가득한 좁고 어두운 복도를 걸어갔다. 릴리는 파도처럼 정신을 습격해서 다른 모든 것을 가리는 강렬하고 갑작스러운 데자뷔에 휩싸였다. 전에 여기 온 적이 있었다. 확실했다.

그들은 그녀를 조그만 방에 앉혔다. 형광등 불빛은 바닥에 나사로 고정된 철제 탁자와 의자 두 개만을 희미하게 비출 정도였다. 총을 든 남자가 릴리를 의자에 묶은 다음 문을 닫고 나갔다. 릴리는 혼자 남아 멍하니 벽만 쳐다보았다.

그레그가 죽었다. 릴리는 그 생각만을 단단히 눈앞에 붙잡아두었다. 현재의 곤란한 상황에도 그 사실은 위안이 되었기 때문이다. 이제 무슨 일이 벌어지든 다시는 그레그가 아닐 것이다. 그녀는 잠이 들었고 다시 뒤뜰로 돌아가 부엌문을 향해 기어가려고 하는 꿈을 꾸었다. 뒤에 끔찍한 것이 있었고 릴리는 문에만 도착하면 거기에 위안이 될 만한 것이 있음을 알고 있었다. 문손잡이를 잡으려고 더듬거릴 때 손 하나가 발목을 잡았고 그녀는 비명을 질렀다. 뒤뜰이 산산조각 나고 이제 그녀는 문이 가득한 긴 복도로 되돌아와서 어디로 가야 하는지 모른 채 비틀거렸다. 불빛은 흐릿한 오렌지색이었다. 형광등이 아니라 횃불이었고 그레그는 더 이상 중요하지 않았다. 그레그는 아무것도 아니었다. 그녀는 손안에 위대한 운명을 쥐고 있으니까. 나라의 운명, 그리고—

"티어링."

릴리가 중얼거리다가 번쩍 깼다. 꿈이 사라지고 눈꺼풀 뒤로 횃불의 혼란스러운 잔상만이 남았다. 누군가가 물을 끼얹은 모양인지 흠뻑 젖어 있었다.

"정신이 든 모양이군."

의자 등받이가 등뼈에 발톱을 박는 것처럼 느껴져서 릴리는 몸을 펴며 신음했다. 몇 시간쯤 잔 것 같은 기분이었다. 아침이 되었을 수도 있지만 이 손바닥만 한 방에서는 알 도리가 없었다.

맞은편에는 뾰족한 얼굴에 커다란 검은 눈, 깔끔하게 다듬은 아치형 검은 눈썹의 비쩍 마른 남자가 앉아 있었다. 한쪽 다리를 다른 다리 위로 꼬고 손은 무릎 위에 포갰다. 그의 자세는 굉장히 단정했지만 어쩐지 이 방과 어울렸다. 검은 보안국 제복 차림의 남자는 여러 가지 은밀한 나쁜 습관을 가진 회계사처럼 보였다. 그가 아래쪽 탁자에서 스크린을 들어 올렸고 릴리는 철제 표면에 거꾸로 비친 자신의 얼굴이 자신을 바라보는 것을 보았다.

"릴리 메이휴, 처녀 때 성은 프리먼. 바쁜 하루를 보내셨더군."

릴리는 당황한 듯한 얼굴로 그저 그를 쳐다보았지만, 소용없다는 기분이 다시 그녀를 덮쳤다. 그녀는 연기라고는 못했다.

"여기는 어디죠?"

"상관할 거 없어. 당신이 상관할 일은 어떻게 나가느냐뿐이지. 안 그런가?"

회계사가 상냥한 어조로 말했다.

"무슨 말인지 모르겠어요."

"아, 알걸, 메이휴 부인. 내가 지금 이 자리를 얻게 한 자질 중 하나는 푸른 수평선의 일원을 구분하는 뛰어난 재능이야. 당신한테는 그들과 똑같은 표정이 있어. 눈 주위의 뭔가가…… 당신네들은 전부 다 예수를 보고 그 얘기를 하러 돌아온 것 같은 얼굴을 하고 있지. 예수를 본 적 있나, 메이휴 부인?"

릴리는 고개를 흔들었다.

"그럼 뭘 봤지?"

"당신이 무슨 이야길 하는 건지 모르겠어요. 난 남편 때문에 여기에 온 줄 알았는데요."

릴리가 참을성 있게 말했다.

"물론 그렇지. 하지만 국가 보안이 사소한 범죄보다 앞서고, 난 그런 문제에 관해서 꽤나 자유롭거든. 사실 어느 쪽으로든 갈 수 있어. 한편으로 보자면 우리는 잔인하게 얻어맞아서 목숨이 위험했고, 그래서 정당방위를 한 릴리 메이휴를 데리고 있지. 또 다른 한편으로 보자면 우리는 흑인 경호원, 재미삼아 덧붙이자면 *분리주의자* 흑인 경호원과 놀아난 갈보 년으로, 나중에 그 경호원을 설득해 남편을 살해한 릴리 메이휴를 데리고 있기도 하지."

그가 여전히 상냥한 미소를 띤 채 몸을 앞으로 기울였다.

"자유라고, 메이휴 부인. 어느 쪽으로든 난 얘기를 만들 수 있어."

릴리는 대답할 말이 없어서 그를 빤히 쳐다보았다. 그녀 안의 모든 것이 얼어붙은 것만 같았다.

조녀선과 놀아나? 정말 그렇게 말한 거야?

"자, 나로 말하자면, 당신 남편한테는 관심이 없어. 사실 나도 그레그가 개자식이라고 생각해. 반면 내가 정말로 관심이 있는 건, 거의 집착에 가깝게 관심이 있는 건, 당신이 어제 새벽 이른 시간에 보스턴 항에서 뭘 하고 있었느냐야."

"난 거기 없었어요."

릴리가 대답했다. 개구리가 우는 듯한 목소리에 기침을 하고 다시 말했다.

"그쪽으로 가고 있었지만 84번 고속도로에서, 메사추세츠로 들어가는 주 경계선에서 차를 빼앗겼어요."

회계사의 미소가 더욱 커졌다. 그가 고개를 흔들었다.

"비극이군! 계속 말해보시지."

"경호원에게 와서 데려가달라고 연락했고, 그 사람이 나를 집으로 데려 갔어요."

"참 깔끔하군."

그의 손가락이 탁자의 철제 표면을 건드렸고 잠시 후 릴리는 왼쪽에 있는 스피커에서 자신의 목소리를 들을 수 있었다.

"조너선?"

"어디에 계신 겁니까, 엠 부인?"

전화를 뒤덮었던 잡음이 이제는 완전히 없어져서 조너선의 목소리가 분명하게 들렸다.

"엠 부인?"

"보스턴으로 가는 길이에요."

"보스턴에 뭐가 있습니까?"

"창고요! 항구! 그들에게 문제가 생겼어요, 조너선. 모두에게요. 그레그가 어니 웰치를 저녁 식사에 초대했는데—"

"엠 부인? 잘 안 들려요! 보스턴에 가면 안 돼요!"

"조너선?"

전화가 끊겼다.

"당신 태그가 당신보다 더 나은 이야기를 해주고 있어, 메이휴 부인. 어젯밤에 당신은 보스턴의 콘리 터미널로 갔고, 거기서 밤시간 대부분을 보냈지."

릴리 앞의 깔끔하고 조그만 남자가 다시 미소를 지었고, 릴리는 그의 이가 하얗고 네모나고 지나치게 깔끔해서 임플란트라고밖에는 생각할 수 없었다.

"이게 흘러가는 방법은 딱 두 가지뿐이야. 하나는 당신이 아는 걸 얘기하는 거지. 만약에 내가 거기에 관심이 생긴다면, 약속은 할 수 없지만, 당신을 불쌍하게 구타당한 아내 릴리 메이휴로 만들어줄 수도 있어. 남편을 죽인 건 끔찍한 범죄지만, 우회하는 방법은 항상 있지. 설령 당신 남편이 국방부의 연락책이자 모든 면에서 선량한 시민인 그레그 메이휴라고 해도 말이야. 난 신은 아니니까 당신은 2년쯤 형을 살아야겠지만, 그 정도면 가볍고, 나올 때에는 당신 남편의 돈과 뉴가나안의 아름다운 집, 세 대의 차, 그 전부가 당신을 기다리고 있을 거야. 당신은 새로운 삶을 시작할 수 있어."

그의 말에 릴리는 밤에 아이 셋을 차에 태우고 그저 사라져버린 캐스 올컷을 떠올렸다. 캐스에게 돈이 있었을까 궁금했다. 돈은 모든 것을 바꾸었다. 그것이 흔적도 없이 사라지는 것과 아무도 신경 쓰지 않는 어두운 구석에서 그냥 죽는 것과의 차이였다. 릴리는 84번 고속도로 옆 모닥불 주위에 웅크리고 있던 무리를 떠올렸다……. 그때 남자의 목소리에 다시 정신이 들었다.

"하지만 아무 말도 안 한다면 우리가 당신에게 작업을 할 거고, 어차피 말하게 될 거야. 침묵을 지킬 수 있을 거라고 착각은 하지 마. 당신네 조그만 그룹의 회원 중에서 내가 무너뜨리지 못한 사람은 없었어. 하지만 내 귀중한 시간을 낭비하고 조사를 지연하면 남편을 쏘고 바람을 피운 창녀 릴리 메이휴로 만들어버릴 거고, 작업이 끝나고 나면 사형대에 오르게 될 거야."

릴리는 그의 연설 동안 침묵을 지켰지만 그의 말에 뱃속이 두꺼운 밧줄 매듭처럼 꼬였다. 그녀는 고통을 잘 참은 적이 한 번도 없었다. 그녀는 치과에 스케일링을 하러 가는 것도 두려웠다. 1년에 한 번씩 맨해튼에 가서 애나 선생에게 다리 사이를 끔찍하게 불편한 검경으로 찔리는 정도가 한계였다. 하지만 애나 선생을 생각하자 릴리의 마음이 차분해졌고, 자신이 입을 열면 다칠 사람이 윌리엄 티어만이 아니라는 사실이 떠올랐다.

"생각할 시간을 30분 주지."

회계사가 그렇게 말하고 탁자에서 일어섰다.

"그동안에, 아마 배가 고프고 목도 마를 테지."

릴리는 비참하게 고개를 끄덕였다. 목이 너무 말라서 이 하나하나가 바싹 마른 잇몸에서 욱신거리는 게 느껴질 정도였다. 그는 방을 나갔고 그녀는 몸을 구부려 탁자에 머리를 기댔다. 눈 아래로 눈물이 따끔거리는 것이 느껴졌다. 더 나은 세상을 찾아보았지만 지금은 아무것도 나타나지 않았다. 전에 수도 없이 그랬던 것처럼 상상력을 동원할 수가 없었다. 더 나은 세상은 사라졌고, 그게 없으면 오래 버티지 못할 것이다.

내가 정말 이렇게 약한 건가? 답은 그렇다였다. 그녀의 내면은 항상 엉성했다. 그레그도 아마 알아챘을 것이다. 사실 이제 릴리는 그레그가 그 누구보다도 그녀를 잘 이해했던 게 아닐까 하는 생각이 들었다. 릴리의 모든 용기는 위험이 적을 때에만 솟아올랐다. 상황이 위태로우면 그녀는 판을 접었다. 그녀는 거대한 집에 혼자 있는 것, 모든 공간이 자신의 것이고, 그레그의 그림자가 구석구석에 드리우지 않고 자신이 원하는 대로 할 수 있는 것을 상상해보았다. 굉장히 근사할 것이다.

웃기지 마. 그들은 언니를 놔주지 않을 거야. 설령 놔준다고 해도 독신 여자가 그 돈을 전부 갖고 마음대로 쓰는 걸 허용할 것 같아? 뉴가나안에 서? 아니면 다른 어떤 도시에서든? 매디가 속삭였다.

릴리는 살짝 미소를 지었다. 매디가 옳았다. 그것은 망상이었다. 조그만 회계사는 릴리를 똑바로 꿰뚫어 보고 그녀가 무엇보다도 원하는 것이 자신의 삶을 살 수 있는 자유라는 걸 알아채고 그걸 싸구려 장난감처럼 그녀의 앞에 대고 흔든 것이다. 릴리 메이휴, 결혼 전 프리먼은 평생토록 약했지만, 절대로 바보는 아니었다.

"난 무너지지 않을 거야."

그녀는 팔짱을 낀 팔에 대고 눈물 속에 소리 없이 속삭였다.

"제발, 이번 한 번만 무너지지 않게 해주세요."

문이 쿵 하고 열리고 군인처럼 머리를 짧게 깎은 커다란 남자가 쟁반을 들고 들어왔다. 릴리는 열성적으로 상체를 드는 자신이 싫었지만, 단식투쟁을 하기에는 너무 배가 고프고 목이 말랐다. 그녀는 벌컥벌컥 물을 마시고, 지금껏 먹어본 것들과는 다른 맛이 나는, 정체불명의 황백색 연골이 있는 차가운 고기 덩어리를 다급하게 먹었다. 음식은 더 배만 고프게 만들었고 곧 사라졌다. 그녀는 쟁반을 한쪽으로 밀어놓고 주위의 회색 시멘트 벽을 바라보았다. 회계사는 그녀에게 생각해보라고 했지만, 이제 그녀는 티어, 도리언, 조너선, 그들 모두 외에는 아무 생각도 할 수가 없었다. 그들은 지금 어디에 있을까?

배에 있겠지. 배가 어디 있는지는 몰라도, 거기에 그들도 있을 거야. 그녀의 머리가 대답했다.

릴리는 그게 사실일 거라고 확신했다. 티어는 파커를 자유롭게 풀어줄 거고, 이제는 파커가 어떻게 기획에 들어맞는지도 정확하게 알 수 있었다. 그는 보안국의 눈가림용 미끼였다. 파커가 난동을 부릴 동안 티어의 사람들은 배에 올라 떠날 것이다.

어디로 가는데? 갈 데가 없다고! 정말로 그가 지구 가장자리로 가서 낙원으로 곧장 들어갈 수 있다고 생각해?

릴리는 그렇다고 생각했다. 그 장면은 무서우리만큼 설득력이 있었다. 모든 배들이 해가 막 뜨기 시작하는 어딘지 모를 수평선을 향해 가는 모습. 이 환영은 릴리의 것처럼 느껴지지 않고 다른 사람이 그녀의 머릿속에서 꿈을 꾸는 것 같았다. 그들은 수평선 건너편에 뭐가 있는지 알까? 아니, 릴리는 아무도 모를 거라고 확신했다. 그들은 바다 한가운데에서 전부 침몰할 수도 있었다. 정말로 그녀는 회계사가 위협한 그 모든 것을 감수하고 싶은 걸까?

티어. 도리언. 조너선.

문이 다시 쾅 열렸다. 회계사가 돌아와 활짝 웃으며 뒷짐을 지고 앞에 섰다.

"자, 릴리, 어느 쪽을 택할 거지?"

그녀는 그를 쳐다보았다. 미간에 땀이 솟고 기대감에 배 속이 울렁거렸다. 하지만 강하고 명확하게 말이 나왔다. 자신의 말이 아니었다. 릴리는 갑자기 다른 여자가 그녀의 안에 있어서 그녀를 다잡고 이 일을 헤쳐나가게 도와주려고 한다는 기분이 들었다.

"망할. 가보자고."

13장

9월 1일

파우스투스: 아, 나는 지옥이 꾸며낸 얘기라 생각했소.

메피스토펠레스: 맞아, 여전히 그렇게 생각하도록 하시게. 경험으로 그대의 마음이 바뀌기 전까지.

—《닥터 파우스투스》, 크리스토퍼 말로(선크로싱 시대 영국인)

이번에 켈시가 자유로워졌을 때에는 메이스가 함께 있었다. 그의 양팔이 그녀의 허리를 안아 뒤쪽으로 끌어당겼고 켈시는 자신이 알현실 맞은편 끝에 있는 커다란 양 문으로 가고 있었음을 깨달았다.

"내가 어딘가로 가고 있었나요?"

"신만이 아시겠지요, 레이디."

난 가던 중이었어. 하지만 어디로?

답은 금방 나왔다. 아름답지만 생각 없는 어머니의 얼굴. 메이스가 그녀를 놓아주었고 그녀가 문을 가리켰다.

"어서 와요, 라자러스. 초상화 화랑으로 가죠."

"지금요?"

"지금요. 그대와 나만."

펜의 얼굴이 굳었지만 메이스가 고개를 끄덕이자 그는 복도 쪽으로 사라졌다. 켈시는 지금 펜의 감정을 걱정할 여력이 없었다. 그녀는 시계를 보고 새벽 1시가 넘었다는 것을 알았다. 시간이 다 되어가고 있었다.

말 없는 동의 속에 이번에는 메이스의 터널을 이용하지 않았다. 대신에 켈시는 앞문으로 나가서 여왕동 앞쪽의 긴 복도를 지나 왕궁 본성으로 들어갔다. 오래전에 여분의 방은 다 찼기 때문에 지금은 복도에까지 사람들이 있었고 대부분이 깨 있는 것 같았다. 씻지 않은 체취는 끔찍했다. 켈시가 지나가자 그들은 절하고, 중얼거리고, 드레스 자락을 만지려고 했고, 그녀는 그들을 거의 보지 않은 채 알았다는 의미로 고개를 끄덕였다. 누군가가 뭔가 하려고 하면 그 자리에서 그를 끝장낼 수 있다는 생각에 안심이 되었다. 켈시가 지나가자 어느 나이 든 여자가 축복의 말을 했고 켈시는 여자의 울퉁불퉁한 손에 감긴 오래된 묵주를 힐긋 보았다. 이런 것이 아직도 돌아다니고 있다는 걸 알면 교황은 비명을 지를 것이다. 아배스의 누구도 죄인이 스스로 은총을 내리는 것을 바라지 않았다. 여자의 한쪽 눈에 덮인 허연 백내장을 보고서 켈시는 지나가기 전에 손을 내밀어 여자의 손을 잡았다. 마른 살갗이 비늘처럼 느껴졌고 켈시는 그 손을 놓게 되어 조금 안도했다.

"위대한 신께서 폐하를 보호하고 지켜주시기를."

여자가 뒤에서 쉰 소리로 말했고 켈시는 가슴속에서 뭔가가 돌아가는 것을 느꼈다. 그들은 그녀가 오늘 죽을 거라는 걸 모르나? 어떻게 모를 수가 있지? 그녀는 릴리가 다시 자신을 사로잡기 전에 초상화 화랑에 도착하려고 걸음을 빨리했다. 릴리가 그녀를 원하는 게 느껴졌다. 릴리의 고통이 그녀의 정신의 가장자리를 좀먹고 그녀를 다시 끌어당기려고 했고, 잠시 그녀는 릴리에게 화가 났다. 왜 자신의 슬픔을 그녀 말고 다른 사람에게 떠안기지 않는 건지 알 수 없었다.

"타일러 신부님에 관해서는 알아냈나요?"

그녀가 메이스에게 물었다.

"아뇨. 제가 알아낸 건 타일러 신부와 형제 신부가 며칠 전에 아배스에서 사라졌고, 교황이 격노하고 있다는 것뿐입니다. 타일러 신부를 산 채로 잡아 오는 데 천 파운드를 걸었습니다."

켈시가 잠깐 걸음을 멈추고 벽에 몸을 기댔다.

"타일러 신부님에게 해를 입히면 그자를 죽여버릴 거예요, 라자러스."

"그러실 거 없습니다, 레이디. 제가 죽일 거니까요."

"사제들을 좋아하지 않는 줄 알았는데요."

"제가 왜 여기 있는 겁니까, 레이디? 레이디께는 이제 보호가 필요 없습니다. 건조 지대 한가운데 떨어뜨려놔도 폐하께서는 상처 하나 입지 않고 걸어 나오실 수 있을 겁니다. 이 사람들은 폐하께 위협이 되지 않습니다. 왜 저를 데려오신 겁니까?"

"우린 함께 시작했어요."

그들은 모퉁이를 돌아서 주 계단보다 좀 더 작은 새 계단을 내려가기 시작했다. 주 계단이 네모난 반면 원형으로 되어 있었다. 사람들이 계단통 위아래에 빽빽하게 있었지만 켈시가 다가가자 앞에서 황급히 비켰다.

"레이디께선 저희 모두와 함께 시작하셨습니다."

"아뇨. 매가 나타났던 그날 아침 생각나요? 그게 내가 처음으로 나 자신이 여왕이라는 걸 알게 된 때였고, 그땐 그대와 나뿐이었어요."

메이스가 그녀를 날카롭게 쳐다보았다.

"무엇을 계획하고 계시는 겁니까, 레이디?"

"무슨 뜻이죠?"

"전 폐하를 압니다. 뭔가 계획을 짜고 계시는 거죠."

켈시는 생각에 베일을 씌우고 얼굴에서 지우려고 노력했다.

"해가 뜨면 다리로 내려가서 상황을 전환하려고 해볼 거예요."

"조건은 협상 불가능하다고 했습니다."

"그녀가 원하는 걸 갖고 있다면 어떤 것도 협상이 불가능하지 않아요, 라자러스."

"그녀는 이 도시와 모든 물건들을 약탈하기를 원합니다."

"그렇긴 하지만, 소용없을 거예요. 하지만 난 시도를 해봐야 돼요. 그대와 펜을 포함해서 근위병 네 명만 데려갈 거예요. 다른 두 명을 골라요."

"펜은 안 데려가는 게 좋을 수도 있습니다."

그녀는 걸음을 멈추고 그를 돌아보았다. 그들은 이제 계단 제일 아래까지 몇 단만을 남겨두고 있었고 켈시는 아래 있을 사람들을 생각해서 목소리를 낮췄다.

"할 말이라도 있나요, 라자러스?"

"생각해보십시오. 레이디. 사랑에 빠진 남자는 형편없는 근접 경호원이 됩니다."

"펜은 사랑에 빠지지 않았어요."

메이스의 입가가 씰룩거렸다.

"뭐죠?"

"대부분의 분야에 굉장히 확고한 시야를 가진 분치고 레이디는 어떤 다른 분야에서는 완전히 눈뜬장님이십니다."

"내 사생활은 그대의 문제가 아니에요."

"하지만 펜의 공적 생활은 제 문제고, 여왕동의 안전을 위해 몇 가지 일을 눈감아줘야 한다고 해서 다른 곳에서까지 그걸 눈감아줘야 한다는 뜻은 아닙니다."

"좋아요. 그가 가든 말든 그건 그대가 결정해요."

하지만 뒤에 남겨질 때 펜의 반응이 어떨지 생각하고 켈시는 움찔했다. 메이스가 옳을까? 펜이 그녀를 사랑하나? 그건 불가능한 일 같았다. 펜에게는 다른 여자가 있다. 켈시가 가끔씩 소유욕을 느낀다고는 해도 여자는 맡은 바 임무를 다하고 있고, 그래서 켈시도 자신이 별 해를 끼치지 않는다고 생각할 수 있었다. 그녀는 펜이 그들 관계에 헌신하는 건 원치 않았다. 이 일이 사적인 것, 모두에게 밝혀야 할 필요가 없는 것이기를 바랐다. 메이스가 아무 말도 하지 않았으면 좋았을 텐데.

그 문제로 조바심 낼 필요는 없어. 몇 시간 후면 모든 게 끝날 거야. 그녀는 스스로에게 말했다.

초상화 화랑에도 사람이 가득했고 꽤 여러 가족들이 돌바닥에서 자고 있었다. 하지만 메이스가 날카롭게 몇 번 고함을 지르자 효과가 있었다. 부모들이 황급히 일어나서 아이들을 끌고 사라졌다. 켈시가 화랑 맞은편 끝의 문을 닫자 다시 처음에 그랬던 것처럼 메이스와 켈시 단둘만 남았다.

켈시는 어머니의 초상화로 가서 올려다보았다. 어머니가 앞에 서 있었다면 켈시는 멱살을 잡고 어머니가 용서해달라고 외칠 때까지 머리채를 쥐어뜯었을 것이다. 하지만 현재의 악몽이 사실 얼마나 어머니의 잘못일까? 켈시는 왕궁에서의 초반, 비난의 상대가 명확하던 시절을 아련하게 떠올렸다.

"왜 엄마는 날 버리신 거죠, 라자러스?"

"레이디를 보호하기 위해서요."

"말도 안 되는 소리! 엄마를 좀 봐요! 저건 박애주의자의 얼굴이 아니에요. 내 양육을 위탁한 건 완전히 본래 성격에 어긋나는 행동이었어요. 엄마가 날 미워했나요?"

"아뇨."

"그럼 왜죠?"

"이 작은 나들이의 핵심이 뭔가요, 레이디? 어머님 일로 스스로를 벌하기 위해서이신가요?"

"아, 젠장, 라자러스. 나한테 말하지 않을 거면 그냥 위층으로 돌아가요."

켈시가 지친 듯이 말했다.

"레이디만 여기 둘 수는 없습니다."

"그럴 수 있어요. 그대가 지적한 것처럼 여기 있는 누구도 나에게 해를 입힐 수 없으니까."

"어머님께서도 똑같이 생각하셨습니다."

"엘리사 여왕! 최고급 실크를 두른 쓰레기일 뿐이었죠. 좀 봐요!"

"원하는 대로 부르셔도 좋습니다, 레이디. 그런다 해도 어머님께서 레이디가 원하시는 악당이 되는 건 아니니까요."

켈시가 그를 홱 돌아보았다.

"그대가 내 아버지인가요, 라자러스?"

메이스의 입술이 비틀렸다.

"아뇨, 레이디. 그랬으면 좋았을 텐데요. 그러길 바랐습니다. 하지만 아닙니다."

"그럼 누구죠?"

"알고 싶지 않으실 거라는 생각은 혹시 안 해보셨습니까?"

아니, 그런 생각은 해본 적 없었다. 잠깐 동안 켈시는 최악의 사람들을 생각해보았다. 아렌 소른? 교황? 삼촌? 누구든 가능할 것 같았다. 하지만 피가 그렇게까지 중요한가? 그녀는 아버지의 정체에 한 번도 신경 써본 적이 없었다. 중요한 사람은 어머니이고, 어머니가 바로 왕국을 엉망으로 만든 사람이었다. 서성거리던 것을 멈추고 고개를 들자 미의 여왕의 초상화가 자신을 내려다보고 있었다. 편애받는 아이가 무릎에 앉아서 어두운 구석이라고는 없이 밝게 웃고 있고, 미의 여왕의 치마 뒤에 사랑받지 못하고 특별하지도 않은 가무잡잡한 아이, 사생아가 있었다. 혈통을 중요시해서는 안 된다고 하지만, 그래도 중요하다는 것을 켈시는 깨달았다. 돌연 고통이 내장을 찔렀고 그녀는 비명을 지르며 몸을 구부렸다. 누군가 복부를 정통으로 걷어찬 것 같은 느낌이었다.

"레이디?"

또다시 걷어찬다. 이제 켈시는 배를 감싸고 낮게 비명을 질렀다. 메이스가 두 걸음 만에 다가왔지만 그는 아무것도 할 수 없었다.

"레이디, 무슨 일이십니까? 아프십니까? 다치신 겁니까?"

"아니. 내가 아니에요."

켈시는 갑자기 깨달았다. 몇 세기 떨어진 어디선가 릴리가 침묵의 대가를 치르고 있었다. 릴리는 지금 그녀가 필요했지만 켈시는 자신의 머릿속으로 몸을 움츠리고 피했다. 릴리가 겪는 고문을 마주할 수 있을지 자신이 없었다. 이걸 어떻게 버티고 빠져나올 수 있을지 알 수가 없었다. 릴리가 죽는 걸 느끼게 될까? 그녀 자신도 죽게 될까?

"라자러스."

그녀가 고개를 들어 메이스를 보았다. 그의 양쪽 측면이 모두 똑같이 균형을 이루었다. 거트 아래 상상도 할 수 없는 지옥에서 빠져나온 성난 소년, 그리고 두 여왕을 모시는 데에 목숨을 바친 남자.

"나한테 혹시 무슨 일이 생기면—"

"어떤 거 말입니까?"

그녀가 그의 말을 무시하고 말했다.

"무슨 일이 생기면, 그대는 여러 가지 일을 해야 돼요. 나를 위해서."

잠깐 말을 멈추고 그녀가 숨을 헐떡였다. 타오르는 고통이 손바닥을 태웠고 켈시는 비명을 지르며 주먹을 꽉 쥐고 다리를 두드렸다. 메이스가 다가오자 그녀는 한 손을 들어 그를 멈춰 세우고 이를 갈며 그 감각과 싸웠다. 눈물로 눈앞이 흐려졌다.

"뭐가 레이디께 이렇게 하는 겁니까? 사파이어인가요?"

"그건 중요하지 않아요. 나한테 무슨 일이 생기면 그대가 이 사람들을 보살피고 안전하게 보호해줄 거라고 믿어요. 그들은 그대를 두려워해요. 젠장, 그들은 나보다도 그대를 더 두려워해요."

"더 이상은 아닙니다, 레이디."

켈시는 그의 말을 무시했다. 손바닥의 아픔이 이제 조금 누그러졌으나 맥박에 맞추어 여전히 뜨겁게 욱신거렸다. 켈시는 눈을 감았고 환한 빛 속에서 조그만 금속 사각형이 반짝거리는 게 보였다. 릴리의 기억을 통해서 알아볼 수 있는 물건, 바로 담배 라이터였다. 누군가가 릴리의 손을 불로 지졌다.

누군가가 아니야, 회계사지. 켈시는 생각했다. 아렌 소른이 전적으로 인정했을 것 같은 남자. 켈시는 갑자기 인류가 정말로 변한 건지 의심스러워졌다. 이 모든 세기가 지나는 동안 사람들은 성장하고 교훈을 얻었나? 아니면 그저 조수(潮水)처럼 깨우침의 빛이 다가왔다가 상황이 바뀌면 물러나고 하는 걸까? 인간종의 가장 결정적인 특성은 잘 잊어버리는 것일지도 몰랐다.

"또 뭐가 있습니까, 레이디?"

그녀는 몸을 펴고, 손바닥에서 벌어져 있는 것 같은 불에 탄 상처의 입구를 무시하고 주먹에서 힘을 뺐다.

"만약 타일러 신부님이 살아 계시면 찾아서 아배스로부터 안전하게 지켜줘요."

"알겠습니다."

"마지막으로 날 위해 부탁 하나만 들어줘요."

"뭡니까, 레이디?"

"크레슈를 깨끗이 정리하고 봉쇄해버려요."

메이스의 눈이 가늘어졌다.

"왜죠, 레이디?"

"여기는 내 나라예요, 라자러스. 난 어두운 지하 깊은 곳 같은 건 놔두지 않을 거예요."

릴리의 눈을 통해서 켈시는 보안국 건물 안쪽의 형광등이 켜진 토끼 굴 같은 복도, 하나하나 고통을 숨기고 있는 끝없는 문들을 보았다. 손바닥이 욱신거렸다.

"밝은 곳에서 아무도 인정하려 하지 않는 끔찍한 일이 일어나는 비밀스러운 곳 따윈 놔둘 수 없어요. 자유를 위해서라 해도 너무 비싼 대가예요. 없애버려요."

메이스의 얼굴이 비틀렸다. 이번만큼은 켈시도 그의 생각을 쉽게 읽을 수 있었다. 그녀의 부탁은 그에게 끔찍한 일이었다. 그는 그녀가 안다고 생각하지 않았다. 그녀는 그의 팔목에 한 손을 얹고 여러 개의 작은 칼을 꽂은 가죽 끈을 꽉 쥐었다.

"그대의 이름이 뭐죠?"

"라자러스입니다."

"아뇨. 링에서 준 이름 말고요. 그대의 *진짜* 이름."

그가 고통스러운 얼굴로 그녀를 보았다.

"누가―"

"이름이 뭐죠?"

메이스는 눈을 깜박였고 켈시는 그의 눈 안에서 밝게 반짝이는 것을 보았다고 생각했지만 잠시 후 그것은 사라졌다.

"제 이름은 크리스천입니다. 성은 모릅니다. 저는 거트에서 태어났고 부모는 없었습니다."

"요정의 아기. 그러니까 소문이 사실이었군요."

"저는 제 인생의 그 단계에 관해 누구하고도 이야기하지 않습니다. 레이디. 설령 레이디라도요."

"상관없어요. 하지만 거기는 없애버려요."

켈시의 눈앞에서 방 안이 흔들리고 횃불이 잠시 전깃불로 바뀌었다가 사라졌다. 그녀는 보고 싶었고…… 보고 싶지 않았다……. 릴리가 비명을 지르는 소리가 들렸다. 켈시는 과거가 사라지기를 바라며 주먹을 꽉 쥐었다.

"사형선고를 받은 사람처럼 말씀하시는군요, 레이디. 뭘 하실 생각이십니까?"

"우리 모두 죽음을 앞뒀어요, 라자러스."

켈시의 머리가 얼굴을 한 대 맞은 것처럼 홱 꺾였다. 릴리는 희망을 잃기 시작했다. 켈시는 그녀가 서서히 낙담하며 무감각한 감정이 정신 전체에 퍼지는 것을 느낄 수 있었다.

"날 다시 데려가는 게 좋겠어요, 라자러스. 시간이 별로 없으니까."

"터널을 통해서 가죠."

메이스가 잠깐 벽을 만지작거리다가 수많은 문 중 하나를 열었다.

"둔주가 일어날 때 어디로 가시는 겁니까, 레이디?"

"거꾸로요. 크로싱 이전으로."

"시간을 거꾸로요?"

"그래요."

"그를 보십니까? 윌리엄 티어요."

"가끔요."

문을 지나가다가 켈시는 손을 뻗어 어머니의 초상화를, 물감으로 칠한 초록색 드레스를 만지며 문득 회한이 고개를 드는 것을 느꼈다. 아무리 초상화 속의 웃는 여자를 미워하려고 애썼어도 딱 한 번만이라도 어머니와

이야기할 기회를 가질 수 있었으면 좋았을 것 같았다.

"우리 엄마를 잘 알았죠, 라자러스. 엄마가 나를 어떻게 생각했을까요?"

"레이디께서 너무 심각하다고 생각하셨을 겁니다. 엘리사는 바꿀 수 없는 상황은 고사하고 다른 사람들 때문에 괴로움을 느끼는 사람이 아니었습니다. 그리고 주위에도 비슷한 사람들만 두었죠."

"우리 아빠는 좋은 사람이었나요?"

메이스의 얼굴에 고통스러운 표정이 스쳤다가 사라졌다. 너무 빨리 사라져서 켈시가 상상을 했나 생각할 정도였다. 하지만 그게 아니라는 걸 알았다.

"네, 레이디. 아주 좋은 사람이었습니다."

그가 어둠 속을 가리키며 말을 이었다.

"어서 오십시오. 아니면 제가 안고 가게 될 겁니다. 또 그런 표정을 하고 계시니 말입니다."

"어떤 표정요?"

"주정뱅이가 기절하기 직전의 표정요."

어머니의 초상화를 마지막으로 돌아보며 켈시는 그를 따라 터널로 들어갔다. 벽을 통해서 한밤중인데도 너무 걱정이 되어 잠을 자지 못하는 사람들의 수많은 목소리가 들렸다. 그들 모두 이제 똑같은 위험에 처해 있었다. 천민이든 귀족이든 벽 바깥의 군대는 구분하지 않을 것이다. 켈시는 다가오는 새벽을 그려보려고 노력했지만 뉴런던 다리 끝 이상은 볼 수가 없었다. 무언가가 그녀의 천리안을 막고 있었다. 켈시의 팔을 타고 불길이 번지며 욱신거리는 고통이 가슴으로 옮겨 갔다가 다리를 공격했다. 고통은 더 강해졌고 켈시는 어둠 속에서 더 움직일 수가 없어서 멈췄다. 이런 건 한 번도 느껴본 적이 없었다. 온몸의 신경들이 활짝 열리고 무한한 전도체가 된 것 같았다.

"레이디?"

"그만두게 해줘요."

그녀가 속삭였다. 눈꺼풀 아래로 눈물이 새어 나오는 것을 느끼고 눈을 질끈 감았다. 메이스가 어둠 속에서 그녀를 더듬거렸고 켈시는 물에 빠진 사람이 달라붙듯 그의 손을 꽉 잡았다.

"난 보고 싶지 않아요."

그녀도 자신을 붙잡을 수가 없었다. 온몸의 신경계가 붕괴된 것만 같았다. 다리 근육의 통제력이 전부 사라졌다. 메이스가 그녀를 잡고 조심스럽게 바닥에 앉혔으나 고통은 멈추지 않았다. 온몸의 세포들에 불이 붙은 것 같았고 켈시는 어둠 속에서 비명을 지르며 거친 돌 위에서 몸부림쳤다.

"벗어버리십시오, 레이디!"

켈시는 그가 목 주위의 사슬을 당기는 것을 느끼고 그의 손을 찰싹 쳤다. 하지만 그와 싸울 힘은 남아 있지 않았다. 온몸의 근육이 제대로 작동하지 않았고, 고통이 모든 것을 조종했다. 그녀는 몸을 굴려 벗어나려고 했지만 바닥에서 무력하게 움찔거리는 것밖에 할 수가 없었다.

"그만두십시오, 제길!"

메이스가 그녀의 목 아래 한 손을 넣고 머리를 바닥에서 들어 올렸다. 머리카락 몇 가닥이 두피에서 뽑혀 나갔다.

경고. 그에게는 그거면 돼. 그녀의 머릿속 어두운 부분이 속삭였다.

그녀는 사파이어를 잡은 손에 집중하고 처음에는 밀어내다가 그다음에는 찔렀다. 메이스가 고통으로 신음했지만 놓지 않았고, 켈시는 이제 그를 할퀴어 상처를 냈다.

"그대의 손이 얼마나 귀중한지 알아요, 라자러스. 내가 그 손을 잘라내게 만들지 말아요."

메이스가 머뭇거렸고 그녀는 더욱 세게 눌러 근육 안쪽을 찔렀다. 그가 욕을 하며 손을 뺐다.

켈시는 몸을 밀어 일어나 앉았지만 곧 무릎에 머리를 기댔다. 이번에는 다리에서 고통이 다시 시작되었고, 그녀는 이제 선택의 여지가 없다는 걸 깨달았다. 릴리의 시선이 활짝 열렸고 그쪽으로 반만 건너간다는 건 불가능했다.

"라자러스."

그녀가 어둠 속에서 쉰 소리로 불렀다.

"레이디?"

"난 돌아가요. 나도 멈출 수가 없어요."

그녀가 바닥에서 몸을 쭉 펴고 얼굴에 닿는 돌의 기분 좋은 차가움을 느꼈다.

"내가 없는 사이에 그걸 벗기려고 하지 말아요. 무슨 일이 일어나든 나는 책임 못 지니까."

"계속 스스로에게 그렇게 말씀하십시오, 레이디."

그녀는 쏘아붙이고 싶었지만, 이제 릴리가 그녀를 덮치고 완벽하게 꼭 맞는 장갑에 손이 들어오는 것처럼 릴리의 정신이 그녀의 정신 안으로 미끄러져 들어왔다. 고통이 다시 사라졌다. 릴리는 상상 속으로, 언덕 위에서 보이는 들판과 강이라는 더 나은 세계의 모습 속으로 피신했다. 켈시는 그 풍경을 알아보았다. 뉴런던 언덕 위에서 내려다본 앨먼트와 멀리로 뻗어가는 카델강이었다. 하지만 릴리의 꿈속에는 아직 도시가 없고 지평선을 향해 뻗어 있는 넓은 땅뿐이었다……. 깨끗한 시작이다. 켈시는 그 땅을, 그 기회를 위해서라면 뭐든 줄 수 있었지만, 이제는 너무 늦었다.

"아직도 충분하지 않아?"

켈시는 웃음을 터뜨렸다. 무력한 개 같은 소리였다. 눈을 들자, 상어처럼 씩 웃고 있는 회계사가 보였고, 웃음이 그녀의 목안으로 사그라졌다.

"이제 충분하냐고 물었는데."

땀이 눈으로 들어와서 따끔거리고 앞이 보이지 않아서 릴리는 눈을 깜박였다. 별거 아닌 거 같은 질문에 답하면 중요한 질문에 답하는 게 더 쉬워진다는 걸 알고서 그녀는 이제 침묵을 지켰다.

"아, 릴리. 예쁜 여자인데 참으로 낭비로군."

회계사가 슬프게 고개를 흔들었다.

릴리의 목에 담즙이 고였지만 토하면 모든 것이 더 아파질 것임을 알기에 도로 눌러 삼켰다. 눈을 깜박여 눈에 들어간 땀을 떨쳐내고 상자를 조종하는 조수 쪽을 힐끗 보았다. 어떤 것에도 집중하지 않는 축축한 죽은 눈을 가진 키 큰 대머리 남자였다. 조수는 여러 번 왔다 갔다 하며 장비나 메모를 가져왔고, 회계사는 재빨리 메모를 읽었다. 그의 눈이 타이프라이터가 움직이는 것처럼 쭉 가다가 다시 휙 돌아왔고, 다 읽은 다음엔 메모를 도로 건넸다. 그러면 조수는 다시 나갔다. 하지만 지금 조수는 여기 영원히 있으려는 것 같았고 그의 손가락은 릴리의 온몸에 고통을 전달하는 콘솔을 조종했다. 조그만 무선 전극이 온몸에 붙어 있는 것 같았다. 다리 사이에는 아직 붙이지 않았지만 조만간 거기에도 붙일 게 분명했다.

그녀는 자신이 얼마나 오래 이 방에 있었는지 전혀 몰랐다. 이곳엔 시간 같은 건 존재하지 않았고, 회계사가 주는 잠깐의 휴식만으로 시간의 흐름을 가늠할 수 있었다. 아마 그가 다음에 뭘 할지 생각해보라고 시간을 주는 게 분명했다. 날짜를 물어볼 수도 있지만 그렇게 했다가는 무슨 일인가 벌어지고 있으며 시간이 중요하다는 사실을 그에게 알려주는 셈이 될지도 모른다. 그녀는 9월 1일까지 버티려고 애쓰고 있지만 사실은 이미 5일이나 6일일 수도 있었다. 근육은 욱신거렸고 손도 쑤셨다. 그들은 두피의 상처는 꿰매줬지만 아무도 손은 치료해주지 않았다. 손바닥의 탄 자국은 시커메지고 상한 파이 크러스트처럼 고름이 버석버석 말라붙었다. 조수가 오가는 것이 유일하게 시간의 흐름을 알려주었다. 가끔 불을 끄고 회계사도 방을 나갔다. 어둠 속에 혼자 남겨두는 것도 또 다른 작전일 거라고 릴리는 생각했다.

하지만 그녀는 혼자가 아니었다. 시간이 흐를수록 릴리는 점점 더 다른 여자의 존재를 의식했다. 그녀는 왔다 갔다 하며 가끔은 릴리의 의식의 가장자리에서 깜박거리고, 가끔은 완전히 거기에 있었다. 그 느낌은 남에게, 심지어는 자기 자신에게도 설명할 수 없는 것이었으나 여자는 거기, 얇은 베일 너머에서 릴리의 고통과 두려움, 피로를 함께 느꼈다. 그리고 이 여자는 강했다. 릴리는 그 강인함을 어둠 속에 켜진 커다란 램프처럼 느낄 수 있었다. 그녀는 윌리엄 티어와 같은 식으로 강했고, 그 힘이 릴리의 기분을 달래주고, 입을 열어 회계사가 듣고 싶어 하는 답을 외치지 않도록 해주었다. 시간이 흘러가면서 릴리는 또 다른 것을 점점 더 확신하게 되었다. 이 여자는 더 나은 세상에 대해서 알았다. 그것을 보았고, 이해했고, 온 마음으로 갈망했다.

당신은 누구죠? 릴리는 묻고 싶었다. 하지만 그때 조수가 다시 버튼을 눌렀고 그녀는 어머니의 무릎에 앉아 위안을 찾는 어린애처럼 다른 여자에게 달라붙는 것밖에는 할 수가 없었다. 전기가 켜지면 릴리는 더 나은 세상에 대해서 모든 걸 잊었다. 오로지 고통, 피부 아래서 피어올라 다른 모든 것들을 없애는 뜨거운 고통뿐이었다……. 하지만 여자는 사라지지 않았다. 릴리는 매디, 도리언, 조너선, 티어를 생각하려고 애썼지만 약해지기만 할 뿐이었다. 여러 번 그녀가 그만하라고 애원하기 직전에 고통이 멈췄다. 그녀는 예전 삶을, 벌에 쏘이는 걸 두려워했던 시절을 떠올렸고, 그 생각에 키득키득 웃었다. 어둡고 무의미한 웃음은 방 벽에 부딪쳐 사라졌고, 이 방만이 유일하게 남은 현실이었다.

"계속 웃어보라고, 릴리. 언제든 이걸 끝낼 수 있으니까."

회계사의 목소리에 짜증이 배어났다. 그는 지치고 있었고 이 사실이 릴리에게 새로운 희망을 주었다. 언젠가는 그도 가서 자야 하지 않을까? 물론 다른 사람, 다른 심문관을 붙일 수도 있지만, 회계사는 자신의 것을 놓을 사람처럼 보이지 않았다. 그는 그녀가 무너지는 순간을 인내심 있게 기다리는 사냥꾼이었고, 뚜껑을 열기 위해서 이렇게 애쓰고 나서 그 만족의 순간을 다른 사람에게 넘길 유형이 아니었다.

고통이 멈췄고 릴리의 온몸이 안도감으로 늘어졌다. 아까 매달릴 만한 긍정적인 것을 떠올려보려고 노력했었는데, 지금, 이 기묘한 순간에 하나가 떠올랐다. 아이를 갖지 않았다는 것. 아이가 있었으면 이 사람들은 지금쯤 그 애를 이용했을 것이다. 어머니도 어딘가에 구금되어 있는지, 그들이 메디아의 근사한 교외에 가서 어머니까지 데려왔는지 문득 궁금해졌다.

"이제 좀 그만해, 릴리. 조만간 포기할 거라는 거 당신도 알잖아. 왜 이렇게 오래 버티는 건데? 뭔가 먹고 싶지 않아? 좀 자게 해줬으면 좋겠지?"

릴리는 아무 말도 하지 않았고, 조수가 일어나 콘솔을 놔두고 가는 것을 보고 안도했다. 회계사는 바쁜 사람이었다. 조수가 계속해서 전갈을 가져왔고 릴리는 그에게 다른 프로젝트가 많을 거라고 생각했다. 하지만 신께서 도와주시기를, 지금은 그녀가 그의 모든 관심을 사로잡고 있었다. 안경 뒤로 그 동그란 새 같은 눈이 그녀를 그 자리에서 꼼짝 못 하게 만들었다.

"작은 거 하나만 말해봐, 릴리. 그러면 잠시 휴식 시간을 주지. 저번 날 밤에 *왜* 콘리 터미널에 갔는지만 말해봐."

릴리는 의식이 다시 약해지기 시작하는 것을 느꼈다. 시야가 다시 흐려졌다. 회계사의 질문에 대답한다고 딱히 해는 없을 것이다……. 어차피 그는 이미 알잖아, 안 그래?

집중해!

릴리의 정신이 순간적으로 예리해졌다. 그것은 도리언의 말도, 매디의 말도 아니었다. 그리고 이제 그녀는 자신이 실제로 다른 여자의 말을, 자기 생각이라고 착각할 정도로 머릿속에 단단히 파고든 그 여자의 생각을 들은 것임을 깨달았다.

저번 날 밤.

확실히 8월 30일이 아닌 거다. 윌리엄 티어와 그의 사람들은 모두 떠났을까? 릴리는 정확한 날짜를 알 수 있으면 목숨이라도 내줄 것 같았으나 차마 물을 수가 없었다.

조수가 방을 떠나고 문이 쿵 하고 닫혔다. 이유는 모르겠지만 릴리는 갑자기 몇 년 전에 돌아가신 아버지를 떠올렸다. 아버지는 프리웰 대통령을 싫어하셨고 각 도시와 마을에 급증하는 보안국 사무소도 싫어하셨다. 하지만 그때는 조직적인 저항은 없었다. 아버지는 싸울 목적도 없고 싸울 상대도 없는 전사였다.

아빠는 윌리엄 티어를 좋아하셨을 거야. 릴리는 지금 그것을 깨닫고 눈물이 눈을 찌르는 것을 느꼈다. *아빠는 그를 위해서 싸우셨을 거야.*

"마지막 기회야, 우리 예쁜이."

휴식 같은 건 없을 것이다. 회계사가 직접 콘솔 쪽으로 다가갔다. 릴리는 고문에 대비해 발가락에 힘을 주고 의자 팔걸이를 꽉 쥐었다. 회계사가 자리에 앉아서 그녀를 바라보고 상냥하게 웃었다. 관료의 얼굴에 떠오른 포식자의 미소는 조롱 조의 걱정으로 변했다.

"말해 봐, 릴리……. 당신처럼 좋은 여자가 어떻게 이런 갈보로 변한 거지?"

그가 콘솔로 손을 뻗는데, 전등이 나갔다.

잠깐 동안 릴리는 어둠 속에서 겁에 질린 자신의 거친 숨소리밖에 들을 수 없었다. 그러다가 바깥쪽 복도에서 금속 문에 막혀 작아진 고함 소리와 비명이 들렸다. 발아래로 땅이 부르르 떨렸고 릴리는 어둠 속에서 거의 희열에 가까운 격렬한 기쁨에 사로잡혔다.

9월 1일이야! 그녀의 머리가 기쁨으로 들떴다. 갑자기 그녀는 드디어 병든 옛 세계의 종말이 왔다는 사실을 깨달았다. *9월 1일이야!*

멀리 어딘가에서 경보가 삑삑 울리기 시작했다. 복도에서 더 많은 나직한 비명이 울렸다. 회계사의 의자가 끼익 하고 뒤로 밀렸고 릴리는 금방이라도 그가 다가올 거라고 예상하고 몸을 웅크렸다. 그의 발이 콘크리트 바닥을 밟는 소리가 들렸지만 그가 방 건너편에 있는지 근처에 와 있는지 알 수가 없었다. 릴리는 수갑의 짧은 범위 내에서 최대한 팔을 당기고 의자 팔걸이 주위를 더듬어 날카로운 모서리, 못, 아무거라도 찾으려 했다. 이게 유일한 기회였고, 이걸 잡지 않으면 전기가 돌아왔을 때 고통이 영원히 이어질 것이다.

문에서 쾅 소리가 났다. 금속이 부딪치는 저음의 소리에 릴리는 펄쩍 뛰다가 의자 등받이에 머리를 부딪쳤다. 어둠 속에서 짧은 삑삑 소리가 몇 번 들렸다. 총을 장전하는 소리다. 릴리는 의자 팔걸이 주위에서 날카로운 것은 찾지 못했다. 당연하지, 당연히 그런 건 없겠지, 그녀는 그렇게 생각하고서 의자 팔걸이에 그녀를 묶어놓은 수갑에서 손을 빼려고 애썼다. 그녀는 뼈가 가늘고 손목도 가늘었지만, 아무리 애를 써도 수갑은 엄지손가락 아래 튀어나온 부분에 걸려 더 빠지지 않았다. 그녀는 피가 흘러내리는 걸 느끼고도 멈추지 않고 계속 잡아당겼다. 지난 48시간 사이 어느 시점에 릴리는 고통의 엄청난 비밀을 깨달았다. 고통은 저 바깥에 더 큰 고통이 있다는 사실, 더욱 끔찍한 것이 아직 대기 중이라는 그 알 수 없음을 바탕으로 번창했다. 몸은 계속해서 고통을 기다린다. 하지만 그 불확실함을 없애고 고통을 스스로 통제하면 참기가 훨씬 쉬워졌다. 릴리는 이를 악물고 입술 사이로 고통의 숨을 내뱉으며 수갑을 잡아당겼다.

문이 다시 더 낮은 소리로 쾅 울렸다. 금속이 금속에 부딪치는 소리였다. 잠시 후 경첩이 떨어져 나가며 일종의 조명 장치에서 네모난 은색 빛이 뿜어져 나왔다. 릴리가 어릴 때 이런 조명을 캠핑할 때 가져가곤 했지만 이것은 훨씬 밝아서 문이 어둠 속에서 네모난 태양으로 변한 것 같았다. 릴리는 한 손을 들어 눈을 가렸지만 너무 늦었다. 이미 눈이 따끔거리며 눈물이 흘러내리고 아무것도 보이지 않았다. 방 안은 빠르고 날카로운 철컥 소리와 총알이 금속 벽에 부딪쳐 되튀는 금속성 탕 소리로 가득 찼다. 릴리의 팔 윗부분에 가늘게 고통이 스쳤다. 눈꺼풀 뒤는 불이 붙은 것 같았다.

"엠 부인!"

손 하나가 그녀의 어깨를 잡고 세게 흔들었지만 눈을 떠도 새하얀 불밖에 보이지 않았다.

"조너선?"

"잠깐 가만히 있어요."

릴리는 꼼짝하지 않았다. 날카로운 금속음이 철컥, 다시 철컥 나면서 그 영향이 팔을 타고 쭉 올라왔다.

"자, 이제 풀렸어요. 이리로 와요."

"아무것도 안 보여요."

"내가 보입니다. 하지만 안고 갈 수는 없으니까 직접 걸어야 돼요."

릴리는 그의 손에 의지해 일어섰다. 발과 종아리에서 핀과 바늘로 찌르는 것 같은 고통이 폭발했다. 그녀는 잠시 비틀거렸지만 조너선의 팔이 어깨 뒤를 받쳐주었다. 왼쪽으로 누군가가 목이 막힌 것처럼 컥컥거리는 소리가 들렸다. 이제 어둠 속의 밝은 손전등 불빛 덕에 그림자가 보이기 시작했다. 컥컥거리는 소리가 커다란 그르렁 소리로 변했고 릴리는 움찔했다. 곧 소리는 멈췄다.

"가야 돼!"

높고 겁에 질린 목소리가 외쳤다. 여자 목소리인지 남자 목소리인지 알 수가 없었다.

"놈들이 예비 백업을 연결했어! 빌딩 C에는 벌써 전기가 들어왔어!"

"진정해."

한 여자가 느릿하게 말했다. 릴리는 그 목소리 쪽으로 고개를 돌렸지만 또 다른 밝은 파란색 그림자밖에는 보이지 않았다.

"도리언?"

"어서 가죠, 엠 부인. 움직여야 합니다. 시간이 별로 없어요."

조너선이 그녀의 팔을 잡아당겼다.

9월 1일인가요? 하지만 물어볼 시간이 없었다. 그들은 그녀를 문밖으로 떠밀었고 릴리는 나오다가 망가진 문틀에 팔꿈치가 긁혔으나 아무 말도 하지 않았다. 복도는 여전히 어두웠다. 릴리는 시력이 돌아오게 하려고 계속해서 눈을 깜박였다. 복도 여기저기에서 불빛이 호를 그렸다. 손전등이었다. 조너선의 손은 더 빨리 가라고 그녀를 밀었다. 지나갈 때 문 두드리는 소리가 들렸다. 사람들이 아직 여기, 전자자물쇠 뒤에 갇혀 있었고, 이제야 릴리는 조너선이 서두르는 이유를 알 수 있었다. 모든 보안국 시설에는 문제가 생길 경우에 대비해 긴급 전력원이 여러 개 있었다. 도리언과 조너선이 몇 개를 망가뜨린 게 분명했지만, 전부 다 파괴하지는 못했을 것이다. 발 아래, 돌 깊숙한 곳에서 누군가가 건물에 다시 전력을 되돌리려는 듯 간헐적인 쿵쿵 소리가 느껴졌다.

손전등 불빛 속에, 3미터쯤 앞쪽으로 웬 사람이 나타났다. 릴리는 보안국 제복을 알아보고 멈췄다. 남자는 키가 크고 팔다리가 길었고, 총알이나 다트 둘 다 쏠 수 있는 커다란 검은색 기계식 소총을 들고 있었다. 그레그도 버몬트주의 친구들과 사슴 사냥을 갈 때면 그 비슷한 것을 사용했었다.

"그 여자를 어디로 데리고 가는 거지?"

"워싱턴으로 이송돼."

릴리의 뒤에서 누군가가 으르렁거렸다. 목 뒤의 털이 곤두서는 나직한 소리였다.

릴리는 그 목소리를 알았다. 회계사의 조수, 밤새 콘솔에 손을 대고 있었던 대머리 남자였다. 그가 여전히 제복 차림으로 조녀선의 반대편에 있었으나 릴리가 눈을 찡그리고 초점을 맞춰서 보니 그의 얼굴은 겁에 질려 기괴하고 새하얬다. 그녀는 이제 놀란 정도를 넘어서서 무감각했다. 조수의 존재는 그저 그녀의 정신을 둘러싼 거품을 살짝 찔렀다가 물러나는 정도로밖에 인식되지 않았다.

"누구 명령으로?"

"랭어 소령님의 특별 지시야."

하지만 조수의 목소리는 불안정했고, 경비는 그걸 믿지 않았다. 릴리마저도 알 수 있었다. 희미하게, 손전등 불빛 바깥으로 어둠 속에서 미끄러지듯 복도 벽을 따라 누군가가 오는 것이 보였다.

"소령님은 어디 계신데?"

"보고서를 쓰고 계셔. 난 이 여자를 바깥 차량으로 데려가야 돼."

조수가 입술을 핥았고 그의 마른 혀가 움직이는 소리가 들렸다.

"나머지는 누구야?"

벽의 형체가 경비에게 달려들어 그를 바닥으로 짓눌렀다. 경비가 쓰러지며 총이 바닥에 부딪쳐 벽과 바닥으로 총알이 튀었다. 조녀선의 팔이 릴리의 등에서 떨어지며 그의 몸이 바닥에 쿵 쓰러지는 소리가 들렸다. 조녀선의 손전등이 콘크리트 위에 떨어졌고 그 희미한 빛 속에서 경비의 배를 무릎으로 누르고 양쪽 엄지로 남자의 눈을 찌르는 윌리엄 티어가 보였다. 릴리는 떨어진 손전등을 주워 주위를 비추다가 조녀선의 발을 찾았다. 경비가 비명을 지르는 바람에 그녀가 펄쩍 뛰었고 불빛이 복도에서 미친 듯이 흔들렸다. 잠깐 동안 릴리는 끝없이 문이 있는 또 다른 복도라는 악몽 속으로 되돌아갔다.

"이쪽을 비춰요."

도리언이 그녀에게서 손전등을 빼앗아 조너선의 배를 비췄다.

"아, 젠장."

거의 검게 빛나는 작은 핏줄기가 조너선의 벨트 버클 바로 위 셔츠를 적시고 있었다. 릴리의 정신을 감싸고 있던 따뜻한 거품이 사라지며 시야가 명료해졌다.

"일으키게 도와줘요."

릴리는 조너선의 허리에 한 팔을 두르고 도리언이 그를 바닥에서 일으키는 것을 도왔다. 앞쪽 어둠 속에서 경비의 그르렁 소리가 갑자기 뚝 끊겼다.

"움직여!"

윌리엄 티어가 소리쳤다.

"조너선에게 의사가 필요해요. 복부를 맞았어요."

도리언이 낮게 말했다.

"시간이 없어. 파커 쪽 사람들이 벌써 시작했어."

"전 괜찮습니다."

조너선이 쌕쌕거렸다. 그의 호흡이 릴리의 목을 스쳤다.

"어서 와, 사우스캐롤라이나."

도리언이 그를 앞으로 끌었고 릴리도 그를 거칠게 움직이지 않으려고 노력하면서 따라갔다.

"이봐, 솔터! 문을 열어!"

티어가 날카롭게 외쳤다.

조수가 릴리를 지나쳐 복도 끝의 문으로 달려갔다. 뛸 때마다 손전등 불빛이 위아래로 흔들렸다. 그가 막 문에 도착하자 조명이 환하게 되살아나며 모두의 시력을 빼앗았다. 릴리는 비틀거리다가 조너선을 바닥에 쓰러뜨릴 뻔했다.

"움직여! 시간 다 됐어!"

티어가 고함을 질렀다.

조수가 문을 열었다. 릴리와 도리언이 조너선을 앞으로, 차가운 어둠 속으로 데리고 나가서 긴 금속 계단을 올라갔다. 여기 도착한 이래로 몇 년은 흐른 기분이었고 잠깐 동안 릴리는 더 나은 세상 따윈 잊고 바닥에 주저앉아 계단에서 자고 싶었다. 하지만 곧 몸 안에서 저항감이 느껴졌다. 다른 여자가 그 안에서 계단 위로 올라가라고 그녀를 밀어대고 있었다.

보안국 표지가 후드에 붙어 있는 매끈한 은색 렉서스가 계단 맨 위에 주차되어 있었다. 부지의 나머지 건물들은 여전히 어두웠지만 릴리가 보고 있는 앞에서 보도 끝의 건물 하나에 불이 다시 들어왔다.

"대장, 저 사람한테 아직 태그가 있어요."

도리언이 중얼거렸다.

"차에서 처리할 거야. 조너선을 태워."

조수 솔터가 열린 조수석 문 앞에서 기다리고 있었다. 그의 얼굴은 겁에 질린 동시에 애절할 정도로 열성적이었다. 그들이 다가가자 그가 소리쳤다.

"더 나은 세상!"

"입 다물어!"

티어가 낮게 소리쳤다.

"난 도왔어요!"

"그래, 그랬지."

티어는 조너선을 릴리에게 넘겼다. 티어의 눈에서 죽음의 눈빛을 보았으나 그녀는 아무 말도 하지 않고 뒷문을 열고 도리언이 조너선을 뒷자리에 태우는 것을 도왔다.

"더 나은 세상에 가고 싶어서 마지막 순간에 우릴 도왔지."

"그렇습니다!"

재빠른 동작으로 티어가 솔터의 뒤통수를 잡고 그의 얼굴을 차 후드에 처박았다. 다시 솔터의 머리를 들어 올리자 남자의 얼굴은 피투성이 가면 같았다.

"그들을 생각해봐, 솔터. 네가 수년간 무너뜨리는 걸 도왔던 내 사람들 전부를. 난 네놈을 더 나은 세상의 수백 킬로미터 근처에도 들이지 않을 거야."

그가 솔터를 내던졌다. 릴리는 부지 건너편, 모든 것을 둘러싸고 있는 것 같은 수 킬로미터의 울타리를 보았다. 전기가 다시 들어오면 어떻게 여기서 빠져나가지?

"이건 조녀선이 운전대를 잡아도 꽤 어려운 일이 될 텐데."

티어가 뺨 안쪽을 깨물고서 고개를 흔들었다.

"난 조녀선의 상처를 보고 그녀의 태그를 빼야 돼. 도리, 운전할 수 있 겠어?"

"제가 거기까지 잘 몰고 갈게요."

"타시오."

티어가 뒷좌석으로 들어갔다. 릴리는 조수석을 열었다가 왼쪽으로, 보안국 부지에서 몇 킬로미터 떨어진 곳의 나무들 사이로 폭발이 일어나는 바람에 얼어붙었다. 오렌지색 불길이 어둠 속으로 치솟아 끝없는 나무들의 모습을 비추었고, 순식간에 전부 불길에 휩싸였다.

"차에 타라고, 당장!"

그녀는 차에 타서 문을 닫았다. 도리언이 차를 출발시켰고 렉서스가 보도로 달려 나갔다. 티어는 위쪽 전등을 켰다.

"왼쪽으로 20도야, 도리. 끝에서 다섯 번째 부분."

"알아요, 대장, 안다고요."

도리언이 운전대를 왼쪽으로 틀었다. 또 다른 빛이 그들의 위로 비쳤고,

릴리는 그들이 경계 울타리를 향해 이제 60킬로미터 정도의 속도로 점점 더 빠르게 달려가고 있다는 걸 깨달았다. 감전되는 게 아닐까 잠시 생각했지만 곧 그 생각을 머리에서 지웠다. 티어가 다른 모든 것을 처리하듯 그것도 처리했을 것이다. 뒤에서 금속이 부딪치는 소리가 났다. 총알이 트렁크와 뒤쪽 범퍼를 뚫는 소리였다. 차가 기울어졌고 도리언은 욕을 하며 운전대를 꽉 쥐었다. 저 끊임없는 욕설은 매디를 자랑스럽게 만들었을 것이다.

뒷자리에서 신음 소리가 났다. 티어는 어딘가에서 작은 검은색 가방을 꺼내 바닥에 무릎을 꿇고 앉아 조녀선의 몸통 쪽으로 몸을 기울이고 있었다. 릴리는 상처를 볼 수 없어서 안도했다. 이미 상황이 어떻게 흘러갈지 느끼고 있기 때문이었다. 조녀선이 그녀를 벌써 두 번이나 구해줬는데 그 대가로 그녀는 그를 죽게 만들었다.

"안 좋아."

티어가 고개를 흔들었다.

"고속도로에 올라가서 차가 좀 안정될 때까지 기다려야겠어."

그가 조녀선의 다리 쪽으로 가서 좌석에 걸터앉았다.

"릴리. 앞으로 몸을 기울이시오."

릴리는 그가 도리언이나 조녀선에게 하듯이 가볍게 자신의 이름을 불렀다는 것을 깨닫고 좀 놀랐다. 미소를 짓고 싶었지만 곧 티어가 그녀의 셔츠를 아래로 당기는 게 느껴졌다.

차가 울타리에 부딪쳤다. 모든 보안국 울타리는 티타늄이어야 했지만, 이 부분은 어떻게 약화되어 있었던 것처럼 기둥에서 쉽게 뭉개졌다. 도리언은 운전대를 왼쪽으로 돌렸고 차가 끽 소리를 내며 옆으로 회전했다. 금세 그들은 나가는 길로 올라서서 속도를 높였다. 릴리는 몸을 돌려 뒤 커다란 빛에 싸인, 돌과 강철로 된 부지가 점점 작아지는 모습을 창밖으로 보았다. 그러다가 뭔가 차가운 것이 어깨뼈를 스치는 바람에 놀라서 펄쩍 뛰었다.

"평소에는 국부 마취제를 놓지만 조녀선을 위해 모든 약이 필요해서. 용기를 낼 수 있겠소, 릴리?"

릴리가 웃었지만 개구리 울음소리처럼 나왔다. 용기는 아주아주 오래전의 일 같았다. 지금은 자신이 어디에 있는지 알 수 없고, 그저 미지의 영역을 헤매는 기분이었다. 그녀는 마음의 준비를 하고 이를 악물고 다른 것을 떠올리려고 노력했다.

"왜 조수를 죽였나요?"

"솔터? 당신도 솔터 같은 사람을 알잖소, 릴리. 자기가 하는 거의 모든 일에 대해서 변명을 대는 유형이지. 솔터는 한 번의 좋은 행동으로 평생의 끔찍한 행위를 보상할 수 있다고 생각했지."

"그렇지 않은가요?"

뭔가 가늘고 차가운 것이 어깨뼈 위의 피부를 뚫는 느낌에 릴리는 눈을 질끈 감았다. 왜 그들이 자신을 구했는지 알 수가 없었다. 그들과 함께 더 나은 세상으로 가게 해주려는 걸까? 그녀는 사실 좋은 일도 하나 하지 않았는데. 고통은 끔찍했으나 그녀는 입술에 힘을 주고 꽉 악물었다. 조금만 잘못 움직였다가 균형이 무너지면 어쩌나 겁났기 때문이다.

"한 일과 생애에 따라 다르겠지. 이 경우에는 아니오. 솔터는 거의 20년 동안 랭어의 오른팔이었거든."

랭어 소령. 릴리는 깨달았다. 책임자. 회계사.

"아직 바리케이드는 없어요."

도리언이 앞쪽에 시선을 고정한 채 말했다.

"그건 다행이지만, 불길이 엄청나요."

"파커야. 그쪽 무리는 시끄러운 소리에 우스울 정도로 감탄하더군."

티어가 별거 아니라는 듯이 대답했다. 날카로운 도구가 릴리의 어깨 안으로 파고들었다. 목에서 나직한 신음이 새어 나오는 걸 도저히 막을 수가 없었다.

"조금만 더 하면 돼요, 릴리."

스프레이 캔이 칙 소리를 내고 맨어깨 위로 차가운 감각이 퍼졌다.

"크리스 파커와 그의 부하들이 우리가 달리 뭘 갖고 있는지 몰라서 정말 다행이지. 하지만 오늘 밤이 끝나기 전에 동부 해안 지방 대부분이 불바다가 될 거라는 데 100파운드 걸겠어."

"왜죠? 왜 그가 그런 일을 하게 한 건가요?"

또 다른 날카로운 도구가 어깨 근육 안으로 파고들자 릴리가 숨을 들이켜며 물었다.

티어가 낮게 투덜거렸다.

"꼼짝도 하지 마시오, 릴리. 교활한 놈 같으니."

릴리는 그가 그녀의 질문을 무시했다고 생각했지만, 잠시 후에 그가 대답했다.

"이 나라는 병들었소. 운 좋은 소수가 굶는 자, 아픈 자, 겁에 질린 자들의 등에 올라타 흥청망청 살고 있지. 법은 약자들에게 의지가 되지 않아. 그건 유서 깊은 질병이고 치료책은 딱 하나요. 하지만 거짓말은 하지 않겠소, 릴리. 우리한테는 눈길을 돌릴 만한 거리가 필요했거든."

티어가 잠깐 그녀의 어깨를 놔두고 몸을 돌렸고, 금속이 부딪치는 소리가 났다.

"그 망할 것이 근육 깊이 박혀 있어. 무능한 의사 놈이…… 넣을 때도 끔찍하게 아팠겠군."

릴리는 놀라서 눈을 깜박였다. 태그를 넣은 것은 기억나지 않았다. 아마도 어릴 때 했겠지만 지금은 태그가 항상 그 자리에 존재하던 신체의 자연스러운 일부처럼 느껴졌다. 항상 감시받고 사라진 사람에 대해 말하지 않는 법을 배우는 것과 똑같이 태그가 있어야 한다고 *배워왔던* 것이다.

유서 깊은 질병.

"왜 날 빼내줬나요?"

"더 나은 세상은 공짜가 아니오, 릴리. 난 내 사람들을 시험하지. 도리, 흔들리지 않게 몰아봐."

"네."

릴리의 근육 앞으로 마지막으로 도구가 깊게 파고들었고 그녀는 악문 잇새로 낮게 비명을 질렀다. 다시금 차갑게 잡아당기는 느낌이 나고 마침내 도구가 빠져나갔다. 티어가 릴리에게 태그를 내밀었다. 너무 작아서 새끼손가락 손톱에 올릴 수 있을 정도로 조그만 금속 조각이었다. 경이로운 기분으로 릴리가 손을 내밀었고 티어가 태그를 손바닥에 떨어뜨렸다.

"당신의 평생을 통제했지, 릴리. 이제 우리를 위해서 그걸 창밖으로 버려주겠소?"

조그만 타원형 금속을 잠깐 더 쳐다보다가 릴리는 창문을 내리고 태그를 어둠 속으로 던졌다.

"기분이 좀 낫습니까, 엠 부인?"

그녀는 고개를 돌려 어깨의 날카로운 통증을 무시하고 조너선을 보았다. 그는 미소를 짓고 있었지만 검은 피부 아래로 얼굴이 창백하고 셔츠 앞부분 전체가 피로 젖어 있었다.

"정말로 미안해요."

조너선이 한 손을 흔들었다.

"난 괜찮을 겁니다."

하지만 릴리는 사실을 알았다. 다시 미안하다고 말하는 건 정말이지 부적절한 말 같아서 그녀는 다시 말하지 않고 그저 스스로를 미워하며 앞쪽 창문 바깥만 응시했다. 지평선부터 지평선까지 드문드문 불길이 솟구치는 밤 풍경이 펼쳐졌다. 벽 뒤로 수많은 도시들이 불타고 있었다. 뭔가가 또 달랐지만, 고속도로를 타고 남쪽으로 달리기 시작한 다음에야 릴리는 뭐가 달라졌는지를 깨달았다. 보안국 시설에서 나온 이래로 전깃불을 하나도 보지 못한 것이다.

"전기를 차단했군요."

"모든 동력을."

티어가 의료용 가방을 뒤지며 대답했다.

"다시 들어오지 않을 거요. 동부는 뉴햄프셔부터 버지니아까지 전부 다 암흑이지. 시간은 어떻지, 도리?"

"예정보다 10분 빨라요."

"공공 고속도로로만 가. 운이 좋으면 파커 쪽 사람들이 사설 도로에서 더 큰 먹이를 노리고 있겠지."

티어는 릴리의 어깨에 연고를 바르고 반창고를 붙였다. 따가웠지만 릴리는 거의 알아채지 못했다. 창밖을 내다보느라 바빴기 때문이다. 오렌지색 불길이 시야를 가득 채웠다.

축제, 그녀는 생각했다. 이 차 바깥 세상에서 무슨 일이 벌어지고 있는지 상상하고 싶지 않았다. 그녀가 아는 모든 사람들이 벽 뒤에 살았다. 어머니, 친구들…… 릴리는 갑자기 자신이 시체 더미 위에 둥둥 떠 있는 것처럼 느껴졌다. 이 죄책감은 그녀와 그들 모두와, 심지어는 티어와 함께 머물며, 건드리는 모든 것을 썩게 만들 것이다……. 더 나은 세상까지 썩게 만들겠지.

우리들 누구도 *빠져나갈 수 없어*, 릴리는 공허하게 생각하며 눈을 감았다가 뒷자리에서 티어가 조너선을 수술하느라 내는 소리에 움찔했다.

우리들 누구도 *깨끗하지 않아*.

켈시는 눈을 뜨고 자신이 어둠 속에, 차가운 돌바닥에 누워 있는 것을 깨달았다. 어깨가 욱신거렸지만 릴리의 기억 때문인지 자신의 오래된 상처가 아픈 건지 알 수가 없었다. 속은 기분이었다. 이야기의 끝을 보지 못한 채 어떻게 지금 여기 있을 수가 있지?

"라자러스?"

대답이 없었다. 켈시는 황급히 일어나다가 도로 쓰러져서 돌에 무릎이 긁혔다. 어둠은 주위로 영원히 뻗어가는 것만 같았다.

"라자러스!"

그녀가 고함을 질렀다.

"빌어먹을 하느님, 감사합니다!"

메이스가 소리쳤다. 그의 목소리가 공간에 막혀 멀게 들렸다.

"계속 얘기하십시오, 레이디!"

"여기예요!"

일렁거리는 횃불이 멀리서 나타났다. 켈시는 다시 일어서서 장애물이 있나 손을 뻗은 채 그쪽으로 비틀거리며 걸어갔다. 하지만 장애물은 없고 그저 넓고 어두운 공간일 뿐이었다. 메이스가 다가오자 횃불 빛 속에서 그의 얼굴이 하얗게 굳어 있고 눈은 커다란 게 보였다.

"레이디를 잃은 줄 알았습니다."

"뭐라고요?"

"분명히 바닥에서 시끄럽게 소리를 내고 계셨는데 다음 순간 그냥 없어지셨습니다. 최소한 30분은 레이디를 찾아다녔습니다."

"내가 어둠 속으로 굴러떨어진 모양이죠."

메이스가 씁쓸하게 웃었다.

"아뇨, 레이디. *사라지셨습니다.*"

그럼 내가 왜 돌아온 거죠? 그녀는 거의 그렇게 물을 뻔했다가 그 질문이 얼마나 이기적인지 깨닫고 입을 다물었다. 그녀는 아침이 되기 전에, 죽

으러 가기 전에 할 일이 있어서 돌아온 거였다.

"그저 교차 지점이야."

그녀가 중얼거렸다. 그 말은 위로가 되었지만, 여전히 그게 무슨 뜻인지는 몰랐다.

이제 로 핀과 이야기할 시간이었다.

여왕동으로 가는 동안 모든 것이 고요했다. 켈시는 모두가 잠자리에 들었기를 바랐다. 야간 근위병들에게만 작별 인사를 할 수 있으면 이 일이 더 쉬울 테니까. 하지만 착각이었다. 양 문이 열리자 서른 명이 넘는 근위대 전부가 여전히 깨어 있는 걸 볼 수 있었고, 펜이 맨 앞에 있었다. 안달리 역시 하룻밤 푹 잔 사람처럼 말끔한 모습으로 기다리고 있었다. 심지어는 아이사도 있었으나 켈시는 아이사가 제 엄마와 함께 서 있지 않은 것을 알아챘다. 그 애는 근위병들과 함께 서 있었다.

켈시는 깊게 숨을 들이켰다. 그들에게 거짓말을 하는 건 메이스에게 하는 것보다는 쉽겠지만, 언제나 모든 것을 꿰뚫어 보는 안달리가 걱정이었다.

"새벽이 되면 나는 다리로 내려가서 모트와 협상을 해볼 거예요."

"뭘로 말입니까, 레이디? 제안할 만한 게 없잖습니까."

코린이 물었다.

"나와 함께 갈 사람은 라자리스가 정할 거예요. 근위병 딱 네 명만요."

그녀는 그의 말을 무시하고 말했다.

"엘스턴."

메이스가 외쳤다.

"나."

그의 눈이 잠깐 방 안을 살피다가 아이사에게 멎었다.

"그리고 너, 들고양이. 모트 놈들은 교활한 개자식들이야. 네 칼솜씨가 필요할 거다."

말도 안 되는 선택이었지만 아이사의 얼굴이 횃불 빛 속에서 환해지는 것을 보고 켈시는 아무 말도 하지 않았다. 메이스의 말은 그녀가 이웬에게 했던 것과 똑같은 상냥한 선물이었다. 그녀는 근위병들을 쭉 보다가 이웬이 거의 끝에 자리하고 있는 것을 발견했다. 그녀는 메이스가 요구하면 그를 지하 감옥으로 돌려보낼 생각이었지만, 그는 아무 말도 하지 않았다. 근위대도 이웬에게 여러 가지 방식으로 반응할 수 있었지만, 그들은 마스코트 같은 느낌으로 그를 받아들이고 그가 문제를 일으키지 않을 만한 간단한 일이나 심부름을 시켰다. 베너가 아이사의 등을 두드리고 귀에 뭐라고 속삭였고, 그녀는 복도를 따라 달려갔다.

"그리고 코린."

여러 명의 근위병들이 숨을 들이켰다. 펜이 창백한 얼굴로 메이스를 응시했다. 켈시의 심장이 그를 생각하자 아파왔지만, 그녀는 이 일에 낄 수 없었다. 펜이 메이스와 낮은 소리로 격렬하게 언쟁할 때 그녀는 기회가 왔음을 깨닫고 몸을 돌려 재빨리 방으로 향했다. 아무도 따라오지 않는다는 사실에 안도해서 등 뒤로 문을 잠갔다.

방의 불은 여전히 타오르고 있었다. 언제나 철저한 안달리가 밤새 타도록 준비해놓은 것이다. 켈시는 벽난로 앞에 앉아서 불길을 바라보며 로 핀에게 오라고 속으로 말했다. 하지만 그는 어디서 오는 걸까? 그걸 알면 좋을 텐데. 그건 중요한 정보 같았다. 수십 킬로미터를 여행한 것처럼, 릴리의 삶이 무겁게 그녀를 짓누르는 것처럼 피곤했다. 릴리에게 돌아가서 이야기의 나머지를 보고 싶었지만 시간이 없었다. 4시 15분이고 곧 새벽이 올 것이다. 켈시는 주먹을 꽉 쥐고 초승달 모양 손톱자국 아래로 피가 밸 때까지, 잠이 조금이나마 깰 때까지 힘을 주었다.

티어의 계승자여.

고개를 들자 그가 벽난로 옆에 서 있었다. 그는 그녀가 기억하는 것처럼 창백하지 않았다. 이제 그의 뺨은 불그스름하고 눈은 부자연스러운 빛을 내며 번뜩였다. 전에 꾼 꿈이 떠올랐다. 이 남자가 그녀의 몸 깊숙이 들어오고 주변의 모든 것이 불에 훨훨 타는 꿈……. 켈시는 일어서서 피투성이 손을 드레스에 닦았다.

"당신은 자유를 원하죠."

그렇다.

"말을 해요! 침묵은 질렸으니까."

그녀가 쏘아붙였다.

"난 자유를 원해."

"붉은 여왕을 어떻게 죽이죠?"

"협상할 준비가 됐나, 티어의 계승자여?"

그의 눈이 붉게 빛났다. 빛의 장난이라고 켈시는 한때 그렇게 생각했었다……. 그리고 지금은 악마와 거래하려고 했던 늙은 머저리에 관한 말로의 시를 떠올렸다. 그러나 좋은 책이 주는 교훈도 도시 벽 바깥에 도사린 조수의 무게는 버틸 수 없는 것 같았다. 모트군이 유일한 문제였다. 다른 모든 제반 사항들은 부차적이었다.

"협상할 준비가 됐어요."

핀이 다가왔고 켈시는 그의 눈에서 타오르는 굶주림을, 억누른 엄청난 흥분을 보았다. 자유가 그에게 어떤 의미든 오랫동안 기다린 게 분명했다.

"내가 뭘 하면 되죠?"

"사파이어를 손에 올려."

켈시는 그대로 했다.

"이제 이렇게 말해. '당신을 용서한다, 롤런드 핀.'"

"뭘 용서한다는 거죠?"

"그게 중요한가?"

"네."

"넌 까다롭군, 티어의 계승자."

"내가 뭘 용서하는지 모른다면 그게 어떻게 진정한 용서일 수 있어요?"

핀은 말을 멈추고 생각에 잠겼고, 켈시는 순간적으로 만족감을 느꼈다. 몇 달 동안 그녀는 사파이어에 관해서 아무것도 모른 채 휘둘렸다. 핀은 그녀보다 더 많이 아는 것 같았지만 그 역시 모든 정보를 다 가진 건 아닌 모양이었다.

"네 말이 옳을지도 모르겠군. 그럼 말해주지. 오래전에 나는 너희 가족에게 큰 잘못을 저질렀어."

그가 말했다.

"무슨 잘못을요?"

핀은 눈을 깜박였고 켈시는 말 한마디 한마디가 그를 괴롭힌다는 것을 깨닫고 깜짝 놀랐다. 이 존재도 후회할 수 있는 건가?

"난 조너선 티어를 배반했지."

켈시가 전혀 예상도 못 한 이야기였다.

"페치는 당신이 거짓말쟁이라고 했어요."

그의 눈이 가늘어졌다.

"내가 페치라고 하는 자에 대해서 뭘 좀 얘기해주지, 꼬마. 네 소망이 그자에게 상처를 입히는 거라는 게 보여. 그자는 쉽게 상처를 입을 수 있어. 내 말 믿어. 그에게 티어 암살에서 무슨 역할을 했느냐고 물어봐. 변명거리가 있나 한번 보자고."

켈시는 움찔했다.

"난 피곤해지고 있어, 티어의 계승자여. 거래를 할 거야, 말 거야?"

"당신이 먼저예요."

그녀는 페치 일을 머리에서 억지로 지우고 말했다.

"붉은 여왕을 어떻게 죽이죠?"

"그 후에 나를 자유롭게 해주겠다는 약속을 해. 난 널 오랫동안 지켜봤어, 티어의 계승자여. 네 말이 믿을 만하다는 걸 알지."

그 말은 그녀에게 소른을 상기시켰다. 뭔가 잘못된 것이, 켈시가 놓치고 있는 것이 있었다. 핀이 티어 암살에 관련되었다 치자. 그게 켈시와 무슨 상관이지? 티어가 사람들은 전부 죽었는데.

모트! 모트군을 생각해! 그녀의 머리가 주장했다. 좋은 결정을 내릴 시간이 필요했지만, 시간은 이미 거의 다 됐다. 붉은 여왕을 죽일 수 있는 가능성이 조금이라도 있다면 그게 이 존재가 가할 위험보다 더 중요하지 않나? 켈시는 어머니도 이런 식이었을까 궁금했다. 두 가지 끔찍한 선택지. 왕궁 문 바로 앞에 있는 모트군, 그리고 당면한 위험에 눈이 멀어 최악의 결정을 내린 엘리사.

나도 알겠어요, 켈시는 소리 없이 속삭였다. 머릿속의 어두컴컴한 한구석으로 말이 내려앉았다. *이제는 당신한테 상황이 어땠었는지 나도 알겠어요.*

"당신을 자유롭게 해주겠다고 약속해요."

핀이 여우 같은 미소를 지었다.

"좋은 거래야, 티어의 계승자여. 너의 모트 여왕은 오래전에, 이제 거의 한 세기 전에 나한테 왔었지. 나를 찾은 건 아니었지만 우연히 나를 발견했고, 내가 뭔지 알고서는 도와달라고 애원했어."

"뭘 도와줘요?"

"불사가 되게 해달라고. 당시에 그녀는 거의 성인이라고 하기도 어려운 여자아이였지만 이미 삶이 끔찍했고 다시는 어떤 것도 자신에게 해를 입힐 수 없도록 강해지기를 바랐지…… 남자도, 운명도, 시간도."

켈시는 소른이 옳았다는 걸 깨달았다.

"그래서 그녀를 도와줬나요?"

"그랬지. 그녀는 먼 티어의 혈통이었고 오랫동안 나는 그녀가 내가 찾는 사람이라고 생각했어. 하지만 그녀에게는…… 결함이 있었지. 어린 시절이 너무 깊은 흔적을 남겼고, 자신의 안전과 이득에만 몰두했어. 네 혈통은 훨씬 깨끗하고 희석되지 않았어. 가끔씩은 심지어 네 얼굴 표정에서 그가 보여."

누가? 켈시는 궁금했다. 하지만 다른 데 정신을 쏟을 여유가 없었다.

"그녀를 죽일 수 있다고 했잖아요."

"물론이야. 그녀는 네 가족의 능력을 조금 갖고 있고 내가 그걸 다듬는 방법을 가르쳐줬지. 살을 조작하고 몸에 문제가 생겼을 때 스스로를 치료하는 법을. 너도 이런 방법을 알 거야, 티어의 계승자여. 넌 혼자서 그걸 익혔으니까. 하지만 모트 여왕은 여전히 취약해. 그녀의 정신이 취약하지. 마음 깊은 곳은 늘 겁에 질리고 굶주리고 혼자인 채 나에게 왔던 그 어린 여자애일 테니까. 아무리 노력해도 어린 시절을 없애버릴 수는 없어. 그게 그녀를 정의하는 거니까."

켈시는 움찔거렸다. 갑자기 화가 났다. 붉은 여왕을 아이사처럼 상처 입기 쉬운 어린애로 생각하고 싶지 않았다. 늘 상상해온 것처럼 엄청난 힘과 공포의 대변인이기를 바랐다. 핀이 모든 것을 더 어렵게 만든 것 같은 기분이 들었다.

"그게 나한테 어떻게 유용하죠?"

"여자는 죽일 수 없어, 티어의 계승자여. 하지만 어린애는 죽일 수 있지. 그녀도 그걸 알기 때문에 네 사파이어를 가지려고 하는 거야."

"사파이어가 이것과 무슨 상관이 있는데요?"

"시간이지, 티어의 계승자여. 시간. 지금쯤은 너도 네가 가진 게 예쁜 목걸이 이상이라는 걸 깨달았겠지. 세상에는 마법의 보석이 많이 있지만, 티어 사파이어는 독특해. 너도 이걸 알아챘겠지, 응?"

켈시는 대답하지 않았다.

"붉은 여왕은 과거에서 바꾸고 싶은 게 아주 많아. 네 보석이 그걸 가능하게 해줄 거라고, 자신을 약하게 만드는 과거를 없애게 해줄 거라고 믿지. 그녀는 그걸 아주 절실하게 원해."

그러니까 소른이 사실을 말했던 거다. 잠깐 동안 켈시는 발치에서 피 흘리며 고통으로 몸부림치던 남자를 떠올렸다……. 그리고 그 모습을 머릿속에서 밀어냈다.

"하지만 다른 사람이 그 과거를 어떻게 이용하죠? 그녀가 어린 시절에 두려워했을 만한 사람들은 지금쯤 다 죽었을 텐데."

"꼭 그럴 필요는 없지, 티어의 계승자여. 그녀는 나를 두려워해. 그리고 무엇보다도 그녀는 너를 두려워하지."

"나요?"

"아, 그럼. 그녀는 스스로에게도 인정하지 않을 테지만, 너를 두려워해. 두려움이란 너같이 근면한 여자가 이용할 수 있는 어마어마한 약점이지. 붉은 여왕에게는 방어막이 많지만, 그 어린아이만 찾는다면 그 약점을 네가 이용할 수 있어."

핀은 손가락을 벌렸다.

"내가 거래의 조건을 만족시켰나?"

"잘 모르겠어요. 당신이 거짓말을 한 거라면요?"

핀이 음울하게 낄낄 웃었다. 그의 잘생긴 얼굴이 뒤틀렸다.

"내 말 믿어. 난 네 가족을 상대로 진실을 갖고 장난치면 안 된다는 걸 오래전에 배웠어. 그 교훈에는 꽤 쓰라린 대가가 따랐지."

"좋아요."

"이제 네가 거래를 끝마칠 차례야, 티어의 계승자여."

"내가 뭘 하면 되죠?"

"네 사파이어를 보여줘."

켈시가 보석을 내밀자 그가 움찔했다.

"너무 가까이 오지 마. 난 그걸 건드릴 수 없어."

"왜요?"

"벌이지, 티어의 계승자여. 상상할 수 있는 최악의 벌."

상상할 수 있는 최악의 벌. 다른 사람이 얼마 전에 켈시에게 그 말을 똑같이 썼다. 지금 로 핀이 서 있는 자리와 거의 똑같은 자리에 서서 페치가 그랬지.

"두 개의 사파이어를 전부 네 손에 올리고—"

"잠깐만요."

그녀가 그의 말을 끊었다.

"당신은 우리 가족에게 잘못을 저질렀다고 했어요. 랠리 가문요. 무슨 잘못이었죠?"

그가 미소를 지었다.

"랠리, 욕심 많은 랠리……. 너에게 그들의 피가 흐를지는 몰라도 넌 랠리가 아니야. 티어지."

"티어는 전부 살해됐어요. 아무도 살아남지 못했어요."

"정말 그렇게 멍청한 거야, 꼬마? 거울을 봐!"

켈시는 몸을 돌려 거울을 보았다. 오래된 습관 때문에 그녀는 여자아이를 볼 거라고 생각했지만 거기 있는 것은 키 크고 사랑스러운 성인 여자였다. 표정은 근엄하고 얼굴에는 때 이른 슬픔으로 주름이 져 있었다.

릴리.

잠깐 동안 켈시는 속임수라고, 핀이 그녀를 흔들기 위해서 만들어낸 환상이라고 생각했다. 그녀가 한 손을 들자 거울 속의 영상도 똑같이 했다. 그녀는 뉴가나안의 집 앞쪽 복도의 전신 거울 앞에 서 있는 릴리 본인처럼 보였다. 릴리의 차가운 파란 눈 대신 짙은 초록색 눈만이 여전히 켈시 자신의 것이었다.

"우리 엄마도 티어 혈통이었나요?"

"엘리사?"

핀이 낄낄거렸고 그 소리에 켈시의 몸이 차가워졌다.

"내 아빠가 누군지 알아요?"

"알지."

"누구예요?"

그는 고개를 흔들었고, 그의 눈에서 켈시는 악몽 같은 오늘 밤 중에서도 가장 두려운 것을 보았다. 희미한 동정이었다.

"내 말 믿어, 티어의 계승자여. 넌 알고 싶지 않을 거야."

메이스도 똑같은 말을 했었지만 켈시는 더욱 몰아붙였다.

"아뇨, 알고 싶어요."

"안됐군. 그건 거래의 일부가 아니었어."

핀이 사파이어 쪽으로 손짓했다.

"네 약속을 지켜, 티어의 계승자여."

그녀는 두 사파이어를 오른손으로 쥐었다. 그녀가 알고 싶지 않을 정도로 나쁜 것…… 어머니 세대의 어떤 범죄자가 그녀의 아빠일까?

"당신을 용서한다, 롤런드 핀."

그가 재촉했다. 켈시는 눈을 감았다. 눈앞에 어머니의 얼굴이 떠올랐지만 켈시는 무시하고 명료하게 말했다.

"당신을 용서한다, 롤런드 핀."

8킬로미터도 떨어지지 않은 천막의 어둠 속에서 모트메인의 여왕이 비명을 지르며 깨어났다.

핀이 활짝 웃자 하얗고 날카로운 이가 드러났다.

"네 용서를 번복할 생각은 절대로 하지 마, 티어의 계승자여. 넌 네 사파이어에 대고 말했고, 맹세를 깨는 자는 끔찍하게 벌을 받지."

"아. 그렇군요. 당신의 벌은 그럼 뭐였죠? 페치의 것과는 아마 다를 테죠."

켈시가 뒤로 기대앉아 그를 쳐다보며 물었다.

핀은 잠시 그녀를 바라보다가 어깨를 으쓱였다.

"너에게 엄청난 칭찬을 하나 해주지, 티어의 계승자여. 나는 항상 여자들에게 이걸로 접근했어."

그가 한 손으로 자신의 완벽한 얼굴을 가리켰다.

"이건 그들을 즐겁게 만들고, 자만하게 만들고, 생각을 흐려놨지. 하지만 너는 너무 영리해서 그런 데 정신을 팔지 않고, 너무 솔직해서 자만하지도 않아."

켈시는 별로 납득할 수 없었다. 핀이 근처에 있을 때면 늘 그러듯이 맥박이 빨라졌으니까. 하지만 그가 속아 넘어갔다면 잘된 일이리라.

"네가 물었으니 내가 받은 벌을 보여주지. 내가 정말로 누군지 잘 보라고."

핀의 얼굴이 변하고 색깔이 사라지기 시작했다. 머리카락이 가늘어져서 두피에 드문드문 남았다. 피부는 하얘지고 입술은 빨개지고 눈에 검은 눈꺼풀이 자라났다. 얼굴은 광대 혹은 트럼프 카드의 조커처럼 변했으나 그 눈엔 익살이라고는 없었다. 모든 것과 무(無)를 끌어안는 냉정함뿐이었다. 켈시는 비명을 지를 뻔했으나 그러면 모든 근위병들이 달려올 것임을 깨닫고 마지막 순간에 손으로 입을 막았다.

"아프지. 항상 불에 타듯이 아파."

핀이 쉰 소리로 말했다.

"무슨 일이 있었던 거죠?"

"난 3세기가 넘게 살았어. 몇 번이나 죽기를 바랐지만 나 스스로 죽을 수는 없지. 다른 사람의 손으로만 가능해."

켈시는 무릎 뒤쪽이 침대에 부딪칠 때까지 물러나다가 침대에 앉아서 그를 빤히 보았다.

"두려워하지 마, 티어의 계승자여. 난 대단히 위험하지만, 지금 당장 너에게 볼일은 없으니까. 내 증오는 동쪽에, 모트의 여왕에게로 향해 있지. 네가 실패하면, 내가 성공할 거야."

그가 벽난로 쪽으로 움직였다. 켈시는 안도했지만, 벽난로 바로 앞에서 그가 다시 그녀를 돌아보았다. 붉은 눈이 타올랐다.

"난 이 세상의 살아 있는 어떤 것에도 감정이 없어, 티어의 계승자여. 하지만 지금 이 순간에 너에게는 감사의 마음을 느껴. 어쩌면 존경심도. 내 앞을 가로막지 마."

"그건 당신의 길이 어디로 향하느냐에 달렸어요. 티어링에는 오지 말아요."

핀의 미소가 커졌다.

"난 어떤 것도 약속하지 않아. 미리 경고했어."

그가 벽난로 안으로 물러나자 불길이 작아졌고, 켈시는 불안감으로 배 속이 뭉친 채 그가 사라지는 것을 보았다. 핀의 형체가 작아지다가 완전히 없어졌다. 그녀는 엘리사의 거래를 결국에 피하지 못했다는 무거운 기분을 느꼈다. 그녀가 방금 맺은 거래는 어쩌면 더 끔찍한 것이었는지도 모른다.

이미 늦었어. 거의 새벽이었다. 켈시는 릴리가 지금 어디서 뭘 하고 있을까 궁금했다. 배를 타고 출항했을까? 어디로? 티어는 주변 세상이 무너지는 와중에 자신의 작은 여행자 왕국을 어떻게 지켰을까? 선크로싱 시대 지구에는 200억이 넘는 사람들이 살고 있었으나 아무도 그들을 따라 신세계

로 오지 않았다. 티어는 그들을 어떻게 떼어냈을까?

"그냥 교차 지점이야."

켈시가 다시 중얼거리며 그 말을 부적처럼 음미했다. 핀은 티어의 보석이 시간을 다룬다고 말했다. 티어가 미래를 보고 장애물을 예측할 수 있었을까? 아니, 그건 너무 간단했다. 대서양 한가운데의 아무도 모르는 땅을 찾았나? 그것은 불가능하지는 않아도 가능성이 굉장히 낮을 것 같았다. 그러나 그들은 수천 킬로미터를 항해해서 신의 바다를 건너 신세계 서쪽 해안에 도착했다.

시간이지, 티어의 계승자여, 시간.

핀의 목소리가 머릿속에서 울렸고 켈시는 깜짝 놀라서 고개를 들었다. 눈앞에 영상이 나타났다. 여기에는 확실한 거라고는 없었다. 사파이어가 관련된 일에서 확실한 것은 절대로 없다. 하지만 그녀는 희미하게나마 무슨 일이 있었는지 이해할 것 같았다. 티어의 사람들은 실제로 바다를 건너 수 킬로미터를 여행했지만, 진짜 여행은 거리 문제가 아니었다.

진정한 크로싱은 시간이었다.

한 시간 후, 씻고 나서 옷을 갈아입고 켈시는 알리스의 사무실로 갔다. 그는 말없이 종이 한 장을 건넸다. 그녀는 그것을 뒤집어보고 알리스가 평소의 괴발개발 쓴 글자 대신 읽기 좋은 말끔한 글자로 쓰느라 공들인 것을 보고 감탄했다. 그는 그녀가 내용을 승인할 때까지 기다리지 않았다. 옆에는 사본이 계속해서 쌓여가고 있었다.

섭정 법안

티어링의 일곱 번째 여왕 켈시 랠리 글린은 자신의 임무와 지위를 여왕의 근위대대장인 메이스의 라자러스와 그의 후계자와 지정인에게 넘겨 왕실 정부의 섭정으로 삼음을 선포한다. 섭정 법안이 유효한 기간 동안 여왕이 사망하거나 일을 수행할 수 없는 상태가 되면 전술한 새 정권이 영구적으로 권한을 갖고 섭정이 티어링의 통치자가 될 것이다. 섭정의 모든 행위는 여왕의 이름으로 이루어질 것이며 여왕의 법률에 따르되—

"훌륭하군요. 그 이야기 하는 걸 잊었는데."
켈시가 중얼거렸다.

— 앞의 행위들은 여왕의 복위 후 왕령에 의해 취소될 수 있다.

켈시는 고개를 들어 알리스를 보았다.
"복위 조항요?"
"안달리가 넣으라고 하더군요."
"안달리가 어떻게 알았어요?"
"그녀는 그냥 압니다, 꼬마 여왕님. 언제나 그러는 것처럼요."
켈시는 다시 법안을 내려다보았다.

여왕이 돌아와 복위하였을 경우 이 법안은 무효로 선포될 것이다. 섭정은 모든 권한을 여왕이나 충분한 증거에 따른 여왕의 후계자에게 넘겨야 한다.

켈시는 고개를 흔들었다.
"복위 조항은 안 좋은 생각이에요. 이건 시작부터 라자러스의 입지를 약화할 거예요."
"필요할 겁니다, 꼬마 여왕님. 안달리와 그 꼬마 무녀 둘 다 폐하께서 돌아오실 거라고 했습니다."

그녀가 놀라서 고개를 들었다.

"그래요?"

"꼬마는 특히 확신하는 것 같더군요. 굉장히 달라지시겠지만, 돌아올 거라고 했습니다."

켈시는 어떻게 그럴 수 있는지 알 수가 없었다. 붉은 여왕을 죽이려고 한다면 성공하거나 실패하거나 둘 중 하나이고, 어느 쪽이든 그 뒤 오래 살기는 어려울 거라고 생각했다. 그러나 법안을 바꾸기에는 너무 늦었다. 뉴런던 전역에 뿌리려면 사본이 많이 필요했다. 켈시는 알리스의 맞은편 자리에 앉아서 쌓여 있는 종이에 서명하기 시작했다. 일은 마음을 편하게 해주었지만 단조로웠고, 켈시의 머리는 로 핀과의 대화로 되돌아갔다. 다시금 같은 질문이 계속해서 머릿속을 찔렀다. 그녀의 아버지는 누굴까? 티어 혈통이 어떻게든 살아남았다면 누군가가 조너선 티어의 암살 이후 유혈의 시기에 숨어 지냈다는 뜻이다. 그렇게 오래된 비밀은 찾아내기가 거의 불가능할 것이다……. 하지만 켈시 아버지의 정체가 시작이 될 수도 있었다.

"레이디."

메이스가 문가에 나타났다. 켈시는 자동적으로 몸을 펴고 서명하고 있던 법안을 팔로 가렸다. 하지만 알리스가 그녀보다 앞섰다. 그는 이미 사본 더미 전부를 안 보이는 곳에 치워버린 상태였다.

"뭐죠?"

"문제를 하나 생각해보셔야겠습니다."

켈시는 책상 앞에서 일어났고 알리스가 그녀가 서명하던 법안까지 감추느라 뒤에서 종이 스치는 소리를 냈다.

"뭔데요?"

메이스가 등 뒤로 문을 닫았다.

"펜이 아침에 폐하와 함께 가겠다고 고집하고 있습니다. 안 된다고 했지만 들으려 하지 않습니다. 떠나면서 그를 강제로 저지할 수도 있겠지만, 그러고 싶지는 않습니다."

"질문이 뭐죠?"

"그 친구가 가도 괜찮겠습니까?"

켈시는 천천히 고개를 끄덕였다.

"그를 남겨두고 가는 건 잔인한 일일 거예요."

"알겠습니다."

메이스가 목소리를 낮추고 말을 이었다.

"하지만 돌아와서 펜에 대해서 저와 얘기 좀 하시죠, 레이디. 근접 근위병이자 레이디의 정부(情夫) 노릇을 동시에 할 수는 없습니다."

정부. 너무나도 케케묵은 개념이라 켈시는 웃음을 터뜨릴 뻔했지만, 잠깐 생각해보고 메이스가 올바른 단어를 골랐음을 깨달았다. 정부…… 펜은 정확히 그녀의 정부였다.

"좋아요. 의논해보죠."

메이스가 그녀의 어깨 너머를 보았다.

"여기서 뭘 하고 계십니까?"

"세금 상황에 대해서 살펴보고 있었어요."

"그렇습니까?"

메이스가 예리한 눈으로 알리스를 보았다.

"지금 세금이 그렇게 중대한 문제인가?"

"꼬마 여왕님께서 이야기하고 싶으신 건 뭐가 됐든 나한테는 중요한 문제지, 메이스."

메이스가 켈시를 돌아보았다. 그리고 아주 한참 동안 그녀를 응시했다.

"그냥 말을 해요, 라자러스."

"왜 무슨 계획을 하고 계신지 말씀해주지 않으시는 겁니까, 레이디? 제가 도울 수 있다고 생각하지 않으시는 겁니까?"

켈시는 시선을 내리고 눈을 깜박였다. 갑자기 눈물이 날 것 같았다. 전부다 저질러버리기 전까지 그는 이해하지 못할 거고, 그때가 되면 그의 용서를 구하기에는 너무 늦을 것이다. 하지만 메이스는 뼛속까지 여왕의 근위대였다. 그는 그녀가 정해둔 길로 가지 못하게, 필요하다면 그녀를 기절시키기까지 할 거고, 그래서 그에게도, 다른 근위병들에게도 설명을 할 수가 없었다. 아무한테도 작별 인사조차 할 수 없을 것이다. 그녀는 그들 모두가 지치고 조급한 상태로 그녀를 데리러 오두막에 달려왔던 날을 떠올렸다. 그때의 이별도 끔찍했고 이번도 마찬가지일 것이다. 하지만 그날 이후로 세상이 활짝 열렸다. 그녀는 넓은 앨먼트 평원을 말을 타고 가로지르며 주위로 밭이 가득하고 카델강이 멀리서 여전히 파랗게 반짝이던 것을 떠올렸다. 그 드넓게 펼쳐진 땅을 보고 얼마나 놀랐던가……. 그것을 떠올리자 뺨을 타고 눈물이 굴러떨어졌다.

실패할 수는 없어. 그러면 모든 걸 잃게 돼.

"다른 세 명을 데려와요, 라자러스. 떠날 시간이에요."

나중에, 말을 타고 달린 그 길을 떠올리면 아이사는 오로지 비가 왔어야 했다는 것밖에는 생각나지 않았다. 비가 오는 게 어울렸을 텐데, 대신에 다가오는 새벽으로 하늘은 깊고 맑은 파란색에 분홍색 오렌지색 구름이 번져 있고 햇살은 중앙대로 양옆에 있는 수많은 사람들을 비출 정도로 밝았다. 뉴런던은 터져나갈 지경이었고 아직 새벽 6시도 되지 않았는데 도시 전체가 길거리로 몰려나온 것 같았다.

세 명의 근위병이 함께 있음에도 아이사는 굉장히 작아지고 혼자 있는 기분이었고, 겁이 났다. 죽는 게 아니라 실패하는 게 두려웠다. 지난달에 메이스는 그녀에게 예쁘고 어린 암말을 주었고 아이사는 샘이라고 이름을 붙였다. 펠이 말 타는 법을 가르쳐주었다. 하지만 말을 타는 건 단도나 검을 휘두르는 것보다 훨씬 어려웠고 아이사는 자신이 능숙하다는 착각은 하지 않았다. 금방이라도 샘이 그녀를 내동댕이칠 것 같았고 지금 이 많은 사람들 앞에서, 그녀를 이 위험한 일에 동행시켜준 메이스의 앞에서 그런 일을 당하느니 죽는 게 나을 것이다. 아이사의 무기는 지금 벨트에 꽂혀 있지만 누군가가 여왕 쪽으로 손가락만 까딱해도 2초 안에 말에서 내려 칼을 뽑아 들 수 있었다.

여왕은 네 명 사이에서 꼿꼿하게 몸을 세우고 말을 타고 있었다. 희미한 새벽빛에 그녀의 은색 티아라가 은은하게 반짝였다. 아이사에게 그녀는 굉장히 여왕답게 보였다. 적과 협상하러 가는 여왕이 보여야 하는 모습 그대로였다. 하지만 여왕의 손은 고삐를 꽉 쥐고 있어 손가락 관절이 새하얘 보였다. 아이사는 모든 것이 보이는 그대로는 아니라는 것을 깨달았다. 왕궁을 떠나기 전에 메이스는 세 사람을 옆으로 부르고서 낮은 목소리로 말했다.

"뭔가 꾸미고 계셔. 면밀하게 주시해. 달려가려는 징조만 보여도 경고 소리를 내고 붙잡아. 우리 넷을 한꺼번에 밀어내실 순 없을 거야."

아이사는 왜 그런 명령을 내렸는지도, 사실은 여왕이 어떤 사람인 건지도 잘 몰랐다. 마망과 근위대 사람들에게서 여왕이 가끔 몽롱한 상태가 된다는 이야기는 들었지만 어젯밤 같을 거라고는 생각도 하지 못했었다. 여왕이 가끔은 눈을 감고 가끔은 눈을 뜬 채로 이 방 저 방을 비틀비틀 돌아다니고, 아무하고도 이야기하지 않고 때로는 벽에 부딪치기까지 했다. 메이스는 그들에게 걱정하지 말고 그냥 두라고, 펜이 보살피게 놔두라고 했다. 하지만 아이사는 정말로 걱정이 됐다. 여왕은 여왕 나름대로, 마찬가지 방식으로 돌아다니면서 거기 없는 것을 따라가고 다른 사람은 아무도 볼 수 없는 다른 세상의 것에 고통받는 글리를 연상시켰다. 가끔씩 글리는 아예 그 자리에 없는 것 같을 때도 있었고, 아이사는 여러 번 언젠가 글리가 그 보이지 않는 세상으로 아예 사라져버리는 게 아닐까 생각하곤 했다. 어쩌면 메이스도 여왕이 똑같이 사라질까 봐 걱정하는 걸지도 모른다.

"켈시 여왕님!"

한 남자가 소리를 질렀고 아이사는 자동적으로 그쪽으로 몸을 돌리며 단도에 손을 올렸다. 하지만 군중 앞에 서서 여왕을 향해 손을 흔드는 늙은 남자일 뿐이었다. 남자의 목소리는 군중의 속삭임 속에서 처음으로 들은 큰 소리였다. 도시 전체가 충격을 받은 것처럼 모두가 커다랗고 당황한 눈으로 여왕을 바라보기만 했다. 10분쯤 말을 타고 가면서 아이사는 또 다른 이상한 점을 발견했다. 수천 명의 사람들을 지나치는데 뉴런던의 악명 높은 술집 거리인 코브를 지날 때조차 에일 한 잔을 보지 못했다.

이런, 다들 술도 못 마실 만큼 겁먹은 거야! 아이사는 깨달았다. 그들은 여왕이 협상하러 나올 줄은 몰랐겠지만, 그들이 알았다 해도 달라지지는 않았을 거라는 생각이 들었다. 다른 사람들처럼 그녀도 카델 양쪽에 늘어선 어마어마한 병력을 보았다. 여왕이 뭘로 협상하려는 걸까? 아이사는 이게 멍청한 짓이라고 생각했지만 선택받은 것이, 그들과 함께 있는 것이 자랑스러웠다. 모트군이 오면 당황해서 무방비하게 서 있지 않을 것이다. 그들이 여왕에게 이르지 못하도록 끝까지 싸울 것이다. 코브를 다 지나치자 심장이 얼어붙었다. 순간적으로 커다란 덩치에 새카만 눈을 불태우는 아빠를 군중 한가운데서 본 것 같았다. 하지만 사람들이 다시 움직이자 그 모습은 사라졌다.

중앙대로가 마지막으로 굽어지고 뉴런던 다리가 앞에 길게 나타났다. 양쪽의 수많은 사람들이 점차 사라지고 말을 탄 다섯 명만 다리 위로 올라갔고, 아이사는 마침내 긴장을 풀었다.

앞쪽에 바리케이드가 있었다. 아이사는 공학자가 아니었지만 즉시 문제를 알아볼 수 있었다. 바리케이드는 허겁지겁 가구를 쌓아놓은 더미에 지나지 않았고 다리 양쪽에는 나무판자들 같은 게 쌓여 있었다. 가운데 좁은 통로가 있었다. 하도 좁아서 딱 한 사람만 지나갈 수 있을 정도였다. 하지만 구조물 전체가 영 불균형했다. 다리를 가로지르는 아래쪽 벽은 바리케이드의 높이를 지탱하지 못할 것 같았다. 메이스는 모트군이 파성퇴를 가져왔다고 말했고, 그 모양새로 봐서 파성퇴로 한 번만 제대로 치면 바리케이드 절반이 다리 옆으로 날아가 카델강에 곧장 떨어질 것 같았다.

여왕도 똑같은 결론을 내린 듯 앞에 있는 형편없는 구조물을 보고 음울하게 웃었다.

"버티기 힘들겠군요, 그렇죠?"

"가망이 없습니다, 레이디. 다리를 제대로 지키는 방법은 하나밖에 없습니다. 홀은 가진 걸로 최선을 다했습니다만, 바람만 세게 불어도 바리케이드는 무너질 겁니다."

메이스가 대답했다.

아이사는 그 한 가지 방법이 뭔지 궁금했지만 홀 장군이 바리케이드에서 나왔고 그녀는 침묵을 지켰다. 홀은 지난주에 왕궁에 여러 차례 들락날락했고 아이사는 그가 말하는 걸 듣는 게 좋았다. 그는 쓸데없는 소리나 관련 없는 이야기는 하지 않고 사무적으로 핵심만 말했다. 메이스는 홀이 모든 난민들이 도시 안으로 들어올 때까지 모트군을 막아내는 영웅적인 일을 해냈다고 말했다. 잠깐 동안 아이사는 장군이 여기서 근위대와 뭘 하냐고 물을까 봐 걱정했지만 그의 눈은 그저 그녀를 확인한 다음 다시 여왕에게로 돌아갔다.

"폐하."

"장군. 난 모트군과 협상하러 왔어요."

"다리 맞은편 끝에 파견대가 대기하고 있습니다만, 대사처럼 차려입지는 않았던데요. 파성퇴 두 개를 갖고 공격할 준비를 하고 있습니다."

"두카르트가 거기 있던가요?"

"네. 그가 지휘합니다."

여왕은 고개를 끄덕였다. 그녀가 생각에 깊이 잠긴 얼굴로 잠시 있다가 고개를 돌려 그들 뒤에 있는 도시의 벽 너머를 보았다. 그녀의 시선을 따라가서 아이사는 경계 벽 표면의 가능한 구석구석마다 사람이 가득한 것을 보았다. 모두가 다리를 바라보고 있었다. 여왕은 한참 동안 벽을 바라보다가 다시 시선을 내렸고 아이사는 그녀가 누군가를 찾았지만 찾던 사람을 발견하지 못했음을 알아챘다. 여왕은 한숨을 쉬었다. 그녀의 눈은 슬픔으로 가득했고 아이사는 그 슬픔을 알아보았다. 마망의 눈에서 셀 수 없이 여러 번 그 표정을 보았으니까.

"미안해요."

메이스가 한 손으로 말고삐를 덜컥 당기고 다른 손을 여왕에게 내밀었지만 곧 말과 메이스 둘 다 얼어붙었다. 잠시 후 아이사는 자신의 근육 역시 굳었음을 깨달았다. 마치 가벼운 경련이 온몸에 퍼지는 것처럼 기묘하고 메스꺼운 느낌이었다. 눈가로 펜과 엘스턴 역시 얼어붙은 것을 볼 수 있었다. 펜은 이미 말에서 내려 앞으로 달려가려던 참이었다. 아이사는 근위병들의 밤늦은 이야기에 종종 끼었고 그래서 여왕이 휘두르는 기묘한 힘에 대해 이야기하는 걸 들었다. 근위병마다 여왕의 마법이 뭘 의미하고 어느 정도나 강력한지 나름대로 추측하곤 했지만 아이사는 이런 건 한 번도 들어본 적이 없었다. 말하고 싶었지만 심지어는 목으로 소리를 낼 수도 없었다.

"미안해요. 하지만 아무도 내가 가는 곳에서 날 보호할 수 없어요."

여왕이 다시 말했다.

그녀는 말에서 내려 메이스에게 다가가서는 그의 뻗은 손에 자신의 암말고삐를 걸었다. 메이스는 꼼짝도 못 한 채 그녀를 쳐다보았다. 그의 눈은 고통과 분노로 가득한 두 개의 웅덩이처럼 보였다.

"날 용서해요."

여왕은 메이스의 움직이지 않는 손을 잠시 잡고 슬픈 미소를 지었다.

"알잖아요, 난 여왕이에요."

메이스의 입이 움찔했지만 말은 나오지 않았다.

"그대는 나의 섭정이에요, 라자러스. 이미 처리해뒀어요. 그대가 이 사람들을 돌보고 안전하게 지켜줄 거라고 믿어요."

여왕은 다시 메이스를 물끄러미 바라보다가 아이사와 엘스턴, 펜, 이 세 명에게로 시선을 돌렸다.

"더 이상 나를 지킬 수 없을 거예요. 그러니까 날 위해 나의 섭정을 지켜줘요."

아이사는 당황해서 그녀를 쳐다보았다. 메이스를 지킨다는 것은 생각만으로도 우스운 것 같았다. 여왕은 홀 장군에게로 다가갔고 잠시 아이사는 장군이 그녀를 잡을 수 있을 거라고 생각했지만 그의 목에 두드러진 근육을 보고서 그 역시 꼼짝할 수 없는 상태라는 것을 깨달았다.

"즉시 다리에서 퇴각하고 포위전을 준비해요, 장군. 모트군이 오지 않으면 내가 성공했다는 걸 알게 될 거예요."

이제 그녀는 상냥한 얼굴이 고통으로 일그러진 채 굳은 펜에게로 다가갔다. 여왕은 그의 뺨에 잠시 가볍게 한 손을 올렸다. 아이사는 깊게 숨을 내쉬느라 그녀의 어깨가 들썩이는 것을 보았고, 곧 여왕은 몸을 돌려 바리케이드의 그림자 속으로 사라졌다.

여왕이 가는 동안 근위병들은 꼼짝도 못 하고 서로를 보는 것밖에 할 수 없었다. 아이사는 자신이 유일하게 침착한 사람인 것 같다고 생각했다. 다른 세 명의 눈은 공포로 휘둥그렜다. 펜이 그중에서도 최악인 것 같았다. 그는 여왕이 어딜 가든 따라갈 거고, 여왕도 그걸 아는 거라고 아이사는 생각했다. 바리케이드에는 다른 병사들도 있으니까 그들이 그녀를 막을 수도 있겠지만...... 가구 조각들로 이루어진 미로를 보면서 아이사는 그 희망이 얼마나 덧없는 것인지 깨달았다. 여왕은 강력했다. 마망보다 더 강력하고 어쩌면 붉은 여왕만큼 강력한 것 같았다. 그녀가 멈추고 싶어 하지 않는다면 아무도 그녀를 막을 수 없을 것이다.

아이사의 발밑에서 지면이 떨리기 시작했다. 잠시 후 그녀는 자신이 다시 움직일 수 있다는 걸, 근육을 붙잡고 있던 기묘한 힘이 사라졌다는 걸 깨달았다. 하지만 지면은 이제 격렬하게 흔들렸고 그녀는 샘에 대한 통제력을 잃고 말 등에서 떨어져 돌바닥에 아프게 부딪쳤다.

"아직 붙잡을 수 있을 거야! 서둘러!"

메이스가 소리쳤다.

펜은 이미 사라졌다. 말을 뒤에 두고 바리케이드로 쏜살같이 달려갔다. 아이사는 동쪽에서 이제 천둥소리처럼 희미하게 쾅 내리치는 소리를 의식하며 바닥에서 일어섰다. 그녀도 메이스와 엘스턴을 따라 바리케이드로 달려갔다. 그들의 회색 망토를 따라잡으려고 하면서 그녀는 단도를 꺼냈다. 언제나처럼 손안의 단도는 차가운 위로가 되었고 극한의 상태에서 이제야 아이사는 그 위로가 어디서 나오는 건지를 깨달았다. 아빠를 만날 수도 있다는 희망 때문이었다. 그녀는 아빠를 증오했고, 아빠를 사랑했고, 언젠가, 어떻게든 손에 칼을 든 채 아빠를 만날 수 있기를 바랐다.

또 다른 천둥소리가 다리를 내리쳤고 아이사의 발밑으로 돌이 굴러왔다. 그녀는 바리케이드 틈새에 숨어 있는 병사들을 지나쳤으나 그들을 제대로 볼 여유는 없었다. 그들은 여왕만큼 중요하지 않았다. 아이사는 틈새를 뚫고 뾰족하게 튀어나온 나무와 책상 다리를 피했다. 마침내 바리케이드 동쪽 끝의 불쑥 튀어나온 부분에서 빠져나와보니, 메이스와 펜, 엘스턴이 우뚝

서 있었다. 아이사는 그들 옆으로 다가갔다가 헉하고 숨을 들이켰다.

뉴런던 다리의 최소한 30미터가량이 사라졌다. 들쭉날쭉하게 쪼개진 바위 외에는 아무것도 남지 않았다. 벼랑 끝에서 그 너머를 보니 아래쪽으로 거대한 하얀 돌덩어리 몇 개가 새파란 카넬 강물에 반쯤 잠겨 있었다. 가장자리는 거인이 맨손으로 돌을 부순 것처럼 너덜너덜했다. 이제 다리에는 그들이 서 있는 뾰족한 가장자리부터 마지막 다리 기둥이 있는 곳까지 커다랗게 빈 공간밖에 없었다.

아이사는 벼랑의 동쪽 끝에 서 있는 여왕을 보았다. 아이사는 시력이 좋았고 여기서도 여왕의 얼굴이 새하얗고 기절하기 직전인 것처럼 보이는 걸 알 수 있었다. 해가 그녀의 뒤로 막 떠오르기 시작해서 머리 주위로 후광을 드리웠고 여왕은 아주 작아 보였다. 아이사는 진짜 여왕의 근위대는 아직 아니었지만 희미하게나마 다른 세 명이 느끼는 감정을 이해할 수 있을 것 같았다. 여왕이 이 넓은 틈새의 건너편에 무방비하게 혼자 있다는 사실이 정말 싫었다.

"저주받으십쇼, 레이디!"

펜이 소리쳤다. 아이사는 숨을 헐떡였지만 메이스가 아무 말도 하지 않아서 그녀도 못 들은 척해야 한다는 것을 깨달았다.

"난 이미 저주받았어요, 펜!"

여왕이 마주 소리쳤다.

아이사는 조심스럽게 메이스를 힐끗 보았고 그의 표정에 움찔했다. 처음으로 그가 늙고 지친 것처럼 보였다. 겨우 사흘 전에 그가 공격자의 무릎에 칼을 휘두르는 법을 가르쳐주고 그녀가 제대로 하자 박수를 쳐줬었는데. 어떻게 모든 게 이렇게 빠르게 변할 수 있지?

"나한테는 선택의 여지가 없었어요, 라자러스! 한 번도 없었죠! 그대도 알잖아요!"

여왕이 넓은 틈새 건너편에서 외쳤다.

그녀가 양손을 벌렸다가 돌아서서 동쪽 통행료 징수소를 향해 걸어가기 시작했다. 그 너머로는 검은 제복의 무리들이 꼼짝 않고 서서 기다리고 있었다. 여왕은 마치 벌집에 들어가는 것처럼 그들의 한가운데로 들어가서 에워싸였다. 그들 네 명은 아무것도 못 하고 말없이 바라만 보았고, 잠시 후 모트 전열이 다시 정돈되었을 때 여왕의 모습은 없었다.

14장

붉은 여왕

운명은 대담한 자를 편애한다고 역사는 우리에게 말한다. 그러니까 가능한 한 대담하게 사는 것이 우리의 의무다.

　—《글린 여왕의 말》, 타일러 신부 편찬

왕궁을 떠난 이래로 켈시는 릴리와 격렬하게 싸우고 있었다. 그녀는 다리 맞은편 끝에서 모트군에게 뭐라고 말할까 대사를 고민하고 있었다……. 그때 릴리가 끼어들었고 그녀의 탐욕스러운 기억의 손가락이 켈시의 생각에 휘감겨 둘을 구분할 수 없게 되어버렸다. 멀리서 들리는 총성. 타오르는 건물의 윤곽선과 죽어가는 사람들의 비명. 하지만 이런 것들에도 켈시는 그냥 릴리의 삶 속에 빠져들 수 있으면 좋겠다고 생각했다. 릴리가 살던 시대는 문제도 많고 끔찍한 시기였지만, 그녀의 선택은 켈시의 것과 달랐다. 릴리의 삶에는 오로지 인내심만이 필요했다. 켈시는 시선을 들고 하얀 돛과 삭구들을 보았다……. 배, 키 앞에 서 있는 사람들. 그녀는 고개를 흔들었지만 그 광경은 그녀의 눈앞에 남아 아주아주 얇은 베일을 뒤집어씌운 것처럼 살짝 흐려졌다. 잠깐 동안 켈시는 손을 내밀어 그 베일을 찢고 수 세기를 건너 릴리의 옆에 설 수 있을 것만 같았다. 릴리가 될 수 있을 것 같았다.

내가 그럴 수 있을까? 그녀는 배를 보며, 한밤에 하얀 그림자처럼 펄럭이는 돛을 보며 생각했다. *그냥 건너가서 다시는 돌아오지 않을 수도 있을까?*

잠깐 동안 그 생각이 너무 유혹적이라 켈시는 칼을 들고 적과 싸우는 것처럼 그 생각과 싸워야만 했다. 그녀는 사파이어를 내려다보았다. 난생처음으로 제대로 보는 것 같은 기분이었다. 몇 달 동안 그녀는 사파이어가 죽었다는 가정 속에 움직였지만, 왜 그랬을까? 꿈, 계속된 외모의 변화, 몸의 상처, 릴리의 고통, 릴리의 삶…… 이런 것들이 허공에서 나오지는 않았을 것이다. 켈시는 양손에 하나씩 보석을 쥐고 빛을 향해 들어 올렸다. 물리적으로 이것들은 똑같았지만 그녀는 둘 사이에서 큰 차이를 감지했다. 이걸 분석할 시간이 조금만 있었어도! 태양이 떠올랐지만 그녀는 여전히 머뭇거렸다.

"너희는 죽지 않았어."

그녀는 손안의 보석을 바라보며 감탄했다. 릴리의 세계가 다시 그녀를 끌어당겨 돌아오라고, 이야기의 끝을 보라고 요구했지만, 켈시는 보석을 놓고 걷기 시작했다. 다리의 동쪽 끝에 있는 통행료 징수소에 도달할 무렵, 돛의 모습이 마침내 희미해졌다. 통행료 탁자는 전부 비어 있었다. 군대가 점령한 이래로 아무도 다리를 통해 뉴런던으로 들어오거나 나가지 않았다. 켈시는 지쳤어야 했지만 정신이 말짱한 기분이었다.

통행료 징수소 너머의 언덕은 모트 병사들로 뒤덮여 있었다. 모두가 전투를 위해 검과 여러 개의 칼을 벨트에 꽂아 무장하고 있었다. 지금도 이 좋은 강철들의 모습을 보자 켈시의 가슴 깊은 곳이 욱신거렸다. 그녀의 군대, 정확히 말해 남은 군대에는 좋은 무기가 극히 적었다. 모트군 전열 앞에 완전

무장을 하고 머리가 좀 벗어지고 졸린 눈을 한 남자가 서 있었다. 그 눈에 켈시는 조금 놀랐다. 하지만 늘어진 눈꺼풀 아래의 눈은 그녀가 망원경으로 본 것처럼 예리하고 무자비했다. 그녀가 모트어로 그에게 인사했다.

"두카르트 장군."

"추측건대 티어링의 여왕님이시겠군요."

그의 눈이 그녀의 어깨 너머로, 다리 쪽으로 향했다.

"저희 주군께 자비를 애원하러 오셨습니까? 그런 건 얻지 못하실 겁니다."

"난 여기에 그대의…… 여주인과 이야기를 하러 왔소."

기묘한 단어였고 켈시는 칼린의 모트어 교육이 훌륭하기는 했지만 관용어를 조금 빼먹은 것 같다는 사실을 깨달았다.

눈꺼풀이 두꺼운 두카르트의 눈이 무너진 다리 쪽을 보고 다시 깜박거렸고, 그리고 되돌아와 깜박였다.

"그분은 만나지 않으실 겁니다."

"만나줄 거요."

켈시가 한 걸음 다가섰다가 그가 반 걸음 물러나고 그의 뒤에 있는 여러 병사들 역시 물러나는 것을 보고 깜짝 놀랐다. 그들이 그녀를 두려워할 수도 있을까? 언덕 위에 있는 모트 군대의 위력만 생각해도 말도 안 되는 일 같았다.

두카르트가 빠른 모트어로 소리를 질렀다.

"앤드루! 가서 여왕 폐하께 이곳 상황을 알려드려라!"

전열의 남자 한 명이 돌아서서 언덕 위쪽, 하늘이 빠르게 분홍색에서 오렌지색으로 변하고 있는 곳으로 달려갔다. 동이 텄고, 켈시는 갑자기 이렇게 늦어지는 걸 참을 수가 없었다. 자신의 죽음을 생각하는 것보다 더 나빴다. 두카르트는 모트메인이나 자신의 주인에게 이득이 된다고 해도 협상을 원치 않는다는 게 훤히 보였다. 두카르트는 뉴런던으로 진격해서 자신이 찾는 모든 것을 초토화하고 싶어 했다. 그는 약탈을 하고 싶어 했고 또—

축제.

그게 딱 맞는 단어였다. 앞에 있는 남자는 세계의 멸망을 기대하는 파커와 똑같아 보였다. 윌리엄 티어는 파커 같은 남자들에 대해서 말했었다. 그들은 이런 일에 걸맞게 만들어졌다고, 모든 걸 망가뜨리도록 만들어졌다고 말이다. 그리고 켈시는 갑자기 어떤 대가를 치르든 이 남자를 그녀의 도시에 들어오지 못하게 해야 한다는 사실을 깨달았다. 다리를 부쉈지만 그걸로는 부족했다. 언덕 반대편에 공성탑과 파성퇴가 있었다. 뉴런던은 그런 공격을 견딜 수 있게 만들어지지 않았고, 모트 군대는 전리품에 굶주렸다. 한번 시작하면 멈추지 않을 것이다.

"나를 들여보내고 싶을 거요, 장군."

"그건 내 주군께서 결정하실 일입니다."

하지만 켈시는 기다릴 수가 없었다. 그녀는 이미 두카르트를 조사하기 시작했다. 칼린의 서재를 살펴보던 것과 같은 방식으로 그를 훑어보았다. 메이스처럼 이 남자는 죽는 것을 두려워하지 않았지만, 그 외에는 비슷한 구석이라고는 없었다. 이 남자는 냉정한 데다 애원이나 동정에 흔들리는 사람이 아니었다. 고통과 자기 보호만이 그를 설득할 수 있다는 결론을 내리고 켈시는 그의 사타구니의 부드러운 살을 찾아 강하게 비틀었다.

두카르트가 비명을 질렀다. 뒤에 있던 병사들 여러 명이 앞으로 달려왔지만 켈시는 고개를 흔들었다.

"생각도 하지 마. 똑같은 일을 겪고 싶지 않다면 말이지."

그들이 물러나자, 켈시는 그들이 정말로 겁내고 있음을 깨달았다. 그녀는 두카르트를 돌아보고 약간 힘을 풀었다.

"나를 여기서 오래 기다리게 할수록 난 더더욱 기분 전환거리를 찾게 될 거요, 장군."

두카르트는 커다래진 눈으로 그녀를 쳐다보았다. 켈시는 그가 전에는 이렇게 무력해본 적이 전혀 없을 거라고 생각했다. 두카르트는 유명한 심문관이었고…… 그 사실에 회계사 랭어가 떠올랐다. 그런 사람들은 입장이 바뀌면 그리 잘 견디지 못하는 법이다.

"난 그대의 주인과 볼일이 있소. 지나가야겠소."

"그분은 협상하지 않으실 겁니다. 저조차도 그분을 거역하진 못합니다. 그분은 끔찍합니다."

그가 숨을 헐떡이며 말했다.

"내가 비밀을 말해주지, 장군. 나는 더하지."

그녀는 그의 고환을 다시 한번 꽉 비틀었고 두카르트는 여자처럼 높은 소리로 비명을 질렀다. 켈시는 이제 거의 소른의 처형 때 느꼈던 것 같은 저열하고 지저분한 종류의 쾌감을 느끼고 있었다. 벌받아 마땅한 자들을 벌하는 게 얼마나 쉽고 즐거운지. 그녀는 이 남자를 고깃덩어리로 만들어버릴 수 있었고 그녀 자신의 죽음을 감수할 만하다는 생각까지 들었다.

켈시, 칼린이 뒤에서 속삭였다. 목소리가 아주 가까워서 켈시는 어깨 바로 뒤에 칼린이 서 있을 거라고 반쯤 생각하며 고개를 돌렸다. 하지만 거기에는 아무것도 없었다……. 오로지 이른 새벽의 푸르스름한 빛 속에 활짝 열린 채 서 있는 그녀의 도시뿐이었다. 그 광경이 켈시를 뒤흔들고, 그녀가 자신만의 것이 아니라는 사실을 상기시켰다. 심지어는 그녀가 지금 쓰고 있는 마법, 그녀가 사실상 독학으로 익힌 마법도 그녀의 것이 아니었다. 그것은 윌리엄 티어의 것이었고 티어는 1등상에서 절대로 눈길을 돌리지 않았었다……. 더 나은 세상이라는 1등상에서.

"나를 그녀에게 안내하시오, 장군. 그러면 그만두지."

두카르트의 얼굴에서 모든 혈색이 사라졌다. 그는 고개를 들고 뒤쪽의 언덕 위, 준비를 마치고 서 있는 파성퇴를 보았다. 그의 눈에 좌절감이 어렸다. 켈시는 이제 두카르트의 생각과 야심을 전반적으로 읽을 수 있었고 개의 목줄을 조이듯이 분노를 꾹 억눌러야 했다.

"당장 나를 그녀에게 안내하시오, 장군. 안 그러면 맹세컨대 그대의 공성전을 즐길 수 없게 만들어줄 테니까. 그럴 만한 몸이 못 되게 해주지."

두카르트는 욕설을 내뱉고서 몸을 돌려 언덕으로 성큼성큼 올라가기 시작했다. 켈시는 위병 같은 느낌을 주는 두카르트의 부하 여섯 명에게 둘러싸인 채 따라갔다. 켈시는 문득 생각에 잠겼다. 두카르트는 자신의 야영지 내에서 정말로 위병이 필요할까? 그는 충성심을 불러일으키는 사람은 아니었지만 그 정도로 증오의 대상이 된다는 건 굉장히 이상했다. 심지어 이 엄선된 위병들조차 그녀에게서 뚝 떨어져서 6미터쯤 거리를 두고 옆에서 걸어왔다.

그들은 언덕 꼭대기까지 올라갔고 켈시는 눈앞의 광경에 놀라서 잠시 멈췄다. 뉴런던 벽에서 모트 야영지를 내려다보는 것과 이렇게 가까이서 보는 것은 전혀 다른 느낌을 주었다. 검은 천막들이 눈이 닿는 곳까지 수 킬로미터나 계속됐다. 켈시가 가장 먼저 생각한 것은 해가 뜨면 과열되는 것을 어떻게 막을까 하는 거였다. 그러다가 천이 매끄러워 거의 반사되는 성질을 갖고 있다는 것을 알아채고 다시금 아까의 분노가 되살아났다. 언제나 모트메인에는 새로운 것이 있었다.

야영지로 들어서자 여섯 명의 병사들이 주위로 조금 거리를 좁혔고 켈시는 금세 그 이유를 깨달았다. 그들이 지나가는 길 양옆으로 천막이 수두룩했고 남자들이 줄지어 서서 굶주린 개처럼 그녀를 쳐다보고 있었다. 켈시는 폭력에 대비했지만 무슨 소용이 있을까 싶었다. 그녀가 어제 느꼈던 보이지 않는 벽이 여전히 야영지를 보호하고 있었다. 이 여자는 잠도 안 자나? 가운데로 점점 들어오면서 속삭임이 낮은 목소리로 변하고 낮은 목소리는 점점 합쳐져서 켈시가 안 들었으면 싶은 뚜렷한 말들이 되었다.

"티어의 쌍년!"

"우리 여왕님께서 일을 마치시면 네년이 망가질 때까지 내가 써주겠어!"

두카르트는 그런 말을 들었다는 티를 전혀 내지 않았다. 켈시는 어깨를 펴고 앞만 바라보며 자신이 전에도 위협을 당해봤고, 사람들이 평생 그녀를 죽이려고 했었음을 떠올리려고 했다. 하지만 이건, 모트어와 어설픈 티어어로 사방에서 날아드는 적의와 증오는, 이건 전혀 달랐고 켈시는 두려웠다.

"그분은 네년이 죽여달라고 빌게 만드실 거야!"

엄청난 증오야…… 어디서 나오는 거지? 켈시는 자신을 위해서가 아니라 신세계에서 얼마나 놀라운 일들을 이룰 수 있었을까 하는 생각 때문에, 그 낭비 때문에 울고 싶었다. 귀를 닫을 수는 없어서 그녀는 릴리를 찾았고 지표면 바로 아래서 그녀를 발견했다. 그녀는 밤하늘을, 달빛 속의 하얀 돛을 바라보고 있었다. 하지만 돛은 강한 바람에 흔들리는 것처럼 크게 부풀어 있었다.

놓쳤어, 켈시는 서글프게 깨달았다. 자신은 출항을 놓쳤다. 하지만 릴리는 해냈다. 배에 올라탄 것이다. 슬픔이 켈시를 압도할 것 같았으나 그녀는 윌리엄 티어를, 1등상을 생각하고 그 감정과 싸웠다.

그들은 또 다른 모퉁이를 돌았고 이제 켈시는 수많은 검은색 사이에서 빨간색을 힐끗 볼 수 있었다. 붉은 여왕…… 곧 켈시는 그녀의 앞에 서서 직접 대면하게 될 것이다. 지나간 길고 흐릿한 밤에 이것을 유일하게 생각하지 않으려 애썼다. 버려진 금속 조각이 왼발에 걸렸고 켈시는 진흙 속에 넘어질 뻔하다가 발목을 심하게 접질렸다. 야유하는 남자들의 목소리가 두 배로 커진 것 같았다. 그녀의 몸은 하루가 넘게 잠을 자지 못해서 지쳤고 그 사실이 드러나기 시작했다. 하지만 그녀의 정신은…… 그녀의 정신은 밝고 예리하고 나아갈 방향을 확신했다. 조금만 더 견디면 된다. 새빨간 천막이 앞에 나타났고 켈시는 겁에 질렸지만 거기에는 안도감도 있었다. 다가오는 운명이 이제는 너무나 최종적이라 피할 수 없다는 기분이 들었다.

이제 거의 끝났다.

여왕은 초조했다. 이유는 알 수가 없었다. 설령 그녀가 계획했다 해도 모든 것이 이렇게 잘 진행될 수는 없었을 것이다. 왕궁에 들어가기 위해서 죽기 살기로 싸워야 할 거라고 생각하고 있는데 여자애가 왔다. 실제로 제 발로 직접 왔다! 그리고 보석 두 개를 모두 걸고 왔다. 두카르트의 전령은 그 부분을 아주 확실하게 말했다. 이 사건으로 상황이 훨씬 간단해졌지만 여왕은 믿지 않았다. 너무 쉬워 보였다. 그녀는 1세기가 넘게 티어 사파이어를 보지 못했고, 어릴 때에도 원하는 만큼 연구할 수가 없었다. 일레인은 계승자의 목걸이를 절대로 빼지 않았고 여왕의 어머니도 그녀가 가까이 가지 못하게 했다. 사파이어는 퍼즐의 마지막 조각이라고 여왕은 확신했으나 그러면서도 한편으로 심장박동이 빨라지고 왼쪽 다리가 미친 듯이 치마 아래서 움찔대며 바닥을 두드리고 또 두드렸다.

그걸 어떻게 차지하지?

어둠의 존재로부터 여자애의 목에서 그걸 그냥 낚아채서는 안 된다고, 그러면 끔찍한 결과를 겪게 될 거라고 들었다. 어둠의 존재가 여자애를 상대로 작업하고 있었던 게 분명한데, 그게 어디까지 진행되었는지, 여자애가 뭘 할 수 있는지 여왕은 알지 못했다. 그 애가 실제로 위협이 될까? 자신의 도시가 칼날 아래 있는 상황에서는 설마 그렇지 않겠지. 하지만 어둠의 존재는 여왕이 만나본 중에서 최고로 뛰어난 거짓말쟁이였다. 그 여자애가 무엇을 배웠고 무엇을 믿는지 누가 알겠는가? 여왕은 알지 못했고, 알지 못

한다는 사실에 괴로웠다. 그녀에게 남은 약점은 몇 개 없었지만 이 순간 그녀는 남은 약점들을 뼈저리게 의식했고 지금, 그녀가 해결책을 손에 쥐기 직전에 그것들이 문제가 되는 상황에 직면했다는 게 불공평하게 느껴졌다.

이제 새로운 소리가 들렸다. 병사들이 고함을 질러대는 소리였다. 여자애는 뭘 하겠다는 마음으로 여기 온 걸까? 순교라도 하고 싶은가? 여자애는 이미 다른 사람들을 위해 희생한다는 뚜렷한 약점을 드러낸 바 있었다. 그런 행동 자체가 워낙 눈에 띄어 여왕은 그 자체가 약점이 된다고 생각하긴 했다. 바깥의 소음이 더 커졌고 여왕은 몸을 꼿꼿이 세우고 모든 게 다 준비되었는지 확인하기 위해 천막을 둘러보았다. 두카르트가 그녀가 식사를 할 수 있도록 낮은 탁자를 갖다놓았고, 이 사치품은 지금 유용하게 쓰일 것 같았다. 그녀는 당연히 여자애를 죽일 거지만, 우선은 대화해야 했다. 궁금한 것이 너무 많았다. 잠깐 동안 천막 덮개를 걷고 여자애가 다가오는 것을 볼까 생각해보았지만, 그럴 수는 없었다. 여자애는 애원자 입장으로 오는 거고 여왕은 여자애를 그렇게 다룰 것이다. 그녀는 옆구리에 손을 내리고 가만히 서 있었지만 심장박동이 더욱 빨라지고 다리는 드레스 아래서 미친 듯이 들썩거렸다.

"폐하!"

두카르트가 외쳤다.

"들어와!"

두카르트가 천막 덮개를 들어 올려 입구를 열었고 여자애가 고개를 숙이고 들어왔다. 지난 10분 동안 여왕이 느낀 초조함이 갑자기 선명해졌다. 여자애가 몸을 펴고 빛 속에 얼굴을 드러내자 뒤로 물러서지 않기 위해서 여왕은 수십 년 동안 쌓은 자제력을 전부 동원해야 했다.

앞에 있는 여자는 초상화 속의 그 여자였다. 모든 게 똑같았다. 머리카락, 코, 입, 심지어는 깊은 슬픔으로 인한 눈 주위의 주름까지도.

이거 속임수인가? 여왕은 의아했다. 하지만 어떻게 그럴 수가 있지? 그녀는 백 년도 더 전에 왕궁에서 초상화를 몰래 훔쳐 나왔다. 그녀의 눈이 여자애의 배로 향했고 최소한 한 가지 차이가 있다는 걸 확인하고는 안도했다. 이 여자애는 임신하지 않았다. 하지만 그 외에는 세세한 부분까지 똑같았고 여왕은 갑자기 뭔가를 도둑맞은 기분이었다. 초상화, 여자, 이것들은 그녀만의 것이었다. 이 여자애는 그 여자의 얼굴을 하고 여기 서 있을 자격이 없다. 여자애는 도전적인 자세로 몸을 꼿꼿이 세우고 있었고, 애원의 기색이라고는 없었다. 이 사실에 여왕의 불안감이 더욱 깊어졌다. 뭔가 균형이 기울어진 것만 같았다.

"티어링의 여왕이십니다."

두카르트가 쓸데없이 말했고 여왕은 문 쪽으로 한 손을 흔들었다.

"제가 있어야 하지 않을까요, 폐하."

"필요 없어."

여왕이 대답했다. 이제 또 다른 차이가 보였고 그 사실에 마음이 좀 안정되고 혼란스럽던 기분도 가라앉았다. 초상화 속의 여자와 달리 이 여자애는 여왕이 한때 진심으로 갖고 싶어 했던 랠리가의 짙은 초록색 눈을 하고 있었다. 앤드루가 보고했던 것처럼 사파이어는 둘 다 여자애의 가슴에 매달려 있었고 그걸 보고 나니 여왕은 시선을 뗄 수가 없었다.

"폐하, 뉴런던 다리가—"

"나도 다 알아, 베닝. 가봐."

두카르트가 나갔고 등 뒤로 천막 덮개가 내려갔다.

"자, 앉지."

여왕이 맞은편 의자를 가리켰고 잠깐 망설이다가 여자애가 앞으로 걸어와서 의자에 앉았다. 여자애의 눈에는 핏발이 서 있었고 여왕은 그 이유가 궁금했다. 여자애가 왜 운 걸까? 스스로가 불쌍해서는 아닐 것이다. 이미 자신의 안전에 관심이 없다는 걸 증명했으니까. 어쩌면 그저 피곤한 걸지도 모르지만, 여왕은 아니라는 결론을 내렸다. 어깨에 내려앉은 까마귀처럼 비탄이 여자애에게서 숨김없이 드러났다.

여자애도 이제 여왕을 살피고 있었다. 마치 그녀의 얼굴을 잘라내서 조각을 다시 맞추려는 것처럼 이목구비를 하나하나 응시했다. *쟤는 날 알아보는 거야.* 여왕이 순간적으로 두려움에 차서 생각했다. 하지만 어떻게 그럴 수가 있지? 누가 그럴 수 있겠어? 이 여자애는 초상화 속의 여자가 아니었다. 이 여자애는 겨우 열아홉 살이었다.

"정확하게 몇 살인가요?"

여자애가 갑자기 모트어로 물었다. 거의 억양이 드러나지 않는 훌륭한 모트어 실력이었다.

"너보다 훨씬 더 나이가 많지."

여왕이 차분하게 대답하고 자신의 요동치는 생각이 목소리에 전혀 드러나지 않았다는 사실에 만족했다.

"내가 이겼다는 걸 알 정도로 나이가 많고."

"당신이 *이겼죠.*"

여자애가 천천히 대답했다. 하지만 그녀의 눈은 실마리를 찾는 것처럼 계속해서 여왕의 얼굴에서 움직였다.

"그래서?"

"당신을 전에 본 적이 있어요."

여자애가 생각에 잠겨서 말했다.

"우리 모두 환영을 보지."

"아뇨, 당신을 실제로 봤어요. 하지만 어디서였을까?"

여자애가 말했다. 여왕의 가슴속에서 뭔가가 조여들었다. *겨우 열아홉 살이야.* 그녀는 스스로에게 말했다.

"그게 왜 중요하지?"

"당신은 이걸 원하죠."

여자애가 손바닥으로 사파이어를 들어 올렸다. 천막의 천을 뚫고 들어온 연한 빛 속에서도 보석은 반짝였고, 여왕은 그 안쪽 깊은 곳에서 무언가를 본 것 같았다……. 하지만 그때 여자애가 그것들을 흔들었고 그녀가 봤다고 생각한 것은 사라졌다.

"예쁜 보석들이지."

"여기에는 대가가 있어요."

"대가?"

여왕이 웃었지만 스스로도 웃음에 약간 날이 서 있다는 걸 알 수 있었다.

"너는 협상을 할 입장이 아니야."

"아뇨, 할 수 있어요."

여자애가 대답했다. 지성 가득한 초록색 눈이 여왕을 찔렀다. 가끔 눈만 보고도 그 눈동자의 초점, 시선의 예리함에서 지성을 알 수 있는 법이다.

"당신은 나를 죽일 수 있어요, 진홍의 레이디. 내 도시에 침공해서 엉망으로 만들 수도 있죠. 하지만 그 어느 쪽도 내 목에 걸린 사파이어를 갖게 해주지는 못해요. 강제로 빼앗으려고 하면 어떤 일이 생길지 당신도 알 거라고 생각해요."

여왕은 혼란스러운 기분으로 의자에 몸을 기댔다. 이 여자애에게 협상 카드가 있는 건 사실이었다……. 누가 그 이야기를 해줬을까 궁금했다. 토머스 랠리? 소른?

"다른 불쌍한 자에게 너를 죽이고 그걸 빼라고 시킬 수도 있어. 내가 왜 신경을 써야 하지?"

여왕이 한참 후에 대답했다.

"그게 참 효과가 있겠군요, 안 그래요?"

여자애가 말했다. 목소리에 담긴 오만함에 여왕은 놀랐다. 티어 사파이어에 관한 대부분의 정보는 전설이고 신화였다. 조녀선 티어가 죽은 이래 아무도 그것을 강제로 차지하려고 한 적이 없었다. 하지만 어둠의 존재는 그럴 수 있다고 말했다. 이제 여왕은 정말로 끔찍한 생각을 했고, 그 생각이 명치를 후려치는 것 같았다. 그 오래전에 어둠의 존재가 그녀에게 거짓말한 거라면? 어둠의 존재가 그저 사파이어를 얻고 더러운 일을 시키고 벌을 주기 위해서 그녀를 원했던 거라면?

"좋아요. 내 말을 잘 듣고 생각해봐요. 내 마음에 반해서 이걸 빼앗으려고 하는 사람은 고통으로 몸부림치게 될 거예요. 그리고 당신의 손이 그저 그들을 인도한 것뿐이라 해도 나의 복수는 당신에게까지 미칠 거예요."

여자애가 고개를 끄덕이며 말했다.

"난 전에도 저주를 받아봤어. 너 같은 것에게 겁먹지 않아."

하지만 여왕은 불안했다. 초상화 속의 여자가 살아나서 앞에 앉아 있다는 끔찍한 생각은 극복했지만 여전히 여자애의 얼굴은 과거의 유령을 불러와 그녀를 조롱하고 있었다. 여자애가 허풍을 떠는 건지 아닌지 알 수가 없었다……. 그리고 그녀가 틀렸을 경우, 위험이 너무 컸다!

"그 보석들은 윌리엄 티어 이래로 제대로 된 소유자가 없었어."

"틀렸어요. 이건 *내* 거예요."

여자애가 다시 이를 드러냈다. 거의 질투 같은 강렬한 감정으로 그녀의 눈이 타올랐다.

여왕은 자신이 이 말도 안 되는 소리를 믿는다는 걸 깨닫고 충격을 받았다. 보석의 마법에 관해서는 알려진 게 아주 적었다……. 카다르의 광산에서 수년 동안 몇 개의 특별한 조각들이 나왔지만, 티어 사파이어를 조금이라도 따라갈 만한 것은 하나도 없었다. 여왕은 보석이 특정한 소유주와 결합했다는 이야기를 들어본 적이 없었다. 그녀가 아는 한 이 게임에서는 소유자가 주인이었다. 하지만 여자애가 거짓말한다고 생각하지도 않았다. 여자애의 시선은 너무 맑았고, 처음부터 여자애는 그리 거짓말쟁이 같지도 않았다.

모르겠어, 여왕은 스스로에게 인정했고 그게 문제의 핵심이었다. 불확실한 게 너무 많았다. 그녀는 여자애한테 어둠의 존재에 대해서 묻고 여자애의 능력에 대해서 좀 더 정보를 얻고 싶었다. 하지만 그 주제를 꺼내기가 두렵고, 여자애한테 더 많은 우위를 주는 것도 두려웠다. 이 여자애는 바보가 아니었다. 계획이 있어서 여기 온 거였다.

"당신을 알아요."

여왕이 고개를 들었다. 여자애의 눈이 깨달음으로 빛났다.

"초상화. 냉대받던 아이. 사생아. 그게 당신이죠."

여자애가 고개를 한쪽 옆으로 기울이고 비판적인 눈길로 여왕을 응시했다.

여왕은 여자애의 뺨을 때렸다. 하지만 자신이 만든 손자국에 감탄하려는 찰나, 보이지 않는 손이 그녀를 꽉 쥔 것처럼 꼼짝할 수가 없다가 몸이 천막 맞은편의, 침대로 사용하던 두껍고 호화로운 이부자리 위로 날아갔다. 몸이 날아가는 건 고사하고 누가 그녀를 민 적조차 없었건만. 만약 그녀가 이런 힘으로 쇠나 강철 위에 떨어졌으면 아마 죽었을 것이다. 그녀는 싸울 준비를 하고 벌떡 일어났지만 여자애는 꼼짝하지 않고 탁자 앞에 앉아 있었다. 여왕의 손자국이 여자애의 뺨에 흉하고 선명하게 보였다.

난 위험해, 여왕은 갑자기 그것을 깨달았다. 그 생각이 하도 신선해서 두려움을 느끼기까지 약간 시간이 걸렸다. 저 여자애는 여왕의 안을 파고들어서 그녀가 언제나 몸에 칭칭 두르고 다니는 방어막 안으로 들어왔다. 어떻게 그렇게 한 거지? 여왕은 정신을 다잡았다. 탁자로 돌아가야 했지만 이제 뭔가가 바뀌었고, 방어막을 세우고 있어도 천막 맞은편으로 되돌아가고 싶지 않았다.

"당신은 정체가 밝혀지는 걸 싫어하는군요. 미의 여왕과의 삶이 그렇게나 끔찍했나요?"

여자애가 생각에 잠긴 투로 말했다.

여왕이 억누르기도 전에 잇새에서 짐승이 울부짖는 것처럼 으르렁거리는 소리가 새어 나왔다. 그녀는 그 망할 초상화에 관해 잊고 있었다. 아직도 왕궁 어디에 걸려 있는 것이리라. 그것은 모든 난리가 나기 전 그들이 마지막으로 가족적으로 보낸 순간이었다. 하지만 여왕은 번데기에서 탈피하듯 그 슬픈 어린애의 모습을 벗어버렸다. 여자애는 절대로 둘을 연결할 수 없었어야 했다. 여왕은 두카르트를 부를까 생각했으나 어쩐지 입을 열 수가 없었다.

"내 시력은 상당히 나빠요."

여자애가 말했다.

"하지만 내 보석들은 유용하죠. 가끔 그냥 보여요. 다른 사람들이 알아채지 못하는 걸 그냥 보죠."

여자애가 탁자에서 일어나 평가하는 눈으로, 더 끔찍하게는 동정하는 눈으로 바라보며 여왕에게로 천천히 다가왔다.

"당신은 랠리가 사람이에요, 안 그런가요? 아무도 사랑하지 않고 아무도 원하지 않고 늘 잊혔던 사생아 랠리."

여왕의 뱃속이 비틀렸다.

"난 랠리가 아니야. 난 모트메인의 여왕이야."

하지만 그 말은 그녀 자신의 귀에도 허약하게 들렸다.

"왜 우리를 그렇게 증오하죠? 그들이 당신에게 뭘 했나요?"

그녀가 물었다.

이비! 이리 와! 네가 필요해!

여왕은 몸을 떨었다. 여자의 얼굴, 어머니의 목소리…… 하나도 나쁜데 둘은 참을 수 없을 정도로 끔찍했다. 그녀는 자신을 다잡고 여자애가 처음 천막에 들어왔을 때의 자제력을 되찾으려고 했지만, 붙잡고 있던 것이 손 안에서 녹아버리는 느낌이었다.

이비!

어머니의 목소리는 이제 더 다급해지고 약간 엄격해졌다. 여왕은 양손으로 귀를 막았지만 소용이 없었다. 여자애는 이미 그녀의 머릿속에 있었다. 여왕은 여자애를 그 안에서 느낄 수 있었다. 마치 소설처럼 여왕의 기억을 읽고 살피고 페이지를 넘기고 최악의 순간에서 시간을 들여 들여다본다. 여왕은 비틀거리며 물러났지만 여자애는 천막을 가로질러 그녀를 따라왔다. 그녀의 정신을 가로지르며 과거를 넘겨보고 뒤로 던져서 버렸다. 일레인, 어머니, 왕궁, 초상화, 어둠의 존재…… 그간 내내 기다리고 있었던 것처럼 그들 모두가 갑자기 소환되어 거기에 나타났다.

"그렇군요. 그녀가 당신을 팔아버렸어요. 그들 모두가 그랬군요. 일레인 여왕이 모든 걸 가졌고."

여자애가 동정으로 가득한 목소리로 중얼거렸다. 여왕이 비명을 지르며 자신의 몸에 팔을 두르고 피부를 할퀴었다.

"그러지 말아요."

여자애가 드레스 소매를 걷자 여왕은 왼팔에 있는 수많은 찢어진 상처들을 볼 수 있었다. 몇 개는 새 거고 몇 개는 나아가는 중이었다. 여왕이 생각했던 여자애와는 전혀 다른 충격적인 모습에 그녀의 손이 팔에서 내려왔다.

"보다시피 나도 그렇게 해요. 내 분노를 통제하기 위해서요. 하지만 결국에는 별로 소용이 없어요. 이제 알겠어요."

여자애가 말했다.

두카르트가 칼을 들고 천막 앞으로 뛰어 들어왔다. 여자애가 그를 향해 홱 돌아섰고 두카르트가 양손으로 자신의 목을 잡으며 몸을 구부리고 캑캑거렸다.

"방해하지 마, 장군. 거기 가만히 있으면 숨은 쉬게 해주겠어."

두카르트가 천막 가장자리로 물러났다.

여자애가 다시 여왕을 돌아보았다. 초록 눈은 생각에 잠겨 있었다. 여왕의 정신은 끔찍한 침입으로 욱신거렸다. 마치 그녀가 꼭꼭 숨겨놓았던 모든 것들이 물체를 부식시키는 햇살 아래 펼쳐진 것 같았다. 여전히 여자애가 거기서 그녀를 살피고 파편을 골라내는 것을 느낄 수 있었다. 여왕은 평생 사용해온 수천 가지 조그만 잔재주 중 뭐라도, 아무거라도 끌어내보려고 애를 썼다. 방에 갇힌 조그만 소녀일 때 이후로 이렇게까지 무력하게 느껴진 적이 없었다. 과거는 과거여야만 했다. 갑자기 튀어나와 발목을 잡아서는 안 되는 거였다.

"당신의 이름이 뭐죠?"

여자애가 물었다.

"모트메인의 여왕."

"아니야."

여자애가 다가와서 바로 앞에, 겨우 몇 센티미터 떨어진 곳에 섰다. 여왕이 손을 휘두르면 닿을 정도로 가까웠지만 손가락 하나 들어 올릴 수가 없었다. 여자애의 정신이 다시 그녀의 정신을 엿보고 모든 것을 헤집는 게 느껴졌고, 이제 그녀는 여자애가 자신을 죽일 수도 있다는 걸 깨달았다. 어떤 무기도 그럴 수 없지만 이 여자애는 여왕의 정신 속에서 자신만의 칼을 찾았다. 여자애가 건드리는 과거의 작은 조각 하나하나가 날카롭고 뾰족하게 변했고 여왕의 정신 전체가 그 강압적인 침입에, 다른 사람이 이렇게 쉽게 자신의 정체를 알아낸다는 사실에 부르르 떨렸다. 여자애는 드디어 답을 찾았고 여왕의 정신을 누르던 압박이 마침내 누그러졌다.

"이블린. 당신은 이블린 랠리군요. 그리고 미안해요."

여자애의 말에 모트메인의 여왕은 눈을 감았다.

아이사와 다른 근위병들이 여왕동으로 들어오니 나머지 근위병들이 부동자세로 서 있었다. 잘 시간이 한참 지난 야간 근무자들까지도 쉬러 가지 않았다. 마술사 브래드쇼는 벽에 기대서서 멍하니 스카프를 사라졌다 다시 나타나게 만들고 있었다. 마망도 거기 있었다. 아이사는 여왕이 돌아오기를 기다릴 때 늘 그러듯이 마망이 복도 입구를 쳐다보며 서 있는 것을 보았고, 그 모습에 울고 싶었다.

메이스가 연단으로 성큼성큼 올라갔다. 그의 음울한 표정이 모든 질문에 답하고 있었다. 아이사는 단도에 손을 올린 채 최대한 빠르게 그를 따라갔다. 열두 살짜리 여자애가 메이스를 지킨다는 건 우스꽝스러운 일이었지만, 여왕 폐하께서 그러라고 지시하셨고 아이사는 백 살까지 산다 해도 그 순간을 잊지 않을 것이다. 엘스턴도 여왕의 지시를 진지하게 받아들였다. 그는 위협을 경계하며 메이스를 바싹 따라갔고 아이사 역시 그러는 걸 보고 들쭉날쭉한 이를 드러내며 만족스러운 미소를 지었다. 펜은 도움이 되지 않았다. 그는 마치 뭔가를 잃은 사람처럼 메이스의 뒤에서 휘청거렸다. 아이사는 상사병에 걸린 남자라면 울 거라고 예상했지만, 그는 울지는 않았다.

웰머가 마침내 용기를 내서 물었다.

"여왕 폐하는 어디 계십니까?"

"안 계신다."

"사망하셨나요?"

메이스는 방 안을 둘러보다가 복도 입구에 있는 마망을 찾았다. 마망이 고개를 흔들었다.

"사망하신 건 아니야. 그냥 안 계시는 거야."

알리스가 연단 아래서 기다리고 있었다. 메이스가 다가가자 알리스는 그에게 종이 한 장을 건넸고 메이스가 읽을 동안 기다렸다. 메이스가 죽일 듯한 눈으로 쳐다볼 때도 알리스는 눈썹 하나 까딱하지 않았다.

"알고 있었지."

알리스는 고개를 끄덕였다.

"도대체 왜—"

"나는 당신을 위해 일하는 게 아니야, 메이스. 나는 여왕을 모신다네. 폐하의 지시에 따라 약 백여 개의 사본이 이미 배부되었어. 일은 처리됐고. 당신이 섭정이야."

"아, 맙소사."

메이스는 종이를 떨어뜨리고 연단 세 번째 계단에 앉아 손에 머리를 묻었다.

"그들이 그분을 어떻게 할까요?"

웰머가 물었다.

"디메인으로 데려가겠지."

낯선 목소리였다. 아이사는 홱 돌아서서 단도를 들었다. 여왕동의 닫힌 문 바로 앞에 두건을 쓴 남자 다섯이 서 있었다.

메이스가 손에서 얼굴을 들었다. 그의 예리한 눈이 대장에게 멎었다.

"키브! 이자들이 어떻게 건물에 들어왔지?"

키브는 양손을 벌렸다.

"대장이 들어온 다음 문을 전부 다 닫았다고 맹세합니다."

메이스는 고개를 끄덕인 다음, 다시 말한 사람에게로 시선을 돌렸다.

"네 목소리를 알아, 악당 놈. 그러니까 들리는 얘기대로 정말 벽을 통과해서 다니는군."

"우리 둘 다 그렇지."

대장 격의 남자가 두건을 흔들어 벗자 검은 머리에 보기 좋은 얼굴과 남쪽 출신임을 드러내는 가무잡잡한 피부가 나타났다.

"그녀는 귀중해. 붉은 여왕은 그녀를 죽이지 않을 거야."

아이사는 낯선 남자가 어떻게 그렇게 확신하는 건지 의아했다. 켈시 여왕이 모트에 왜 귀중하지? 몸값을 요구할 수도 있겠지만, 무슨 몸값? 마망은 사람과 목재만 빼면 티어는 모든 면에서 가난하다고 하셨고, 모트에는 자기네 숲이 있으며 여왕은 사람을 거래하는 데에 절대로 동의하지 않을 것이다.

"여왕 폐하를 죽이는 게 영리한 행동이야. 후계자가 없으니까 티어는 혼란스러워지겠지."

"어쨌든 붉은 여왕은 그러지 않을 거야."

메이스는 남자를 한참 동안 쳐다보았다. 그의 눈은 상황을 재는 것 같았다. 그러다가 그가 일어섰다.

"그러면 오늘부터 시작해야겠군."

낯선 남자는 미소를 지었고, 그러자 그의 얼굴이 단순히 보기 좋은 수준에서 잘생긴 얼굴로 바뀌었다.

"수도에 사람이 필요할 거야. 나한테 많이 있지. 내가 도와줄 수 있는 건전부 돕겠어."

아이사는 다른 근위병들을 힐끗 보다가 펜이 눈에 눈물이 고인 채 미소를 짓고 있는 걸 보고 깜짝 놀랐다.

"디메인의 게일런과 다이어에게 전갈을 보내야 돼. 그리고 키브!"

메이스가 방 건너편으로 소리쳤다.

"웰스로 가서 빵집 꼬마를 찾아와. 닉이었지. 그쪽에서 빚을 갚을 때가 됐어."

키브는 고개를 끄덕였다. 그의 얼굴에 옅은 미소가 떠올랐다.

"힘든 일이 될 겁니다, 대장. 이제는 섭정이시니까요."

"난 둘 다 할 수 있어."

"대장님?"

이웬이 앞으로 나왔다. 그의 상냥한 얼굴에는 혼란이 가득하고 뺨은 눈물로 젖어 있었다. 아이사의 심장이 그를 생각하자 조여드는 것 같았다. 모두가 이웬이 여왕을 경배한다는 걸 알았고, 그는 무슨 일이 벌어진 건지 이해하지 못할 가능성이 높았다.

"뭐지, 이웬?"

메이스가 물었다. 그의 목소리에는 초조한 기색이 거의 드러나지 않았다.

"저희가 어떻게 해야 하나요, 대장님?"

이웬이 물었고 아이사는 자신이 틀렸음을 깨달았다. 그는 이해하고 있었다.

메이스는 연단을 내려와서 이웬의 등을 부드럽게 두드렸다.

"우리가 할 수 있는 유일한 일을 할 거야. 그분을 되찾아올 거야."

"미안해요."

켈시가 다시 말했다. 그녀는 자신의 끔찍한 일면이 신이 나서 앞에 서 있는 여자를 다시 공격할 때를 기다리며 맴돌고 있는 것을 느낄 수 있었다. 다른 켈시, 모든 문제에 대한 가장 완벽하고 효과적인 해결책이 죽음이라고 생각하는 켈시였다.

그녀는 붉은 여왕이 무릎을 꿇을 거라고 생각했지만 여왕은 그러지 않았고, 잠시 후 켈시는 이 여자는 결코 애원하지 않을 사람이라는 걸 깨달았다. 릴리의 삶을 훑어보는 것과 거의 똑같이 여왕의 삶을 훑어보고 패턴을 찾는 것은 간단했다. 어린아이였던 이블린 랠리는 애원했지만 아무 소용도 없었다. 그녀는 다시는 애원하지 않을 것이다. 켈시의 머리에 수많은 기억들이 스쳐 갔다. 망가진 판석에 앉아 장난감 병정 세트를 가지고 노는 모습, 여자의 가슴에 매달린 파란 진자 같은 보석을 갈망에 차서 바라보는 모습, 켈시가 쉽게 알아볼 수 있는 그녀의 알현실에서 옷을 잘 차려입은 남녀들이 춤추는 걸 커튼 뒤에서 쳐다보는 모습. 이블린 랠리는 다른 사람들의 눈길을 받고 관심을 받고 싶어서 필사적이었다……. 하지만 어린 시절의 모든 추억 속에서 그녀는 혼자였다.

켈시가 꺼린 것은 성인이 된 후의 기억이었다. 기억의 파편들 속에서 그녀는 끔찍한 내용을 보았다. 어떻게 냉대받던 아이가 모든 상처와 실망감을 모아 권위주의로 뭉쳐서 무명의 존재에서 자신만의 위대함을 이뤄냈는지. 로 핀이 그녀를 돕고 그녀만의 마법을 쓰는 법을 가르쳤지만, 앞에 있는 성인 여자의 안에서 켈시는 내재한 공허함을, 출생이라는 우연이 자신에게서 더 큰 기회를 빼앗아 갔다는 확신을 감지했다. 사파이어를 잃은 것이 특히나 아픈 부분이었다. 뒤섞인 기억 속에는 초상화도 있었고, 아주 잠깐 보았을 뿐이지만 켈시는 쉽게 릴리를 알아볼 수 있었다. 붉은 여왕은 릴리를 전혀 몰랐지만 그래도 그녀와 깊은 유대감을 느꼈고 이제 켈시는 소른과 로 핀이 일부만 옳았다는 걸 알았다. 붉은 여왕은 불사를 원했지만, 영원히 살고 싶어서가 아니었다. 그녀는 죽음을 두려워하지 않았다. 그저 무적이 되고 싶고, 다른 사람의 변덕에 휘둘리지 않고 자신의 운명을 결정하고 싶어 했다. 어린애였던 이블린은 자신의 삶을 전혀 통제하지 못했다. 붉은 여왕은 삶을 완전히 통제하려 했다.

켈시는 기억에서 헤어 나오기 위해 한 걸음 물러섰다. 다른 사람을 더 잘 이해하는 건 언제나 귀중한 가치가 있다고 칼린이 말했지만, 붉은 여왕을 이해한다고 해서 당장의 임무가 쉬워지는 건 아니었다. 몇 주 만에 처음으로 켈시는 처형하기 전에 약으로 마취시켰던 먼을 떠올렸다. 그녀에게는 붉은 여왕을 위한 약이 없었지만 최소한 그녀가 소른에게 가했던 기나긴 악몽 대신 빠른 죽음을 선사할 수 있었다.

하지만 기억에서 빠져나오려고 하는데도 켈시는 거기에 붙들렸다. 열한 살이나 열두 살쯤 된 어린 이블린이 거울 앞에 서 있었다. 이 기억은 굉장히 꽁꽁 숨겨놔서 켈시가 살펴보려고 하자 붉은 여왕의 온몸이 거부반응으로 경련을 일으켰다. 그녀가 손톱을 세우고 켈시에게 달려들었다. 그녀는 사파이어를 노렸지만 켈시는 몸을 구부리고 그녀를 밀어냈다. 붉은 여왕은 천막 맞은편으로 날아가 낮은 비명을 지르며 벽에 부딪쳤다. 켈시는 여전히 기억을 파헤치며 그녀를 따라갔다. 기억을 둘러싼 고통을, 소독하지 않은 상처처럼 그것을 더욱 악화시키는 고통을 감지했기 때문이다. 이블린은 거울 앞에 서서 자신을 보며 끔찍한 깨달음이라는 아픔을 겪고 있었다.

난 절대로 아름다워질 수 없을 거야.

켈시는 뭔가에 물린 것처럼 움찔했고, 자신의 정신에서 기억을 해충처럼 몰아냈다. 하지만 이블린의 고통은 쉽게 가시지 않았다. 그 고통이 정신에 갈고리로 박힌 것 같은 느낌이었다. 앞에 있는 여자는 아름다웠다. 지금 켈시만큼 아름다웠…… 하지만 켈시처럼 그녀도 그 아름다움을 어떻게든 짜 맞춰서 만들어낸 거였다. 마음 깊은 곳은 여전히 평범한 여자아이가 장악하고 있었고, 붉은 여왕은 절대로 그녀를 물리치고 뒤에 남겨놓고 나아가지 못할 것이다. 여기서 켈시는 자기 미래의 끔찍한 유령 같은 윤곽을 볼 수 있었다.

붉은 여왕은 천막 벽에 기대서 힘겹게 숨을 쉬고 있었다. 하지만 격분한 눈으로 켈시를 쳐다보았다.

"나가. 넌 그럴 권리가 없어."

켈시는 여자의 정신에서 물러나 빠져나왔다. 붉은 여왕이 바닥에 주저 앉아 몸을 웅크리고 무릎을 팔로 감쌌다. 켈시는 자신이 저지른 흉측한 행동을 이제야 깨닫고 사과하고 싶었다. 하지만 붉은 여왕은 눈을 감고 켈시를 무시했다. 죽을 거라는 분명한 확신이 여자의 생각에서 스며 나와 일렁거리는 파도를 잠재웠다. 붉은 여왕은 무심한 잔인함으로 점철된 길고 끔찍한 삶을 살았고, 그녀의 안에서 떠도는 어린애를 무시하는 것은 정말, 정말로 쉬울 것이다. 켈시의 어두운 일부분은 그 아이를 무시하고 싶었다. 목줄에서 풀려나기를 갈망하는 개처럼 살인의 욕구가 탐욕스럽게 정신을 맴돌았다. 하지만 켈시는 지금껏 생각지 못했던 미묘한 문제를 깨닫고서 주저했다. 앞에 있는 여자는 스스로가 저지른 행위, 스스로가 세상에 미친 공포에 대해 심각한 벌을 받을 만했다. 하지만 어린 이블린은 자신이 당한 일에 책임이 없고, 어린 시절의 경험이 이 여자를 만들어냈다. 켈시의 정신은 뭔가를 해야 한다고, 행동해야 한다고 외치고 위협하고 요구했다. 하지만 그녀는 앞에 웅크리고 있는 여자를 보며 여전히 머뭇거렸다.

과거의 문제들. 그녀 자신의 목소리가 머릿속에서 울렸다. 켈시는 메이스가 여기 있었으면 하고 생각했다. 이 어려운 문제를 마침내 설명하고 바로잡지 않은 과거의 문제가 어떻게 결국 미래의 문제가 되는지 확실한 예를 보여줄 수 있을 텐데.

난 그녀를 죽일 수 없어, 켈시는 생각했다. 뉴런던에 들어가서 도시를 초토화할 군대가 그들을 둘러싸고 있었다. 이것이 켈시의 유일한 선택지, 유일한 기회였다……. 하지만 그런 행동을 차마 할 수가 없었다. 연민이 모든 것을 망쳐놨다.

"눈을 떠요."

켈시가 말했고, 그 말을 하자 가슴속의 어두운 그림자가 스러지고 날개가 꺾여 비틀거리며 떠나가는 것이 느껴졌다. 영원히 그녀의 정신 주변을 돌며 이용할 구석을 찾을 수도 있지만, 지금 이 순간에는 더 이상 그녀를 통제하지 못했다.

붉은 여왕이 눈을 떴고 거기 담긴 분노에 켈시는 움찔했다. 그녀는 그럴 권리가 없는 곳을 침범했고 거기서 알아낸 사실 때문에 이 여자는 그녀를 영원히 증오할 것이다. 다시금 켈시는 사과할까 생각했지만 윌리엄 티어의 기억이 떠올랐다.

1등상을 생각해!

"거래를 제안하죠. 내 사파이어를 당신에게 줄게요."

"대가가 뭐지?"

깜짝 놀란 표정이 스쳤으나 붉은 여왕은 재빨리 표정을 가다듬었고 켈시는 저도 모르게 감탄했다. 그러니까 그녀 역시 아무 쓸모 없고 정신을 분산시키기만 하는 과거를 지워버릴 힘이 있는 것이다. 켈시가 붉은 여왕의 목숨을 끊지 않았다고 딱히 득을 보지 못할 것이다. 이 여자는 자기에게 유리하도록 사정없이 흥정할 것이다.

"티어의 자치권."

여왕이 낄낄 웃다가 켈시의 표정을 보고서는 곧장 진지해졌다.

"진심이야?"

"네. 자발적으로 이 목걸이를 벗어서 당신에게 줄 테니까 당신은 군대를 물리고 5년 동안 돌아오지 말아요. 그사이에 내 나라에 발가락 하나도 들이지 말고, 아무것도 요구해서도 안 돼요. 내 백성들을 가만히 놔둬요."

"선적으로 버는 이익을 5년 치나 포기하라고? 정신이 나간 게로군."

하지만 냉정한 흥정꾼의 매끄러운 얼굴 아래로 켈시는 전혀 다른 내용을 읽을 수 있었다. 이 부분에서는 최소한 소른과 핀이 옳았다. 붉은 여왕은 절실하게 보석을 원했다.

"나와의 거래를 거부하면 절대로 내 사파이어를 갖지 못할 거라고 장담하죠. 내가 썩어 없어진다 해도 아무 해도 입지 않고 나한테서 목걸이를 가져갈 수는 없을 거예요. 이건 내 거니까요."

"5년은 너무 길어."

"폐하! 그러실 수는 없습니다!"

두카르트가 불쑥 외쳤다. 켈시는 그가 천막 맞은편에 웅크리고 있다는 사실을 잊고 있었다.

"조용히 해, 베냉."

"폐하, 안 됩니다."

두카르트가 일어섰고 켈시는 그 역시 화가 났다는 걸 깨달았다……. 하지만 그녀에게 화가 난 게 아니었다.

"군대는 전리품이 없는 것에 대해서 놀랍도록 인내심을 보였습니다만, 영원하진 않을 겁니다. 뉴런던이 그들의 보상입니다. 방어도 형편없고, 여자와 아이들로 가득하죠. 그들은 그걸 얻을 자격이 있습니다."

"그대에게는 그대의 10퍼센트를 줄 거야, 베냉. 내 돈으로 지불하겠어."

두카르트가 고개를 흔들었다.

"당연하지요, 폐하. 하지만 그걸로는 문제를 해결하지 못할 겁니다. 군대는 이미 성이 나 있습니다. 승리의 목전에서 물러나면—"

켈시는 그의 입을 다물게 하기 직전이었다. 적이 약해지고 있는 상황에서 그가 끼어들게 놔둘 순 없었다. 하지만 그럴 필요도 없었다. 붉은 여왕이 그를 돌아보았고 두카르트는 창백해져서 입을 다물었다.

"내 군대가 나를 거역할 거라고 생각하나, 베냉?"

"아뇨, 폐하, 아닙니다."

두카르트가 물러났다.

"하지만 그들은 이미 불만에 차 있습니다. 사기가 떨어지면 병사들도 형편없어집니다. 이건 확실한 사실입니다."

"자기들에게 뭐가 좋은지 안다면 불만을 털어버리는 게 좋을 거야."

붉은 여왕이 다시 켈시를 돌아보았다. 검은 눈동자가 켈시의 얼굴과 사파이어 사이를 오가며 번뜩였다.

"2년."

"사파이어를 별로 그렇게 원하지 않는 모양이군요."

"5년은 너무 길어."

붉은 여왕이 뚱한 어조로 말하고서 다시 제안했다.

"3년."

"좋아요."

켈시가 보석을 내밀었으나 사슬은 아직 벗지 않은 채로 말했다.

"이걸 잡아요."

붉은 여왕이 경계하는 눈으로 그녀를 보았다.

"왜?"

"내가 우리 둘 다 아는 친구에게 배운 요령이죠. 당신이 거래를 깨지 않을 거라는 확신이 필요하거든요."

켈시가 그녀를 보고 미소를 지었다.

붉은 여왕의 눈이 커지고 갑자기 두려움에 질렸다. 켈시는 그녀가 정확히 그럴 생각이었음을 알아챘다. 아, 이 여자는 어차피 깰 생각인 흥정을 하면서도 무자비하게 몰아붙일 정도로 영리했다.

"난 이제 당신을 알아요, 이블린. 3년, 이건 정직한 거래가 될 거예요."

켈시가 사파이어를 들어 올려 그녀에게 내밀었다.

"내 나라를 가만히 두겠다고 약속해요."

붉은 여왕은 사파이어를 손으로 잡았고 켈시는 그녀의 얼굴에 스치는 여러 가지 상반된 감정을 보고 안도했다. 욕망, 분노, 초조함, 후회. 그녀는 그러니까 로 핀에 관해 아는 것이다. 어쩌면 그의 진짜 얼굴도 봤을지 모른다.

"폐하! 안 됩니다!"

두카르트가 날카롭게 외쳤다.

붉은 여왕의 얼굴이 일그러졌고 잠시 후 두카르트가 바닥에서 몸을 웅크리고 신음했다. 여자의 눈은 이제 사파이어에 고정되었고 켈시가 그녀의 맥박을 확인하니 미친 듯이 뛰고 있었다. 욕망이 판단력을 짓눌렀다. 붉은 여왕은 뭐라고 말할지 고심하듯 잠시 뜸을 들였다.

"네가 티어 사파이어 두 개를 모두 네 의지로 기꺼이 준다면, 나는 내 군대를 티어링에서 물리고 앞으로 3년 동안 티어링에 관여하지 않겠다고 맹세하겠어."

켈시는 뺨을 타고 눈물이 흐르는 것을 느끼며 미소를 지었다.

"넌 수도꼭지 새듯 눈물을 흘리는군. 이제 보석을 줘."

붉은 여왕이 쏘아붙였다.

3년이야, 켈시는 생각했다. 이제 그들 모두가, 앨먼트의 농부들부터 왕궁에 있는 안달리의 아이들까지 메이스의 훌륭한 손길 아래 안전할 것이다. 그 사실에 켈시는 손을 들어 머리 위로 사슬을 벗었다. 목걸이가 손에서 저항할 거라고, 벗으려고 할 때마다 그랬던 것처럼 끔찍한 육체적 고통을 일으킬 거라고 생각했으나 보석은 쉽게 벗겨졌고 붉은 여왕이 낚아챘을 때에도 켈시는 거의 아무것도 느끼지 못했다……. 그저 릴리의 이야기의 끝을 절대로 보지 못할 거라는 사실에 약간 아쉬움을 느꼈을 뿐이다. 하지만 그 사실도 이 순간이 이룬 엄청난 이득에 눌려 사라졌다. 3년은 거의 영원이었다.

붉은 여왕이 두 개의 목걸이를 걸고 돌아서서 구두쇠가 금을 껴안는 것처럼 사파이어 쪽으로 몸을 구부렸다. 그 순간에 켈시는 잠깐 도망칠까 생각했다. 두카르트는 여전히 아무것도 할 수 없는 상태였고 그녀는 기습적으로 천막에서 빠져나가 도망칠 수 있었다. 하지만 아니, 이제 보석을 잃었고, 그게 없으면 그녀는 그냥 평범한 포로였다. 2미터도 가지 못해서 죽거나 더 끔찍한 일을 당할 거고, 어차피 다리도 무너졌다. 방어 수단으로 그렇게 한 거였지만 지금은 실은 돌아갈 방법이 없게 만들려고 그랬던 게 아닐까 하는 의문이 들었다.

붉은 여왕이 돌아섰다. 켈시는 여자의 얼굴에서 승리의 표정을, 뒤이어 복수의 빛을 볼 거라고 예상했다. 티어링은 안전하고, 그녀는 여왕으로서 죽을 것이다.

하지만 붉은 여왕의 눈은 분노로 커다랗고 코가 벌름거렸다. 손을 뻗어 보석을 하도 세게 움켜쥐고 있어서 손가락 관절이 하얬고, 입을 벌렸다 다물기를 반복했다. 다른 한 손은 손톱을 바싹 세우고 켈시를 콱 움켜잡았다.

그 순간, 문득 켈시는 깨달았다.

켈시가 웃기 시작했다. 격렬하고 발작적인 웃음이 반짝이는 천막의 붉은 벽에 부딪쳐 울렸다. 그녀는 여자의 손이 멍이 들 정도로 어깨를 움켜쥐는 것도 거의 느끼지 못했다.

목걸이를 벗을 때 아프지 않았던 게 당연하지. 당연한 일이야. 왜냐하면―

"그건 내 거니까."

붉은 여왕이 분노로 비명을 질렀다. 그 의미 없는 울부짖음은 천막의 벽을 찢어놓을 것만 같았다. 그녀의 손이 켈시의 어깨를 세게 파고들어서 어깨뼈가 부러질 것 같다는 생각이 들었으나 그래도 웃음을 멈출 수가 없었다.

"당신한테는 작동하지 않는 거야, 그렇죠?"

그녀는 얼굴이 겨우 몇 센티 거리에 놓일 때까지 붉은 여왕을 향해서 몸을 기울였다.

"당신은 그걸 쓸 수 없어요. 그건 내 거니까."

여왕은 몸을 뒤로 뺐다가 다시 켈시의 뺨을 후려쳤고 켈시가 바닥으로 쓰러졌다. 하지만 그래도 켈시의 웃음은 멈추지 않았다. 오히려 더욱 심해지는 것 같았다. 그녀는 기나긴 지난밤을 떠올렸다……. 릴리, 윌리엄 티어, 펜, 조너선, 메이스…… 그리고 갑자기 그들 모두가, 심지어 죽은 사람까지도 여기에 그녀와 함께 있는 것처럼 느껴졌다. 켈시는 승리를 쟁취하기를 바랐지만 결과는 그녀가 상상도 하지 못했던 방향이었다. 보석은 빼앗겼다. 그녀는 릴리의 이야기가 어떻게 끝나는지 결코 알지 못할 것이다. 하지만 다른 모든 사람들도 마찬가지였다.

거친 손들이 그녀의 어깨를 잡고 바닥에서 일으켜 세웠다. 바깥의 병사들처럼 검은 옷을 입은 남자들이었으나 이제 켈시는 근접 근위병임을 알아볼 수 있었다. 그녀는 눈을 감고 죽음에 대해 마음의 준비를 했다.

"그 계집을 여기서 끌어내! 데리고 나가!"

붉은 여왕이 소리를 질렀다. 대장인 것 같은 사람이 켈시의 손목을 등 뒤로 붙잡고 철제 수갑을 채우는 게 느껴졌다. 수갑은 너무 조여서 걸쇠를 채우자 살이 집혔다. 하지만 켈시는 여전히 웃음을 멈출 수가 없었다.

"당신이 졌어."

그녀가 붉은 여왕에게 말했고, 그 순간 그 여자의 표정을 평생 잊을 수 없을 것 같았다. 디저트를 금지당해 성난 아이 같은 얼굴이었다. 켈시는 근위병들의 손이 팔을 세게 쥐고 천막 바깥으로 끌어내는 것도 거의 느끼지 못했다. 티어링은 안전하고 백성들도 안전했다. 사파이어는 누구도 아닌 그녀만의 것이었다. 켈시는 끌려가는 동안에도 여전히 요란하게 웃었다.

그리고 마지막에
—크로싱

릴리는 난간의 밧줄을 움켜잡고 갑판으로 넘어지지 않으려고 애를 썼다. 배는 격렬하게 흔들렸다. 물이 출렁거리고 바람이 휘몰아치고 육지에서는 천둥이 번쩍거렸다. 그들의 위로 밤하늘에서 먹구름이 보라색 멍처럼 소용돌이치며 빛났다. 릴리는 전에도 배를 타봤지만 그건 파도를 매끄럽게 가르고 나아가는 모터보트나 요트여서 움직이는 걸 거의 느끼지 못했었다. 이건 달랐다. 끔찍한 유령의 집에 들어온 기분이고 배의 갑판은 문자 그대로 발아래서 춤을 췄다. 그녀는 밧줄을 붙잡고 다른 팔로 조너선을 붙잡느라고 사력을 다했다. 조너선은 거의 의식이 없었다. 티어가 차에서 총알을 빼내고 상처를 꿰맸지만 다 끝낼 무렵 뒷자리는 피에 젖어 있었고 티어의 음울한 표정이 모든 것을 말해주었다.

한참 뒤로 멀리 뉴욕 건물들의 윤곽이 보였다. 검은 밤 속에서 어두운 건물들은 창문마다 불길이 치솟아 오렌지색으로 타오르는 폐허였다. 하지만 릴리와 배에 탄 다른 사람들은 도시를 바라보고 있지 않았다. 그들의 시선은 뒤의 바다에 고정되어 있었다. 갑자기 두 척의 커다란 배가 나타났고, 갑판에서 들리는 고함 소리를 통해서 릴리는 수면 아래로 여러 척의 잠수함이 빠르게 쫓아오고 있다는 것을 알았다. 허드슨강을 내려와 하부 만(灣)에 들어설 때까지는 괜찮았으나 거기서 나오는 순간 사이렌이 울리기 시작했고 이제 대서양으로 나오자 보안국에서 빠르게 따라왔다.

"5분! 그거면 충분해!"

윌리엄 티어가 뱃머리에서 소리쳤다.

저 사람은 미쳤어, 릴리는 그렇게 생각했다. 하지만 기묘하게도 그건 별로 중요한 것 같지 않았다. 그들은 성공하지 못할 것이다. 릴리는 아쉬웠다. 환한 햇살 아래의 깊고 맑은 강을 절대로 보지 못할 거라는 게 아쉬웠다. 그러나 이 배는 자유로웠고 릴리는 자유인으로 죽을 것이다. 잠수함이 따라오든 말든 지금 이 순간에 이 넓은 세상 말고 다른 곳에는 전혀 있고 싶지 않았다.

"준비!"

티어가 소리쳤고 릴리 근처의 컴퓨터 전문가가 기묘한 언어로 인이어에 대고 떠들기 시작했다.

릴리의 왼쪽에서 둔중한 쾅 소리가 울리고 멀리서 비명이 들렸다. 그녀는 목을 길게 빼고 갑판을 덮은 기둥 너머를 보고서 티어의 배 중 한 척의 뒷부분에 불이 붙어 검은 연기가 밤하늘로 무럭무럭 피어오르는 것을 발견했다.

"어뢰야!"

누군가가 소리쳤다. 두 번째 폭음이 울렸고 배는 더 이상 배가 아니라 출렁거리는 바다에서 타오르는 잔해가 되었다. 릴리의 배 갑판에 있는 모든 사람들이 난간으로 달려갔으나 릴리는 조녀선을 떠날 수가 없었고, 그래서 윌리엄 티어가 앞으로 뻗은 오른손에 무언가를 쥐고 몸을 돌리는 것을 유일하게 그녀만이 보았다. 그의 모든 관심은 오른쪽 수평선에 집중되어 있었다.

"우린 무장도 하지 않았는데!"

어떤 여자가 외쳤다.

구축함이 이제 1킬로미터도 떨어지지 않은 곳까지 다가왔다. 릴리는 왜 그들이 발포하지 않는 걸까 궁금했지만 잠시 생각한 끝에 답을 찾았다. 그들은 티어의 나머지 배를 사로잡고 승선하려는 거였다. 보안국은 어쨌든 포로를 좋아하니까. 검은 딱지가 앉았음에도 릴리의 화상 상처가 욱신거렸고, 무슨 일이 생기든 다시는 돌아가지 않을 거라고 다짐했다.

갑자기 눈부시게 밝은 빛이 배를 둘러쌌다. 릴리는 눈 위로 손을 올리고 낮게 비명을 질렀다. 티어의 사람들이 보안국 부지에서 사용했던 조명 기구가 머릿속에 떠올랐다. 갑자기 공포가, 이 모든 것이 꿈이고 잠에서 깨면 그 방으로 되돌아가 회계사를, 상자를 마주하고 있을 거라는 공포가 그녀를 사로잡았다. 하지만 손가락 사이를 살짝 내다보고 그녀는 이 빛이 전기가 아니라는 것을 깨달았다. 그녀의 팔을 부드럽게 비추는 진짜 햇빛이었다.

릴리는 빛 쪽으로 몸을 돌리고서 비명을 질렀다.

동쪽 수평선에 커다란 구멍이 있었다. 눈앞의 장면은 그렇게밖에 묘사할 수가 없었다. 머리 위의 하늘에는 아직도 검은 밤의 장막이 뒤덮여 있었으나 동쪽에서 장막이 찢어지고 그 들쭉날쭉한 가장자리가 부서진 초상화 틀처럼 구멍을 둘러싸고 있었다. 틀 안쪽은 낮이었다. 해가 막 떠오르려는 듯이 하늘색 바다 위쪽 수평선이 분홍색과 오렌지색이었다. 빛이 모든 것을 비추었다. 릴리는 이제 주위의 모든 배들을, 새벽의 오렌지빛으로 물든 펄럭이는 돛을 분명하게 볼 수 있었다.

뒤에서 천둥소리가 쿵 울리고 갑판이 흔들렸다.

"엎드려!"

남자가 소리쳤고 릴리는 머리를 감싸고 몸을 숙였다. 하지만 그들의 위로, 모든 배들의 위로. 수평선의 구멍을 향해서 날카로운 소리를 내며 총알이 떨어졌다. 너무도 강렬한 증오가 솟아올라서 릴리는 지금 눈앞에 보안국 요원이 나타난다면 맨손으로 심장을 뜯어낼 수 있을 것 같았다. 그들은 티어가 연 이 문을 닫으려고…… 더 나은 세상을 빼앗으려고 하고 있었다.

"들어가라고 해! 시간이 별로 없어!"

티어가 뱃머리에서 소리쳤다.

그들의 배가 제일 앞에, 구멍 가까이에 있었고 이제 릴리는 팔에서 온기를, 피부 위로 따뜻한 햇살을 느낄 수 있었다. 갑판에서 비명의 불협화음이 퍼지고 난간에 있는 사람들에게서 다급한 비명이 터졌다. 이제 릴리도 비명을 지르고 있었다. 온몸이 그 열린 수평선에 묶인 것처럼 느껴졌다. 구멍을 통과하자 그녀는 밧줄을 놓고 조녀선의 몸을 일으켜 흔들었다.

"더 나은 세상! 더 나은 세상이에요!"

그녀가 그의 귀에 대고 소리쳤다.

하지만 조녀선은 눈을 뜨지 않았다. 그녀의 주위 갑판 위와 다른 배에서 그들의 소리가, 그녀의 사람들, 그들의 승리감에 찬 고함이 탁 트인 바다 위로 울려 퍼지는 게 들렸다. 그들 뒤 서쪽 수평선 위로, 안에 아무것도 보이지 않는 검은 얼룩처럼 구멍은 아직 열려 있었다. 최소한 열다섯 척의 배가 건너왔으나 이제 구멍 가장자리가 안으로 좁아지고 둘레가 작아지기 시작했다. 릴리는 마지막 배들이 들어왔는지 알지 못했다. 동쪽으로 몸을 돌리니 윌리엄 티어가 난간을 꽉 잡고 백짓장처럼 창백한 얼굴로 서 있었다. 잠깐 동안 그의 온몸이 떠오르는 해를 배경으로 새파랗게 빛나는 것같다가 그가 갑판으로 쓰러졌다.

릴리는 몸을 돌려 조녀선에게 말하려고 했지만 그는 이미 숨을 거둔 상태였다.

"릴리."

그녀는 희미한 달빛 속에서 고개를 들고 눈을 가늘게 뜨고 본 다음 자리에서 일어섰다.

티어는 지쳐 보였다. 릴리는 그날 밤 이래 이틀 동안 그를 보지 못했고, 그가 자리를 털고 일어난 걸 보니 다행스러웠다. 그가 갑판에 없는 시간이 길어질수록 릴리는 점점 더 그가 기적을 일으키느라 죽었다고, 조너선처럼 다시는 깨어나지 못할 거라고 확신했었다. 릴리는 도리언에게 티어에 관해 물었지만 도리언은 말을 해주지 않았다. 릴리는 다른 승객들 몇 명과 친구가 되어보려고 노력했지만 그들은 상냥하긴 해도 신중했다. 아무도 그녀가 누군지 몰랐다. 도리언의 나이쯤 되어 보이는 젊은 여자가 그녀의 상처를 치료해주었지만, 지난 이틀 동안 릴리는 그저 혼자 앉아서 수평선을 바라보며 티어를 기다리는 것 말고는 아무 할 일이 없었다.

"괜찮으세요?"

"괜찮소."

그가 대답했지만 릴리는 여전히 의심스러웠다. 그는 소모성 질환을 앓은 사람처럼 보였다.

"하지만 당신 도움이 필요해. 따라오시오."

그녀는 갑판에서 자는 사람들 사이로 조용히 발뒤꿈치를 들고 가려고 노력하며 그를 따라 선미로 갔다. 티어는 언제나처럼 전혀 소리를 내지 않는 것 같았다. 그는 그녀를 데리고 사다리를 내려가서 아래층 짐칸으로 들어갔다. 짐칸에는 방마다 램프와 난롯불만 켜져 있어서 기묘하게 중세적인 느낌이었다. 전깃불은 아무 데도 없었다. 텅 빈 침대가 줄줄이 있는 넓은 공동 침실 같은 공간이 짐칸의 대부분을 차지하고 있었다. 이 배에는 백 명이 넘는 사람들이 타고 있었지만 대부분은 안에서 거의 지내지 않았다. 그들은 갑판에서 수평선을 바라보고 있으려고 했다. 티어는 만일의 사태에 대비했다. 공동 침실의 제일 끝에는 음식과 물뿐만 아니라 200리터의 자외선 차단제가 보관된 방이 있었다. 릴리는 이 방이 목적지라고 생각했지만 티어는 그곳을 지나 그다음 방으로, 그가 혼자 쓰는 개인 공간이라고 생각한 곳으로 갔다. 안으로 들어가자 릴리는 방의 벽에 책장이 가득하고 각각에 수백 권의 책이 꽉 차 있는 것을 발견했다. 하지만 거기에 경탄할 시간이 없었다. 방 한가운데에서 도리언이 탁자 앞에 서서 급히 꿰맨 수의 대용 시트를 두른 시체를 내려다보고 있었다.

"시간이 됐어, 도리."

그녀는 고개를 들었고 희미한 난롯불 속에서 릴리는 그녀가 한참 울어서 눈이 빨개져 있는 것을 볼 수 있었다. 그녀가 의문 어린 눈으로 릴리를 보았다.

"그 친구는 그녀가 여기 있길 바랐을 거야."

티어가 대답했다. 그가 시체의 어깨 아래로 한 팔을 넣어서 일으켰다.

"자, 다 함께 하지."

도리언은 조너선의 허리를 잡았고 릴리는 발 쪽으로 갔다. 다 함께 그들은 시체를 탁자에서 내려 신중하게 어깨 위로 들어 올렸다. 릴리는 이제 시트를 뚫고 풍기는 희미한 시체 썩은 냄새를 맡을 수 있었지만, 그녀를 구할 가치가 있다고 생각한 조너선, 더 나은 세상을 결국 보지 못한 조너선을 떠올리고 냄새를 무시했다. 계단을 올라갈 때 눈에 눈물이 고여서 그녀는 거칠게 닦았다. 각막이 따끔거렸다.

갑판에는 사방이 고요했다. 배 옆쪽을 부드럽게 두드리는 파도 소리밖에 들리지 않았다. 달빛 속에서 릴리는 양옆으로 그리 멀리 떨어지지 않고 같은 속도로 오는 다른 배들을 희미하게 볼 수 있었다. 결국에는 겨우 열일곱 척의 배만이 넘어왔다. 세 척은 허드슨만에 영원히 수장되었다. 엿들은 대화로 릴리는 모든 배가 이 배처럼 사람들로 가득한 게 아니라는 걸 알게 되었다. 한 척에는 소, 양, 염소 같은 가축들이 실려 있었다. 또 다른 배에는 말이 있었다. 그리고 몸체를 거의 하얗게 탈색한 배에는 의료 기구와 의료인들이 타고 있었다. 하지만 지금 릴리 눈에 보이는 것은 저물어가는 달 아래에서 희미하게 반짝이는 돛뿐이었다.

그들은 조녀선을 배 뒤쪽, 자는 사람이 별로 없는 곳으로 데려갔다. 삭구들이 동쪽 수평선의 시야를 가리기 때문에 사람들은 이쪽을 선호하지 않았다. 티어의 지시에 따라 그들은 시체를 신중하게 난간 위에 올렸다. 릴리는 팔이 욱신거렸지만 티를 내지 않았다. 손바닥의 화상 상처가 다시 벌어져서 고름이 나왔지만 슬그머니 바지에 닦고서 감추었다. 깨끗한 천이 있었으면 좋았을 텐데. 며칠 동안 샤워도 하지 못했다. 다른 사람들은 배에 타던 밤에 입었던 옷을 그대로 입고 있었다. 신세계에서 옷은 어떻게 하지? 불확실한 것이 너무나 많았고 거기에 대답해줄 수 있는 사람은 티어뿐이었다……. 하지만 지금은 때가 아니었다. 키 너머로 동쪽 하늘이 창백해졌으나 고물의 난간 너머를 보니 어둠밖에는 보이지 않았다.

"조녀선은 물을 싫어했어요."

도리언이 쉰 소리로 말했고 릴리는 그녀가 다시 울고 있는 것을 깨달았다.

"그들이 그런 짓을 한 이후로는요. 물을 빌어먹게 싫어했다고요."

"이 물은 아닐 거야."

티어가 대답했다.

릴리는 아무 말도 하지 않았다. 두 사람은 조녀선을 잘 알았고, 그녀는 심지어 그의 성조차 알지 못했다. 뭔가 할 말을, 뭔가 중요한 걸 생각해내고 싶었지만 눈을 감으니 무릎을 꿇고 있는 그레그와 그의 머리에 권총을 댄 조녀선의 모습밖에는 보이지 않았다. 그것이 누군가가 그녀에게 해준 가장 친절한 행동이었으나 티어와 도리언에게 말하고 싶은 일은 아니었다. 그래서 그녀는 침묵을 지켰지만 뺨을 타고 천천히 눈물이 흘러내리기 시작했다.

"오랜 친구여. 우린 좋은 땅으로 가고 있어. 자네가 이미 거기에 도착했기를 바라겠네."

티어가 마침내 말했다.

"아멘, 사우스캐롤라이나."

도리언이 덧붙였다. 말 없는 동의 속에 그들은 시체를 난간 너머로 들어 올렸다. 릴리는 이번에는 도울 수가 없어서 그저 가만히 서 있었다. 나직하게 첨벙 소리가 나고 조녀선은 영원히 떠났다. 도리언은 잠깐 더 서 있다가 말없이 돌아서서 재빨리 계단 쪽으로 걸어갔다.

내가 그 사람을 죽였어, 릴리는 생각했다.

"그건 그 친구의 선택이었소."

티어가 말했고 릴리는 자신이 실제로 소리 내서 말을 한 건가 생각했다. 주위를 둘러보았지만 뱃고물에는 여전히 단둘뿐이었다.

"어떻게 된 거죠? 우리가 어디로 온 거예요?"

"아무 데도, 릴리. 우리는 건너왔고, 그뿐이지. 그게 내가 늘 생각했던 방식이었소."

"이건—"

릴리는 그 말을 내뱉기 위해서 애를 써야 했다.

"이건 마법인가요?"

"마법이라."

티어가 따라 했다.

"그런 식으로 생각해본 적은 없는데. 나한테 이건 세상에서 가장 자연스러운 일처럼 느껴지니까. 하지만 어쩌면 마법이라고 하는 게 적당한 말일지도 모르겠군."

그가 주머니에 손을 넣어 주먹에 뭔가를 쥐고 꺼냈다.

"보시오."

릴리는 다치지 않은 손을 내밀었고 그가 차갑고 단단한 뭔가를 손바닥에 떨어뜨렸다. 그녀는 그것을 들고는 눈을 가늘게 뜨고 뭔지 확인하려고 노력했다. 새벽이 오기 직전에 갑자기 그러는 것처럼 하늘이 좀 밝아졌지만, 그래도 릴리는 몇 초가 지나서야 그것이 뭔지 알게 되었다.

"아콰마린인가요?"

"사파이어. 우리 집안은 크롬웰 때까지 거슬러 올라가는 족보를 갖고 있지만, 암흑시대 때부터 그 보석은 우리 집안에 있었소. 어쩌면 그 이전부터일지도 모르고."

릴리는 사파이어를 빛으로 들어 올리고 안쪽을 보려고 했지만, 아직 해가 뜨지 않아서 그저 창백한 하늘을 배경으로 까만 사각형으로만 보였다.

"어떻게 아나요?"

"그게 나한테 말해줬지."

릴리는 코웃음을 쳤지만 티어는 미소 비슷한 것도 짓지 않았다. 그녀는 그가 농담하는 건지 아닌지 알 수가 없어서 사파이어를 도로 건네고 난간 위로 몸을 내밀어 배가 지나간 자리에 남은 흐릿한 하얀 선을 응시했다.

"잘 낫고 있소, 릴리?"

대답하기 어려운 질문이었다. 낮에는 모든 게 괜찮은 것 같았다. 하늘이 활짝 트여 있고 수평선부터 수평선까지 볼 수 있으니까. 하지만 몇 시간 자다가 회계사가 그녀의 앞에 서 있거나…… 혹은 더 끔찍하게 그레그를 예상하며 벌떡 깨곤 했다. 이제 그들 모두가 손에 닿지 않는 곳에 있고 뱃머리는 더 나은 세상을 향해 물을 가르고 있지만, 릴리는 갑자기 끔찍한 예감을 느꼈다. 갑판에서 자고 있는 주위의 이 모든 사람들, 그들도 나름의 이야기가 있고 나름의 폭력을 가져왔을 것이다. 사람들이 자신만의 과거의 악몽을 가져온다면 어떻게 더 나은 세상, 완벽한 세상을 만들 수 있을까?

"완벽하지는 않을 거요."

티어가 난간 너머를 우울하게 바라보며 대답했다.

"내가 그런 세상을 만들려고 노력할 걸 알게 된 것과 거의 동시에 그 사실도 알았지. 세상은 더 나아지겠지만, 쉽지 않을 거요. 사실 초반에는 굉장히 힘들 거요."

"무슨 뜻이죠?"

"우리가 놔두고 온 걸 보시오, 릴리. 우리한테는 전기도 없고 기술도 없소. 내가 잠든 사이에 도리는 컴퓨터 기술자들에게 모든 장비와 총을 바다에 버리게 시켰소. 그렇게 해야만 하니까. 기술은 편리하지만, 우리는 편리함이 위험성보다 중요하던 시점을 오래전에 넘어섰소. 감시 장비, 통제용 도구…… 난 오래전에 이런 것들을 제일 먼저 없애야 한다는 걸 알았지. 하지만 우리가 갖지 못한 다른 것들도 생각해봐요! 연료. 난방. 섬유를. 약과 항생제는 저기 하얀 배에 실어 왔지만……."

그가 북쪽을 가리키고서 말을 이었다.

"10년도 지나기 전에 다 떨어질 거요. 우리가 찾을 수 있는 것들을 이용해서 우리 손으로 만드는 방법을 알아내지 못하면 이런 것들 없이 살아야 할 거요."

릴리는 아무 말도 하지 않으려고 노력했다. 이제야 깨달았지만 그녀는 이 남자를 숭배했고 그가 자신을 갈가리 찢는 걸 듣고 있자니 힘들었다. 하지만 그가 이런 회의적인 이야기를 아무한테도 하지 못했을 거라는 생각이 들었다. 그를 수년 동안 따른 충성스러운 사람들에게는 절대로 하지 못했겠지.

"신세계에는 고기를 공급해줄 동물들이 있겠지만 총이나 기계 없이 그것들을 잡아서 화톳불로 조리하는 법을 익혀야 되겠지. 식량도 구해야 되고. 우리 손으로 집을 짓고 옷을 만드는 법도 배워야겠지. 양에서 양털을 얻고 실을 짜는 방법을 아는 사람들이 여럿 있지만, 나머지는 우리가 직접 알아내야 해. 거의 모든 것을 내버리지 않으면 이렇게 할 수가 없고, 무언가를 계속 갖고 있으려면 다시금 그걸 만드는 법을 새로 익혀야 될 거요."

"우리가 못 할 거라고 생각하세요?"

"물론 할 수 있겠지. 문제는 할 마음이 있느냐요. 무언가를 만드는 데에는 노력이 필요하지, 릴리. 자신의 욕구보다 사회의 필요를 충족하는 데에는 노력이 필요해. 하지만 앞으로의 기간 동안에는 모두가 그렇게 하지 않으면 우리는 실패하게 될 거요."

"사회주의는 어디서도 성공한 적이 없어요."

"그러니까 계속 노력해야지. 이들은 공공심을 가진 사람들이오. 공공심을 가진 아이들을 키워낼 거고. 그런 사람들로만 골랐지."

"저도요?"

티어는 미소를 지었다.

"당신도 마찬가지요."

"제가 공공심이 있는지 어떻게 알죠?"

솔직히 릴리 스스로도 자신이 그런 사람인지 알 수 없었다. 알아볼 만한 기회가 거의 없었으니까. 그레그와 보낸 평생이 흉측한 순환 고리처럼 머릿속에서 맴돌았다.

"말했잖소, 릴리. 난 평생 당신을 알았소."

티어는 사파이어를 들어 올려 손바닥 위에 놓고 보여주었다.

"당신이 누군지 알기 한참 전부터 여기서 당신을 보았지."

"왜죠?"

티어는 생각에 잠긴 눈으로 그녀를 한참 동안 쳐다보았다.

"잘 낫고 있소?"

"네. 어깨는 자려고 할 때만 빼면 이제 거의 아프지 않아요. 손이 좀 문제이지만 밝은 빛 아래서 다시 붕대를 감아줄 거예요."

"날 속일 순 없소, 릴리. 당신의 상처는 육체적인 게 아니오. 아직은 낫고 있지 않지만, 낫게 될 거요."

릴리는 뺨이 붉어지는 것을 느끼며 그가 자신을 꿰뚫어 보고 여전히 그레그가 나타나는 악몽까지 아는 걸까 생각했다. 그레그는 항상 거기, 과거를 놓아주려 하지 않는 릴리의 일부분에 뿌리를 박고 존재할 것만 같았다.

"한참 동안 그런 식일 수도 있지. 하지만 약속하는데, 낫게 될 거요."

티어가 그녀에게 말했다.

"어떻게 알아요?"

티어는 손가락으로 사파이어를 잠깐 감싸고서 릴리가 상상조차 할 수 없는 어딘가를 바라보는 것 같았다. 그러다가 그것을 그녀에게 내밀었다.

"보시오."

바보가 된 기분으로 릴리는 보석을 다시 하늘로 들어 올리고 눈을 가늘게 떴다. 잠깐 동안 아무것도 보이지 않았지만, 곧 사파이어의 안쪽에서 밝아오는 하늘을 배경으로 조그만 파란 불꽃이 타오르기 시작했다.

"무슨―"

"쉿. 그냥 봐요."

릴리는 눈을 깜박이지 않으려고 노력하며 사파이어를 들여다보았고, 잠시 후에 표면 아래쪽 깊은 곳에서 어떤 형체가 나타나는 것을 알아챘다. 처음에는 파란 배경으로 그림자나 그냥 윤곽 같았지만 곧 릴리는 숨을 들이켰다. 그것은 그녀 자신이었기 때문이다. 그녀가 평생토록 거울 속에서 본 릴리와는 다른 사람이었다. 마르고 약간 탄탄해지고, 팔에는 근육이 잡히고, 피부는 햇볕으로 가무잡잡했다. 여자가 몸을 돌리자 릴리는 티어가 뭘 보라고 하는 건지 깨달았다. 만삭으로 둥근 배가 파란 배경에서 튀어나와 있었다.

"어떻게 이렇게 하는 거죠? 이건 환영인가요?"

그녀가 물었다.

"환영이 아니오, 릴리. 미래지. 약속하는데 이건 앞으로 생길 일이오."

릴리는 홀린 듯이 자기 자신을 보았다. 보석 속의 여자는 편안한 삶을 살지는 않는 게 분명했지만, 만족감을 뿜어냈다. 머리에는 꽃이 꽂혀 있었고 등에는 활과 화살이 가득한 통이 매달려 있었다. 그러나 둥근 배 때문에 그녀는 릴리와 매디가 어릴 때 같이 보았던 오래된 돌레르 동화책에 있던 디아나 여신 그림처럼 보였다. 그러다가 이미지가 갑자기 사라졌다.

당황해서 릴리는 여자를 다시 불러내려고 사파이어를 흔들어보았지만, 더 이상 아무것도 나타나지 않았다.

"미안하오. 한동안은 아주 사소한 것도 나한테 부담이 될 것 같군."

티어가 말했다.

릴리는 잠시 사파이어를 바라보다가 곧 그에게 돌려주었다. 보석이 손가락을 떠나자 무언가가 그녀를 당기는 것 같았고, 릴리는 자신의 일부가 보석과 함께 사라진 것 같다는 기묘한 느낌을 받았다. 미래의 일부분을 보는 건 아무것도 보지 못하는 것보다 더 나빴다. 그녀는 환영을 곱씹으며 그게 진짜인지, 아기가 남자애일지 여자애일지 생각했다.

"남자아이. 남자아이일 거요."

티어가 그녀의 옆에서 중얼거렸다.

"어떻게 알죠?"

"가끔 난 그냥 안다오."

그가 그녀를 보고 미소를 지었지만 릴리는 그의 눈 뒤에 뭔가가 숨겨져 있다는 느낌을, 그녀가 아직 보지 못한 미래가 숨겨져 있다는 느낌을 받았다. 티어는 더 설명하지 않고 그녀의 어깨를 잡았다.

"하지만 그건 몇 년 후의 일이오. 다른 것, 더 가까이 있는 것에 대해서 알려주겠소."

"뭔데요?"

"저기를 보시오. 저 배, 세 번째에 있는 배."

티어가 북쪽을 가리켰다.

"하얀 배요?"

"아니, 바로 그다음에 있는 거."

릴리는 눈을 가늘게 떴다. 하늘은 이제 짙은 수레국화 색깔로 밝아졌고 그녀는 그가 가리키는 배의 그림자를 겨우 볼 수 있었다. 수면에 깔린 안개 때문에 북쪽에 있는 희미한 검은 얼룩처럼 보였다.

"저게 왜요?"

"내가 데리고 있는 가장 훌륭한 사람들 중 한 명이 저 배를 지휘하고 있소. 그녀는 열네 살 때부터 오랫동안 우리와 함께했지. 두 번 감옥에 갇혔었고, 아무것도 두려워하지 않소. 도리언은 그녀를 숭배해서 그녀처럼 옷을 입고 머리 모양도 똑같이 따라 하려고 하지."

무언가가 릴리의 가슴속에서 종소리처럼 깊게 울렸다. 그녀는 눈을 커다랗게 뜨고 애원하는 표정으로 그를 보았다.

"그녀의 이름이 뭔데요?"

"매들린 프리먼."

릴리는 북쪽으로 몸을 돌리고 쳐다보았다.

"약속하겠소, 릴리. 당신은 나을 거요."

티어의 발소리가 멀어졌지만 릴리는 세 번째 배를 보느라 바빠서 거의 알아채지 못했다. 마지막으로 보았던 매디의 얼굴, 땋은 머리와 복장 규정보다 5센티미터 짧은 검은 치마가 떠올랐다……. 어른처럼 보이려고 하던 10대 소녀. 하지만 이제 매디는 어른이었다. 릴리의 눈이 동쪽 지평선을 살피며 멀리 육지가 있다는 희미한 첫 번째 징조, 파란색을 배경으로 아주 조그만 흰색이라도 보이는지를 찾으려 했다. 그러다가 다른 것이 생각나서 그녀가 티어의 등에 대고 나직하게 말했다.

"매디는 당뇨병이에요! 인슐린이 필요해요."

"아니, 그렇지 않소."

릴리는 잠깐 동안 그를 쳐다보다가 다시 북쪽으로 몸을 돌렸다. 매디를 계속 생각할 수는 없었다. 그러면 여행이 끝나는 것만 기다리다가 미쳐버릴 것이다. 그래서 그녀는 동생 생각을 마음 한구석에 접어 넣었다. 이 모든 것이 진짜라면 언젠가 매디를 다시 만나게 될 것이다. 그녀는 다시금 티어의 보석에서 본 환상적인 영상을 떠올렸고, 잠깐 동안 자신이 미친 게 아닐까 생각했지만 그게 아니라는 걸 알았다.

"남자아이."

그녀가 중얼거렸다. 티어가 그렇게 말했고, 그녀는 그를 믿었다. 그녀는 평평한 배에 한 손을 올렸다. 눈에 눈물이 가득 고였다. 미래에 아직도 몇 년은 더 있어야 찾아올 이 아이가 거의 느껴질 것만 같았다. 티어는 거짓말을 하지 않고, 미치지도 않았다. 릴리는 아들을 갖게 될 거고, 그 애를 더 나은 세상에서 낳게 될 것이다. 그리고 자유롭게 기를 것이다.

그녀는 벌써 그 애의 이름을 조너선이라고 정했다.

감사의 말

이 책을 훨씬 더 낫게 만드는 데 세 사람이 도와주었다. 마야 지브, 도리언 카치마, 시몬 블레이저다. 언제나처럼 티어링 여행을 계속 지지해주었던 하퍼 사와 윌리엄 모리스 인데버 사의 모든 사람들이 고맙지만 이 세 사람은 특히 더 많은 수고를 해주었고, 이 책은 그 덕을 굉장히 많이 보았다. 마야, 도리언, 시몬은 또한 지난 한 해 동안 쓸데없이 징징거리는 이야기를 인내심 있게 많이 들어주었고, 그것도 감사할 일이다. 내가 계속 글을 쓸 수 있게 해준 조너선 번햄, 그리고 헤더 드러커, 어맨다 에인스워스, 케이티 오캘러건, 애슐리 폭스, 에린 윅스, 미란다 오트웰에게도 감사를 전한다……. 특히 절대 봐주는 법이 없는 내 영혼의 가이드 버지니아 스탠리에게도 감사한다.

나의 가족들, 특히 내 사랑하는 남편 셰인에게 감사와 사랑을 전하고 싶다. 남편은 지난 1년 반 동안 예술가적인 괴팍함을 많이도 참아주었고 한 번도 피하려 하지 않았으며, 서와 멍키는 나를 계속 웃게 해주었다. 알맞은 양의 사랑과 지지를 보내준 나의 좋은 친구 클레어 신킨스, 그리고 내가 이

책의 대부분을 쓴 피츠 커피의 상냥하고 친절한 직원들(특히 미치, 당신 말이에요!)에게도 감사를 표한다.

아주 우연히 나는 오랫동안 필요로 했던 글 쓰는 친구를 찾았다. 이야기를 들어주고 늘 좋은 조언을 해주고 또 용감하게 티어링을 떠맡아준 마크 스미스, 고마워요. 이건 절대로 쉬운 세계가 아니니까요.

내 첫 번째 책이 세상에 나가도록 도와준 근사한 독립 서점과 도서관들, 그 직원들과 사서들에게도 감사드린다. 책을 사랑하는 사람들의 칭찬만큼 내게 최고의 찬사는 없고, 나를 대신한 그들의 근면함은 큰 의미를 갖는다.

무엇보다도 늘 독자 여러분에게 감사를 전하고 싶다. 여러분이 없었으면 이 모든 것이 불가능했을 것이다.

티어링의 침공

초판 1쇄 발행 2018년 10월29일
초판 2쇄 발행 2021년 10월18일

지은이 · 에리카 조핸슨
옮긴이 · 김지원
펴낸이 · 주연선
책임편집 · 심하은

(주)은행나무
04035 서울특별시 마포구 양화로11길 54
전화 · 02)3143-0651~3 | 팩스 · 02)3143-0654
신고번호 · 제 1997-000168호(1997. 12. 12)
www.ehbook.co.kr
ehbook@ehbook.co.kr

ISBN 979-11-88810-61-1 (04840)
ISBN 979-11-88810-60-4 (세트)